있을 수 없는 일이야

KB089127

현대지성 클래식 16

있을 수 없는 일이야
IT CAN'T HAPPEN HERE

싱클레어 루이스 **지음** | 서미석 **옮김**

현대
지성

일러두기

1. 본문의 각주는 모두 옮긴이가 붙인 역주입니다.
2. 단행본이나 신문이나 정기간행물은 『 』로 표시했습니다.
3. 시나 노래 제목은 「 」로 표시했습니다.
4. 단체명이나 그룹명은 〈 〉로 표시했습니다.

차례

◆

IT CAN'T HAPPEN HERE

1장

금박을 두른 석고 방패와 그린 산맥(Green Mountains) 벽화로 꾸며진 웨섹스 호텔의 멋진 연회장은 포트 뷰러 〈로터리 클럽〉 회원 부인들을 위한 저녁 만찬 장소로 잡혀 있었다.

이곳 버몬트에서는 정세가 서부 대초원만큼 그다지 인상적이지는 않았다. 오, 그럴 만도 했다. 메더리 코울(제분소 및 사료가게 소유주)과 루이스 로텐스턴(양복점– 다림질 및 세탁소 겸업)이 버몬트 출신의 모르몬교 지도자 조지프 스미스[1]와 브리검 영[2]처럼 여러 명의 아내를 거느리는 상상을 하며 그 자리에 함께 한 여인들을 대상으로 이러저러한 짓궂은 농담을 일삼았기 때문이다. 그러나 상황은 본래 심각했다.

1929년 이후로 7년간 불황이 계속되다보니 지금은 미국의 모든 것이 심각했다. 1914년부터 1918년까지의 제1차 세계대전 이후로 시간이 꽤 흘렀으므로 1917년에 태어난 젊은이들은 대학에 진학하거나 … 언제 터질지 모

1. Joseph Smith, Jr. 오늘날 모르몬교라고도 불리는 예수 그리스도 후기성도교회의 창시자. 신의 계시를 받아 천사에게서 고대 기록이 담긴 금판을 받았다고 주장하며 1830년에 『모르몬경(Book of Mormon)』을 펴내고, 추종자들과 함께 뉴욕에서 그리스도의 교회(Church of Christ)를 세웠다.

2. Brigham Young. 미국의 모르몬교 2대 지도자. 박해를 피해 성도들을 이끌고 뉴욕에서부터 대륙을 횡단하여 유타 주의 솔트레이크 시티에 정착하여 모르몬 공동체를 건설하고 정치적·경제적·사회적 지도자가 되었다. 모르몬교계 사립 종합대학교인 브리검 영 대학교를 설립하였다.

르는 전쟁에 참전 가능한 나이가 되어 있었다.

로터리 클럽 회원들이 모인 이날 밤의 분위기는 그다지 유쾌하지 않았다. 적어도 겉으로는 그랬다. 애국심에 불타는 퇴역 준장 허버트 에지웨이스와 아델라이드 타르 김미치 부인의 연설을 들어야 했기 때문이다. 준장은 '방어로 지키는 평화 — 무기에는 수백만 달러도 아깝지 않지만 공물은 한 푼도 바칠 수 없다'를 주제로 열렬히 연설했다. 아델라이드 부인은 1919년에 여성의 참정권에 반대하는 운동을 당당하게 전개했을 때보다는 1차 세계대전 당시 미국 병사들이 프랑스 카페에 드나들지 못하게 할 목적으로 1만 개의 도미노 세트를 보내는 기발한 방법을 생각해 냈을 때가 훨씬 더 유명세를 탔었다.

그녀의 활동은 최근 들어서는 다소 설득력을 잃었지만 사회에 관심이 있는 애국자의 눈에는 웃어넘길 수 없는 것이었다. 그녀는 배우든, 감독이든, 촬영기사든, (a) 이혼한 전력이 있거나, (b) 자기가 메리 여왕을 매우 높게 평가하고 있으므로 영국을 제외한 외국에서 태어났거나, (c) 국기, 헌법, 성경과 미국의 모든 기관을 존중하겠다고 맹세하지 않는 모든 사람들을 추방함으로써 미국 가정의 순수성을 지키려고 발버둥쳤다.

로터리 클럽 부인회 연례 만찬은 포트 뷰러의 꽃이라고 할 수 있는 가장 고급 행사였다. 참석한 부인 대부분과 신사 절반 이상이 이브닝 정장 차림이었고, 연회가 시작되기 전에 289호실에서는 이미 핵심 인물들이 은밀한 칵테일 모임을 가졌다는 말이 돌았다. 연회장의 가장자리 삼면에 배치해 놓은 식탁은 촛불로 반짝거렸고, 캔디와 약간 딱딱한 아몬드가 담긴 크리스털 유리 그릇, 미키마우스 입상, 로터리 클럽의 상징인 청동 바퀴, 금박을 입힌 삶은 달걀에 꽂힌 작은 실크 성조기들이 놓여 있었다. 벽에는 '식전 서비스, 셀프'라고 적힌 플래카드가 걸려 있었고, 웨섹스 호텔의 최고급 수준에 걸맞게 셀러리, 토마토 크림수프, 대구구이, 치킨 크로켓, 완두콩, 각양각색의 과일 아이스크림으로 메뉴가 구성되어 있었다.

사람들은 모두 집중하여 경청하고 있었다. 에지웨이스 준장은 애국심에 대해 강력하지만 모호한 열변을 토해냈다.

"… 그 이유는 열강들 가운데 유독 미국만이 외국을 점령하려는 야욕이 없기 때문입니다. 두말할 것 없이 우리의 가장 고결한 야망은 무엇과도 비교할수 없습니다! 유럽이 우리에게 떠넘긴 우둔하고 무지한 대중에게 미국 문화와 훌륭한 예의 같은 것들을 가르치고 교육시켜야 하는 힘든 과업을 완수할때만이 유럽과의 참된 관계가 성립될 것입니다. 그러나 설명드렸듯이, 스스로 '정부'라 부르며 열렬한 선망의 눈길로 우리의 마르지 않는 광산과 우뚝 솟은 숲, 거대하고도 호화로운 도시, 드넓게 펼쳐진 멋진 목초지에 눈독을 들이고 있는 국제 무법자들로 이루어진 외부의 모든 폭력세력에 맞서 우리의 해안을 방어할 준비를 해야만 합니다.

역사상 처음으로, 정복이나 시기심이나 전쟁 때문이 아니라 오로지 평화를 위해서 위대한 국가는 무장을 더 계속해야 하는 것입니다! 그런 불상사는 없어야겠지만, 만에 하나라도 외국이 우리의 경고에 주의를 기울이지 않는다면, 카드모스[3]가 죽인 용의 이빨이 땅에서 자라나듯 미국 방방곡곡에서 용맹한 무장 전사들이 분연히 일어날 것입니다. 그들이 누굽니까. 죽기 아니면 살기로 칼을 들고 싸웠던 개척자 선조들이 힘들게 지키며 키워낸 자식들 아닙니까!"

격렬한 박수갈채가 터져 나왔다. 학교 교장인 에밀 스타웁메이어 '교수'가 갑자기 환호성을 질렀다. "장군을 응원합시다, 야호, 야호, 만세!"

모든 청중의 얼굴이 준장과 스타웁메이어에게로 쏠렸다. 씩씩한 반전주의자 여성 두 사람과 포트 뷰러의 『데일리 인포머』(Daily Informer) 편집장인 도리머스 제섭만은 예외였다. 지역에서 '꽤 똑똑하지만 어딘지 모르게 냉

---

3. 그리스 신화 속 인물. 도시를 세우기 위해 여러 곳을 떠돌던 중 샘으로 물을 뜨러간 사이 부하들이 용에게 죽임을 당하자 부하들의 복수를 위해 용을 죽인다. 지혜의 여신 아테네(Athene)의 말을 따라 용의 이빨을 땅에 심자 땅에서 군인이 자라나 서로 싸움을 시작하지만 결국 서로 화해하고 카드모스를 중심으로 거대한 도시를 건설했다.

소적'이라는 평판을 얻고 있던 제섭은 친구인 팰크 신부(성공회)에게 속삭였다. "우리의 선조 개척자들은 기껏해야 애리조나에서 땅 한 뙈기나 열심히 경작하는 정도밖에 안 하셨는데!"

그날 밤 만찬에서 최절정은 바로 아델라이드 타르 김미치 부인의 연설이 었는데, 부인은 제1차 세계대전 동안 '연합 파견대'에 참가한 우리 청년들을 '아찌(삼촌)'로 부르는 것을 옹호했기 때문에 '아찌(삼촌)의 연인'으로 온 나라에 알려졌다. 그녀는 참전용사들에게 단순히 도미노만 보낸 것이 아니었다. 사실 그녀의 처음 생각은 훨씬 더 기발했었다. 전선에 있는 모든 병사들에게 새장에 든 카나리아를 한 마리씩 보내려고 계획했다. 그 새가 그들에게 말벗이 되어줄 수도 있고 고향과 어머니에 대한 추억을 불러일으킨다고 생각해보라! 작고 귀여운 카나리아 한 마리가 말이다! 혹시 모른다, 어쩌면 이를 잡으라고 그것들을 훈련시킬 수 있을지도!

계획에 심취해 흥분한 그녀는 병창감의 사무실에 나타났지만 앞뒤가 꽉 막힌 데다 기계적 사고방식에 사로잡힌 관리는 카나리아를 실어 보낼 방법이 마땅찮다고 비겁하게 둘러대며 그 제안을 거절했다(아니면, 그 불쌍한 청년들이 전장의 진흙탕에서 그대로 외롭게 지내라고 거부한 것으로 볼 수도 있다). 그 말을 들은 김미치 부인은 눈에서 불을 내뿜으며, 그 거만한 장교를 안경 낀 잔다르크처럼 마주보며 '그가 절대 잊지 못할 충고를 해주었다'고 한다.

그 좋은 시절에는 여자들에게도 기회가 있었다. 여성이 자기 집이나 다른 집 남자들을 어떻게든 참전하게 만들도록 장려하고 있었다. 김미치 부인은 마주치는 모든 병사를 ― 두 블록 이내에서 겁 없이 얼쩡거리다 그녀의 눈에 들어온 병사마다 한 사람도 빼놓지 않고 ― '귀한 아들내미'라고 불렀다. 그녀가 사병에서부터 시작해 고위직에 오른 한 해군 대령에게 그렇게 불렀더니, "요즘에는 귀한 아들내미들에게 어머니가 점점 늘어나고 있는가보군. 나는 차라리 애인이나 많이 생겼으면 좋겠구먼."이라고 응수했다는 소문마저 돌았다. 소문에 따르면, 그녀는 그런 상황에도 아랑곳 않고 기침으로 잠시 끊어질 경우를 제외하고 대령이 손목시계로 재어보니 장장 1시간 17분이나 장광설을 늘어놓았다고 한다.

그러나 그녀의 사회활동은 오래 전에만 국한된 것이 아니었다. 최근인 1935년까지도 영화계를 정화하겠다고 나섰고, 그 이전에 먼저 불순분자들이 영화계에 발을 들여놓지 못하게 하자는 주장을 옹호했고, 그 다음에는 투쟁에 나섰다. 또한 1932년에는 (투표로) 공화당 여성 위원이 되어 후버 대통령에게 매일 장문의 충고가 적힌 전보를 보냈다.

그리고 불행히도 정작 본인은 자식이 없었음에도 어린이 문화에 대한 저술가이자 강사로 평가 받으며 수많은 자장가를 짓기도 했는데 그 중에는 다음의 유명한 2행시도 있다.

모든 동그라미들 줄지어 쉬고 있네,
둥근 동그라미들 서로서로 맴도네.

그러나 1917년이든 1936년이든 그녀는 늘 〈미국 혁명의 딸들(Daughters of the American Revolution)〉의 열성 회원이었다.

(그날 밤 도리머스 제섭의 냉소적 기분을 반영하여 표현하면) 〈미국 혁명의 딸들〉은 약간 아리송한 단체였다. 접신학이나 상대성이론이나 소년을 사라지게 하는 힌두 마술처럼 아리송했고 그 세 가지와 닮은 점이 있었다. 이 단체는 깨어 있는 시간의 절반은 1776년 독립전쟁을 일으킨 투사들의 후예인 것을 자랑하는데 쓰고, 나머지 절반은 엄밀히 말해서 그 선조들이 쟁취하려고 애썼던 원칙들을 믿는 모든 동시대인들을 열렬히 공격하는데 썼다.

(도리머스의 생각으로는) 〈미국 혁명의 딸들〉은 비판을 허용하지 않는다는 점에서 가톨릭교회나 구세군만큼이나 신성불가침이었다. 그리고 분별력 있는 사람들은 이들이 하는 짓을 보고 폭소를 터뜨리지 않을 수 없었다. 불행하

게 사라진 백인우월결사조직인 KKK를 상징하는 검은 모자와 망토 같은 의상의 도움을 빌리지 않고도 어처구니없는 짓을 벌였기 때문이다.

그래서 군의 사기를 불어넣거나 리투아니아 합창단들이 「대서양의 보석, 콜롬비아」라는 노래로 프로그램을 시작하도록 설득하라는 요청을 받았든 그녀는 변함없이 〈미국 혁명의 딸들〉 회원이었다. 행복한 이 5월 저녁 포트 뷰러 로터리 클럽 회원들과 함께 그녀의 연설을 들어본다면 그 사실을 확인할 수 있을 것이다.

그녀는 키가 작았고 통통했으며 멋진 코를 갖고 있었다. 젊어 보이게 하는 헐렁한 밀짚모자 아래로 풍성한 백발 — 냉소적인 편집장 도리머스 제섭과 동갑인 60세였다 — 이 드러나 있었다. 커다란 수정 구슬이 달린 실크 나염 드레스를 입고 있었고 불룩 솟은 가슴 위에는 골짜기의 백합들 사이에 핀 난초가 꽂혀 있었다. 그녀는 참석한 모든 남자들에게 한껏 다정한 모습을 보였다. 비위를 맞추고 품어주며 플루트처럼 낭랑하고 초콜릿 소스처럼 달콤한 어조로 '당신들 사내들이 우리 여성을 도울 수 있는 방법'에 대한 웅변을 쏟아냈다.

그녀는 여성들이 투표로 한 것이 아무것도 없다고 지적했다. 만약 미국이 1919년으로 거슬러 올라가 자기 말을 들었더라면 오늘의 이 어려움은 겪지 않았을 것이라고 했다. 아니, 절대 안 된다, 여성에게 투표권이라니 어불성설이었다. 사실 여성은 가정에서 원래 위치를 찾아야만 한다. 그리고 "위대한 저술가이자 학자인 아서 브리즈번이 지적했듯이 아이를 여섯 낳는 것이 바로 모든 여성이 해야 할 의무였다."

이 순간에 놀랍게도 충격적으로 그녀의 말을 끊고 나선 사람이 있었다.

그 장본인은 바로 유명한 유니테리언⁴ 목사의 미망인인 로린다 파이크였는데 '뷰러 밸리 태번'이라는 제법 큰 민박집의 관리인이었다. 언뜻 보기엔

---

4. 그리스도교의 정통 교의인 삼위일체론에 반대하여, 그리스도의 신성을 부정하고 하느님의 신성만을 인정하는 교파.

성모와 비슷한 다소 젊은 여성으로서, 차분한 눈매, 가운데 가르마를 탄 매끄러운 밤색 머리칼, 간혹 웃음으로 생기가 도는 부드러운 음성이 특징이었다. 그러나 공식석상에 서면 그녀는 언성이 높아지고 눈은 놀라우리만큼 분노로 이글거린다. 그 마을의 잔소리꾼이자 괴짜로 통했다. 자기와 전혀 상관없는 일들에 늘 참견했고, 읍민회에서는 전기 요금, 교사들의 봉급, 성직자 협회의 공공도서관 비치 책들에 대한 고상한 검열 등 온 동네의 중요한 관심사를 모두 비판했다. 모든 것이 유익과 기쁨이 되어야 할 이 순간 로린다 파이크는 비웃음을 쏟아냄으로써 분위기를 썰렁하게 만들었다.

"브리즈번을 위해 만세 삼창이요! 하지만 남자를 꼬시지 못하는 가엾은 처녀는요? 그런데도 아이 여섯을 낳으라고요?"

그러자 위험한 공산주의자들에 맞서 수백 건의 캠페인을 벌인 베테랑이자, 잘난체하는 사회주의 야유꾼들의 위선을 조롱하는데 이골이 난 김미치 부인이 신속히 맞받아쳤다.

"친애하는 부인, 진짜 매력과 여성스러움을 갖춘 처녀라면 당신 표현대로 남자를 '꼬실' 필요가 없겠죠. 문 앞에 남자들이 줄지어 서있을 테니까요!"(웃음과 박수가 터져 나왔다.)

불쑥 나서서 끼어든 파이크 부인은 김미치 부인의 기만 살려준 꼴이 되었다. 이제 김미치 부인은 부드러운 태도를 거두고 거침없이 맹공을 퍼부었다.

"여러분께 감히 말하건대, 지금 이 나라의 문제는 너무 많은 사람들이 이 기적이라는 사실입니다! 1억 2천만 명이나 되는 사람들이 있건만 그 인구의 95퍼센트나 되는 사람들이 번영을 되찾을 책임이 있는 사업가들에게 의지하며 돕는 대신 오로지 자기 생각만 하고 있단 말입니다! 사리사욕만 채우려 드는 썩어빠진 이 모든 노동조합들을 보란 말입니다! 돈이나 탐내는 수전노들이죠! 불쌍한 고용주에게 감내해야 할 모든 책임을 떠넘기고는 어떻게 하면 봉급을 한 푼이라도 더 쥐어짜낼까만 궁리하고 있죠!

이 나라에는 정말로 기강이 필요합니다! 평화는 위대한 꿈이긴 하지만 어떤 때는 그저 허황된 꿈처럼 느껴질 수도 있습니다! 저는 그렇게 생각하지 않습니다. 이런 말을 하면 놀라시겠지만 여러분에게 듣기 좋은 사탕발림 대신 듣기에 괴로워도 한 점 거짓 없는 진실을 말씀드리는 이 여인의 말에 귀 기울여주시기 바랍니다. 규율을 배우기 위해 진짜 전쟁을 다시 할 필요가 있다고 확신합니다! 우리는 뻐기는 이 지성을, 현학적인 배움을 원하지 않습니다. 물론 그 나름대로 훌륭한 점이 있겠지만 결국 지성은 어른들을 위한 근사한 장난감에 불과하지 않나요? 이 위대한 나라가 열강들 틈에서 높은 지위를 계속 유지하려면 우리 모두가 가져야 할 것은 바로 규율, 다시 말해서 의지력, 기개입니다!"

그녀는 우아하게 에지웨이스 준장을 돌아보며 웃었다.

"당신은 우리에게 평화를 지키는 방법에 대해 말씀해오셨죠. 하지만 우리 로터리 클럽 남녀 회원들이 모인 자리이니, 자 준장님, 이제 털어놓으시죠! 솔직한 분이시니까 이런 생각이 들지 않으십니까? 만에 하나 어쩌면 우리나라가 알뜰하고 근면한 사람들이 무능한 건달들을 위해 돈을 내게 하려고 소득세를 올리라고 주장하는 모든 노동조합과 노동자들처럼 돈에 혈안이 된다면, 게으른 영혼들을 구하고 따끔한 맛을 보여주기 위해서라도 전쟁이 해결책이 될 수 있지 않을까요? 자, 어서요, 본심을 말씀해주시죠, 몽 준장님!"

김미치 부인은 호들갑스럽게 자리에 앉았고, 우레와 같은 박수 소리가 보드라운 깃털 구름처럼 방 안을 가득 채웠다. 여기저기서 고함이 터져 나왔다. "어서 나와요, 준장님! 일어나시라고요!" "한 말씀하라잖아요! 뭐해요?" 마음이 넓은 사람들은 그냥 한 마디 했다. "좋아요, 준장님!"

준장은 키가 작고 땅딸막했고, 붉은 얼굴은 아기 궁둥이처럼 보드라웠으며, 백금테 안경으로 치장되어 있었다. 군인다운 자부심과 남성다운 미소를 보였다.

그는 김미치 부인을 향해 격의 없이 둘째손가락을 흔들며 호방하게 웃어젖혔다. "좋습니다! 저도 전쟁은 싫지만 여러분들이 가엾은 병사에게서 비밀을 끌어내기로 단단히 작정하셨으니 더 나쁜 일들이 있다고 고백하지 않을 수 없군요. 아, 동지들이여, 훨씬 끔찍한 일이 있고말고요! 그것은 바로 노동단체들이 마치 전염병 세균처럼 무정부주의 빨갱이 러시아에서 나온 미친 생각들로 벌집을 쑤셔 놓은 소위 평화 상태입니다! 대학교수들, 신문기자들, 악명 높은 저술가들이 위대한 옛 미국 헌법에 이처럼 선동적인 공격을 은밀히 퍼뜨리고 있는 상태야말로 얼마나 위험합니까! 정신적으로 이렇게 약물 중독 같은 상태에 빠진 결과 국민들은 무기력하고, 비겁하고, 탐욕스럽고, 전사의 용맹한 자부심이 결여된 상태가 되고 말았습니다! 그렇습니다, 그런 상태야말로 전쟁보다도 천만 배는 더 나쁘고말고요!

제가 앞의 연설에서 밝힌 것 가운데 아마도 어떤 것들은 약간 분명하다고 생각합니다. 제 여단이 영국에 주둔할 당시 저희가 진부하다고 표현한 것이 있습니다. 오로지 평화만을 원하여 외국과의 분규에 휘말리고 싶어하지 않는 미국에 대해서입니다. 안 될 말이죠! 제가 정말로 원하는 것은 당당히 나서서 온 세상에 외치는 것입니다. '그대 청년들이여, 이 일의 도덕적 측면에 대해서는 신경 쓰지 마라. 우리에게는 힘이 있고, 힘이 있으면 모든 것이 용납된다!'

저는 독일과 이탈리아가 한 모든 짓을 훌륭하게 생각하지 않지만 그들이 한 짓을 되갚아주어야 한다고 생각합니다. 그들은 솔직하고 현실적이어서 다른 나라들에게 대놓고 이렇게 말하지 않습니까? '당신들 일이나 신경 쓰시지? 우리에게는 힘과 의지가 있는데다, 누구든 하늘이 주신 그런 자질을 갖고 있다면 그것을 발휘하는 것이야말로 권리일 뿐 아니라 의무 아닌가!' 하느님의 나라에서는 그 누구도 약골을 사랑하지 않지요, 약골 자신조차 말입니다!

그리고 여러분에게 전할 좋은 소식이 있습니다! 고결하고도 공격적인 힘을 찬양하는 이 복음이 이 나라 방방곡곡 제일 훌륭한 젊은이들 사이에 퍼지고 있다는 사실입니다. 1936년 현재 대학 기관 중 나치처럼 엄격하게 규율이 바로 선 군사훈련 부대를 갖고 있는 곳은 7퍼센트 미만이지만 당국이 나서서 강요하면 강한 젊은이들이 전쟁에 적합한 자질과 기술을 훈련받을 권리를 스스로 요구하게 될 것입니다. 특히 여성분들은 잘 들으십시오. 간호술과 방독면 같은 것들을 만드는 교육을 받게 되면 여성들 또한 남성 못지않게 완전히 열성적으로 변할 것입니다. 그리고 정말로 제대로 생각이 있는 교수들이라면 그들과 함께 할 것입니다!

아주 최근인 3년 전까지만 해도 자신의 조국을 몰래 음해하려는 뻔뻔한 반전주의자 학생들이 역겨울 정도로 많았습니다. 그러나 지금은 파렴치한 멍청이들과 공산주의를 옹호하는 자들이나 반전 집회를 열려고 하고 있죠. 1월 1일 이후로 지난 5개월 동안 과시하듯 무려 76회나 벌인 미친 반전집회에 동료 학생들이 난입했고, 조국에 불충하는 69명의 빨갱이 학생들이 다시는 이 자유의 땅에 무정부주의라는 유혈 기치를 들어 올릴 수 없게 흠씬 두들겨 맞음으로써 응분의 대가를 치렀습니다! 동지들이여, 그것이 바로 반가운 소식입니다."

준장이 자리에 앉자 열화와 같은 박수가 쏟아지는 가운데 마을의 사고뭉치인 로린다 파이크 부인이 벌떡 일어나 화기애애한 분위기에 다시 찬물을 끼얹었다.

"이보세요, 에지웨이스 씨, 이 말도 안 되는 궤변이 통할 거라고 생각한다면————"

파이크 부인은 갑자기 제지당했다. 포트 뷰러에서 가장 중요한 사업가라고 할 수 있는 채석장 소유주 프랜시스 태스브로우가 당당하게 일어서더니 팔을 내저으며 황금빛 예루살렘 분위기를 풍기는 멋진 음성으로 파이크 부인의 입을 다물게 만들었다. "부인, 잠시만요! 이 근방에서는 모두 부인의 정치적 신념을 충분히 알고 있습니다. 하지만 이 모임의 사회자로서 유감스럽지만 다음의 사실을 상기시켜 드리지 않을 수 없군요. 에지웨이스 준장님과 김미치 부인은 저희 클럽의 초청을 받고 연사로 나오신 겁니다. 반면에, 이렇게 말씀드려도 될지 모르지만, 당신은 로터리 클럽과는 아무 관련도 없고 단지 우리가 존경해마지 않는 팰크 신부님의 초대로 참석하신 거죠. 그러니 그에 걸맞게 품위를 지켜주신다면 …… 아, 감사합니다, 부인!"

파이크 부인은 분을 삭이지 못한 채 의자에 털썩 주저앉았다. 한편 프랜시스 태스브로우는 털썩 주저앉지 않았다. 마치 대주교 자리에 앉는 캔터베리의 대주교처럼 품위 있게 앉았다.

그리고 로린다와는 매우 친했고, 프랜시스 태스브로우는 꼬맹이 때부터 싫어한 도리머스 제섭이 두 사람을 모두 진정시키기 위해 나섰다.

『데일리 인포머』의 편집장인 도리머스 제섭은 유능한 사업가이자 재치와 뉴잉글랜드 특유의 솔직함이 특징인 논설위원이었음에도 불구하고 여전히 포트 뷰러의 최고 괴짜로 생각되고 있었다. 그는 학교 교육위원회와 도서관 위원회 활동을 했고, 강연을 위해 그곳을 방문했을 당시 언론인 오스월드 개리슨 빌라드[5], 정치인 노먼 토마스, 머드 장군 같은 인사들을 소개했다.

제섭은 약간 작은 키에 깡말랐고, 웃는 상이며, 얼굴은 가무잡잡했고 짧은 회색 콧수염과 짧게 다듬은 회색 턱수염을 기르고 있었다. 어느 무리와 어울리더라도 턱수염은 농부나 남북전쟁 참전용사나 안식일 재림교 신자라는 자아를 드러냈다. 도리머스를 험담하는 사람들은 그가 '현학적'이고 '남들과 차별화되고' 싶어서 또 '예술적'으로 보이려고 수염을 기르는 것이라고 수군거렸다. 어쩌면 그 말이 맞을 수도 있다. 어쨌든, 그는 벌떡 일어나더니 중얼거렸다.

"자, 모두 끼리끼리 어울리게 마련이지요. 저의 친구인 파이크 부인은 군대를 비난하고, 〈미국 혁명의 딸들〉과 반대 의견을 내고, 폭도의 권리를 옹호할 정도로 너무 과격할 경우에는 발언이 제한될 수 있다는 사실을 알아야

5. 진보성향의 언론인이자 작가. 『더 네이션』과 『뉴욕 이브닝 포스트』의 편집장을 역임했다.

합니다. 그러니, 로린다, 우리나라의 지배 계층이 정말로 원하는 바를 설명해주셔서 감사해야 마땅할 준장님께 사과해야 할 것 같소. 자, 친구여, 어서 나와 용서를 비시오."

그는 로린다를 준엄하게 내려다보고 있었지만, 로터리클럽 회장인 메더리 코울은 도리머스가 자기들을 '놀리고' 있는 것은 아닌지 의아했다. 그는 이제껏 그래왔다. 긴가, 민가. 메더리 코울이 틀린 것이 분명하다. 놀랍게도 로린다 파이크가 (일어서지는 않은 채) 이렇게 읊조리는 것 아닌가. "알았어요! 준장님 사과드리죠! 신념을 드러낸 연설에 감사드립니다!"

그 말에 준장은 (웨스트포인트 사관학교 반지와 프리메이슨 반지를 낀 소시지처럼 두툼한 손가락과) 포동포동한 손을 들어올렸다. 그리고 원탁의 기사인 갤러해드나 급사장이라도 되는 듯 정중히 허리를 굽혀 인사했다. 그리고 연병장을 호령하듯 웅장하게 소리쳤다. "천만에요, 천만에요, 부인! 우리 노병들은 건전한 말다툼 따위는 전혀 개의치 않는답니다. 누군가가 우리의 미천한 견해에 이렇게 관심을 가져주고 화를 내주다니 기쁩답니다, 하하하!"

그러자 모든 사람들이 웃음을 터뜨렸고 분위기는 다시 화기애애해졌다. 그날의 일정은 루이스 로텐스턴이 「조지아를 뚫고 행진하기」, 「옛 야영지에서 텐트 치기」, 「딕시」, 「올드 블랙 조」, 「나는 가련한 목동에 불과하고 내 잘못을 안다네」 같은 애국심 가득한 노래들을 부르는 것으로 끝이 났다.

루이스 로텐스턴은 포트 뷰러의 모든 사람들로부터 '진짜 정통 신사' 계급 바로 아래의 '양민'으로 분류되었다. 도리머스 제섭은 그와 함께 낚시와 자고새 사냥을 즐겼다. 그리고 얇은 린넨 정장을 만드는 솜씨는 뉴욕 5번가의 어느 재단사에 견주어도 뒤지지 않는다고 생각했다. 그러나 루이스는 주전론자였다. 그는 프로이센 치하의 폴란드 게토에서 태어난 사람은 자기도 아니고 아버지도 아닌 할아버지라고 입버릇처럼 설명했다. (도리머스가 추정하기로는 그 할아버지의 이름이 로텐스턴보다는 덜 멋지고 북유럽풍일 것 같았다.) 루이스의 몇 안 되는 영웅들로는 캘빈 쿨리지, 레너드 우드, 드와이트 무디, 듀이 장군을 꼽을 수 있었다. (듀이는 버몬트 태생이었는데 루이스는 그 점이 특히 좋았다. 자신도 롱아일랜드의 플랫부시에서 태어났기 때문이다.)

그는 100퍼센트 미국인일 뿐 아니라, 40퍼센트는 더 광신적 애국주의자였다. 그는 기회가 있을 때마다 이렇게 말하곤 했다. "우리는 이 외국인들을 모두 나라 밖으로 쫓아내야 합니다. 내 말은 이탈리아 놈들과 외국인 노동자들과 중국 놈들 못지않게 유대 놈들도 다 추방해야 한다는 뜻입니다." 루이스는 무식한 정치인들이 금융과 증권거래소와 백화점 점원들의 노동시간에 더럽게 관여하지만 않는다면 미국의 모든 산업이 성장할 것이고 그 이익이 모든 국민에게 돌아갈 것이며 (소매점 점원들을 비롯하여) 모든 사람들이 아가칸처럼 부유해질 거라고 전적으로 확신하고 있었다.

그래서 루이스가 산업 옹호자로서 또 국가주의적 열정을 담아 힘차게 선창하자 모든 사람들이 함께 따라 부르기 시작했다. 특히 특유의 낮은 저음으로 유명한 아델라이드 타르 김미치 부인이 가장 목청껏 불렀다.

저녁식사는 행복한 작별을 고하는 우렁찬 노래로 끝이 났고, 도리머스 제섭은, 뜨개질과 고독과 캐스린 노리스의 소설을 좋아하며, 단단한 체격에 다정하고 걱정이 많은 아내 엠마에게 속삭였다. "내가 너무 심하게 들이받았나?"

"아니요, 도마우스. 잘했어요. 저도 로린다 파이크가 좋긴 한데, 왜 꼭 자신의 어리석은 사회주의 이상을 과시하려 들까요?"

"당신은 보수적이야! 샴 코끼리 같은 저 김미치 부인에게 잠깐 들러서 한 잔 하자고 초대할 마음은 없겠지?"

"당연히 안 되고말고요!" 엠마 제섭은 말했다.

결국 로터리 클럽 회원들이 자리에서 일어나 수많은 자동차와 한데 뒤섞이는 동안 집에 가서 한 잔 더 하자고 도리머스를 비롯한 몇몇 사내들을 초대한 사람은 놀랍게도 프랭크 태스브로우였다.

2장

아내를 집에 데려다주고 태스브로우의 집이 있는 플레즌트 힐로 차를 모는 동안 도리머스 제섭은 에지웨이스 준장의 선동적 애국심에 대해 곰곰이 생각했다. 그러나 버몬트의 포트 뷰러에서 보낸 60평생에서 53년 동안 버릇처럼 늘 그래왔듯이 생각은 곧 잊어버리고 언덕의 경치에 마음을 빼앗겼다.

행정구역상으로는 시였던 포트 뷰러는 노란색이나 짙은 갈색의 근사한 신식 소규모 단독주택들도 몇 채 있고 오래된 붉은 벽돌과 대리석 공장과 흰색 떡갈나무 판자나 회색 지붕을 인 집들이 들어선 안락한 마을이었다. 모직물 공장, 문틀과 문짝 공장, 펌프 공장 등 작은 공장들만 있었다. 이곳의 주요 생산품인 대리석은 6킬로미터쯤 떨어진 채석장에서 나왔다. 포트 뷰러에서는 채석장이 유일한 일거리요 모든 소득원이었고, 그곳에서 일하는 대부분 노동자들의 허름한 오두막이 모여 있는 곳이기도 했다. 포트 뷰러는 육체노동자가 2천 명, 사무직 근로자가 1만 명 정도 거주하고 있는 도시로서 사무직 근로자의 비중이 상당히 높다고 할 수 있다.

도심에는 오로지 (상대적으로) 유일한 고층 건물인 6층짜리 태스브로우 빌딩이 있었는데 태스브로우 앤 스칼렛 화강암 채석장 사무실, 도리머스의 사위인 파울러 그린힐과 그의 동료인 옴스테드 박사의 사무실, 멍고 키테릭 변호사 사무실, 해리 킨더맨 변호사 사무실, 메이플 시럽과 낙농품 대리점, 그 외에 3-40여개 점포가 입주해 있었다.

그곳은 아늑하고, 따분하고, 안전한 마을이자, 추수감사절, 독립기념일, 현충일을 여전히 고수하는 전통을 지니고 있었다. 그리고 노동절에는 노동자들이 행진하는 행사가 아니라 작은 꽃바구니를 나누어주는 행사가 열렸다.

그날은 5월의 어느 날 밤, 정확히 말하자면, 1936년 5월 말 그믐달에 가까워지는 날이었다. 도리머스의 집은 포트 뷰러의 번화가에서 1.6킬로미터 정도 떨어진 플레즌트 힐에 있었는데, 그곳은 우뚝 솟은 울창한 테러 산 본령에서 쭉 삐져나온 지맥이었다. 저 위로 높이 솟은 산마루의 가문비나무, 단풍나무, 백양나무 삼림 사이로 달빛에 빛나는 초원이 보였다. 그리고 차가 올라가는 동안 아래로 보이는 초원 사이로는 에단 강이 굽이치고 있었다. 우뚝 솟은 산을 병풍처럼 에워싸고 있는 울창한 삼림에는 샘물처럼 상쾌한 공기가 맴돌고, 1812년 영국과의 전쟁과, '작은 거인' 스티븐 더글러스[6], 히람 파워스[7], 태디우스 스티븐스[8], 브리검 영, 체스터 앨런 아서 대통령[9] 등 버몬트 출신 거물들의 유년시절을 기억하고 있는 고요한 떡갈나무 집들이 늘어서 있다.

도리머스는 생각에 잠겼다. '아니, 파워스와 아서는 안 돼. 둘은 똑같이 나약해빠졌어. 하지만 강골인 더글러스와 태드 스티븐스와 브리검은 용맹하고 퉁명스러운 저돌적인 투사들을 키우고 있지 않을까? 우리가 그들을 뉴

6. Stephen A. Douglas. 미국의 상원의원과 하원의원을 역임한 인물로서 1860년에 공화당의 링컨에 맞서 민주당의 대통령 후보에 오르기도 했다. 체구는 작았어도 정치계에서 거물로 통해 '작은 거인(Little Giant)'이라는 별명을 얻었다.

7. Hiram Powers. 버몬트, 우드스탁 출신의 조각가. 옛 그리스 시대풍의 대리석 조각에 뛰어난 솜씨를 보였다.

8. Thaddeus Stevens 미국의 하원의원. 공화당 급진파로서 가장 열렬한 노예제 폐지운동가였다.

9. Chester Alan Arthur. 미국의 24대 대통령(1881-85). 23대 대통령 제임스 가필드가 암살되자, 그해 9월 19일에 사망함으로써 대통령 직위를 승계했다. 실력에 기초한 현대식 행정체계가 확립한 펜들턴법을 서명했다.

잉글랜드 어딘가, 미국 어딘가, 세계 어딘가에서 길러내고 있다면? 그들은 배짱이 있어. 독립심이 있지. 하고 싶은 거나 좋아한다고 생각하는 것을 했지. 어차피 누구나 지옥에 갈 수 있는 거니까. 요즘 젊은이들은 대단하지. 조종사들은 담력이 굉장한데다, 신성불가침의 원자력에 손을 대버린 이 스물다섯 살짜리 박사 같은 물리학자들은 선구자 정신에 불타지. 하지만 매가리 없는 요즘 젊은 것들 대부분은 시속 110킬로미터는 갈 수 있는데도 움직일 생각이 없지. 어디든 가고 싶다는 상상만으로는 충분치 않나보군! 라디오에서 나오는 노래나 흥얼거리고, 셰익스피어와 성경과 경제학자 베블런과 섬너 같은 인물의 작품 대신 만화책에 나온 구절을 읊조리지. 군살덩어리 같은 존재들! 빙충이와 어울려 다니며 우쭐대기나 하는 저 애송이 말컴 태스브로우 같은 녀석들이란! 아!

우리가 아이들이라 부르는 이 꼭두각시들에게 활력과 근성을 불어넣기 위해 ― 생각하기도 싫지만 성가신 몇 나라를 정복하는 ― 이 모든 군사적 도발과 어쩌면 어리석은 전쟁이 필요하다고 주장하는 저 꽉 막힌 에지웨이스와 정치적 구명조끼인 김미치가 옳다면, 그게 바로 지옥 아닐까? 아!

하지만 저 쥐 같은 자들이. 이 산과 성벽까지는 못 오겠지. 아, 상쾌한 공기. 코츠월즈와 하츠 산맥과 로키산맥은 그들이 장악할 수 있겠지. 도리머스 제섭, 향토 애국자. 그래 내가 바로 …'

"도리머스, 커브 길이잖아요, 좀 더 우측으로 붙여야 하지 않아요?" 아내가 조용히 한 마디 했다.

위의 초원에는 아무도 없었고 달 바로 아래에는 안개가 드리워 있었다. 60년도 더 전에 불탄 한 농가의 폐허 옆에 피어난 오래된 라일락나무의 흐드러진 꽃송이들과 사과나무에 핀 꽃 위로 안개가 서려 있었다.

프랜시스 태스브로우는 포트 뷰러에서 6킬로미터 정도 떨어진 웨스트 뷰러에 있는 태스브로우 앤 스칼렛 화강암 채석장의 사장이자 최고경영자이자 대주주였다. 부유하고, 남의 말에 잘 넘어가는 그는 끊임없이 노사문제를 겪고 있었다. 그는 플레즌트 힐에 있는 도리머스 제섭의 집 바로 맞은편 조지아풍의 새 벽돌집에 살고 있었는데, 그로스 포인트 소재 한 자동차회사 광고부장의 것만큼 호화스러운 개인 홈 바를 가지고 있었다. 그것은 보스턴의 가톨릭 기풍 못지않게 뉴잉글랜드의 전통이기도 했다. 그리고 그의 가문이 뉴잉글랜드에 정착한지 6대가 되었지만 프랭크 자신은 미국의 전형적 회사 중역으로서 매출과 효율성 측면을 제외하고는 그렇게 인색한 사람은 아니라고 자랑했다.

태스브로우는 키가 컸고 노란 콧수염을 길렀고 목소리는 강하고 단조로웠다. 도리머스 제섭보다 여섯 살 아래인 쉰네 살이었다. 네 살이던 태스브로우가 막대기, 장난감 마차, 점심도시락, 마른 쇠똥 등 손에 잡히는 대로 집어 들어 다른 소년들의 머리를 휘갈기는 고약한 버릇의 후환으로부터 지켜준 사람은 바로 도리머스였다.

오늘 밤 로터리 클럽 회원들의 저녁 회합이 끝난 후 홈 바에 모인 사람들은 프랭크 자신을 비롯해, 도리머스 제섭, 메더리 코올, 밀러, 교장 에밀 스타웁메이어, 포트 뷰러의 가장 유력한 은행가 로스코 콘클링 크로울리 등이었고, 의외로 태스브로우의 성공회 교구 신부인 팰크 신부도 함께 했다. 도자기처럼 섬세한 늙은 손과 비단처럼 부드러운 백발의 풍성한 머리칼과 금욕적인 얼굴은 성직자에 걸맞은 삶을 살고 있음을 보여주었다. 팰크 신부는 올곧은 네덜란드 가문의 후예였고 뉴욕의 제너럴 신학대학을 나와 에든버러와 옥스퍼드에서 공부했다. 그리고 도리머스만 빼면 뷰러 밸리의 모든 사람들 가운데 그 언덕의 안식처에 가장 만족스럽게 은거하고 있었다.

홈 바가 있는 방은 오른쪽 손등을 엉덩이에 대고 서 있는 버릇이 있던 뉴욕의 젊은 신사가 제대로 꾸며주었다. 철제 바, 오펜바흐의 오페레타 『파리인의 삶』 속 한 장면을 그린 그림 액자, 은도금 철제 탁자, 선홍색 가죽 쿠션을 씌운 크롬 도금 알루미늄 의자 등이 있었다.

태스브로우와 메더리 코울 — 프랭크 태스브로우가 꿀과 잘 익은 무화과만큼 좋아하는 출세주의자다 — 과 에밀 스타웁메이어 '교수'를 제외한 나머지 사람들은 앵무새 새장처럼 좁아터진 이 고상한 방에 있는 것이 불편했지만, 프랭크가 내놓는 음료와 뛰어난 스카치 위스키나 정어리 샌드위치를 싫어하는 사람은 팰크 신부를 비롯하여 아무도 없는 것 같았다.

도리머스는 속으로 생각했다. '태드 스티브스도 여기를 좋아할까. 코너에 몰린 늙은 들짐승처럼 못마땅해하겠지. 하지만 위스키만큼은 싫어하지 않을걸!'

태스브로우가 불쑥 말을 꺼냈다. "도리머스, 이제 그만 정신 차리는 게 어때요? 요 몇 년 동안 늘 정부에 반대하고 모든 사람을 놀리며 비방하는데 너무 재미 들린 거 아닙니까. 너무 진보적이어서 근래의 모든 파괴적 활동들을 지지할 것 같은 태도를 취하고 있잖아요. 정신 나간 이상한 사상과는 이제 그만 놀고 우리와 함께 하자고요. 요즘은 상황이 심각하잖아요. 구호 대상자가 2,800만 명쯤 되는 것 같고 점점 악화되기 시작했어요. 게다가 이제 기득권이 자기들을 부양해야 한다고 생각하고 있단 말입니다.

그리고 유대인 공산주의자들과 유대인 금융가들이 나라를 지배할 음모를 획책하고 있다고요. 제가 비록 연배는 아래지만 당신이 노동조합과 심지어 유대인에게조차 일말의 동정심을 품도록 어떻게 사람들을 북돋울 수 있었는지 알고 있습니다. 물론 저 악당 놈들이 대리석 가공 공장을 불태우며 제 사업을 몽땅 망치려고 들었을 때 당신이 파업에 참가한 자들의 편을 들어서 아직까지도 서운하긴 하지만요. 총파업을 시작한 장본인인 불한당 녀석 칼 파스칼에게까지 호의적이었잖아요. 그 덕분에 저는 파업이 끝나고도 그 놈을 해고하는 기쁨을 누리지도 못했다니까요!

하지만 어쨌든, 이 노조 녀석들이 나라를 주물럭거리기로 마음먹고 공산주의 지도자들과 힘을 합치고 있어요. 저 같은 사람들에게 우리 사업 경영법을 훈수하려든다니까요! 그리고 에지웨이스 준장이 말한 대로 우리가 행여나 전쟁에 말려들게 된다면 그런 작자들은 나라를 위해서 복무하기를 거부할 거라고요. 확실히 심각한 순간이죠. 그러니 이제 그만 낄낄 대고 정말로 책임감 있는 시민들과 함께 할 때라고요."

그 말에 도리머스가 대답했다. "흠. 심각한 때라는 것에는 나도 동의하네. 대부분의 사람들이 별로 원치 않는 상황인데도, 윈드립 상원의원이 오는 11월에 대통령으로 선출될 가능성이 아주 높아졌네. 그리고 그가 선출된다면 아마도 그의 똘마니들은 자신들의 정신 나간 자만심을 마음껏 뽐내면서 온 세상에 대고 이 나라가 가장 강건한 나라라는 것을 과시하기 위해 우리를 전쟁으로 몰아넣고 말걸세. 그렇게 되면, 진보주의자인 나와 가짜 보수주의자인 자네 같은 재벌은 새벽 3시에 느닷없이 끌려나가 총살될 거라고. 심각하지? 허!"

그러자 크로울리가 갑자기 끼어들었다. "설마! 과장이 심하네요!"

도리머스는 아랑곳 않고 꿋꿋이 이어나갔다. "캐딜락 16을 타고 다니는 현대판 사보나롤라[10]라고 할 수 있는 프랑 목사가 버즈 윈드립을 지지하도록 라디오 청취자들과 〈몰락한 중산층 연맹(League of Forgotten Men)〉을 움직인다면 윈드립이 이길 걸세. 사람들은 좀 더 경제적으로 안정을 찾기 위해 그를 뽑는 거라고 생각할 걸세. 그리고 나면 공포 정치를 맛보게 되겠지! 미국에서 독재가 일어날 수도 있는 조짐이 충분히 있다는 사실은 아무도 모르고 있네. 남부 소작인들의 비참한 상태, 광부들과 봉제공장 노동자들의 작업 환경, 무니(Mooney)의 장기 투옥 등 조짐은 널렸네. 그러나 윈드립이 기관총을 들고 뭐라고 말하며 나올지 기다려보게! 비록 프랭크 자네 같은 기업가와 크로울리 자네 같은 은행가들을 양산하고 너무 많은 힘과 돈을 몰아주

---

10. Girolamo Savonarola. 메디치 가문 집권기 피렌체의 산마르코 도미니코 수도원 원장. 이탈리아와 전 세계에 대해 하느님의 심판이 곧 도래할 것이라고 예언하며 강력한 개혁을 요구하였고, 이후 종교개혁가들의 선구자가 되었다.

긴 했어도 여기 미국과 영국과 프랑스의 민주주의는 나치 치하의 독일처럼 그렇게 전체적으로 심각한 예속 상태도 아니고, 러시아처럼 생각만으로도 끔찍한 형식적 물질주의에 사로잡혀 있지는 않지. 대체로 수치스러운 예외가 있긴 해도 민주주의는 이제껏 그 어느 정체보다도 평범한 노동자에게 더 많은 존엄성을 부여해왔다고. 그런데 이제 그 민주주의가 윈드립과 그의 모든 지지자들에 의해 위협받게 될 걸세. 그래 맞아! 어쩌면 건전한 소규모 혁명분자들과 독재에 맞서 싸워야 할 수도 있단 말일세. 총에는 총으로 맞서서 말이지. 어디 윈드립이 우리를 보호해주기를 기다려 보게. 진짜 파쇼 독재정권이 들어설 테니!"

그러자 태스브로우가 콧방귀를 뀌었다. "말도 안 돼요! 말도 안 되고말고요! 그런 일이 이 나라 미국에서 일어날 리가 없어요! 자유민들의 국가인 이 나라에서 말이죠."

"그 대답은, 팰크 신부님께서 용서해주신다면, '일어나서는 안 될 지옥'이라네! 왜 아니겠나, 전 세계에서 미국만큼 분별력이 없고, 그래 어쩌면 비굴한 나라는 없다고! 휴이 롱[11]이 루이지애나에서 어떻게 제왕적으로 군림했는지, 버질리어스 윈드립 상원의원 각하께서 자기 주를 어떻게 소유하는지 보라고. 프랑 목사와 코릴린 신부가 라디오에서 수백만 명을 상대로 신탁처럼 하는 말을 들어보라고. 미국인 대부분이 부패의 온상인 태머니(Tammany)파[12]의 수뢰와 시카고 갱들과 하딩 대통령이 임명한 수많은 자들의 부정을 아무렇지도 않게 용인하지 않았는가? 히틀러 무리와 윈드립 무리 중 누가 더 나쁘겠는가? KKK단 기억하는가? 누군가가 소금에 절인 양배추를 '자유 양배추'라 부르고 독일 촌충들을 '자유 촌충'이라고 부르자고 실제

---

11. Huey Pierce Long. 미국의 상원의원, 루이지애나 주의 40대 주지사 역임. 급진적인 정책으로 유명하며, 루스벨트의 뒤를 이을 민주당의 대통령 후보로 떠올랐지만 1935년 루이지애나 주 의회 건물에서 암살당했다.

12. 독립 전쟁의 퇴역군인들이 조직한 공화파의 정치기구. 투표를 매수 조작하는 작태를 배후 조종하는 등 부패정치의 온상이 되었다.

로 제안했을 때 우리가 얼마나 전쟁의 광기에 사로잡혔는지 잊었나? 그리고 정직한 신문들에 대한 전시 검열은 어떠한가? 러시아만큼 잘못됐지! 백만장자 갑부인 복음전도자 빌리 선데이, 태평양에서 헤엄쳐 애리조나 사막으로 숨어들어가 얼마간 자취를 감췄던 에이미 맥퍼슨[13]에게 얼마나 환호했었는지 생각 안 나나? 볼리바와 마더 에디[14]도 잊었나? … 우리의 근거 없는 빨갱이 공포와 가톨릭 공포를 기억하나? 당시 박식하다는 사람들은 모두 소련 비밀경찰이 오스컬루사에 숨어 있는 것으로 알고 있었고, 알 스미스에 맞서 선거운동을 하던 공화당원들은 캐롤라이나 산맥 주민들에게 스미스가 이기면 교황이 그들의 자식을 서출로 만들어버린다고 떠들고 다니지 않았나? 톰 헤플린[15]과 톰 딕슨은 또 어땠나? 어느 주에서는 멍청한 의원들이 생물학을 독실한 할머니에게서 배운 윌리엄 제닝스 브라이언[16]을 추종하여 과학 전문가처럼 사무소를 차려놓고 진화론 수업을 금지시킴으로써 온 세계의 웃음거리가 되었던 사건 기억 안 나나? … 폭력적인 복면 기마단원들을 잊었나? 사람들이 떼로 몰려다니며 살인을 자행하고 다닌 일이 기억 안 나는가? 미국에서는 독재가 일어날 리 없다고? 단지 술을 유통했다는 이유로 사람들을 쏴 죽였던 금주법이 미국에서 안 일어났단 말인가! 모든 역사를 보면 어디에서든 우리처럼 독재가 무르익도록 조장한 사람들이 늘 있었단 말일세! 말로는 어른들의 십자군이라고는 하지만 실상은 어린애들을 전쟁터로 내모는 십자군

---

13. Aimee Semple McPherson. 사중복음교회의 창시자이자 치유사역자. 1926년 성공의 정점에 서 있었던 그녀가 한 달간의 종적을 감추는 사건이 발생했는데 납치가 아니라 자작극이었던 것으로 드러났다.

14. Mother Eddy. 1866년 종교단체 크리스천 사이언스를 창시한 종교인. 예수의 치유 행위는 오늘날 모든 사람들에게 적용 가능한 과학이라고 주장했다.

15. Tom Heflin. 미국의 정치인. 앨라배마 주 출신의 민주당 상원의원이었지만 민주당 대통령 후보 앨 스미스가 아니라 공화당 후보 허버트 후버를 지지하고 나서 민주당 지지자들의 거센 비난을 받았다.

16. William Jennings Bryan. 1890년대 이후 미국 민주당의 지도적 정치인. 경건한 장로교회 신자로서 금주법을 지지했고, 진화론을 반대하였다.

이 시작될 분위기가 무르익고 있네. 그리고 저 선동가 윈드립과 프랑은 전쟁을 이끌 준비가 되었단 말일세!"

그러자 크로울리가 항변했다. "흠, 그렇다면 어떤가요? 그렇게 나쁘지 않을 수도 있잖아요. 저는 늘 저희 은행가들에 대한 이 모든 무책임한 공격들이 싫습니다. 물론 윈드립 상원의원이 저희 은행가들을 공개적으로는 꾸짖는 척 해야겠지만 일단 권력을 잡으면 은행이 행정부에 적절한 영향력을 행사하게 하고 우리의 전문적인 재정 조언을 받아들일 겁니다. 암 그러고말고요. 도리머스, 당신은 '파쇼'라는 말을 왜 그렇게 두려워하죠? 그저 말인데, 말에 불과할 뿐인데요! 그리고 요즘 들어 어떻게든 구호의 손길이나 청하고 저와 여러분의 소득세로 무위도식하려는 게으른 부랑자들을 생각해보면 꼭 그렇게 나쁘지 않을 수도 있죠. 히틀러나 무솔리니처럼 정말로 강력한 지도자를 갖는 것이 뭐 그렇게 나쁘겠어요. 저 옛날 부국강성 시대에 나폴레옹이나 비스마르크처럼 그렇게 강력한 지도자들이 다스려 다시 한 번 이 나라를 효율적이고 번창하게 만들면 좋잖아요. 비유하자면, 말대답을 용인하지는 않지만 환자를 꼼짝 못하게 해서 환자 마음에 들든 안 들든 낫게 해주는 의사라면 괜찮지 않나요!"

그 말에 에밀 스타웁메이어가 맞장구를 쳤다. "맞아요! 히틀러도 독일 국민들이 마르크스주의로 적화되지 못하게 막지 않았나요? 그곳에 사촌이 있답니다. 그래서 알죠!"

도리머스는 흔히 그러듯 혀를 찼다. "흠, 민주주의의 폐해를 파시즘의 폐해로 치료하겠다고! 거참 재밌는 치료법이로군. 환자에게 말라리아를 옮겨 매독을 치료했다는 말은 들어보았어도 매독을 옮겨 말라리아를 치료했다는 말은 들어본 적이 없네!"

"팰크 신부님 앞에서 못하는 말씀이 없으시네요?" 태스브로우가 화를 냈다.

팰크 신부는 파이프를 물며 대답했다. "그 말이 어때서요, 흥미롭기만 한네요, 제섭 형제!"

태스브로우가 계속 말했다. "게다가, 어쨌든 이런 말도 안 되는 농담이나 씹고 있다니. 크로울리가 말했듯이 강력한 사람이 권좌를 잡는 것이 좋은 일일 수도 있지만 그런 일이 미국에서 일어날 리는 없죠."

그리고 도리머스가 보기에는 부드럽게 움직이는 팰크 신부의 입술이 이렇게 말하는 것 같았다. "그런 지옥은 절대로 안 돼!"

3장

　뷰러 밸리 상류와 하류의 보수적인 버몬트 농부들에게는 성서와도 다름 없는 『데일리 인포머』의 편집장이자 소유주인 도리머스 제섭은 1876년 포트 뷰러에서 만인구원파 교단의 가난한 성직자 로렌 제섭의 외아들로 태어났다. 매사추세츠 출신이었던 어머니는 그곳의 대표어종 농어와 비슷했다. 독서를 즐기며 꽃을 좋아했고 쾌활했지만 그다지 위트가 많지는 않았던 로렌 목사는 곧잘 흥얼거리고는 했다. "아아, 안타깝도다! 매사추세츠의 농어는 허풍을 잘 떠는 목사와 결혼했어야 했는데." 그리고는 어류학적으로 보면 아내가 완전히 틀렸다고, 농어가 아니라 대구였어야 한다고 주장했다. 목사 사택에는 고기는 별로 없었지만 책은 넘쳐났다. 그 중에는 신학책이 아닌 것들도 있었으므로 도리머스는 열두 살이 되기도 전에 세속 작가들인 월터 스콧, 찰스 디킨스, 새커리, 제인 오스틴, 테니슨, 바이런, 키이츠, 셸리, 톨스토이, 발자크의 작품들을 접했다. 그는 아이세어 대학교를 졸업했는데, 이곳은 유니테리언 교파가 포트 뷰러로부터 20킬로미터 정도 떨어진 노스 뷰러에 야심차게 세운 학교였지만 1894년 무렵에는 애매한 삼위일체적 갈망을 보이는 초교파적 특성을 띤 작고 소박한 교육기관으로 전락해 있었다.

　그러나 오늘날 아이세어 대학이 이름을 떨치게 된 계기는 교육적 이유가 아닌 다른 이유에서였는데, 1931년 다트머스 대학 풋볼 팀을 64대 6으로 묵

사발을 만들어버렸기 때문이다.

대학에 다닐 동안, 도리머스는 형편없는 시들을 많이 끄적였고, 구제불능의 책벌레가 되었지만 꽤 훌륭한 육상 선수였다. 자연스럽게 그는 보스턴과 스프링필드에 있는 신문사들과 연락을 주고받았고 졸업 후에는 러트랜드와 우스터에서 기자로 활동하며 보스턴에서 영광스럽게 1년을 보냈다. 보스턴의 오래된 아름다움과 과거의 잔재는 마치 요크셔 출신의 젊은이가 런던을 대할 때의 느낌과도 같았다. 그는 콘서트, 미술관, 서점에 흥분했다. 일주일에 세 번은 극장의 25센트짜리 상층 발코니 좌석을 찾아다녔고, 두 달동안은 정말로 『센추리』지에 단편을 기고했고, 디킨스 같은 부류의 작가들과 그들의 기법에 대해 말이 통하는 동료 기자와 함께 방을 썼다. 그러나 그다지 강건하지는 않은 데다 도시의 소음과 혼잡한 교통과 과도한 업무에 지친 도리머스는 대학을 졸업한 지 3년 된 1901년에 어머니를 먼저 보내고 홀로 지내던 아버지가 돌아가시면서 2,980달러와 서재를 유산으로 남겨주었으므로 포트 뷰러의 집으로 돌아와 당시는 주간지였던 『인포머』의 주식 25퍼센트를 사들였다.

1936년 무렵 『인포머』는 주간지에서 일간지로 바뀌었고 도리머스는 꽤많은 융자를 받아 『인포머』를 완전히 인수했다. 그는 온화하고 호의적인 사장이자, 뉴스거리를 귀신 같이 잡아냈으며, 심지어 공화당이 단단히 잡고 있는 이 버몬트 주에서 정치적 중립을 지켰다. 그리고 심각하게 고질적이지는 않지만 부정과 불의에 반대하여 쓴 사설에서는 개 채찍처럼 매서운 맛을 보였다.

그는 캘빈 쿨리지와 팔촌지간이었는데, 쿨리지는 도리머스를 가정적으로는 견실하지만 정치적으로는 자유롭다고 생각했다. 도리머스 자신은 스스로에 대해 정반대라고 생각했다.

도리머스는 같은 포트 뷰러 출신인 엠마와 결혼했다. 그녀는 마차 제조업자의 딸이자 도리머스의 고등학교 동창으로서 어깨가 넓고 차분하고 예쁘장한 소녀였다.

이제 세월이 흘러 현재인 1936년에 이르자 도리머스 부부의 세 자녀 중 장남인 필립은 다트머스 대학과 하버드 로스쿨을 졸업하고 결혼하여 우스터에서 야심만만하게 법률 사무실을 열었다. 딸 메리는 포트 뷰러 출신 의사인 파울러 그린힐에게 시집갔다. 사위인 파울러는 쾌활하고 활동적인 의사로서 흥분하기 쉬운 붉은 머리 청년이었다. 그는 장티푸스, 급성 맹장염, 조산술, 복합 골절, 빈혈에 걸린 아이들의 식이요법 등에서 눈부신 활약을 보인 의사였다. 파울러와 메리 사이에는 도리머스의 유일한 손자이기도 한 아들이 하나 있었다. 이제 여덟 살인 귀여운 데이비드는 겁이 많고 창의적이며 따뜻한 아이였다. 금방이라도 울 것 같은 커다란 눈망울과 붉은 황금색 머리칼이 얼마나 대단했는지 그의 사진이 국립 아카데미 전시회에 걸려 있거나 심지어 발행부수 250만 부를 자랑하는 여성지 표지에 큼지막하게 실리기도 했다. 그린힐의 이웃들은 불가피하게 소년에 대해 말하지 않을 수 없었다. "세상에, 우리 데이비드는 상상력도 풍부하지, 그렇지 않나요! 아마도 크면 외할아버지처럼 작가가 될 게 분명해요!"

도리머스의 셋째 자식은 쾌활하고 활기차고 반짝반짝 빛나는 세실리아였다. 오빠인 필립은 서른두 살이고, 그린힐의 아내인 언니 메리는 서른 살인데 반해 '시시'라는 애칭으로도 불리는 세실리아는 이제 겨우 열여덟 살이었다. 고등학교를 마칠 때까지는 집에 있기로 한 점이 도리머스의 마음에 꼭 들었지만 졸업 후에는 건축을 공부하러 떠나겠노라고 씩씩하게 말하곤 했다. 그리고는 근사한 작은 집들을 계획하고 건축함으로써 '나만의 소중한 건축물을 수백만 채'나 짓겠다고 호언장담했다.

제섭 부인은 첫째 아들 내외에 대해 제멋대로(그리고 완전히 잘못) 확신하고 있었다. 필립은 뻣뻣한데다 웨일스 대공의 이미지가 있고, 며느리인 메릴라(매사추세츠 우스터 출신의 양갓집 규수)는 흥미롭게도 매리나(Marina) 공주와 어딘가 모르게 닮았고, 첫째 딸인 메리는 모르는 사람이 보면 캐서린 헵번으로 착각할 것이며, 시시는 숲의 요정, 데이비드는 중세의 시동 비슷하고, 남편인 도리머스(자기 자식들보다는 더 잘 알고 있기는 했지만)는 1898년 당시의 모습이 해군 영웅 윈필드 스콧 쉴리와 놀랍도록 닮았다고 생각한 것이다.

엠마 제섭은 충실하고도 마음이 넓었으며 레몬 머랭 파이 솜씨는 수준급이었다. 그리고 보수적이고 정통 성공회 신자였으며 유머라고는 전혀 없었다. 도리머스는 그녀의 부드러운 진중함이 늘 마음에 들었고, 그 점 때문에 자기가 활동 중인 공산주의자인 척하며 당장 모스크바로 떠날 생각이라고 놀리는 것을 자제하였다.

시멘트와 아연도금한 철로 만들어진 거대한 차고에 주차한 크라이슬러에서 몸을 일으키는 도리머스의 모습은 마치 휠체어에서 일어나기라도 하듯이 지치고 나이 들어 보였다. (그러나 차고는 차 두 대가 들어가는 자랑스러운 것이었다. 4년 된 크라이슬러 외에 신형 포드 컨버터블도 갖고 있었는데, 도리머스는 언젠가 시시가 쓰지 않을 때 자기도 몰아볼 수 있었으면 하고 바랐다.)

도리머스는 차고에서 부엌으로 연결된 시멘트 길로 걸어가다가 잔디깎이에 부딪혀 정강이가 까이자 실컷 욕을 해댔다. 잔디깎이는 일꾼인 오스카 레듀가 거기에 놓았을 것이다. 키가 크고 얼굴이 붉으며 굼뜬 무뚝뚝한 아일랜드계 캐나다인 농부인 그는 늘 '섀드'로 불렸다. 섀드는 언제나 잔디깎이를 멀쩡한 사람들의 정강이가 받치도록 아무데나 늘어놓는 일과 같은 짓을 했다. 그리고 매사에 어설펐고 심술궂었다. 화단에는 아예 얼씬도 않고, 벽난로에 쓸 장작들을 들여놓을 때도 냄새 나는 낡은 모자를 벗는 법이 없었고, 초원에 핀 민들레에 씨가 맺힐 때까지도 베지 않았고 요리사에게 완두콩이 무르익었다는 말도 걸핏하면 빠뜨렸고, 고양이, 주인 없는 개, 다람쥐, 감미롭게 지저귀는 찌르레기 등을 쏘아대는 버릇이 있었다. 하루에도 두 번씩 도리머스는 그를 잘라야겠다고 결심했지만, 마음뿐이었다. 어쩌면 이 엄청난 덩치꾼을 따끔하게 가르쳐 주려고 애쓰는 것이 즐겁다고 스스로 위안을 삼고 있었는지도 모르겠다.

도리머스는 부엌으로 재빨리 걸어들어가며 냉장고에 든 차가운 닭고기와 우유 한 잔, 심지어 요리사 겸 가정부 캔디 부인이 코코넛을 넣어 만든 맛있는 케이크 한 조각도 입에 대지 않겠노라 다짐하고는 3층 꼭대기에 있는 '서재'로 직행했다.

그의 집은 1880년에 떡갈나무로 지은 널찍한 하얀 건물로 2중 경사 지붕과 정면에는 작은 사각 흰 기둥이 늘어선 기다란 돌출 현관이 있었다. 도리머스는 그 집이 볼품없지만 '좋은 뜻에서 볼품없다'고 주장했다.

꼭대기 층 다락에 있는 그의 서재는 온갖 성가심과 번잡스러움을 피할 수 있는 일종의 안식처였다. 그곳은 ― 조용하고 무서울 정도로 유능하고, 한때 버몬트의 시골학교 선생이었으므로 아주 교양이 뛰어난 ― 캔디 부인이 청소를 하도록 허용되지 않는 유일한 방이었다. 그곳은 온갖 소설들과 잡지, 그 외의 물건들이 정신없이 뒤섞여 있었다. 국회 기록물 사본, 『뉴요커』, 『타임』, 『네이션』, 『뉴 리퍼블릭』, 『뉴 매시스』, 〈스페큘럼(중세 사회의 수도원 조직)〉에서 발행된 잡지들, 과세와 통화체계에 관한 논문, 도로 지도, 에티오피아와 북극 탐험에 관한 책들, 뭉개진 몽당연필, 덜거덕거리는 이동식 타자기, 낚시도구, 뒤섞인 카본지, 오래된 가죽 안락의자 두 개, 책상 앞에 있는 윈저 체어, 도리머스의 최고 영웅인 토머스 제퍼슨의 모든 저작들, 현미경과 버몬트 나비 표본, 인디언 화살촉, 지역신문사 사무실에서 인쇄된 버몬트 지방 시집 몇 권, 성경, 코란, 모르몬 경전, 과학 및 건강 서적, 마하바라타 선집, 샌드버그, 프로스트, 매스터스, 재퍼스, 옥덴 내쉬, 애드거게스트, 오마 케이얌, 밀턴의 시, 권총과 22구경 자동연발총, 아이세어 대학 배너, 빛바랜 옥스퍼드 사전, 두 개나 제대로 나올까말까 한 만년필 다섯 자루, 기원전 327년도 것으로 추정되는 볼품없는 크레타 화병, 개가 표지를 물어뜯은 것 같은 재작년 세계연감, 이제는 하나도 눈에 맞지 않는 뿔테 안경과 무테 안경, 튜더 왕조 시대 것이라는 데본셔 산 오크 장식장, 에단 앨런과 태디어스 스티븐스의 초상화, 고무장화, 옛 모로코 붉은 슬리퍼, 1840년 9월 2일 휘그당의 자랑스러운 승리를 선언하여 우드스탁의 『버몬트 머큐리』에서 발행한 포스터, 부엌에서 하나씩 훔쳐다 모아놓은 안전성냥 24갑, 노란색 모듬 편지지, 러시아와 볼셰비즘을 극찬하거나 결사 반대하는 서적 7권, 시어도어 루스벨트의 사인이 담긴 사진 한 장, 절반은 빈 갑인 담배 6갑(언론인으로서의 유별난 전통에 의하면 훌륭한 옛 파이프를 피워야 마땅하지만 니코틴이 잔뜩 묻은 침이 끈적끈적 배어나오는 것이 싫었다), 바닥에 깔린 닳은 카펫, 은색 리본이 감긴 마른 감탕나무 가지 크리스마스 장식, 한 번도 사용 안 한 진짜 쉐필드 면도날 7개가 든 상자, 불어사전, 독일어사전, 이탈리아어사전, 처음으로 익힌 외국어인 스페인어사전, 금박을 입힌 바바리아산 버들고리 새장에 든 카나리아 한 마리, 무릎에 놓고서 늘 흥얼거리는 해진 린넨 장정의 『가정과 야유회에 부를 만한 옛 노래 모음집』, 프랭클린이 발명한 오래된 주철 벽난로가 있었다. 이 모든 것이야말로 정말 은자에게 꼭 들어맞는 것이었으므로, 신앙이 없는 가정부의 손길이 닿아서는 안 되었다.

전등을 켜기 전 도리머스는 지붕에 난 채광창으로 굽이치는 별들 사이로 우뚝 솟아있는 산을 내다보았다. 중간 지대에는 포트 뷰러의 마지막 불빛들이 반짝이고 있었고, 저 아래 왼쪽으로는 어둠에 잠겨 보이지는 않지만 부드러운 초원과 오래된 농가들과 에단 모윙의 커다란 낙농 창고가 있었다. 그곳은 온화한 고장이었고, 시원했고 한 줄기 빛처럼 청명하다는 생각이 들었다. 도시의 고층 건물과 소란스러움에서 멀어져 자유를 만끽하며 고요하게 지내는 해가 거듭될수록 도리머스는 그곳이 점점 더 좋아졌다.

가정부인 캔디 부인이 은자의 암자와도 같은 이 서재에 들어올 수 있는 순간 가운데 하나는 그에게로 온 편지를 방 안의 기다란 책상에 가져다 둘 때이다. 책상에 놓여 있던 편지를 집어 든 도리머스는 책상 옆에 서서 재빨리 읽기 시작했다. (잘 시간이었다! 오늘 밤에는 너무 많이 떠들고 너무 많이 먹었다! 세상에! 벌써 자정이 넘었잖아!) 가볍게 한숨을 내쉰 도리머스는 윈저체어에 앉아서 책상에 팔꿈치를 기대고는 처음에 집어든 편지를 반복해서 열심히 읽었다.

그것은 도리머스의 모교 아이세어 대학의 국제적 사고방식을 가진 좀 더 젊은 강사들 가운데 한 사람인 빅터 러브랜드가 보낸 것이었다.

존경하는 제섭 박사님께

(흠. '제섭 박사'라니. 이봐, 그건 아니지. 내가 얻을 유일한 명예 학위라고 해봐야 수의외과 석사나 방부처리 전문가일 텐데.)

이곳 아이세어에서 매우 위험한 상황이 발생하여 도덕성과 근대성 같은 것들을 옹호하려고 애쓰고 있는 저희들로서는 매우 우려하고 있는데, 그것도 오래 갈 것 같지는 않습니다. 조만간 저희들 모두 해고될 테니까요. 2년 전만 해도 학생들은 대부분 교련에 대한 생각만으로도 콧방귀를 뀌었지만 이제는 학부생들이 소총과 기관총, 온 지역에 탱크와 비행기를 배치한 작은 청사진을 가지고 훈련을 하고 있을 정도로 매우 호전적인 분위기로 변했습니다. 그렇게 훈련을 받는 학생들 중 두 사람은 명백히 전시에 비행하기 위한 준비의 일환으로 매주 비행 훈련을 받기 위해 러틀랜드까지 다녀오고 있습니다. 제가 그들에게 지금 얼마나 사악한 전쟁을 준비하고 있는 것인지 조심스럽게 묻자 그들은 그저 긁적이며 자신들이 얼마나 씩씩하고 자랑스러운 신사인지 보여줄 기회를 잡을 수만 있다면 별로 상관하지 않는다고 밝혔습니다.

이 정도야 충분히 익숙해졌습니다. 그러나 바로 오늘 오후에 ─ 신문사에서도 아직 이 소식은 못 들었을 겁니다 ─ 프랜시스 태스브로우와 총장인 오웬 피즐리 박사가 포함된 신탁 이사회가 모임을 갖고 다음과 같이 표결하는 일이 벌어졌습니다. 제섭 박사님, 잘 들으시기 바랍니다. "아이세어의 학생과 교수진 가운데 누구라도 공적으로든 사적으로든, 자필과 인쇄든 구두로든, 아이세어 학교나 미국의 모든 교육기관, 주 방위군, 연방군, 혹은 이 나라의 공식 군사기관에 의해 행해지는 어떠한 군사훈련을 안 좋게 비판하는 사람은 학교에서 즉각 퇴학이나 해고될 것이며, 완전하고 적절한 증거를 갖추고 총장이나 대학 신탁위원에게 그런 상황에 어떤 식으로든 연루된 사람의 악의적 비판을 알리게 되면 교련 과목에서 추가 학점을 받게 될 것이고 그 학점은 졸업에 필요한 학점으로 인정될 것이다."

미친 듯이 빠르게 번지고 있는 이 파시즘을 어떡하면 좋겠습니까?

빅터 러브랜드 드림

그리스어, 라틴어, 수강생이 둘 밖에 안 되는 산스크리트어를 가르치고 있는 러브랜드는 요즘 들어 마치 서기 180년 당시처럼 격변에 말려들고 있었다.

도리머스는 한숨을 내쉬며 중얼거렸다. "그래서 프랭크가 신탁위원회 모임에 참석하고는 나한테는 말할 엄두를 못 낸 거로군. 그들에게 스파이가 되라고 부추기고 있다니. 게슈타포가 따로 없군. 오 프랭크, 지금은 심각한 때라고! 이 돌대가리, 자기 입으로 나한테 그렇게 말해놓고는! 오웬 피즐리 총장, 축 늘어진 얼굴에 위선적인 협잡꾼, 망할 놈의 저속한 선생 같으니라고! 하지만 내가 뭘 할 수 있지? 걱정스러운 논조의 사설이나 다시 쓸 수밖에!"

도리머스는 의자에 털썩 몸을 묻고는 눈을 똥그랗게 뜨고 불안해하는 작은 새처럼 안절부절못했다.

그때 갑자기 문간에 고압적으로 열심히 벅벅 긁는 소리가 났다.

도리머스는 문을 열어 반려견 풀리시가 들어올 수 있게 해주었다. 풀리시는 영국 세터, 사냥개 종류인 에어데일테리어, 코커스패니얼, 탐스런 암사슴, 우뚝 서 있는 하이에나가 한데 뒤섞인 모습이었다. 방 안에 들어선 풀리시는 반갑게 환영의 콧소리를 내더니 윤기 나는 갈색 머리를 도리머스의 무릎에 대고 비볐다. 컹컹 짖는 소리에 우스꽝스러운 허름한 청색 스웨터로 덮어 놓은 새장 안에 잠들어 있던 카나리아가 깨어났고 지금이 한여름의 정오이며 초록빛 하츠 힐의 배나무 사이에라도 있는 듯 자동적으로 지저귀었다. 그렇지만 어쨌든 새들의 지저귐과 풀리시의 믿음직스러운 존재가 적잖이 위로가 되었으므로 도리머스는 교련이나 야욕을 내뿜고 있는 정치인들이 대수롭지 않게 느껴져 닳은 갈색 가죽의자에서 안심하고 잠들 수 있었다.

4장

6월 들어 이번 주 내내 도리머스는 토요일 오후 두 시가 되기만을 기다렸다. 폴 피터 프랑 목사가 매주 진행하는 예언자적인 방송 시간이 잡혀 있기 때문이었다.

1936년 전당대회까지 6주 남은 지금, 프랭클린 루스벨트, 허버트 후버, 밴던버그 상원의원, 옥덴 밀스, 휴 존슨 장군, 프랭크 녹스 대령, 보라 상원의원 누구도 민주 공화 양당에서 대통령 후보로 지명될 가능성은 낮아보였고, 공화당의 기수는 충직하면서도 특이하게 솔직한 중진 상원의원 월트 트로우브리지가 될 것 같았다. 그는 링컨과 비슷한 면이 있었고, 윌 로저스[17]와 조지 노리스[18]의 모습도 보였고, 어딘가 모르게 짐 팔리[19]의 흔적도 보였지만 대체로는 수수하고 큰 덩치에 차분하고 반항적인 본연의 모습을 간직하고 있었다.

민주당에서는 급부상한 버질리어스 윈드립 상원의원이 대통령 후보가 되

---

17. William Rogers. 미국의 유명한 연극배우이자 영화배우. 신문에 칼럼을 기고하고 대통령선거 유세에도 나서는 등 정치에도 활발하게 참여했다.

18. George W. Norris. 미국의 정치가. 변호사, 하원의원을 거쳐 상원의원을 지냈다. W.월슨의 제1차 세계대전 참가정책에 반대하였고 TVA(테네시 강 유역개발계획공사) 창설법안 가결에 힘썼다.

19. James Farley. 미국의 정치가. 흑인 평등권을 위해 싸웠고, 루스벨트 대통령이 당선되는데 중요한 역할을 했고 행정부에서 우정국장을 역임했다. 뉴욕에 그를 기념한 제임스 팔리 우체국이 있다.

리라는 것을 의심하는 사람은 거의 없었다. 엄밀히 말하자면, 앞에 나서서 큰 소리로 외치고 있는 것은 윈드립이고, 뒤에서 브레인 역할을 하고 있는 것은 그의 악마 같은 비서 리 새러슨이었다.

윈드립 상원의원은 서부 소도시 약제사의 아들로 태어났는데 야심만만했지만 성공하지는 못한 그의 아버지는 스웨덴의 화학자 이름을 따서 아들의 이름을 버질리어스라고 지었다. 보통은 애칭인 '버즈'로 알려져 있다. 그는 저지 시티 경영대학교와 같은 급의 서던 뱁티스트 대학을 시작으로 세상에 나왔고, 시카고의 로스쿨을 거쳐 고향 주에서 개업을 했고, 지방정치에 활발하게 관여했다. 그는 지칠 줄 모르고 돌아다녔으며, 활기차고 유머러스하게 연설했고, 사람들이 어떤 정책을 좋아하는지 기가 막히게 알아냈으며, 악수를 잘 했으며 언제라도 돈을 빌려주었다. 감리교 신자들과는 코카콜라를 마셨고, 루터파 신자들과는 맥주를, 유대인 마을 상인들과는 캘리포니아 화이트 와인을 마셨다. 그리고 다른 사람들 눈에 띄지 않을 때는 싸구려 옥수수 위스키를 마셨다.

지난 20년 동안 그는 자기 주에서 터키의 술탄 못지않은 지배자였다.

그는 결코 주지사를 하겠다고 나선 적이 없었다. 온갖 술과 다양한 포커 게임을 즐기고 여자 속기사의 환심을 사려고 하는 자신의 평판이 교계 사람들의 심기를 건드릴 수 있다는 점을 영리하게 간파하고는 어느 행사에서 널찍한 청색 리본을 잡고 유쾌하게 끌고 온 시골 선생의 훈련된 양의 털을 깎는 주지사를 추켜세우는데 만족했다. 윈드립이 속한 주의 주민들은 주지사가 '행정을 잘 펼쳐왔다'고 확신했다. 그리고 그 공로는 주지사가 아니라 버즈 윈드립에게 있다는 것을 잘 알고 있었다.

윈드립은 눈부신 고속도로와 강화된 공립학교들을 건설하게 만들었다. 주에서 트랙터와 컴바인을 사들여 그것들을 농민에게 원가로 빌려주게 했다. 모든 슬라브 민족은 싫어했지만 언젠가는 미국이 러시아인들과 대규모 사업 거래가 이루어질 것으로 확신하여 그쪽 서부 지방에 알려진 러시아 언어 과정을 주립 대학교에 처음으로 개설하게 했다. 그가 가장 독창적으로 생각해 낸 방안은 바로 주 방위군을 네 배로 늘리고 가장 뛰어난 병사들에게는 축산, 비행술, 무전기술 및 자동차 기술을 배울 수 있게 포상한 점이었다.

군인들은 그를 대장이자 신처럼 떠받들었다. 그래서 주 법무장관이 세금 20만 달러를 탈루한 혐의로 윈드립을 기소하겠다고 발표하자 방위군이 들고 일어나 마치 윈드립의 사병이라도 되는 듯이 명령만 내려달라며 국회의원실과 모든 주청사 사무실을 점거하고 기관총을 들고 주의회 의사당으로 이르는 길을 뒤덮은 채 버즈의 적들을 도시에서 몰아냈다.

그는 마치 세습 권리인 듯 미국 상원의원을 지냈고, 6년 동안 상원에서 가장 강단 있고 열성적인 인물로 꼽을 호적수는 루이지애나의 작고한 휴이 롱 의원이 유일했다.

그는 미국의 모든 국민에게 1년에 수천 달러씩 돌아가게(정확히 몇 천 달러인지에 대해서는 예상치를 달마다 바꾸었다) 하는 반면, 모든 부자들은 연간 50만 달러까지만 가져갈 수 있게 하도록 부를 재분배하겠다는 복음처럼 달콤한 정책을 떠들고 다녔다. 그래서 모든 사람들은 윈드립이 대통령이 된다는 생각만으로도 기분이 좋아졌다.

텍사스, 샌 앤토니오의 성 아그네스 대성당의 참사회장인 에저튼 쉴레밀 박사 신부는 (강론에서 한 번, 강론시간에 배포한 약간 변형된 유인물에서 한 번, 인터뷰에서 일곱 번이나) 버즈의 집권이야말로 '갈라지고 메마른 땅에 하늘의 축복과도 같이 내리는 단비'일 것이라고 확언했다. 그런데 그 축복의 단비가 4년 동안 쉬지 않고 내리면 어떤 일이 일어날지에 대해서는 한 마디도 하지 않았다.

어느 누구도, 심지어 워싱턴의 관계자들까지도 윈드립 상원의원이 지금까지 경력을 쌓기까지 비서인 리 새러슨에게 얼마나 많이 의지했는지는 정확히 모르는 것 같았다. 윈드립이 처음 상원의원에 당선되었을 당시 새러슨은 그쪽 지방에서 가장 많은 발행 부수를 자랑하는 신문사의 편집주간이었다. 새러슨의 출신 배경은 지금까지 베일에 가려져 있다.

그의 출생지는 조지아, 미네소타, 뉴욕 동부, 시리아라는 등 의견이 분분했고 뉴욕 토박이, 유대인, 웨스트버지니아의 찰스턴 위그노 교도라는 말도 있었다. 젊은 시절 1차 세계대전 당시에는 매우 겁 없는 기관총 사수였으며 그 후에는 3, 4년 동안 유럽에 머물며 여기저기 돌아다닌 것으로 알려져 있다. 뉴욕의 『헤럴드』 파리 지국에서 근무했고, 피렌체와 뮌헨에서는 그림과 흑마술에 관심을 보였다. 런던 대학교 경제학부에서 몇 달간 사회학을 공부하기도 했고, 베를린의 예술가들이 모이는 심야 식당에서 매우 신기한 사람들과 어울리기도 했다. 미국으로 돌아와서는 단연코 격의 없는 전통의 '냉철한 기자'가 되었고, '언론인'이라고 패기 없게 불리느니 차라리 매춘부라고 불리는 쪽을 택하겠다고 강력히 주장했다. 그러나 그가 여전히 읽을 능력이 있는지는 의심스러웠다.

그는 사회주의자와 무정부주의자 등 다양한 편력을 거쳤다. 심지어 1936년에도 새러슨이 '너무 급진적'이라고 주장하는 부자들도 있었지만, 실상 새러슨은 전쟁 후 이기적인 국수주의가 휩쓰는 동안 대중에 대해 (그나마 가지고 있던) 신뢰를 상실했다. 그리고 지금은 소수 독재에 의한 강력한 지배만을 믿고 있었다. 이런 점에서 그는 히틀러나 무솔리니나 다름없었다.

새러슨은 비쩍 마른 데다 활기가 없었고, 가느다란 금발에 얼굴은 야위었고 입술은 두툼했다. 두 눈은 검은 우물 바닥에서 일어나는 불꽃같았다. 기다란 두 손에는 냉혹한 힘이 있었다. 악수하려고 손을 내민 사람들의 손가락을 거의 부러질 때까지 갑자기 뒤로 젖힘으로써 깜짝 놀라게 하곤 했는데 사람들은 대부분 그것을 별로 좋아하지 않았다. 신문업계 인물로서는 최고 전문가였다. 남편 살해, 정치인(말하자면 그의 신문과 반대세력에 속한)의 부패, 동물학대나 아동학대 등을 귀신 같이 탐지해 냈는데, 특히 동물학대나 아동학대 같은 종류의 이야기는 기자 손에 넘겨주는 대신 자신이 직접 쓰는 쪽을 좋아했다. 어찌나 사실적으로 묘사하는지 퀴퀴한 지하실이 보이고, 채찍 휘두르는 소리가 들리고 끈적끈적한 선혈이 느껴질 정도였다.

포트 뷰러의 별 볼 일 없는 도리머스 제섭은 동종업계 종사자인 리 새러슨에 비하면 라디오 방송까지 송출하는 22층짜리 뉴욕 예배당의 2만 달러짜리 목사와 대비되는 촌구석의 교구목사와도 같았다.

윈드립 상원의원은 새러슨을 공식 비서로 임명했지만 새러슨의 역할은 그 이상이라고 알려져 있었다. 경호, 연설문 대필, 대언론 홍보까지 챙기고 있었고, 워싱턴에서는 모든 상원 사무실에 출입하는 신문 관계자들이 가장 많이 문의하고 제일 좋아하지 않는 인물이었다.

1936년 윈드립은 젊어보이는 마흔여덟이었고, 새러슨은 노회하고 볼살이 처진 마흔한 살이었다.

비록 윈드립이 구술한 메모에 근거하긴 했겠지만 — 소설적 상상력을 구사하는 문제에 있어서는 그 자신도 바보가 아니었으므로 — 새러슨은 윈드립의 유일한 저서를 사실상 저술한 것이 분명했다. 윈드립의 추종자들에게는 성서와도 같은 그 책, 『최고를 뛰어넘는 결정적 순간(*Zero Hour - Over the Top*)』은 자전적 이야기, 경제 프로그램, 자기과시욕을 드러내는 자랑이 한데 뒤섞인 내용이었다.

그것은 자극적인 책이었고, 세계의 개조에 관해 칼 마르크스의 『자본론』과 허버트 조지 웰스[20]의 모든 소설들을 한데 합쳐놓은 것보다도 더 많은 제안들을 담고 있었다.

아마도 이 책에서 단순한 투박함(장미십자회[21] 전승에 입회한 새러슨이 썼으

---

20. Herbert George Wells. 영국의 소설가 겸 문명 비평가. 공상과학소설을 많이 썼다. 대표작으로는 『타임머신(*The Time Machine*)』, 『투명인간(*The Invisible Man*)』, 『우주전쟁(*The War of the Worlds*)』 등이 있다.

21. 17세기에서 18세기에 걸쳐 유럽에서 활동한 비밀단체. 예수 그리스도의 부활과 구속을 뜻하는 십자가와 장미 문장이 그려진 깃발을 사용했기 때문에 이러한 이름이 붙여졌다. 가톨릭의 교리를 부정하는 입장을 내세워 가톨릭 단체 및 교회로부터 지탄과 경계의 대상이 되었다. 17세기 유럽에서 공상소설가들이 이 단체를 소재로 작품을 많이 썼다.

므로) 때문에 지역 언론으로부터 가장 사랑 받으며 가장 친숙하게 많이 인용되는 구절을 옮겨 보면 다음과 같다.

내가 옛날에 옥수수 밭의 어린 애송이였을 때 우리는 바지 위에 끈이 한 개만 있는 멜빵만을 걸쳤는데, 우리는 그것을 홑 멜빵바지라고 불렀지만 그 정도로도 흘러내리지는 않아서 고상한 영국식 억양으로 멜빵과 바지에 대해 말한다면 그럭저럭 창피는 면할 정도였다. 사람들이 소위 '과학적 경제'라고 부르는 세계의 진상도 사실은 그와 같은 것이다. 마르크스주의자들은 홑 멜빵을 멜빵으로 씀으로써 워싱턴과 제퍼슨과 알렉산더 해밀턴의 옛 사상들 가운데 시시한 것들을 능가하는 무엇인가를 가진 것으로 생각한다. 어찌 되었든, 그들이 이탈리아, 독일, 헝가리, 폴란드 등 소위 파시스트 국가들에서 이끌어낸 것 같은 모든 새로운 경제적 발견을 활용하리라고 분명히 믿는다. 제기랄, 그러한 파시스트 국가에 일본까지 포함시켜보자. 중국에서 우리가 이미 얻은 합법적인 권리들을 앗아가지 못하게 그 땅딸한 황인종에게 언젠가는 따끔한 맛을 보여줘야 할지도 모른다. 하지만 그 맹랑한 작은 거지들이 이끌어낸 사상 가운데 조금이라도 쓸 만한 것이 있으면 낚아채야 할 것이다!

나는 뒷다리로 우뚝 서서 우리가 시스템을 상당히 바꾸었다고 인정할 뿐만 아니라 감추지 않고 솔직하게 외치고 싶다. 우리의 시스템을 마차가 다니던 시대에서 오늘날의 자동차와 시멘트 고속도로 시대로 끌어올리기 위해 어쩌면 헌법 전체를 바꾸었다(그러나 폭력이 아니라 합법적으로 바꾸었다)고 말이다. 행정부가 좀 더 자유로워진 기능을 갖추어 긴급 상황에서 빨리 움직일 수 있게 되었고, 잘 알지도 못하는 것을 가지고 토론하며 지껄이느라 몇 달씩 보내는 멍청한 악덕 국회의원들에게 발목이 잡힐 일도 없게 되었다. 그러나 이러한 새로운 경제 변화들은 목적을 이루기 위한 수단일 뿐이고, 근본적으로 궁극적 목적은 저 옛날 1776년 이 위대한 나라를 세운 건국의 아버지들이 옹호했던 자유, 평등, 정의의 원칙과 같다!

1936년의 전체 선거운동에서 가장 혼란스러운 것은 두 거대 정당의 관계였다. 보수파인 공화당원들은 자신들의 자랑스러운 당이 굽실거리며 대권을 구걸하고 있다고 투덜거렸다. 반면 중진 민주당원들은 자신들의 전통적 유세 차량이 대학교수, 닳고 닳은 도시인들, 요트 소유주 같은 부자들로 미어터진다고 불만을 토로했다.

대중의 숭배를 받고 있는 윈드립 상원의원의 라이벌은 대권에 전혀 마음이 없는 것 같은 거물 정치인 폴 피터 프랑 목사였다. 인디애나 페르세폴리스 출신인 그는 감리교회 교구 감독으로서 윈드립보다는 열 살이 많았다. 일요일 오후 두 시에 매주 진행되는 그의 라디오 연설은 수백만 명의 사람들에게 하느님의 신탁 그 자체였다. 전파를 타고 들려오는 그의 목소리는 너무도 영적이었으므로 그의 말을 듣기 위해 남자들은 골프를 미루고, 여자들은 심지어 일요일 오후의 카드게임마저 연기했다.

'전파로 송출할 수 있는 시간을 삼으로써' 예수의 산상수훈에 비견될 자신의 정치적 견해를 검열 없이 자유롭게 전달할 수 있는 장치를 처음으로 생각해낸 사람은 디트로이트의 찰스 코글린 목사였다 ─ 지금은 인간이 비누와 휘발유를 사듯이 시간도 살 수 있는 20세기이니까. 이러한 발상은 소수의 사람들만 소유할 수 있는 값비싼 사치품 대신 수백만 명이 소유할 수 있는 값싼 자동차를 팔겠다는 헨리 포드의 초기 구상에 비견될 만큼 모든 미국인의 삶과 사고방식을 크게 바꾸어놓았다.

그러나 선구자인 코글린 목사가 포드의 초기 모델 A에 해당한다면 폴 피터 프랑 목사는 한층 업그레이드된 V8이라고 할 수 있었다.

프랑은 코글린보다 훨씬 감상적이고, 더 크게 외쳤으며, 더욱 몸부림쳤다. 적들의 이름을 들먹이며 다소 터무니없는 비난을 쏟아냈다. 더 재미있는 이야기와, 후회 속에 임종을 맞이하는 은행가, 무신론자, 공산주의자들의 비극적인 이야기를 훨씬 더 많이 했다. 천성적으로 비음이 많이 섞인 그의 음성은 뉴잉글랜드의 프로테스탄트이자 스코틀랜드 계 영국인 조상을 둔 순수한 중서부 출신으로 통한 반면, 코글린은 시어즈 로벅 지역에서는 쾌활한 아일랜드 억양을 갖고 있는 가톨릭 신부로 살짝 의심받았다.

역사상 그 어느 누구도 프랑 목사만큼 많은 청중과 확실한 힘을 가지고 있는 사람은 없었다. 동료 성직자의 도움 없이 홀로 프랑 목사가 방송을 듣는 청취자들에게 어떤 법안에 서명해야 할 것 같다는 생각이 든다며 지역구 국회의원들에게 전보를 치라고 위엄 있게 요구하면, 5만 명이 넘는 사람들이 그의 이름으로 정부에 명령을 내리는 전보를 치기 위해 가장 가까운 전신전화국에 전화를 걸거나 진흙투성이 시골의 진창길을 뚫고 차를 몰고 나간다. 그래서 전기의 마법으로 프랑은 역사상 어느 왕도 하찮고 우습게 만들 정도로 위세를 누렸다.

그는 수백만 명의 애청자들에게 사인을 곁들인 편지를 팩스로 보냈는데 인사말을 어찌나 교묘하게 작성했는지 사람들은 모두 프랑 목사에게서 개인적으로 인사를 받은 것처럼 기뻐했다.

버몬트 촌구석에 떨어져 있는 도리머스 제섭으로서는 프랑 목사가 자신의 시나이 산에서 정확한 시간에 맞추어 활자화된 계시와 마이크로 울려대는 정치적 복음이 모세의 원래 십계명보다도 얼마나 팔팔하게 살아있고 효율적인지 짐작할 수조차 없었다. 그는 은행, 광산, 수력발전소, 운송수단의 국유화와 소득 상한선, 임금 인상, 노동조합 강화, 소비재의 좀 더 원활한 유통에 대해 자세히 연설했다. 그러나 지금은 버지니아의 상원의원에서 미네소타의 농부 노동당원에 이르기까지 그 고상한 정책들을 누구나 집적거리고 있었으므로 아무도 그것들이 실행되리라고 생각할 만큼 속아넘어가는 사람은 없었다.

어느 곳에서는 프랑이 그의 방대한 조직인 〈몰락한 중산층 연맹〉을 대변하는 작은 소리에 불과하다는 견해가 있었다. (공인 회계사에서 아직 등록 명부를 확인하지는 않았지만) 그 조직은 대체로 2,700만 명의 회원을 거느리고 있는 것으로 여겨졌다. 그 중에는 연방 공무원, 주 공무원, 시 공무원 등 적절히 분류된 공무원들과 '콩 산업계에서의 실업 및 정규직 고용에 대한 통계 집계 국가 위원회' 등 거창한 이름을 가진 온갖 위원회들이 포함되어 있었다. 프랑 목사는 하느님의 작은 대변자로서가 아니라 거물급 인사로서 전국 대도시의 대규모 프로권투 시합장, 거대한 영화관, 군사 교련장, 야구 공원, 서커스 천막에서 한 번에 2만 명의 청중을 상대로 연설을 했다. 한편 회합이 끝나고 나면 그의 팔팔한 조수들은 〈몰락한 중산층 연맹〉 가입 신청서와 회비를 받느라 바빴다. 이 방법이 매우 낭만적이며 멋있고 눈길을 끌기는 하지만 그다지 고상하지는 않다고 소심한 반대자들이 넌지시 말하면 프랑 목사는 이렇게 대답했다. "주님께서는 누구든 당신의 말씀을 들으러 오시면 좋아하셨습니다." 그 말을 들은 사람은 감히 "하지만 당신은 당신의 주님이 아니지 않습니까, 아직은 말입니다."라고 대꾸할 엄두를 내지 못했다.

연맹과 대규모 집회로 과시했음에도 불구하고, 연맹의 어떠한 견해나, 어느 특정 법안을 통과시키라고 의회와 대통령에게 가하는 압력은 연맹의 위원이나 관리의 협력 없이 늘 프랑 자신이 고안해 낸다는 사실을 솔직히 밝혔다. 구세주의 겸손과 겸양에 대해 그토록 자주 읊조리던 프랑이 원했던 것은 1,300만 명이나 되는 사람들이 종교계의 왕이나 다름없는 자신에게 복종하는 것이 전부였다. 개인적 윤리, 공식 선언, 먹고 사는 방법, 다른 봉급 생활자들과 어떤 관계를 맺어야 하는지에 대해서도 모두 자기 말에 절대적으로 복종해야 했다.

도리머스 제섭은 아내 엠마의 놀란 신앙심을 골리며 투덜거렸다. "그 점 때문에 저 프랑 형제가 칼리굴라보다도 더 심한 폭군이자, 나폴레옹보다도 더 심한 독재자란 말이야. 명심하라고, 나는 프랑이 회원 회비와 팸플릿 판매비와 기부금을 라디오 방송국 비용으로 전용했다는 이 모든 소문들을 정말로 믿지는 않아. 사실은 그보다 훨씬 끔찍하지. 나는 그가 진짜 광신도일까 봐 두렵다고! 그래서 위협적인 독재자가 될 가능성이 큰 거지. 너무 인도주의적이고, 사실은 너무 숭고해서 대다수 사람들이 그에게 모든 것을 맡기고 싶어 한단 말인데, 이렇게 큰 나라에서 그랬다가는 정말 큰일이지. 아주 큰일이라고. 실제로 '시간을 살' 수 있을 만큼 은사를 타고난 감리교 감독이라 하더라도 말이야!"

부정직하거나, 기적을 행할 수 있다고 허황된 약속을 남발하는 것을 내키지 않아 했던 공화당의 유력한 대통령 후보 월트 트로우브리지는 지금 우리가 살고 있는 곳은 미국이지 유토피아로 가는 황금대로가 아니라고 줄기차게 주장했다.

그러한 형국에 기운 날 만한 것은 아무것도 없었으니 주구장창 비만 내리며 사과 꽃과 라일락이 지고 있는 6월의 이번 주에 도리머스 제섭은 폴 피터 프랑 교황님의 다음 교서를 기다리고 있었다.

5장

나는 언론을 너무 잘 알고 있다. 거의 모든 편집자들이 거미 소굴에 숨어 있다. 가족이나 공익이나 소박한 야외 소풍의 즐거움을 생각하지 않은 채 어떻게 하면 남을 속여 출세하고, 공익을 위해 자신의 모든 것을 걸고 권좌에 쏟아지는 빛에 고스란히 드러날 수밖에 없는 정치인들을 중상함으로써 자신의 탐욕스러운 돈지갑이나 채우려 드는 그런 인간들 틈에 비겁하게 숨어 있는 것이다.

『최고를 뛰어넘는 결정적 순간』중에서, 버질리어스 윈드립

6월의 아침은 화창했고, 벚꽃의 마지막 꽃잎들이 이슬로 뒤덮인 채 풀밭에 누워 있었고, 개똥지빠귀들은 잔디 위에서 먹이를 찾느라 이리저리 종종거렸다. 천성적으로 아침잠이 많고, 여덟시에 기상한 후로도 깜박깜박 졸던 도리머스는 벌떡 일어나 창문 앞에서 5킬로미터 정도 떨어진 뷰러 강 계곡 너머 산의 경사면 위로 펼쳐진 짙은 소나무 숲을 내다보며 스웨덴 체조 동작으로 대여섯 번 팔을 쭉 폈다.

엠마는 별로 좋아하지 않았지만 도리머스와 엠마는 지난 15년 동안 각방을 써왔다. 도리머스는 자신이 살아있는 그 누구와도 침실을 함께 쓸 수는 없다고 주장했다. 이유인즉, 잠꼬대가 심한 데다 몸을 하도 뒤척이는 바람에

본인은 못 느끼지만 옆 사람을 성가시게 하기 때문이었다.

　그날은 바로 프랑의 라디오 방송이 있는 토요일이었지만 며칠 동안 비가 온 후 모처럼 맑게 갠 이날 아침에 도리머스의 생각을 사로잡은 것은 프랑이 아니라 아들 필립이 우스터에서 아내를 데리고 주말을 즐기러 온다는 사실이었다. 로린다 파이크와 벅 타이터스도 함께 도리머스의 온 가족이 '정말 옛날식의 가족 소풍'을 갈 예정이었다.

　식구들이 모두 이구동성으로 소풍을 가자고 주장했고, 테니스 후의 다과, 골프, (이제 막 고등학교를 졸업한) 맬컴 태스브로우나 팰크 신부의 손자인 줄리언 팰크(애머스트 대학 1학년생)와 비밀리에 즐기는 짜릿한 자동차 드라이브에 훨씬 더 관심이 많은 열여덟 살 신여성 막내 시시조차 동조했다. 도리머스는 집에 남아 두 시에 진행되는 프랑 목사의 방송을 듣는 것이 편집자로서 자기의 본분이라고 우기며 소풍을 갈 수 없다고 투덜거렸다. 그러나 가족들은 얼토당토않다는 듯 웃음을 터뜨리며 그의 머리를 헝클어트리고 가겠다고 약속할 때까지 골려댔다. … 하는 수없이 따라나서기로 결정한 도리머스는 친구인 스티븐 페레픽스 신부에게서 가족들 몰래 휴대용 라디오를 빌렸고 프랑의 방송을 반드시 들을 작정이었다.

　도리머스는 자기가 좋아하는 냉소의 여왕 로린다 파이크, 가장 친한 지기라고 할 수 있는 벅 타이터스도 함께 가게 되어 기뻤다.

　나이는 쉰이었지만 서른여덟로 보이는 제임스 벅 타이터스는 곧고 넓은 어깨와 날씬한 허리에 긴 콧수염을 길렀고 가무잡잡했다. 벅은 대니얼 분 같은 전형적인 옛 미국인이거나 찰스 킹이 연기한 인디언과 싸우는 기병대 대장과 흡사한 이미지였다. 그는 윌리엄스대학을 졸업한 후 10주는 영국에서, 10년은 몬태나에서 지냈고, 목축업, 채굴업, 말사육장 등을 했다. 꽤 부유한 철도 청부업자였던 아버지로부터 웨스트 뷰러 부근의 대농장을 물려받자 벅은 고향으로 돌아와 사과를 재배하고 모건 종마들을 키우며 볼테르, 아나톨 프랑스, 니체, 도스토옙스키의 책들을 읽었다. 사병으로 복무했던 그는 자신의 상관들을 혐오하여 명령을 거부했고 퀼른에서는 독일인들을 좋아했다. 폴로는 꽤 잘했지만 말을 타고 장대까지 달리는 것은 유치하다고 생각했다. 정치적인 면에서는, 사무실이나 냄새 나는 공장에 처박혀 사람들을 쥐어짜는 인색한 착취자들을 멸시하는 것만큼 노동자들의 잘못에 대해서는 그다지 염려하지 않았다. 그는 미국에서 찾아볼 수 있는 영국의 대지주에 가까웠다. 독신이었고 빅토리아 중기 시대의 저택에 살았다. 집은 친근한 흑인 부부가 잘 관리했는데, 때로는 그 말끔한 곳에 그다지 정숙하지 않은 숙녀들을 불러들여 즐기기도 했다. 전문적인 무신론자들이 길거리에서 복음을 비웃으며 외치고 다니는 것을 싫어한다는 이유만으로 스스로를 '무신론자'가 아닌 '불가지론자'로 불렀다. 냉소적이었고 좀처럼 웃지 않았지만, 제섭 가문 사람들에게는 변함없이 충실했다. 도리머스로서는 그가 소풍에 함께 하는 것이 손자인 데이비드가 오는 것 못지않게 즐거웠다.

"어쩌면, 파시즘 하에서도 '교회 시계는 3시 10분에 멈춰 설 것이고 차에 넣어 마실 꿀도 있겠지.'" 도리머스는 약간 멋을 부린 드위드 옷을 걸치며 그렇게 희망을 품었다.

피크닉을 준비하는데 유일한 오점은 일꾼인 섀드 레듀의 툴툴거림이었다. 아이스크림 제조기를 옮기라고 하자 못마땅한 말이 먼저 나왔다. "도대체 전기 냉동기는 뭣에 쓰려는 거죠?" 그리고 무거운 소풍 바구니들을 옮기며 대놓고 툴툴 댔고 식구들이 없는 동안에 지하실을 청소해놓으라고 하자 아무 말 없이 화난 표정으로 쳐다보았을 뿐이다.

그러자 도리머스의 아들인 변호사 필립이 한 마디 했다. "아버지, 레듀는 해고하시는 게 좋겠어요."

"아, 나도 모르겠다. 어쩌면 내가 무능해서 그런 지도 모르지. 하지만 나 스스로는 사회적 실험을 하고 있는 중이라고 위안을 삼고 있다. 저 작자를 보통의 네안데르탈인만큼은 예의를 갖추도록 훈련시키고 있는 중이라고 말이다. 아니면 무서워하고 있는 건지도 모르지. 헛간에 불을 지를 만큼 앙심을 품을 수 있는 자니까. ··· 그런데 사실은 저자가 글을 읽는다는 것은 알고 있냐, 필립?"

"그럴 리가요!"

"정말이란다. 대개는 벗은 여인들과 거친 서부 이야기가 실린 영화 잡지들이지만 때로는 신문을 읽기도 한단다. 자기가 버즈 윈드립을 매우 존경한다고 말하더구나. 틀림없이 윈드립이 대통령이 될 거라고 하던데. 그러면, 모두 — 사실은 자기만 의미하는 것이 아닌가 싶다 — 일 년에 5천 달러씩은 받게 될 거라고 하더구나. 버즈는 분명히 박애주의자들의 열렬한 추종을 받고 있을 거야."

"그런데 아버지, 들어보세요. 윈드립 상원의원을 제대로 모르고 계시네요. 오, 그는 일종의 선동가랍니다. 소득세를 어떻게 끌어올릴지 또 은행가들을 어떻게 잡을지 많은 말을 토해내고 있지만 말뿐일걸요. 바퀴벌레에 주는 단물에 불과할 뿐이죠. 그가 해야만 하고 아마도 유일하게 할 수 있는 일은, 사람을 죽이고 도둑질하고 거짓을 일삼는 볼셰비키들로부터 우리를 지키는 것이라고요. 왜 안 그렇겠어요. 그 자들은 오늘 소풍을 가려는 우리를, 사생활에 익숙한 점잖은 사람들을 문간방에 한데 몰아넣고 침대에 처박혀 스토브에 양배추 수프나 끓여먹게 할 작자들인데요!"

"얼굴은 상당히 유능한 내 아들 필립이 맞는데, 말하는 건 영락없는 반유대주의자 율리우스 슈트라이허[22] 같네." 도리머스는 한숨을 쉬었다.

나들이 장소는 도리머스의 사촌이자 견실하고 과묵한 옛 버몬트인에 가까운 헨리 비더의 고지 농장이 있는 테러 산 위에 우뚝 솟은 자작나무 숲 맞은

---

22. Julius Streicher. 반유대주의 주간지 『Der Stuermer』의 발행자이자 편집장으로 활동하며 독일인들에게 반유대주의 사상을 불어넣고 박해를 선동했다. 뉘른베르크 재판에서 유죄판결을 받고 교수형에 처해졌다.

편 이끼로 얼룩진 회색 바위들 틈에 자리하고 있었다. 저 먼 산의 협곡 사이로 희미한 은빛 샘플레인 호와 그 너머로 우뚝 솟은 애디론댁 산맥이 보였다.

손자인 데비 그린힐과 그의 영웅인 벅 타이터스는 단단한 풀밭 위에서 씨름을 하고 있었다. 암적색 머리와 콧수염을 기른 사위 파울러와, 살집이 붙은 데다 서른둘인데도 머리가 반이나 벗겨진 필립은 헬리콥터의 장점에 대해서 설전을 벌였다. 도리머스는 머리를 바위에 기대고 누워 모자로 얼굴을 덮은 채 뷰러 밸리의 낙원과도 같은 모습을 내려다보았다. 딱히 맹세할 수는 없었지만 계곡 위 빛나는 대기에서 날아다니는 천사를 본 것 같은 생각이 들었다. 엠마, 메리 그린힐, 시시, 필립의 아내, 로린다 파이크 등 여자들은 싸온 음식으로 점심을 차리고 있었다. 평평한 바위 위에 붉은색과 흰색이 섞인 식탁보를 펼치고 소금에 절인 바삭한 돼지고기를 곁들인 콩, 통닭, 빵조각을 넣은 따뜻한 감자, 차에 곁들일 비스킷, 능금 젤리, 샐러드, 건포도 파이를 꺼내놓았다.

주차된 자동차만 없었다면, 그 광경은 영락없는 1885년대 뉴잉글랜드의 모습과 흡사했다. 여자들은 밀짚모자, 꼭 끼는 코르셋 위에 목까지 올라오는 상의와 허리 아래로 불룩한 스커트를 걸쳤고, 남자들은 리본이 매달린 맥고모자에 구레나룻이 돋보였다. 면도하지 않은 도리머스의 턱수염은 면사포처럼 드리웠다. 그린힐이 도리머스의 사촌 헨리 비더를 데려왔다. 덩치는 크지만 자동차가 출현하기 이전의 순박한 농부라고 할 만큼 쑥스러워하는 헨리 비더가 깨끗하지만 빛바랜 작업복 바지를 입고 나타나자 그 무엇으로도 살 수 없는 안전하고 평온한 시간이 되었다.

소소한 일들에 대한 이야기가 편안하게 이어졌고 화기애애한 단조로운 복고풍 분위기로 흘러갔다. 도리머스가 '상황들' 때문에 제아무리 초조해하고, 시시가 친구들인 줄리언 팰크와 맬컴 태스브로우가 함께 있었으면 좋겠다고 강하게 바랐을지라도 지금 분위기는 전혀 근대적이거나 신경에 거슬릴 것이 없었고, 프로이트, 아들러, 마르크스, 버트런드 러셀이나 1930년대의 엄숙한 분위기를 떠올릴 만한 기미도 없자 엠마는 메리와 메릴라와 수다를 떨기 시작했다. 장미나무를 '지난 겨울에 얼어 죽었다는' 둥 어린 단풍나무를 들쥐가 갉아 먹었다는 둥, 벽난로의 땔감을 충분히 들여놓도록 일꾼 새드 레듀를 부리기가 어렵다는 둥, 제섭의 집에서 점심을 먹는 새드가 돼지고기와 감자튀김과 파이를 얼마나 많이 먹어치우는지 모른다는 둥 소소한 이야기가 주를 이뤘다.

그리고 화제는 경치로 돌아갔다. 여인들은 한때 신혼여행객들이 나이아가라 폭포에 대해 감탄하듯 그 아름다운 경치에 대해 말을 주고받았다.

데이비드와 벅 타이터스는 이제 뒤편에 우뚝 솟은 바위 위에서 바위를 다리 삼아, 데이비드는 뽀빠이 선장, 벅은 갑판장이 되어 배를 가지고 놀고 있었다. 가난한 농장의 불결한 상태와 주 감옥의 악취를 보고함으로써 주 보건위생국을 늘 격분시킨 성마른 전사인 그린힐 박사조차 한가히 햇볕을 즐기며 나뭇가지 위에서 부지런히 왔다 갔다 하던 불행한 작은 개미 한 마리를 집중해서 관찰하고 있었다. 멋진 갈색 트위드 상의에 초록색 스카프를 걸친 메리는 한때 골프선수이자 주 테니스 대회 준우승자였으며, 컨트리클럽에서 술이 과하지는 않은 세련된 칵테일파티를 주최하곤 했지만 어머니의 가정적인 분위기에 우아하게 동화되었는지 구운 소다크래커에 셀러리와 로크포르 치즈를 끼워 만든 샌드위치 조리법을 매우 중요하게 생각하는 것 같았다. 그녀는 어느새 박공지붕 하얀 집에 다시 돌아온 멋진 제섭 가문의 구식 여자로 변신해 있었다.

그리고 바닥에 벌렁 누워 우스꽝스럽게 네 발을 허우적거리고 있던 풀리시의 모습이야말로 가장 목가적이고 고풍스러워보였다.

대화에 유일하게 심각한 불꽃을 당긴 것은 벅 타이터스였다. 그는 요즘 상황이 못마땅한 듯 도리머스에게 툴툴거렸다. "요즘에는 수많은 메시아들이 전면에 나서서 당신을 공격하고 있는 게 틀림없어요. 버즈 윈드립, 프랑목사, 코글린 목사, (나사렛으로 돌아가 버린 것 같긴 하지만) 타운센드 박사, 업튼 싱클레어, 프랭크 버크만 목사, 베르나르 맥패든, 월럼 랜돌프 허스트, 탤머지 주지사, 플로이드 올슨 등등 면면도 다양하네요. 맹세코 그 중에 가장 압권이라고 할 메시아는 흑인인 파더 디바인[23]입니다. 그는 불우한 사람들을 앞으로 10년 동안 먹여 살리겠다는 약속에 그치는 게 아닙니다. 구원과 더불어 튀긴 닭다리와 내장까지 나눠주고 있는 형국이라고요. 그가 대통령감으로 보이나요?"

예기치 않게 줄리언 팰크가 갑자기 나타났다.

지난 해 애머스트 대학에 입학한 이 청년은 부모를 여의었으므로 성공회 신부인 할아버지와 살고 있었는데, 도리머스가 보기에는 시시를 따라다니는 녀석들 가운데 가장 봐줄 만했다. 스웨덴 사람처럼 금발에 강단이 있었고, 말쑥하고 작은 얼굴에 영리한 눈매를 갖고 있었다. 그는 도리머스를 '선생님'이라고 불렀고, 포트 뷰러에서 라디오와 자동차에 빠진 대다수 열여덟 살 또래와 달리 책을 읽었다. 누가 시키지 않았는데도 토머스 울프, 윌리엄 롤린스, 존 스트레이치, 스튜어트 체이스, 오르테가 등의 작품을 읽었다. 시시가 맬컴 태스브로우보다 그를 더 좋아하는지 도리머스로서는 알지 못했다. 맬컴은 줄리언보다도 키가 크고 몸집이 좋았으며 유선형으로 잘 빠진 드 소토를 몰고 다녔던 데 비해 줄리언은 할아버지의 흉측한 고물 자동차를 겨우 빌려 타고 다녔다.

시시와 줄리언은 앨리스 에일롯의 주사위 놀이 기술을 두고 다정하게 티격태격했고, 풀리시는 햇볕을 쏘며 가려운 곳을 긁고 있었다.

그러나 도리머스는 목가적인 기분이 들지 않았다. 어딘가 모르게 초조하고 생각이 복잡했다. "아빠가 언제 오디션을 보지?" "유행 가수나 하키 아나운서라도 되려고 뭘 배우고 계신 거야?"라고 가족들이 놀리는 동안 도리

---

23. Major Jealous Divine. 미국의 목사이자 영적 지도자. 흑인 사회운동에 활발하게 참여했다.

머스는 성능이 의심스러운 휴대용 라디오의 주파수를 맞추고 있었다. 한때는 그도 단란한 가정의 분위기에서 그들에게 맞춰야겠다고 생각한 적도 있었다. 그가 옛 노래를 틀어주는 프로그램에 맞추면 흥겨운 댄스파티와 응접실의 오르간 연주에 대한 열정을 숨기고 있던 사촌 헨리 비더를 비롯해 온 가족이 「흥겨운 음유시인」, 「아테네의 처녀」, 「내 사랑 넬리 그레이」 등의 노래를 따라서 흥얼거렸기 때문이다. 그러나 이러한 노래들이 천연 가정용 변비약인 토일리 오일리의 후원을 받고 있으며 〈스무디〉라는 끔찍한 이름의 청년 6중창의 연주로 듣겠다는 아나운서의 멘트가 나오자 도리머스는 갑자기 확 돌려버렸다.

"아빠, 왜요?" 시시가 소리쳤다.

"그룹 이름이 〈스무디〉라고! 맙소사! 나라꼴이 이 모양이 되도 싸지! 어쩌면 버즈 윈드립이 필요할지도 모르겠군!"

그 순간 폴 피터 프랑 목사의 방송 시간을 알리는 교회의 종소리 비슷한 시그널이 흘러나왔다.

인디애나의 페르세폴리스에서 모직 성직자복의 냄새를 풍기며 밀폐된 방송실 안에서 흘러나오는 그 소리는 저 먼 별까지 단숨에 올라갔다. 전파를 타고 1초에 30만 킬로미터를 주파하고, 여러분이 머리를 긁적이려고 잠시 멈춰선 동안에 160만 킬로미터나 날아간다. 검은 북극해 위에 떠있는 포경선의 선실에도, 노팅엄셔의 어느 성에서 베낀 린넨 주름 무늬 오크재로 벽을 마감한 월스트리트의 67층 건물 안 어느 사무실에도, 도쿄에 있는 해외 지점에도, 버몬트의 테러 산에 있는 반짝이는 자작나무 아래의 커다란 바위 동굴 속에도 프랑 목사의 목소리는 전파를 타고 날아갔다.

프랑 목사는 늘 그렇듯이 근엄하면서 다정하게, 쩌렁쩌렁 울리는 소리로 말했다. 덕분에 그의 모습은 보이지 않는 안테나 경로를 타고 신비스러운 매력으로 다가가 단숨에 사람들을 사로잡았다. 그의 목적이 어찌되었든 그의 말은 천사의 편에 서 있었다.

"친애하는 애청자 여러분, 미처 날뛰는 이 나라의 운명을 가르게 될 전당 대회를 앞두고 6주 동안 여러분께 간청해 왔습니다. 그리고 이제 행동해야 할 때가 되었습니다. 이제 더 이상 말은 필요 없습니다! 이 나라 미국에 절체 절명의 순간인 이 시기를 예견하듯 쓰인 것 같으니 예레미야 6장에 나온 여러 구절들을 한데 모아 말씀드리겠습니다.

'벤야민 자손들아 예루살렘 한가운데를 떠나 피난하여라. … 전쟁을 준비하여라. … 일어나 한낮에 쳐 올라가자. 어허, 벌써 낮이 기울고 저녁 그늘이 드리워지는군. 일어나 밤중에 쳐 올라가자. 그 궁궐을 파괴하자. … 주님의 분노가 저를 가득 채우니 더 이상 그 분노를 견딜 수 없습니다. 거리에 있는 아이들에게, 젊은이들이 모인 자리에 쏟아 부어라. 정녕 남편도 아내도, 노인도 늙은이도 잡혀가리라. … 그들의 집은 밭과 아내와 함께 다른 이들에게 넘어가리니 내가 그 땅의 주민들을 거슬러 내 손을 뻗을 것이기 때문이다. 주님의 말씀이다. 정녕 낮은 자부터 높은 자에 이르기까지 모두 부정한 이득만 챙긴다. 예언자부터 사제에 이르기까지 모두 거짓을 행하고 있다. … 평화가 없는데도 평화롭다, 평화롭다! 하고 말한다.'

구약의 예언서는 이렇게 말했지만 … 이 말씀은 1936년 지금의 미국에도 더할 나위 없이 들어맞습니다!

평화는 없습니다! 지금 1년이 넘도록 〈몰락한 중산층 연맹〉은 정치인들과 온 정부에 알거지 신세가 되어 죽을 지경이라고 경고해 왔습니다. 그리고 드디어 이제 우리는 그저 깨갱거리는 나약한 무리가 아니라 우리의 주권을 강화할 투표권과 의지를 갖고 목소리를 낼 줄 아는 5천만이라는 거대한 세력으로 자라났습니다! 우리는 요구하는 바를 모든 정치인에게 분명히 밝혀 왔습니다. 이제 어떤 조치든 취할 것을 요구한다고, 더 이상의 지연은 용납하지 않겠다고 말입니다. 민간 은행들에게서 대출 통제와 지폐 발행권을 무조건 박탈할 것을 거듭거듭 요구했습니다. 군인들에게 1차 대전에 참전했던 1917년과 1918년에 피와 고통의 대가로 후하게 받았던 보너스를 지급할 뿐 아니라 그 금액은 당시에 합의했던 금액의 두 배가 되어야 한다고 요구했습니다. 모든 급격한 소득 증가는 철저하게 제한해야 하며 상속은 어린이와 노약자 상속인을 부양할 정도의 소액으로 축소해야 한다고 요구했습니다. 노동조합과 농업조합은 공동 거래를 위한 수단으로만 인식될 것이 아니라 이탈리아의 신디케이트처럼 정부의 정식 산하에 둔 노동자 대표기구로 만들어야 합니다. 유대인 국제 금융, 마찬가지로 유대인 국제 공산주의, 무정부주의, 무신론주의에 대해서는 이 위대한 나라가 보일 수 있는 매우 준엄하고도 단호한 태도로 모든 활동을 금지시켜야 합니다. 전에 제 말을 들으신 분들은 저나 〈몰락한 중산층 연맹〉이 유대인 개개인과 다투지 않는다는 사실을 아실 것입니다. 우리는 중역 중에 유대인이 있는 것을 자랑스럽게 생각합니다. 하지만 불행히도 대체로 유대인으로 구성된 저 불온한 국제단체들은 몽둥이와 전갈을 풀어서라도 이 땅에서 몰아내야 합니다.

우리들이 이제껏 줄기차게 주장해온 이러한 요구들을 정치인들과 대기업의 능글거리는 대표들은 얼마나 오랫동안 겉으로만 듣는 척, 따르는 척 해왔습니까? 예, 예, 맞습니다. 〈몰락한 중산층 연맹〉의 주인 여러분, 이제야 우리는 깨달았습니다, 그저 시간만 끌어왔다는 것을요!

더 이상 시간은 없습니다! 그들의 시대는 갔고 그들의 더러운 권력도 모두 끝났습니다!

보수적인 상원의원들, 미국 상공회의소, 거대 은행가들, 철강, 자동차, 전기, 석탄 제왕들, 중개인들과 지주 회사들, 그들은 모두 소위 '아무것도 잊지 않고 아무것도 배우지 못한다'고 전해진 부르봉 왕가의 왕들과 같습니다.

하지만 부르봉가의 왕들이 어찌 되었습니까? 단두대에서 죽었지요!

아마도 우리의 부르봉 왕들인 저들에게 우리는 좀 더 자비롭게 대할 수 있을 것입니다. 어쩌면 저들이 단두대, 교수형, 총살형을 면하게 해줄 수 있습니다. 아마도 우리의 새로운 체제에서는 새로운 헌법을 제정하여 오만한 실험이 아닌 진정한 뉴딜이 될 수 있는 '뉴딜' 정책으로 커다란 좀벌레와도 같은 이 금융가와 정치가들이 그렇게 오랜 시간 동안 자신들이 부려왔던 화이트칼라 노예들 못지않게 어두컴컴한 사무실에서 딱딱한 의자에 앉아 펜과 타자기로 끝없이 일하게 할 수 있을 것입니다!

그리고 버질리어스 윈드립 상원의원이 '결정적 순간'에서 표현했듯이 그때가 바로 이 순간입니다. 우리는 이 거짓 주인들의 듣지 않는 귀에다 대고 외치기를 그만두었습니다. 우리는 곧 '최고를 뛰어넘을' 것입니다. 몇 달 동안 함께 숙고를 거듭한 후 마침내 〈몰락한 중산층 연맹〉과 저 자신은 오는 민주당 전당대회에서 확실히 ──── "

도리머스는 전혀 듣지 않고 있던 가족들에게 소리쳤다. "들어봐! 들어보라고! 역사가 만들어지고 있다고!"

프랑 목사의 말은 거침없이 흘러나왔다.

"수백만 연맹 회원의 거대한 힘을 남김없이 발휘하여 버질리어스 윈드립 상원의원이 민주당 대통령 후보로 지명될 수 있게 만들 것입니다. 그렇게 되는 순간 윈드립 상원의원은 곧 이 나라의 대통령으로 선출될 것이니 우리 연맹이 그를 대통령으로 만든 것이나 마찬가지입니다!

상원의원의 공약과 연맹의 지향이 모든 면에서 일치하지는 않습니다. 그러나 의원께서는 우리의 조언을 받아들이겠다고 은연중에 언명하셨으므로 적어도 선거 때까지 우리는 우리의 돈과 충성심과 투표와 … 기도로 무조건 그를 지원할 것입니다. 오 주여, 부디 윈드립과 저희가 저 사악한 정치인들과 야비하고 탐욕스러운 금융가들의 사막을 넘어 약속된 땅의 낙원으로 들어갈 수 있도록 이끌어 주소서! 여러분에게 신의 은총이 함께 하시길!"

제섭 부인이 쾌활하게 말했다. "어머, 도마우스, 저 목사는 파시스트가 아닌데요. 보통의 급진 공산주의자네요. 하지만 자기 뜻을 이렇게 밝히는 게 진짜 그렇게 대단한 건가요?"

오, 맙소사. 도리머스는 속으로 생각했다. 엠마와 34년이나 살아오면서

일 년에 한두 번은 그녀를 죽이고 싶은 때가 있었다. 하지만 아무런 내색도 하지 않고 부드럽게 대답했다.

"왜 안 그렇겠어. 몇 년 안에 우리를 보호한다는 미명 아래 버즈 윈드립의 독재는 모든 것을 통제하게 될 거라고. 그렇게 되면 우리가 탐정 소설을 읽어도 되는지 간청하게 될 수도 있다고."

줄리언 팰크가 놀라서 끼어들었다. "윈드립은 분명히 그렇게 하고도 남을 거예요! 때로는 저도 공산주의자가 되고 싶은 마음이 드는 걸요!"

그러자 벅 타이터스가 콧방귀를 뀌었다.

"멋진 생각이군! 윈드립과 히틀러라는 뜨거운 프라이팬을 피하려고 뉴욕 공산당 신문인 『데일리 워커』와 스탈린과 기관총이 난무하는 불구덩이 속으로 뛰어든단 말이야! 그리고 그 5개년 계획이라는 것을 보면, 내 생각으로는 암말들이 일 년에 새끼를 여섯 마리씩 낳아야 한다고 인민 위원에 의해 결정되었다고 통보할 것 같은데!"

반면에 파울러 그린힐 박사는 두 사람을 놀렸다.

"아, 이런, 아버님, 그리고 너 줄리언 어린 녀석이 무슨 편집증이냐. 두 사람 다 제정신이 아니군요! 독재라고요? 제 병원으로 가서 머리 검사를 받는 게 좋겠어요! 미국은 세계에서 유일한 자유국가라고요. 게다가! 혁명이 일어나기에는 너무 큰 나라죠. 말도 안 되고말고요! 여기서는 절대로 있을 수 없는 일이죠!"

6장

나는 차라리 엠마 골드만 같은 과격한 무정부주의자를 따르겠다. 우리들이 더 많은 리무진을 만들어내게 하는 데에만 관심이 있는 사치스러운 대졸의 전직 정치 고문보다도 보통 사람의 변변찮은 집에 더 많은 빵과 콩과 감자를 가져다줄 수 있다면 말이다. 나를 사회주의자라고 욕해도 좋고 실컷 비난해도 상관없다. 여러분이 나와 함께 톱을 맞잡고 빈곤과 비정함이라는 커다란 통나무를 신신조각 낼 수만 있다면 말이다.

『최고를 뛰어넘는 결정적 순간』 중에서, 버질리어스 윈드립

도리머스의 가족들은, 적어도 그의 아내와 요리사인 캔디 부인과 시시와 큰 딸 메리는 도리머스의 건강이 안심할 정도가 아니라고 생각했다. 감기라도 걸리는 날에는 폐렴으로 발전할 위험도 있었다. 옷을 잘 챙겨 입고 먹는 것도 신경 써야 하고, 담배도 줄이고 무엇보다도 '과로'를 피해야 했다. 그런데 도리머스는 도리어 식구들에게 화를 냈다. 사무실에서 한 차례 위기를 겪은 후 휘청거릴 정도로 지치고 잠을 자도 원기가 충전되지 않았지만 자기가 기운찬 젊은 기자보다도 더 빨리 '기삿거리를 만들어' 낼 수 있다고 생각했다.

그는 마치 어린 소년처럼 가족들에게 자신의 무절제한 버릇을 숨기고 있

었다. 담배 흡연량에 대해 천연덕스럽게 거짓말하고, 잠자리에 들기 전에 거르지 않고 버번위스키를 한 모금, 딱 한 모금 홀짝이는 것을 비밀에 부쳤다. 그리고 일찍 잠자리에 들겠다고 약속해놓고 일단 불을 껐다가 엠마가 잠이 든 것을 확인하면 다시 불을 켜고는 테러 산에서 자란 양의 털로 짠 아끼는 수직 담요를 뒤집어쓰고 웅크린 채 두 시까지 즐겁게 책을 보았다. 범죄수사과의 경감이 무기도 없이 혼자서 화폐위조범의 은신처로 걸어들어갈 무렵 한창 잠에 빠진 사냥개처럼 그의 다리는 움찔거렸다. 그리고 한 달에 한 번 정도는 새벽 3시에 부엌으로 몰래 들어가 직접 커피를 만들어 마시고는 엠마와 캔디 부인이 눈치 채지 못하도록 말끔히 설거지를 해놓았다. … 그는 두 사람이 절대로 모른다고 생각하고 있었다!

식구들을 속이는 이 사소한 일들로 그는 삶이 더할 나위 없이 만족스러웠다. 그렇지 않았더라면 공무에 힘을 쏟거나, 새드 레듀가 화단 울타리를 만들도록 닦달해대거나, 독자들 가운데 겨우 3퍼센트만이 아침식사 시간부터 정오까지 관심을 보였다가 저녁 여섯 시 무렵이면 완전히 잊어버릴 사설을 열심히 써댔을 것이다.

일요일 오전에 가끔 도리머스 방으로 와서 침대에서 빈둥거리며 남편의 가냘픈 어깨를 부드럽게 안아줄 때면 엠마는 그가 점점 늙고 허약해지고 있다는 사실을 깨닫고 마음이 아팠다. 그의 어깨가 힘없는 아기의 어깨처럼 측은하게 느껴졌다. … 아내의 마음이 미어지는 것을 도리머스는 전혀 알지 못했다.

심지어 신문이 막 나오기 직전에도, 새드 레듀가 두 시간이나 자리를 비우고 잔디깎이 날을 본인이 직접 갈지 않고 가게에 가서 갈아왔다고 2달러를 청구해도, 시시와 친구들이 아래층에서 밤 두시까지도 피아노를 쳐대도 도리머스는 결코 화를 내는 법이 없었다. 보통은 단 하나의 예외가 있었는데 그것은 아침에 일어나서 온 몸을 깨우는 커피를 처음 마시기 전까지는 그렇지 않았다.

현명한 엠마는 도리머스가 아침식사 전에 딱딱거리면 기분이 좋았다. 힘이 넘치거나 만족스러운 아이디어가 떠올랐다는 반증이기 때문이다.

프랑 목사가 윈드립 상원의원에게 권좌를 주자고 제안한 후로 전당대회를 향해 여름이 초조하게 더디 흘러가는 동안 엠마는 심란했다. 도리머스가 아침식사 전에 아무 말이 없었기 때문이다. 그리고 걱정거리가 있는 듯, 잠을 잘 못잔 듯 눈이 흐리멍덩했다. 그리고 짜증을 내는 법이 없었다. 엠마는 도리머스가 투덜거리는 소리가 그리웠다. "저 형편없는 멍청이 캔디 부인이 커피를 따러 갔나? 뭐하느라고 안 가져오는 거야. 틀림없이 부엌에 앉아 성경을 읽고 있겠지! 그리고 도대체 시시는 간만에 일찍 한 시쯤 잠든 것 같은데 아침 먹을 시간에 왜 안 일어나는 거요? 그리고 저 밖에 가로수길 좀 보라고! 꽃잎이 져서 수북이 쌓였잖소. 저 망할 놈의 섀드가 일주일 내내 한 번도 안 쓸었구먼. 오늘은 저 작자를 잘라버려야지. 지금 당장 말이야!"

엠마는 그 친근한 꿀꿀거리는 소리를 들으면 마음이 놓였으므로 혀를 차며 얼른 대답하곤 했다. "누가 아니래요! 캔디 부인한테 얼른 커피 대령하라고 할게요!"

그러나 요즘 들어서는, 창백한 표정으로 아무 말 없이 앉아서 지난밤 열시에 사무실에서 나온 이후로 뭔가 새로운 뉴스가 들어왔는지 알아보는 것이 두려운 듯 자신의 신문 『데일리 인포머』를 펼쳐드는 것이었다.

1920년대 당시 도리머스가 러시아를 인정하자는 주장을 옹호했을 때 포트 뷰러 사람들은 그가 철저한 공산주의자가 되고 있다고 안타까워했다.

이상하리만치 스스로에 대해서 잘 알고 있던 도리머스는 자신이 급진 좌파는커녕, 기껏 해봐야 온건하고 약간은 느슨하고 다소 감상적인 진보주의자라는 사실을 알고 있었다. 공인들의 무거운 분위기와 거드름을 혐오했고, 유명 설교자, 입담 좋은 강연자, 아마추어 연극 연출가, 부유한 여성 개혁가, 부유한 여성 스포츠인, 사진을 팔에 끼고 얼굴에는 가짜 겸손을 드러내는 억지웃음을 지으며 신문사 편집자들을 만나러 과시하듯이 들어오는 거의 온갖 부류의 부유층 부인들을 싫어했다. 하지만 부자들의 잔인함과 편협함, 없는 사람들에 대한 멸시 때문에 그는 단지 싫어하는 정도가 아니라 매우 혐오했다.

그는 일련의 행동들로 북부 뉴잉글랜드 지역의 동료 편집자들을 놀라게 했다. 톰 무니[24]의 무죄를 주장하고, 사코와 반제티[25]의 유죄를 의심하고, 미국의 아이티와 니카라과 침공을 비난하고, 소득세 인상을 옹호하고, 1932년 선거 운동에서는 사회주의자 대통령후보인 노먼 토머스에 대해서 우호적으로 쓰고(사실 나중에는 프랭클린 루스벨트에게 투표했다), 노예나 다름없는 남부 물납소작인들과 캘리포니아 과수농장의 날품팔이 노동자들의 지옥과도 같은 열악한 상태를 폭로한 것이다. 러시아가 공장과 철도와 거대 농장을 착착 잘 진행하고 있을 당시인 1945년에는 생각하건대 (가공의!) 보통 사람에게는 러시아가 세계에서 가장 살기 좋은 나라일 거라고 주장하기까지 했다. 잘난 체하는 프랭크 태스브로우와 크로울리와 언쟁을 벌이며 점심식사를 하고 난 후 그 사설을 쓰고 나서 그는 정말로 곤란해졌다. 그 일로 볼셰비키라는 별명을 얻었고 이틀 만에 구독자 5천 명 가운데 150명을 잃어버렸다.

그럼에도 도리머스는 허버트 후버만큼이나 볼셰비키가 아니었다.

그는 자기 스스로도 알고 있듯이 소도시의 부르주아 지식인일 뿐이었다. 러시아는 사생활, 원하는 만큼 실컷 비판하고 생각할 권리 등 이제껏 도리머

24. Thomas Joseph Mooney. 미국의 정치 활동가이자 노동 운동가. 1916년 7월 22일 샌프란시스코에서 발생한 폭파사건의 주범으로 몰려 억울하게 22년 동안 복역한 후 사면되었다.

25. Sacco and Vanzetti. 1920년 4월, 매사추세츠주 사우스브레인트리에서 제화공장의 회계담당 직원과 수위가 두 명의 남자에게 사살되고 종업원의 급료를 탈취당한 사건의 용의자로 체포되었다. 두 사람 모두 무죄를 주장하여 7년에 걸친 법정 투쟁이 전개되었으나, 많은 의혹만 남긴 채 1927년 4월에 사형을 선고받았다. 재심(再審)을 요구하는 세계 여론도 아랑곳없이 두 사람은 8월에 처형되고 말았는데 1959년에 진짜 범인이 판명되어, 미국 재판사상 큰 오점으로 기록되고 있다.

스가 애써 지켜온 모든 것들을 용납하지 않았다. 단체복을 입은 농부들에게 자신의 사고를 규제당하느니 차라리 콩과 책 100권과 3년에 한 번 새 바지를 얻어 입는다 하더라도 알래스카의 오두막에 사는 편이 나았다.

언젠가 한 번 엠마와 자동차 여행 중에 공산주의자들의 여름 캠프에 들른 적이 있었다. 그곳에 있던 사람들은 대부분 도시에서 대학을 나온 유대인이 거나 멋 부린 짧은 콧수염을 제외하고는 말끔히 면도를 하고 안경을 낀 말쑥한 브롱크스 출신 치과의사였다. 그들은 뉴잉글랜드 지역에서 온 촌사람 도리머스 부부를 열렬히 환영했고 마르크스의 복음(그러나 자기들끼리도 견해가 너무 달랐다)을 열성적으로 설명해주었다. 페인트칠도 안 된 식당에서 마카로니와 치즈를 두고 그들은 모스크바의 검은 호밀 빵을 갈망했다. 나중에 도리머스는 그들이 그곳에서 고속도로로 30킬로미터 정도 떨어진 YMCA 캠프 참가자들과 얼마나 닮았는지 알고는 키득거렸다. 똑같이 청교도적이고 격려를 아끼지 않으며 쓸데없는 일에 힘을 쏟고 고무공을 갖고 하는 어리석은 게임을 즐겼다.

도리머스는 유일하게 단 한 번 위험하게 활동했을 뿐이다. 프랜시스 태스브로우의 채석장 회사에 맞서 노조 승인을 요구하는 파업을 지지했던 것이다. 도리머스가 오랫동안 알고 지내던 사람들과 교장인 에밀 스타웁메이어와 가구점을 운영하는 찰리 베츠 같은 견실한 시민들은 '도리머스를 기차에 태워 마을 밖으로 몰아내야 한다'고 투덜거렸다. 태스브로우는 도리머스를 욕했고, 8년이 지난 지금까지도 앙금이 남아 있었다. 이 모든 상황에도 불구하고 파업은 실패로 돌아갔고, 주동자였던 자칭 공산주의자 칼 파스칼은 '폭력을 교사했다'는 이유로 투옥되었다. 정비사 중에 최고였던 파스칼은 출소하자 수다스럽고 싸우기 좋아하는 친근한 폴란드 출신 사회주의자 존 폴리콥이 운영하는 포트뷰러의 작은 자동차 정비소에 취직했다.

하루 종일 파스칼과 폴리콥은 사회민주주의와 공산주의를 놓고 설전을 벌이며 상대의 이념을 공격했고, 도리머스는 자주 들러 두 사람의 싸움을 부추겼다. 태스브로우와 스타웁메이어와 은행가 크로울리와 변호사 키터릭으로서는 참기 힘든 일이었다.

만약 도리머스가 버몬트의 3대에 걸친 빚쟁이 가문 출신이 아니었다면 지금쯤 이곳저곳 떠도는 무일푼 인쇄업자였을 것이다. … 그리고 아마도 못가진 자들의 비애에 대해 덜 초연했을 것이다.

보수적인 성향의 엠마는 불만을 토로했다. "프랭크 같이 점잖고 유복한 사람들하고만 어울릴 수 있는데도 저 파스칼 같은 기름투성이 정비사를 좋아하는 척 하면서 어떻게 사람들을 이런 식으로 골릴 수 있어요? (그리고 난 당신이 섀드 레듀를 속으로는 좋아하는 거 아닌가 의구심이 든다니까요!) 정말 이해가 안 돼요! 때로는 저들이 당신을 어떻게 생각하겠냐고요! 사람들은 당신이 실상은 사회주의자가 아니라 정말로 인정 많고 책임감 있는 좋은 사람이라는 사실을 모른다고요. 아, 당신은 정말 혼나야 되요, 도마우스!"

그렇다고 해서 그가 '도마우스'라는 애칭으로 불리는 쪽을 좋아하는 것은 아니었다.

하지만 벅 타이터스가 매우 드물게 말실수를 할 때와 엠마 외에는 아무도 그렇게 부르지 않았다. 그래서 참을 만했다.

7장

내 뜻과는 달리 공부와 가정에서 벗어나 그토록 혐오하는 대중 집회에 끌려나왔
을 때 나는 어린 예수가 회당의 율법학자들에게 말했듯이 간결하고 직설적으로 말하
려 애쓴다.

『최고를 뛰어넘는 결정적 순간』 중에서, 버질리어스 윈드립

온 산을 울리는 천둥, 뷰러 밸리를 따라 내려오는 먹구름, 검은 안개처럼
온 세상을 뒤덮은 기이한 어둠, 마치 폭발로 바위가 날아가듯이 거친 낭떠러
지로 사정없이 내리치는 번개.

미친 듯이 격노한 하늘의 굉음에 도리머스는 7월말 그날 아침에 잠에서
깨어났다.

사형수 감방에 있던 죄수가 '오늘이 교수형 당하는 날이구나!'라는 자각
에 소스라치게 놀라 잠에서 깨어나듯이 갑자기 도리머스는 그날 버질리어
스 윈드립 상원의원이 아마도 대통령 후보로 지명될 것이라는 생각에 화들
짝 잠에서 깨었다.

공화당 전당대회는 이미 끝났고 월트 트로우브리지가 후보로 선출되었
다. 진과 딸기 소다수가 엄청나게 나오고 뜨거운 열기 속에 열린 클리블랜

드 민주당 전당대회는 위원회 보고서를 끝마친 상태였다. 짐 팔리 의장이 동의한다면 신문에 대서특필될, 작고한 제퍼슨 대통령도 기뻐할 만한 일이 이번 주에 전당대회에서 일어날 거라는 말이 돌았다. 마침내 후보 지명이 시작되었다. 하원의원이자 〈미국재향군인회〉에 영향력을 행사하는 듀이 헤이크 대령이 윈드립 상원의원을 추천했다. 열화와 같은 갈채가 이어졌고 몇몇 주에서 인기를 누리던 앨 스미스, 카터 글래스, 윌리엄 맥아두, 코델 헐 같은 후보자들은 신속히 낙마했다. 이제 12차 투표에 이르자 네 명의 경쟁자들만 남았는데, 득표순으로 열거하자면 윈드립 상원의원, 프랭클린 루스벨트 대통령, 아칸소의 로빈슨 상원의원, 노동부 장관인 프랜시스 퍼킨스였다.

대단하고도 극적인 협잡이 일어났고, 광분한 라디오와 AP통신의 특종기사로 보도되자마자 상상력이 뛰어났던 도리머스는 그 사실을 모두 명확히 꿰뚫어보고는 흥분하여 사무실 책상에 앉아 줄담배를 피워댔다.

말이 끄는 옛 마차를 타고 등장한 로빈슨 상원의원 뒤에서 그를 축하하는 의미로 아칸소 대학교의 브라스 밴드가 행진을 벌였다. 마차에는 '헌법 수호'와 '로빈슨 정신 차리라'라고 주장하는 대형 현수막이 붙어있었다. 퍼킨스 장관의 이름은 두 시간 동안 환호를 받았고, 대의원들이 주 깃발을 들고 행진하는 동안 루스벨트 대통령의 이름은 세 시간 동안 환호를 받았는데 이들에 대한 환호는 다정하고도 아주 열광적이었다. 모든 대의원들은 유권자가 윈드립 상원의원처럼 연기력이 뛰어난 혁명가를 원하고 온 국가가 광기에 휩싸인 이 중요한 시기에 루스벨트 대통령과 퍼킨스 장관은 승리에 필요한 쇼맨십 기질이 턱없이 부족하다는 사실을 알고 있었다.

비서이자 홍보 담당이자 개인 책사인 리 새러슨이 정밀하게 준비한 윈드립의 자기 과시는 다른 사람들에 뒤질 것이 전혀 없었다. 새러슨은 이미 자신의 주군에 대한 것을 모두 파악하여 매우 중대한 것보다 더 중대한 것은 오직 하나밖에 없고, 아무리 작아도 다 드러나고 간파될 수 있는 작은 것이 있다는 사실을 충분히 알고 있었기 때문이다.

버즈를 후보자로 지목한 듀이 헤이크 대령은 다음과 같은 구호로 끝냈다. "하나 더 있습니다! 잘 들으십시오! 역사를 만들어가는 이 중대한 시기에 무엇이 되었든 자기 이름을 환호함으로써 시간을 낭비하지 말아 달라는 윈드립 상원의원의 특별한 주문입니다! 우리 〈몰락한 중산층 연맹〉 회원들이 원하는 것은 빈 공약이 아니라 미국 인구의 60퍼센트에 달하는 사람들의 절실하고도 즉각적인 요구를 진지하게 생각해 달라는 것입니다. 성원의 외침은 그만하고 신의 섭리로 우리가 이제껏 해온 것들을 매우 진지하게 생각해 볼 수 있도록 이끌어주시길 바랍니다!"

그가 말을 마치자 개인적 행렬이 중앙 통로로 내려왔다. 그러나 수천 명의 행렬은 아니었다. 행렬에 참가한 사람들은 31명에 불과했으며 깃발 3개와 커다란 현수막 2개만 들고 있었다.

낡은 청색 제복을 입고 행렬을 이끈 사람은 〈북군 육해군 군인회〉의 두 참전 용사였는데, 두 사람 사이에는 그들과 팔짱을 낀 〈남부동맹군〉이 있었다. 그들은 모두 아흔이 넘는 매우 왜소한 노인들이었고 서로 기대어 행여나 자기들을 비웃는 사람들이 있을까 소심하게 두리번거렸다. 〈남부동맹군〉은 포탄의 파편에 갈기갈기 찢긴 버지니아 연대의 깃발을 들고 있었고, 북군이었던 한 참전용사는 미네소타 1연대의 너덜너덜한 깃발을 높이 쳐들고 있었다.

다른 후보자들의 유세에 예의상 화답한 환호성을 가랑비에 비유한다면 절룩거리며 나타난 쇠약한 노인들에게 보인 환호성은 마치 폭풍우 같았다. 연단 위에 선 브라스 밴드가 「딕시」, 「조니가 집으로 돌아올 때」를 연주했지만 잘 들리지는 않았다. 출신 주 대의원 평당원처럼 방청석 중간 좌석에서 일어난 버즈 윈드립은 연신 고개를 숙여 절을 했고 미소를 지으려고 했지만 눈에서는 눈물이 흘러내리기 시작했다. 급기야는 주체할 수 없이 흐느꼈고 그 모습을 본 관중도 함께 흐느끼기 시작했다.

세 노인들에 뒤이어, 1918년에 참전했다 부상당한 재향군인회 회원 12

명이 목발을 질질 끌거나 서로 부축하며 나타났다. 그 중 휠체어에 타고 있던 한 사람은 아직 앳된 모습에 쾌활해보였다. 또 한 사람은 형체를 알아볼 수 없는 얼굴을 가리려고 검은 마스크를 쓰고 있었다. 이들 가운데 한 사람은 거대한 깃발을, 또 다른 사람은 "굶주리고 있는 우리 가족들은 보너스를 받아야 한다" "우리가 원하는 것은 오로지 정의다" "우리가 원하는 대통령은 버즈" 등의 문구가 적힌 현수막을 들고 있었다.

그리고 맨 앞에서 그들을 이끌고 있는 사람은 부상병이 아니라 강하고 단호한 허만 메이네케 육군소장이었다. 나이든 기자들이 모두 기억하고 있지는 않지만 그는 늘 대중 정치 선동가처럼 비쳐졌던 현역군인이었다. 언론에서는 다음과 같은 말이 암암리에 퍼져 있었다. "버즈가 당선되지 않는다면 저 소장은 쫓겨날 거야. 그러면 아마도 호보큰 공작 신세가 되겠지."

부상병들에 뒤이어 남녀 열 사람이 등장했는데 신발에 구멍이 나서 발가락이 삐져나와 있었고 얼마나 빨아 입었는지 모든 색이 다 빠졌을 정도로 해진 누더기를 걸치고 있었으므로 더욱 동정을 자아냈다. 그들과 함께 아장아장 걸어 나온 어린아이 넷은 이가 다 썩은 창백한 모습에 "저희는 구호대상자입니다. 저희도 사람처럼 살고 싶어요. 우리에겐 버즈밖에 없어요!"라고 적힌 현수막을 간신히 들고 있었다.

그들 뒤로 6미터 정도 떨어져 키 큰 한 사람이 등장했다. 대의원들은 목을 길게 내밀고 불쌍한 구호대상자들 뒤로 누가 등장하는지 보려고 두리번거리고 있었다. 드디어 그가 모습을 드러내자 사람들은 벌떡 일어서서 환호성을 지르며 일제히 박수를 쳤다. 관중들이 그러는 데는 다 이유가 있었다. 그 사람을 실제로 본 사람은 거의 없었다. 모든 사람이 백 번도 넘게 신문에 실린 사진으로만 그의 모습을 보았을 뿐이다. 책으로 가득 한 서재에서 찍힌 모습, 루스벨트 대통령과 이키즈 국무장관과 회담하는 모습, 윈드립 상원의원과 악수하는 모습, 마이크 앞에 앉아 입을 벌려 열변을 토하며 열렬히 강조하는 뜻으로 가냘픈 오른팔을 치켜든 모습의 사진으로만 그를 보았다. 모두들 라디오 속 그의 목소리를 들어왔으므로 혈육의 음성을 알아듣듯 사람들은 단박에 그의 음성을 알아챘다. 윈드립을 지지하는 행렬 맨 마지막에 넓은 주 출입구를 통해 들어오고 있는 중심인물, 〈몰락한 중산층 연맹〉을 이끄는 감독 바로 폴 피터 프랑 목사를 사람들은 단박에 알아보았다.

그곳에 모인 관중들은 버즈 윈드립의 이름을 쉬지 않고 네 시간 동안 외쳐댔다. 열띤 첫 속보에 이어 뉴스국에서 내보내고 있는 전당대회의 자세한 묘사 중에서 버밍햄의 한 열혈 기자는 남부동맹군 참전 용사가 들고 있던 전투 깃발이 리치몬드의 박물관에서 빌려온 것이고 북부군의 깃발은 내전에 참가한 장군의 손자인 저명한 시카고 정육업자에게서 빌려온 것임을 꽤 잘 입증했다.

그런데 리 새러슨이 버즈 윈드립 말고는 아무에게도 밝히지 않은 사실이 하나 있었다. 실상은 두 깃발 모두 애국심에 불타는 연극 『모건의 질주』를 위해 1929년 뉴욕의 헤스터 스트리트에서 만들어진 것으로서 그곳의 극장 창고에서 가져왔다는 사실이다.

사람들의 환호에 앞서 연단으로 다가가던 윈드립 행렬을 맞이한 것은 바로 유명 작가이자 강연자이자 작곡가인 아델라이드 타르 김미치 부인이었다. 마술로 허공에서 짠하고 나타나듯 갑자기 연단에 모습을 드러낸 그녀는 「양키 두들」 곡조에 맞춰 자신이 직접 개사한 노랫말로 노래를 불렀다.

버질리어스 윈드립은 워싱턴으로 간다네,
조랑말을 타고 간다네!
재벌들을 단칼에 아작 내고
민중의 압력단체가 되기 위해!

(합창)

버즈, 버즈 잘한다 잘해,

그가 가져가고 있는 것은 우리의 관심사와 요구

버즈를 찍지 않는다면

당신은 가장 배은망덕한 인간!

몰락한 중산층 연맹은

잊히기를 원하지 않는다,

그들은 워싱턴으로 몰려가

노래한다, '썩을 대로 썩었군!'

그 흥겨운 전투가는 자정이 되기 전에 각기 다른 19명의 프리마돈나들이 부르는 버전으로 라디오에서 울려 퍼졌고 48시간이 지나자 1,600만 미국인의 입에서 흘러나왔다. 그리고 앞으로 이어질 싸움에서는 적어도 9,000만 명에 이르는 지지자들과 반대자들이 입에 올리게 되었다. 전당대회 내내 버즈 윈드립은 '워싱턴으로 워시하러(쓸어내려) 간다네'라는 말장난이 계속 회자됨에 따라 유쾌한 분위기를 장악할 수 있었다. 공화당 후보인 월트 트로우브리지는 자신은 어느 것도 하지 않겠다고 야유했다!

그럼에도 불구하고 리 새러슨은 이 희극적 걸작 외에 윈드립의 대의를 위해서는 진지한 미국 십자군 전사들에게 어울리는 사상적으로나 정신적으로 더 고양된 송가가 필요하다는 것을 알고 있었다.

윈드립을 외치는 환호성이 끝나자 대의원들이 나라를 구하려는 충정을 발휘할 것인지 서로 공멸할 것인지 한참 설전을 벌인 후 새러슨은 김미치 부인이 저 유명한 외과의사 핵터 맥고블린 박사와 짝을 이루어 자신이 직접 가사를 붙인 좀 더 감명적인 찬가를 부르게 했다.

머잖아 국민적 거물로 부상할 이 맥고블린 박사라는 인물은 개업의이면서도 의학 전문 칼럼, 교육과 정신분석에 관한 서평, 헤겔, 귄터 교수, 휴스턴 스튜어트 챔벌레인, 로트롭 스토다드의 철학에 관한 준비된 주석, 모차르트 바이올린 곡 연주, 반전문가 수준의 권투, 서사시 작시 등에도 조예가 깊었다.

맥고블린 박사! 그는 정말로 대단한 인물이었다!

「예전의 소총을 꺼내들자」라는 제목의 새러슨-맥고블린 송가는 무솔리니 치하 이탈리아인들의 국가 「조비네차(젊음)」, 나치당 당가인 홀스트 베젤의 「깃발을 높이 올려라」, 마르크스주의자들의 「인터내셔널」처럼 해방을 외치는 버즈 윈드립 무리에게는 일종의 복음 성가가 되었다. 전당대회가 계속되는 동안 라디오 청취자 수백만 명은 아델라이드 타르 김미치 부인이 힘찬 알토 음색으로 부르는 찬가를 들었다.

예전의 소총을 꺼내들자

오 맙소사, 우리는 죄를 지었네, 미몽에 빠져 있었네,
우리의 깃발은 흙 속에 더럽게 처박혀 있고,
과거의 영혼들이 외치고 있네,
'몽매에서 깨어나라, 어서!
오 링컨의 영혼이여 저희를 이끄소서,
리 장군의 영혼이여 저희를 일으키소서,
정의를 위해 온 세상을 지배하게 하소서.
정의로운 자들을 위하여 싸우고,
있는 힘껏 경외하게 하소서,
1863년에 그랬던 것처럼.

(합창)

뜨겁게 타오르는 욕망 가득한 청년이여 보라,

대담한 눈매의 처녀여 보라,

장병들이 행진하고,

탱크가 포격하고,

전투기들이 하늘을 뒤덮는다.

예전의 소총을 꺼내들자,

예전의 불길을 일으키자!

보라, 온 세상이 무너지고 있다,

무시무시하고 암울하게.

미국이여! 일어나 온 세상을

마음껏 정복하라!

'대단한 쇼맨십이야, 바넘[26]이나 플로렌스 지그펠트[27]도 울고 가겠는걸.' 사무실에 임시로 설치한 라디오에 귀를 기울이며 AP사의 통신 원고를 살피던 도리머스는 생각에 잠겼다. "일단 당선되고 나면 버즈는 부상병들이 행진하게 놔두지 않을 걸. 그게 바로 못된 독재자의 심리지. 처치 곤란한 저 가난한 무리들은 눈에 안 띄게 시설 같은 곳에 숨겨두고 제복을 걸친 생기 넘치는 젊은 학살자들만 불러 모을 테지. 흠."

잠잠히 가라앉았던 폭풍우는 다시 맹렬한 기세로 퍼붓기 시작했다.

전당대회에서는 오후 내내 투표가 되풀이되었지만 대통령 후보 득표 순

---

26. Phineas Taylor Barnum. 미국의 흥행사·서커스 왕. James Anthony Bailey와 함께 짝을 이룬 서커스로 성공했다.

27. Florence Ziegfeld. 미국 엔터테인먼트 업계의 타고난 흥행사. 브로드웨이의 미다스로 통하며 언제나 새로운 스타를 발굴해내었고 새로운 방식의 거대한 공연을 무대에 올렸다.

위에는 아무런 변화가 없었다. 여섯 시 무렵 퍼킨스 노동부 장관 측에서는 기권하며 루스벨트를 지지했고, 덕분에 루스벨트는 윈드립 상원의원과 대등해졌다. 두 사람은 밤새 엎치락뒤치락할 것 같았으므로, 밤 10시가 되자 도리머스는 지쳐서 사무실을 나섰다. 오늘 밤은 집안의 아늑하고 매우 여성적인 분위기에 젖어들고 싶지 않았으므로 친구인 페레픽스 신부의 사제관에 들렀다. 다행스럽게도 전혀 여성적이지 않고 분내나지 않는 무리가 모여 있었다. 성공회 소속인 팰크 신부도 그곳에 와 있었다. 가무잡잡하고 단단한 젊은 페레픽스 신부와 백발의 나이든 팰크 신부는 자주 함께 일했고, 서로 좋아했으며 성직자의 독신생활이 주는 이점과 교황의 수위권을 제외하고는 거의 모든 교리에 동의했다. 두 사람 외에도 벽 타이터스, 루이스 로렌스턴, 사위인 파울러 그린힐 박사, 은행가인 크로울리도 와 있었다. 크로울리는 한 푼이 간절한 농부들과 소매상인들에 대한 대출을 거부하는데 몇 시간을 보내고 난 직후라도 자유로운 지적 토론에 끼기를 좋아하는 금융가였다.

그리고 잊지 않아야 할 존재는 바로 도리머스의 애견 풀리시였다. 폭풍우가 퍼붓던 아침에 주인이 불안해보여 사무실까지 따라갔던 풀리시는 라디오에서 흘러나오는 헤이크 대령과 새러슨과 김미치 부인의 소리에 하루 종일 으르렁거리며 전당대회를 보도하는 모든 통신 원고들을 모조리 씹어버려야 한다는 진지한 신념을 보여주었다.

도리머스는 버몬트의 작고한 명사들의 초상화로 가득한 자기 집의 냉랭한 하얀 벽 거실보다도 페레픽스 신부의 작은 서재가 더 좋았다. 그리고 십자가와 동정마리아 석고상과 선명한 붉은색과 초록색의 이탈리아 풍 교황 그림에서 드러나듯이 교회다운 느낌과 (적어도 보통의) 상업적 냄새가 나지 않는 느낌이 한데 어우러진 분위기에 고풍스런 참나무 책상과 강철 서류 캐비닛과 낡은 이동식 타자기 같은 실용적 물건들이 있는 점이 마음에 들었다. 그곳은 가죽의자와 최고급 호밀주 칵테일이라는 편의를 갖춘 경건한 은자의 동굴과도 같았다.

그곳에 모인 여덟 사람(우유를 할짝거리던 풀리시까지 포함하여)이 라디오에 귀 기울이며 홀짝이고 있는 동안 밤이 지나갔다. 밤이 깊어가고 있었지만 전당대회는 맹렬하게 투표가 실시되었다가 아무것도 결정되지 않은 채 끝나기를 되풀이했다. 지금 그곳은 클리블랜드의 전당대회장으로부터 1천 킬로미터나, 안개로 뒤덮인 밤을 가로질러 1천 킬로미터나 떨어져 있었지만 모든 말 한 마디, 비웃는 모든 고함소리는 대회장에 있던 사람들이 듣는 바로 그 순간에 전파를 타고 사제관의 작은 방에서도 선명하게 들렸다.

페레픽스 신부의 가정부(스캔들을 좋아하는 그 지역 프로테스탄트들에게는 실망스럽게도 서른아홉 살인 신부에 비해 훨씬 많은 예순다섯 살이었다)가 스크램블 에그와 시원한 맥주를 내왔다.

"아내가 아직 살아 있었더라면 자정에는 자라고 떠밀었을 텐데." 팰크 신부가 한숨을 내쉬었다.

"저희 마누라가 지금 그런다니까요!" 도리머스가 외쳤다.

"제게도 마누라가 있었다면 틀림없이 그랬겠죠." 루이스 로텐스턴이 놀리듯 말했다.

그러자 벅 타이터스가 환성을 질렀다. "여기서 스티브 신부님과 저만이 제대로 살고 있군요. 혼자 살고 있으니까요. 우리야 뭐 옷 입은 채로 잠자리에 들 수도 있고 아예 밤을 새도 뭐라고 할 사람이 없죠." 그러자 페레픽스 신부가 중얼거렸다. "하지만 벅, 사람들이 그 소리를 들으면 뭐라고 할지 궁금한데요. 당신은 하느님을 믿지 않는데다 옷을 입은 채로 잠자리에 들 수도 있다고 자랑하니 말입니다. 하느님께서 팰크 신부님과 그린힐 박사와 제게 무척 관대하셔서 때로는 환자의 호출에서 벗어나 옷을 벗고 잠자리에 들 수 있게 해주신답니다! 그리고 루이스, 그 이유는———— 쉿! 쉿! 뭐라고 하는 것 같은데요!"

버즈를 후보로 추천했던 듀이 헤이크 대령은 윈드립 상원의원이 이제 그만 호텔 숙소로 돌아가는 것이 좋겠다고 생각하여 자리를 떴지만 편지를 남셨다면서 자신이 대독하겠다고 발표하고 있었다. 그리고 그는 단숨에 읽어 내려갔다.

윈드립은 혹시 자기의 정강이 완전히 이해되지 않는 사람이 있다면 제대로 확실히 분명하게 하길 원한다고 했다.

요약하자면, 그 편지는 윈드립 자신은 모든 은행에 반대하지만 은행가들을 반대하는 것은 아니라는 내용이었다. 단 금융업계에서 완전히 추방되어야 할 유대인 은행가들은 예외였다. 그리고 모든 임금을 매우 높게 올리고 이렇게 높은 임금을 받는 노동자들이 생산하는 모든 제품의 가격은 매우 낮게 유지할 계획(그러나 제대로 명시되지는 않았다)을 철저히 검증했다고 밝혔다. 그리고 자신은 100퍼센트 노동자 편이지만 모든 파업에는 100퍼센트 반대한다고 했다. 그리고 미국이 스스로 무장되어 있고, 커피, 설탕, 향수, 트위드 직물, 니켈 등을 수입하는 대신 자체 생산할 정도로 준비가 잘 되어 있어 세계에 도전할 수 있다는 견해를 지지한다고 밝혔다. … 그리고 어쩌면 반대로 세계가 미국에 도전할 정도로 너무 무례하다면 접수하여 제대로 운영할 수도 있다고 버즈는 암시했다.

매순간 라디오에서 끊임없이 흘러나오는 시끄러운 금속음에 도리머스는 점점 더 참기가 힘들어졌다. 반면에 산마루는 무거운 여름밤의 잠 속으로 빠져들었으므로 도리머스는 반딧불이의 춤과 자전하는 지구의 리듬과 동일한 귀뚜라미의 리듬, 육감적인 미풍에 대해 생각했다. 특히 그 미풍에는 웅변과 더불어 음파를 너머 전당대회에서 나오는 것 같은 시가 냄새와 땀 냄새, 위스키 냄새, 민트 향 껌 냄새 등이 한데 실려 오는 것 같았다.

시간은 새벽이 지났고, 페레픽스 신부(성직자답지 않게 편안한 옷차림과 슬리퍼 차림이었다)가 일행에게 고맙게도 양파수프가 담긴 쟁반과 풀리시에게 줄 햄버거 스테이크 덩어리를 막 내온 순간 버즈에 대한 반대가 무너졌으므로 서둘러 진행된 다음 투표에서 버질리어스 윈드립 상원의원은 미국의 민주당 대선후보로 지명되었다.

도리머스, 벅 타이터스, 페레픽스 신부, 팰크 신부는 한동안 절망감에 휩싸여 아무 말도 할 수 없었다. 그 점은 도리머스의 애견 풀리시도 마찬가지였던 것 같다. 그 이유는 라디오를 끄고 나자 아주 머뭇거리며 꼬리를 흔들었기 때문이다.

크로울리는 만족스러운 표정을 보였다. "거참, 한 평생 공화당 후보에게 줄곧 투표해왔는데, 이제 민주당에도 인물이 났으니. 흠 윈드립에게 투표하겠어요!"

페레픽스 신부가 신랄하게 말했다. "캐나다에서 와서 미국인이 된 이후로 늘 민주당에 투표해 왔는데 이번에는 공화당을 찍어야겠어요. 여러분들은 어떠신가요?"

로텐스턴은 아무 말이 없었다. 그는 윈드립이 유대인에 대해 언급한 것이 마음에 들지 않았다. 그는 유대인을 잘 알았다. 아니 그들은 유대인이라기보다 미국인이었다! 그리고 맹세하건대, 보통 미국인과 마찬가지로 자기에게도 링컨이 부족 신이나 마찬가지였다.

"저요? 저야 물론 월트 트로우브리지죠." 벅이 화난 음성으로 말했다.

"저도 마찬가지입니다. 아니요, 저는 아무도 안 찍을 겁니다! 트로우브리지는 가능성이 없을 겁니다. 이번 한 번만은 무당파라는 사치를 실컷 누리고, 금지 법안이나 배틀크리크의 농업 관련 정강이나 이치에 맞는 일에 투표하렵니다!"

도리머스가 집에 돌아온 시각은 오전 7시가 넘어서였는데, 7시면 일하러 오기로 되어 있던 섀드 레듀가 웬일로 놀랍게도 벌써 일을 하고 있었다. 대체로 7시 50분이 되기 전에는 저 아래 읍내에 있는 자신의 집을 나서는 법이 없었지만 오늘 아침에는 무슨 바람이 불었는지 이미 나와서 장작을 패고 있었다. (도리머스는 속으로 생각했다. 오라 이제야 알겠군. 이렇게 이른 시간이면 장작 패는 소리에 온 집안 식구들을 다 깨울 테니 저러는 거지.)

섀드는 키가 크고 몸집이 컸다. 그의 셔츠는 땀으로 얼룩져 있었다. 그리고 늘 그렇지만 수염은 더부룩했다. 풀리시가 그를 보고 으르렁거렸다. 도리머스는 언젠가 그가 풀리시를 발로 찬 것이 아닌지 의심스러웠다. 땀에 전 셔츠, 정직하게 수고하는 점, 소박한 모든 미덕 등으로 섀드에게 경의를 표하고 싶었지만 제아무리 관대한 박애주의적 미국인으로서라도 마르크스적 태도와 더불어 롱펠로우의 목가적 태도를 변함없이 일관되게 유지하며 노동자들 가운데에도 악한이나 야비한 자들이 있을 것이라는 생각을 이따금씩 다시 하지 않기란 어려웠다. 특히, 놀랍게도 그런 인간들 가운데 연봉이 3,500달러나 되는 작자들도 많다는 것은 유명했다.

도리머스는 소곤거리듯 물었다. "흠. 밤새 자지 않고 라디오를 들었는데, 민주당에서 윈드립 상원의원을 대통령후보로 지명했다는 것 알고 있나?"

"그런가요?" 섀드가 퉁명스럽게 대꾸했다.

"그렇다네. 방금 전 일이야. 자네는 누구에게 투표할 텐가?"

"제섭 씨, 이제야 말씀드리는 건데요." 섀드는 도끼에 기댄 채 자세를 취했다. 때로 섀드는 너구리 사냥과 주사위 도박과 포커 게임에 대해 전혀 모르는 이 작은 도리머스에게조차 상당히 쾌활하고 거들먹거릴 수도 있었다.

"저는 버즈 윈드립에게 투표할 작정입니다. 그는 당장 모든 사람이 4천 달러를 받을 수 있게 한다니까 저는 양계장을 시작할 겁니다. 양계로 돈을 엄청 벌 수 있다고요! 스스로 갑부라고 생각하는 자들에게 제대로 보여줄 겁니다!"

"하지만 섀드, 저 아래에 있는 헛간에서 닭을 키우려고 했다가 별 재미를 못 본 것 같은데. 겨울에 닭이 뒤집어쓴 물을 얼어붙게 놔두었다가 모두 죽이지 않았나, 기억하지 못하나."

"오 그랬나요? 그래서 뭐 어떻다고요! 제기랄! 그건 몇 마리 안 되었잖아요. 까짓 스물네 마리 병아리 가지고 했던 어리석은 짓으로 제 시간을 낭비하지는 않을 거라고요! 5, 6천 마리로 제 노력이 헛되지 않게 만들어 똑똑히 보여 드리죠! 두고 보라고요." 그리고 아주 애국적으로 덧붙였다. "저는 버즈 윈드립이면 좋아요."

"그가 자네의 한 표를 받았다니 기쁘군."

"그래요?" 섀드는 노려보듯 말했다.

그러나 뒤쪽 베란다로 발걸음을 옮기던 도리머스는 섀드가 희미하게 비웃는 소리를 들었다.

"됐다고, 나리!"

8장

나는 많이 배운 사람인 체하고 싶지 않다. 단 예외적으로 사람의 마음과 모든 평범한 사람들의 비애와 눈물을 공감할 수 있는 능력은 갖추었다. 그렇더라도, 아내의 아칸소 친척들 말대로 성경을 한 줄 한 줄 빼놓지 않고 대략 열한 번쯤은 통독했다. 출판되어 나온 모든 법률서들도 다 읽었다. 그리고 동시대의 저작에 관해서라면 브루스 바턴, 에드거 게스트, 아서 브리즈번, 엘리자베스 딜링, 월터 피트킨, 윌리엄 더들리 펠리가 쓴 위대한 문학 작품 상당수를 독파했다고 자부한다.

나는 특히 윌리엄 더들리 펠리를 존경하는데 펄떡거리는 훌륭한 이야기와 사후에도 빛을 발할 정도로 삶을 살피는 진지한 작품과 오로지 맹목적인 바보만이 인간의 불멸을 믿지 못한다는 점을 완전히 입증했을 뿐 아니라 궁극적으로는 〈실버 셔츠〉[28]를 설립하며 보여준 공공심과 헌신적인 노력 때문이다. 이 진실한 기사들은, 자신들이 마땅히 받아야 할 모든 성공을 달성하지 못하더라도, 자유, 고임금, 세계 안보라는 미국의 규범들을 끊임없이 위협하는 빨갱이 급진주의자들과 다른 불쾌한 볼셰비키주의자들의 은밀하고도 음흉하고 악의적이고 부정한 선동적 음모와 싸우기 위해 성배를 발견한 원탁의 기사 갤러해드처럼 가장 고귀한 시도를 하고 있는 장본인이다.

이들은 메시지를 전하고 있다. 우리는 문학에서 직설적이고 적극적이고 약동하는

---

28. Silver Legion of America. 윌리엄 더들리 펠리가 나치의 <브라운셔츠>를 본떠 만든 지하 파쇼 단체. 흰 셔츠에 푸른 넥타이를 매서 실버 셔츠라는 별명이 붙었다.

메시지를 제외하고는 그 어느 것도 찾을 시간이 없다!

『최고를 뛰어넘는 결정적 순간』 중에서, 버질리어스 윈드립

선거 유세 바로 첫 주 동안 윈드립 상원의원은 '몰락한 중산층을 위한 승리 15개항'이라는 차별화된 성명서를 발표함으로써 자신의 철학을 명확히 밝혔다. 그 자신의 표현(또는 아마도 리 새러슨이나 듀이 헤이크의 표현)으로 설명한 정강의 15개 원칙은 다음과 같다.

(1) 은행, 보험, 증권, 채권, 담보대출을 포함한 국가의 모든 금융은 대통령이 임명한 위원회와 정부가 소유한 연방중앙은행의 절대적 지배를 받게 된다. 이 위원회는 국회에 입법 승인을 청구할 필요 없이 재정을 관리하는 모든 규정을 만들 권한을 갖게 된다. 이후 최대한 빨리 이 위원회는 온 국민의 이익을 위하여 모든 광산, 유전, 수력발전소, 공공시설, 운송, 통신을 국유화하고 정부 소유로 귀속시키는 문제를 고려할 것이다.

(2) 어느 노동조합이 노동자들을 대표할 자격이 있는지 결정하기 위해 대통령은 노동자, 고용주, 일반인 대표로 공정하게 배분된 위원회를 지명하여, '사측 노조'나 공산주의자와 소위 '제3인터내셔널'에 의해 지배되는 '빨갱이 노조'를 불문하고 모든 유사 노동자 조직에 대해 법적조치를 취하도록 행정부에 보고하게 할 것이다. 정식으로 승인받은 노동조합들은 모든 노동쟁의 결정력을 갖춘 정부 산하 조직으로 간주될 것이다. 이후에는 농업단체로까지 동일한 심사 및 정식 승인과정을 확대할 것이다. 노동자들의 이러한 지위 향상 과정에서는 〈몰락한 중산층 연맹〉이 파괴적이고 반미적 급진주의의 위협을 막는 주요 보루라는 점이 강조되어야 한다.

(3) 빨갱이 급진주의자들의 신조에 반대하여 그들이 취득한 재산을 몰수하는 중징계로 다스릴 것이며 몰수된 재산은 노후 안전을 위한 보험으로 쓰

이게 될 것이다. 연맹과 민주당은 개인의 결정권과 사유 재산에 대한 권리를 언제나 보장할 것이다.

(4) 우리가 늘 경의를 표하는 전능하신 하느님 외에 그 누구에게도 복종하지 않는다고 믿으면서 모든 사람들에게 절대적인 종교의 자유를 보장할 것이다. 그러나 무신론자, 불가지론자, 흑마술 신봉자, 신약에 대한 맹세를 거부하는 유대인, 국기에 대한 맹세를 거부하는 신자는 공직에 취임할 수 없으며, 교사, 교수, 변호사, 법관, 산부인과 영역을 제외한 개업의로 취업할 수 없다.

(5) 1인당 연간 순수입은 50만 달러로 제한된다. 어느 시점에서든 1인당 축적 재산은 300만 달러를 초과할 수 없다. 누구든 평생 200만 달러를 초과하는 상속 재산 보유는 허용되지 않는다. 명시된 액수를 초과하는 모든 소득과 재산은 구호비용과 행정비용으로 사용하기 위해 연방 정부에서 몰수할 것이다.

(6) 전시 중에는 모든 무기, 군수품, 항공기, 선박, 탱크와 전투에 직접 쓸 수 있는 모든 기타 물품뿐 아니라 식량, 직물과 미국인이나 연합군에 제공되는 기타 모든 보급품을 생산하거나 유통하거나 판매하는 데서 얻게 될 이익 가운데 6퍼센트를 초과하는 모든 배당금을 몰수함으로써 이익을 환수한다.

(7) 우리의 군비와 육해군 상비군은 세계의 다른 단일 국가나 제국의 무력과 동등해질 때까지 계속 늘려나갈 것이다. 그러나 이 나라는 다른 나라를 정복할 야욕이 전혀 없으므로 모든 부문의 방위력에서 다른 나라의 군사력을 초과하지는 않을 것이다. 취임하자마자 〈몰락한 중산층 연맹〉과 민주당은 이것을 제일 중요한 의무로 실행할 것이며, 우리의 무력은 오로지 세계의 평화와 우호를 보호할 목적으로만 유지될 것임을 전 세계 모든 국가에 확고하게 천명할 것이다.

(8) 통화를 발행할 유일한 권리는 의회에서 가지게 되며 취임하는 즉

시 대출이 원활히 이루어질 수 있도록 통화 공급을 현재의 두 배로 늘릴 것이다.

(9) 유대인에 대한 차별을 일삼는 반진보적 국가들의 비기독교적 태도는 매우 비난받아 마땅하다. 유대인들은 우리 연맹을 가장 강력하게 후원해왔으므로 우리의 이상을 계속 지지하기만 한다면 앞으로도 계속 번영을 유지할 수 있으며 온전한 미국인으로 간주될 것이다.

(10) 모든 흑인은 투표권이 금지되며, 공직에 취임하거나 법조계, 의료계, 중등 교원에 종사할 수 없다. 그리고 취득이나 증여든 가구당 연간 1만 달러를 초과하는 모든 금액은 100퍼센트 과세된다. 그러나 모든 유색인종과 마찬가지로 남녀를 막론하고 사회에서 자신들에게 적합한 위치인 가정부, 농업 노동자, 산업체의 일반 노동자 같은 적절한 일자리에서 45년 이상 성실하게 근무한 경력을 입증할 수 있는 모든 흑인들에게 베풀 수 있는 최고의 구제활동을 제공받기 위해, 65세가 되면 전원 백인으로만 구성된 특별 위원회에 출두하여 근무 기간 동안 질병에 의한 경우를 제외하고는 태만한 적이 없었다는 사실을 입증하면 연간 1인당 500달러, 가구당 700달러를 넘지 않는 연금 수령 대상자가 될 수 있다. 여기서 흑인이라 함은 흑인의 피가 16분의 1 이상 섞인 사람을 의미한다.

(11) 소설가 업튼 싱클레어의 '부의 분배'와 '만인이 왕'같은 웅대한 플랜, 모든 가구에 연간 5천 달러를 보장하는 작고한 휴이 롱의 복지안, 타운센드 플랜, 유토피안 플랜, 테크노크라시 사회, 만족스러운 온갖 실업보험 시책들처럼 매우 고귀하고도 경제적으로도 건전한 빈곤·실업·노령 구제 방안들을 반대하기는커녕 사회 안전망에 대한 이러한 플랜들에 대해 연구하고 조정하고 가장 좋은 특성들을 당장 채택하도록 권고하기 위해 새 행정부는 즉각적으로 위원회를 임명할 것이며, 이로써 싱클레어, 타운센드, 유진 리드, 하워드 스코트는 설치될 위원회에 합류하여 모든 면에서 자문을 제공하고 협력하도록 요청하는 바이다.

(12) 현재 간호사나 미용사 같은 특별히 여성적인 활동 영역을 제외한 분야에 취업 중인 모든 여성은 가능한 한 신속하게 가정주부와 강력하고 훌륭한 미래의 연방 시민을 배출하는 어머니로서의 매우 성스러운 임무로 복귀하도록 지원할 것이다.

(13) 공산주의나 사회주의나 무정부주의를 옹호하거나, 전쟁이 발발할 경우 입대 거부를 옹호하거나, 어떤 전쟁이든 러시아와의 동맹을 옹호하는 사람은 대역죄로 재판을 받게 될 것이며 최소 감옥에서 20년 이상의 중노동형과 최고형인 교수형 혹은 재판관들이 편의적이라고 판결한 다른 형태의 사형에 처해질 것이다.

(14) 이제까지 미국이 벌인 전쟁에 참전한 병사들에게 약속한 모든 특별수당은 즉시 현금으로 전액 지급될 것이며 연간 소득이 5천 달러 미만인 모든 퇴역군인의 경우 이전에 약속된 금액은 두 배로 인상된다.

(15) 우리가 취임하는 즉시 의회는 다음의 사항에 해당된다면 헌법 개정에 착수한다. (a) 대통령은 이 중대한 시기 동안 국정 운영을 위한 모든 필요한 정책을 제정하고 실행할 권한을 갖는다. (b) 의회의 기능은 오로지 자문의 역할에만 국한하여, 대통령이 승인할 경우에만 한하여 대통령과 보좌관과 내각이 필요한 입법에 주의를 기울이도록 요청한다. (c) 위헌적 지배에 의하거나 다른 사법적 판결에 의한 경우 연방 대법원의 권한 중 대통령이나 대통령이 적법하게 임명한 보좌관 또는 의회의 어떠한 또는 모든 행위를 무효화할 수 있는 권한은 즉시 삭제된다.

부록 : 〈몰락한 중산층 연맹〉과 민주당은 이 나라 미국에서 유권자 다수가 원하는 바에 위배되는 어떠한 조치도 실행할 목적이나 의사가 없음을 강력히 밝힌다. 그리고 위에 언급한 15개 원칙 중 15항을 제외하고는 어떤 항목도 강제적이고 변경 불가능한 것으로 간주하지 않으며, 나머지 조항에 대해서는 공화당이든 민주당이든 이전 정부의 가혹하고도 제한적인 경제 조치로 박탈당한 개인의 자유를 새 정권에서는 다시 회복하게 될 국민이 보편적

으로 바라는 대로 정책을 추진해나갈 것이다.

"그게 다 뭔 소리래요?" 도리머스가 윈드립의 정강을 읽어주자 놀란 엠마가 물었다. "전혀 일관성이 없네요. 마치 사회주의자 노먼 토머스와 공화당 대통령 캘빈 쿨리지를 합쳐 놓은 것처럼 들려요. 윈드립 본인도 뭔 말인지 이해했는지 의심스럽네요."

"물론. 그는 당연히 이해하고말고. 책사인 새러슨이 자신의 아이디어를 잘 꾸며내도록 시킨다고 해서 그것이 번지르르한 말로 꾸며져 나왔을 때 무슨 말인지 모르거나 파악하지 못한다고 생각해서는 안 돼. 그 원칙들이 무엇을 의미하는지만 말해줄 테니 들어보라고. 1항과 5항은 금융가들과 운수왕들이 버즈를 지지하는 쪽으로 방향을 확 틀지 않으면 소득세를 늘리고 사업을 통제하겠다고 위협하는 거야. 하지만 내가 듣기로는 그들이 상당히 노선을 바꾸고 있어서 버즈의 라디오 방송과 유세 비용을 지불하고 있다더군. 2항은 노동조합을 직접 통제함으로써 버즈 패거리들이 모든 노동자를 노예 상태로 전락시키겠다는 거야. 3항은 거대 자본의 안전을 보장하고, 4항은 연설가들이 버즈에게 두려움을 느끼며 그를 위해 무상으로 일하는 선전 담당자로 모이게 만들겠다는 거야.

6항은 아무 의미도 없어. 수직적 활동 구조를 갖춘 군수품 회사는 생산에서 6퍼센트, 유통에서 또 6퍼센트, 판매에서 또 6퍼센트를 챙길 수 있게 된다는 거지, 적어도 말이야. 7항은 우리도 온 세계를 탐욕스럽게 먹어치우려는 모든 유럽 국가들을 따라갈 준비를 하겠다는 거지. 8항은 통화가 팽창되니 거대 산업체들이 달러에 1센트를 보장하는 자신들의 미지불 채권을 팔 수 있게 될 거라는 의미고, 9항은 내어놓을 것이 많든 적든 날강도 주인을 위해 돈을 내어놓지 않는 모든 유대인은 처벌받게 된다는 뜻이야. 10항은 버즈를 추종하는 가난한 백인들에게 흑인들이 차지하고 있던 고임금 일자리와 사업체를 넘겨줄 것이며, 그러고도 비난받기는커녕 인종적 순수성을 애국적으로 지켜냈다고 두루 칭송받을 거라는 의미지. 11항은 극빈자들을 위한 실질적 구호를 만들지 않은 책임을 전가할 수 있게 된다는 뜻이지. 12항은 여성들이 장차 투표권과 고등교육을 받을 권리를 상실하고 괜찮은 직업을 박탈당하며 외국과의 전쟁터에서 전사할 병사들을 길러내도록 강요받게 될 거라는 뜻이지. 13항은 어떤 방식으로든 버즈에게 반대하는 사람은 모두 공산주의자로 낙인찍혀 처형될 수 있다는 말이야. 왜 아니겠어, 이 조항에 다르면 후버와 알 스미스와 옥덴 밀스는 물론이고 당신과 나도 모두 공산주의자가 될 걸.

14항은 다른 사람들의 돈으로 기꺼이 펑펑 지급하여 퇴역군인들의 지지를 충분히 이끌어낼 심산인 거지. 그리고 15항은 정말로 무엇인가를 의미하고 있는 유일한 조항이지. 무슨 의미인가 하면 윈드립과 리 새러슨과 프랑 목사와 나는 이렇게 추측한다는 거지. 아마도 이 듀이 헤이크 대령과 헥터 맥고블린이 ─ 당신도 알지, 이 의사가 버즈를 위한 저 고매한 찬가를 쓰는 걸 도와줬잖아 ─ 암튼 이들이 충분히 대담하고 파렴치하고, 합법을 가장할 정도로 충분히 영리한 무리가 정부 전체를 장악하여 모든 권력과 칭찬과 찬사와 돈과 궁전과 원한다면 기꺼이 여자들까지 전부 가질 수 있을 정도로 이 나라가 무력해졌다는 것을 눈치 챘다는 거지.

그들이 아직은 한줌밖에 안 되는 세력이지만, 레닌과 무솔리니와 히틀러와 케말 파샤와 나폴레옹 패거리도 처음에는 얼마나 미미했는지 생각해보라고! 모든 진보적 연설가들과 모더니스트 교육자들과 불만을 품은 신문기자들과 농장의 선동가들은 아마도 처음에는 우려하겠지만 1차 세계대전 때 그랬듯이 선전이라는 그물에 걸려 버즈가 설령 몇 가지 결점은 있더라도 평범한 사람들의 편이며 갑갑한 낡은 정치인들과 상반된다고 확신하며, 버즈야말로 위대한 진보주의자라고 온 나라에 외치게 될 걸. (그리고 그 사이 재벌은 느긋하게 앉아서 윙크나 날리고 있겠지!)

그러면 맙소사, 이 사기꾼이 ─ 사기꾼보다 더한지 아니면 종교적 광신자인지 모르겠지만 — 아무튼 사기꾼 윈드립은 새러슨과 헤이크와 프랑과 맥고블린과 힘을 모아, 저 옛날 상선을 가로챈 헨리 모건[29]을 떠올릴 정도의 정권을 세우고도 남을 걸."

그 소리를 들은 엠마가 푸념을 늘어놓았다. "하지만 미국인들이 그것을 오랫동안 지지하겠어요? 말도 안 돼요. 더구나 개척자들의 후손인 우리 같은 사람들에게 통하겠냐고요!"

"그야 모르지. 그들이 그러지 않게 되도록 깨우치는데 도움을 주려고 애쓰긴 할 건데. … 내가 뭔가를 하려고 시도했다가는 우리 가족 전부가 총살당하리라는 것은 물론 당신도 알고 있겠지. … 흠! 지금이야 내가 용감하게 말하지만 아마도 버즈의 사병들이 몰려오고 있는 소리가 들리면 아마도 겁에 질려 죽을걸!"

그러자 엠마가 애원했다 "오, 제발 조심할 거죠? 아, 그러고 보니 잊기 전에 한 마디 해야겠어요. 도마우스, 풀리시에게 닭 뼈를 주지 말라고 도대체 몇 번이나 말해야 알겠어요. 목에 걸려 죽을 수도 있단 말이에요. 그리고 밤에 차고에 주차할 때는 꼭 잊지 말고 자동차 열쇠를 빼라고요! 요즘 같아서는 섀드 레듀나 누군가가 분명히 훔쳐갈 것이 뻔하다고요!"

15개 조항을 읽었을 때 스티븐 페레픽스 신부는 도리머스보다도 훨씬 더 화를 냈다.

"흥, 뭐라고! 흑인, 유대인, 여자들의 활동을 모두 금지시키고 이번에는 우리 가톨릭마저 쫓아내겠다고? 히틀러는 우리를 가만두지 않고 박해했지. 저 찰리 코글린도 그럴 거야. 어쩐지 우리를 너무 추켜세우더라니!"

건축학교에 진학해서 유리와 스틸로 지은 새로운 주거 양식을 창조하는 선구자가 되고 싶은 시시, 버몬트에 칼스배드, 비시, 사라토가 등과 같은 휴

---

29. Henry Morgan. 17세기 카리브 해에서 활약한 영국 출신의 해적. 해적에서 은퇴한 후에는 자메이카 섬 대리 총독이 되어 오히려 해적을 단속하게 되었다.

양지 숙박시설을 계획하고 있는 로린다 파이크, 나이가 들어 가정부 일을 하기에 힘이 부치면 자기 빵집을 열기를 고대하는 캔디 부인, 이들은 모두 도리머스나 페레픽스 신부보다도 한층 더 분노했다.

시시가 딱딱거리는 소리를 들으면 놀기 좋아하는 소녀가 아니라 투쟁에 나선 여인 같았다. "그렇게 〈몰락한 중산층 연맹〉이 우리를 몰락한 여성 연맹으로 만들고 있네요! 우리더러 기저귀나 빨고 비누를 만들 재를 거르는 일로 돌아가라 이거죠! 루이자 메이 올컷[30]과 배리[31]의 작품 속 인물처럼 가사에 매진하란 말이죠, 물론 안식일은 빼고요! 감지덕지하며 남자들과 잠자리에 들라는 거죠 ——— "

"시시, 말조심해!"

"섀드 레듀 같은 남자랑 말이죠! 아빠, 저를 위해 바쁘신 버질리어스에게 저는 다음 배로 영국으로 가겠다고 당장 편지나 써주세요!"

캔디 부인은 (매일 꼼꼼히 닦는 부드러운 마른 행주로) 유리그릇의 물기를 닦다 말고 한참 전부터 투덜거리고 있었다. "고약한 놈들! 누가 쏴 죽이는 사람도 없나." 그 말은 캔디 부인에게 놀랍도록 길고도 인도주의적인 말이었다.

'그래 맞아. 충분히 고약한 것들이지. 하지만 내가 기억하는 한 윈드립은 온갖 소용돌이에도 절대 끄떡없는 인물이지. 그가 이 모든 것을 구상하지는 않았어. 모든 정당한 불만세력 말고도 똑똑한 정치인들과 금권정치의 총아들에 반감을 가지고 있는 사람들이 많지. 아, 윈드립이 아니라도 또다른 누군가가 나타났을 테지. … 우리가 이런 사태를 초래했지, 고상하다는 우리가 말이야. … 그렇다고 해서 우리더러 이 상황을 좋아하라고 강요할 수는 없지!' 도리머스는 그렇게 생각했다.

---

30. Louisa May Alcott. 미국의 여류 소설가. 『작은 아씨들』의 저자.

31. Sir James Matthew Barrie. 영국의 극작가. 『피터팬』의 저자.

9장

상원 내부에 들어와 보지 않은 사람은 정말로 뛰어난 일류 정치가들의 으뜸 자질은 정치적 계산에 있는 것이 아니라 온갖 부류와 처지의 사람들과 온 나라에 대한 크고 깊고 흘러넘치는 사랑이라는 사실을 결코 깨닫지 못할 것이다. 그러한 사랑과 애국심이 바로 나를 이끌어준 유일한 정치 원리였다. 내가 바라는 야망은 첫째 모든 미국인들이 이 지구상에서 가장 위대한 인종이었고 앞으로도 그래야 한다는 것을 깨닫는 것이고, 둘째 우리들 사이에 부나 지식이나 기술이나 조상이나 힘에서 명백한 차이가 있어도 — 물론 이 모든 것이 인종적으로 우리와 다른 모든 사람들에게 적용되지는 않는다 하더라도 — 어쨌든 우리는 매우 기뻐해야 할 국가 공동체의 위대하고도 훌륭한 결속으로 한데 묶인 형제라는 사실을 깨닫는 것이다. 그리고 이렇게 되기 위해 우리는 어떠한 개인적 이익도 기꺼이 희생해야 한다고 생각한다.

『최고를 뛰어넘는 결정적 순간』 중에서, 버질리어스 윈드립

1936년 늦여름과 초가을에 버질리어스 윈드립의 사진은 여기저기 무수히 실렸다. 차를 타는 모습이나 비행기에서 내리는 모습, 다리 개통식에 참가한 모습, 남부인들과는 옥수수빵과 베이컨을 먹고 북부인들과는 조개 수프와 밀기울을 먹는 모습, 미국 재향 군인회, 자유 연맹, 유대교청년회, 청

년 사회주의자 연맹, 엘크 자선보호회, 바텐더 및 웨이터 노조, 주류 판매반대 연맹, 아프가니스탄 복음 선교회 앞에서 연설하는 모습, 100세 할머니에게 입을 맞추고 부인이라고 불리는 여성들과 악수하는 모습 등이 실렸다. 그러나 반대되는 모습, 즉 새빌 가에서 승마복을 입은 모습, 롱아일랜드에서 작업복을 걸친 모습, 오자크 고원에서 카키 셔츠를 입은 모습은 실리지 않았다. 이런 사진에서 드러난 버즈 윈드립은 커다란 머리, 사냥개 같은 얼굴, 커다란 귀, 축 늘어진 볼, 음산한 눈매를 갖춘 거의 난쟁이에 가까운 모습이었다. 그는 (워싱턴 관계자에 따르면) 전등처럼 자유자재로 껐다 켰다 할 수 있는 환한 미소를 지었지만, 그 덕분에 못생긴 모습이 잘 생긴 사람의 억지웃음보다 매력적으로 보였다.

그는 매우 굵고 검은 직모인데다 뒤로 길게 기르고 다니는 머리칼로 보아 인디언 혈통이 섞여 있는 것 같았다. 상원에 있을 때는 유능한 보험 외판원을 연상시키는 옷을 선호했지만, 선거구의 농민들이 워싱턴을 방문할 때는 '앞자락이 비스듬한' 꾸깃꾸깃한 전형적 회색 카우보이 모자를 쓰고 나타났는데, 그 모습을 보면 누구라도 검은 '앨버트 왕자'로 착각할 정도였다.

윈드립이 그런 복장을 하고 있으면 박물관의 의약품 선전판매소 '의사' 모형처럼 보였다. 그리고 사실 버즈 윈드립이 한 번은 로스쿨 방학기간 동안 촉토 족 암 치료제, 치누크 족 폐결핵 완화제, 동양의 치질 치료제, 집시 공주 퀸 페샤와라의 오래된 민간비법으로 준비한 류머티즘 치료제를 전문적으로 취급한 앨러개시 박사의 과학 탐사대 같은 이동 약제실에 합류하여 밴조를 연주하고 카드 마술을 선보이고 약병을 팔며 사기를 치고 다녔다는 소문이 떠돌았다.

버즈의 열렬한 도움을 받은 회사 때문에 상당히 많은 사람들이 죽었다. 사망한 사람들은 앨러개시 박사가 물, 색소, 담배즙, 옥수수 위스키 원액으로 만든 물약을 맹신하지만 않았더라면 진작에 의사를 찾아가 진료를 받았을 것이고 그러면 죽는 상황까지 이르지는 않았을 것이다. 그러나 어쨌든 그 이후 윈드립은 확성기 앞에 서서 가짜 약을 팔던 저속한 사기꾼에서 수은등 아래 실내의 연단 마이크 앞에 서서 가짜 경제를 파는 높은 지위에 올랐으니 틀림없이 명예를 회복한 셈이 되었다.

그는 키가 작은 사내였지만 나폴레옹과, 비버브룩 경, 스티븐 더글러스, 프리드리히 대제, 독일인들 사이에서는 '오딘의 미키마우스'라는 별명으로 은밀히 불리던 괴벨스 박사도 모두 단신이었다는 사실을 잊지 않았다.

다른 사람의 주의를 끌지 않은 채 조용히 지켜보는 관찰자로서 변변찮은 벽지 출신의 윈드립 상원의원을 살피고 있던 도리머스 제섭은 그 많은 청중을 사로잡는 그의 힘을 제대로 설명할 수 없었다. 그는 거의 무식하다고 할 만큼 저속했고, 쉽게 간파될 거짓을 공공연히 일삼고, 거의 바보스러운 '사상'에 사로잡혀 있었던 반면, 저 유명한 경건함은 교회의 가구를 팔러 다니는 외판원의 분위기를 풍겼으며, 그러면서도 유명한 유머는 시골 가게의 은밀한 냉소를 풍겼다.

그가 실제로 하는 말 가운데에는 마음을 들뜨게 할 만한 것이 하나도 없었고 주장하는 철학에도 납득할 만한 것이 전혀 없었다. 그의 정치적 정강들은 그저 풍차의 날개와도 같았다. 현재의 신조를 — 리 새러슨, 히틀러, 고트프리드 페데르, 로코, 그리고 어쩌면 풍자극 『그대에게 바치는 노래』에서 영향을 받았다 — 완성하기 7년 전 당시의 젊은 버즈는 혁명적인 것에는 가난한 시골 농장의 비프스튜보다도 관심을 보이지 않았고, 매제, 조카들, 법률 파트너, 채권자들과 작당하여 부정을 저지르는 전형적인 기계적 정치인의 행보를 보였다.

도리머스는 극도로 흥분하여 열변을 토할 때의 윈드립의 말을 직접 들어본 적은 없지만 정치기자들로부터 들은 말이 있었다. 윈드립의 말을 현장에서 들으면 뭐에 홀린 듯 그가 마치 플라톤처럼 생각되지만 집에 돌아오는 중에는 무슨 말을 했는지 하나도 기억나지 않는다는 것이었다.

그들 말에 의하면 이 대초원의 데모스테네스[32]를 돋보이게 하는 두 가지 큰 특징이 있다고 한다. 그는 타고난 연기자였다. 영화에서도, 심지어 강단에서도 그를 능가할 연기자는 없었다. 팔을 휘두르고, 책상을 내리치고, 미친 듯 강렬한 눈빛으로 쏘아보고 쩍 벌린 입으로는 성경 속 분노의 말들을 토해냈다. 하지만 아기를 어르는 어머니처럼 정답게 속삭이기도 하고 마음이 찢어지는 연인처럼 호소하기도 하고, 온갖 교묘한 술수로 수치(數值)와 사실들로 냉정하게 거의 경멸하듯 청중을 꼼짝못하게 했다. 빼도 박도 못하게 그 수치와 사실들이 완전히 잘못된 경우가 자주 발생해도 눈 하나 깜짝 않고 사기를 쳤다.

그러나 겉으로 드러난 이러한 연출 이면에는 청중의 존재에 힘입어 정말로 흥분할 수 있고 또 거꾸로 자신이 청중을 흥분시킬 수 있는 타고난 비범한 능력이 있었다. 그는 자신이 나치나 파시스트가 아니라 민주주의자라는 주장을 극적으로 표현할 수 있었다. 제퍼슨과 링컨과 클리블랜드와 윌슨과 같은 소박한 민주주의자라고 말이다. 그리고 (무대장치와 의상 없이도) 사람들에게 정말로 외세의 침입으로부터 수도를 지킬 수 있다는 확신을 심어주며 유럽의 모든 반(反) 진보주의적, 반(反) 유대적 광기에 맞서 자신의 따뜻한 민주적 방안들을 순수하게 소개했다.

드라마틱한 신분상승을 제외하면 버즈 윈드립은 직업적으로 평범한 사람이었다.

아, 그는 충분히 평범했다. 그는 미국의 모든 일반인에 대한 선입견과 열망을 모두 갖고 있었다. 그는 바람직한 것들이 어떤 것인지 알고 있었으므로 메이플 시럽을 얹은 두툼한 메밀 케이크, 냉장고에 든 얼음냉각 통, 모든 개

---

32. Demosthenes. 고대 그리스의 웅변가, 정치가. 반(反)마케도니아운동의 선두에 서서 힘과 정열을 다한 의회연설로 조국의 분기(奮起)를 촉구하였다. 필리포스 탄핵 3편을 비롯한 정치연설로 유명하다.

들의 특별한 고귀함, 파크스 캐드먼[33]의 계시, 모든 환승역 간이식당의 여종 업원들과 친해지기, 헨리 포드(대통령이 되자 어쩌면 헨리 포드를 백악관 만찬에 초대할 수 있을 것 같아 매우 기뻐했다), 백만장자의 탁월함은 좋게 생각했다. 한편 굴의 알, 지팡이, 캐비어, 직함, 차 마시기, 신문에 매일 게재되지 않는 시, 어쩌면 영국인을 제외한 모든 외국인은 퇴폐적인 것으로 간주했다.

그러나 그는 사실 연설 때문에 스무 배는 뻥튀기된 일반인이었다. 그래서 다른 일반인들은 사실 자신들의 의도와 똑같았으므로 버즈가 그렇게 하는 의도를 모두 간파할 수 있었다. 그 점에 있어서 그가 비범하다고 생각하며 두 손 두 발 다 들었다.

(유성영화와 세인트루이스나 낭만적인 옛 농장에서 떨어진 아무 곳이나 또는 천국으로 가고 싶은 염원을 담은 흑인 영가 다음으로) 미국에서 태동한 모든 위대한 예술, 즉 광고 예술 부문에서 리 새러슨은 에드워드 버네이스, 작고한 시어도어 루스벨트, 잭 뎀프시, 업튼 싱클레어와 같은 저명한 대가들에 조금도 뒤지지 않았다.

엄밀히 말하자면, 대통령 후보로 지명되기 전 7년 동안 새러슨은 윈드립 상원의원을 차근차근 '만들어' 왔다. 다른 상원의원들은 비서와 아내(독재자가 될 가능성이 있는 자는 아내가 눈에 띄게 해서는 안 된다. 나폴레옹을 제외하고는 이제껏 아무도 그러지 않았다)가 동네 사람들을 과도하게 추켜세우던 태도에서 고귀하고 원만한 웅변가의 몸짓으로 확장해가도록 권유한 반면, 새러슨은 출신 주의 순진한 선거구민들에게 먹히던 우스꽝스런 태도(상당한 법률적 계산과 하루에 10회나 연설을 하는 강행군을 견딜 수 있는 힘과 더불어)를 상류층 사교계에서도 유지하도록 권유했다.

그런 차원에서 윈드립은 처음으로 명예학위를 받을 당시 고상한 교직원들이 모인 자리에서 놀랍게도 혼파이프 연주에 맞춰 춤을 추었고, 사우스다

---

33. Samuel Parkes Cadman. 영국 출생의 미국 감리교 성직자, 신문 기고가, 기독교 라디오 방송 개척자. 세계 교회주의를 옹호했고, 반유대주의와 인종차별에 반대했다.

코타의 미인 대회에서는 입상자 미스 플랜드로에게 입을 맞추었고, 미끼 끼우기에서부터 옥수수 위스키의 마지막 효과에 이르기까지 메기 낚시에 대한 자세한 설명으로 상원 또는 적어도 상원의 청중들을 즐겁게 해주었다. 또한 존엄한 대법원장에게 새총 싸움 결투를 신청하기도 했다.

비록 대중에게 노출시키지는 않았지만 윈드립에게도 아내가 있었다. 새러슨은 결혼하지 않았고 앞으로도 그럴 것 같지는 않았다. 공화당 후보인 월트 트로우브리지는 홀아비였다. 고향에서 집을 지키며 시금치와 병아리를 기르던 버즈 부인은 이웃들에게는 다음 해에 워싱턴에 갔으면 좋겠다고 말한 반면, 그 사이 윈드립은 자신의 '부인'이 어린 두 자녀 교육과 성경 공부에 너무 열성적이므로 동부로 오지 않을 수 없다고 언론에 흘리고 다녔다.

그러나 정치 기구를 조직할 시기가 되자 윈드립은 리 새러슨의 충고가 굳이 필요하지 않았다.

버즈가 있는 곳에는 탐욕스러운 자들이 몰려들었다. 출신 주의 수도, 워싱턴, 뉴욕, 캔자스시티든 어딜 가나 그가 묵는 호텔 스위트룸 또한 그랬다. 언젠가 프랭크 설리반은 그곳의 분위기가, 캐논 주교가 성 패트릭 성당에 불을 지른다든가, 최초의 다섯 쌍둥이 디오네 자매들을 납치한다든가, 그레타 가르보와 눈이 맞아 훔친 탱크로 도망간다든가 등 현실에서 일어날 것 같지 않은 사건들로 도배된 선정적인 타블로이드 신문의 사무실과 흡사하다고 주장했다.

가는 곳마다 숙소로 정한 스위트룸의 거실에서 버즈 윈드립은 방 한가운데에 앉아 옆 바닥에 내려놓은 전화기에 대고 몇 시간이고 고함을 질러댔다. "여보세요, 예, 말씀하세요." 또는 문에다 대고 "들어와, 들어와!" 들어온 사람에게는 "앉아, 신발 벗고!" 등 정신없이 외쳐댔다. 낮이고 밤이고 큰 소리로 여러 일들을 처리하느라 정신이 없었다. "계산서를 챙겨서 나무에 오를 수 있다고 전해." "왜 아니겠습니까, 유지하느라 죽을 지경인데 공인단체들은 분명히 부당한 대우를 받아왔죠." "주지사한테 키피가 보안관으로 선출되기를 바란다는 말과 함께, 그에 대한 비난이 가라앉기를 바란다고, 어서 빨리 해결되기를 바란다고 전해!" 대개는 벨트를 동여맨 멋진 낙타모 코트를 걸치고 머리에는 안 어울리는 체크무늬 모자를 쓴 복장으로 책상다리를 하고 앉아 있곤 했다.

윈드립은 적어도 15분마다 화를 내며 벌떡 일어나 외투를 벗어(뻣뻣한 흰 와이셔츠와 검은 나비넥타이 또는 선황색 실크 셔츠와 진홍빛 넥타이가 드러났다) 바닥에 휙 팽개쳤다가는 품위 있게 천천히 다시 걸치며 예루살렘을 저주하는 예레미야 선지자나 끌려간 새끼들 때문에 울부짖던 어미 소처럼 분노를 표출했다.

윈드립을 찾아오는 무리들은 증권 중개인, 노조 지도자, 양조업자, 생체 해부 반대주의자, 채식주의자, 자격을 박탈당한 악덕 변호사, 중국에 파견된 선교사, 정유 및 전기 로비스트, 전쟁 및 맞불 전쟁 옹호론자 등 별별 부류가 다 있었다.

"맙소사! 전국의 모든 인간들이 사욕으로 똘똘 뭉친 못된 사건들을 들고 찾아온다고!" 윈드립은 새러슨에게 투덜거리면서도 그들의 사건을 해결해주겠다고 약속했고, 바로 얼마 전 낙농장에서 일자리를 잃은 조카에게는 웨스트포인트에 갈 수 있게 해주겠다고 약속했다. 동료 정치인들에게는 자기의 법안을 지지해주면 그들의 법안도 지지해주겠다고 약속했다. 그리고 영세농업, 등이 드러난 수영복, 에티오피아 군대의 비밀스러운 전략 등에 대한 인터뷰를 진행했다. 사람들과 만날 때면 씩 웃으며 무릎을 두드리고 등을 살짝 쳤다. 그래서 찾아온 사람들은 일단 윈드립과 이야기를 나누기만 하면 그를 마치 작은 아버지쯤으로 여기며 쭉 지지하지 않을 사람이 거의 없었다. … 그러지 않은 극소수의 사람들은 대부분 신문기자들이었는데, 그들은 직접 윈드립을 대면하면 그의 체취 때문에 더 싫어하게 되었다. … 그런 신문기자들조차도 평소와 다른 활기에 사로잡혀 열심히 씹어댔으므로 그의 이름은 모든 지면을 화려하게 장식했다. … 상원의원이 된 지 1년이 지나자 윈드립이 세운 정치 기구는 완벽하고 원만하게 잘 굴러가고 있었다. 그리고 정기선의 엔진처럼 평범한 승객들로부터 멀찌감치 숨겨져 있었다.

그가 머무는 스위트룸의 침대 위에는 고급 중절모 하나, 성직자 모자 두 개, 깃털 달린 초록색 모자 하나, 갈색 더비 모자 하나, 택시 운전사 모자 하나, 기독교인들이 쓰는 평범한 갈색 펠트 모자 아홉 개가 동시에 놓여 있었다.

한 번은 27분 만에 시카고에서 팰로앨토, 워싱턴, 부에노스아이레스, 윌메트, 오클라호마시티로 전화 통화를 한 적도 있었다. 어느 날에는 반나절 동안 저속한 풍자쇼를 두고 비난해 달라고 요청하는 성직자들로부터는 열여섯 통, 칭찬해 달라는 극장주와 건물주로부터는 일곱 통이나 전화를 받기도 했다. 성직자들에게는 '예하'나 '형제님'이라고 각각 부르거나 둘 다 쓰기도 했고 극장주들에게는 '친구'나 '벗'이라고 불렀다. 윈드립은 양측에 전부 확실한 약속을 주었고, 성실하게도 양측 모두에게 아무 짓도 하지 않았다.

대개는 외국 동맹군을 발전시키는데 대해서는 생각하지 않았지만 언젠가 자신이 대통령이 되면 세계무대의 지도자가 될 것임을 믿어 의심치 않았다. 새러슨은 버즈에게 스털링화와 리라화의 관계 같은 국제 경제의 기본 조건들과, 아마도 오토 대공 같은 귀족에게 말을 걸거나 시찰 대표단에게 런던의 굴요리 술집, 세바스토폴 대로 주변의 최고 사창가를 추천하는 적절한 방법은 익혀놓으라고 주장했다.

그러나 워싱턴 주재 외국 외교관들과의 실질적인 관계 형성은 새러슨에게 일임해 두었고, 새러슨은 일부러 단순하게 꾸며놓은 버즈의 워싱턴 숙소보다도 훨씬 화려하게 꾸며놓은 자신의 아파트에서 식용거북과 블랙베리를 곁들인 고급 오리 요리 등으로 외교관들을 접대했다. … 그러나 새러슨의 아파트에는 실크로 화려하게 장식된 호사스러운 더블베드가 있는 침실이 버즈를 위해 마련되어 있었다.

윈드립이 구술한 메모를 바탕으로 『최고를 뛰어넘는 결정적 순간』을 쓰도록 설득하고, 수백만 명이 읽도록 현혹하고 심지어 그 책을 경제 정의의 성서라며 수천 명에게 구매를 부추긴 장본인은 바로 새러슨이었다. 지금은 사설 정치 주간지 및 월간지가 한창 쏟아져 나오고 있었으므로 오히려 출간하지 않는 것이 이상하다는 점을 새러슨은 간파하고 있었던 것이다. 1935년 5월 대법원에서 전국부흥청의 활동을 중단시키는 사태가 발생하자 새러슨은 윈드립이 새벽 3시에 긴급 라디오 연설을 하도록 부추겼다. … 버즈 자신을 비롯하여 많은 지지자들이 그가 그 조치에 기뻐하는 건지 실망한 건지 확실히 알 수는 없었지만, 실제로 그 방송을 들은 사람이 많지 않았음에도 목동들과 앨버트 아인슈타인 교수를 제외한 미국의 모든 사람들이 그 소식을 전해 듣고 감동을 받았다.

그래도 1935년 12월 자신을 위해 마련한 대사관 만찬에 참석하기를 거부함으로써 요크 공작에게 최초로 불쾌감을 안겨주어야겠다고 생각한 것은 전적으로 버즈 혼자만의 생각이었다. 그렇게 함으로써 모든 농장 부엌과 목사관과 술집에서 소박한 민주주의라는 빛나는 명성을 얻게 되었다. 그리고 나중에는 제라늄(일본 대사의 온실에서 가져왔다)으로 만든 감동적인 작은 꽃다발을 들고 찾아감으로써 요크 공작을 달랬던 것도 윈드립의 생각이었다. 어쨌든 요크 공작은 꽃다발을 마음에 들어했다. 그 일이 영국 왕정에 꼭 필요하지는 않았지만 〈미국혁명의 딸들〉, 영어 사용 단체, 작은 제라늄 꽃다발이 그 어느 것보다도 사랑스럽다고 생각하는 모든 어머니의 모정에는 꼭 필요한 조치였다.

경황이 없던 도리머스 제섭이 라디오 청취를 중단한 후로 신문기자들에 의하면 버즈는 민주당 전당대회에서 펄리 비크로프트의 부통령 지명을 주장해온 것으로 생각되었다. 비크로프트는 남부의 담배농장주이자 경영인이었고, 출신 주에서 주지사를 역임했으며 메인 출신의 전직 학교 교사와 결혼했다. 그의 부인은 북부인을 꺾기 위해서 염분과 감자꽃 냄새를 다분히 풍겼다. 그러나 비크로프트가 버즈 윈드립의 완벽한 러닝메이트로 꼽히고 있는 이유는 시리적 우월성 때문이 아니라 대조적인 혈색 때문이었다. 버즈의 말상 얼굴은 혈색이 불그레하고 반들반들한 반면 비크로프트는 말라리아에 걸린 듯 누리끼리한 얼굴에 듬성듬성한 콧수염을 길렀다. 비크로프트의 연설은 단조로웠고, 천천히 말하는 허튼소리의 심오함이 묻어난 반면 버즈의 속사포처럼 쏟아지는 속어에 불쾌해하는 엄숙한 성직자들을 달랬다.

게다가 버즈가 갈수록 부자들을 비난하며 그들의 수백만 달러 자산을 가난한 사람들에게 나누겠다고 약속하는데도 어떻게 부자들은 그의 '상식'을 믿으며 선거운동에 점점 더 자금을 대는 건지 새러슨은 전혀 납득할 수 없었다. 그러나 힌트와 활짝 웃음과 윙크와 악수로 버즈는 부자들을 설득할 수 있었고 흔히 향후 비즈니스 협력 자산으로 둔갑한 기부금이 수십만 달러씩 들어왔다.

비크로프트가 부통령으로 지명될 때까지 기다리지 않고 자신의 악덕 정치인 무리들을 속이기 시작한 것이야말로 버질리어스 윈드립이 타고난 특별한 재주였다. 네 살 때 친구들의 호주머니에서 야금야금 훔친 암모니아 총을 줌으로써 동네 친구의 마음을 사로잡았던 날 이후로 이제껏 윈드립은 지지자들을 회유해왔다. 버즈는 찰스 비어드와 존 듀이 같은 사회학자들에게서 배운 것이 아니다. 어쩌면 그가 배울 수 있었던 것이 아니라 그들이 오히려 버즈에게 한 수 배웠어야 할 것 같다.

부자가 되기 위하여 단지 투표함으로써 모든 사람이 부유해질 수 있다고 열렬히 옹호하고 모든 '파시즘'과 '나치즘'을 비난함으로써 민주당 독재를 두려워한 대부분의 공화당원들과 공화당 독재를 두려워한 모든 민주당원들이 기꺼이 자신을 위해 투표할 태세를 갖추게 만든 것은 바로 새러슨이 아니라 버즈가 보인 신의 한수였다.

10장

전문용어와 심지어 신조어로 지면을 덮는 것을 좋아하지는 않지만 여기서 이 말은 꼭 언급해야 할 것 같다. 똑똑한 학생은 풍요의 경제에 대해 가장 기초적인 것만 꼼꼼히 읽어보아도 현재 우리나라 통화 '팽창' 유동성이 1919–1923년 시기의 특정 유럽 국가들의 불행한 인플레이션과 유사하다는 잘못된 논거에 기초해, 유동성을 매우 높이 끌어올려야 한다는데 반대하는 거짓 예언자들은 유럽보다도 훨씬 광대한 천연 자원을 가지고 있는 미국의 다른 통화 상태를 돌이킬 수 없을 정도로 잘못 이해하고 있다는 사실을 납득하게 될 것이다.

『최고를 뛰어넘는 결정적 순간』 중에서, 버질리어스 윈드립

농장을 담보로 대출 받은 농부들 대다수.

지난 3년에서 5년 간 일자리를 구하지 못한 사무직 노동자 대다수.

더 많은 구호를 원하는 구호 대상자 대다수.

전기세탁기의 할부금을 제때 내지 못하는 교외 거주자 대다수.

윈드립 상원의원만이 자신들을 보호할 것이고 어쩌면 특별수당을 인상해줄 것으로 믿고 있는 재향군인회 지부 대다수.

프랑 목사와 코글린 목사를 본보기로 삼아 아무도 애쓸 필요 없이 번영을

약속하는 약간 이상야릇한 프로그램을 지지함으로써 효과적으로 이름을 알릴 수 있다고 생각하는 머틀 불리바드나 엘름 애비뉴의 인기 있는 연설가들.

KKK단의 잔당들, 보수 정치인들로부터 냉대 받고 홀대 받았다고 느끼는 〈미국 노동총연맹〉 지도자들, 바로 이 〈미국 노동총연맹〉으로부터 냉대 받았다고 느끼는 비노조 일반 노동자들.

정부의 일거리를 한 번도 따내지 못한 뒷골목 허름한 사무실의 변호사들.

잊힌 주류 판매 반대자들 다수. 비록 술고래이긴 해도 윈드립 상원의원 또한 절대금주령을 칭찬한 반면, 그의 적수인 월트 트로우브리지는 술을 거의 마시지 않으면서도 열렬한 금주령 주창자들을 옹호하는 발언을 한 마디도 하지 않았다. 최근에는 록펠러 추종자들과 워너메이커[34] 추종자들이 더 이상 그들과 기도도 후원도 않는 상황에서 이 금주령 주창자들은 자신들에게 유리한 직업적 도덕성을 찾지 못했다.

게다가 상당수가 중산계층인 절실한 청원자들이 있었다. 이들은 백만장자임에도 불구하고 대출을 옥죄고 있는 사악한 은행가들 때문에 더 이상 성장가도를 달리지 못하고 있었다.

이들이 바로 버질리어스가 대통령이 되면 하늘의 사도 역할을 자처하며 자기들을 멋지게 먹여 살릴 것으로 생각하여 그를 지지하는 사람들이었다. 그래서 이러한 지지자들 가운데에서 다수가 9월에서 10월 동안 그를 위해 열변을 토하며 선거운동을 도왔다.

정치적 미덕을 월세와 똑같이 생각하며 선거 캠프에 적극적으로 따라다니던 추종자들은 주린 배가 아니라 꽉 막힌 이상주의에 답답해하던 기동팀이었다. 지성인들과 개혁가들과 심지어 냉혹한 개인주의자들마저도 윈드립이 보이는 우스꽝스러운 사기성이 농후함에도 불구하고 파행적이고 노쇠한

---

34. Wanamaker. 미국의 사업가, 정치가, 기독교 지도자. 최초로 백화점을 시작했으며 사람들을 기독교로 개종시키는데 헌신했을 뿐만 아니라 미국 사업계에서 가장 존경받는 인물이 되었다.

자본주의 시스템의 갱생을 약속하는 자유로운 원동력을 보았다.

완고한 반전론자였음에도 불구하고 1917년 제1차 세계대전에 참전하면 틀림없이 독일의 군국주의를 근절하고 그럼으로써 모든 전쟁을 영원히 종식시킬 것이라고 예견하며 미국의 충실한 전쟁 수행을 옹호했던 것처럼 업튼 싱클레어는 버즈를 지지하는 글을 쓰고 연설을 했다. 모건 같은 자본가들은 업튼 싱클레어와 동조하는 것을 끔찍하게 여겨왔지만 자신들의 소득을 아무리 많이 희생시키더라도 오직 윈드립만이 산업 부흥을 시작할 수 있을 것이라고 생각했다. 반면에 뉴욕 시의 매닝 주교는 윈드립은 항상 교회와 그 신자들에 대해 늘 경건하게 말해왔지만 월트 트로우브리지는 안식일마다 말이나 타러가고 어머니날에는 어느 여자 친척에게도 전보 한 번 보내지 않는다고 지적했다.

한편 『새터데이 이브닝 포스트』는 윈드립을 선동가라고 불렀다가 영세 상인들의 분노를 샀고, 한때 독자 민주주의 계열이었던 『뉴욕 타임스』는 윈드립을 반대했다. 그러나 대다수의 종교 간행물들은 성자 같은 프랑 목사가 지지자로 있으니 윈드립은 하느님의 부름을 받은 것이 틀림없다고 발표했다.

심지어 유럽까지 그 행렬에 가세했다.

미국의 국내 정치에 간섭하는 것을 원치는 않고 그저 평화와 번영의 저 위대한 수호자 버질리어스 윈드립에 대한 개인적 존경을 표현하는 것일 뿐이라고 설명하는 매우 온화한 태도를 보이며 전국으로 강연을 하고 다니는 외국 열강의 대표들도 나타났다. 1933년 이탈리아에서 시카고로 비행편대를 이끌고 온 덕분에 인기가 높았던 발보 장군, 지금은 독일에 살면서 독일 복구를 이끄는 모든 애국적 지도자들에게 영감을 주는 존재이지만 하버드 대학을 졸업한 학자이자 학창 시절 반에서 가장 인기 있는 피아노 연주자였던 에른스트 (푸치) 한프스탱글, 1930년대의 글래드스턴이라 불리며 영국 외교가의 스타로 떠오른 수상이자 멋지고 우아한 로시머스 경으로도 알려져 있는 램지 맥도널드 같은 인물을 꼽을 수 있었다.

이 세 사람은 공장주들의 아내들로부터 후한 대접을 받았고 고상하게 부를 즐기며 버즈를 천박하다고 생각하는 많은 백만장자들에게 버즈야말로 세계에서 유일하게 효과적인 국제 통상의 희망이라고 설득해나갔다.

코글린 목사는 모든 후보자들을 한 번 쭉 훑어보고는 분개하며 자기 방으로 물러갔다.

아직 포트 뷰러라는 소읍을 기억하고 있다면 그곳에서 개최된 로터리 클럽 만찬에서 자기가 한 일을 친구들에게 분명히 편지로 알렸을 아델라이드 타르 김미치 부인은 선거운동에서 중요한 인물이었다. 그녀는 여성 유권자들에게 아직까지는 윈드립 상원의원이 여성들도 투표할 수 있게 허용하고 있으니 얼마나 친절하냐고 설명하며 하루에 평균 11회 「버질리어스 윈드립은 워싱턴으로 간다네」를 열창하고 다녔다.

버즈 자신, 프랑 목사, (용감한 진보주의자이자 노동자와 농민들의 친구인) 포크우드 상원의원, 편집장인 오세올라 루손 대령은 전파를 타고 수백만 명의 유권자에게 접근하는 것이 주요 과제였지만 또한 미합중국의 모든 주를 통과하며 장장 43,000킬로미터를 주파하는 40일간의 기차 선거유세에 나섰다. 이 기차는 검은 장식판을 댄 진홍색과 은색 유선형 몸체에 내부는 실크로 마감하고, 디젤 엔진, 고무 완충재 바닥, 에어컨을 장착한 알루미늄 소재의 특별 기차였다.

기차에는 프랑 목사를 제외한 모든 사람들이 잊지 않고 있던 비밀 바도 있었다. 열차 요금은 연합철도 회사에서 무상으로 제공했다.

기차 유세기간 중 총 600회가 넘는 연설이 쏟아졌는데, 역에 모여 있던 관중에게 전달하는 8분짜리 인사에서부터 강당과 전람회장에서 2시간 동안 쏟아지는 질책에 이르기까지 다양했다. 버즈는 모든 연설에 참석해 대체로 주연 자리를 꿰찼지만 어떤 때는 목이 너무 쉬어 손을 흔들며 "여러분, 안녕하십니까?" 인사말만 외치는 정도에 그치고, 목이 쉰 그를 대신해 프랑 목사와 포크우드와 루손 대령이나 다양한 자원자가 단상에 오르기도 했다. 그러한 자원자들로는 동반하고 있던 기자, 사진사, 음향기록관, 방송기자, 주사위 도박을 즐기다 벌떡 일어나 나온 비서진, 역사 및 경제에 관련된 자문을 제공하는 권위 있는 전문가, 요리사, 바텐더, 이발사 등 실로 다양했다. 연합통신의 티퍼는 버즈가 그런 식으로 직접 대면한 사람들의 수가 2백만 명이 넘는 것으로 추산했다.

그 사이 거의 매일처럼 비행기로 워싱턴과 버즈의 자택 사이를 오가며 리 새러슨은 수십 명의 전화 응대원과 속기사들을 감독했다. 그들은 하루에도 수천 통씩 쏟아지는 전화와 편지와 전보와 방송 문의와 독 사탕이 든 통에 대응했다. … 이 일에 종사하는 모든 여성들이 예쁘고, 분별력이 있고, 매우 유능하고, 정치적 영향력이 있는 사람들의 친척이어야 한다는 원칙은 버즈 자신이 직접 정했다.

이러한 '홍보'의 홍수 속에서 새러슨이 단 한 번도 '접촉하다'라는 타동사를 사용한 적이 없다는 점은 밝혀야 할 것 같다.

부통령 후보인 펄리 비크로프트는 공제조합, 종교 교파, 보험업계, 여행업계 모임들을 전문적으로 담당했다.

클리블랜드에서 버즈를 후보로 추천했던 듀이 헤이크 대령은 선거운동에서 아주 독특한 임무를 맡았는데 그것은 새러슨의 가장 교활한 발상 가운데 하나였다. 헤이크는 사람들의 발길이 잦거나 눈에 확 띄지는 않지만 아주 독특한 장소라서 그가 모습을 드러내는 것만으로도 뉴스거리가 될 만한 곳을 찾아가 윈드립을 대신해 유세를 벌였다. 새러슨과 헤이크는 그러한 곳에도 뉴스를 얻기 위해 날렵한 기자들이 와 있다는 사실을 알고 있었다. 자기 비행기로 하루에도 수천 킬로씩 날아다니며 헤이크 대령은 지하 1,600미터 구리 광산 갱도에서 마주치자 깜짝 놀란 광부 아홉 명과 담소를 나누었고 그 사이 서른아홉 명이나 되는 사진기자들이 그 모습을 사진에 담았다. 글로스터 항구에서 모터보트 배를 타고 안개 때문에 정박해 있던 어선들을 향해 연설을 하기도 했고, 정오에 월스트리트의 재무부 분국 계단에서 선거운동을 하기도 했다. 또한 뉴올리언스의 슈산 공항에서 비행사들과 지상근무원들을 대상으로 연설했다. 비행사들조차 처음 5분 동안은 야유를 퍼부었지만 헤이크가 비행술을 배우려고 애썼던 버즈 윈드립의 용감하지만 우스꽝스러운 시도를 설명해주자 잠잠해졌다. 헤이크는 또한 주의 정치인들, 우표수집가들, 비밀 클럽의 체스 경기자들, 작업 중인 송전탑 수리공들을 향해서도 유세를 벌였다. 양조장, 병원, 잡지사 사무실, 성당, 가로 12미터 세로 9미터 가량의 십자로 교회, 감옥, 정신병원, 나이트클럽 등 안 찾아간 곳이 없었다. 급기야 미술 담당 편집자들은 사진기자들에게 다음과 같은 메모를 보내기 시작했다. "도대체 뭐야! 도박장과 교도소에서 떠드는 헤이크 대령의 사진은 더 이상 찍지 말라고!"

그럼에도 불구하고 그 사진들은 계속해서 쓰였다.

듀이 헤이크 대령은 거의 버즈 윈드립 못지않게 머리가 비상한 인물이었기 때문이다. 남부군 장군과 버몬트의 듀이 장군을 각기 외조부와 친조부로 둔 몰락한 테네시 가문 출신으로서 그는 목화를 따다가 젊은 전신 교환원이 되었다. 일을 계속하며 아칸소 대학과 미주리 법률학교를 졸업한 후에는 와이오밍과 오리건에서 변호사로 정착했다가 ― 1936년 당시 무려 44세였지만 ― 전쟁에 참전하여 프랑스에서 보병대 대위로 재직하며 신망을 쌓았다. 미국으로 돌아와서는 의회에 진출했고 주방위군 대령이 되었다. 그는 군 역사를 공부했고 비행기 조종과 권투와 펜싱을 배웠다. 대쪽 같은 인물이었지만 상당히 친근한 미소를 지을 줄 알았고, 규율이 잘 잡힌 고위 장교들과 도리머스 제섭의 험상궂은 일꾼 섀드 레듀 같은 무지렁이들로부터 똑같이 호감을 받았다.

헤이크는 프랑 목사의 엄숙함을 좋아하지 않는 무뢰한들을 버즈의 우리로 몰아왔다.

이런 와중에, 세련된 의사이자 건장한 권투 팬이자 선거 유세가인 「예전의 소총을 꺼내들자」를 새러슨과 공동으로 작곡한 헥터 맥고블린은 대학교수들, 고등학교 교사 연합, 프로 야구 팀들, 권투선수 훈련소, 의학 모임, 글쓰기가 안 된 열성 야심가들에게 유명 저자들이 글쓰기 기술을 가르치는 서머스쿨, 골프 시합장을 비롯한 온갖 문화 모임에 참석하여 그들의 마음을 사로잡는데 주력했다.

그러나 권투를 좋아하는 맥고블린 박사는 다른 어떤 선거운동가보다도 더 위험에 노출되었다. 한 번은 앨라배마에서 개최된 모임에서 '백인 피'가 25퍼센트 이상 섞이지 않은 흑인은 결코 특허 의약품을 판매하는 단계까지 출세할 수 없다는 점을 흡족하게 입증했다가 1918년 서부 전선에서 하사였던 한 흑인이 이끄는 흑인들 무리에게 습격을 받았고 백인들의 호화 주택가까지 공격의 대상이 되게 만들었다. 다행히도 한 흑인 성직자의 웅변으로 맥고블린과 앨라배마는 참화를 면했다.

프랑 목사가 말했듯이, 윈드립 상원의원의 사도들은 정말로 이제 모든 부류의 사람들에게, 심지어 이교도들에게까지 그의 메시지를 설파하고 있었다.
그러나 도리머스 제섭이 벅 타이터스와 페레픽스 신부에게 말했듯이 실상 "이것은 로터리 회원들이 일으킨 혁명"일 뿐이었다.

11장

어렸을 때 노처녀 선생님이 있었는데 내게 이렇게 말하곤 했다. "버즈, 너는 학교에서 제일 둔한 저능아로구나." 하지만 선생님이 다른 아이들에게 아주 똑똑하다고 말하는 것보다 더 자주 내게 그런 말을 한다는 것을 알고 나는 온 동네 사람들이 모두 알아주는 학자가 되기로 작정했다. 미국의 상원의원도 별반 다르지 않다. 그래서 나는 이 소생에게 그런 말을 해준 그 잘난 작자들에게 심히 감사의 말을 전하고 싶다.

『최고를 뛰어넘는 결정적 순간』 중에서, 버질리어스 윈드립

그러나 프랑 목사와 윈드립과 헤이크와 맥고블린이라는 신의 사자(使者)들에게 신경 쓰지 않는 이교도도 분명 있었다.

월트 트로우브리지는 마치 자신이 승리할 것이 확실하다는 듯 평온하게 선거운동을 이어갔다. 몸을 사리지는 않았지만 몰락한 중산층(그도 젊었을 때 한때는 그런 적이 있었지만 그다지 끔찍했다고는 생각하지 않았다!)에 대해 한탄하지도 않았고 윈드립의 진홍색과 은색 특별 열차의 은밀한 바에 대해서도 히스테릭한 반응을 보이지 않았다. 그저 차분하게, 꾸준히 라디오 연설과 대강당에서 선거 운동을 이어가며 부의 분배를 대대적으로 개선하는 데는 자기도 의견이 같지만 캐내는 것보다 무너뜨릴 위험이 더 많은 다이너마이트처럼 강

력한 한 방에 의한 것이 아니라 점진적으로 추진해나가야 한다고 설명했다. 그는 특별히 감동적이지는 않았다. 경제 부분은 별 주목을 끌지 못했는데 프랑 목사가 각본을 쓰고 새러슨이 무대와 조명을 맡고 버즈 윈드립이 푸른 비단 타이츠와 쌍날검으로 열정적 연기를 펼칠 경우에는 달랐다.

선거운동을 위해 공산주의자들은 헌신적인 후보들을 화려하게 펼쳐놓았다. 사실은 현재 7개나 되는 공산주의당들이 모두 후보를 내놓았다. 그래서 그들이 모두 단일화했다면 90만 표는 끌어 모을 수 있었을 텐데 그들은 열심히 분열함으로써 부르주아처럼 얍삽하게 굴지 못했다. 7개 공산당을 모두 열거하자면 다음과 같다. 정당, 다수 정당, 좌익정당, 트로츠키당, 기독공산당, 노동자당, 그리고 미국 민족주의 애국 협력 페이비언 후기 마르크스주의 공산당이라는 덜 노골적인 희한한 이름의 정당도 있었다 — 무슨 왕정의 이름같이 들리지만 실상은 전혀 달랐다.

그러나 이러한 급진 좌파의 탈선은 프랭클린 루스벨트가 갑자기 창설한 신 제퍼슨 당에 비하면 중요한 축에도 못 끼었다.

클리블랜드에서 윈드립이 민주당 후보로 지명되고 나서 48시간 만에 루스벨트 대통령은 그 결과를 받아들이지 않겠다고 발표했다.

루스벨트는 윈드립 상원의원이 "진짜 민주당원들의 냉철한 이성과 뜨거운 마음이 아니라 일시적으로 미친 감정에 의해" 당선된 것이라고 주장했다. 윈드립이 말로만 민주당원이라고 주장하고 있기 때문에 지미 워커[35]를 지지하지 않는 이상으로 윈드립을 지지하지 않을 것이었다.

그렇긴 해도, '뿌리 깊은 기득권 전당'인 공화당에 투표할 수는 없다고 했다. 비록 지난 3년 간 월트 트로우브리지 상원의원의 충절과 정직, 지성을 제아무리 높이 평가했더라도 그럴 수는 없는 노릇이었다.

---

35. Jimmy Walker. 미국의 정치인. 민주당 상원의원을 지낸 후 1925년 뉴욕 시장에 당선되었으나 부패에 연루되어 1932년 중도 사임했다.

루스벨트는 자신의 제퍼슨 당 또는 진정한 민주당 파벌은 지속성의 의미에서 보면 '제3당'이 아니라고 분명히 밝혔다. 그 당은 정직하고 냉철하게 사고하는 사람들이 옛 조직 민주당의 지배권을 다시 회복하게 되면 곧바로 사라질 것이라고 했다. 버즈 윈드립은 그 신당을 '수컷 생쥐 당'이라고 부름으로써 한바탕 웃음을 자아냈지만, 민주당원은 물론 트로우브리지를 따르지 않는 공화당원까지 의회의 진보적 의원들은 거의 루스벨트 대통령의 신당에 합류했다. 노먼 토머스와 공산주의자로 전향하지 않은 사회주의자들도 합류했고, 플로이드 올슨과 올린 존스턴 주지사, 라 구아르디아 시장도 합세했다.

트로우브리지 상원의원의 개인적 판단 착오와 마찬가지로 제퍼슨 당의 분명한 과오는 청렴과 이성을 상징한다는 점이었는데, 안타깝게도 1년이 안 되어 유권자들은 널뛰는 감정과 신랄한 느낌을 갈망하게 되었다. 이러한 느낌은 대체로 통화체계와 세율이 원인은 아니었다. 그보다는 계곡물 침례에 의한 세례, 느릅나무 아래의 풋사랑, 스트레이트 위스키, 보름달에서 울려 퍼지는 천사의 합주, 협곡 위에 자동차가 간당거리고 있을 때 느끼는 죽음의 공포, 사막에서의 갈증과 샘물로 그 갈증을 해소할 때 생기는 느낌이었다. 그 느낌은 모든 유권자들이 버즈 윈드립의 선동적인 외침에서 찾을 수 있다고 생각한 원시적 감정이었다.

진홍색 제복을 걸친 악단지휘자들이 당분간 이 어마어마하게 숭고한 재즈를 무엇으로 이끌어야 할지 서로 목청을 높이며 경쟁하고 있는 불야성의 무도회장과도 같은 중앙 정치 무대에서 멀리 떨어진 벽촌의 서늘한 언덕에 도리머스 제섭이라는 평범한 사내가 있었다. 그는 지휘자는커녕 베이스드러머도 못된 민간인 편집장 신분에 불과했지만 어수선한 시국에서 살아남으려면 무엇을 해야 할지 혼란스러웠다.

도리머스는 루스벨트와 그의 제퍼슨 당을 따르고 싶었다. 루스벨트를 존경하기 때문이기도 했고 버몬트의 뼛속 깊은 공화주의에 충격을 안겨주는 기쁨을 누리고 싶기 때문이기도 했다. 하지만 제퍼슨 당원들이 기회를 잡을 가능성은 별로 없어 보였다. 비록 많은 동료 공화당원들은 노리나분했지만 월트 트로우브리지는 용감하고 유능한 사람이었다. 그래서 도리머스는 밤이고 낮이고 뷰러 밸리를 오르내리며 트로우브리지를 위해 분주히 뛰어다녔다.

도리머스 자신의 혼란스러움과는 딴판으로 그의 글 속에는 『인포머』의 독자들을 깜짝 놀라게 할 지독한 확실성이 묻어나왔다. 한동안 그는 즐겁지도 너그럽지도 않았다. 제퍼슨 당에 대해 시대를 너무 앞서간다는 표현 말고 더 나쁜 말은 전혀 하지 않았지만, 사설과 뉴스 스토리 양쪽에서 도리머스는 버즈 윈드립과 그의 무리들을 회초리와 송진과 스캔들을 들고 뒤쫓았다.

오전 내내 상점과 집들을 가가호호 몸소 방문하며 유권자들과 논쟁을 벌이고 모의 인터뷰를 진행하기도 했다.

도리머스는 전통적으로 공화당 강세 지역인 버몬트에서 트로우브리지의 선거유세를 하는 것은 누워서 식은 죽 먹기일 것이라고 생각했다. 그런데 무늬만 민주당원인 버즈 윈드립의 우세라는 경악스러운 결과가 나왔다. 그리고 도리머스가 감지한 바로는, 윈드립이 대체로 모든 사람을 향해 전하는 유토피아적 행복을 감정적으로 신뢰해서 생긴 결과는 아니었다. 그보다는 투표자 자신과 가족에게 지급될 현금이 특히 많이 인상될 것이라는 믿음 때문에 그를 선호하는 것이었다.

그들 대부분은 선거유세의 모든 요인들 가운데에서도 윈드립의 유머로 간주하는 것들과 그의 정강에서 세 가지 항목에만 주목했다. 즉 부자들에 대한 증세를 약속한 5항, 구호대상인 공장 노동자나 소작농에서 어느 민족이라도 깔볼 수 있을 만큼의 지위로 올라설 수 있는 모든 가능성을 박탈해버렸으므로 사실상 흑인들을 규탄한 것이 된 10항, 평균 임금노동자는 즉시 연간 5천 달러를 받을 것이라고 공표했거나 공표한 것으로 보인 11항이 특히 관심을 끌었다. (그리고 철도역에서는 그 어느 때보다도 많은 사람들이 실질 급여액은 1만 달러가 될 것이라고 설전을 벌였다. 왜 안 그렇겠는가, 그들은 타운센드 박사가 제시한 금액을 한 푼도 빼놓지 않고 받을 테고, 거기에 더해 작고한 휴이 롱, 업튼 싱클레어, 온갖 몽상가가 계획한 모든 것까지 더 받을 테니 그것들을 전부 합친다면 넘치고도 남을 것이었다!)

뷰러 밸리의 노인들 수백 명은 행복에 넘쳐 대통령이 취임하는 그날부로 자신들은 웃으면서 레이몬드 프라이드웰의 철물점에 웃으면서 걸어들어가 새 부엌 스토브와 알루미늄 소스 팬과 욕실가구 일체를 주문하기만 하면 지불할 돈이 저절로 생길 거라고 믿고 있었다. 케케묵은 옛 헨리 캐봇 롯지파 공화당원인 프라이드웰은 이 허황된 꿈을 좇느라 사업이 반 토막 나버렸다. 이들은 계속해서 꿈을 꾸었고, 도리머스는 그들에게 잔소리를 해보지만 꿈에 비하면 단순한 수치는 무용지물이라는 것을 깨달았다. … 심지어 새로운 플리머스, 무제한 소시지 통조림, 영화 카메라와 오전 7시 30분까지는 일어나지 않아도 된다는 전망을 바라는 꿈이어도 마찬가지였다.

도리머스의 일꾼 섀드 레듀의 친구인 '스네이크'라는 별명의 티스라, 즉 알프레드 티스라는 그렇게 대답했다. 스네이크는 단단한 트럭 운전사이자 택시소유주로서 폭행과 밀주 운반으로 복역한 전력이 있었다. 그는 한때 뉴잉글랜드 남부에서 방울뱀과 살무사를 잡아 생계를 잇기도 했다. 스네이크는 윈드립이 대통령이 되면 버몬트의 건조한 모든 지역에서 대로변 여인숙 체인점을 시작할 수 있을 정도로 돈을 모을 것이라고 도리머스에게 조롱하듯이 장담했다.

포트 뷰러의 작은 식료품잡화점 가운데 한 곳인 에드 하우랜드와 가구점 및 장의업체인 찰리 베츠는 다른 사람이 식료품잡화점, 가구점, 설령 윈드립의 명의로 장의업체를 여는 것에 결사반대한 반면, 다른 업종에 진출하는 것은 대찬성이었다.

이가 몽땅 빠진 아내와 코흘리개 일곱 아이들을 데리고 테러 산의 공유지를 무단 점거한 채 다 쓰러져가는 지저분한 오두막에서 살아가는 낙농가 애러스 딜리는 음식 바구니와 엽총 탄피 상자와 많은 담배들을 자주 가져다주던 도리머스를 보고 딱딱거렸다. "이 말은 해야겠어요. 윈드립 씨가 집권하면 당신들 똑똑한 도시민들이 아니라 우리 농민들이 직접 농산물 가격을 정하게 될 거라고요!"

도리머스는 그를 비난할 수 없었다. 왜 아니겠는가. 지금 오십대인 벅 타이터스는 삼십대 정도로 보이는 반면 이제 겨우 삼십대인 애러스는 오십대로 보이니 말이다.

뷰러 밸리 태번에서 로린다 파이크가 유일하게 불쾌하게 여기는 사람은 니퍼 씨라는 작자였는데, 자기가 얼마나 부자가 될지 고소한 눈길로 자랑하면서, 그래서 윈드립을 열렬히 추종할 거라고 하도 떠들어대는 바람에 로린다는 그가 하루빨리 눈앞에서 사라지기만을 바라고 있었다. 스타웁메이어 '교수'는 윈드립이 교사들 봉급 인상과 관련해 언급했다는 멋진 내용을 인용했다. 루이스 로텐스턴은 적어도 마음으로는 유대인이 아니라는 것을 입증하기 위해 다른 어떤 사람보다도 더욱 서정적으로 변했다. 그리고 채석장 주인 프랭크 태스브로우, 제분소와 부동산 소유주인 메더리 코울, 소득세 인상 계획 문제에 별로 개의치 않는 것 같은 은행가 크로울리조차도 음흉하게 웃으며 윈드립은 사람들이 아는 것보다 '훨씬 더 건전한 사람'이라고 은연중에 암시했다.

그러나 포트 뷰러에서 버즈 윈드립을 누구보다도 적극 옹호한 사람은 바로 섀드 레듀였다.

도리머스는 섀드가 언쟁과 과시에 뛰어난 소질이 있음을 진작부터 알고 있었다. 그도 그럴 것이 무려 23달러나 되는 22구경 소총을 외상으로 달라고 프라이드웰을 설득한 적도 있었다. 석탄통과 풀잎 자국으로 얼룩진 작업복을 벗어던지고 고대 숫양 독립 기사단이라는 흡연사교클럽에서 「흥겨운 선원 빌」을 부른 적도 있었다. 그리고 허스트 신문에 실린 사설들을 마치 자기의 심오한 견해인 양 인용할 수 있는 충분한 기억력도 갖추고 있었다. 섀드가 정치적 경력에 적합한 이러한 모든 소양이 있었고, 버즈 윈드립의 소양에 견주어도 뒤지지 않는다는 것을 알고 있었지만 도리머스는, 채석장 일꾼들 틈에서 윈드립을 위해 가두연설을 하고, 나중에는 오드펠로우 홀에서 열린 집회에서 사실상 사회자 역할을 하고 있는 섀드를 발견하고는 깜짝 놀라지 않을 수 없었다. 섀드는 말을 많이 하지는 않았지만 트로우브리지와 루스벨트를 신뢰하던 사람들을 무자비하게 비웃었다.

직접 나서서 말을 하지 않는 집회에서도 섀드는 타의추종을 불허하는 뛰어난 경호원이었으므로 그 뛰어난 재능 때문에 벌링턴처럼 멀리서 개최되는 윈드립의 집회에 불려갔다. 러트랜드에서 예비군 군복을 걸치고 덩치 큰 흰색 쟁기마에 멋지게 올라타 윈드립의 마지막 퍼레이드를 이끈 사람도 바로 섀드였고, … 중요인사들과 심지어 포목상들조차 다정하게 그를 '섀드'라고 불러주었다.

도리머스는 이 모든 상황에 놀랐고, 재향군인회 강당에 출석하여 섀드가 큰 소리로 외치는 말을 듣고는 새로 발견한 이 화신의 진가를 진작 알아보지 못한데 대해 약간 미안한 감정마저 들었다. "저는 평범한 무지렁이 막노동꾼에 불과합니다, 하지만 저와 같은 막노동꾼이 무려 4천만 명이나 있고 우리는 요 근래에 정치에 관한 더러운 것을 생각하기에 앞서 우리 같은 자들이 필요로 하는 것을 생각해준 정치인은 윈드립 상원의원이 처음이라는 사실을 알고 있습니다. 자, 여러분! 잘 사는 고상한 사람들은 저희더러 이기적인 마음을 품으면 안 된다고 합니다! 월트 트로우브리지도 여러분에게 이기적이면 안 된다고 합니다! 하지만 이기적으로 바뀌어서 여러분에게 무엇인가를 주고자 하는 한 사람을 위해 투표하십시오! 마지막 한 푼, 마지막 한 시간까지 모조리 우려먹으려고 하는 것이 아니라 여러분에게 무엇인가를 주려는 사람을 뽑잔 말입니다!"

도리머스는 속으로 투덜거렸다. "아, 섀드! 내 집에서 한창 일할 시간에

이 무슨 짓이야!"

시시 제섭은 주말을 보내러 애머스트 대학에서 올라온 줄리언 팰크와 맬컴 태스브로우를 양 옆에 끼고 자기 자동차 쿠페(무난으로 사용하다보니 지기 것이 되었다) 문 발판에 앉아 있었다.

"아, 시시해. 정치 얘기는 그만하자. 어차피 윈드립이 당선될 텐데 뭐 하러 시간 아깝게 떠들어? 차라리 강으로 드라이브 가서 수영이나 하자." 맬컴이 투덜거렸다.

그러자 줄리언 팰크가 말을 가로챘다. "우리가 강력하게 맞서보지도 않고 그가 쉽게 이기게 해서는 안 되지. 오늘 저녁 고교 동문들에게 말할 작정이야. 각자 부모님께 트로우브리지나 루스벨트를 찍으시라고 설득하는 방법에 관해서 말이야."

"하하하! 그러면 부모님들은 너희들이 무슨 말을 하든 포복절도하실걸! 줄리언! 너희 대학생들은 정말 대단한 물건들이야! 게다가 이 어리석은 짓거리에 뭘 그렇게 심각하게 그래?" 맬컴은 근육질 몸과 윤기 나는 검은 머리, 커다란 자기 자동차에 대해 오만한 자신감을 갖고 있었다. 준군사조직을 이끌 완벽한 지도자의 풍채였고, 자기보다 한 살 많았지만 창백하고 깡마른 줄리언을 업신여겼다. "사실, 버즈가 당선되면 잘된 일이야. 이 모든 급진주의와 우리의 가장 근간인 사회제도를 제멋대로 짓고 까부는 모든 짓거리를 모두 중단시켜버릴 테니———"

시시가 말을 자르며 중얼거렸다. "지난 화요일자 보스턴의 『아메리칸』 8면에 보면———"

다시 맬컴이 끼어들었다. "줄리언 네가 윈드립을 두려워하는 것도 당연하군! 그는 틀림없이 네가 좋아하는 애머스트 대학의 무정부주의자 교수들을 끌어내 교도소로 보내버릴 테니까, 그리고 어쩌면 너도 그럴 수 있고, 동무!"

두 젊은이는 서서히 격분하여 서로 노려보았다. 시시가 벌컥 화를 내며 둘을 진정시켰다. "뭐 하는 짓이야! 당장 그만두지 못해? ⋯ 오 맙소사, 망할 놈의 선거! 지긋지긋해! 온 마을, 온 집안을 다 갈기갈기 찢어놓고 있는 것 같아. ⋯ 가엾은 아빠! 우리 아빠도 나가떨어지기 직전이라고!"

12장

이 나라가 우리가 필요로 하는 모든 것을, 심지어 커피, 코코아, 고무까지 생산할 수 있게 되어 우리의 돈이 국외로 유출되지 않을 때까지 나는 만족하지 않을 것이다. 이렇게 자급자족을 달성하고, 동시에 그랜드 캐니언, 빙하, 옐로스톤 국립공원 같은 멋진 경관과 시카고의 근사한 호텔 등과 같은 명소를 보러 전 세계에서 외국인이 찾아와 이곳에서 돈을 쓰고 갈 수 있도록 관광객을 위한 교통 체계를 구축한다면 모든 가구에게, 정말로 미국의 모든 가구에 연간 3,000달러에서 5,000달러가 돌아가게 만드는 아이디어를 충분히 실행하고도 남을 만큼 무역 수지 균형을 맞추게 될 것이다. 나의 이 계획을 두고 반대자들은 비판을 일삼지만 이것은 충분히 실현 가능성이 있는 견실한 아이디어다. 우리가 원하는 것은 바로 이러한 큰 뜻이 담긴 비전이지 무엇이든 쓸데없는 협상으로 제네바에서 시간이나 낭비하고 루가노에서 시시한 이야기나 나누는 말도 안 되는 짓거리가 아니다.

『최고를 뛰어넘는 결정적 순간』 중에서, 버질리어스 윈드립

선거일은 11월 3일 화요일로 정해졌고, 11월 1일 일요일에 윈드립 상원 의원은 뉴욕의 매디슨 스퀘어 가든에서 열리는 대규모 군중집회에서 선거운동의 대미를 장식할 예정이었다. 매디슨 스퀘어 가든은 좌석과 입석 모두 합

하여 대략 19,000명을 수용하게 되어 있었는데, 집회가 열리기 일주일 전에 모든 티켓이 동나버렸다. 티켓 값은 50센트에서 5달러에 이르기까지 다양했는데 암표상들의 손을 몇 번 거치니 1달러에서 20달러까지 치솟았다.

도리머스는 뉴욕의 신문사들 가운데 유일하게 윈드립을 지지했던 허스트 일간지의 한 지인으로부터 티켓 한 장을 구할 수 있었고, 11월 1일 오후 500여 킬로미터에 달하는 뉴욕행 장도에 올랐다. 뉴욕 방문은 3년 만에 첫걸음이었다.

버몬트에서는 일찍 눈이 내려 추웠지만 티 없이 맑은 대기에 흩날리던 하얀 눈송이가 대지에 몹시도 고요히 내려앉았으므로 세상은 온통 침묵에 휩싸인 은빛 축제를 벌이는 것 같았다. 달빛이 없는 밤이었음에도 대지에 쌓인 눈에서 희미한 빛이 반사되었고 별빛은 마치 수은 방울 같았다.

그러나 낡은 여행 가방을 옮겨주는 짐꾼을 따라가며 도리머스는 여섯 시에 그랜드 센트럴 역을 빠져나와 싱크대에서 떨어지는 개숫물처럼 혼탁해 보이는 회색 가랑비 속으로 들어섰다. 42번가에 들어서면 보게 되리라 기대했던 유명한 고층건물들은 미라를 감싼 수의처럼 퍼져 있는 안개에 가려 보이지 않았다. 그리고 냉담할 정도로 주위에 관심이 없는 무표정한 어두운 얼굴들로 매순간 획획 바뀌는 인파를 보며 포트 뷰러 출신의 사내는 이렇게 음습한 이슬비가 내리는 가운데 뉴욕에 시골 장이 섰거나 아니면 어딘가에 큰 불이 났다고 생각할 수밖에 없었다.

도리머스는 현명하게도 지하철을 이용함으로써 돈을 아껴야겠다고 마음먹었고 ― 시골의 견실한 중산층 시민도 바빌로니아의 공중정원처럼 이 거대한 도시에서는 몹시 가난해진다! ― 맨해튼에는 아직도 50센트짜리 전차가 있다는 사실마저 기억났다. 시골 사람은 그 전차를 타면 선원들과 시인들과 카자흐스탄 대초원지대 출신인 숄 두른 여인들을 구경하는 재미도 있었다. 도리머스는 짐꾼에게 자기가 대중교통을 이용할 생각이라고 큰소리로 말했다. "전차를 탈 생각이오, 몇 블록만 가면 되니까."

그러나 사람들이 하도 많아 귀가 멍멍하고 어안이 벙벙하고 여기저기서 부딪치는 데다 비에 젖고 기운도 없었으므로 전차를 포기하고 재빨리 택시를 잡아탔다. 하지만 이내 후회하고 말았다. 비 때문에 도로가 온통 미끄러운데다 매캐한 매연을 풍기며 교통 혼잡에서 벗어나려고 미친 듯이 경적을 울려대는 다른 차들 틈에 꼼짝없이 갇히고 말았기 때문이다. 그 모습은 마치 로봇 양 떼가 백 마력을 지닌 기계 허파에 놀라 울부짖고 있는 것 같아 보였다.

어렵사리 서쪽 40번가에 있던 호텔에 도착한 도리머스는 호텔을 나서기 전 몹시 망설였다. 그리고 고심 끝에 엠마가 강제로 챙겨 준 레인코트를 걸치고 우산을 들고 출발하여 물건 사라고 외치는 상점의 여점원들, 지친 코러스 걸들, 단단한 시가를 입에 문 도박꾼들, 연극무대에 서는 멋진 청년들을 헤치며 나아가다보니 자신이 캐스퍼 밀크토스트[36]처럼 느껴졌다.

도리머스는 길을 헤매는 많은 병사 복장의 사람들이 대부분 가짜라는 것을 알아차렸다. 그들은 휴대 권총이나 소총을 차지는 않았지만 윗부분이 기울어진 보병의 약식모, 진청색 상의, 솔기에 노란 띠를 대고 사제처럼 보이는 검은 고무 재질의 각반에 밑단을 집어넣은 연청색 바지, 장교들이 신는 매끈한 검은 가죽 군화 등 1870년대의 미국 기병대 제복 같은 군복 차림이었다. 칼라 오른쪽에는 'M.M.' 글자 표시가, 왼쪽에는 오각형별 표시가 있었다. 그들은 길에서 마주치는 일반 시민들을 어깨로 밀쳐내며 너무도 뻔뻔스럽게 거리를 활보했다. 그리고 도리머스처럼 대수롭지 않은 사람들을 무례할 정도로 냉담하게 쳐다보았다.

도리머스는 그 상황이 갑자기 이해되었다.

용병대장 같은 이 청년들은 바로 미니트맨[37]으로서 버질리어스 윈드립의 사병이라고 할 수 있었고, 이들에 대해서는 도리머스도 불쾌한 뉴스로 보도

---

36. Caspar Milquetoast. 영화 『The Timid Soul』에 등장하는 결단력 없는 겁쟁이.

37. Minute Men. 미국 독립 전쟁 당시의 긴급 소집병.

한 적이 있었다. 그런데 이제 직접 눈으로 그 실체를 보자 오싹 놀라고 경악하지 않을 수 없었다. 활자 속 존재가 잔인한 인간으로 튀어나온 것이었다.

3주 전 윈드립은 듀이 헤이크 대령이 단지 선거유세용으로 미니트맨이라 불리는 윈드립의 전국적 행진 클럽 연맹을 창설했다고 발표했다. 이미 회원이 3백만 명에서 4백만 명에 육박하는 것으로 보아 몇 달 동안 조직해왔을 것이다. 도리머스는 이 M.M.조직이 KKK단보다도 더 위협적인 상설 단체가 되지 않을까 두려웠다.

그들의 제복은 미국의 콜드 하버 개척자와 마일스 대령과 커스터 중령의 지휘 아래 인디언과 싸우던 전사들을 연상시킨다. 그들의 문장인 만자무늬는 오각형별이었는데, 도리머스는 이 부분에서 리 새러슨의 교활함과 신비주의를 간파했다. 이유인즉, 성조기에 그려진 별도 오각형인데 반해 소련기와 유대인 깃발(다윗의 방패)에 그려진 별은 육각형이라는 주장 때문이었다.

그런데 실제로는 소련기도 오각형이라는 사실을 이 흥분된 부흥기에는 누구도 주목하지 않았다. 어쨌든 이 별 하나를 가지고 유대인과 볼셰비키를 동시에 공격한 것은 멋진 아이디어였다. 설령 그 문양은 이목을 끌지 못할지라도 의도는 좋았다.

그러나 미니트맨에 관해 가장 영리한 것은 바로 그들이 행진을 할 때에는 색깔 있는 셔츠가 아니라 민무늬의 흰 셔츠만, 대기 임무 중에는 밝은 카키색 셔츠를 고집한다는 점이었다. 그래서 버즈 윈드립은 다른 사람들을 향해 자주 호통을 칠 수 있었다. "검은 셔츠? 갈색 셔츠? 붉은 셔츠? 어쩌면 얼룩소무늬 셔츠도 있겠군! 이것들은 모두 유럽의 독재를 상징하는 타락한 제복일 뿐입니다! 안 되죠! 미니트맨들은 파시스트도 공산주의자도 그 어느 것도 아닌 평범한 민주주의자일 뿐입니다. 몰락한 중산층의 권리를 지키는 기사들이요 자유를 쟁취하기 위한 돌격대입니다!"

도리머스는 엠마 없이 혼자 대도시에 있을 때면 변함없이 즐기는 중국 면

요리를 먹었다. 엠마는 그 초면 요리를 밀가루 맛 나는 튀긴 대팻밥에 지나지 않는다고 말하곤 했다. 음식을 먹는 동안은 험악한 미니트맨 부대를 잠시 잊었다. 중국식당 내부의 금박 목각, 인형처럼 생긴 중국 농부가 아치교를 건너가고 있는 그림이 그려진 팔각등을 행복한 표정으로 응시했고, 두 남성과 두 여성으로 이루어진 4인조 손님에게도 눈길을 주었다. 그들은 식사하는 내내 화를 억누르며 말싸움을 그치지 않는 모습이 흡사 공공의 적처럼 보였다.

절정에 이른 윈드립의 집회에 참석하기 위해 매디슨 스퀘어 가든으로 향하고 있던 도리머스는 갑자기 큰 소용돌이에 빠져든 것 같았다. 온 나라 사람들이 다투듯이 같은 방향으로 향하고 있는 듯이 보였다. 택시를 잡을 수 없었으므로 음산한 빗속을 헤치며 매디슨 스퀘어 가든까지 열네 블록이나 되는 거리를 걷다보니 걷잡을 수 없이 분노한 군중의 살의가 느껴졌다.

노점이 이어져 있는 8번가는 오늘 밤 여전히 희망이라는 대마초에 취해서 비틀거리는 우중충하고 낙심한 사람들로 꽉 차 있었다. 그들은 보도를 가득 메웠고, 거의 도로까지 점령하고 있어서 성가신 자동차들은 그 사이를 헤치고 나가느라 진땀을 뺐고, 분노한 경찰들은 사람들을 도로에서 밀어내고 이쪽저쪽으로 방향을 바꾸도록 유도했다. 경찰관들이 행여 오만한 기색이라도 보일라치면 쾌활한 여점원들로부터 야유를 받았다.

그 혼란스러운 와중에 도리머스의 눈앞으로 한 남자가 이끄는 미니트맨의 V자형 대열이 갑자기 밀고 들어왔는데, 나중에 알고 보니 그 남자는 미니트맨의 기수인 것으로 밝혀졌다. 그들은 현재 임무 중이 아니었으므로 호전적이지도 않았다. 환호하며 「버질리어스 윈드립은 워싱턴으로 간다네」 노래를 부르고 있었으므로 도리머스는 풋볼시합에서 이긴 후 신이 나서 약간 취한 삼류 대학교 학생들 무리가 연상되었다. 그리고 나중에 몇 달 뒤에는 미니트맨의 적들이 방방곡곡에서 그들을 조롱하듯이 '미키 마우스'와 '미니'라고 불렀으므로 그들을 다시 떠올리게 될 것이었다.

그런데 허름한 옷차림의 한 노인이 갑자기 막아서더니 그들을 향해 소리를 질렀다. "버즈는 꺼져라! 프랭클린 루스벨트 만세 만세 만세!"

미니트맨 대원들의 분노는 깡패처럼 불타올랐다. 섀드 레듀보다도 훨씬 억세고 험악하게 생긴 기수가 노인의 턱을 갈기자 노인은 맥없이 나가떨어졌다. 그때 불쑥 기수를 저지하고 나선 이가 있었는데 거구의 해군 상사가 무모하게 미소를 띠었다. 그는 갑자기 고함을 질렀다. "잘난 체하는 이 가짜 병사 놈들아! 노인네에게 1대9로 덤비다니! 그것도 ──── "

갑자기 기수가 그에게 한 방 날렸다. 상사도 지지 않고 복부를 가격해 기수를 때려눕혔다. 그러자 매를 추격하는 참새 떼처럼 다른 미니트맨 여덟 명이 즉각 달려들었다. 안색이 창백해진 상사는 여기저기 피를 흘리며 쓰러졌다. 여덟 미니트맨은 군화발로 상사의 머리를 걷어찼다. 그 광경을 보고 몹시 화가 난 도리머스가 어쩔 도리 없이 발걸음을 옮길 때까지도 발길질은 멈추지 않았다.

몸을 돌린 지 얼마 되지 않아 곱상한 얼굴에 피 묻은 입술, 황갈색 눈빛의 아까 그 미니트맨 기수와 마주치자 도리머스는 쓰러진 그에게 달려들어 뭐라고 혼내며 치자나무 꽃잎처럼 연약한 손가락으로 그 망나니의 통통한 뺨을 후려쳤다.

도리머스가 목적지인 집회장에 도착하기 전까지는 수많은 다툼과 몇 번의 개인적 주먹질 싸움과 한 번의 전투가 더 벌어졌다.

목적지까지 한 블록 남았을 때 대위와 소령의 중간쯤 계급에 해당하는 대대장이 이끄는 미니트맨 대원 30여 명이 공산주의자들의 거리 집회를 공격하기 시작했다. 카키색 옷을 걸친 한 유대인 소녀가 비에 맞아 머리가 쫄딱 젖은 채 손수레 위에 올라가 호소하고 있었다. "지나가는 시민 여러분! 그저 불평만 하지 말고 저희와 뜻을 함께 해주세요! 가입해주십시오! 지금 당장이요! 생사가 걸린 문제입니다!" 공산주의자들의 집회 현장에서 스무 걸음 정도 떨어진 곳에서는 사회복지사처럼 보이는 한 중년 남자가 루스벨트 대통령의 치적을 열거하고 옆의 공산주의자들을 말만 번지르르한 반미 괴짜라고 욕하며 제퍼슨 당에 대해 설명하고 있었다. 그의 말을 듣고 있던 사람들 가운데 절반은 투표권이 있는 유권자들이었을 테지만 나머지 절반은 비극적 축제가 벌어지는 그날 저녁의 여느 무리들과 마찬가지로 물려 입은 헐렁한 옷을 걸치고 담배를 꼬나문 소년들이었다.

서른 명의 미니트맨들은 기세 좋게 공산주의자들에게 몰려들었다. 대대장이 먼저 당도해 외치던 유대인 소녀의 뺨을 갈기더니 손수레에서 끌어내렸다. 그를 따르던 대원들은 주먹과 곤봉으로 태연스럽게 공격을 퍼부었다. 더욱 역겨워진 도리머스는 한층 더 무력한 기분에 휩싸여 말라빠진 한 유대인 지식인의 관자놀이에 곤봉의 타격이 가해지는 소리를 들었다.

그러자 놀랍게도 옆에 있던 경쟁상대인 제퍼슨 당의 지도자가 소리를 지르며 분연히 일어났다. "여러분! 저 지옥의 개들이 우리의 공산당 친구들을 공격하는 것을 보고만 있을 겁니까! 동지들, 갑시다!" 그 말과 함께 온순한 책벌레 같은 그 사내가 허공으로 몸을 날려 뚱뚱한 미키마우스 맨 위로 달려들어 멱살을 잡더니 그의 곤봉을 빼앗은 후 몸을 일으키기도 전에 다른 대원의 정강이를 걷어찼다. 그리고 벌떡 일어나더니 다른 습격자들에게 덤벼들었다. 도리머스는 그가 애비뉴 B의 점포들에 있는 97.7퍼센트의 유리된 우유 속에 든 버터 비율의 통계표만큼이나 무모하게 덤벼들었다고 추측했다.

그때까지만 해도 겨우 여섯 명의 공산당원들이 차고 벽을 뒤로 한 채 미니트맨들을 상대하고 있었기 때문이다. 그러던 것이 이제 공산당원 50명에 옆의 제퍼슨 당원 50명까지 합세하여 벽돌과 우산과 무지막지하게 두툼한 사회학 책들로 날뛰는 미니트맨들을 몰아내기 시작했다. 벨라 쿤[38] 지지자들과 존 듀이 교수 지지자들이 연합전선을 편 셈이었는데, 잠시 후 도착한 경찰 폭동 진압대는 오히려 미니트맨을 보호하기 위해 그들을 공격하고 공산

38. Bela Kun. 1919년 헝가리-소비에트 공화국의 수상

주의자 소녀와 제퍼슨 당 주모자를 체포했다.

도리머스는 자주 '매디슨 스퀘어 가든 배 시합'에 관한 스포츠 스토리의 '방향을 잡았지만' 그 장소가 매디슨 스퀘어와는 아무런 상관이 없다는 것을 알고 있었다. 매디슨 스퀘어에서 버스로 하루를 꼬박 가야 있는 그곳은 분명 가든도 아니고, 경기자들도 '상'을 두고 다투는 것이 아니라 비즈니스에서 고정된 파트너십 지분을 얻기 위해 경쟁했으므로 그들 다수는 당연히 전혀 싸우지 않았다.

완전히 기진맥진한 도리머스가 그 거대한 건물에 도착해 올라가려니 묵직한 지팡이를 든 채 팔꿈치를 맞댄 미니트맨들이 모든 입구마다, 통로마다 완전히 에워싸고 있었다. 대원들은 엄격하게 줄을 맞춰 진열해 있는 가운데 그들의 상관들은 이리저리 분주하게 뛰어다니며 귓속말로 명령을 전하며 경사진 우리에 갇힌 겁먹은 새끼 송아지처럼 불안한 루머를 낳고 있었다.

지난 몇 주 동안 굶주린 광부와 소작농과 캐롤라이나의 제분공들은 가솔린 횃불을 치켜들고 지친 손을 흔들며 윈드립 상원의원을 맞이했다. 그런데 지금 그가 마주하게 될 사람들은 입장료 50센트를 감당할 수 없는 실업자들이 아니라 뉴욕 뒷골목의 노점상들이었다. 이들은 자신들이 시골뜨기나 광부 나부랭이보다는 전적으로 우월하다고 생각하고 있었음에도 그들 못지않게 필사적이었다. 자랑스럽게 좌석에 앉아 있거나 축축한 옷에서 김을 내뿜으며 턱을 바싹 당긴 채 통로에 서 있는 거대한 군중은 도리머스가 보기에는 전혀 낭만적이지 않았다. 그들은 재봉사의 다리미, 감자샐러드 쟁반, 호크 단추 카드, 개인택시를 담보로 받은 거머리 같은 대출금에 신경을 쓰고, 집에서는 아기 기저귀, 무딘 안전 면도날, 스테이크 두부와 청정 닭고기 값의 급격한 상승 등에 관심이 있는 사람들이 대부분이었다. 그리고 흥미롭게도 최신 유행하는 17달러짜리 기성복과 살짝 수놓은 넥타이 차림의 매우 자부심 넘치는 소수의 공무원, 우편집배원, 소규모 아파트 관리소장은 이렇게 우쭐거렸다. "이 게으름뱅이들은 도대체 왜 계속 생활보호 대상자 짓거리를 하는지 알 수가 없군. 내가 전문가는 못 되지만, 감히 말하는데 1929년 이래로 연간 수입이 2천 달러 미만인 석이 없었단 말이야!"

맨해튼의 농민들. 친절한 사람들, 근면한 사람들, 노인에게 관대한 사람들. 그들은 모두 일자리를 잃을지 모른다는 근심 병을 치유할 수 있는 필사적인 구제책을 열렬히 찾고 있었다.

그것은 곧 어느 선동가에게든 가장 손쉬운 소재였다.

그 역사적인 집회는 아주 지루하게 시작되었다.

군악대가 별 의미도 없고 그다지 활기도 없는 『호프만의 이야기』 중 뱃노래를 연주했다. 세인트 아폴로그의 루터파 교회 목사인 헨드릭 반 롤롭 박사가 기도를 바쳤지만 사람들이 느끼기에는 별로 수긍이 되지 않았다. 포크우드 상원의원이 윈드립 상원의원에 대한 일장 연설을 늘어놓았는데, 버즈에 대한 사도적 찬양과 포크우드가 늘 말 중간에 섞는 '어-어-어'가 똑같은 분량으로 구성되어 있었다.

그리고 윈드립은 아직 모습을 드러내지 않고 있었다.

클리블랜드 전당대회에서 버즈를 후보로 추천했던 듀이 헤이크 대령은 앞선 연사보다 훨씬 나았다. 세 가지 농담과 1차 대전 중의 충실한 비둘기 전령에 관한 일화를 말해주었다. 그 비둘기 전령은 왜 미국인들이 그곳에서 독일에 맞서 프랑스를 위해 싸우고 있는 중인지 그 이유를 많은 인간 병사들보다도 훨씬 더 잘 이해하고 있는 것 같았다. 이 비둘기 영웅과 윈드립 상원의원의 장점이 무슨 관련이 있는지는 분명하지 않아보였지만, 포크우드 상원의원의 따분한 연설을 듣고 난 후라 관중은 전쟁 무용담 분위기로도 즐거웠다.

도리머스는 헤이크 대령이 그저 장황하게 이야기를 늘어놓는 것에 그치지 않고 뭔가 결정타를 날리기 위해 수위를 올리고 있는 것이라고 느껴졌다.

그의 목소리는 점점 집요해졌다. 이제 윈드립에 대해 말하기 시작했다. "제 친구는 거대한 금융 세력에 대담하게 맞서는 단 한 사람, 민감하게 고뇌했던 에이브러햄 링컨이 예전에 그랬던 것처럼 넓고도 겸손한 마음으로 모든 보통 사람의 비애를 보듬는 사람입니다." 돌연 대령은 옆 출입문을 향해 미친 듯이 손을 흔들며 외쳤다. "저기 그가 오는군요! 동지 여러분, 버즈 윈드립입니다!"

윈드립의 등장에 맞춰 군악대가 「캠벨 사람들이 오고 있네」라는 곡을 쾅쾅거렸다. 기병 근위대처럼 말쑥한 미니트맨 한 대대가 별 모양의 페넌트가 달린 기다란 창을 들고 대강당의 거대한 중앙을 향해 내려갔고 그들 뒤로는 낡은 푸른색 양복을 걸친 허름한 옷차림의 버질리어스 윈드립이 땀으로 얼룩진 챙 모자를 초조하게 말아 쥔 채 구부정하고 피곤한 모습으로 천천히 걸어왔다. 자리에서 벌떡 일어난 관중은 새벽의 십자 포화처럼 환호하며 윈드립을 제대로 보기 위해 서로 옆으로 밀쳐댔다.

윈드립은 충분히 지루할 정도로 천천히 시작했다. 연단까지 매우 어색한 모습으로 육중하게 계단을 올라 무대 중앙을 가로질러 가는 모습을 보면 애처롭게 느껴지기까지 했다. 그러다 돌연 멈춰 서서 올빼미 같은 눈길로 관중을 응시했다. 그리고 단조로운 소리로 호통을 쳤다.

"처음 뉴욕에 왔을 당시 저는 얼뜨기였습니다. 아니요, 웃지 마십시오, 어쩌면 아직도 얼뜨기일 수 있으니까요! 하지만 저는 이미 미국의 상원의원으로 선출되었고 고향으로 돌아가는 길에 사람들이 찬양의 노래를 불러주자 제가 호박 같다는 생각이 들었습니다. 저는 제 이름이 알카포네나 카멜 담배나 군가 「아기들은 그것을 손에 넣고 싶어 우네」처럼 누구에게나 친숙할 거라고 생각합니다. 하지만 저는 워싱턴으로 가는 길에 뉴욕에 오게 되었습니다. 말씀드리자면, 사흘 동안 이곳 호텔 로비에 앉아 있었는데, 제게 와서 말을 건 유일한 사람은 바로 호텔 조사관이었습니다! 그리고 그가 다가와 제게 말을 걸었을 때 저는 우스워 죽을 뻔 했습니다. 저는 제가 그렇게 방문하여 모든 사람들이 기뻐하고 있다는 말을 하러온 것으로 생각했습니다. 하지만 그는 제가 호텔 손님인지와 그렇게 로비 의자를 하염없이 꿰차고 있어도 되는 건지 알고 싶다는 것이입니다! 그리고 오늘 밤, 동지 여러분, 저는 그 때 느꼈던 감정과 거의 흡사하게 이 도시 뉴욕이 무섭습니다!"

여기저기서 상당히 많은 웃음과 박수갈채가 터져 나왔지만 자부심 넘치는 유권자들은 윈드립의 점잔 빼는 느린 이야기와 진력나는 겸손에 실망했다.

도리머스는 희망을 품으며 전율했다. "어쩌면 윈드립이 뽑히지 않을 수도 있겠어!"

윈드립은 너무도 익숙한 자신의 정강의 요점을 밝혔다. 도리머스는 윈드립이 제5항의 부의 제한에 관한 수치를 잘못 인용하는 것을 지켜보게 되어 흥미로웠다.

윈드립은 점차 일반적인 견해를 폭풍처럼 쏟아냈다. 정의, 자유, 평등, 질서, 번영, 애국과 고귀하지만 이해하기 어려운 많은 추상적 개념들에 대한 점잖은 관심들을 두서없이 표출했다.

도리머스는 지겹다고 생각하던 중에 자기도 모르게 어느 순간 점점 열중하며 흥미를 느끼고 있음을 깨달았다.

윈드립은 관중을 바라보는 강렬한 눈빛으로 모든 사람을 주목하게 만들다가 가장 근거리의 가장 높은 좌석에 있던 사람들에게로 천천히 시선을 옮겼고 각 개인 한 사람 한 사람은 그가 자신에게 직접 일대일로 말하고 있으며, 각기 한 사람씩 마음으로 받아들이길 원하고, 진실을, 이제껏 그들에게 감추어져 왔던 긴박하고도 위험한 사실을 말하고 있는 거라고 확신시켰다.

"사람들은 제가 돈을, 권력을 원한다고 합니다! 들어보십시오, 저는 바로 여기 뉴욕의 법률회사들로부터 대통령으로서 받게 될 금액의 세 배를 주겠다는 제안을 모두 거절했습니다! 그리고 권력으로 말할 것 같으면, 대통령이란 이 나라 모든 시민의 종인데 그게 뭐 대수라고 말입니까. 그것도 선량한 시민뿐 아니라 전신과 전화와 편지로 괴롭히려 드는 온갖 괴짜 시민의 종이기도 한데 말입니다. 그럼에도 제가 권력을, 그것도 매우 위대하고 큰 원대한 권력을 원한다는 것은 사실입니다. 하지만 저 자신을 위해서가 아니라, 바로 여러분을 위해서입니다! 여러분을 노예로 만든 유대인 자본가들과 자기네들 채권에 이자를 지불하도록 여러분을 죽을 때까지 혹사시키는 그런 자들을 박살내도록 여러분이 허용해준 권력 말입니다! 결단코 모든 유대인이 그렇지는 않겠지만 어쨌든 탐욕스러운 은행가들, 부정한 고용주 못지않게 부정한 노조지도자들, 무엇보다도 스스로 권력을 찬탈한 독재자들의 발아래 벌벌 기게 만들고 싶은 모스크바의 은밀한 간첩들을 쳐부숴야 합니다. 그들은 제가 원하는 것처럼 사랑과 충성심이 아니라 채찍과 어두운 감방, 자동권총의 무서운 힘으로 통치하는 자들입니다!"

그러고 나서 윈드립은 낡은 정치 역학이 파괴되고, 보잘것없는 모든 노동자들이 왕이요 통치자가 되어 자기들과 같은 부류의 사람들에서 뽑은 대표들을 지배하는 민주주의의 낙원을 생생하게 묘사했다. 보통 사람들이 뽑은 이 대표들은 지금까지 워싱턴에 입성하기만 하면 그래왔듯이 국민들에게 무관심해지는 것이 아니라 강화된 행정부의 감독에 의해 대중의 이익을 민첩하게 살피게 될 것이었다.

한동안 그 말은 거의 합리적으로 들렸다.

최고의 명연기자 버즈 윈드립은 열정적이었지만 결코 터무니없이 열광적이지는 않았다. 몸짓이 너무 과하지도 않았다. 그저 예전의 유진 데브스[39]처럼 관중 각자에게 찔러 넣어 마음을 낚으려는 듯이 앙상한 집게손가락을 내밀었을 뿐이다. 사람들을 놀라게 만든 것은 이글거리는 눈빛, 노려보는 비장한 커다란 눈과 이제 겸손하게 간청하며 사람들을 달래는 쩌렁쩌렁 울리는 목소리였다.

---

39. Eugene Debs. 미국의 노동운동가. 세계산업노동자조합 창립에 공헌하였으나, 급진주의에 반대하여 결별하였다. 온화한 인품과 성실성 등으로 정치적 신망을 얻었다.

그는 솔직하고 자비로운 리더임에 틀림없었다. 슬픔이 무엇인지 비애가 무엇인지 충분히 알고 있는 사람이었다.

도리머스는 감탄하지 않을 수 없었다. "이럴 수가! 실제로 와서 보니 괜찮은 사람이잖아! 게다가 마음까지 따뜻하고. 벅과 스티브 페레픽스와 즐거운 저녁 시간을 보내고 있는 듯한 기분이 들게 하잖아. 버즈가 옳은 거라면? 철부지 같은 선동적인 모든 생각에도 불구하고 무지렁이들에게도 정중하다면, 부재지주들의 기득권을 혁파할 수 있는 사람은 트로우브리지나 루스벨트가 아니라 오직 자기뿐이라는 그의 주장이 옳다면? 그리고 추종자들인 이 미니트맨들은, 아 아까 길거리에서 본 모습은 아주 역겹기는 하지만, 그래도 그들 대부분은 매우 훌륭하고 단정한 청년들일 수도 있잖아. 이렇게 와서 버즈를 직접 보고 그가 실제로 하는 말을 들어보니 놀라운데. 생각을 하게 만들고 있잖아!"

그러나 한 시간 뒤 몽롱한 분위기에서 빠져나오자 도리머스는 윈드립이 뭐라고 했는지 하나도 기억나지 않았다.

이윽고 화요일 저녁이 되자 윈드립이 이길 것이 너무도 확실했으므로, 도리머스는 모든 집계보고가 들어올 때까지 『인포머』 사무실에 남아 있지 않았다. 그러나 그가 굳이 선거 결과를 보려고 남아있지 않았어도 자연스럽게 알게 되었다.

자정이 지난 후 질척거리는 눈밭을 헤치며 승리와 틀림없이 술에 도취한 행렬이 햇불을 들고 바로 그 주에 아델라이드 타르 김미치 부인이 새로 가사를 발표한 「양키 두들」의 선율을 큰 소리로 부르며 활보하는 무리들이 그의 집을 지나쳤기 때문이다.

우리의 버즈를 따르지 않은 음흉한 자들아
우리는 기차를 타러 간다네,

그들은 이제 한 번도 빌어본 적이 없는 하느님께 빌겠지,
우리가 곧 감옥에 처넣을 테니!

(합창)

버즈, 버즈, 거머쥔 승리를
놓지 말기를.
버즈를 찍지 않았다면
당신은 가장 배은망덕한 인간!

모든 미니트맨은 회초리를 들라
반역자들을 다스리기 위해,
오늘은 모든 안티버즈(버즈 반대자)들을 지나친다만
나중에는 손봐주리.

김미치 부인이 만들어낸 것으로 생각되지만 아마도 헥터 맥고블린 박사가 창안했을 '안티버즈'라는 말은 총살형을 불러일으킬 만큼 국가에 대한 사악한 반역을 표현하는 용어로 애국 부인들이 널리 사용하게 되었다. 그렇긴 해도 김미치 부인이 1차 세계대전 미국 해외 파견군에 참가한 병사들을 위해 붙여준 화려한 신조어 '아찌(삼촌)'만큼 실제로 인기를 얻지는 못했다.

두꺼운 코트를 걸친 행진 대열에서 도리머스와 시시는 섀드 레듀, 테러 산의 무허가 집에서 올망졸망한 애들과 사는 애러스 딜리, 가구상 찰리 베츠, 중부 버몬트에서 이탈리아의 파시즘에 대해 가장 열렬하게 설명하던 과일상 토니 몰리아니를 알아볼 수 있었다.
그리고 비록 횃불 뒤에 있어서 흐릿하여 확신할 수는 없었지만 도리머스

는 행렬을 따라가고 있던 유일하게 큰 자동차가 바로 이웃인 프랜시스 태스브로우의 것임을 알아보았다.

다음날 아침, 『인포머』 사무실에서 도리머스는 간밤의 승리에 취한 무리들이 자행한 상당한 피해에 대해 전해 듣지 못했다. 그저 두 개의 옥외화장실을 망가뜨리고, 루이스 로텐스턴의 양복점 간판을 떼어내 불태워 버렸으며, 보석상에서 일하는 깡마른 곱슬머리 청년 클리포드 리틀이 흠씬 두들겨 맞았는데, 그는 연기자들을 조직하여 팰크의 교회 오르간을 연주했다는 이유로 새드 레듀가 경멸하던 장본인이었다.

그날 밤 도리머스는 자신의 집 현관에 붉은 분필로 쓰인 종이쪽지를 발견했다.

당장 미니트맨과 연맹과 각하와 내 앞에 납작 엎드려 기지 않으면 쓴 맛을 보게 될 거다, 도리머스.

– 친구로부터

도리머스가 윈드립의 대중적 직함으로 '리더'나 '정부의 우두머리'의 미국식 표현인 '각하'라는 말을 들은 것은 그때가 처음이었다. 그것은 이제 곧 공식화될 것이었다.

도리머스는 붉은 글씨로 쓰인 그 경고장에 대해 가족에게는 말하지 않은 채 태워버렸다. 그러나 그 기억 때문에 자꾸 잠에서 깨었고, 그리 유쾌한 기분은 아니었다.

13장

그리고 은퇴할 때가 되면 나는 코모 또는 여러분이 확신하듯 저 유명한 그리스의 섬들이 아닌 플로리다, 캘리포니아, 산타페처럼 어딘가 근사한 휴양지에 신식 방갈로를 하나 지어 그곳에서 롱펠로우, 제임스 위트콤 릴리, 매콜리 경, 헨리 반 다이크, 엘버트 허바드, 플라톤, 히아와타 같은 작가들의 클래식 저작을 읽는데 전념할 것이다. 이걸 두고 나를 비웃는 친구들도 있지만, 나는 언제나 뛰어난 문학 작품을 보는 안목을 길러 왔다. 훌륭한 사람들이 알아봐주는 나의 모든 장점들과 마찬가지로 이것 역시 어머니로부터 물려받은 것이다.

『최고를 뛰어넘는 결정적 순간』 중에서, 버질리어스 윈드립

도리머스가 윈드립의 당선을 확신하고 있기는 했지만 그 사건은 오랫동안 염려하던 친구의 죽음과도 같았다.

"에라 모르겠다. 이놈의 나라 될 대로 되라지. 요 몇 년 동안 죽어라 일만 했는데 ― 이 모든 위원회와 이사회와 자선 모금 운동도 내가 원해서 한 게 아니잖아! ― 이제 보니 그것도 얼마나 어리석은 짓이었나! 내가 늘 원했던 것은 바로 상아탑에서 ― 아니 가짜 상아탑에서 ― 빠져나와 이제껏 너무 바빠서 읽을 틈이 없었던 것들을 실컷 읽는 거였잖아."

11월 말 도리머스 심정은 그랬다.

그리고 그는 생각을 실제 행동으로 옮겨 며칠 동안은 가족과 로린다, 벅 타이터스, 페레픽스 신부 외에 모든 사람을 피한 채 한껏 독서를 즐겼다. 그렇지만 대부분은, 이제까지 그렇게 그리워했던 '고전 작품들'이 아니라 젊었을 때 가까이 했던 작품들을 즐겨 읽었다. 『아이반호』, 『허클베리 핀』, 『한 여름 밤의 꿈』, 『템페스트』, 밀턴의 『쾌활한 사람』, 새뮤얼 버틀러의 『육체의 길』(젊었을 때 그렇게 즐기던 것은 아니었다), 『모비딕』, 윌리엄 모리스의 『지상의 낙원』, 존 키츠의 『성 아그네스 전야』, 앨프리드 테니슨의 『왕의 목가』, 스윈번의 저작 대부분, 『오만과 편견』, 토머스 브라운의 『의사의 종교』, 잡지 『배너티 페어』를 읽었다.

30대 전에 들었던 책에 대해서는 무조건적으로 존경하는 마음을 품는다는 점에서는 도리머스도 대통령 당선자 윈드립과 크게 다르지 않았다. … 두 세대 이상 조상이 시골에서 살아온 사람이라고 해서 다른 미국인과 그리 다르지 않다.

어느 면에서 보면, 문학 세계로의 현실도피는 철저히 수포로 돌아갔다. 라틴어를 다시 배우려고 했지만 선생이 아무리 구슬려도 이제는 'mensa, mensae, mensae, mensam, mensa' — 식탁 하나, 식탁의, 식탁으로, 식탁을 향해, 식탁 옆에 또는 식탁 위에 — 같은 그 우스꽝스런 격변화에서 예전에 베르길리우스나 호라티우스의 작품에서 느꼈던 꿀처럼 달콤한 평안함이 다시 느껴지지는 않았다.

그 순간 도리머스는 갑자기 만사에 대한 탐구심이 소용없다는 것을 깨달았다.

책읽기는 상아탑으로 다시 숨어들어갔다는 죄책감만 빼면 그런대로 충분히 만족스러웠고 기분 좋았고 괜찮았다. 그동안 너무 오랫동안 사회적 책무에만 탐닉해왔다. 이제는 사물들 '틈에만' 파묻혀 있기를 바랐으나 윈드립이 취임도 하기 전부터 나라를 좌지우지하기 시작했으므로 매일 점점 짜증이 났다.

제퍼슨 당으로 일부가 빠져서 버즈의 민주당은 의회에서 과반수를 넘지 못했다. 워싱턴 정가에서 '내부 정보'가 도리머스에게 흘러왔는데, 윈드립이 반대하는 국회의원들을 매수하거나 감언이설로 꾀거나 협박하려고 하고 있다는 내용이었다. 그렇게 되면 대통령 당선자는 부당한 권력을 갖는 셈인데 윈드립은 틀림없이 후원 명목으로 비정상적인 호의를 약속하여 몇 사람은 굴복시킨 것 같았다. 제퍼슨 당 계파 의원 다섯 명에 대해서는 당선을 문제 삼았다. 한 사람은 충격적이게도 꽁지를 빼며 사라졌는데, 그가 사라진 자리에는 횡령의 더러운 냄새가 풍겼다. 윈드립이 그렇게 한 사람씩 반대자들을 제거해나가자 도리머스처럼 시골에 칩거하고 있는 모든 선량한 사람들은 점점 걱정스러워졌다.

1929년 이후로 '대공황'을 계속 겪어오면서 도리머스는 불안함과 혼란스러움, 면도나 아침식사보다 좀 더 지속되는 무엇인가를 시도하는 것이 덧없다는 무상감이 느껴졌다. 한때 미정착지였던 이 나라의 시민들이 1620년 이후로 그래왔던 것처럼 이제 더 이상 자기 자신이나 가족을 위해 계획을 세울 수가 없었다.

왜 아니겠는가, 그들의 모든 삶이 계획수립이라는 특권을 바탕으로 전망되어 왔는데. 공황은 주기적으로 찾아오는 폭풍에 지나지 않아 결국에는 햇빛에 의해 사라지게 될 것이었다. 자본주의와 의원제 정부도 변하지 않고 훌륭한 시민들의 정직한 투표 덕분에 지속적으로 개선되어 왔다.

남북전쟁 퇴역군인이자 교양이 없는 신도들이 모인 교회의 박봉의 목사였던 할아버지 캘빈은 그럼에도 아들 로렌을 위한 계획을 세웠다. "애야, 너는 신학 교육을 받도록 해라. 그러면 15년이나 20년 안으로는 근사한 새집을 지을 수 있을 것 같구나." 그 덕분에 할아버지는 일할 이유와 목적이 생겼다.

한편 도리머스의 아버지 로렌은 맹세했다. "비록 나는 책값을 좀 아껴야 했고, 어쨌든 소화에는 매우 안 좋아서 일주일에 네 번 육식하는 이러한 사치는 포기해야 했지만, 도리머스 니는 대학교육을 받으려무나." 그리고 바라던 대로 도리머스가 언론인이 되자 1, 2년 동안은 아직 아들을 도와야겠다고 생각했다. 그러고 나서 한 5, 6년 후에는 완전 삽화가 곁들여진 디킨스 전집을 살 수 있기를 바란다고 했다. "아, 굉장한 사치이기는 하지만 손자들에게 영원히 물려줄 수 있잖니!"

그러나 도리머스 제섭은 계획을 세울 수 없었다. "시시가 건축 공부를 시작하기 전에 금속세공인을 찾아가보게 해야겠어." 또는 "줄리언 팰크와 시시가 결혼해서 여기 포트에 눌러 앉는다면 저기 남서쪽 부지를 떼어주어야지. 그럼 15년 후면 온 집 안이 멋진 아이들로 다시 가득 차겠지!" 아니지. 도리머스는 한숨을 쉬었다. 지금부터 15년이면 시시는 웨이터의 기술을 '해시 요리 해다 바치기'라고 부르는 그런 일꾼들을 위해 해시 요리를 해다 바치고 있을 테고, 줄리언은 파시스트든 공산주의자든 정치범 수용소에 갇혀 있을 텐데! 호레이쇼 앨저의 소설에 등장하는 누더기 소년 딕처럼 자수성가하는 전통은 이제 미국에서는 완전히 옛 말이 되어버렸다.

희망을 품고, 무언가 예측을 해보고, 포근한 잠자리를 포기한 채 타자기 앞에 앉아 무엇인가 열심히 끄적대는 것이 다 부질없게 느껴졌다. 특히 돈을 저축하는 것은 완전히 멍청한 짓이 되어버렸다.

그리고 신문사 편집장, 적어도 백과사전처럼 국사 및 외국사, 지리, 경제, 정치, 문학, 축구 경기법 등에 대한 모든 것을 알아야 하는 편집장에게는 지금 그 어느 것도 확실히 알 수 없다는 점이 미칠 노릇이었다.

1, 2년 사이에 "어떻게 될지 아무도 몰라"가 흔히 쓰는 냉소에서 거의 모든 경제학자에 관해서 아주 일반적으로 쓰는 말로 변했다. 아무리 줄잡아 말하더라도, 도리머스는 자신이 예전에는 금융, 과세, 금본위제, 농업 수출에

대해서 상당한 지식을 갖고 있다고 자부했다. 그리고 진보적 자본주의가 국가 사회주의로 서서히 발전해나가 광산, 철도, 수력발전소를 국유화함으로써 모든 소득 불평등이 해소되어 철강 생산 노동자들이 사측 사람들과 기꺼이 상호존중하고, 모든 감옥과 폐결핵 요양소가 깨끗이 비워졌으면 좋겠다고 가는 곳마다 웃으며 역설했다.

그런데 지금은 기본적인 것조차 제대로 모른다는 사실을 절감하자 죄의 자각에 시달리는 외로운 수도사처럼 한탄하지 않을 수 없었다. "내가 조금만 더 알았다면! … 그래, 기본 통계만이라도 기억할 수 있다면 좋으련만!"

국가부흥청, 연방긴급구호청, 공공사업국과 나머지 모든 기구들이 나타났다 사라지는 것을 보며 도리머스는 정부가 어떻게 운영되어야 하는지에 대해서는 아무것도 확실히 알지 못하는 사람에는 네 부류가 있다는 것을 확신하게 되었다. 워싱턴에 있는 모든 관리들, 정치에 대해 너무 떠들어대거나 써대는 모든 시민들, 할 말이 전혀 없는 대책 없는 사람들, 그리고 도리머스 제섭 자신이 있었다.

"하지만 이제 버즈가 취임하고 나면 모든 것이 다시 완전히 단순하고 분명해질 거야. 즉 국가가 윈드립의 사유재산처럼 운영될 거야!"

이제 애머스트 대학 2학년인 줄리언 팰크는 성탄절 방학을 맞아 집에 와 있었고, 저녁 퇴근길에 태워달라고 『인포머』 사무실로 도리머스를 찾아왔다.

그는 도리머스를 '선생님'이라고 불렀고, 우스운 꼰대로 생각하는 것 같지는 않았다. 도리머스는 그 점이 마음에 들었다.

집에 가는 길에 기름을 넣으려고 들끓는 사회민주주의자 존 폴리콥의 정비소에 들렀는데, 그곳은 칼 파스칼이 일하고 있는 곳이기도 했다. 파스칼은 한때 태스브로우의 채석장에서 보조 엔진 정비사로 일하기도 했고, 한때는 파업지도자였다가, 폭동을 교사했다는 얄팍한 혐의로 정치범이 되었다가 그때 이후로는 공산주의 신조의 귀감이 되었다.

파스칼은 말랐지만 건장한 사내였다. 훌륭한 정비공의 수척하고 익살스러운 얼굴은 온통 기름 범벅이어서 눈가 주위의 피부는 물고기 배처럼 하얗게 보였고, 반대로 창백한 가장자리 때문에 집시처럼 검고 민첩한 눈이 더 커보였다. … 마치 석탄 수레에 매여 있는 한 마리 검은 표범 같았다.

그에게 도리머스가 말을 걸었다. "이번 선거 후에 뭘 할 작정인가? 아, 어리석은 질문이었군! 저항이 고질적으로 몸에 밴 우리들은 1월 후에 무엇을 할지에 대해 별로 말하고 싶지 않을 텐데 말이야. 버즈가 우리를 가만두지 않을 테니. 납작 엎드려 몸을 사려야겠지, 안 그런가?"

"이제껏 해온 것보다도 훨씬 더 납작 엎드려 사릴 겁니다. 두고 보세요! 하지만 이제 파시즘이 사람들 머릿속으로 파고들기 시작하면 이 부근에 공산주의 조직이 몇 개 생겨날 겁니다. 전에는 저의 선전활동이 별로 성과가 없었지만 이제 두고 보십시오!" 파스칼은 장담했다.

도리머스는 깜짝 놀랐다. "자네는 선거 결과에 전혀 낙담하지 않은 것 같군." 줄리언도 옆에서 한 마디 거들었다. "맞아요, 오히려 아주 신난 것 같은데요!"

"낙담하다니요! 훌륭하신 제섭 선생님께서 왜 그러십니까. 전에 채석장 파업 당시 우리를 지지해주었던 그 방법 이상으로 당신이 혁명 전술을 잘 알고 있다고 생각하는데요 ─ 당신이 소자본가 부르주아의 완벽한 전형이긴 하지만요! 낙담한다고요? 공산주의자들이 그에 대한 대가를 치렀다면 금권정치 찬성자, 버즈 윈드립 같은 탐욕스러운 군사 독재자가 당선된 것이야말로 우리의 목적에 더없이 멋지게 부합한다는 사실을 모르십니까? 보세요! 그는 모든 사람을 충분히 실망시킬 것입니다. 그러나 사람들은 무장한 군대에 맞서 맨손이니 아무것도 할 수가 없죠. 그리고 윈드립은 다른 나라와의 전쟁을 획책할 겁니다. 그러면 수백만 명의 사람들이 무기와 식량 배급을 받게 될 것입니다. 그걸로 혁명을 위한 모든 준비가 끝나는 거죠! 이런 기회를 만들어준 버즈와 세례자 요한과도 같은 프랑 만세!"

"칼, 정말 우습네요. 저는 솔직히 당신이 공산주의를 믿는다고 생각하고 있었는데. 아닌가요?" 놀란 줄리언이 물었다.

"그러지 말고 너랑 친한 페레픽스 신부에게 가서 동정녀를 믿는지 물어보는 게 어떠냐?"

"하지만 칼 당신은 미국을 좋아하는 것 같은데요, 그리고 그렇게 광신적으로 보이진 않는데요. 제가 열 살 무렵이었고, 당신은 아마도 스물다섯이나 스물여섯 정도였던 걸로 기억하는데, 그때 당신은 우리랑 미끄럼도 타고 죽기 살기로 소리도 지르고 저한테 스키 지팡이도 만들어주셨잖아요."

"내가 미국을 좋아하는 건 분명해. 나는 독일에서 태어나 두 살 때 이곳으로 왔지. 그렇지만 우리 식구들은 독일인은 아니야. 아버지는 프랑스인이고 어머니는 세르비아 출신 노동자셨어. (그러니 나는 100퍼센트 미국인이라고!) 우리는 여러 면에서 유럽이라는 낡은 가치를 무너뜨렸지. 보렴, 줄리언. 내가 너를 '도련님'이나 '마님' 또는 우스꽝스러운 다른 호칭으로 부르고, 너는 나를 '어이, 이봐 파스칼!'로 부르고, 여기 제섭 씨에게는 '각하' 또는 '박사님'이라고 불러야한다고 생각해 봐. 아니지, 나는 이곳이 좋아. 장차 민주주의가 가능하다는 징후가 있거든. 하지만, 하지만, 내가 분개하는 것은 오래전부터 가두에서 연설하는 사람들이 입이 아프게 얘기하는 것처럼 어떻게 인구수의 0.1퍼센트밖에 안 되는 사람들이 최하층 42퍼센트와 동일한 총수입을 가질 수 있느냐는 거지. 너무 천문학적인 수치 아니냐. 눈과 코를 변속장치 아래로 처박고 있는 사람에게, 홀수 수요일에 오후 아홉시 이후를 제외하면 야근하느라 별 한 번 제대로 올려다볼 수 없는 사람에게 그것이 아무 의미도 없을까. 내가 분개하는 것은 심지어 지금의 공황이 발생하기 전부터 너희들이 호황기라고 부르던 그때에조차 이 나라 모든 가구의 7퍼센트는 연간 500달러도 못 받았다는 점이지. 기억하렴, 그들은 실업자가 아니라 구호대상자였지. 아직 영광스럽게 정직하게 노동을 하고 있는 사람들이 있단다.

연간 500달러면 일주일에 10달러지. 그 정도면 4인 가구가 더러운 작은 방 하나에 살아야 한다는 뜻이지! 그리고 전체 식비는 일주일에 5달러 정도 된다는 의미. 일인당 하루 식비가 고작 18센트에 불과하다! 형편없는 감옥이라도 그보다는 낫지. 그리고 나면 대난하게도 일주일에 2.5달러가 넘지. 그러면 일인당 9센트로 의복비, 보험료, 교통비, 병원비, 치과병원비, 그리고 맙소사 오락비 — 오락비까지 해결해야 하지. 그 나머지 9센트로 포드 자동차를 굴리고 기분전환이라도 하려고 대서양을 폴짝 건너려면 비행기까지 타야 한다고! 미국 부유층 가구 중 7퍼센트가 집에서 노인을 부리고 있다고!"

줄리언은 아무 말도 못하다 조그맣게 속삭였다. "당신도 아시죠 — 대학에서 뭘 좀 안다는 친구들이 경제학에 대해 떠들죠 — 이론적으로는 맞을지 모르지만 — 당신이 말하듯 게으름뱅이들을 위해 하루에 18센트로 살아가는 아이들을 보니 누구라도 아주 과격해지지 않을 수 없겠네요!"

도리머스가 갑자기 끼어들었다. "하지만 자네의 그 러시아 목재 수용소와 시베리아의 감옥 광산에 있는 상당수의 강제 노동도 그보다 더 심하지 않나?"

"하하하! 그건 전부 헛소리라고요! 그건 20년 전에 딱 한 번 그런 걸 가지고 모든 공산주의자들에게 써먹는 낡은 수법이라고요. 그때 당시 명청이들은 '모든 돈을 전부 나눈다면 5년이 안 되어 사기꾼들이 그 돈을 전부 다시 차지할 거야.'라고 비웃으며 어느 사회주의자든 타도할 수 있다고 생각하곤 했죠. 아마도 러시아에서 그랬던 것처럼 미국을 지키려는 사람을 어떻게든 쳐부수기 위해 흔히 볼 수 있는 최후의 반격이 있겠죠. 게다가 말이죠!" 칼 파스칼은 국가에 대한 열정으로 빛났다. "우리 미국인들은 저 명청한 러시아 농민들과는 다르거든요! 공산주의로 바뀌면 우리가 전체적으로 훨씬 더 잘 해낼 겁니다!"

바로 그 순간, 복슬복슬한 스카치 테리어처럼 생긴 너그러운 주인 존 폴리콥이 정비소로 돌아왔다. 존은 도리머스의 훌륭한 친구였다. 그리고 금주

법이 시행되던 기간에는 캐나다에서 개인적으로 위스키를 반입하던 곳이 있었으므로 도리머스에게 술을 대주기도 했다. 그는 매우 꼼꼼한 그 정비소업계에서도 가장 신뢰할 만한 사람으로 통했다. 도리머스를 본 그가 이제 중부유럽의 사투리를 쏟아냈다.

"어서 오세요, 제섭 씨. 줄리언 너도 잘 지냈니? 칼에게 기름 넣으라고 할까요? 칼을 지켜보고 싶겠죠. 1갤런을 넣기 십상이니까. 저 녀석은 미친 개 같은 공산주의자 가운데 하나라니까요. 저들은 모두 점진적 변화와 합법 대신에 폭력을 믿는다니까요. 저들이 그렇게 비뚤어지지만 않았어도, 나와 노먼 토머스와 미국의 다른 총명한 사회주의자들과 합세하여 루스벨트와 제퍼슨당 계파 사람들과 연합 전선을 폈더라면, 저 붕붕 윈드립을 이겼을 텐데! 윈드립과 그의 계획을 저지시킬 수 있었을 텐데!"

('붕붕' 윈드립. 좋은데. 도리머스는 그렇게 생각했다. 『인포머』 지면에 써먹을 수 있겠어!)

파스칼이 항변했다. "그렇다고 붕붕의 개인적 계획과 야망이 크게 중요한 건 아니지 않습니까. 그저 모든 것을 윈드립 탓으로만 돌리는 것은 너무 안이한 짓이죠. 존, 무조건 공격하려고만 하지 말고 마르크스에 대해 좀 읽어보라고요? 왜 아닌가요. 누가 토해놓은 더러운 것을 이제 막 윈드립이 꿀꺽 했잖아요. 배속에서는 아직도 부글거리고 있는 것이 많이 남아있는데요. 온갖 종류의 경제학 식중독 균으로 무장한 경제학자라는 자들이 꽥꽥거리고 있다고요! 아니요, 버즈는 중요하지 않아요 ─ 그가 떠오르게 된 이유는 우리가 오랫동안 어떻게든 개선해보려고 관심을 기울여 온 그 고질병이라고요. 30퍼센트 이상의 사람들이 항구적 실업 상태인데다 점점 더 늘어나고 있다는 병 말입니다. 가서 그거나 고쳐보라고요!"

폴리콥이 응수했다. "그럼 너희 미친 동무들은 그 병을 고칠 수 있다는 거야? 공산주의가 그걸 해결할 수 있다고 생각하는 거야?" 도리머스 역시 회의적인 생각이 들었으므로 좀 더 점잖게 물었다. "정말 칼 마르크스가 희망이 있다고 생각하는 건가?" 걱정된 줄리언까지 가세해 세 사람이 동시에 물었다.

"믿어도 좋습니다, 우리는 할 수 있죠!" 파스길이 자신만만히게 대답했다.

차를 돌린 도리머스가 운전하며 뒤를 바라보니 파스칼과 폴리콥이 함께 구멍 난 타이어를 치우며 여전히 심각하게, 매우 행복하게 옥신각신하고 있었다.

도리머스에게는 다락방 서재가 엠마와 캔디 부인과 딸의 다정한 근심에서 도망칠 수 있는 일종의 피난처였다. 그 외에도 생명보험이나 기름을 절감하는 카뷰레터 판매, 구세군, 적십자, 고아원, 항암 십자군, 무슨 수를 써도 대학에 다닐 수 없는 청년들을 대학에 진학시킬 잡다한 잡지 등의 홍보를 시작해달라고 지역 신문사 편집장에게 부탁하러 불쑥 찾아와 악수를 청하는 낯선 사람들로부터도 벗어날 수 있었다.

그것은 이제 대통령 당선인 지지자들의 험악한 근심거리로부터의 피난처도 되었다. 일을 핑계로 도리머스는 저녁 중반 무렵이면 서재로 살금살금 올라가 안락의자가 아니라 딱딱한 책상 의자에 앉아 노란색 복사지에 십자가와 오각형별과 육각형별과 멋진 삭제 표시를 그리며 깊은 생각에 잠겼다.

오늘 밤은 칼 파스칼과 존 폴리콥의 추궁을 받고 난 후라 더 그랬다.

"'문명에 대한 반란이야!'

하지만 이 망할 모든 분석업계의 가장 큰 골칫거리가 있지. 공산주의와 파시즘과 그밖에 비슷한 것들에 맞서 민주주의를 수호하려고 하면 자칫 로스롭 스토다드[40]의 주장처럼 들리기 십상이지. 왜 아니겠어. 일부 대학이 제퍼슨과 워싱턴의 이상에 맞는 우리의 민주주의를 보전하기 위해 위험한 빨갱이

---

40. Lothrop Stoddard. 미국의 역사학자, 언론인, 정치 이론가. 우생학을 지지했으며 이민 제한과 산아제한을 주장했다.

강사를 어떻게 내쫓아야 하는지에 대해 말하면 거의 허스트[41]가 하는 말처럼 들릴 걸! 그래도 어쨌든 같은 말을 떠들면 내 논조는 허스트의 논조와는 완전히 다르다는 생각은 갖고 있지. 경작지, 삼림, 광산, 이제껏 우리가 소유했던 건장한 노예 등에 대해 아주 잘했다고는 생각지 않아. 허스트와 〈미국 혁명의 딸들〉이 짜증스러운 점은 그들이 공산주의에 반대하면, 나는 찬성해야 한다는 건데 그리고 싶지는 않거든!

자원이 바닥을 보이고 있으니 얼마 버티지 못할 거야. 문명에 대한 반란에 가담하는 미국인은 그 정도밖에 안 되니까.

이러다가는 암흑시대로 퇴행할 수도 있겠어! 학식과 훌륭한 예의와 관용이라야 얼마 되지도 않으니! 겨우 포탄과 가스 폭탄 몇 천개로 모든 열성적인 청년들과, 도서관, 역사 기록물, 특허청, 실험실, 화랑, 성, 페리클레스 시대의 신전, 고딕 양식 성당, 협동조합 점포, 자동차 공장, 모든 학문의 보고를 일시에 날려버릴 수 있잖아. 특별한 이유도 없이 시시의 손자들이, 설령 그때까지 살아남는다 치더라도 동굴에 살면서 퓨마에게 바위나 집어던지게 될지 어떻게 알겠어.

이 끔찍한 파괴를 막을 해법이 뭘까? 찾아보면 많겠지! 공산주의자들은 효과가 있을 거라고 생각하는 확실한 해법을 갖고 있지. 파시스트도 그럴 거고, 미국의 엄격한 입헌주의자들도 마찬가지겠지. 이들은 민주주의라는 말이 무엇을 의미하는지에 대한 개념도 없으면서 자신들을 민주주의의 수호자라고 부르지. 군주제를 주장하는 자들도 해결책이 있다고 떠들겠지. 이들은 우리가 카이저와 차르와 알폰소 왕을 부활시킬 수만 있다면 모든 사람들이 충성을 바치며 다시 행복해질 것이고, 은행들은 소상공인에게 2퍼센트 대출을 강요할 수 있다고 확신하고 있겠지. 그리고 모든 설교가들도 있지. 그들은 사기들만이 영적인 해결책을 갖고 있다고 떠들어대겠지.

---

41. William Randolph Hearst. 미국의 언론 및 출판사 사주. 선정적 기사로 옐로저널리즘을 폈다.

자, 여러분. 당신들의 해결책을 들어주었으니 이제 내가 알려줄 차례요. 나만이 아마도 월트 트로우브리지와 파레토[42]의 유령을 제외하면 유일하게 나만이 완벽하고도 필연적이며 유일한 해법을 깆고 있다고. 그것은 비로 '해결책이 없다'는 거지! 완벽과 같은 그런 상태의 사회는 결코 있을 수 없다는 말이지!

아무리 많이 소유해도 가난하다고 느끼며 값싼 옷을 멋있게 입을 줄 아는 이웃들을 부러워하고, 춤을 더 잘 추거나 사랑을 더 잘 하거나 소화를 더 잘 시키는 이웃들을 부러워하는 사람들이 별로 많지 않을 그런 시대는 결코 없을 거라고."

도리머스는 가장 체계적인 상태에서도, 제아무리 위원들의 원칙이 숭고하고 박애정신이 가득하며 유토피아적이라 하더라도 국가 기술관료 광물 위원회가 2년 전에 추정한 철강 매장량이 실제 매장량과 정확히 일치하기란 불가능하다고 생각했다.

그래서 도리머스는 지금으로부터 천 년 후에 인간은 아마 암과 지진과 욕조에서 미끄러지는 것과 같은 어처구니없는 사고로 계속해서 죽어갈 것이라는 생각 앞에서 도망치지 않는 것이 유일한 해결책이라고 지적했다. 인류는 점점 침침해지는 눈과 피곤해지는 발, 근질거리는 코, 세균에 취약한 장, 나이 먹어 노망이 들 때까지도 민감한 생식기가 계속 고민거리일 것이다. 1930년대의 최신 가구를 대부분의 사람들이 쓰고 있듯이 적어도 몇 백 년 동안은 의자에 앉고, 접시를 식탁에 올려놓고 식사하고, 제아무리 정교한 축음기가 많이 나오더라도 책을 읽고, 신발이나 샌들을 신을 테고, 침대에서 자고, 펜 종류로 필기를 하고, 1630년과 1930년에 그랬던 것처럼 매일 스무 시간이나 스물두 시간을 쓸 것으로 예상하는 것이 더 현실적으로 보였다. 애인이 다른 남자들과 춤바람이 나면 보통 시민들이 느끼는 살의와 더

---

42. Vilfredo Federico Damaso Pareto. 이탈리아의 사회학자·경제학자로 80/20법칙을 밝혀냈다.

불어 토네이도, 홍수, 가뭄, 번개, 모기가 계속 존재할지 의구심이 들었다.

그리고 가장 불행하고도 끔찍하게도 도리머스의 해법은 동무, 형제, 인민 위원, 왕, 애국자, 가난한 이들의 작은 형제들 등등 뭐라고 불리든 남들보다 뛰어나게 영리한 사람, 좀 더 교활한 사람이 좀 더 우둔하지만 훌륭한 사람들에게 계속하여 더 많은 영향력을 행사한다고 추측하지 않을 수 없었다.

• • •

도리머스는 키득거렸다. 자기 것만 빼고는 서로 다투는 나머지 모든 해결책은 '미치광이' 광신자들이 열렬히 선전하는 것들이었다.

도리머스는 닐 캐로더스가 주장한 한 기사가 생각났다. 내용인 즉, 1930년대 중반 미국의 '민중 선동가들'보다 앞서서 이미 오래 전부터 예언자 자신만의 방식으로, 그것도 당장, 그리고 가장 폭력적으로 세상을 구하기 위해 대중을 흔들어 깨우라는 소명을 받았다고 느낀 불명예스러운 예언자들이 많았다는 사실이다. 고약한 누더기 미치광이 수도사 은자 피에르는 확인되지 않은 '이교도들의 능욕'으로부터 (불확실한) 예수의 무덤을 구하기 위해 수천 명의 유럽 농민들을 십자군 전쟁에 끌어들여, 가는 곳마다 같은 농민들을 불태우고 강탈하고 살해한 후 길에서 굶어죽었다.

1381년에 부의 배분을 옹호한 존 볼도 있었다. 그는 부의 평등과 계급 차별 철폐 등 오늘날 공산주의라고 불릴 만한 주장들을 설교하고 다녔다. 그리고 그의 추종자 와트 타일러는 런던을 약탈함으로써 깜짝 놀란 정부가 이후로 노동자들을 전보다 더욱 탄압하는 고약한 결과를 낳게 만들었다. 그리고 거의 300년 후에 크롬웰이 순결과 자유의 달콤한 매력을 해석한 방법은 바로 사람들을 총살하고, 참수하고, 패죽이고, 굶겨죽이고, 불태워 죽이는 것이었고 그가 죽고 난 후 정의를 세운다는 명목 하에 벌어진 피의 잔치에 대한 대가를 피로 치른 것은 바로 노동자들이었다.

그렇게 곰곰이 생각에 잠겨 대부분의 미국인들이 역사의 맑은 연못이라는 자리를 차지하고 있는 기억에 빠져 허우적거리던 도리머스는 선의를 가졌던 다른 민중 선동가들의 이름을 추가할 수 있었다.

프랑스의 지배권이 케케묵은 귀족들로부터 작은 돈에도 벌벌 떠는 꽉 막힌 상인들에게로 옮겨가도록 도운 마라와 당통과 로베스피에르, 문맹인 러시아 농민들에게 시간을 뛰어넘어 디트로이트의 공장 노동자들처럼 배우며 쾌활하게 살아가고 존엄을 지킬 수 있는 특권을 준 레닌과 트로츠키, 이 혜택을 중국으로까지 넓힌 레닌의 사람 보로딘, 1898년 쿠바의 지배권을 잔인한 스페인 사람들로부터 오늘날 동포애가 넘치는 평화로운 쿠바 정치인들에게로 옮겨놓는데 의도치 않게 일조한 윌리엄 랜돌프 허스트가 있다.

미국판 모세라고 할 만한 존 도위와 일리노이의 자이언 시티에서 자칭 그가 주장한 하느님의 신정도 꼽을 수 있다. 신정이라기보다 실제로는 도위와 그보다 더욱 씩씩한 후임자 볼리바가 지휘하고 장려한 것이었지만 그들이 주장한 하느님의 직접적인 이끄심의 결과는 초라하기 짝이 없었다. 거룩한 주민들이 굴과 담배를 빼앗기고 의사의 도움도 받지 못한 채 저주를 하며 죽어나가고, 바람직한 선행이든 아니든 자이온 시티를 따라 이어진 도로에서는 에반스톤, 윌메트, 윈네트카 주민들의 차가 끊임없이 용수철 고장을 일으키는 결과가 빚어졌다.

세실 로도스는 남아프리카를 영국인의 낙원으로 만들겠다는 야심을 품었지만 실제로는 영국인 병사들을 위한 무덤으로 만들고 말았다.

브룩 농장, 로버트 오언의 수다를 위한 성역, 업튼 싱클레어의 헬리콘 홀과 같은 모든 유토피아들과 그들이 만든 법규는 추문, 불화, 가난, 타락, 환멸로 끝이 났다.

금주법을 만든 모든 지도자들은 자신들의 대의가 세계를 개조하고 있다고 너무도 확신한 나머지 법을 어긴 사람들을 기꺼이 쏴죽이기까지 했다.

도리머스가 보기에는 지속되는 공동체를 건설한 유일한 민중선동가는 브리검 영인 것 같았다. 그는 수염을 기른 모르몬 지도자들과 함께 유타 사막을 에덴 동산으로 바꾸어 놓았을 뿐 아니라 이익을 창출해 계속 유지할 수 있었다.

도리머스는 생각했다. 애국자와 이상주의자가 아닌 사람들이여, 축복 받기를. 그리고 옳다고 생각되는 일이면 지금 당장 뛰어들어 무엇인가 해야 한다고, 그렇게 급박하게 중요한데 동참하지 않고 회의만 일삼는 자들은 고문이든 학살이든 반드시 청산되어야 한다고 생각하지 않는 사람들도 축복 받기를! 카인이 아벨을 살해한 이후로 살인은 늘 모든 과두정치가와 독재자들이 앞으로 올 미래 세대를 위해 반대파를 제거하는 새로운 발명품이 되어 왔다!

이러한 신랄한 기분에 휩싸여 도리머스는 모든 혁명이 효과가 있는지 의심했다. 심지어 우리 미국의 두 차례 혁명, 즉 1776년 영국에 맞선 독립전쟁과 노예 해방을 위한 남북전쟁마저 의심하기에 이르렀다.

뉴잉글랜드의 편집자가 이 전쟁들의 아주 작은 흠결조차 심사숙고하는 것은 남부의 침례교 근본주의 설교가가 영혼의 불멸, 성서의 영감, 할렐루야라고 외치는 소리의 도덕적 가치를 의심하는 것이나 마찬가지였다. 그래도 도리머스는 초조한 마음으로 자문하지 않을 수 없었다. 연방을 지키고 노예들을 해방시키고 산업을 농업과 동등하게 확립하기 위해서 헤아릴 수 없이 많은 사람들이 죽어간 4년 동안의 내전과 20년 동안 이어진 남부에 대한 무역 제재가 꼭 필요한 것이었을까? 거의 제대로 준비도 못한 채 흑인에게 그렇게 갑자기 완전한 시민권이 주어지는 바람에 남부 주에서 사람들이 정당방위 차원에서 그들의 투표권을 박탈하고 두들겨 패고 쫓아내게 된 것이 과연 흑인들 입장에서 정당한 일이었을까? 링컨이 처음에 원하고 계획했던 것처럼 투표권 없이 해방만 되었다가 연방 정부의 보호 아래 점진적으로 만족할 만한 수준으로 교육을 받은 후 1890년 무렵 너무 심각한 적의를 불러일으키지 않은 채 국가의 모든 활동에 완전히 참여하게 할 수는 없었던 걸까?

(도리머스 생각에) 가장 강건하고 용기 있는 한 세대 반이 남북전쟁으로 죽거나 불구가 되거나, 어쩌면 가장 끔찍스럽게도 장황스럽게 무용담을 늘어놓는 영웅과 정치가들의 추종자로 전락해버리고 말았다. 거꾸로 정치가들은 그들의 표를 확실히 얻기 위한 일환으로 남북전쟁 참전 육해군 군인회를 위한 온갖 더러운 짓을 일삼았다. 가장 고초를 겪은 사람들은 바로 용감한 사람들이었다. 존 록펠러, J. P. 모건, 밴더빌트, 애스터, 굴드 가문 사람들과 그들의 영리한 남부 재정 동료들은 입대하지 않고 따뜻하고 쾌적한 집무실에 머물며 국가의 재산을 자신의 거미줄로 긁어모으고 있는 동안, 죽어나간 사람들은 스톤월 잭슨, 나다니엘 리온, 팻 클레번, 제임스 맥퍼슨이었고, … 그들과 함께 에이브러햄 링컨도 암살당하고 말았다.

그래서, 새로운 미국을 열었어야 할 세대인 수십만 명의 사람들이 전멸함에 따라 우리는 1780년에서부터 1860년까지 프랭클린, 제퍼슨, 워싱턴, 해밀턴, 애덤스, 웹스터 같은 인물들을 그토록 존경했건만 맥킨리, 벤저민 해리슨, 윌리엄 제닝스 브라이언, 하딩, … 그리고 버질리어스 윈드립과 그의 경쟁자들처럼 쓰레기 같은 인물들이 다시 등장하게 된 것이다.

노예제도는 일종의 암적인 존재였고 그 시절에는 피를 보는 철폐 외에는 방법이 없는 것으로 알려져 있다. 지혜와 관용이라는 X선으로 투사해 볼 수 있는 방법은 없었다. 그렇더라도 그것을 정당화하고 누리기 위해, 이러한 철폐를 감상적으로 다루는 것은 전적으로 사악한 일이며, 나중에 다른 불가피한 전쟁, 즉 쿠바인들을 해방시킨다는 명목의 전쟁, 미국의 이름을 내건 자유를 원치 않는 필리핀인들을 해방시키기 위한 전쟁, 모든 전쟁을 끝내기 위한 전쟁으로 이르게 되는 국가적 미신이었다.

도리머스는 생각했다. 내전의 나팔 소리에 다시 설레면 안 된다고. 여자들만 남은 집들을 불태우라고 북부 병사들을 진격시킨 북군 셔먼 장군의 무용담을 즐겨도 안 되고, 수천 명의 병사들이 진흙에서 몸부림치는 모습을 보면서도 평정심을 유지했던 남군의 리 장군에 감탄해서도 안 된다.

도리머스는 심지어 식민지 주 30개가 대영제국으로부터 떨어져 나온 것이 그렇게 바람직한 일이었는지까지 의심하게 되었다. 미합중국이 대영제국에 그대로 남아있더라면 세계 평화를 말로만 외치는 것이 아니라 실제로도 실행할 수 있는 연방으로 발전해갈 수 있지 않았을까. 서부 목장과 남부의 플랜테이션 농장과 북부의 단풍나무 숲의 젊은이들은 옥스퍼드와 요크민스터와 데본셔의 마을들을 자신들의 영토에 추가할 수도 있지 않았을까. 영국 남자들과 심지어 고결한 영국 여인들마저 켄트의 사제 계급이나 요크셔 직물촌의 억양을 제대로 구사 못하는 사람이라도 다방면에 교양이 있을 수 있다는 사실과 세계의 놀랄 만큼 많은 사람들이 인생의 주요 목적이 더 나은 계층의 주식 보유를 위해 영국 수출품을 늘리는 것이라는 설득에 넘어가지는 않는다는 사실을 알게 되었을 것이다.

완전한 정치적 독립이 없었다면 미국은 자국만의 독특한 장점을 발전시킬 수 없었을 것이라는 주장이 일반적 견해라는 것을 도리머스는 기억했다. 그렇다고 해서 미국이 캐나다나 호주보다도 개인의 자유가 더 보장된다고, 사람들이 몬트리올과 멜버른, 시드니와 밴쿠버보다 캔자스시티를 더 좋아하는 것 같지도 않았다.

미국의 이 두 혁명을 처음으로 옹호했던 '급진주의자들'의 궁극적 지혜에 대해 의구심을 품는다고 해서 불구대천의 적들인 특권을 쥐락펴락하는 보수주의자들에게 행여 어떤 위안이라도 주도록 허용해서는 안 된다고 도리머스는 스스로에게 경고했다. 저들은 자신들의 재산을 위협하는 사람은 누구에게나 '위험한 선동가'라는 딱지를 붙이는 자들이며, 데브스 같은 모기에 물리면 의자에 펄쩍 뛰어오르면서도 윈드립 같은 낙타는 아무렇지도 않은 척 꿀꺽 삼키는 자들이다.

민중 선동가들(주로 자신의 사적 권력과 명망을 추구하는 것으로 드러난다)과 독재에 맞서 싸우는 사심 없는 투사들 사이에는, 윌리엄 워커나 당통, 존 하워드나 윌리엄 로이드 개리슨 사이에는, 극명한 차이점이 있다는 것을 도리머스는 알고 있었다. 그들의 차이점은 시끄러운 도둑 떼와 도둑에 맞서 자기를 방어하느라 시끄러운 선량한 사람들 사이의 차이라고 할 수 있었다. 비록 그의 아버지는 존 브라운[43]이 제 정신이 아니고 위협적인 존재라고 생각했고, 멋진 조끼를 걸친 목사였던 헨리 워드 비처의 대리석상에 장난으로 진흙을 던지기도 했지만 도리머스가 러브조이, 개리슨, 웬델 필립스, 해리엇 비처 스토 같은 노예제 폐지론자들을 존경하도록 양육했다. 그러므로 지금 노예제 폐지론자들을 존경하지 않을 수 없으면서도, 도리머스는 좀 더 조심스럽고 덜 낭만적이었던 스티븐 더글러스와 태디어스 스티븐스와 링컨이 그 일을 좀 더 잘 해낼 수도 있지 않았을까 하는 의구심이 들었다.

도리머스는 한숨을 내쉬며 중얼거렸다. "가장 적극적이고 대담한 이상주의자들이 인간 발전을 이끌어내기보다 오히려 발전을 저해하는 최악의 적이었다고 할 수 있지 않을까? 그저 자기 일에나 신경 쓰는 소박한 기질을 가진 평범한 사람들이 대중을 선동하고 다니며 그들을 구하겠다고 주장하는 모든 교만한 작자들보다도 하늘나라에서는 더 높은 자리를 차지할 수 있지 않을까?"

---

43. John Brown. 미국의 노예제도 폐지론자. 노예제도를 철폐하기 위한 방법은 오로지 무장 봉기밖에 없다는 신념을 가졌다.

14장

내가 기독교 또는 사람들이 부르는 바로는 캠벨파 교회 신자가 된 것은 머리에 피도 마르지 않았을 정도는 아니지만 단순한 소년이었을 때다. 그러나 그때나 지금이나 바라는 점이 있다면 모든 교파를 초월하여 하나가 될 수 있으면 좋겠다는 생각이다. 소심하고 거짓을 일삼으며 파괴적이고 어리석은 소위 고위층 반대자들과 싸우고 있는 용감한 장로교인들, 전쟁을 하는 와중에도 전쟁에 그토록 강력하게 반대하면서도 누구보다 열렬히 애국심을 발휘할 것으로 기대되는 감리교인들, 인내심이 대단한 침례교인들, 누구보다 성실한 안식일 재림교인들과 함께 예배를 드리며 하나가 되기를 바란다. 그리고 위대한 윌리엄 하워드 태프트 대통령과 영부인도 속해 있었으니 유니테리언 교인들과도 덕담을 주고받을 수 있을 것으로 생각한다.

『최고를 뛰어넘는 결정적 순간』 중에서, 버질리어스 윈드립

공식적으로 도리머스는 만인구원파 교회 소속이었고, 아내와 아이들은 성공회 소속이었는데, 이는 미국에서 자연스러운 변화였다. 도리머스는 만인구원론파의 아우구스티누스 성인이라고 할 호세아 벌루를 존경하는 분위기에서 자랐는데, 호세아 벌루는 버몬트의 버나드에 있는 작은 교구목사관에서 아무리 사악한 사람이라도 육신의 죽음 이후에는 구원될 기회를 다

시 갖게 된다는 자신의 신앙을 선포했다. 그러나 이제 도리머스는 포트 뷰러의 만인구원파 교회에 들어가는 일이 거의 없게 되었다. 그곳은 목사이던 아버지에 대한 추억이 너무 많이 서려 있었고, 매주 일요일 아침이면 나뭇결이 살아있는 소나무 장의자에 200명이 넘는 가장이 두툼한 수염을 휘날리며 앉아있고 그 옆에는 그들의 식솔들이 앉아 교회를 꽉 채웠던 회중이 이제는 늙은 과부와 농부와 몇 안 되는 학교 선생들밖에 없는 상태로 쪼그라든 모습을 보는 것이 우울해서였다.

그러나 뭔가 도모해야 할 것 같은 기분이 들어 이번에는 그곳을 찾아가 보았다. 교회는 야트막하고 음침한 대리석 건물이었다. 창문 위의 채색 아치로도 특별히 생기를 띠지는 않았지만, 그래도 어릴 적 도리머스는 그 아치와 그 위의 뾰족탑이 샤르트르 성당보다도 뛰어나다고 생각했었다. 그곳을 좋아하는 마음은 아이세어 대학에 다닐 때 도서관을 무척이나 좋아했던 것과 흡사했다. 외관은 붉은 벽돌로 만든 웅크린 두꺼비 모양이었음에도 도서관은 도리머스에게 영적 발견의 자유를 의미했다. 여전히 그곳의 열람실은 세상사를 다 잊고 저녁 먹으라는 잔소리를 듣지 않고 몇 시간이고 머물 수 있는 동굴과도 같은 곳이었다.

교회를 찾았더니 서른 명 정도의 신자들이 흩어져 앉아 목사 '대리'인 보스턴 출신의 한 신학생의 설교를 듣고 있었다. 그는 여로보암의 아들인 아비야의 죄에 대해서 좀 긴장한 듯 어디서 약간 베낀 느낌이 나는 선의의 설교를 힘주어 외치고 있었다. 도리머스는 가톨릭이 범하는 모든 죄의 유혹을 피하기 위해 아무것도 장식하지 않은, 초록색 페인트칠이 된 번쩍거리는 단단한 벽을 바라보며 단조로운 어조로 말하는 설교자의 머뭇거리는 말을 들었다.

"이제, 어, 우리가, 음, 우리 자신이 짓는 죄는 우리 자신이 아니라, 음, 우리가 가까이하며 소중하게 여기는 사람들을, 어, 얼마나 수치스럽게 하는지, 어, 많은 사람이 모르고 있습니다."

도리머스는 설교자에게서 무엇인가 얻을 것이 있었으면 하고 간절히 바랐다. 아무리 비이성적이라도 설교는 새로운 용기를 낼 수 있는 힘을 열렬히 북돋아줄 것이기 때문이다. 그러면 요 몇 달 괴로웠던 마음이 흠뻑 위로를 받을 것만 같았다. 그러나 놀랍게도 갑자기 분노가 확 치밀며 그 설교는 바로 몇 년 전 자기가 비난했던 것과 정확히 똑같다는 사실을 깨달았다. 그것은 단지 십자군 지도자나 교계 지도자나 정치 지도자의 비이성적인 극적인 권력에 불과했다.

안타깝게도 그때는 매우 좋았었지. 그가 대학 시절에 알았던 교회의 영적 위로 없이도 그럭저럭 잘 지내려고 했다.

아니야, 처음에는 친구인 팰크 신부의 — 벅 타이터스는 가끔 그를 신부님이라고 부르긴 했지만 — 전례에 참여해 본 적도 있었다.

영어로 쓰인 모조 황동 기념패, 모조 켈트 성수반, 청동 독수리 장식이 있는 독서대, 더럽고 냄새나는 적갈색 카펫으로 꾸며진 안락한 분위기의 성 크리스피아노 성공회 교회에서 도리머스는 팰크 신부가 하는 설교를 들었다. "우리 주 예수 그리스도의 아버지, 전능하신 하느님께서는 죄인이 죽기를 바라시는 것이 아니라 악에서 벗어나 살아가기를 바라십니다. 그래서 당신 백성에게 참회하여 죄를 용서받고 회복되라고 선언하고 선포할 권한과 계명을 저희 사목자들에게 주셨습니다."

도리머스는 아내 엠마의 차분할 정도로 경건한 모습을 흘끗 보았다. 친숙하고 멋진 옛 의식은 이제 그에게 아무런 의미도 없는 것 같았다. 버즈 윈드립과 그의 미니트맨에게 삶이 위협받고 있는 상황에서 그런 예배는 마찬가지로 친숙하고 멋진 엘리자베스 시대극의 재상연 못지않게 어울리지도 않을 뿐더러 오래 전 미국인으로서 느끼던 깊은 자부심을 잃어버린데 아무런 위로도 되지 못했다. 도리머스는 신경질적으로 주위를 둘러보았다. 팰크 신부 당사사는 아무리 고양되어 있어도 모인 회중 대부분은 요크셔푸딩처럼 심드렁했다. 그들에게 성공회 교회는 초기 신자들이 보인 열렬한 겸양이나 브라운 주교의 휴머니티가 아니라 번영의 상징이자 증거로 보였다. 뭐랄까 12기통 엔진 캐딜락 소유, 또는 좀 더 심하게 말해서 예전 조부 대에 멋진 마차와 훌륭한 혈통의 말을 소유하는 것에 비유할 수 있는 교회판 번영이라고 할 수 있었다.

도리머스에게는 온 천지에서 상한 머핀 같은 냄새가 스멀스멀 올라왔다. 크로울리 부인은 흰 장갑을 끼고 있었고, 가슴에는 ─ 1936년이었는데도 코울리 부인의 가슴은 가슴이라고 하기에는 너무 빈약했다 ─ 빽빽한 수선화 꽃다발이 있었다. 프랜시스 태스브로우는 모닝코트와 줄무늬 바지를 입었고 그 옆의 라일락 색깔 쿠션 위에는 (포트 뷰러에서는 독특한) 실크해트가 있었다. 그리고 적어도 아침 커피를 만들어줄 때만큼은 마음에 드는 훌륭한 아내 엠마는 자신이 매우 선량하다는 것을 뻐기는 듯한 표정이 드러났는데, 도리머스는 거기에 짜증이 났다.

그는 갑자기 화가 치밀었다. "모든 옷차림에 숨이 막히는군! 차라리 소리 지르며 펄쩍펄쩍 뛰는 광란의 부흥회에 있는 편이 낫겠어. 아니지, 그거야 말로 버즈 윈드립의 집단 광기와 뭐가 다르겠어. 나는 교회를 원해, 그런 것이 정말로 있을 수 있다면 말이야. 혼란의 도가니를 뛰어넘고 헨리 8세의 궁정사제도 초월하는 발전된 그런 교회 말이야. 그러니 극도로 양심적인 로린다가 절대로 교회에 가지 않는 이유를 알겠어."

한편 진눈깨비가 내리던 12월 그날 오후 로린다 파이크는 자신의 뷰러 밸리 태번 로비에서 식탁보를 꿰매고 있었다. 그곳은 태번이라는 이름이 나타내는 것처럼 선술집이 아니라 객실 12개와 식당 시설 안에 약간 과도할 정도로 예술적 티를 내어 꾸민 찻집을 갖춘 고급 숙박시설이었다. 로린다를 오랫동안 좋아했음에도 불구하고, 도리머스는 스리랑카의 청동 핑거볼, 노스캐롤라이나의 테이블 매트, 식당의 카드 테이블 위에 판매용으로 전시되어 있는 이탈리아의 재떨이 등은 볼 때마다 불쾌했다. 그러나 차 맛은 뛰어났고, 스콘은 담백하며, 스틸턴 치즈는 맛이 깊고, 로린다가 몰래 만들어주는 럼 펀치는 감탄을 자아냈으며, 로린다 자신은 총명하면서도 사랑스럽다는 점을 인정하지 않을 수 없었다. 특히 여관에 몇 천 달러 투자했다는 이유로 아무런 일이나 책임도 지지 않은 채 이익의 절반을 낚아채 갈 수 있어서 고소하게 생각하는 좀벌레 같은 동업자 니퍼나 다른 손님이 방해할 일 없는 오늘처럼 우중충한 오후에는 더욱 그랬다.

포트 뷰러에서 오는 내내 차가 미끄러져 계속 흔들려 긴장했던 마음을 추스르려고 담배를 한 대 피워 물고 눈을 털어내며 도리머스가 안으로 들어섰다. 무심하게 목례를 한 로린다는 벽난로에 장작을 하나 던져 넣고는 다시 바느질거리를 잡으며 더할 나위 없이 친밀하게 인사를 건넸다. "어서 와요, 무척 춥죠."

"응, 더럽게 추워."

그러나 벽난로를 사이에 두고 앉았을 때 두 사람은 어색함을 없애려고 눈웃음을 지을 필요가 없었다.

로린다가 생각에 잠겨 말을 꺼냈다. "흠, 있잖아요, 상황이 너무 안 좋아지는 거 같아요. 윈드립과 그 일당들은 앤 허치슨과 도덕률 폐기론자들이 애써 투쟁했던 여성의 권리를 1600년대로 후퇴시켜버릴 것 같아요."

"그래, 부엌으로 돌려보내겠지."

"당신네 남자들은 그런 게 어떤 건지도 모르면서!"

"우리 남자들이라고 괜찮을 것 같아? 윈드립은 정강에서는 자유로운 의사표현과 언론의 자유에 대해서는 일언반구도 없잖아? 아마 그것들에 대해 뭔 생각을 했다면 아주 강렬하게 진심으로 표출했을 걸!"

"맞아요. 차 마실래요?"

"아니 됐어, 린다. 제기랄, 버즈가 취임하자마자 체포당하기 전에 가족들을 데리고 캐나다로 도주해야 하는 거 아닌가 싶어."

"안 돼요. 그러면 안 돼요. 우리에게는 쓰레기통에 숨어서 훌쩍거리는 게 아니라 그에 맞서서 싸울 언론인 한 사람 한 사람이 아쉽다고요. 당신이 없으면 나는 어쩌라고요?" 처음으로 로린다는 절박한 마음을 쏟아냈다.

"내가 얼씬거리지 않으면 당신도 훨씬 의심을 덜 받을 거야. 하지만 당신이 옳은 것 같군. 그들이 나를 파멸시킬 때까지 낭할 수는 없지. 그럴 때기 되면 나는 사라져야 할 거야. 감옥에서 견디기에는 너무 늙었다고."

"사랑하지 못할 만큼 늙었다고 하지는 말아요! 그건 여자에게는 너무 가혹해요!"

"너무 어려서 사랑을 하지 못했던 그런 부류를 제외하면 누구나 영원할 수는 없지. 어쨌든, 그냥 남아 있기로 하지, 당분간은."

갑자기 도리머스는 교회에서 그렇게 찾으려고 했던 결연함을 로린다에게서 얻었다. 그는 그저 자기만족을 위해 바다를 건널 작정을 하고 있었다. 그러나 상아탑에 숨으려는 그의 계획은 온데간데없이 사라졌다. 하지만 그는 다시 힘이 솟아난 것을 느꼈으므로 행복했다. 로린다의 무뚝뚝한 질문에 도리머스의 생각은 거기서 끊어졌다.

"엠마는 이 정치 상황을 어떻게 받아들이고 있어요?"

"그런 게 있기나 한지도 모르겠어! 그저 내가 툴툴거리는 것을 들을 뿐이지. 어제 저녁에 당신도 들었는지 모르지만, 라디오에서 월트 트로우브리지가 하는 경고를 들으면서 '어머 끔찍해!'라고 하더니 금세 잊어버리고는 프라이팬이 탔다고 걱정하더군! 엠마로서는 다행스러운 것일 수도 있지! 그래, 어쩌면 엠마 덕분에 나도 진정되어 신경과민에 걸리지 않는 건지도 모르지! 그런 이유 때문에 늘 끔찍이 그녀를 좋아하는 건지도 몰라. 그렇긴 해도 나는 바보같이 당신과 내가 늘 함께, 음, 떳떳하게 함께하며 이 다가올 빙하기를 태울 수 있는 작은 불씨라도 꺼트리지 않게 함께 싸울 수 있으면 좋겠어. 언제나 함께 말이야. 흠, 이 시점에서 모든 것을 고려하면 당신에게 키스해야 할 것 같은데."

"뭐 특별히 기념할 일이라도 있어요?"

"그래, 항상. 늘 다시 처음인 것 같단 말이야! 봐, 린다. 당신은 참 신기하다는 생각이 들지 않아? 우리 사이에 있는 모든 일이 말이야. 그, 있잖아, 몬트리올의 호텔에서의 그날 밤처럼 말이야. 우리 중 누구도 죄의식이나 수치심을 느끼지 않은 채 이렇게 앉아서 이런 이야기를 나눌 수 있다는 게 정말 신기하지 않아?"

"아니요. … 달링! … 조금도 이상하지 않아요. 그날은 모든 것이 아주 자연스러웠는걸요. 너무 좋았어요!"

"그래도 우리는 꽤 책임감이 있는 사람들이잖아 ——— "

"그야 물론이죠. 그래서 아무도 우리를 의심하지 않는 거죠, 심지어 엠마조차도요. 아, 도리머스, 엠마가 의심하지 않는 게 얼마나 다행스런지요! 엠마가 그 어떤 것에도 상처받는 것은 절대로 원치 않아요, 당신이 베푸는 이렇게 친절한 호의조차도요!"

"글쎄!"

"의심할 수도 있겠지만 그건 당신 맘이죠. 당신이 가끔 한 잔 하며 포커를 즐기고 '우스갯소리'를 한다는 건 잘 알려져 있죠. 하지만 여성 참정권 주장론자, 평화주의자, 검열반대자이며 제인 애덤스[44]와 마더 블로어[45]와 같은 부류인 촌스런 괴짜 여성이 방탕하리라고 누가 의심할 수 있겠어요! 지식인 행세나 하는 냉혹한 개혁자 정도로만 생각하겠죠! 오, 캐리 네이션[46]처럼 손도끼와 적당한 통계 자료로 무장한 복장이지만 쉬폰 팬티를 걸친 크림빛 얼굴의 포동포동한 어린 애첩보다도 열 배는, 아니 말할 수 없을 정도로 더 열정적인 여성 선동가들이 얼마나 많은지 알고 있다고요!"

일순간 그들의 포옹하는 듯한 눈길은 단순히 익숙하게 늘 보던 친밀함에 그치지 않았다.

---

44. Jane Addams. 미국의 여성 그리스도교 평화주의 운동가.

45. Mother Bloor. 미국의 노동 운동가, 사회주의 및 공산주의 활동가.

46. Carrie Nation. 미국의 여성 금주 운동가. 손도끼를 들고 기독교여성금주회 회원들을 이끌고 술집들을 박살냈다.

도리머스는 조바심이 났다. "오 나는 늘 당신 생각을 하고 당신을 원하면서도 동시에 엠마 생각도 하지. 그런데도 너무 이기적일 만큼 죄의식이나 착잡한 심정이 전혀 없거든. 그래, 모든 것이 너무 자연스러워 보여. 사랑스러운 린다!"

도리머스는 로린다의 발걸음을 뒤돌아보며 여닫이창으로 초조하게 다가갔다. 어느덧 어둑어둑해졌는데, 길에서 담배 연기가 피어오르고 있었다. 그는 무심코 눈길을 주다가, 매우 주의 깊게 살폈다.

"이상한데. 정말 정말 이상하군. 저 뒤에 커다란 덤불, 길 너머 라일락 덤불 같은데, 거기에 서서 이곳을 지켜보는 작자가 있어. 차가 지나갈 때마다 헤드라이트 불빛에 반사되는 얼굴이 보이는데. 내 생각엔 우리 집 일꾼 오스카 레듀, 섀드인 것 같은데." 그는 붉은색과 흰색이 섞인 화려한 커튼을 치기 시작했다.

"안 돼요, 하지 마요! 그대로 두세요! 커튼을 치면 의심할 거예요"

"그래 맞아. 우습군, 그가 저기서 보고 있다는 게. 섀드가 맞다면 말이야. 지금 그는 우리 집에서 난로를 살피고 있어야 하는데. 겨울이라고 하루에 한두 시간만 우리 집에서 일하고 나머지 시간에는 새시 공장에서 일하고 있지만 지금은 집에 있을 시간인데. 내 생각에는 조그만 협박을 할 거 같은데. 오늘 본 것을 전부 어디에서든 까발릴 수 있을 테니까!"

"오늘 본 것 만일까요?"

"뭐든! 언제든! 오래된 행주 같은 내가, 당신보다 스무 살이나 많은 내가 당신의 연인이라는 게 무척이나 자랑스러운데!"

그랬다, 자랑스러웠다. 그래도 선거가 끝난 후 자신의 집 현관에서 발견했던 붉은색 글씨의 경고장이 머릿속에서 내내 떠나지 않았다. 그에 대한 생각으로 마음이 착잡해지려던 참에 갑자기 문이 쾅 열리더니 막내딸 시시가 들어섰다.

"어휴, 어휴, 지독해! 안녕하세요, 린디 아줌마. 옛날 농장 분들은 다 어떻게 지냈나 몰라요? 안녕, 아빠. 아니, 칵테일은 별로 안 마셨어요. 그냥 아주 작은 잔으로 딱 한 잔만 했어요, 그 정도야 젊은 활기니까! 맙소사, 너무 추워! 린다 아줌마, 차 좀 주세요!"

그들은 차를 마셨다. 완전히 가정적인 분위기가 되었다.

"집으로 가실 거죠, 아빠." 차를 다 마시고 나자 시시가 물었다.

"그래, 아니 잠깐만! 로린다, 플래시 좀 줘 봐."

문 밖으로 나가 씩씩 대며 길 건너로 걸어가던 도리머스는 시시 모르게 삭여야 했던 화가 들끓어 올랐다. 그리고 덤불 뒤 후미진 곳에서 오토바이에 기대어 서 있던 섀드 레듀를 찾아냈다.

섀드는 깜짝 놀란 표정이었다. 예전에 5번가에서 교통경찰처럼 일행을 이끌고 다닐 때보다는 덜 오만해보였기 때문이다. "여기서 뭐하고 있는 건가?" 도리머스가 딱딱거리며 묻자 우물쭈물 대답했다. "어, 그게, 오토바이에 좀 문제가 있는 것 같아서요."

"그런가! 그런데 지금 집에서 난로를 살피고 있어야 할 때 아닌가, 섀드."

"흠, 오토바이를 이제 다 고친 것 같아요. 지금 가도록 하죠."

"아닐세. 나는 딸 차를 타고 갈 테니, 자네가 내 차 뒤에 오토바이를 얹고 운전하고 오게나." (어찌 됐거나 도리머스는 시시에게 따로 말을 해야 했는데, 뭐라고 말해야 할지 난감했다.)

"시시의 차를 타고 간다고요! 맙소사! 시시는 운전이 어설프다고요! 정신 나간 짓이에요!"

"레듀! 시시 양은 아주 유능한 운전자라고! 적어도 내 마음에는 흡족하다고. 그리고 그 아이가 자네 기준에 영 미덥지 않다고 정말로 생각하는 거라면———"

"시시가 운전을 하든 말든 저랑은 상관없습니다! 안녕히 가세요!"

길을 건너며 도리머스는 스스로를 힐난했다. "바보 같은 짓이야! 저 녀석과 신사처럼 말하려고 하다니! 그나저나 저 녀석을 어떻게 처리하면 좋지!"

도리머스는 문간에서 시시에게 알렸다. "섀드도 와 있다, 오토바이에 문제가 나봐. 내 크라이슬러를 끌고 가라고 하고 나는 너랑 가야겠다."

"멋지네요! 이번 주에만 머리가 백발인 남자들을 여섯 녕이나 내워줬어요."

"그리고, 마저 말하려던 건데, 운전은 내가 하는 게 낫겠다. 오늘 밤은 길이 너무 미끄러우니까."

"그렇게 할 수는 없죠! 무슨 망발이세요, 저는 최고의 운전자라구요 ———"

"너는 아직 운전이 서툴러! 미치겠군, 됐다! 어서 타! 운전은 내가 할 테니까, 알았어? 잘 있어, 로린다."

"알았다고요, 사랑하는 아빠." 시시는 도리머스의 무릎에 힘이 빠질 정도로 장난스럽게 대꾸했다.

그러나 도리머스는 자동차를 타고 자란 그 지역 젊은이들의 특징이기도 한 시시의 이 건방진 태도가 뉴욕 고급 매춘부들을 흉내 낸 것에 불과하며 1, 2년도 못가 없어질 것으로 확신했다. 어쩌면 입이 건 이 세대는 버즈 윈드립의 혁명과 그에 수반된 모든 고통이 필요한지도 모르겠다.

"훌륭해요, 오르막길에서는 조심해서 운전해야 한다는 건 알지만, 그렇게 꼭 신중한 달팽이 흉내를 내야겠어요?"

"최소한 달팽이는 미끄러지는 법이 없지."

"아니요, 걔네들은 차에 치이잖아요. 차라리 미끄러지는 게 낫죠!"

"그래서 애비가 꽉 막혔다는 말이냐!"

"오, 그런 뜻은 아니고 ———"

"뭐, 그런 점에서는 그렇겠지. 이점이 있으니까. 어쨌든 나이든 사람은 매우 조심스럽고 보수적이고, 너희 젊은이들은 늘 모험을 좋아하고 대담하고 기발해서 크게 나쁠 건 없다고 보는데? 젊은 나치와 그들이 공산주의자들을 때려눕히는 것을 얼마나 즐기고 있는지 보려무나. 거의 모든 대학의 교실에서 혁신적이고 고국의 거룩한 사상을 조롱했다는 이유로 강사에게 불만을 품고 있는 것을 보렴. 오늘 오후까지만 해도 나는 이곳으로 나오면서 생각하고 있었는데 ——— ”

“잠시만요, 아빠. 린디 아줌마네 자주 오세요?”

“그건 왜? 뭐 그다지 자주는 아니다만. 왜 묻는 거지?”

“왜 두 분은 — 두 분은 뭘 그렇게 두려워하는 거예요? 두 분 다 맹렬한 투사잖아요. 아빠랑 린디 아줌마는 서로 친하잖아요. 두 분이 — 아시죠 — 두 분이 그냥 애인하면 어때요?”

“뭐라고, 맙소사! 세실리아! 점잖은 소녀 입에서 그런 말 하는 건 내 평생 처음 듣는다!”

“저런! 저런! 그러셨어요? 이를 어쩌죠! 정말 죄송해요!”

“하, 참 — 겉으로는 충실한 딸이 지 애비더러 엄마를 기만하는 짓을 하라고 제안하는 것이 정상은 아니라는 점은 적어도 인정하겠지! 특히나 네 엄마처럼 훌륭한 사랑스러운 엄마한테 말이다!”

“그런가요? 뭐, 어쩌면 그럴 수도. 입 밖으로 소리 내어 그런 제안을 하는 것이 정상은 아니겠네요. 하지만 활기를 잃어가는 부모를 지켜보면 많은 젊은 여자애들은 그런 종류의 생각을 똑같이 하지 않을까요?”

“시시 ——— ”

“이런, 저기 전신주 조심해요!”

“그만둬라, 그 근처에 가지도 않았다! 시시, 잘 들어라. 어느 쪽이 되었든 무턱대고 너무 고약하거나 너무 앞서 나가서는 안 된다. 나는 그 두 단어가 늘 당황스럽다. 농담 아니다. 나는 린다 — 로린다와 내가 애인이 되라는 그런 터무니없는 제안은 들어본 적이 없다. 애야, 그처럼 그렇게 결정적인 일을 경솔하게 막 내뱉어서는 안 되지!”

“오, 안 되지요! 죄송해요, 아빠. 제 뜻은 단지 ——— 엄마에 관해 말하려던 것이었어요. 물론 누구도 엄마에게 상처 주는 걸 원치 않아요, 아무리 린디 아줌마와 아빠라고 해도요. 하지만, 아빠 말대로 고맙게도 엄마는 그런 생각은 꿈도 꾸지 못할 거예요. 아빠가 멋진 파이를 다 먹어치운다 해도 엄마는 단 한 조각도 아까워하지 않잖아요. 엄마의 정신 상태는 끝내줘요, 안 그래요? 음, 정말로 성적인 면으로는 별로 발달하지 않아서, 아빠가 뭐라고 말한다 해도 ─ 새 진공청소기처럼 곧이곧대로 빨아들이는 그런 부류라서, 제 말이 무슨 뜻인지 아시죠. 프로이트의 정신분석 측면에서요! 오, 물론 엄마는 훌륭해요, 하지만 그렇게 분석적이고 ─── ”

"그게 너의 윤리냐?"

"흥, 개똥철학이라고요? 그러면 어때요? 아빠가 다시 활력을 되찾으면서도 누구의 감정에도 상처주지 않을 수 있다면 즐겁게 보내는 게 어때서요? 말하자면, 제 윤리서의 완전한 2장이라고 해두죠!"

"시시! 도대체 지금 네가 뭐라고 하고 있는 건지 알기나 하는 거냐, 아니 네가 무슨 말 하고 있는 건지 생각은 하는 거니? 물론 ─ 우리가 비겁하게도 서로에게 무관심했다면 부끄러워해야겠지 ─ 하지만 나는, 네 엄마도 그렇겠지만 너에게 '섹스'를 너무 밝히도록 가르쳤다고는 생각하지 않는데, 그리고 ─── ”

"감사하죠! 저한테 작은 예쁜 꽃을 살려 주셨죠, 그 옆 화단에 있던 억센 참나리한테 침범당하지 않게 해주셔서요. 그렇게 해주셔서 정말 기뻐요. 맙소사! 난 정원을 볼 때마다 그 생각에 얼굴이 붉어지는 게 너무 싫거든요!"

"시시! 얘야! 제발! 그렇게 가볍게 듣지 말라니까! 진심으로 하는 말이다 ─── ”

그러자 시시가 뉘우치듯 말했다. "알아요, 아빠. 죄송해요. 저는 단지 ─ 아빠가 너무 비참한 모습으로 아무 말도 없으시니까 그걸 보는 저도 너무 괴롭다는 걸 알아주셨으면 좋겠어요. 저 끔찍한 윈드립과 후레자식들의 연맹이 하는 짓거리 때문에 잔뜩 풀이 죽으셨잖아요, 안 그런가요! 저들과 맞서 싸우려면 활력을 좀 되찾으셔야 하잖아요. 이제 그만 레이스 장갑은 벗어두고 격투할 때 쓰는 쇠장갑을 끼셔야죠. 그리고 왠지 로린다 아줌마가 아빠에게 그렇게 해줄 수 있을 것 같은 직감이 있어요, 오로지 로린다 아줌마만이요. 흥! 아줌마는 너무 고상한 척 한다고요! (저 늙은 껄떡쇠 벅 타이터스가 '타락한 여자들 어디다 꿍쳐 두었으면 나한테도 하나 구해주지?' 하고 농치며 그런 식으로 사랑을 하곤 했던 거 기억하시죠? 오, 물론 볼썽사납죠! 우리는 그런 건 상상도 못할 테니까요!) 하지만 어쨌든, 린디 아줌마는 꽤 감상적이고 갈망하는 눈을 갖고 있으니까요 ——— "

"말도 안 돼! 말도 안 된다고! 그런데, 시시! 너 이런 일에 대해 뭘 알고나 하는 소리냐? 너 아직 첫 경험 전이지?"

"아빠! 물으시려는 게 — 어, 제가 먼저 말을 꺼냈으니 자업자득이죠. 대답은 네에요, 아직까지는요. 하지만 앞으로도 그럴 것 같지는 않아요. 지금 당장 말하지요. 이 나라 상황이 아빠가 주장하듯이 저들이 하려는 대로 나쁘게 돌아간다면, 그래서 줄리언 팰크가 참전해야 한다거나 감옥에 가야 한다거나 아니면 뭐 그런 비슷한 나쁜 일을 겪을 위험에 처한다면 그와 그렇게 얌전한 관계로만 있진 않을 거예요. 그러니 그에 대한 준비는 해두시는 게 좋을 걸요!"

"그렇다면 네 상대는 맬컴이 아니라 줄리언이란 말이냐?"

"오, 그럼요. 맬컴은 골칫거리만 안겨 줘요. 그는 벌써 윈드립의 꼴사나운 병사들과 함께 하는 어느 직급이나 대령으로서 적당한 자리를 받아들일 준비가 되어 있는 걸요. 그리고 저는 줄리언이 너무 좋아요! 몹시 괘씸하게도 아주 비현실적인 인간이긴 하지만요. 자기 할아버지나 아니면 아빠처럼 말이에요! 그는 아주 다정해요. 지난밤에는 별 것 아닌 것 가지고도 소곤거리면서 지샌 걸요, 아마 두 시까지."

"시시! 하지만 너는 그러지 않았겠지 — 오, 애야! 줄리언은 충분히 점잖은 애란다 — 흑심을 품을 녀석은 아니지 — 하지만 너는 — 줄리언이 너와의 친밀한 관계를 받아들이게 내버려두지는 않겠지?"

"별 소리를 다하셔요! 1만 마력만큼 강력한 한 번의 좋은 키스보다 훨씬 더 친밀한 관계가 있는 것처럼 그러시네요! 하지만, 아빠 그렇게 걱정하지 마세요. 지난밤 거실에서 함께 있는 동안 별일 없었으니까. 줄리언과 함께 잠들어버린 걸요 ― 흠, 그리고 보니 우린 자버렸네!"

"그래 다행이구나. 하지만 ― 겉으로 보았을 때 ― 어디까지나 겉으로 보았을 때만 말이다 ― 이렇게 민감한 주제에 대해 많은 얘기를 듣다보니 약간 당황스럽구나."

"이제 제 말 좀 들어보세요! 아마도 제가 아니라, 아빠가 제게 해주셔야 할 말씀인 것 같은데요, 제섭 씨! 이 나라가, 세상 대부분이 마치 ― 지금 저는 심각해요, 아빠. 너무 심각하다고요, 아 우리 모두 어쩌면 좋죠! ― 우리가 미친 듯이 야만상태로 되돌아가고 있는 것 같아요. 전쟁이요! 더 이상 수줍어하고 점잔뺄 시간도 얼마 안 남았는지 몰라요. 부상자들을 데려오면 후방기지 병원의 간호사말고 선택의 여지가 없을 테니까요. 훌륭한 젊은 숙녀들 ― 남아 있지도 않죠! 아빠 같은 남자들이 곁에 두고 싶어 할 사람은 로린다와 저 같은 사람 아닌가요, 그렇지 않아요? 지금 그렇지 않은가요?"

"아마도 ― 어쩌면 그럴지도." 도리머스는 그의 친숙한 세상이 밀려오는 파도에 휩쓸려 발 아래로 사라지는 것을 깨닫고는 우울한 마음에 한숨이 나왔다.

그들은 차고로 향하는 진입로에 들어섰다. 섀드는 막 차고에서 나가고 있었다.

도리머스는 막내딸에게 말했다. "어서 집 안으로 뛰어들어 가렴, 어서!"

"예. 하지만 조심하세요!" 시시는 이제 더 이상 어린 막내 티가 나지 않았다. 하염없이 보호 받고 하늘색 리본으로 예쁘게 꾸미고 다 자랐다는 모습을 과시하려는 듯 장난스럽게 웃음 짓던 어린 딸이 아니었다. 그 아이는 어느새 갑자기 로린다처럼 의지할 수 있는 동지가 되어 있었다.

도리머스는 결연하게 차에서 나와 차분히 말했다.

"새드!"

"예?"

"차키를 부엌에 갖다 놓았나?"

"뭐라고요? 아니요. 차 안에 둔 것 같은데요."

"안에다 갖다 두라고 백 번도 더 말했잖아."

"그랬나요? 그건 그렇고, 세실리아 양과의 드라이브는 어땠나요? 파이크 부인과는 재밌게 지냈고요?"

그는 이제 노골적으로 비아냥거렸다.

"레듀, 자네는 해고야 — 지금 당장!"

"흥, 그럴 줄 알았어요! 좋아요, 나리! 그러잖아도 포트에서 〈몰락한 중산층 연맹〉 제2지부를 조직하고 있는 중이고 내가 지부장을 맡게 되었다고 막 말하려던 참이었는데. 지부장 월급이 많지는 않아요 — 당신에게 받던 월급의 두 배 정도밖에 안 되더라고요 — 아주 인색하죠 — 그래도 정치적으로는 중요한 의미가 있으니까. 잘 계슈!"

그 후, 도리머스는 그 일을 생각하면 유감스러웠다. 서투름에도 불구하고 새드는 버몬트의 붉은 사택에서 정확한 필기체 활자를 배웠고 산수도 충분히 숙달했으므로 그 약간 가짜 같은 지부장 자리를 유지할 수 있을 것이었다. 너무 안 좋은 일이었다!

2주 후 새드는 지부장 자격으로 연맹에 200달러를 기부할 것을 요청하는 편지를 보내왔고, 도리머스가 거절하자 하루가 채 지나지 않아 『인포머』는 구독률이 떨어지기 시작했다.

15장

대체로 나는 꽤 온화한 사람이다. 사실 내가 글을 쓰거나 열변을 토할 때 '소탈하다'고 말해주는 친구도 많다. 나의 야망은 '길가에 살면서 사람들과 친구가 되는 것'이다. 그러나 나를 존경하는 신사들은 행여 나를 미워하는 마음에서 내가 공적으로 자행되는 악이나 충분히 끈질긴 험담꾼에 맞섰을 때 4월의 꼬리 둘 달린 회색 곰처럼 뒷다리로 일어나 소리 내지 못할 거라는 생각은 추호도 하지 말기를 바란다. 그래서 일반 시민으로, 주의원으로, 상원의원으로서 10년에 걸쳐 그들과 투쟁해온 이 이야기 첫머리부터 상프레이 리버 라이트 전력 연료 회사에 대해서 언급해야겠다. 이 기업은 선출된 국민의 정직한 공복에게 끊임없이 뻔뻔스럽게 온갖 감언이설을 일삼으며 위선적으로 총기를 휴대하며 폭탄을 던지고 투표함을 탈취하며 서류를 위조하고 뇌물을 공여하며 위증을 교사하고 깡패를 고용하는 저열한 사기꾼이자 거짓을 일삼는 가장 비열하고 천박하고 비겁한 무리로서 나는 명예훼손 혐의로 고소할 작정이다. 나는 이들을 항상 제압하지는 못했다. 그래서 이 미치광이 살인광들을 향한 의분은 개인적인 것이 아니라 전적으로 공중의 이익을 위한 것이다.

『최고를 뛰어넘는 결정적 순간』 중에서, 버질리어스 윈드립

1937년 1월 6일 수요일 취임까지 딱 2주가 남은 시점에 대통령 당선자 윈

드립은 내각 구성원과 외교관 임명자를 발표했다.

국무장관 : 전 비서이자 홍보 담당 리 새러슨. 새러슨은 또한 순수 행진 대라는 상설조직으로 존속될 미니트맨의 최고사령관 지위도 맡게 되었다.

재무부 장관 : 세인트루이스의 잘 나가는 모피 및 가죽 내셔널 뱅크의 회장인 웹스터 스키틀이라는 인물. 스키틀은 전에 소득세 신고 누락 혐의로 기소되었지만 무혐의처리 되었고, 선거운동 기간에는 버즈 윈드립이 몰락한 중산층의 구원자라는 신념을 보여주는 확실한 방법을 취했다고 한다.

전쟁부 장관 : 캔자스시티 토페카의 『아르고스』와 『팬시 굿스 앤 노벨티스 가제트』의 전 편집자 오세올라 루손 대령. 좀 더 최근에는 부동산업계의 고위직에 있었다. 대령이라는 직함은 테네시 주지사의 명예참모부라는 지위에서 얻게 되었다. 오랫동안 윈드립의 친구이자 선거유세 동반자였다.

피터 프랑 목사가 자신은 실질적으로 공직을 맡을 의사가 없다고 밝힌 것이 진심이었노라고 주장하며 윈드립을 '친애하는 친구이자 협력자'라고 일컫은 편지를 보내 전쟁부 장관 자리를 거부한 것은 모두에게 유감스러운 일이었다. 나중에 코글린 목사 역시 멕시코 대사 자리를 거부한 일도 똑같이 유감을 자아냈는데, 그는 편지도 없이 그저 "딱 6개월 늦음"이라는 아리송한 전보만을 보냈을 뿐이다.

한편 새로운 내각에는 교육선전부가 신설되었다. 그러한 신설의 적법성을 국회에서 몇 달 동안 조사하지는 않겠지만 그동안 이 새로운 직책은 헥터 맥고블린 박사가 멋지게 보유하게 되었다.

포크우드 상원의원은 법무부 장관을 꿰찼고, 다른 모든 직책들은 윈드립의 과도한 부의 재분배를 위한 거의 모든 사회주의적 프로젝트를 적극적으로 지지하기는 하지만 매우 합리적이고 사리분별이 있는 인사들로 만족스럽게 채워졌다.

도리머스 제섭은 결코 입증할 수 없었지만 윈드립이 멀면 멀수록 좋은 해외의 외교관으로 임명해버림으로써 당황한 친구들과 적수들을 제거하는 스페인의 상투적 수법을 리 새러슨으로부터 배웠다는 말이 있었다. 어쨌든 윈드립은 브라질 대사로 허버트 후버를 임명했는데, 후버는 그다지 마뜩찮게 수락했다. 독일 대사로는 보라 상원의원이 임명되었디. 필리핀 충독으로는 로버트 라 폴레트 상원의원을 임명했으나 거절당했다. 그리고 각기 영국, 프랑스, 러시아 대사로는 다름 아닌 업튼 싱클레어, 마일로 레노, 미시시피의 빌보 상원의원이 임명되었다.

이 세 사람에게는 황금기였다. 싱클레어는 영국 정치에 너무 친근하게도 큰 관심을 가져 독립노동당을 위해 드러내놓고 선거운동을 벌이며 「나, 업튼 싱클레어는 월터 엘리엇 수상, 앤서니 이든 외무부 장관, 낸시 아스토르 해군장관은 모두 거짓말쟁이들이며 내가 자유롭게 제안한 충고를 받아들이기를 거부했다는 것을 증명한다」라는 제목의 떠들썩한 소책자를 발행함으로써 영국인들의 환심을 샀다. 싱클레어는 또한 이브닝 복장 착용과 엽총에 의한 사냥 외에 모든 여우 사냥을 금지하는 의회의 법안을 옹호함으로써 영국 사회에서 상당한 흥미를 불러일으켰다. 그리고 버킹엄 궁에서 열린 공식 취임 환영회 행사에서는 조지 왕과 메리 왕비를 캘리포니아에 와서 살라고 따뜻하게 초대하기도 했다.

프랑스의 모든 왕정주의자들이 솔직담백한 면에서 그의 위대한 선구자 벤저민 프랭클린에 비유하는 보험 판매원이자 국립 농원 휴가 협회(National Farm Holiday Association) 전 회장인 마일로 레노는 파리, 바스피레네, 리비에라의 국제 사교가에서 거물급 사교계 총아가 되었고, 안티베스에서 트로페(Tropez)의 공작, 로더미어 경, 루돌프 헤스 박사와 테니스를 치고 있는 모습이 사진에 포착되기도 했다.

빌보 상원의원은 누구보다도 전성기였다.

빌보 의원은 미시시피의 글라이히샬퉁(Gleichshaltung)에서의 원숙한 경험을 근거로 타지키스탄의 약간 낙후된 민족들의 문화 기구에 대한 충고를 스탈린으로부터 요청받자 매우 값지게 다음의 사실을 입증해주었다. 빌보 각하는 오는 11월 7일 계급이 없는 국가의 대표들 중 가장 높은 계급과 같은 스탠드에서 모스크바의 군사 축전을 사열하도록 초대받았다. 그것은 그 각하를 위한 승리이기도 했다. 보로실로프 장군은 20만 명의 소련 군대와 탱크 7천대, 항공기 9천대가 지나가고 난 후에 기절했다. 스탈린은 317,000명을 사열하고 집으로 실려 가야 했지만 빌보 대사는 그를 모두 중국 대사로 완전히 잘못 착각하여 경례를 붙였을 뿐 626,000명의 병사들이 마지막 한 사람마저 다 지나갈 때까지 스탠드에 남아 있었다. 그리고 여전히 쉴 새 없이 병사들에게 「인터내셔널」가를 부드럽게 불러주면서 1분에 14번이나 답례하고 있었다.

그러나 나중에 떨떠름한 〈제국주의에서 소련으로 추방당한 영미인 연합〉에게 「인터내셔널」가의 곡조에 자기가 흥겹다고 생각한 가사를 직접 붙여서 노래를 불렀을 때는 그다지 인기를 얻지 못했다.

일어나라, 그대 굶주린 죄수들이여,
러시아에서 나와 안식처를 건설하라.
빌보의 국가에서는 모두가 부자라네.
복 받으라 미국이여!

한편 윈드립을 위해 맹렬하게 선거 유세를 한 후 아델라이드 타르 김미치 부인은 알라스카의 놈(Nome)에 있는 세관의 자리가 정말로 매우 긴급하게 요청되었음에도 불구하고 그보다 높은 지위를 제안 받지 못한 데 대해 공개적으로 화를 냈다. 특히 내각에서 가정학, 아동복지, 매춘반대부가 신설되어야 하고 자기를 초대 장관으로 임명할 것을 요구했다. 자기 요구가 관철되지 않자 그녀는 제퍼슨 당이나 공화주의자나 공산주의자로 변절하겠다고 위협했지만 4월에는 할리우드에서 「그들은 그리스에서 해냈다」라는 제목의 대작 영화를 위한 시나리오를 쓰고 있다는 소문이 돌았다.

한편 일종의 모욕이자 집 떠난 소년에 대한 조롱처럼 대통령 당선자는 프랭클린 루스벨트 현 대통령을 라이베리아 공사로 임명했다. 루스벨트의 적들은 실컷 비웃었고 반내 신문에서는 '국가부흥청'이리는 글지에 줄을 그어 지우고 '미국'이라는 글자로 대체한 표시와 함께 비참한 모습으로 초가집에 앉아 있는 그의 모습을 만평으로 그렸다. 그러나 루스벨트는 아주 친근한 웃음으로 일축했으므로 그 농담은 실수에 불과한 것으로 보였다.

윈드립 대통령의 추종자들은 그가 새로운 20차 수정 헌법 조항에 따라 3월 4일이 아닌 1월 20일에 취임하는 최초의 대통령이라는 것은 깊은 의미가 있다고 동네방네 떠들고 다녔다. 그것은 하늘에서 직접 내려온 계시(그러나 실제로는 헌법을 개정한 장본인은 하늘이 아니라 네브라스카의 조지 노리스 상원의원이다)이며, 윈드립이 새로운 지상 낙원을 시작하고 있다는 증거라고 했다.

취임식은 떠들썩했다. 루스벨트 대통령은 참석을 거부했다. 아파 죽을 지경이라고 점잖게 이유를 댔지만 그날 오후 뉴욕에 있는 한 서점에서 원예에 대한 책을 사며 이상할 정도로 유쾌해 보이는 모습이 포착됐다.

1,000명 이상의 기자들, 사진기자들, 라디오 방송국 사람들로 취임식장은 발 디딜 틈이 없었다. 포크우드 상원의원의 선거구민 27명은 남녀 구분 없이 모두 그의 사무실 바닥과 이틀 밤에 30달러를 주고 빌린 블라덴스버그 외곽의 문간방에 나누어 자야 했다. 브라질, 아르헨티나, 칠레 대통령은 팬아메리카 항공을 타고 날아와 취임식에 참석했고 일본은 시애틀에서 특별열차 편으로 학생 700명을 보냈다.

디트로이트의 한 자동차 회사는 장갑강철판, 방탄유리, 언론취재로부터 보호해주는 니켈도금 선팅, 완전히 가려진 전용 바, 1670년대 트루아상 테피스트리 양식으로 꾸며진 실내공간을 갖춘 리무진을 윈드립에게 선물했다. 그러나 버즈는 자택에서 국회의사당까지 자신의 낡은 허브모바일 세단을 타고 갔고, 취임식이라는 국가 행사에는 청색 양복과 붉은 넥타이, 더비 모자를 써야 한다는 생각을 갖고 있던 고향의 한 젊은이를 운전수로 썼다. 윈드립 본인은 실크해트를 썼지만, 리 새러슨으로 하여금 취임 행렬이 진행되고 있는 동안 라디오를 통해 그 실크해트가 유서 깊은 조상을 둔 뉴욕의 한 공화당 대의원으로부터 오직 이 행사를 위해 빌린 것이라는 사실을 1억 300만 명의 평범한 시민들에게 반드시 알리게 했다.

그러나 잭슨 반대파 병사들 호위대가 윈드립을 따라오고 있었다. 다른 분대보다도 더 규모가 크고 반짝거리는 은색 참호용 헬멧을 쓴 미니트맨이 진홍색 상의와 승마용 바지를 입고 황금 깃털이 달린 헬멧을 쓴 듀이 헤이크 대령의 지휘를 받으며 재향군인회와 뒤따르고 있었다.

윈드립은 언뜻 보면 약간 경외심에 사로잡힌 것 같았다. 브로드웨이에 올라온 소읍의 소년처럼 얼떨떨한 모습으로 진지하게 대법원장(윈드립을 정말로 매우 싫어했다)이 주재하는 취임선서를 했고, 마이크에 더 가까이 다가가 큰소리로 외쳤다. "존경하는 국민 여러분, 미합중국의 대통령으로서 저는 진정한 뉴딜이 지금 이 순간 새롭게 시작되었으며 조상들이 우리에게 물려주신 다양한 자유를 누리고, 그렇게 자유를 향유하며 대단히 행복한 시간을 보내게 될 것임을 알려드리고 싶습니다! 감사합니다!"

그것이 대통령으로서 첫 행보였고, 두 번째 행보는 백악관으로 거처를 옮기는 일이었다. 백악관에 옮겨가면 이스트 룸에 자리 잡고 앉아 신발을 벗고 리 퍼거슨을 향해 소리칠 것이었다. "지난 6년 동안 꼭 해봐야겠다고 생각한 게 바로 이거였어! 장담하건대 링컨도 이렇게 하곤 했을 거야! 이제 어디들 실컷 내 욕을 해보라지!"

국군통수권자로서의 역할이라는 세 번째 행보는 미니트맨을 유일한 상관인 버즈 자신과 총사령관 새러슨에게만 복종하는 봉사직이지만 정규군의 공식 예비군으로 승인하고 정부 무기고에서 소총과 총검과 자동권총과 기관총을 즉시 지급하라고 명령한 것이었다. 그 시간이 오후 4시였다. 오후 3시 이후로 전국적으로 미니트맨 일당들은 권총과 기관총을 잡고 싶은 욕망에 사로잡혀 군침을 삼키며 무기를 바라보고 있었다.

다음날 아침 의회(1월 3일이 일요일이었으므로 1월 4일부터 회기 중이었다)를 향해 취해진 네 번째 행보는 징강 1항을 구현하는 법안, 즉 자신이 입법부와 행정부를 완전히 장악하고 대법원은 자신이 하고 싶어 하는 것을 못하게 막을 힘을 무력화시키는 법안의 즉각적 통과를 요구한 것이었다.

30분도 안 되는 토론을 거친 합동 결의안에 의해 상하원 양원은 1월 21일 오후 3시 전에 그 요구를 거부했다. 그러자 대통령은 6시가 되기도 전에 '비상시국'에만 발동할 수 있는 계엄령을 선포했고 대통령의 직접 지시를 받은 미니트맨에 의해 100명 이상의 국회의원들이 체포되었다. 흥분하여 저항한 의원들은 냉소적이게도 '폭동을 교사했다'는 죄목을 뒤집어썼고, 조용히 끌려간 의원들은 아무런 혐의도 받지 않았다. 리 새러슨은 흥분한 언론에 대고 조용히 끌려간 이 의원들이 '무책임하고 선동적인 요소'에 의해 매우 위협받고 있었으므로 단지 보호차원에서 예방조치를 취한 것뿐이라고 차분히 설명했다. 그러나 상황을 암시할 만한 '보호 차원의 체포'라는 말을 실제로 사용하지는 않았다.

노련한 기자들이 보기에는 명색이 국무장관이라는 자가 이론적으로는 외국 열강의 대표들과 협상도 가능한 그 높고 중요한 지위에 있으면서도 고작 대언론 담당이자 대통령을 위한 꼬붕 노릇이나 하는 것이 이상했다.

즉각 워싱턴과 미국 전역에서 시위가 잇따랐다.

저항하는 의원들은 지역 교도소에 감금되었다. 한겨울 저녁에 한 시위대가 윈드립을 향해 시끄럽게 분노를 표출하며 교도소를 향해 행진했는데, 그들 가운데 다수는 윈드립에게 투표했던 이들이었다. 군중들 가운데에는 흥분하여 칼과 구식 소총으로 무장한 수백 명의 흑인들도 끼어 있었는데, 끌려간 의원들 가운데에는 뜨내기 시절 이후로 최고로 높은 공직에 오른 흑인인 조지아 주 출신 흑인 국회의원도 포함되어 있었기 때문이다.

교도소를 에워싼 시위대는 기관총 뒤에 정규군 몇 명과 다수의 경찰, 그리고 미니트맨 한 부리가 있는 것을 보았지만 이 마지막 무리를 향해 '미니 마우스'와 '깡통 병사'와 '마마보이'라고 부르며 조롱을 퍼부었다. 미니트맨 병사들은 자신들의 상관과 프로답게 전혀 겁을 안 먹은 척하고 있는 정규군을 초조하게 쳐다보았다. 시위대는 병과 죽은 생선을 투척했다. 권총과 야경봉으로 무장한 경찰관 여섯 명이 시위대 선두를 뒤로 밀어내려고 했지만 밀려드는 인파에 묻혀 터무니없이 두들겨 맞고 제복이 찢기는 상황이 연출됐다. 누구든 그렇게 막아서는 사람들은 똑같은 꼴을 당했다. 두 발의 총성이 울렸다. 미니트맨 한 사람이 교도소 계단에 쓰러졌고 또 다른 한 명은 피가 분출하는 손목을 속절없이 잡고 서있었다.

미니트맨 대원들은 ― 뭐, 혼자 생각에는 병사가 될 의도는 전혀 없었던 ― 그저 마냥 즐겁게 행진이나 하길 원했다! 그들은 제복의 모자를 숨긴 채 시위대 끝자락으로 슬금슬금 숨어들기 시작했다. 그 순간, 교도소의 낮은 창문에 달린 강력한 확성기에서 버질리어스 윈드립 대통령의 목소리가 울려 퍼졌다.

"미국 전역에 있는 나의 청년들 미니트맨에게 말한다! 미국을 다시 자랑스러운 부자 나라로 만들기 위해서 내가 도움을 청할 사람들은 오직 그대들밖에 없다. 그대들은 이제까지 무시당해왔다. 사람들은 그대들을 '하층 계급'으로 생각한다. 그들은 그대들에게 일자리를 주지 않을 것이다. 그들은 그대들에게 부랑자처럼 조용히 꺼져 구호품이나 얻으라고 한다. 그들은 그대들에게 요란스러운 시민보전단[47] 캠프에나 들어가라고 명령한다. 그들은 그대들이 가난하기 때문에 아무런 쓸모가 없다고 말한다. 이제 내가 그대들에게 말한다. 그대들은 어제 오후 이후로 가장 고귀한 지주, 귀족이 되어 자유와 정의의 새로운 미국을 건설하게 될 것이다. 청년들이여! 나는 그대들이 필요하다! 나를 도와 달라! 그대들을 도울 수 있게 나를 도우라! 굳건하게 버

---

47. 1930년대 대공황 시기에 실업 상태의 청년들을 조림, 산불감시, 산림휴양 공간 조성 등 산림사업에 투입하여 일자리를 제공한 프로그램.

타라! 누구든 그대들을 가로막으려고 하는 자들은, 그 돼지 같은 자들에게는 총검의 따끔한 맛을 보여주라!"

경건하게 그 소리를 듣고 있던 미니트맨 기관총 사수는 발포를 시작했다. 시위대 무리는 픽픽 쓰러지기 시작했고, 미니트맨 보병대는 달려 나가 비틀거리면서 도망치는 부상자들의 등을 총검으로 찔러댔다. 그렇게 유혈이 낭자한 상황이 되자 혼비백산하여 도망치던 사람들은 우스꽝스럽게도 이리저리 굴러 넘어지며 기괴한 더미를 이루었다!

미니트맨 대원들은 단조로운 총검술 연습 시간에는 이것이 그렇게 재미있을 줄은 몰랐다. 그들은 이제 그 묘미를 알았다. 그리고 미합중국의 대통령께서 본인의 입으로 자기들의 도움이 필요하다고 한 사람 한 사람에 몸소 말하지 않았는가?

나머지 의원들이 용기를 내어 의사당으로 가보니 온통 미니트맨들이 사방에 깔려 있었던 반면, 정규군 연대는 메이네케 소장의 지휘 아래 열병 중이었다.

국회 대변인과 부통령인 펄리 비크로프트와 상원의장은 정족수가 채워졌다고 선언할 권한이 있었다. (만일 많은 국회의원들이 국회에 출석하는 대신 지역 교도소에서 빈둥거리며 꾸물거리는 쪽을 선택했다면 그것은 누구의 잘못이었을까?) 양원은 '비상시기' 동안에만 일시적으로 효력이 있는 15항을 선포하는 결의안을 통과시켰다 ― 그 통과의 적법성은 의심스러웠지만 누구든 그것에 반대하는 사람들은 설령 대법원 구성원들이 예방차원에서 체포를 하지 못하더라도 … 미니트맨 부대를 시켜 각자 가택 연금시키면 그만이었다!

폴 피터 프랑 목사는 (후에 친구가 전해준 말에 의하면) 윈드립의 쿠데타에 가까운 일격에 몹시 당황했다고 한다. 분명히 그는 〈몰락한 중산층 연맹〉에서 가져온 기독교적 친선을 포함시키기로 한 것을 윈드립이 전혀 기억하지 못한 것이라고 불평했다. 버질리어스 윈드립이라는 이름을 빌려 정의와 우애가 승리한 이후로 만족스러워하며 방송을 중단하긴 했지만 프랑은 대중에게 경고하고 싶었다. 그러나 시카고에 있는 친한 방송국인 WLFM에 전화를 했더니 방송관계자는 리 새러슨의 사무실에서 특별히 승인한 경우를 제외하고는 '당분간은 아무도 방송 접근이 허용되지 않는다'고 알려주었다. (오 놀랍게도 그것은 지난 한 주 만에 리 퍼거슨과 그의 새로운 조수 600명이 해낸 16가지 일 중 하나에 불과했다.)

약간은 두려움을 느끼며 프랑 목사는 인디애나의 페르세폴리스에 있는 자택에서 인디애나폴리스 공항으로 차를 몰고 가서 건방진 제자 버즈를 야단치려고, 어쩌면 짓궂게 뺨이라도 한 대 갈겨주려고 워싱턴 행 밤 비행기에 몸을 실었다.

대통령을 만나기 위해 승인을 받는 데는 별 어려움이 없었다. 사실, 언론에서 대서특필한 바에 따르면, 백악관에 여섯 시간 동안 있었다고 하는데, 그 시간 내내 대통령과 함께 있었는지까지는 밝혀지지 않았다. 오후 3시에 프랑은 행정부 집무실로 통하는 비밀 출입문으로 나와서 택시를 타는 모습이 목격되었다고 한다. 언론에서는 그가 창백하고 휘청거리는 모습이었다고 전했다.

한편 호텔 앞에서 한 폭도들이 팔꿈치로 프랑을 밀쳤다. 그들은 수상쩍게도 별 의미 없이 기계적인 어조로 "저 자를 때려눕혀라, 적의 무리 윈드립을 타도하자!"라고외쳤다. 그러자 미니트맨 대원 12명이 군중을 헤치고 프랑 목사를 에워쌌다. 그들을 이끌던 기수가 모두에게 들리도록 군중을 향해 고함쳤다. "너희들 겁쟁이들아, 이분을 가만두지 못해! 목사님, 저희와 함께 가시죠, 저희가 안전하게 지켜드리겠습니다!"

그날 저녁 수백만 명의 청취자들은 라디오를 통해 정체를 알 수 없는 음모자들, 아마도 볼셰비키들의 공격으로부터 프랑 목사를 구해내어 지역 교도소에 안전하게 보호하고 있다는 공식 발표를 들었다. 윈드립 대통령 본인의 사적인 성명도 곁들여졌다. "생존 인물 중 내가 제일 존경하고 공경하는 나의 친구이자 스승인 프랑 목사가 가증스러운 선동가들로부터 구출"될 수 있었던 데 무척 기뻐하지 않을 수 없다고 발표했다.

그러나 아직까지는 언론에 대해 완전히 검열이 이루어지지는 않고 있었다. 정부나 지역의 미니트맨 장교들을 공격한 기자들이 투옥되는 황당한 일이 몇 건 있을 뿐이었다. 그리고 만성적으로 윈드립에 반대했던 신문들은 프랑 목사가 대통령을 꾸짖었다가 노골적으로 교도소에 수감된 것이므로 '구출'은 어림없는 소리임을 암시하는 전혀 반갑지 않은 소식을 전했다. 이러한 소문은 페르세폴리스에까지 전해졌다.

모든 페르세폴리스 주민들이 프랑 목사에게 무한 애정을 품거나 근사한 라살르 자동차를 타고 들판의 닭들을 모아들이는 그를 현대판 프란체스코 성인으로 생각하지는 않았다. 그가 밀주업자와 혼자 사는 과부들을 몰래 염탐하고 다닌다는 말을 흘리는 이웃들도 있었다. 그러나 대부분의 주민들은 그에 대해 자부심을 가지고 있었으며 최고의 자랑거리로 확신하고 있었으므로 페르세폴리스 상공회의소는 중심가 동쪽 입구에 '라디오 최고의 스타 프랑 목사의 고향'이라는 현수막을 걸어놓기까지 했다.

그래서 한 주민이 프랑 목사의 석방을 요구하는 전보를 워싱턴으로 보냈지만 행정부 사무실의 사환이던 한 페르세폴리스 소년(흑인인 것은 사실이었지만 옛 동기생들에게 좋게 기억되면서 갑자기 인기를 얻게 되었다)이 그렇게 전보를 보내봤자 매일 백악관에서 아무 응답 없이 폐기되는 수많은 메시지에 파묻힐 뿐이라고 넌지시 귀띔해주었다.

그러자 페르세폴리스 주민 4분의 1 가량이 워싱턴으로 '행진하기' 위한 특별 열차에 올라탔다. 그것은 반대파 언론이 윈드립 치하에서 터뜨릴 하나의 폭탄으로 활용할 수 있는 작은 사건들 가운데 하나였으므로 시카고에서 온 고위기자 스무 명과 나중에는 피츠버그와 볼티모어와 뉴욕에서 온 기자들까지 기차에 동승했다.

기차가 가고 있는 동안 — 기묘하게도 지연과 탈선이 많았다 — 인디애나의 로간스포트의 한 미니트맨 부대가 정부에 반역을 꾀하라고 가르쳤다는 혐의로 고발된 가톨릭 수녀들을 체포해야 한다는데 반기를 드는 사건이 일어났다. 총사령관 새러슨은 초장에 일벌백계로 확실히 다스릴 필요가 있다고 느꼈다. 결국 트럭을 타고 시카고에서 재빨리 급파된 미니트맨 대대가 반항하던 무리들을 체포하여 3분의 2를 총살했다.

한편 워싱턴에 도착한 페르세폴리스 주민들은 유니언 역으로 그들을 마중 나온 미니트맨 준장으로부터 불쌍한 프랑 목사는 자신의 동향 주민들의 배신에 너무 충격을 받아 우울증으로 미쳐서 비참하게도 성 엘리자베스 국립정신병원에 수용될 수밖에 없었다는 슬픈 소식을 듣게 되었다.

프랑 목사에 대한 소식을 전하고 싶은 사람은 아무도 다시는 그를 직접 보지는 못했다.

소식을 전한 준장은 대통령 본인이 페르세포네 주민들에게 직접 전하는 인사말과 정부의 비용으로 윌라드 호텔에 묵을 수 있는 초대장을 가져왔다. 그러나 12명만 그 초대를 받아들이고 나머지는 뿌루퉁한 모습으로 집으로 돌아가는 첫 기차를 탔다. 그리고 그때 이후로 미국에는 어떤 미니트맨도 멋진 작업모와 진청색 상의를 걸친 모습으로 감히 나타날 엄두를 내지 못하는 도시가 하나 생겼다.

한편 육군참모총장이 해임되었다. 그리고 그 자리에는 이매뉴얼 쿤 소장이 임명되었다. 도리머스와 그를 좋아하는 사람들은 쿤 소장이 그 자리를 수락한데 실망했다. 『네이션』지를 통해서도 그렇지만 그들이 늘 듣기로는 이매뉴얼 쿤이 전투를 즐기는 직업 군인이기는 하지만 지주의 편에 서서 싸우는 편을 선호했다는 것을 알고 있었기 때문이다. 그리고 그는 도량이 넓고 학식이 있고 공정하며 명예를 아는 사람이었다. 명예는 버즈 윈드립이 죽었다 깨어나도 이해 못할 자질이었다. 쿤('북유럽' 출신의 켄터키 사람으로서, 키트 카슨과 코모도어 페리 옆에서 나란히 싸웠던 사람들의 후예다)은 특히 유치한 반

유대주의를 참을 수 없었는데, 새로운 지인으로부터 유대인보다 우월하다는 소리를 들으면 이렇게 쏘아붙이는 것을 더 없이 즐거워했다. "내 이름이 이매뉴얼 쿤이며 쿤이라는 이름은 뉴욕 이스트사이드에서 나소 친숙한 이름에 대한 모독이라는 사실을 전혀 눈치 채지 못했소?"

"어쩔 수 없군. 쿤 소장도 '명령은 명령이다'라고 생각하는가보군." 도리머스는 탄식했다.

윈드립 대통령이 온 나라에 발표한 최초의 광범위한 교서는 한편의 작은 문학작품이요 부드러움의 결정판이었다. 그는 미국의 본질에 가장 강력하고도 은밀한 적들은 — 누구나 그들이 월스트리트와 소련이 합쳐진 것으로 추측한다 — 자신 버질리어스가 대통령이 되리라는 것을 알고는 광분하여 마지막 일격을 준비해 왔다고 설명했다. 몇 달 안으로 모든 상황이 잠잠해질 것이지만 그동안에는 위기상황이 있을 것이므로 그 사이를 '자신과 함께 견디어야' 한다고 했다.

윈드립은 민간인 용의자를 구속 영장 없이 체포했던, 남북 전쟁 당시의 링컨과 스탠턴의 군사 독재를 부활시켰다. 그는 모든 것이 — 금세 — 조금만 — 자신이 상황을 통제할 때까지 — 조금만 참으면 얼마나 좋아질지 암시했다. 그리고 그 위기를 '큰 화재'에서 예쁜 소녀를 구출하는 소방관의 급박한 상태에 비유하여 소방관은 소녀 본인이 좋아하든 말든 아무리 심하게 발길질을 해대더라도 오로지 그녀를 위해서 불길에서 구출해 사다리를 내려올 것이라고 했다.

그 말에 온 나라가 웃었다.

"하지만 버즈라는 대단히 유능한 친구가 있으니 대단한 카드 패지요." 유권자들은 그렇게 말했다.

"윈드립이 약속한 대로 1년에 5,000달러를 받는 기간만큼 프랑 목사나 다른 정신병자가 오랫동안 정신병원에 있게 될지 걱정인데." 섀드 레듀가 가구상인 찰리 베츠에게 말했다.

이것은 모두 윈드립이 취임하고 나서 여드레 동안 벌어진 일들이다.

16장

나는 대통령이 될 욕심이 없다. 나는 오히려 프랑 목사나 테드 빌보, 진 탤매지, 또는 폭넓은 평판을 받으면서도 원기 왕성한 진보주의자의 지원자로서 최대한 겸손한 역할을 하고 싶다. 나는 오로지 섬기기를 원한다.

『최고를 뛰어넘는 결정적 순간』 중에서, 버질리어스 윈드립

사냥과 승마에 몰두하는 많은 독신남들처럼 벅 타이터스는 까다로운 집주인이어서 그의 중기 빅토리아 양식의 농가는 지나칠 정도로 깔끔했다. 또한 마음에 들 정도로 군더더기가 없었다. 마치 수도사의 방처럼 단출한 거실은 육중한 참나무 의자, 멋진 탁자보도 없는 탁자, 틀에 박힌 '전집'과 더불어 역사와 탐험에 관한 다소 무거운 많은 책들, 다듬지 않은 원석으로 만든 거대한 벽난로가 전부였다. 그리고 재떨이들은 단단한 도기류와 백랍으로 만들어져 밤새 담배를 피워대도 문제없었다. 보냉통에 항상 준비되어 있는 조각얼음과 탄산수 병과 함께 위스키는 참나무 식기장에 고스란히 놓여 있었다.

그러나 벅 타이터스에게 영국의 사냥화 복제 그림이 없을 리 없었다.

도리머스에게 늘 고마운 존재였던 이 은둔처는 이제 피난처가 되어 있었

고, 오로지 벽하고 있을 때만 윈드립과 그 일당과 프랜시스 태스브로우 같은 인물들을 실컷 욕할 수 있었다. 태스브로우는 2월인데도 여전히 태평한 소리만 늘어놓고 있었다. "그래, 저기 워싱턴 상황이 야단법석인 것처럼 보이긴 하지만 그 이유는 단지 자신들이 아직도 윈드립에게 저항할 수 있다고 생각하는 완고한 정치인들이 많이 있기 때문이야. 게다가, 어쨌든 여기 뉴잉글랜드에서는 결코 일어날 수 없을 것 같은 일들이 벌어지고 있지"

그리고 조지아풍의 붉은 벽돌집들과 그린 산맥을 향해 있는 오래된 흰 교회들의 가느다란 첨탑들을 지나 정당한 행사에 참석하러 가는 길에 지인들과 버몬트 산만큼이나 든든한 사람들로부터 익숙한 느릿한 반어법적 인사를 들으니 수도에서 벌어지고 있는 그 광기가 티베트에서 발생한 지진처럼 이질적이고 멀게 느껴지고 하찮게 보였다.

『인포머』에서 도리머스는 끊임없이 정부를 비판했지만 너무 신랄한 태도는 자제했다.

집단 광기는 지속될 수 없을 것이다. 참고 기다리며 지켜보자. 독자들에게 그렇게 충고했다.

그렇다고 그가 당국을 두려워한 것은 아니었다. 그는 단지 우스꽝스러운 이 독재가 지속될 수 있을 거라고는 생각지 않은 것이다. 심지어 지금 이 시기에 도리머스마저도 '여기 미국에서는 일어날 수 없는 일이야.'라고 말하는 것이었다.

그런데 가장 당혹스러운 일 가운데 하나는 열렬한 히틀러주의자들과 몸짓으로 광분하는 파시스트들과 민머리에 월계관을 쓴 카이사르 같은 황제들과는 겉보기에 그렇게 달라 보이는 독재자가 있을 수 있느냐는 점이었다. 마크 트웨인, 조지 에이드, 윌 로저스, 아르테머스 워드 같은 솔직한 미국인의 유머 감각을 어느 정도 갖춘 독재자가 있을 수 있다는 점이 믿어지지 않았다. 윈드립은 턱을 내리깐 엄숙한 반대자들과 자신이 '샴의 벼룩 사냥'이라부른 최고의 훈련법에 대해서 얼마든지 농담을 던질 수 있는 자였다. 그 점 때문에 윈드립이 더 위험한지 아닌지 알 수 없어 도리머스는 혼란스러웠다.

그러다 문득 모든 해적 중에서 가장 무자비하기로 소문난 헨리 모건 경이 떠올랐는데, 그는 젖은 생가죽에 희생자를 산 채로 넣고 꿰맨 후 햇볕에 말라 쪼그라드는 모습을 지켜보는 것을 매우 즐겼다고 한다.

벅 타이터스와 로린다가 끊임없이 티격태격하는 모습을 지켜보았다면 두 사람이 인정하는 것보다 서로 좋아하고 있다고 말할 수도 있었을 것이다. 책을 별로 많이 읽지는 않고 그래서 자기가 정독하는 스타일이라고 생각하는 사람이었으므로 벅은 로린다가 대체로 짬이 날 때마다 비운의 공주에 대한 소설을 좋아하며 열심히 읽는 것이 마음에 들지 않았다. 그리고 그런 소설들이 앤서니 트롤로프나 토머스 하디의 작품보다도 더 훌륭한 행위 지침서라고 경박하게 주장할 때에는 여유를 퍼붓고 헐뜯는 힘이 약해지면 신경질적으로 파이프에 담배를 채워 벽난로 선반에 대고 두드렸다. 그러나 그는 도리머스와 로린다의 관계를 인정했는데, 그 사실은 유일하게 그(와 섀드 레듀)만 짐작하고 있을 뿐이었다. 그리고 이 더부룩한 농부는 자기보다 열 살은 연상인 도리머스에게 심술궂은 노처녀처럼 투덜거렸다.

도리머스와 로린다에게는 벅의 이 우거진 오두막이 피난처가 되었다. 그리고 윈드립이 선출되고 나서 5주 정도가 지난 2월 말 무렵 그들은 그 피난처가 필요했다.

전국적인 파업과 소요에도 불구하고 미니트맨들에 의해 무자비하게 진압되면서 워싱턴에서의 윈드립의 권력은 유지되었다. 연방대법원의 가장 진보적인 법관 네 사람이 사임했고 윈드립 대통령이 호명하기 전까지는 이름이 전혀 알려져 있지 않은 법조인으로 대체되었다. 많은 국회의원들이 컬럼비아 지역 교도소에 여전히 '보호수감'되어 있었다. 다른 의원들은 이성의 여신이 비치는 강렬한 빛을 보았으므로 행복하게 의사당으로 되돌아갔다. 미니트맨들은 충성심이 점점 강해졌다. 그들은 여전히 무급의 자원봉사자였지만 정규군의 봉급을 훨씬 상회하는 '비용 계정'을 받았다. 미국 역사에서 대통령 지지자치고 그렇게 만족스러운 경우는 찾아볼 수 없었다. 그들은 실제 존재하는 온갖 정치적 감투는 물론 실재하지 않는 많은 일거리까지 독차지했다. 그리고 국정 조사 같은 성가신 일이 잠잠해지면 공식 계약 발주처는 모든 계약자들과 아주 행복한 조건으로 계약을 체결했다. … 철강업계의 노련한 한 로비스트는 더 이상 사냥하는 맛이 안 난다고 투덜거릴 정도였다. 모든 정부 구매대행업체들을 한 번에 엮어 조준하는 것이 허용되고 권유되었다.

그러나 모든 변화 중에서도 가장 압권은 각기 다른 주들로 분리된 상태를 갑작스럽게 종식하고 온 나라를 8개 '지방'으로 나누는 대통령령이었다. 윈드립은 그렇게 함으로써 주지사와 모든 주 공무원을 축소하는 절감 효과가 있다고 주장했고, 윈드립의 적수들은 윈드립의 사병을 집중하여 온 나라를 장악하는 것이 용이해질 뿐이라고 주장했다.

새로운 '북동 지방'에는 오시닝을 통과하는 선을 기준으로 북쪽의 신 뉴욕주 전역과 동쪽으로 뉴 헤이븐까지 코네티컷 연안을 제외한 뉴잉글랜드 전역이 포함되었다. 도리머스는 이것이 자연스러운 동질 분할이라고 인정했다. 심지어 그레이터 뉴욕, 오시닝까지 이르는 웨스트체스터 카운티, 롱아일랜드, 뉴욕시에 편입된 코네티컷 지역, 뉴저지, 북 델라웨어, 리딩과 스크랜턴까지 미치는 펜실베이니아를 망라하는 기존의 도시 산업지구인 '메트로폴리탄 지역'보다도 훨씬 더 자연스러워 보였다.

각 지방은 많은 도로 나누어지고, 각 도는 알파벳 문자로 표기한 군으로 나뉘고, 각 군은 시와 읍으로 나뉘는데, 유구한 역사의식과 더불어 유일하게 옛 지명을 간직한 시와 읍만이 그 지역의 자랑스러운 역사에 대한 기억으로 윈드립 대통령에게는 여전히 위협거리로 남아있게 되었다. 다음에는 정부에서 심지어 시의 이름까지도 바꿀 것이라는 소문이 돌았다. 어쩌면 이미 뉴욕은 '버질리언'으로 샌프란시스코는 '샌 새러슨'으로 부를 생각에 이미 들떠 있을 지도 모를 일이었다. 아마도 그 소문은 사실이 아닐 것이다.

북동 지방에는 여섯 개의 도가 있게 된다. 1. 어퍼 뉴욕 주 서쪽 및 시러큐스 포함, 2. 뉴욕 동부, 3. 버몬트와 뉴햄프셔, 4. 메인, 5. 매사추세츠, 6. 로드아일랜드와 다른 지역에 포함되지 않은 코네티컷 나머지 지역.

도리머스 제섭이 살고 있는 제3도는 남 버몬트, 북 버몬트, 남 햄프셔, 북 햄프셔의 4개 군으로 나뉘고 도청 소재지는 해노버로 정해졌다. 도지사는 애머스트 대학, 윌리엄스 대학, 예일 대학의 승인을 얻어 다트머스 대학의 학생들을 분산하여 내보내고 대학 건물을 도청 사무실로 넘겨받았다.

그래서 도리머스는 이제 북동 지방, 제3도, B군, 뷰러 군구에서 살게 되었고, 경탄을 금할 수 없게도 위로는 지방장관, 도지사, 군수, 뷰러 군구 담당 부군수, 그리고 그들에 부속된 모든 미니트맨 호위대와 비상 군사재판관을 두게 되었다.

어느 한 주에 10년 넘게 산 시민들은 국회와 연방 대법원이 무력화되었을 때보다도 자기가 몸담고 살던 주의 정체성을 잃어버린데 더 맹렬히 분개했다. 그런데 사실 그에 못지않게 더욱 분개한 것은, 1월말, 2월, 3월이 거의 다 지나가도록 제각기 받기로 되어 있었던 정부의 선물 5,000달러(혹은 황홀하게도 1만 달러가 될 수도)를 아직 못 받고 있다는 점이었다. 지금까지 워싱턴에서 받은 것이라고는 '자본징수위원회'가 회의 중이라는 고시 외에는 없었다.

선조들이 리 장군 옆에서 싸웠던 버지니아 사람들은 버지니아라는 신성한 주명을 포기하고 남부 11개주를 포함하는, 제멋대로 분할한 단일 행정 단위를 구성한다면 저주를 받을 것이라고 외쳤다. 마이애미 사람들보다도 로스앤젤레스 사람들을 훨씬 나쁘게 생각하던 샌프란시스코 사람들은 캘리포니아 주가 분리되어 북부는 오레곤, 네바다와 다른 지역과 '산악 및 태평양 지방'으로 한데 묶이는 반면, 남부 캘리포니아는 동의도 구하지 않은 채 애리조나, 뉴멕시코, 텍사스, 오클라호마, 하와이와 더불어 남서 지방으로 지정되자 고통에 겨워 탄식했다. 버즈 윈드립의 미래에 대한 전망이 살짝 엿보이는 대목으로서 이 남서 지방은 또한 "믿을 수 없기로 악명 높은 멕시코와 그곳에서 획책되고 있는 유대인들의 음모를 저지할 방어책으로 때때로 미국이 빼앗을 필요성이 있는 멕시코의 전 지역"에 대한 소유권을 주장하는 것이 허용되었다.

도리머스는 한숨을 내쉬며 중얼거렸다. "리 새러슨은 다른 나라의 미래를 보호하는 데는 그나마 히틀러와 알프레드 로젠베르크보다는 훨씬 너그럽군."

어퍼 뉴욕 주와 뉴잉글랜드로 구성된 남서 지방의 지방장관으로는 윈드립의 모든 추종자들 가운데 가장 냉혈한이고 가장 오만했지만 유세 기간 동안에는 광부들과 어부들의 마음을 확 사로잡았던 군인-법률가-정치인-비행사인 듀이 헤이크 대령이 임명되었다. 그는 피가 흐르는 먹이를 좋아하는 강력한 독수리 같은 존재였다. 한편 버몬트와 뉴햄프셔로 이루어진 제3도의 도지사로는 거만하기 짝이 없고 허세가 하늘을 찌르며 정치 역학에 능한 북부 뉴잉글랜드의 정치인 존 설리반 리크가 나타나자 도리머스는 경멸과 분노가 동시에 올라왔다. 공화당 전 주지사로서 윈드립의 애국주의의 변종이라 할 만한 그는 장밋빛 꿈에 부풀어 일찌감치 〈몰락한 중산층 연맹〉 회원으로 전향했다.

심지어 주지사 시절에조차 리크에게 아첨하느라 고생한 사람은 아무도 없었다. 깡마른 벽촌의 한 하원의원은 (12개의 방과 다락방이 있는) 주지사 관저에서 그를 '조니'라고 불렀고, 새파랗게 어린 기자가 "그래, 오늘은 또 뭔 허풍을 치실 건가요?"라고 호통을 치기도 했다.

그런데 다트머스 대학 도서관에 마련된 새 관저로 와서 자신을 만나 윈드립 대통령과 모든 단체장들이 언론계 신사들을 얼마나 훌륭하게 생각하고 있느지에 관해 영광스러운 귀한 정보를 들으라고 도의 모든 편집인들을 소환한 장본인은 바로 이 리크 도지사였다.

해노버에서의 기자간담회에 잠석하러 출발하기 선에, 도리머스는 시시로부터 '시'를 한편 받았다. 적어도 시시는 그렇게 불렀는데, 그 시는 벅 타이티스와 로린다 파이크와 줄리언 팰크와 자신이 벅의 견고한 장원에서 지난밤 늦게까지 힘들여 쓴 것이라고 했다.

> 리크와 함께 할 때는 얌전히,
>
> 헤이크와 함께 할 때는 거짓을.
>
> 비열에 장단을 맞추는 이도 있고,
>
> 뱀에 장단을 맞추는 이도 있네.
>
> 헤이크는 그 주둥이로
>
> 성공가도를 달리고 있지만,
>
> 설리반 리크는 ———
>
> 아 어쩌면 좋나!

"흠, 어쨌든 윈드립은 모든 사람이 일하게 하는군. 그리고 볼품없는 광고판을 고속도로에서 전부 쓸어냈잖아. 관광업계는 좋아하겠군." 대통령이 절대 독단적이지 않을 것으로 의심하던 사람들까지 나이든 모든 편집인들은 그렇게 말했다.

해노버로 차를 몰고 가는 동안 도리머스는 길가에 있는 수백 개나 되는 거대한 광고판을 보았다. 그러나 거기에는 윈드립 홍보와 하단에는 '로얄 필름의 감사를 담아'와 매우 큰 활자로 적힌 '몽고메리 담배'나 '존퀼 발 비누' 같은 후원사의 이름이 적혀 있었다. 주차장에서 예전 다트머스 대학 캠퍼스로 이르는 짧은 보도에서 세 남자가 다가와 중얼거렸다. "커피 한 잔 하게 1달러만 줍쇼. 대장이, 한 미니 마우스가 내 일을 빼앗더니 나를 안 데려갑디다. 내가 너무 늙었답니다." 그러나 그것은 모스크바에서 날아온 유언비어일 수도 있었다.

해노버 기숙사의 기다란 현관에는 미니트맨 장교들이 쇠발톱이 달린 부츠(모든 미니트맨 조직에는 기병이 없었다)를 난간에 걸친 채 접이 의자에 길게 누워 있었다.

도리머스는 실험실의 깨어진 유리 기구들이 전면에 잔뜩 쌓여 있는 과학관을 지나쳤는데, 실험 장비가 모두 치워진 한 실험실에서 미니트맨의 소규모 훈련 분대를 볼 수 있었다.

존 설리반 리크 도지사는 한 교실에서 편집자들을 다정하게 맞이했다. … 전에는 선각자로 존경받았던 원로들은 허접한 의자에 불안하게 앉아 있었고, 그들 맞은편에는 미니트맨 사령관 제복을 걸친 한 뚱뚱한 사내가 사제담배를 피워 대며 환영의 뜻으로 두툼한 손을 흔들고 있었다.

리크는 한 시간 안에 할 말을 끝냈다. 제아무리 똑똑한 사람이라도 그 내용을 발표하려면 대여섯 시간은 걸릴 것이었다. 즉, 말하는 데 5분이 걸린다면, 나머지 시간은 말도 안 되는 뻔뻔한 짓거리를 말함으로써 생기는 구역질에서 회복하는데 소요될 것이었다. … 윈드립 대통령, 새러슨 국무장관, 헤이크 지방장관과 존 설리반 리크 도지사 자신은 공화당원들, 제퍼슨 당원들, 공산주의자들, 영국인들, 나치들, 그리고 어쩌면 황마 산업계와 청어 산업계 사람들로부터 모두 왜곡당하고 있다고 했다. 그래서 정부는 어느 기자든 이 행정부의 일원, 특히 리크 도지사를 새벽 3시에서 7시 사이만 제외하면 아무 때나 방문하여 '실제 내막을 얻기 바란다는 것'이었다.

그리고 나서 리크 도지사 각하는 깜짝 발표를 했다. "그리고 여러분. 이제 여러분에게 어제 막 선임된 네 군수를 모두 소개하는 시간을 가질까 합니다. 아마도 여러분 각자는 자신의 군 출신 군수를 개인적으로 알고 있겠지만, 여러분이 친히 함께 모인 곳에서 이 네 분을 소개하고 싶어서 이런 자리를 마련했습니다. 누가 되었든 이 네 분들도 언론을 향한 억누를 수 없는 저의 이 존경심을 함께 공유하고 있기 때문입니다."

네 군수라는 인물들은 한 사람씩 방으로 머뭇머뭇 들어와 소개 되었는데, 도리머스가 보기에는 다 의외의 작자들이었다. 제일 먼저 배심원 앞에서익 기민함보다는 셰익스피어와 로버트 서비스[48]를 인용하는 것으로 더 유명했 던 시대에 뒤떨어진 변호사가 들어왔다. 정수리 부분의 빛바랜 머리털을 제 외하면 반짝반짝 빛나는 대머리였지만, 그가 할 수만 있다면 1890년대 비극 배우의 가발이라도 썼을 것 같은 느낌이었다.

두 번째 인물은 싸구려 호텔을 급습하기로 유명한 싸움꾼 성직자였다.

세 번째 인물은 다소 수줍어하는 노동자로서 진정한 프롤레타리아라고 할 만했는데, 그는 자신이 그곳에 있다는 사실 자체가 놀라운 것 같아 보였 다. (그는 한 달 후 정치와 채식주의에 관심이 있는 유명한 접골사로 대체되었다.)

마지막 인물이 들어와 편집자들에게 머리 숙여 다정하게 인사했다. 즉 도리머스 제섭이 속한 북부 버몬트 군수로 소개된 인물은 미니트맨 대대 장의 제복을 걸친 위협적인 모습의 거구였는데, 맙소사! 그는 바로 예전에 '섀드'로 불리던 오스카 레듀였다.

리크 도지사는 그를 레듀 '대장'이라고 불렀다. 도리머스는 윈드립이 당 선되기 전에 섀드의 유일한 병역이라고는 연합파견대 사병이 고작이었고, 그나마도 미국의 훈련소 밖을 나가본 적이 없을 뿐더러 제일 치열한 전투 경 험이라고는 술에 취해 하사를 두들겨 팬 것이 전부라는 사실을 기억했다.

리크 도지사가 활기차게 말했다. "제섭 씨, 레듀 대장을 만났을 것 같은 데, 당신의 그 멋진 도시 출신이니까."

"어, 어, 그게." 도리머스는 놀라서 말이 제대로 안 나왔다.

그러자 레듀 대장이 대답했다. "물론이죠. 제섭 씨와는 이미 구면이죠,

---

48. Robert Service. 영국의 역사가, 학자, 작가. 10월 혁명에서 스탈린의 죽음에 이르기까지 소련 의 방대한 역사를 저술했다.

그렇고말고요! 그는 무슨 영문인지 전혀 모르고 있군요. 그는 우리의 사회주의 혁명 경제 1항이 뭔지도 모르니까요. 그는 우월주의자죠. 하지만 그렇게 나쁜 꼰대는 아니니까 근신하기만 한다면 그대로 두고 보겠습니다!"

"훌륭하네!" 리크 도지사가 추켜세웠다.

17장

　설령 여러분이 맹렬히 일하는 중이더라도 비프스테이크와 감자튀김이 여러분 옆구리에 착 붙어 있듯이, 당혹스럽고 시련을 겪고 있을 때는 양서의 말들을 가까이 하라. 내가 백성보다 높은 자리에 있게 된다면 나의 장관들은 열왕기하 18장 31절과 32절의 말을 잊지 말기 바란다. "나에게로 나와라. 그러면 너희는 저마다 제 포도나무와 무화과나무에서 열매를 따 먹고, 제 저수 동굴에서 물을 마시게 될 것이다. 때가 되면 내가 와서 너희를 너희 땅과 다름없는 땅으로, 곧 곡식과 새 포도주의 땅, 빵과 포도밭의 땅, 새 올리브기름과 꿀이 나는 땅으로 너희를 데려가겠다. 그러면 너희는 죽지 않고 살 것이다."

『최고를 뛰어넘는 결정적 순간』 중에서, 버질리어스 윈드립

　버몬트의 전 주도였던 몬트필리어와 최대 도시였던 벌링턴의 항의에도 불구하고 섀드 레듀 대장은 북부 버몬트의 이전 9개 군으로 이루어진 B군의 행정중심지를 포트 뷰러로 정했다. 이 조치가 로린다 파이크가 주장한 대로 섀드가 군청의 일부로 아무 짝에도 쓸모없는 낡은 주택을 매입해서 나오는 이익을 은행가 크로울리와 나누고 있었기 때문인지 아니면 한때 함께 멱 감고 과일주를 홀짝이던 친구들과 자신이 잔디를 깎아주었던 '도도한 척하는

무리'에세 칼나에 오각형 별 아래 '사령관'이라는 글자가 박힌 대대장 군복을 걸친 자신의 모습을 과시할 수 있는 더 건전한 목적을 위해서였는지 도리머스는 결론짓지 못했다.

그 허름한 주택들 말고도 섀드는 예전의 스코틀랜드 군 법원 청사를 모두 넘겨받아 판사의 집무실에 자신의 개인 사무실을 설치한 후 모든 법률서들을 다 비우고 그 자리에 영화와 강력계 형사에 관련된 잡지들을 꽂아놓았다. 그리고 윈드립과 새러슨과 헤이크와 리크의 초상화를 걸어두고 칙칙한 초록색 플러시 천을 덧댄 안락의자(충성스러운 찰리 베츠의 가게에서 주문했지만 비용 부담은 정부 앞으로 해놓아 베티의 분노를 샀다) 두 개를 갖다 놓고, 재떨이 숫자도 두 배로 늘렸다.

책상 중앙 상단 서랍에 섀드는 나체촌에서 온 사진 한 장과 베네딕틴 술 한 병, 44구경 권총 한 자루, 개 줄 하나를 갖고 있었다.

군수들은 인구수에 따라 부군수를 한 명에서 열두 명까지 둘 수 있게 허용되었다. 도리머스 제섭은 섀드가 어느 정도 교양과 허식이나마 예의를 지키는 사람을 부군수로 뽑을 만큼 통찰력을 갖추고 있다는 걸 알고는 놀랐다. 포트 뷰러, 서 뷰러, 북 뷰러, 뷰러 센터, 트리아논, 호세아, 키즈메트의 마을들을 포함한 뷰러 군구를 담당할 부군수로 에밀 스타웁메이어 '교수'를 임명한 것이다.

총검의 이익을 보지 않고 섀드가 대장이 된 것과 마찬가지로 스타웁메이어 씨(미발간이지만 『히틀러와 기타 정열의 시』를 썼다)도 자동적으로 박사가 되었다.

도리머스는 아마도 워싱턴을 혼란스러운 눈길로 바라보는 것보다도 섀드와 스타웁메이어라는 인물에 희미하게 투영되어 있는 모습을 봄으로써 윈드립과 그 일당을 더 잘 이해할 수 있을 것으로 생각했다. 그런 면에서 본다면, 비스마르크, 카이사르, 페리클레스가 고차원의 야망과 살인 의지가 더 강했다는 점만 제외하면 인간성이 탐욕스럽고 미숙하고 포부가 크다는 점에서 버즈 윈드립은 이 영웅들과 닮았다고 할 수 있었다.

6월쯤 되자 미니트맨 등록자가 562,000명으로 늘어났으므로 이제 신입 대원은 선호 내상인 믿을 만한 애국자와 권투선수들로 선별하여 받아들일 수 있게 되었다. 노골적으로 전쟁부는 그들에게 '경비'뿐 아니라 직책에 따라 다양한 급료를 허용하고 있었다. '경위'는 매주 몇 시간만 훈련에 참여하는 대가로 주급 10달러, 전임 준장은 연봉 9,700달러, 총사령관 리 새러슨은 16,000달러를 받아 … 다행스럽게도 다른 잡다한 임무로부터 나오는 봉급은 축내지 않아도 되었다.

미니트맨의 계급으로는 군대의 사병에 해당하는 경위, 분대장 또는 하사, 민병대장 또는 상사, 기수 또는 중위, 대대장 또는 대장, 소령, 중령의 조합, 사령관 또는 대령, 준장 또는 장군, 총사령관 또는 최고 사령관이었다. 냉소가들은 이 명예로운 직책명은 전투 부대가 아니라 구세군에서 가져온 것 같다고 비웃었지만 그런 값싼 조롱이 정당하든 안 하든, 미니트맨 대원은 '사병'이 되는 것보다는 모든 경찰권에서 두려움을 느끼게 만드는 이름인 '경위'로 불리는데 훨씬 큰 자부심을 갖고 있다는 사실에는 변함이 없었다.

방위군의 모든 군인들이 미니트맨의 대원이 되도록 허용했을 뿐 아니라 권장하기까지 하고 세계대전에 참전했던 모든 퇴역군인들에게는 특권이 주어졌으므로, 전쟁부 장관인 오세올라 루손 '대령'은 정규군 장교들을 미니트맨의 훈련 교관으로 활용하도록 새러슨 국무장관에게 후하게 빌려주었으므로 미니트맨은 신생 군대치고는 훈련 받은 사람들의 비율이 매우 놀랄 정도로 높았다.

리 새러슨은 윈드립 대통령에게 세계대전에서 나온 수치를 근거로 대학 교육과 심지어 다른 끔찍한 투쟁에 관해 배우게 한다고 해서 학생들의 남자다움이 약해지기는커녕 실제로는 일반 젊은이보다 더 애국적이고 그 애국심을 열성적으로 표출하며 사람을 죽이는 방면에도 능숙해진다는 것을 입증했다. 그러므로 오는 가을부터는 전국의 거의 모든 대학에 자체 미니트맨 대대를 창설하고 훈련 이수 학점을 졸업 요건으로 규정하게 할 것이었다. 대학생들은 장교로 교육될 것이다. 미니트맨 장교를 배출하는 또 다른 멋진 원천은 체육관과 YMCA 경영학 교실이었다.

그러나 사병 대부분은 도시에 가서 원하는 만큼 빨리 자동차를 몰 수 있는 기회가 생긴다는데 들뜬 젊은 농부들, 작업복을 걸치고 기계를 들여다보는 것보다는 나이든 시민을 혼내줄 수 있는 권위와 제복을 선호하는 젊은 공장 노동자들이었다. 거기다 전과자, 전직 밀매업자, 전직 도둑, 전직 갱들도 꽤 있었다. 특히 전직 갱들은 총과 가죽 구명보호대를 잘 다루고 미니트맨의 상징인 오각형 별의 존엄함 덕분에 완전히 개과천선했다고 주장했으므로 이전의 도덕적 과오를 용서받고 미니트맨 돌격대로서 환영받았다.

총통, KKK단의 최고 마법사, 수령, 신비주의 제단의 최고 지배자, 장군, 대학 코치, 또는 그 외의 모든 고귀하고 자애로운 최고의 존재라는 의미에서 윈드립 대통령을 '각하'라는 호칭으로 처음 부른 애국자는 절대 이러한 잘못을 저지를 사람이 아니라고 했다. 그래서 1937년 영광스러운 기념일인 7월 4일 독립기념일에 무려 50만 명이 넘는 젊은 자경단원들이 제복을 걸치고 괌에서 바 하버에 이르기까지 포인트 배로우에서 키웨스트에 이르기까지 온 도시에 분산되어 열중 쉬어 자세로 서서 합창하는 천사들처럼 노래를 불렀다.

버즈 버즈 각하 만세,
그의 오각형 별도 만세,
전쟁을 불사할 준비가 된 우리와 함께 하는 한
미국이 불행해질 일은 없다네.

이제 미니트맨의 공식 군가가 된 '버즈 버즈'의 이 합창 버전은 비판적인 사람이 얼핏 보기에는 아델라이드 타르 김미치의 까다로운 손길이 가해지지 않은 점이 아쉽게 느껴졌다. 그러나 어찌할 도리가 없었다. 그녀는 지금 행운의 편지를 조직하느라 중국에 가 있다고 했다. 그리고 심지어 미니트맨에 대한 불편함이 채 가시기도 전에 다음날 치명적인 사건이 발생했다.

총사령관 새러슨의 참모 가운데 누군가가 소련의 국기 문장은 육각형 별이 아니라 미국과 같은 오각형 별이라는 사실을 알아챈 것이다. 따라서 그동안 자신들이 소련을 모욕하고 있었던 것이 전혀 아니었다.

그 사실이 밝혀지자 모두 경악을 금치 못했다. 새러슨의 집무실에서는 그런 실수를 처음으로 저지른 그 미지의 멍청이(대체로 그 자신인 새러슨으로 생각되고 있었다)를 향해 불 같은 비난이 쏟아졌고 미니트맨 전 대원에게는 새로운 문장을 제안해 올리라는 명령이 떨어졌다. 미니트맨 막사는 쏟아지는 전보, 전화 통화, 편지, 현수막과 자리에 앉아 연필과 자로 오각형 별을 대체할 수만 건의 그림을 그려내느라 여념이 없는 수천 명의 청년들로 북새통을 이루었다. 삼각형 안의 원, 원 안의 삼각형, 오각형, 육각형, 알파와 오메가, 독수리, 비행기, 화살, 공중에서 터지는 폭탄, 숲에서 터지는 폭탄, 숫염소, 코뿔소 등 온갖 문양이 등장했고 심지어 요세미티 계곡까지 형상화했다. 총사령관 새러슨의 참모진 가운데 한 젊은 소위가 실수로 몹시 괴로워하다가 자살을 했다는 말까지 떠돌았다. 사람들은 모두 이 자살 행위가 탁월한 선택이었으며 더 훌륭한 미니트맨 대원의 정서를 보여주었다고 생각했다. 그래서 그 소위가 버즈 백가몬 클럽에서 단지 술에 취해 자살에 대해 떠들었던 것으로 밝혀지고 나서도 사람들의 생각은 바뀌지 않았다.

결국 무수한 경쟁작이 나왔음에도 리 새러슨 자신이 직접 완벽히 새로운 문장인 배의 조종대를 찾아낸 것은 매우 신기한 일이었다.

새러슨은 그 문양이 국가라는 배는 물론 미국 산업의 바퀴, 자동차의 바퀴와 운전대, 코글린 목사가 2년 전 〈전국 사회정의 연맹〉 프로그램의 상징으로 제안했던 바퀴 그림, 그리고 특히 로터리 클럽의 바퀴 문장을 형상화

한다고 설명했다.

새러슨은 또한 약간 손질을 가하면 히틀러의 상징인 철십자의 꺾인 부분도 의심할 여지없이 원과 연관이 있는 것처럼 보일 수 있고, 또 KKK단의 K 글자는 어떤가라고 주장하는 것이 아주 터무니없지는 않다고 지적했다. K 글자 세 개로 삼각형이 만들어지지 않는가? 그리고 누구나 다 알듯이 삼각형은 원과 관계가 있다.

그래서 새로 만든 문장을 넣은 찬가가 울려 퍼진 것은 9월 충성절(노동절을 대체했다)에 실시된 시연에서였다.

> 버즈 버즈 각하 만세,
> 그의 신비로운 조종대도 만세,
> 우리가 열심히 지키는 한
> 미국이 불행해질 일은 없다네.

8월 중순 윈드립 대통령은 소기의 목적이 모두 달성되었으므로, (선언에서 오로지 지나간 역사의 인물로서만 언급된 프랑 목사가 세운) 〈몰락한 중산층 연맹〉은 이제 폐지된다고 발표했다. 예전의 모든 정파들도 마찬가지였다. 민주당원, 공화당원, 농민-노동자 당원, 무엇이 되었든 모두 없어지고 단 하나의 당파만 남게 될 것이었다. 미국 코퍼레이트(조합) 국가와 애국당파만 존재한다. 대통령은 예전의 유머 감각을 발휘하여 덧붙였다. "아닙니다! 두 개의 당파이겠군요. 코퍼레이트파와 어느 정당에도 속하지 않아서, 상식적 표현을 쓰자면 이제 운이 다한 무당파가 있겠죠!"

코퍼레이트(조합 또는 조합 국가)라는 개념은 새러슨 국무장관이 이탈리아에서 차용해온 것이었다. 모든 직업은 농업, 산업, 상업, 교통 및 통신, 은행 및 보험 및 투자업, 예술과 과학과 교직을 포함하는 나머지 잡다 업종 여섯 계층으로 나뉜다. 미국 노동자 연맹, 철도 노조, 기타 전 노동단체들은 연방 노동부와 더불어 개별 근로자들로 구성된 지역 조합들로 대체되고, 지역 조합 위에는 모두 정부의 감독을 받는 지방 연맹을 두었다. 그와 병행해 각 직종마다 고용주들로 구성된 지역 조합과 지방 언맹도 실지되있다. 마지막으로, 직종에 따른 6개 노동자 연맹과 6개 고용주 연맹은 6개 공동연맹 조합으로 합쳐지고, 여기서 전국조합위원회 위원 24명을 선출했다. 이 전국조합위원회가 노동이나 사업과 관련된 모든 입법을 발의하거나 감독했다.

본인이 적합하다고 생각하는 대로 모든 논쟁들을 통제할 힘과 결정권을 갖고 있는 이 전국조합위원회의 종신 의장이 있었지만 선출직이 아닌 대통령에 의한 임명직이었다. 그리고 (다른 직무와 상충되지 않는다고 주장하며) 그 중책을 최초로 맡은 사람은 바로 리 새러슨 국무장관이었다.

모든 파업과 직장폐쇄는 금지되며 어길 시 연대 처벌을 받게 되므로 근로자들은 파렴치한 선동가가 아닌 합리적인 정부 대표단의 말을 잘 들어야 했다.

윈드립 일당은 자신들을 코르포라티스트(Corporatists, 조합주의자) 또는 줄여서 친숙하게 '코르포스(Corpos)'라고 불렀는데, 대체로 약어인 코르포로 통용되었다.

심술궂은 사람들은 이 코르포스를 비슷한 발음인 코르프스(Corpses, 시체들)라고 불렀다. 그러나 그들은 그 말과는 전혀 무관했다. 그 용어는 오히려 그들의 적에 점점 더 정확히 어울리는 표현이 되어갔다.

• • •

코르포스들은 '국채 발행에 필요한 재원이 완성되는 대로' 모든 가구에 최소 5,000달러를 안겨주겠다고 지속적으로 약속했지만 빈곤층, 특히 더 험악해지고 불만을 품는 빈곤층을 실제로 관리하는 임무는 미니트맨이 맡았다.

지금쯤은 세상에 대고 발표할 수 있었다, 그리고 실제로 명백히 발표되었다. 버질리어스 윈드립 대통령의 선정 하에 실업이 거의 사라졌다고 말이다. 그런데 실상 거의 모든 실업자들은 미니트맨 장교들이 관리하는 거대한 노동 수용소로 불려갔다. 그들의 처자식도 함께 수용되어 요리, 세탁, 옷 수선 등의 일을 떠맡았다. 그곳에 수용된 사람들은 국책 사업에만 동원된 것이 아니었다. 그들은 또한 일당 1달러라는 저렴한 금액을 받고 민간 고용주에게 고용되기도 했다. 물론 유토피아에서조차 인간의 이기적인 본성은 끝이 없으므로, 이로 인해 대부분의 고용주들은 1달러 이상을 지불하던 노동자를 쫓아내려고 했다. 그러면 이 노동자는 결국 노동 수용소로 들어갈 수밖에 없을 것이기 때문에 울며 겨자 먹기로 1달러를 받아들일 수밖에 없었다.

노동자들은 일당으로 받는 1달러 가운데 숙식을 제공받는다는 명목으로 하루에 70센트에서 90센트까지 지불해야 했다.

한때는 개인 소유의 자동차와 욕실도 있었고 매일 고기도 두 끼나 먹던 사람들이 하루에 16킬로미터에서 32킬로미터까지 걸어야 하고, 목욕은 일주일에 한 번 그것도 50여 명이나 되는 사람들과 기다란 욕장에서 함께 하고, 고기는 형편이 되어야 겨우 일주일에 두 끼 먹고 잠은 한 방에서 100명이 침상에서 자야 하는 상황에 처하자 여기저기서 불만이 터져 나왔다. 그럼에도 불구하고 윈드립에게 말도 안 되게 패배한 월트 트로우브리지 같은 단순한 합리주의자가 예상했던 것보다도 저항은 크지 않았다. 그 이유는 매일 저녁마다 윈드립, 새러슨, 비크로프트 부통령, 루슨 전쟁부 장관, 맥고블린 교육선전부 장관, 쿤 장군, 그 외 다른 천재들과 올림포스 신 같은 지위를 누리는 자들의 고귀한 목소리가 확성기를 타고 흘러나와 노동자들에게 전달되었기 때문이다. 친구가 친구에게 다정하게 말하듯 가장 더럽고 가장 지친 이 최하층민을 향해 그들이야말로 새로운 문명을 건설하는 영광스러운 초석이자 전 세계 정복의 전위대라고 감언이설을 늘어놓았다.

수용소의 노동자들은 나폴레옹의 병사들처럼 그 말을 곧이곧대로 받아들였다. 그리고 그들에게는 업신여길 유대인과 흑인이 있었다. 미니트맨들은 반드시 그렇게 했다. 사람은 누구나 자기 아래로 업신여길 사람이 있는 한 본인이 왕이라고 착각하기 때문이다.

인당 5,000달러 지급 계획을 어떻게 요리조리 속일지 결정하게 되어 있는 조사위원회의 결론에 대해 정부에서 발표하는 내용이 매주 줄어들었다. 워싱턴에서 반복적으로 성명을 내는 것보다는 미니트맨의 구타로 불평분자들을 처리하는 쪽이 훨씬 간편해졌다.

그러나 윈드립의 정강 중 대부분의 항목들은 그들의 건전한 설명에 의하면 정말로 이행되었다. 예를 들면 인플레이션을 꼽을 수 있다.

이 시기 미국의 인플레이션은 1920년대 독일에 비할 바는 아니고 만족할 만한 수준이라고 할 수 있었다. 노동 수용소의 임금은 일당 1달러에서 3달러로 올려야했지만 그래봐야 노동자들은 1914년 가치로 환산하면 일당 60센트에 해당하는 금액을 받고 있었다. 모든 사람이 기쁘게 이득을 보았다. 그러나 극빈층, 일반 노동자, 숙련 노동자, 소규모 자영업자, 전문직 종사자, 연금이나 저축으로 생활하는 노부부는 그 틈에 끼지 못했다. 특히 노령층은 수입이 3분의 1로 줄어드는 바람에 정말로 고통을 당했다. 노동자들은 명목상 소득은 세 배로 늘었지만 상점에서 구매하는 모든 상품의 물가는 세 배 이상으로 뛰었다. 가격 변동률이 큰 농작물의 가격은 다른 것보다도 훨씬 가파르게 오른다는 이론을 전제로 하면 농업이 인플레이션으로 대부분 이득을 보았어야 했지만 실제로는 다수가 힘들어했다. 해외에서 첫 구매 파동이 일어나고 나서 미국 제품 수입업자들은 그렇게 가격 변동이 심한 제품을 시장에서 취급할 수는 없다고 생각했으므로 그나마 명맥을 유지하던 수입업자들마저 완전히 수입을 포기했고 그 피해는 고스란히 농민들에게 돌아갔다.

사실상 흥미로운 시간을 보내고 있던 사람들은 프랑 목사와 윈드립 상원의원이 단칼에 쳐내겠다고 별렀던 오래된 이무기, 거대기업이었다.

달러화 가치가 매일 널뛰자 거대기업의 정교한 비용 산정 및 신용 시스템은 너무도 혼란스러웠으므로 사장들과 영업부장들은 대책을 강구하느라 밤새 사무실에 앉아 땀을 뻘뻘 흘려댔다. 그러나 약간 숨통이 트이게 되었는데 달러화 가치 하락으로 채권 형태의 모든 부채를 회수하여 구 액면가로 지불함으로써 1달러에 30센트는 절감할 수 있었기 때문이다. 이런 식으로 통화가 불안정했으므로 근로자들은 봉급을 어떻게 받아야 할지 갈피를 잡기 힘든 데다 노동조합들은 이미 다 없어졌으므로 대규모 산업가들만 인플레이션을 거치며 실질가치로 1936년에 소유하던 것과 비교해 재산이 두 배로 늘어났다.

윈드립의 정강에서 가장 열렬히 훌륭하다고 평가했던 다른 두 항목들은 바로 흑인들을 쳐내고 유대인들의 뒤를 봐준다는 내용이었다.

흑인들은 앉아서 당하지만은 않았다. 흑인 인구 다수가 거주하던 남부 전역의 군들에서는 흑인들이 들고 일어나 모든 자산을 점유하는 끔찍한 경우도 있었다. 그들의 지도자가 주장했듯이 그 사건 이후 미니트맨들에 의한 흑인 대학살이 벌어진 것이 사실이다. 그러나 문화부 장관 맥고블린 박사는 이 모든 주제는 유쾌하지 못하므로 논의하지 않는 것이 좋겠다고 일축해버렸다.

유대인과 관련된 윈드립의 정강 9항의 참된 정신은 전국적으로 충실히 이행되었다. 인종에 대한 편견이 횡행하던 끔찍한 이전 시대처럼 이제 더 이상 유대인들은 멋진 호텔에 출입을 제한당하는 일은 없었지만 요금을 두 배로 내야했다. 또한 무역을 하는데 제한을 받지 않았지만 책임자와 감독관에게 더 높은 뒷돈을 쥐어주어야 하고, 깨끗한 앵글로색슨족으로 구성된 다양한 상인 연합회가 결정해 놓은 모든 법규, 임금, 가격표를 무조건 받아들여야 했다. 그리고 상황을 막론하고 모든 유대인들은 유럽인들의 편견으로 끔찍한 경험을 하고 난 뒤 미국에서 안식처를 찾을 수 있었음에 얼마나 큰 행복을 느끼고 있는지 자주 소리 내어 말해야 했다.

포트 뷰러에서 루이스 로텐스턴은 예전에는 공식 국가인 「별 반짝이는 깃발」이나 「딕시」를, 요즘에는 「버즈 버즈」를 늘 제일 먼저 선창해 왔고, 프랜시스 태스브로우와 크로울리가 예전부터 진정한 친구라고 생각해 왔으며, 선량하게도 무명일 때의 섀드 레듀의 정장 비지를 공짜로 자주 다려주었기 때문에 양복점을 그대로 보유할 수 있게 되었다. 그러나 미니트맨 대원들에게는 명목상 요금이나 4분의 1 가격으로 청구해야 했다.

하지만 메이플 시럽과 낙농기계 대리점으로 충분히 폭리를 취하여 1936년에는 새로운 단독주택과 뷰익 자동차의 마지막 할부금을 다 갚았던 해리 킨더맨이라는 한 유대인은 섀드 레듀가 '유대인 별종'이라 부르는 행태에서 벗어나지 않았다. 그는 국기와 교회와 심지어 로터리 클럽까지 비웃었다. 그러자 이제는 공급자들이 아무런 설명도 없이 대리점 독점권을 줄줄이 취소해버렸다.

1937년 중반 무렵 그는 길가에서 프랑크푸르트 소시지를 팔고 있었고, 단독 주택에 피아노와 고풍스러운 미국 소나무 장식장이 있는 것을 매우 자랑스럽게 여기던 그의 아내는 그들이 옮겨 간 타르 종이로 대충 마감한 단칸방 오두막에서 걸린 폐렴으로 사망했다.

윈드립이 대통령으로 뽑혔을 무렵에는 연방 정부나 지방 정부에 의해 고용된 8만 명 이상의 구호 행정관이 있었다. 구호 대상자 대부분이 노동 수용소로 흡수되었으므로 아마추어든 오랫동안 훈련된 사회활동가든 이 사회복지사들은 오갈 데가 없게 되었다.

노동 수용소를 관리하는 미니트맨들은 너그러웠다. 그들은 노동자들이 받는 일당과 마찬가지로 사회복지사들에게도 일당 1달러와 함께 특별한 숙박 요금을 제시했다. 그러나 좀 더 영리한 사회복지사들은 더 좋은 조건을 제안 받았다. 그것은 바로 전국의 각 가정과 미혼자들을 대상으로 재정 상태와 직업 능력, 병역 훈련, 대체로 미니트맨과 코르포스들에 대해 개인적으로 어떻게 생각하고 있는지에 관해 빈틈없이 알아내어 서류로 정리할 수 있게 돕는 것이었다.

상당히 많은 사회복지사들은 자기들더러 미국 앞잡이들의 스파이나 밀고자가 되라고 요구하는 것이냐며 이 처사에 분개했다. 그러자 이렇게 반발한 사람들은 온갖 사소한 혐의를 뒤집어씌워 교도소나 나중에는 집단 수용소로 보내버렸다. 집단 수용소도 교도소이기는 했지만 구식의 부조리한 감옥 규정으로부터는 자유로운 미니트맨들의 민간 교도소라고 할 수 있었다.

1937년 여름과 초가을의 혼란을 틈타 지역의 미니트맨 장교들은 자기 멋대로 법을 만들며 멋진 시간을 보냈고 유대인 박사, 유대인 음악가, 흑인 언론가, 사회주의자 대학 교수, 사내답게 미니트맨 대원으로 복무하기보다는 책을 읽거나 화학 연구를 선호하는 남자들, 남편이 미니트맨 대원들에 의해 끌려가 사라졌을 때 불평을 일삼는 여자들처럼 타고난 매국노이자 불평분자들은 점점 더 거리에서 구타를 당하거나 친 코르포 성향의 법관들이 보기에 그다지 흔하지 않은 혐의로 체포당하였다.

그리고 점차 부르주아 반동분자들은 캐나다로 탈출하기 시작했다. 한때 흑인 노예들의 탈주를 도와주던 지하조직 〈언더그라운드 레일로드〉의 도움으로 자유로운 공기가 살아 숨 쉬는 북쪽 지방으로 도망쳤던 것과 똑같이 말이다.

캐나다뿐 아니라 멕시코, 버뮤다, 자메이카, 쿠바, 유럽 등지에서도 거짓을 일삼는 빨갱이 선전가들은 코르포스들이 잔인한 범죄를 일삼고 있다고 비난하며 악의에 찬 소책자들을 출간하기 시작했다. 그들이 제기한 의혹에 따르면 여섯 명의 미니트맨 무리가 나이든 랍비를 두들겨 패고 가진 것을 빼앗은 사건이 있었고, 패터슨의 소규모 노동 신문의 편집자를 인쇄기에 묶은 뒤 미니트맨들이 그 시설을 불태우는 동안 그대로 방치한 사건도 있었고, 아이오와에서는 복면을 쓴 청년들이 낄낄거리며 전 농민-노동자 당 정치인의 예쁜 딸을 강간한 사건도 있었다.

거짓을 일삼는 반동분자들(이들 가운데 한때 존경받는 강연가, 변호사, 박사, 작가, 전직 국회의원, 전식 군 상교로 인정받던 많은 사람들은 미국 밖의 세계에 코르포주의와 미니트맨에 대해 그릇된 인상을 심어줄 수 있었다)의 이 비겁한 도주를 종식시키기 위해 정부는 각 항구와 심지어 국경을 가로지르는 아주 작은 길목에까지 용의자 색출을 위한 국경경비대를 네 배나 늘렸다. 그리고 단 한 번의 재빠른 급습으로 모든 민간 공항 및 공영 공항과 모든 비행기 격납고에 출동함으로써 미니트맨 돌격대원들은 숨어드는 반역자들로부터 모든 항공 길을 차단할 수 있으리라고 예상했다.

전국에서 가장 위험한 반동분자 가운데 한 사람이자 1936년 선거에서 윈드립의 경쟁자였던 월트 트로우브리지 전 상원의원은 미니트맨 대원 열두 명이 번갈아가며 밤낮으로 감시했다. 그러나 결국 타협을 모르는 극렬분자라기보다는 비탄에 빠진 미국의 치유를 위해 (프랑 목사를 통해) 하늘에서 기꺼이 보내준 위대한 권력에 맞서 싸움으로써 자기 꼴만 우습게 만들 괴짜라고 할 만한 이 적수는 그다지 큰 위협거리로는 보이지 않았다.

트로우브리지는 자신이 소유한 사우스다코타의 한 목장에 오래 머물렀고, 미니트맨을 지휘하는 정부 요원(파업을 와해시키는데 숙련된 노련한 인물)이 전화를 도청하고 편지도 몰래 뜯어본 후 트로우브리지가 자라고 있는 수염에 대한 이야기 외에 특별히 선동적인 교신은 하고 있지 않는 것으로 보고했다. 트로우브리지는 목장 일을 거들어주는 일꾼들과 집안일을 봐주는 순진한 노부부 말고는 어울리는 사람이 아무도 없었다.

워싱턴에서는 트로우브리지가 이제 슬슬 제정신을 찾기를 바랐다. 어쩌면 싱클레어 대신에 영국 대사로 임명할 수도 있었다.

7월 4일 미니트맨 대원들이 각하와 오각별에게 영광스럽긴 하지만 달갑지 않은 공물을 바칠 시간에 트로우브리지는 특별한 불꽃놀이 행사로 카우

보이들을 기쁘게 해주었다. 저녁 내내 폭죽이 펑펑 터졌고 저택 목초지 주위에는 로마식 불화로가 밝게 빛났다. 트로우브리지는 자신을 감시하는 미니트맨 대원들을 냉대하기는커녕 폭죽 발사대를 설치하는 것을 도와주고 소시지를 안주로 맥주나 한 잔 하자며 따뜻하게 초대해주었다. 적적해하던 젊은 병사들은 그 초대를 받아들여 초원으로 나갔고 폭죽을 쏘아 올리며 몹시 즐거워했다!

그런데 캐나다 면허를 가진 커다란 비행기 한 대가 불도 켜지 않은 채 비행하다가 수비대가 눈치 채지 못하도록 엔진을 끈 후 불꽃놀이가 벌어지고 있던 지역을 향해 날아왔다. 그리고 로마식 불화로를 둘러놓은 목초지를 선회하더니 신속하게 착륙했다.

한편 수비대원들은 마지막 맥주까지 다 비우고 나자 졸리었다. 세 사람은 짧고 거친 풀밭 위에 곯아떨어져 한숨 자고 있었다.

비행 헬멧을 쓰고 있어 얼굴이 보이지 않는데다 기관총까지 들고 있던 남자들이 당황스러워하는 그들을 포위했다. 그들은 아직 깨어있던 수비대원들의 손발을 묶고, 잠들어 있던 대원들을 깨워 열두 명 전원을 비행기의 수화물 칸에 몰아넣고 가두어버렸다.

한편 군인으로 보이는 급습 작전의 대장이 월트 트로우브리지에게 물었다. "준비되셨습니까?"

"그렇소. 저기 상자 네 개만 가져가면 되오, 옮겨주겠소, 대령?"

상자 안에는 각종 편지와 서류들을 사진으로 찍은 복사본들이 들어 있었다.

어울리지 않게 작업복과 커다란 밀짚모자를 걸친 트로우브리지 상원의원은 조종 칸으로 들어갔다. 신속하게 이륙한 비행기는 북쪽의 유도 장치 빛을 향해 날아갔다.

다음날 아침 여전히 작업복 차림의 트로우브리지는 캐나다 위니페그 시의 포트 개리 호텔에서 시장과 아침을 들었다.

그로부터 2주일 후 트로우브리지는 토론토에서 주간지 『민주주의를 위한 창』을 발간하기 시작했고, 창간호 표지에는 버질리어스 윈드립이 대통령이 되기 전 자본가들로부터 개인적으로 선물을 받아 무려 100만 달러나 되는 사익을 취했음을 보여주는 편지 네 통의 복사본이 실렸다. 소지하는 것 자체만으로도 (법적으로는 아니더라도 실제로는) 사형이라는 처벌이 내려질 텐데도 도리머스 제섭에게, 도리머스 제섭과 같은 수천 명의 언론인에게 『민주주의를 위한 창』이 몰래 반입되었다.

그러나 비밀 조직원들이 미국에서 매우 조심스럽게 암약해야 했으므로 트로우브리지는 겨울이 되어서야 운영자들이 〈뉴 언더그라운드〉로 이름 붙인 조직을 완전히 가동할 수 있게 되었다. 이 조직의 목적은 수천 명의 반체제 인사들을 캐나다로 탈출시키는 것이었다.

18장

소도시에는, 아, 내가 좋아하는 지속적인 평온이 있다. 이러한 평온은 워싱턴과 뉴욕 등과 같은 오만한 거대도시에서 온 요란한 도시남이라도 방해할 수 없다.

『최고를 뛰어넘는 결정적 순간』 중에서, 버질리어스 윈드립

대부분의 페이비언[49] 정책과 비슷한 도리머스의 '기다리며 지켜보자'는 방침은 점점 흔들리기 시작했다. 1937년 6월이 되자 특히 더 심해졌다. 그때 그는 모교인 아이세어 대학 학과 졸업 40주년기념식에 참석하기 위해 노스 뷰러로 갔다.

전통에 따라 졸업생들은 웃기는 복장을 착용했다. 그의 학과는 선원복을 걸쳤지만, 이렇게 재미를 주기 위해 의도된 복장을 하고도 대머리에 우울한 모습으로 서성댔고, 심지어 열렬한 코르포스(지역 대장)이던 세 사람의 눈에도 불안한 기색이 보였다.

첫 시간이 끝나고 보니 학과 친구들이 별로 보이지 않았다. 도리머스는 자주 연락을 주고받던 지기인 고전문학 교수 빅터 러브랜드를 찾아가 보았다.

---

49. Fabian. 점진적 변혁을 주장하는 영국의 사회주의 사상 단체.

그는 1년 전 총장인 오언 피즐리가 학생들의 군사 훈련에 대한 비판을 금지시켰다고 도리머스에게 알려준 적이 있었다.

기껏해야 앤 헤서웨이의 집[50]을 흉내 내어 날림으로 지은 오두막은 전혀 호사로운 집이 아니었다. 아이세어 대학의 조교수로는 보통 호사스러운 저택은 꿈도 못 꾸었다. 그런데, 짐짓 멋진 거실은 천을 씌워 놓은 의자들과 말아놓은 카펫과 책 상자들이 잔뜩 쌓여 있어 중고품가게처럼 보였다. 그렇게 어수선한 한가운데에 러브랜드와 아내와 세 아이들, 화학 실험자 아널드 킹 박사가 앉아 있었다.

"이게 다 뭔가?" 도리머스가 물었다.

"학교에서 잘렸어요. 너무 '급진적'이라는 이유로." 화난 음성으로 러브랜드가 대답했다.

"그렇다네요! 이이가 제일 심하게 씹은 것은 글뤼크에 대한 거고, 지금은 헤시오도스의 작품 중 동사의 부정과거 용법을 다루고 있는데 말이에요!" 옆에서 아내가 거들듯 탄식했다.

"글쎄, 그래도 싸지. 서기 300년 이후에 대해서는 어느 것도 제대로 질타하지 않았으니까! 내가 학생들에게 코르포스는 자기들의 견해 대부분을 티베리우스 황제에게서 가져왔다고 가르쳤다거나 리크 도지사를 암살하려고 상당히 애썼다든가 하는 이유로 잘리지 않았다는 게 창피할 따름입니다!"

"그래 어디로 갈 셈인가?"

"그게 문제예요! 어떻게 해야 할지 모르겠어요! 오, 우선은 벌링턴의 아버지 댁으로 가야겠어요. 하꼬방 여섯 개는 되니까요. 아버지는 당뇨병에 걸리셨어요. 하지만 가르치는 일은 어찌 하면 좋을지 난감하네요. 피즐리 총장이 여태 계약 갱신을 미뤄오다가 열흘 전에야 쫓아내겠다고 알려줬거든요. 다른 곳에 내년 일자리를 알아보기에는 너무 늦었어요. 차라리 잘 됐는지 모

---

50. 셰익스피어의 아내 앤 헤서웨이가 결혼 전에 살던 집. 16세기 전형적인 농가주택으로 지어졌다.

르죠! 잘 됐다고요! 서 스스로 확신을 갖기를 좋아했으니 대학교수로서 제가 고귀한 젊은이들에게 고상한 고전의 아름다움에 대한 꿈을 불어넣는 에라스 무스 같은 인물이 아니었다는 사실을 이제나마 인정할 수 있게 되어 기쁘네요. 저는 그저 평범한 고용인에 불과했던 거죠. 지루해하는 학생들을 고객으로 둔 헐값의 고전 상품을 파는 백화점 점원으로 수위처럼 언제든지 고용되었다가 해고되기 쉬운 존재였던 거죠. 로마 제국에서는 선생들이, 심지어 귀족의 가정교사까지 노예였던 사실을 기억하세요? 크레타의 인류학에 대한 이론에 많은 여지를 두더라도 다른 노예들처럼 교수형 당할 수도 있었답니다! 불평하고 있는 건 아니지만————"

갑자기 화학자 킹 박사가 소리를 지르며 말꼬리를 잘랐다.

"불평하고 있는 것 맞네요! 왜 안 그렇겠어요? 애들이 셋이나 되는데? 당연히 불평해야죠! 저를 보라고요, 저야 다행이죠! 유대인의 피가 반이나 섞였는데. 버즈 윈드립과 그의 남자친구 히틀러가 당신들에게 떠들어대는 이 비열하고 교활한 유대인 중에 한 사람이라고요. 너무 교활해서 벌써 몇 달 전부터 일이 어떻게 돌아가는지 의심이 들어서 — 제섭 씨, 저도 막 해고됐거든요 — 유니버설 전자 회사에 이미 일자리를 구했답니다. … 그곳 사람들은 그저 일이나 열심히 하고 연봉 35,000달러 받고 회사에 연간 100만 달러씩 벌어줄 일거리만 찾아주면 유대인이라도 전혀 신경 안 쓰거든요! 에이 시시한 공부도 이제 끝이니 속이 다 시원하네! 그렇긴 해도————"그래도 도리머스는 킹 박사가 마음속으로는 러브랜드보다도 더 슬퍼할 거라는 생각이 들었다. "어쨌든 연구를 포기하고 싶지는 않은데. 아, 망할 놈들!"

한편 아이세어 대학 총장 오언 피즐리 박사의 설명은 전혀 달랐다.

"그 무슨 말씀을요, 제섭 씨! 이곳 아이세어에서는 말과 생각의 자유를 절대적으로 믿는데요. 사실 저희가 러브랜드 교수를 내보내는 이유는 오로지 고전학부에 교수진이 너무 많아서랍니다. 아시다시피 계량 생물 물리학이나 항공기 수리 등에 현대의 모든 관심이 쏠리고 있는 마당에 그리스어와 산스크리트어 등 고전에 대한 수요는 너무 적지요. 하지만 킹 박사에 대해서는, 음, 본인이 자초한 면이 있다고 생각지 않을 수 없군요. 본인 입으로 유대인이라는 걸 자랑하고 다니니까요. 당신도 아시잖아요, 그 ——— 아 이런 이야기는 그만두고 좀 더 즐거운 화제로 돌리죠? 아마 맥고블린 교육선전부 장관이 각 지방과 도의 교육감 인선 계획을 거의 완료했고 엄브리 대학의 앨머릭 트라우트 교수가 우리 북동 지방의 총책임자로 내정되었다는 이야기는 들으셨죠? 게다가 매우 기쁜 소식이 하나 더 있습니다. 트라우트 박사는 — 정말로 해박한 학자요, 뛰어난 웅변가죠! 튜튼어로 '앨머릭'은 '고귀한 왕자'를 의미한다는 사실 알고 계셨나요? — 어쨌든 아주 친절하게도 그분께서 저를 버몬트-뉴햄프셔 도의 교육감으로 임명하셨답니다! 놀랍지 않은가요! 제섭 씨, 이 말을 당신에게 처음 해주고 싶었습니다. 교육감의 주요 업무 중 하나는 당연히 신문사 편집자들과 함께 협력하며 코르포레이트의 올바른 이상을 전파하고 잘못된 이론들과 싸워나가는 위대한 과업을 수행해나가는 것이니까요. 암 그렇고말고요."

요즘에는 편집자들과 함께 협력하며 과업을 수행해나가고 싶어 안달하는 사람들이 꽤나 많군, 도리머스는 그런 생각이 들었다.

도리머스는 문득 그가 고아원에 세워 놓은, 여자속치마 용의 빛바랜 회색 플란넬 천으로 만들어놓은 허수아비 같다는 생각이 들었다.

산업 중심지와 달리 차분한 마을에서는 미니트맨 조직이 그다지 인기가 없었지만, 여름이 지나면서 포트 뷰러에서도 미니트맨 중대가 구성되어 방위군 장교들과 레듀 군수의 지휘를 받으며 무기고에서 훈련 중이라는 소식이 들려왔다. 한편 레듀는 잉고트 부인의 하숙집에 마련한 호사스러운 새 방에서 밤을 새워가며 무기 교범을 읽었다. 그러나 도리머스는 그들을 보고 싶지 않았으므로, 단순하지만 야심만만한 기자인 '닥'(오티스의 별칭) 이치트가 미니트맨 중대를 보고 흥분해 들어와서 토요일자 『인포머』에 사진을 곁들인 기사를 싣자고 했을 때 도리머스는 콧방귀를 뀌었다.

도리머스가 그들을 보게 된 것은 8월이 되어 실시된 첫 공개 퍼레이드에 서였는데, 그다지 유쾌하지는 않았다.

온 동네 사람들이 다 나왔다. 사무실 창 아래로 사람들이 웃으며 몰려가는 소리가 다 들렸다. 그러나 그는 완강히 버티고 앉아 체리 과수원 비료에 대한 기사 편집에 매달려 있었다. (그런데 사실 도리머스는 유치하게도 퍼레이드를 매우 좋아했다!) 전투가 「불라 불라(Boola Boola)」를 두드려대는 군악대의 소리도 그를 창가로 끌어내지는 못했다. 그러자 갑자기 노련한 도급 식자공이자 『인포머』 식자공실장이기도 한 댄 윌거스가 도리머스를 홱 낚아챘다. 그는 집채만큼 키가 컸고 오래 전 바텐더를 그만둔 후부터 쭉 길러온 멋진 검은 콧수염을 기르고 있었다. "그러지 말고 보자고요. 얼마나 볼 만한 데요!" 댄은 도리머스에게 사정했다.

붉은색 벽돌 건물들이 쭉 늘어선 깔끔한 프레지던트 가의 체스터 아서 구역 사이로 남북전쟁 당시의 기병대 제복을 걸친 청년들이 주축이 된 놀랄 정도로 잘 훈련된 중대가 행진하고 있는 것이 보였고 그들이 막 사무실 맞은편에 이르자 시 군악대가 「조지아 행진」을 신나게 연주했다. 청년들은 웃음을 지으며 더욱 걸음을 재촉했고 미니트맨과 배의 조종대가 그려진 깃발을 높이 쳐들었다.

열 살이었을 때 도리머스는 바로 이 거리에서 남북전쟁 참전 육해군 군인회의 현충일 퍼레이드를 지켜보았다. 당시 퇴역군인들은 평균적으로 50세 이하였고, 개중에는 서른다섯밖에 안 된 사람도 있었다. 그들은 가볍고 유쾌하게 재빨리 앞뒤로 흔들며 「조지아 행진」 곡조에 맞춰 행진했다. 그렇게 현시점인 1937년에 격전지 게티스버그와 미셔너리 리지에서 싸웠던 백전노장을 다시 내려다보고 있었다. 오, 도리머스는 예전의 그들까지 전부 볼 수 있었다. 버들피리를 만들어주곤 했던 톰 비더 아저씨, 수레국화처럼 푸른 눈동자의 크로울리 노인, 아이들과 줄넘기도 하며 잘 어울렸는데 나중에 에단 강에서 익사한 잭 그린힐 — 더부룩한 머리가 잔뜩 젖은 채로 누워 있던 그를 사람들이 발견했다. 도리머스는 그들이 행진을 바지는 대상과 행렬의 선두에 선 건장한 기수로 짐작되는 섀드 레듀를 미워하면서도 미니트맨 부대의 깃발, 음악, 씩씩한 청년들을 보고 전율이 일었다.

그는 청년들이 왜 전쟁으로 나아가는지 이제야 이유를 알 것 같았다. 그러나 음악을 뚫고 섀드의 비웃는 소리가 들려오는 것만 같았다. '오, 그렇게 생각한단 말이지!'

미국 정치인의 기질인 비현실적인 유머는 심지어 돌발 상황에서도 계속됐다. 도리머스는 8월말 애틀랜틱시티의 부스터스 클럽[51] 전국 대회에서 열린 민스트렐 쇼[52]에 대해 전해 듣고 『인포머』의 지면에 '그대로 옮겨보았다.' 관중과 익살 문답을 나누는 사람들과 쇼의 진행자는 스키틀 재무부 장관, 루손 전쟁부 장관, 맥고블린 교육선전부 장관 같은 유명한 인물로 분장한 사람들이었다. 쇼는 훌륭했고, 오래 전 엘크스 클럽[53] 식 유머였고, 저 수상쩍은 리 새러슨이 주입하려고 갖은 노력을 했을 것으로 생각되는 권위와 국제 의무 등에 대한 개념으로 얼룩지지 않아서 좋았다. 왜 대기업들은 그렇게 민주적이어서 심지어 자신들과 코르포스까지 우습게 만들고 있으며(부스터 회원들은 이 점이 놀라웠다), 그 점에서 그들은 얼마나 소탈한가!

"지금 당신과 함께 거리를 내려가는 이 숙녀는 누구지요?" 통통한 스키틀 재무부 장관(물방울무늬 면 옷을 걸친 흑인 하녀로 분장했다)이 루손 전쟁부 장관(얼굴을 검게 칠하고 커다란 붉은 장갑을 끼었다)에게 물었다.

---

51. Booster's Club. 특수한 타 단체를 위해 기금을 모금하는 조직.

52. 백인 연예인이 흑인으로 분장하고 노래와 춤을 선보이는 쇼.

53. Elks Club. 지역 사교 골프클럽으로서 중년 남성들에게 새로운 네트워크와 유대관계를 만들어 주었다.

"숙녀는 무슨. 월트 트로우브리지의 주간지라오."

"아, 당신 거는 못 알아보겠는데요. 뼈다귀 양반."

"거 있잖아요 — 당신도 알다시피 — 『금권정치를 위한 창』[54]이잖아요."

그것은 의미를 제대로 알 수 없을 만큼 복잡하지는 않은 악의 없는 장난이며, 사람들(수백만 명의 사람들이 라디오로 부스터스의 클럽 쇼를 듣고 있다)이 관대한 지배자들을 더욱 가깝게 느끼게 해주었다.

그러나 쇼의 절정은 맥고블린 교육선전부 장관이 다음과 같은 노래로 일행을 놀린 부분이었다.

버즈, 위스키, 사업, 얼마나 재밌나!
이 일이 점점 지긋지긋해지네,
워싱턴에서 벗어나는 날
나는 시베리아로 갈 거라네!

도리머스가 알기로는 맥고블린 교육선전부 장관에 대해서 많은 이야기가 떠도는 것 같았다. 그러다 9월말 그에 대해 그다지 유쾌하지 않은 어떤 이야기를 듣게 되었다. 도리머스가 전해들은 바에 의하면 사연은 이렇다.

저 위대한 외과의사-권투선수-시인-선원인 헥터 맥고블린은 많은 적수를 만들어내는 일을 늘 서슴지 않았지만, 마음에 들지 않는 선생들을 쫓아내기 위해 학교 조사에 착수한 후 그런 짓을 너무도 많이 저질러서 경호원들을 대동하고 다니기 시작했다. 이때가 9월이었는데 컬럼비아 대학의 니콜라스 머레이 버틀러 총장이 고집 세고 위험한 사상가들, 특히 의과대학의 반전주의자들을 이미 모두 일소했다고 주장하며 항변하는데도 듣지 않고 맥고블린은 자신이 직접 많은 '위험 요소'를 찾아내겠다며 뉴욕에 있었다. 맥고

---

54. 트로우브리지가 실제 발행한 『민주주의를 위한 창』을 비꼰 표현.

블린의 경호원은 철학을 가르치던 전직 강사 두 사람이었는데, 그들은 각기 몸담고 있던 대학의 학장들로부터 한 가지 예외를 제외하면 모든 점에서 훌륭하다는 평가를 받았다. 그 한 가지 예외란 술이 취하면 수사를 부린다는 점이었다. 그들 가운데 한 사람은 취한 상태에서 심리학자 융을 옹호하느라 다툼이 일어나면 늘 신발 한 짝을 벗어 발굽으로 사람들의 머리를 후려갈기는 습관이 있었다.

맥고블린은 미니트맨 대대장 제복을 걸친 두 사람을 대동하고 본인은 준장의 제복을 입은 채로 나타나 컬럼비아 대학에서 트로우브리지에게 투표했던 모든 선생들을 쫓아내느라 알차게 하루를 보낸 뒤 두 경호원을 옆에 끼고 52번가에 있는 모든 술집에서 한 잔씩 걸치며 누가 먼저 취해서 나가떨어지는지 내기를 했다.

온 술집을 다 순례했음에도 쓰러지지 않고 잘 버틴 맥고블린은 10시 30분쯤 되었을 때 얼큰하게 취해 마음에 애정과 인정이 넘치게 되었으므로 갑자기 예전 리랜드 스탠포드에 다닐 때의 은사와 통화를 해봐야겠다는 멋진 생각이 떠올랐다. 그 은사는 옛날에 빈에서 온 생물학자였으나 지금은 록펠러 연구소에 재직하고 있던 윌리 쉬미트 박사였다. 그런데 쉬미트 박사의 아파트에 있던 누군가가 대신 전화를 받아서 박사님이 외출 중이라고 알려주자 맥고블린은 갑자기 불같이 화를 냈다. "나갔다고? 나갔어? 외출 중이라니 무슨 소리야? 그와 같은 늙은 염소에게 나갈 권리가 어디 있다고! 한밤중에 말이야! 지금 어디 있어? 여기는 경찰국이다! 그 작자 지금 어디 있냐고?"

그날 밤 쉬미트 박사는 점잖은 학자이자 랍비인 빈센트 데 베레즈 박사와 함께 있었다.

맥고블린과 학문 꽤나 한 그의 두 고릴라는 데 베레즈 박사의 집으로 찾아갔다. 가는 도중에는 별 일이 없었으나, 택시 운전수와 요금을 놓고 옥신각신하다가 패주고 싶은 걸 꾹 참았다. 세 사람은 취기에 사내아이 같이 우쭐대며 째지는 기분으로 60번가에 있는 데 베레즈 박사의 고풍스러운 집으로 호기롭게 쳐들어갔다. 현관은 무척 낡아 빠졌고 훌륭한 랍비의 초라한 우산과 장화가 드러나 있었다. 그리고 침입자들이 침실을 보았더라면 트라피스트 수도원의 독방 같다는 것을 알았을 것이다. 그러나 전실과 후실이 한데 길게 이어진 거실은 반은 박물관처럼 물건이 진열되어 있고 반은 라운지 같았다. 본인이 그런 물건들을 좋아한데다 남이 가지고 있는 꼴을 보면 배가 아팠으므로 맥코블린은 발루치[55] 족의 기도 깔개, 제임스 왕정 시대의 장식장, 진홍색 양피지 위에 은으로 쓴 아랍 초기의 필사본이 담긴 작은 상자 등을 거만하게 바라보았다.

"반갑소이다! 박사, 안녕하쇼! 독일 양반, 잘 지내셨소? 항체 연구는 잘 되고 있나요? 이 사람들은 니모 박사와, 어, 누구더라 박사인데 슬쩍하는데 명수죠. 제 똘마니들이죠. 당신의 유대인 친구도 소개해 주겠소?"

그런데 아마도 데 베레즈 랍비는 맥고블린 교육선전부 장관에 대해 들어본 적이 없었을 것이다.

세 사람을 안에 들이고 걱정이 되어 거실 문간에서 맴돌던 하인 — 이 이야기 대부분을 전한 유일한 소식통이다 — 말에 의하면, 맥고블린이 비틀거리더니 카펫 위에서 미끄러져 거의 넘어질 뻔 하다가 소파에 자리를 잡고 키득거리며 깡패 같은 두 친구들에게도 앉으라고 권한 뒤 유대인을 향해 물었다고 한다. "이보슈, 랍비 양반. 위스키 한 잔 어떻소? 릴 스카치와 소다로. 당신네 랍비는 아보라 산에서 소북을 두드리며 노래하는 처녀가 건네주는 눈으로 차갑게 식힌 신의 음료 넥타르나 기독교 자녀들을 제물로 바친 피 한 잔 외에는 아무것도 마시지 않는다고 듣긴 하였소만. 하하하, 농담이오, 랍비. '시온의 원로들의 이러한 의례들'이 모두 형편없긴 하지만 선전에는 아주 유용하다는 걸 알고 있소만. 내 말은 우리 같은 평범한 이방인에게는 약간 진짜 오두막 같단 말이오. 알겠소?"

---

55. 파키스탄 내 이란계 소수민족.

쉬미트 박사는 항변하려고 했다. 그러나 백발 수염을 쓰다듬고 있던 랍비는 가냘픈 늙은 손을 내저어 쉬미트 박사에게 아무 말하지 말라고 했고 기다리고 있던 하인에게 손짓을 했다. 하인은 마지못해 위스키와 탄산수를 내왔다.

세련되신 세 책임자는 탄산수를 붓기도 전에 위스키로 거의 잔을 다 채웠다.

"보시오, 데 베레즈 선생. 당신네 유대인들은 왜 스스로 깨달아 다 관두고 시체들을 들쳐 메고 나가 진짜 시온을 시작하지 않는 거요? 말하자면 남아메리카 같은 데서?"

랍비는 갑작스러운 공격에 어찌할 바를 몰랐다. 그러자 쉬미트 박사가 못참겠다는 듯 열을 냈다. "한때 전도유망한 내 제자였던 맥고블린 박사는 지금 교육선전부 장관이자 나도 잘 모르겠지만 워싱턴에서 여러 가지 일을 맡고 있소. 코르포라오!"

그러자 랍비가 한숨을 내쉬며 대답했다. "그 열성적 집단에 대해서는 나도 들어봤소만 우리 민족은 하도 많이 당해서 박해쯤은 아무렇지도 않게 생각하죠. 당신네들 초기 기독교 순교자들의 전술을 쓸 정도로 뻔뻔스러워졌거든요! 우리가 당신네 코르포스의 잔치에 초대받을 일은 없겠지만 — 물론 가장 환영받지 못한다는 것을 알고 있으니까 — 참석하지는 못할 것 같소. 당신도 알다시피 우리는 오로지 한 분의 독재자 하느님을 믿고 있는데 윈드립 씨를 여호와의 경쟁자로 볼 수는 없을 것 같으니까요!"

"뭐라고 씨부렁거리는 거야!" 동행한 경호원 중 한 사람이 중얼거렸고, 맥고블린은 고함을 쳤다. "어림 반 푼어치도 없는 말이군! 너희들 공산주의를 좋아하는 더러운 유대인에게 유일하게 동의하는 게 딱 하나 있지. 그건 바로 모든 잡신들, 여호와, 그 외 오랫동안 연명해온 나머지 신들을 다 던져버렸다는 거지!"

랍비는 어안이 벙벙해서 뭐라고 대답할 엄두도 못 냈지만, 몸집이 작은 쉬미트 박사(도넛 모양의 콧수염을 기르고 배가 볼록 나왔으며 1.3센티미터 굽에 검은색 버튼이 달린 부츠를 신고 있었다)가 대신 나섰다. "맥고블린, 주위에 기자나 말을 옮길 사람이 없으니 옛 스승으로서 솔직히 말해주겠네. 자네가 왜 그렇게 돼지처럼 술을 퍼마시는 줄 알고 있나? 그건 부끄럽기 때문이지! 한때 전도유망하던 연구자로서 썩은 간 같은 뇌를 가진 약탈자들에게 자신을 팔아 버렸으니 부끄럽겠지, 게다가 ──── "

"입 닥쳐, 교수!"

"이런 반동 개새끼들은 묶어놓고 다들 보는 자리에서 두들겨 패줘야 한다고요!" 경호원 가운데 한 사람이 항변했다.

맥고블린이 고함을 쳤다. "너희들 배웠다는 것들은 ─ 고약한 먹물들! 너, 너 유대인, 일반 사람들은 굶는 판에 호사로운 도서관을 갖고 있는 유대인 ─ 각하께서 살려주지 않았다면 지금 이게 가당키나 해! 가난하고 아무것도 모르는 손수레 행상들에게서 몇 페니 쥐어주고 갈취한 책들을 갖고 있는 주제에!"

랍비는 얼이 빠져 꼼짝못하고 앉아 턱수염만 만지작거리고 있었지만 쉬미트 박사는 벌떡 일어서더니 고함을 쳤다. "너희 셋 무뢰한들아, 부르지도 않았는데 누구 맘대로 이곳에 들어온 거지? 이제 그만 가라! 나가! 나가라고! 당장 나가란 말이다!"

그러자 두 사냥개 가운데 하나가 맥고블린에게 물었다. "언제까지 이 유대 잡놈들이 모욕하는 걸 참고 계실 겁니까? 맙소사 우리 코르포 국가와 미니트맨 제복을 싸잡아 욕보이고 있는데? 죽여 버리세요!"

맥고블린은 이미 전작이 많았던 데다, 그곳에 들어온 후에도 위스키를 큰 잔으로 두 잔이나 연거푸 들이켠 상태였다. 그는 갑자기 자동 소총을 확 꺼내더니 두 발을 쏘았다. 쉬미트 박사가 그 자리에서 고꾸라졌다. 데 베레즈 랍비는 관자놀이에서 피를 흘리며 의자에서 미끄러졌다. 경호원 중 한 명이 문가에서 부들부들 떨고 있는 하인에게도 총을 쏘았고, 달아나는 그를 쫓아

거리로 뛰어 내려가 들뜬 기분으로 환성을 지르며 계속 총을 쏘아댔다. 그러나 교차로에서 교통경찰이 쏜 총에 맞아 그 자리에서 즉사하고 말았다.

맥고블린과 나머지 경호원은 체포되어 메트로폴리탄 도지사 앞으로 끌려 갔다. 도지사는 코르포에서도 막강한 지위를 갖고 있어 그의 위력은 주지사 서너 명을 합쳐놓은 것과 맞먹었다.

데 베레즈 박사는 아직 죽지는 않았지만 의식이 제대로 없어 증언을 할 수 없었다. 그러나 도지사는 정부와 그렇게 밀접한 관련이 있는 사건의 경우에는 재판을 미루는 것이 모양새가 좋지 않다고 생각했다.

그래서 랍비의 러시아–폴란드계 하인의 무서운 증언에 맞서 맥고블린과 살아남은 그의 경호원인 펠루즈 대학의 전 철학 조교수의 진지한(이 무렵에는 술도 깬 상태) 진술이 이어졌다. 데 베레즈뿐 아니라 쉬미트 박사 역시 유대인인 것으로 드러났다. 덧붙이자면 그 말은 100퍼센트 사실이 아니었다. 아무튼 이 사악한 두 유대인이 데 베레즈의 집으로 순진한 코르포들을 꾀어 들인 후 겁에 질린 유대인 끄나풀이 '의례적 살해'로 불리는 짓거리를 자신들에게 하려했다는 것으로 몰아갔다.

그래서 맥고블린과 경호원은 정당방위로 인정되어 무혐의처리 되었고, 도지사로부터 굉장한 찬사를 받았다. 그리고 나중에는 윈드립 대통령과 새러슨 국무장관이 전보를 보내어 인간 흡혈귀들과 역사상 알려진 가장 끔찍한 음모에 맞서 국가를 수호한 노고를 치하했다.

다른 경호원을 쏘았던 경찰관은, 코르포스의 정의는 그렇게 꼼꼼하지는 못했으므로, 중징계를 받지는 않고 브롱크스의 따분한 구역으로 전근되었다. 그래서 코르포스 측에서 보면 모두에게 다 만족스러운 결과였다.

그러나 살아남은 경호원과 개인적으로 이야기를 나누었던 뉴욕의 한 기자가 보내온 편지를 받은 도리머스 제섭은 전혀 만족스럽지 않았다. 어쨌든 점잖은 기분은 아니었다. 군수인 섀드는 인도주의라는 구실을 들어 신문배

달 소년들을 모두 내보내고 미니트맨 대원을 고용해 『인포머』를 배포하거나 (신나서 강물에 집어던지게) 했다. "더 이상은 못 참겠군, 못 참겠어." 편지를 접한 도리머스는 격노했다.

그도 데 베레즈 랍비에 대해서는 들어보았고, 그의 사진을 본 적이 있다. 또한 포트 뷰러의 주 의사회에서 윌리 쉬미트 박사의 강연을 들었고, 그 후 만찬에서는 옆에 앉기도 했었다. 만일 그들이 유대인 살인자라면, 도리머스 자신도 살인자일 거라고 맹세하며 이제 정말 사람들을 위해 무엇인가 할 때 라고 느꼈다.

그날 저녁 ― 1937년 9월 말 어느 날 저녁 ― 도리머스는 퇴근도 미룬 채 앞에 놓은 커피와 파이 조각은 손도 대지 않은 채 사무실 책상에 웅크리고 앉 아 사설을 써내려갔다. 드디어 탈고한 후에는 다음과 같이 표시했다. "꼭 실 을 것. 제목 12포인트 활자 ― 톱뉴스로 네모 표시."

다음날 오전에 나올 사설의 서두는 이렇게 시작했다.

코르포 행정부의 무능과 범죄는 새롭게 구성된 정부를 따라다니는 난제들 때문이며, 우리는 그것들이 종식되기를 참을 만큼 충분히 참아왔다. 그렇게 오랫동안 참아온 것을 독자들에게 사죄드리는 바이다.

내각의 한 장관이 술에 취해 쉬미트 박사와 데 베레즈 박사 같은 순수하고 훌륭한 사람들을 상대로 벌인 천인공노할 범죄를 보며 우리는 윈드립과 그의 코르포 갱들이 정직한 모든 반대자들을 살인으로 절멸시키려 한다는 사실을 이제 빤히 알게 되었다.

그렇다고 해서 그들이 전부 맥고블린처럼 사악하다는 말은 아니다. 우리의 친구 레듀, 리크, 헤이크처럼 그저 무능하기만한 사람들도 있다. 하지만 그들 이 터무니없이 무능하기 때문에 자신들의 수령들이 아무런 제지도 받지 않고 사람을 해치는 잔인한 짓거리를 버젓이 저지를 수 있는 것이다.

'각하' 버즈 윈드립과 그의 해적단은 ―――

작은 체구에, 깔끔하고, 희끗한 수염을 기른 사내는 낡은 타자기를 독수리 타법으로 맹렬하게 두드리고 있었다.

식자실장인 댄 윌거스는 생긴 것도 그렇고 고함을 질러대는 것도 나이든 하사관 같았다. 그리고 나이든 하사관처럼 이론상으로는 오로지 상관에게만 고분고분했다. 그는 도리머스가 가져온 원고를 받아들고는 도리머스의 코앞에 대고 흔들며 항변했다. "말 좀 해봐요, 사장님, 설마 지금 이것을 조판하라는 말은 아니겠죠?"

"아닐세, 해주게!"

"어휴, 그렇게는 못하죠! 방울뱀 맹독에 물리라고요! 사장님이 그런 걸 좋아한다면야 교도소에 처박히고 새벽에 쥐도 새도 모르게 총살당하더라도 알 바 아니지만, 그동안 착실히 교회에 다닌 우리 또한 목을 건다면 자살행위나 마찬가지이니 이구동성으로 지옥에 떨어진다고 할 걸요!"

"알았네, 이 겁쟁이! 좋아, 댄, 내 손으로 직접 하겠네!"

"아, 그러지 마세요! 아이고, 미니트맨 손에 돌아가신 사장님 장례식에 가서 '생전 모습 그대로야!'라고 말하고 싶지 않다고요!"

"나를 위해 20년 동안 일하고도 말인가, 댄! 배신자!"

"보세요, 저는 이노크 아든[56]이 아니라고요 — 아니면, 어, 아 그 이름이 뭐였더라? — 이단 프롬 아니 베네딕트 아널드였나, 뭐가 됐든요! — 예전에는 술집 주위에서 서성대며 당신이 버몬트에서 가장 시끄러운 지식층이라고 세상에 대고 말하던 멍청이들을 혼내주고는 했는데, 지금 생각해보니 그때 그 말이 맞는 것 같지만 동시에 ——— " 분위기를 유쾌하게 몰아가서 어떻게든 도리머스의 마음을 돌리려 애쓰던 댄은 갑자기 울부짖기 시작했다. "오 맙소사, 사장님, 제발 하지 마세요!"

---

56. 앨프리드 테니슨의 서사시의 주인공. 아내에 대한 지고지순한 사랑을 바쳤다.

"알고 있네, 댄. 아마도 우리의 친구 섀드 레듀가 열 받겠지. 하지만 나는 데 베레즈 박사를 도륙하는 짓거리 같은 일을 더 이상 참을 수 없네. 우리가 살고 있는 여기서는 안 된다고! 그 원고 이리 주게!"

식자공들과 인쇄공들과 젊은 견습공이 도리머스의 서툰 솜씨에 초조해하면서도 킬킬거리며 서 있는 동안 도리머스는 활자 케이스 앞에 활자들을 쭉 늘어놓은 후 10년 만에 잡아보는 식자용 스틱을 왼손에 들고 미심쩍은 눈길로 케이스를 바라보았다. 그것은 마치 미궁처럼 느껴졌다. "어떻게 배열하는지 까먹었네. e 박스만 빼놓고는 아무것도 찾을 수가 없군!" 불평이 저절로 나왔다.

"에고 못 살아! 제가 할 게요! 너희 구경만 하던 놈들은 다 나가! 괘씸하게도 누가 이것을 설치해놓았는지 제대로 아는 게 하나도 없군!" 보다 못한 댄 윌거스가 고함을 지르자 다른 인쇄공들은 금세 사라졌다! 그래봤자 화장실 문까지 가는 것이 고작이었지만.

한편 편집실에서 도리머스는 자신이 벌인 경솔한 짓의 증거를 야심만만하지만 미숙한 기자 닥 이치트와 줄리언 팰크에게 보여주었다. 줄리언은 지금은 애머스트 대학으로 돌아갔지만 여름 방학 내내 『인포머』에서 일하며 발표가 불가능한 애덤 스미스에 관한 기사와 확실히 발표할 수 있는 컨트리클럽에서의 골프와 무도회에 대한 기사를 잘 짜 맞추었다.

"와, 용기를 가지고 그대로 밀고 나가서 인쇄하셨으면 좋겠네요, 그러면서도 동시에 그러지 마셨으면 하는 마음이에요! 저들이 잡아갈 테니까요!" 줄리언은 그렇게 걱정했다.

"그래요, 그대로 밀고 나가세요! 저들은 감히 그렇게 나오진 못할 겁니다! 뉴욕과 워싱턴에서는 지들 멋대로 재미 보겠지만 사장님은 뷰러 밸리에서는 너무도 강력한 존재니까 레듀와 스타웁메이어도 함부로 어쩌지는 못할 겁니다!" 닥이 외치는 소리를 들으며 도리머스는 문득 이런 생각이 들었다. '이 언론계의 영리한 유다가 내가 곤경에 처하기만을 노리고 있다가 『인포머』를 장악하여 코브포에게 넘겨줄 심산은 이닐까?'

도리머스는 그가 넘겨 준 사설이 인쇄되어 나올 때까지 사무실에 남아 있지 않았다. 집으로 일찍 돌아가 그 증거를 엠마와 시시에게 보여주었다. 두 사람이 반대한다는 의미로 비명을 지르며 사설을 읽고 있는 동안 줄리언 팰크가 들어왔다.

먼저 엠마가 말리고 나섰다. "오, 그럴 수 없어요. 그러지 마요! 그러면 우리 모두 어떻게 되겠어요? 도마우스, 솔직히 말해서 저 자신에 대해서는 걱정하지 않지만, 만일 저들이 당신을 때리거나 감옥에 가두거나 다른 짓을 한다면 저더러 어떡하라고요? 당신이 감옥에 있는 생각만으로도 마음이 찢어질 것 같아요! 깨끗한 속옷도 없을 텐데요! 중단시키기엔 너무 늦었죠, 그쵸?"

"아니. 사실 신문은 밤 11시나 돼야 나와. … 시시, 네 생각은 어떠냐?"

"어떻게 생각해야 할지 잘 모르겠어요! 아, 빌어먹을!"

"왜, 시시." 엠마는 아주 기계적으로 물었다.

흥분한 줄리언이 엉겁결에 말했다. "누군가가 이 작자들을 말리려 하지 않는다면 상황이 점점 더 심각해질 것 같아요. 제가 그 일을 할 수 있으면 좋겠어요. 하지만 어떻게 해야 할까요?"

"너는 이미 그 문제에 대해 답한 것 같은데. 어느 한 사람이 수천 명의 독자에게 말할 권리가 있다면 무엇이겠나 — 이제껏 가장 수긍이 갈 만한 것은 바로 — 아마 진실을 말해야 하는 사제의 의무 같은 것 아닐까. 흠! 다시 사무실에 들러야겠다. 자정 쯤 집에 올게. 다들 기다리지 말도록. 시시랑 너 줄리언, 특히 올빼미인 너희들 둘 말이야! 나와 내 집으로 말할 것 같으면, 우리는 주님을 섬긴다. 버몬트에서 그 말은 밤에는 자야 한다는 말이지."

"그리고 혼자서요!" 시시가 중얼거렸다.

"당연하지, 세실리아 제섭 양!"

도리머스가 잰 걸음으로 나가자 흠모의 눈길로 쳐다보며 앉아 있던 풀리시도 펄쩍 일어나더니 껑충껑충 뛰어나갔다.

웬일인지 엠마의 온갖 탄원보다도 풀리시의 각별한 헌신 때문에 도리머스는 감옥에 가면 어떤 기분일지 느낄 수 있었다.

도리머스는 거짓말을 했다. 사무실로 돌아간 것이 아니라 로린다 파이크가 있는 뷰러 밸리 태번을 향해 계곡으로 차를 몰아 올라간 것이다.

그러나 가는 도중에 사위인 분주한 젊은 파울러 그린힐 박사의 집에 들렀다. 그에게 사설의 증거를 보여주기 위해서가 아니라 — 아마도 투옥될지 모르니 — 그동안 부유하게 누려왔던 가정생활의 또 다른 추억을 간직하기 위해서였다. 버논 산을 멋지게 모방한 그린힐의 집은 매우 유복하고 견고해 보이는 데다, 호두나무 문에 청동 손잡이가 달려 있어 화사했고 메리가 좋아하는 페인트칠한 러시아풍 우편함이 있었다. 도리머스는 현관으로 살금살금 들어갔다. 데이비드의 소리를 들을 수 있었다(하지만 분명 잘 시간이 지나지 않았나? 이렇게 퇴보한 시대에 아홉 살 소년은 몇 시에 자는 거지?). 아이는 아빠와 아빠의 동업자인 나이든 마커스 옴스테드와 신나게 재잘거리고 있었다. 옴스테드는 거의 은퇴한 상태지만 병원을 위해 산부인과와 안과와 이비인후과는 계속 진료를 보고 있었다.

도리머스는 밝은 노란색 린넨 커튼이 드리워진 거실을 들여다보았다. 아이의 엄마는 깃펜, 이름이 새겨진 메모지, 은을 덧댄 압지 등이 완벽하게 갖춰진 단풍나무 책상에 꼿꼿하고 멋진 자세로 앉아 편지를 쓰고 있었다. 파울러와 데이비드는 옴스테드 박사의 의자 넓은 양쪽 팔걸이에 걸터앉아 있었다.

옴스테드 박사가 데이비드에게 물었다. "그래 아빠나 나처럼 의사가 될 생각이 없단 말이지?" 어른들이 심각하게 동요할 때 그러듯 데이비드가 고개를 끄덕거리자 부드러운 머리칼이 나풀거렸다.

"어-어-어. 예. 그럴 거예요. 어, 의사가 되는 것도 멋진 것 같아요. 하지만 서는 할아버지처럼 신문기자가 되고 싶어요. 와우 근사할 거예요! 아빠가 그랬잖아요!"

(도리머스가 속으로 중얼거렸다. '데이비드! 그런 말은 도대체 어디서 들었니?')

"아저씨도 아시잖아요. 있잖아요, 의사는 밤을 새워야 한데요, 하지만 편집자는 그냥 사무실에 앉아 있기만 하면 되고 한가한 데다 아무것도 걱정할 필요가 없데요!"

그 순간 파울러 그린힐은 장인이 문간에서 원숭이 흉내를 내며 서 있는 것을 보고는 데이비드를 타일렀다. "아니, 늘 그렇지는 않단다! 편집자들도 아주 힘들게 일해야 할 때가 있어. 열차 사고와 홍수와 모든 일이 일어날 때를 생각해보면 알 수 있잖아! 그런데 말이야. 아빠에게 마법의 힘이 있다는 거 알고 있니?"

"어떤 마법의 힘이요, 아빠?"

"깊은 안개 속에서 할아버지를 이곳으로 불러낼 테니 잘 보렴 ─── "

(그러자 옴스테드 박사가 툴툴거렸다. "하지만 그가 올까?")

"─── 그리고 할아버지께 편집자가 겪는 모든 어려움을 너한테 말해주시라고 해야겠다. 할아버지가 공기를 가르고 날아오게 해야겠다!"

"아, 아이참, 아빠는 그렇게 할 수 없잖아요!"

"흥, 그럴까?" 파울러는 짙은 붉은색 머리를 부드럽게 비추는 조명을 받으며 엄숙하게 일어서더니 손을 크게 휘저으며 주문을 외웠다. "수리수리 ─ 마수리 ─ 제섭 할아버지 ─ 짠!"

그러자 그 순간 현관으로 들어온 사람은 바로 제섭 할아버지였다!

· · ·

도리머스는 딸 부부 집에 단 10분만 머무르며 속으로 생각했다. '어쨌든, 여기 이 탄탄한 가정에 나쁜 일은 일어나지 않겠지.' 파울러가 문간까지 배웅하자 도리머스는 사위에게 한숨을 쉬며 말했다.

"데이비드가 옳았으면 좋겠네. 그냥 사무실에 앉아 있기만 하고 걱정은 하지 않아도 되게 말일세. 하지만 언젠가는 코르포스와 한 판 붙어야 할 거 같아."

"그러지 않으시길 바랍니다. 더러운 무리들인걸요. 아버님, 어떻게 생각하십니까? 저 탐욕덩어리 섀드 레듀가 어제 저한테 군의관으로 미니트맨에 합류했으면 좋겠다고 하더군요. 언감생심! 그렇게 말해줬습니다."

"섀드를 조심하게나. 뒤끝이 있는 자니까. 우리 건물 전체에 배전을 다시 하게 했다네."

"흥 까짓 레듀 대장이나 똑같은 녀석 쉰 놈이 덤빈다고 해도 무섭지 않습니다! 언젠가 그 자가 복통이 일어나 저를 부르기를 바랄 뿐입니다! 아주 훌륭한 진정제 — 청산가리를 처방해 줄 테니까요. 언젠가는 그 신사께서 관에 누워 있는 모습을 보는 기쁨을 누릴 날이 있겠죠. 아버님도 아시다시피 그게 바로 의사가 갖고 있는 이점 아니겠습니까. 안녕히 가세요, 아버님! 살펴가세요!"

버몬트의 형형색색 가을의 경치를 구경하기 위해 뉴욕에서 아직도 꽤 많은 관광객이 오고 있었으므로 뷰러 밸리 태번에 도착했을 때 도리머스는 로린다가 여분의 타월을 꺼내고 기차 시간표를 확인하며, 밤에 뷰러 강의 폭포 소리가 너무 크다고, 또는 제대로 안 들린다고 불평을 늘어놓는 할머니들을 점잖게 응대하는 동안 초조하게 기다려야 했다. 10시가 될 때까지는 단 둘이 이야기할 기회도 없었다. 그 사이 찻집에 앉아 최신호『포춘』의 지면을 차분히 들여다보고 있는 동안 흥미롭게도 의기양양해 보이는 한 호사가가 매 분 시간을 들여다보는 바람에 도리머스는 인쇄 마감 시간이 점점 다가오고 있다는 사실을 의식하지 않을 수 없었다.

10시 15분이 되자 로린다는 도리머스를 자신의 작은 사무실로 안내했다. 뚜껑이 달린 책상 하나, 책상 의자 하나, 등받이 의자, 더 이상 발행되지 않는 호텔 잡지들이 잔뜩 쌓여 있는 탁자 하나가 전부였다. 독신녀의 분위기에 맞게 깔끔했지만 이미 오래 전 작고한 주인들의 담배 냄새와 옛 편지 파일의 냄새가 여전히 배어 있었다.

"서둘러요, 도리머스. 저 못된 니퍼랑 따질 게 좀 있어요." 그녀는 책상 앞에 털썩 주저앉았다.

"린다, 이것 좀 읽어봐. 내일 신문에 내려고하는데. … 아니, 잠깐. 일어나 봐."

"예?"

도리머스는 자기가 책상 의자에 앉고 그녀를 무릎에 앉혔다. "어머!" 로린다는 놀란 척 했지만 그의 어깨에 볼을 비비며 만족스럽게 중얼거렸다.

"이걸 읽어봐. 내일 신문이니까. 그대로 낼 생각인데, 괜찮을까 — 11시 전에 최종적으로 결정해야하는데 — 꼭 해야 할까? 사무실을 나올 때는 확신이 있었는데 엠마가 두려워해서 ———"

"오, 엠마! 가만있어 봐요. 좀 읽어볼 테니." 그녀는 재빨리 읽었다. 로린다는 늘 그랬다. 다 읽은 후에는 감정 없이 말했다. "그래요. 그렇게 하세요. 도리머스! 그들이 정말로 여기 우리 코앞에까지 왔군요. 코르포스 말이에요. 발진티푸스가 저 멀리 중국 이야기인 줄 알았더니 갑자기 당신 집에서 발병한 것 같은 기분이네요!"

로린다는 다시 도리머스의 어깨에 볼을 비비며 화를 냈다. "생각해봐요! 나보다 고작 두 살 아래이긴 해도 한때 학교에서 1년이나 저 섀드 레듀를 가르쳤는데. 그런데 저렇게 역겹게 굴다니요! 며칠 전에는 찾아와서 뻔뻔스럽게 한다는 말이 자기네 미니트맨에게는 낮은 요금을 적용해 달라고 하더군요. 내가 아무런 면허도 없이 여기서 술을 파는 것을 눈감아 주겠다면서요! 어떻게 그렇게 뻔뻔스럽게 말할 수 있는지, 그것도 거들먹거리면서요. 아, 어쩌죠. 그 작자와 패거리들이 걸핏하면 이곳에 드나들려고 할 텐데! 심지어 스타웁메이어 — 오, 우리의 '교수님'께서는 아주 공정한 인물로 한창 주가를 올리고 있어요! 그리고 레듀를 귓속에 든 벼룩과 함께 쫓아냈더니 — 음, 바로 오늘 아침에 내일 법정에 출두하라는 통지서가 날아왔어요. 저의 소중한 동업자인 니퍼 씨의 불만이 접수되었다나요. 그가 이곳의 이익 분배에 만족하지 않는 것 같다면서요.

솔직히 말해서, 그 작자는 욕먹을 짓은 하나도 하지 않고 하루 종일 앉아서 빈둥거리면서 자기가 한때 플로리다에 무척 근사한 호텔을 갖고 있었다는 자랑질로 손님들을 따분하게 만들기만 하는데. 그리고 니퍼는 여기서 자기 물건을 빼서 시내로 옮겨갔어요. 법정에서 평소에 제가 그 작자에 대해 어떻게 생각하는지 말을 삼가려고 조심하다가 불쾌한 꼴이나 당하지 않을까 걱정돼요."

"아이고 저런! 변호사는 구했어?"

"변호사요? 말도 안 돼요! 그저 니퍼 쪽에서 사소하게 오해한 것뿐인데."

"그래도 변호사를 구하는 게 나아. 코르포스는 온갖 종류의 부정이득과 선동으로 고발하기 위해 법정을 이용하고 있는 거야. 내 변호사 멍고 키테릭이라도 써."

"그는 멍청해요. 냉혈한이기도 하고요."

"나도 알아, 하지만 그래도 다른 변호사처럼 말끔하니까. 모든 것을 아주 꼼꼼히 들여다보고 깔끔히 정리하지. 아마도 정의 따위는 전혀 신경 쓰지 않겠지만 뭔가 이상이 있는 것은 끔찍하게 싫어하거든. 내 말대로 그 사람을 써, 린디. 내일 애핑엄 스완이 재판관으로 나온다고 하니까."

"누구라고요?"

"스완. 새로운 코르포 관직인 제3도 군사 재판관이래. 병력을 갖춘 일종의 순회 재판관이야. 이 애핑엄 스완이라는 인물은 — 오늘 도착했기에 닥이치트에게 인터뷰를 시켰지 — 완벽한 신사–파시스트야. 오스월드 모슬리[57] 스타일이지. 어느 모로 보나 좋은 가문에 하버드를 졸업했지. 컬럼비아 법률학교를 다녔고 옥스퍼드에서도 수학했지. 하지만 보스턴의 금융업계에 투신해 투자은행가가 되었어. 전쟁 동안에는 소령이나 그 비슷한 계급으로 복무했고. 폴로를 즐기고 버뮤다까지 가는 요트 경기에 출전하기도 했지. 이치트 말로는 버터스카치 아이스크림보다도 더 부드러운 매너에 주교보다도 언변이 좋은 대단한 야수라고 하던데."

"하지만 상황을 설명하기에는 섀드 대신 신사하고 말하면 더 좋을 것 같아요."

"신사가 휘두르는 곤봉도 무지랭이가 휘두르는 것만큼 아프다고."

"당신도 참!" 로린다는 안달이 난다는 듯 부드럽게 집게손가락으로 도리머스의 턱 선을 따라 쓰다듬었다.

밖에서 발자국 소리가 났다.

깜짝 놀란 로린다는 벌떡 일어나 등받이 의자에 매무새를 고쳐 앉았다. 발자국 소리는 그대로 지나갔고 로린다는 생각에 잠겼다.

"이 모든 문제와 코르포스는 ——— 저들은 당신과 나한테 무슨 짓인가 할 거요. 그러니 정신 바싹 차려야 해. 우리 둘 다 필사적인 마음에서 정말로 서로 꼭 끌어안고 세상의 나머지 모든 사람들이 악마에게 가도록 내버려두거나 두렵긴 하지만 윈드립에 맞서 매우 깊이 저항함으로써 우리가 무엇을 상징하고 있다고, 그것을 위해서 나머지 모든 것들을 포기해야 한다고 생각하면, 심지어 당신과 나까지도 포기해야 한다고 생각하면 너무 끔찍한 기분이 들어. 그러면 우리 사이를 아는 사람은 없을 테니 욕하지도 않겠지. 우리

57. Oswald Mosley. 영국의 파시스트 지도자. 1932년 무솔리니를 만난 뒤 영국 파시스트 연합을 세우고, 공산당과 유대인, 흑인들을 공격했다.

는 적어도 비난은 받지 말아야 하니까."

"아니요! 안 들을래요. 우리는 싸울 거예요, 하지만 어떻게 깊이 관여할 수 있죠 ― 우리처럼 초연한 사람들이 ―――"

"내일 그 사설 발표할 건가요?"

"응"

"너무 늦어서 취소할 수 없는 건 아니죠?"

도리머스는 책상 위에 있던 시계를 바라보았다. 그 시계는 양 옆에 조지와 마사의 초상화가 있어야 할 것 같은 초등학교 시계처럼 웃기게 생겼다. "음, 그래. 너무 늦었군, 11시가 다 되었으니. 길을 지나쳐왔으니 사무실로 갈 수는 없겠어."

"오늘밤 그냥 잠자리에 들어도 걱정하지 않을 자신 있어요? 아, 저도 당신이 걱정하는 것은 바라지 않아요. 전화해서 작업을 중단시키고 싶지 않은 거 확실해요?"

"물론이야, 그렇고말고!"

"기뻐요! 두려움에 벌벌 떨며 살금살금 도망치느니 총살당하는 게 낫겠어요. 행운을 빌어요!"

로린다는 도리머스에게 입 맞추고 다시 급하게 한두 시간 일에 몰두했고 그 사이 도리머스는 자랑스럽게 휘파람을 불며 집으로 향했다.

그러나 도리머스는 커다란 검은 호두나무 침대에서 깊은 잠을 이룰 수가 없었다. 오래된 집의 문틀에서 나는 밤의 시끄러운 소리에 ― 편안한 벽과 나무 바닥을 가로질러 기어오는 실체 없는 발걸음 소리에 깜짝깜짝 놀라기 일쑤였다.

19장

어떤 대의명분을 제대로 알리려는 사람, 다시 말해서 자신의 메시지를 가장 효율적으로 표현할 방법을 진지하게 연구하여 찾아낸 사람은 좀 더 높은 계층의 사람들이나 감당할 수 있는 모든 진실을 통째로 대중에게 알리는 일이 평범한 사람들에게는 공정하지 않고 그저 혼란스럽게만 할 뿐이라는 사실을 일찌감치 알게 될 것이다. 그리고 많은 열변을 토하다보면 또 하나의 중요한 점을 알게 되는데, 겉보기에는 하찮아 보이지만 실상은 매우 중요한 그 점은 여러분의 관점을 사람들에게 훨씬 더 납득시킬 수 있는 시간대는 바로 저녁때라는 사실이다. 그때는 사람들이 일터에서 지쳐서 돌아와 하루 중 다른 어느 시간대보다도 여러분의 의견에 반대할 가능성이 많지 않기 때문이다.

『최고를 뛰어넘는 결정적 순간』 중에서, 버질리어스 윈드립

포트 뷰러의 『인포머』는 엘르 스트리트와 메이플 스트리트 사이의 프레지던트 스트리트의 웨섹스 호텔 측면 출입구 맞은편에 위치한 지상 3층과 지하로 된 건물을 갖고 있었다. 꼭대기 층에는 식자실이 있었다. 2층에는 편집부와 사진부와 경리부가 있었다. 지하는 인쇄실이었다. 1층에는 보급소와 광고부가 있었고, 길과 면해 있는 접수처가 있었는데 구독신청과 각종 광고 신청을 받았다. 도리머스의 편집장실에서는 길 쪽을 향해 난 유리창을 통해 프

레지던스 스트리트가 내려다보였다. 뷰러 밸리 태번에 있는 로린다 파이크의 사무실보다는 더 크고 그다지 화려하지는 않지만 벽에는 역사적 보물이 걸려 있었다. 측량사가 수채화로 그린 1891년 포트 뷰러 시내 지도, 독수리와 깃발과 대포와 오하이오 주의 지정 꽃으로 완성된 맥킨리 대통령의 유화식 석판 초상화, 선홍색 카네이션, 뉴잉글랜드 편집자 협회의 단체 사진(4번째 줄에서 중산모를 쓰고 있는 흐릿한 세 번째 인물이 도리머스였다), 링컨 대통령의 죽음을 알리는 신문 사본 한 부가 나란히 자리를 차지하고 있었다. 사무실은 꽤 깔끔했다. 특허서류가 있어야 할 보관함에는 겨울 장갑 두 짝과 한 짝, 18구경 산탄총 탄약만 있었다.

도리머스는 습관적으로 이 사무실을 매우 좋아했다. 집의 서재를 제외하면 유일하게 온전한 자기만의 공간이었다. 벅과 로린다를 제외한 다른 누가 그 공간에 있거나 공유하는 것을 무척 싫어했을 것이다. 매일 아침이면 기대감에 부풀어 1층으로 들어와 인쇄기의 잉크 냄새를 기분 좋게 맡으며 넓은 갈색 계단을 올라 사무실에 도착했다.

도리머스는 편집자들이 슬슬 나타날 시간인 8시 전에 이 방 창문에 서서 아래를 내려다보며 사람들이 소매점과 도매점으로 출근하는 모습을 지켜보았다. 미니트맨 제복을 걸치고 있는 사람도 몇 있었다. 상근이 아닌 미니트맨 대원들조차 근무시간 외에도 제복을 입는 경우가 점점 늘고 있었다. 사람들이 웅성거리기 시작했다. 사람들이 『인포머』를 펼쳐드는 것을 보았다. 사람들이 위를 올려다보며 자신이 있는 사무실 창을 가리키는 것이 보였다. 사람들은 안달이 나서 머리를 맞대고 신문의 표지에 대해 갑론을박을 벌였다. 늘 일찍 은행 문을 열러 나가는 크로울리가 지나다가 멈춰 서서 에드 하우랜드의 식료품 가게 점원과 이야기를 나누었는데 두 사람 다 머리를 흔들고 있었다. 파울러의 동업자인 나이든 옴스테드 박사와 루이스 로텐스텐은 모퉁이에서 멈추었다. 도리머스는 두 사람 다 자기 친구로 생각하고 있었지만 『인포머』를 보는 순간 깜짝 놀란 것으로 보아 두 사람도 도리머스를 친구로 생각하는지는 의심스러웠다.

지나던 사람들이 한 둘 모이더니 무리를 이루었고 이제는 엄청난 숫자로 불어나 그의 사무실을 올려다보며 아우성치기 시작했나. 그 가운데에는 전혀 모르는 사람들도 수십 명은 되었다. 읍내로 장보러 나온 착실한 농부들, 한 잔 하려고 온 철딱서니들, 가까운 노동 수용소에서 온 노동자들, 그 모든 사람들이 미니트맨 제복을 걸친 사람들 주위로 물밀듯이 모여들고 있었다. 아마도 많은 사람들이 코르포 국가에 대한 비난에는 전혀 관심 없고, 대부분의 사람들이 갖고 있는 성향인 폭력에 대한 일반적인 쾌감을 고르게 갖고 있었을 것이다.

그들의 웅성거림은 점차 소란스러워지고, 사람소리보다는 불붙은 서까래가 탁탁 튀는 소리에 가까웠다. 그들은 서로 눈길을 주고받았다. 도리머스는 솔직히 두려웠다.

도리머스는 거구인 식자실장 댄 윌거스를 반쯤 의식하며 옆에 있던 그의 어깨에 손을 얹었지만 아무 말도 하지 않았고 닥 이치트가 낄낄거리며 말했다. "저의 간절한 소망은 저들이, 아, 저들이 이곳에 올라오지 않길 바랄 뿐입니다!"

바로 그때 잘 모르는 한 미니트맨의 외침에 자극 받아 군중이 하나로 뭉쳐 재빠르게 움직이기 시작했다. "이따위 개수작을 부리는 신문사는 불태워 버려야 한다, 반역자들 무리에게는 몽둥이찜질이 제격이다!" 그들은 거리를 건너 건물 안으로 난입했다. 그들이 닥치는 대로 휘두르는 소리가 들려오자 도리머스의 공포심은 온데간데없어지고 방어적 차원에서 분노가 확 일어났다. 그는 미친 듯이 넓은 계단을 뛰어 내려갔고 접수실까지 다섯 계단 남겨두었을 때 근처 프라이드웰 철물점에서 닥치는 대로 들고 나온 도끼와 낫을 든 폭도들과 마주쳤다. 그들은 접수실의 카운터를 난도질하며 기념우표가 든 유리함과 문구류 샘플을 부수고 못된 의도를 품은 자들은 소녀 점원의 블라우스를 찢으려고 카운터 너머로 손을 뻗기도 했다.

도리머스는 고함을 쳤다. "당장들 꺼져, 이 망나니들아!"

그들은 무서울 정도로 주먹을 쥐었다 폈다 하며 그를 향해 다가오고 있었지만 도리머스는 그 자리에서 가만히 기다리지 않았다. 두려움이 아니라 미칠 듯한 분노로 부들부들 떨며 한 계단 한 계단 쿵쾅거리며 내려갔다. 한 시민이 그의 손을 잡더니 꺾기 시작했다. 고통이 이루 말할 수 없었다. 그 순간 (마침 상륙해 있던 해병들이 믿을 수 없을 정도로 귀신같이 때를 맞춰 구조하러 나설 참이었으므로 도리머스는 거의 미소를 지었다) 섀드 레듀 군수가 총검을 뽑아든 미니트맨 대원 스무 명을 이끌고 사무실 안으로 급히 들어와 멍청하게도 만신창이가 된 카운터 위에 올라가 큰 소리로 외쳤다.

"이만하면 됐다! 모두들 이곳에서 나가라, 다들 나가란 말이다!"

도리머스를 공격했던 사람은 그의 팔을 놓았다. 도리머스는 자신이 레듀 군수에게, 정말로 섀드 레듀에게 친절하게 신세를 진 것인지 의문이 들었다. 저 더러운 돼지 같은 자가 저렇게 강력하고 의지할 수 있는 인물이란 말인가!

섀드는 계속해서 고함을 질렀다. "우리는 이곳을 때려 부수지 않을 것이다. 제섭은 얻어맞을 짓을 했지만 우리는 해노버에서 명령을 받은 것이 있다. 코르포스가 이곳을 넘겨받아 사용할 것이다. 그러니 이제들 그만 나가라!"

산악 지방 출신의 거친 한 여인이 — 단두대 처형 장소에도 모습을 드러낸 적이 있다 — 카운터 쪽으로 밀고 나와 섀드를 향해 소리쳤다 "저들은 반역자예요! 교수형시켜야 한다고요! 우리를 막아선다면 당신을 목매달 거예요! 나는 내 5천 달러를 원한단 말이에요!"

섀드는 아무렇지도 않게 카운터에서 몸을 구부리더니 여자의 따귀를 갈겼다. 도리머스는 결국 섀드만큼 자신을 없앨 권리가 있던 부인의 앙갚음을 하기 위해 섀드에게 덤비려는 노력으로 자신의 근육이 긴장하는 것을 느꼈지만 곧 긴장을 풀고 영웅주의를 비웃으려는 모든 욕망을 성급하게 포기했다. 군중을 해산시키고 있던 미니트맨의 총검은 진짜였으므로 히스테리를 부리던 사람들도 더 이상 어찌해 볼 수 없었다.

카운터에서 섀드는 쇠톱처럼 날카로운 목소리로 외쳤다. "순순히 응해라, 세섭! 저 자를 끌어내려."

아무런 저항도 하지 않던 도리머스는 무장한 미니트맨 네 명에 포위되어 프레지던트 스트리트를 지나 엘름 스트리트를 올라가 법원 청사와 군 교도소로 향했다. 불현듯 미지의 여정에 나서서 그렇게 갈 수 있다는 점이 참으로 기묘하다는 생각이 들었다. 몇 년이 걸릴 지도 모르는데 거창한 계획이나 차표도 없이, 여행가방도 없이, 심지어 깨끗한 여벌 손수건도 없이, 자신이 어디로 가는지 엠마에게 알리지도 않은 채, 로린다에게도 알리지 않은 채 말이다. 오, 로린다는 어쨌거나 스스로 헤쳐 나갈 수 있을 것이다. 하지만 엠마는 걱정스럽다.

알고 보니 분대장 또는 하사의 계급을 달고 있던 옆의 미니트맨 호송병은 자신이 자주 도와주었던 … 또는 도와주었다고 생각한, 테러 산에서 근근이 살아가던 농부 애러스 딜리였다. 도리머스는 아는 체를 했다.

"아, 애러스!"

"흥!"

"조용! 입 닥치고 어서 움직여!" 도리머스 뒤에 있던 미니트맨 대원이 총검으로 찌르며 재촉했다.

실제로는 그다지 많이 아프지 않았지만 도리머스는 분노가 치밀었다. 지금까지는 자기도 모르는 사이에 자신이 존엄하고 몸이 신성하다고 생각해 왔다. 자신이 야비하게 죽을 수도 있지만 더 이상 천박한 낯선 사람의 손에는 아니었다.

거의 법원 청사에 도착해서야 도리머스는 사람들이 자신을 쳐다보고 있다는 사실을 깨달았다. 죄수로서 감옥에 끌려가고 있는 도리머스 제섭을 말이다! 그는 정치범이 된 것을 자랑스럽게 생각하려고 애썼다. 그러나 실제로는 그럴 수 없었다. 감옥은 감옥일 뿐이었다.

· · ·

군 유치장은 이제 레듀의 본부가 되어버린 군 청사 뒤편에 있었다. 도리머스는 알 수 없는 이유로 체포되어 그곳에 갇힌 온갖 부류의 신기한 하층민들을 동정하며 기자로서 인터뷰하러 왔을 때를 제외하고는 그 어떤 감옥에도 가본 적이 없었다.

서기와 보안관과 판사의 환영을 받으며 늘 정문으로 당당하게 들어서던 편집장의 모습은 온데간데없고 수치스럽게 뒷문으로 들어오게 된 신세란!

섀드는 보이지 않았다. 교도관 네 사람은 도리머스를 말없이 데리고 강철 문을 지나 복도를 내려가 표백제 냄새가 진동하는 작은 독방으로 데려가더니 여전히 아무 말 않고 그곳에 남겨두고 가버렸다. 독방에는 축축한 밀짚 매트리스와 더 축축한 밀짚 베개가 깔린 간이침대 하나, 의자 하나, 찬물 수도꼭지밖에 없는 세면대, 주전자 하나, 옷걸이 두 개, 쇠창살이 달린 조그만 창 하나, 잊히지 않으려는 몸부림에서 "그는 한 해 동안 자유롭게 집에 있으리라."는 신명기의 한 구절을 장식처럼 새겨 넣은 멋진 사인 외에는 아무것도 없었다.

"나도 그러기를 바란다!" 도리머스는 건성으로 중얼거렸다.

때는 아직 오전 9시 전이었다. 그는 말상대도 없이 독방에 계속 있었다. 먹지도 못하고, 오로지 수도꼭지에서 나오는 물을 두 손에 받아 마시고 한 시간에 담배 한 개비만 받은 채 자정이 지나도록 그렇게 낯선 침묵 속에 있으려니 이제야 감옥에 갇힌 사람들이 결국에는 왜 미치는지 알 것 같았다.

"그래도 우는 소리 하지 마. 너는 고작 몇 시간 있었을 뿐인데, 얼마나 많은 불쌍한 사람들이 윈드립보다도 못된 독재자들에 의해 수감되어 몇 년이고 고립무원이었겠어. … 그래, 나와 브리지 게임도 하던 멋지고 훌륭하고 사회적 의식을 가진 판사들도 가끔은 그들을 감옥에 보냈는걸!"

그러나 그렇게 생각을 합리화해도 특별히 기운이 솟지는 않았다.

저 멀리 유치장에서 웅성거리는 소리가 들려왔다. 그곳에는 술주정뱅이와 부랑자와 경범죄자와 미니트맨 대원들이 북적거리며 한데 모여 있는 것이 부러울 성노였시만 그 소리는 사그라드는 정적의 배경음에 지나지 않았다.

도리머스는 갑자기 온몸이 마비되는 것 같았다. 숨이 막히는 것 같아서 필사적으로 헐떡거렸다. 가끔씩만 생각의 갈피를 잡을 수 있을 뿐이었다. 그러다 수치스러운 투옥에 대한 생각이나 더 강하게는 나무 의자의 천을 덧댄 엉덩이 부분이 얼마나 딱딱한지, 그러면서도 매트리스 질이 거의 찌그러진 벌레 수준밖에 안 되는 간이침대보다는 얼마나 더 쾌적한지 등으로 생각이 오락가락했다.

한 번은 갈 길이 분명히 보이는 것 같기도 했다.

"이 독재의 폭정은 주로 거대기업이나 자신의 더러운 일을 하는 선동가의 탓이라고 할 수 없다. 그것은 바로 도리머스 제섭의 잘못이다! 충분히 격렬하게 항의하지 않은 채 선동가들이 준동하도록 내버려둔, 양심이 있고 존경받지만 의식은 깨어있지 못한 모든 도리머스 제섭들의 잘못인 것이다!

몇 달 전 나는 남북전쟁의 도륙과 그것을 초래하도록 도운 극렬 노예폐지론자들의 선동이 악한 것이었다고 생각했다. 하지만 어쩌면 그들은 폭력적이 될 수밖에 없었는지도 모른다. 그렇게 하지 않았다면 나처럼 속편한 시민들은 전혀 각성하지 않았을 것이기 때문이다. 우리의 선조들이 노예제도와 오로지 유한계급만을 위해 유한계급에 의해 운영되는 정부의 폐해에 대해 미리 주의와 용기를 가지고 제대로 알아보았더라면 선동가와 전쟁과 피흘림을 겪지 않아도 되었을 것이다.

남북전쟁, 프랑스 혁명, 그리고 지금의 파쇼 독재 정권을 초래한 장본인은 나 같은 부류의 책임의식 있는 시민이다. 우리는 유복한데다 '배운 자'라고 생각했기 때문에 우리 스스로 우월하다고 느꼈던 것이다. 데 베레즈 랍비를 해친 것은 바로 나 같은 인간이다. 유대인들과 흑인들을 박해한 것도 바로 나 자신이다. 애러스 딜리나 섀드 레듀나 버즈 윈드립을 비난할 것이 아니라 소극적인 내 영혼과 깨어 있지 못한 내 마음을 탓해야 한다. 오, 주여 용서하소서!

너무 늦은 건 아닐까?"

피할 수 없는 홍수의 범람처럼 독방에 어둠이 몰려들면서 도리머스는 다시 한 번 격렬히 생각에 잠겼다.

"그리고 로린다는 어찌 해야 하나. 이제야 양자택일을 해야 하는 현실을 직시하게 되었군. 나의 빵인 엠마냐 아니면 포도주 같은 로린다냐. 하지만 둘 다 가질 수는 없지.

아, 제기랄! 웬 말도 안 되는 소리! 왜 남자는 빵과 포도주 둘 다 취할 수 없고 꼭 우열을 가려야만 한단 말인가?

어쩌면 우리 모두가 빵을 제외한 어떤 것을 쟁취하기 위해 그만둘 수 없을 정도로 싸움이 격해지는 그런 날이 오지 않는다면 … 그리고 어쩌면 빵을 쟁취하기 위해 멈출 수 없을 정도로 싸움이 격해진다면!"

기다림 — 숨 막힐 듯 답답한 독방에서의 기다림. 더러운 창문 유리가 오후에서 석양의 어둠으로 바뀌는 동안 무자비하게 계속되는 기다림.

바깥에서는 무슨 일이 벌어지고 있을까? 엠마, 로린다, 『인포머』사무실, 댄 윌거스, 벅과 시시와 메리와 데이비드는 어찌 되었을까?

이런, 그리고 보니 오늘이 바로 니퍼가 제기한 소송에 로린다가 출두하기로 한 날이었잖아! 오늘이었어! (그 모든 일이 1년 전 일인 것처럼 아득하게 느껴졌다!) 어찌 되었을까? 군사 재판관 애핑엄 스완이 그녀를 제대로 대해 주었을까?

그러나 도리머스는 이렇게 요동치던 마음에서 어느덧 기다림의 무아지경으로 다시 빠져들었다. 하염없이 기다림이 계속 되었고 매우 불편한 작은 의자에서 꾸벅꾸벅 졸며 정신이 몽롱해졌다. 그렇게 터무니없이 늦은 시간에 (자정이 막 지났다) 잠긴 독방 문 밖에 나타난 무장한 미니트맨과 분대장 애러스 딜리의 시골뜨기 특유의 느릿느릿한 말에 정신이 들었다.

"좋아, 이제 그만 포기하는 게 좋을 걸, 포기하라고! 재판관이 보자고 하신다. 재판관이 보자고 하셨다고. 이봐! 내가 분대장이 되리라고는 꿈에도 생각 못했겠지, 안 그런가, 제섭 씨!"

도리머스는 구불구불한 복도를 지나 법정의 낯익은 옆 출입문으로 호송되어 갔다. 그 출입구는 언젠가 아내를 때려죽인, 애러스의 저열한 사촌 태드 딜리가 판결을 받으러 휘청휘청 들어섰던 곳이기도 했다. … 도리머스는 이제 태드와 애러스가 같은 족속이었다는 느낌을 지울 수가 없었다.

또다시 기다렸다. 닫힌 법정 문 밖에서 15분 동안 기다렸다. 도리머스는 기다리는 시간을 활용해 애러스 분대장의 지휘를 받는 세 교도관에게 관심을 기울였다. 그러고 보니 그들 가운데 한 사람은 강도짓으로 윈저에서 복역했던 사실이 기억났다. 그리고 험악한 젊은 농부인 또 한 사람은 이웃에 대한 원한으로 헛간에 방화했다는 혐의를 받았으나 석연치 않게 풀려났다.

도리머스는 복도의 약간 더러운 회색 석회 벽에 기대었다.

"똑바로 서! 도대체 이게 장난으로 보여? 이 늦은 시간까지 우리를 뺑뺑이 돌리는 주제에!" 예전의 무기력한 모습에서 회복되어 젊은 모습을 되찾은 애러스가 부르주아 도리머스에게 휘두르고 싶은 욕망에 불타 총검을 흔들어댔다.

도리머스는 자세를 고쳐 똑바로 섰다.

그는 매우 똑바로 섰고, 호레이스 그릴리의 초상화 아래에 꼿꼿하게 서 있었다.

지금까지 도리머스는 1825년에서 1828년까지 인쇄업자이며 가장 유명한 진보적 편집장이었던 그릴리를 자신의 동료이자 동지로 생각하는 것을 좋아했다. 그러나 이제는 오로지 혁명적인 칼 파스칼에게서만 동지애가 느껴셨다.

이제 나이가 있었으므로 다리가 후들거리고 종아리가 아팠다. 기절하게 될까? 도대체 저 법정 안에서는 무슨 일이 벌어지고 있는 건지?

기절하는 험한 꼴을 당하지 않기 위해 도리머스는 애러스 딜리를 주의 깊게 살폈다. 비록 제복은 아주 새 것이었음에도 애러스는 테러 산 위의 집에서 가족들을 데리고 겨우 근근이 살고 있었다. 한때는 빛나는 하얀 지붕을 갖춘 튼튼한 버몬트 주택이었지만 지금은 진흙으로 더럽혀지고 썩어가고 있었다. 그의 모자는 납작하게 눌려 있었고 바지에는 뭐가 묻어 있었으며 각반은 구멍이 나 있고 상의 단추 하나는 떨어질듯 실밥에 대롱대롱 달려 있었다.

'애러스에게 독재자가 되어 군림하고 싶은 마음이 특별히 없지만, 마찬가지로 파시스트나 코르포스나 공산주의자나 군주제주의자나 자유로운 민주적 선출자나 그 외에 뭐라고 부르든 상관없이 애러스가 내 위에 독재자로 군림하는 것도 원치 않아! 그것 때문에 반동분자 소리를 듣게 되더라도 괜찮아! 거짓으로 한 모든 악수에도 불구하고 내가 정말로 야심이 없는 사람을 좋아했다고 생각지는 않아. 주님께서는 우리가 제비 못지않게 찌르레기도 사랑하라고 초대한다고 생각지 않아? 물론 나는 그렇지 못하지! 오, 나도 알고 있어. 애러스가 힘겹게 살아왔다는 것을. 융자금에 애들이 일곱이나 되지. 하지만 사촌인 헨리 비더와 댄 윌거스, 그래 피트 뷔통, 캐넉 사람들도 있지, 이들은 애러스와 길 하나 사이에 두고 살며 아주 정확히 같은 땅에서 살아왔어. 그들 모두 가난하게 태어났지만 충분히 깔끔하게 살아왔어. 그들은 적어도 귀도 깨끗이 씻고 문턱까지 말끔하게 닦을 수 있어. 설령 내게 자유로운 성찬식에서 복음을 읽게 한다고 해도 자유 의지와 완전한 자기 수행 의지라는 미국 감리교회의 교리를 포기하려 한다면 천벌을 받을 거야!'

애러스는 법정 안을 들여다보더니 키득거리며 서 있었다.

갑자기 로린다가 나왔다, 자정이 넘었는데!

로린다의 동업자인 사마귀 니퍼가 그 뒤를 따라 나오는데 쭈뼛쭈뼛하면서도 승리에 찬 표정이었다.

"린다! 린다!" 도리머스는 무슨 일인지 호기심을 보이는 교도관들의 낄낄거림을 무시하고 손을 내밀며 로린다를 향해 다가가려고 했다. 그러자 애러스가 도리머스를 뒤로 잡아끌며 로린다를 향해 빈정거렸다. "그냥 가라, 저쪽으로!" 그러자 로린다는 발걸음을 옮겼다. 로린다는 언제 냉철했었느냐는 듯 심사가 뒤틀리고 활기를 잃은 모습이었다.

애러스는 낄낄거리며 비웃었다. "핫 핫 핫! 당신 친구, 파이크 자매께서
_____"

"내가 아니라 아내의 친구일세!"

"좋아. 마음대로 부르라고! 당신 아내의 친구 파이크 자매는 스완 재판관을 어떻게든 구워삶으려고 애를 썼지. 그런데 어쩌나. 니퍼 씨와의 동업관계도 이제 박탈당했으니. 이제 그곳 여관은 니퍼 씨가 관리할 거고 파이크자매는 응당 그래야 하듯 부엌에 돌아가 솥뚜껑 운전이나 해야 할 걸! 자기가 그토록 멋있고 독립적이라고 생각하고 있는 당신네 집 여자들도 얼마 안 있어 똑같은 신세가 될 걸!"

다시 도리머스는 총검을 의식할 정도의 분별력이 생겼다. 그때 갑자기 법정 안쪽에서 강건한 목소리가 들려왔다. "다음 사건! 도리머스 제섭!"

재판관 석에는 미니트맨 중대장 제복을 걸친 섀드 레듀, 소위 역할을 맡은 전 학교장 에밀 스타웁메이어와 제3의 인물로 M.J. 글자가 깃에 새겨진 가상 대령 혹은 지휘관 제복을 걸친 키가 크고 약간 잘 생겼고 얼굴이 팽팽한 인물이 있었다. 그는 아마 도리머스보다 열다섯 살 아래였을 것이다.

도리머스가 알기로 이 인물은 바로 보스턴 출신의 애핑엄 군사 재판관이 틀림없었다.

미니트맨 호송대가 도리머스를 재판석 앞으로 데리고 간 후 두 사람은 그 옆에 남고 아직 앳된 얼굴의 농가 청년과 전직 주유소 종업원이었던 두 교도

관은 범죄인들이 드나드는 옆 출입문 안쪽에서 보초를 섰다.

스완 지휘관은 마치 옛 친구를 맞이하기라도 하듯 천천히 일어나 도리머스에게 정답게 말을 건넸다. "이보시오. 성가시게 해서 미안하군. 알겠지만 그저 일상적인 질문이오. 앉으시오. 여러분, 도리머스 씨의 경우에는 굳이 어리석은 정식 심문을 할 필요는 없을 것 같소. 나 같이 속된 무허가 도박사의 취향에는 너무 신비로운 느낌을 주는 이 높은 제단에서 내려가 순진한 피고와 온갖 죄를 저지르는 변호사들이 앉는 저 터무니없이 큰 탁자에 모두 앉는 것이 좋겠소. 선생, 먼저 내려가시죠. 대장 당신도 내려가시죠." 그리고 교도관에게 말했다. "잠깐 밖으로 나가서 대기하겠나? 문을 닫아주게."

애핑엄 스완의 경박스러움에도 불구하고 스타웁메이어와 섀드는 걸치고 있는 제복 못지않게 한껏 거드름을 피우는 모습으로 탁자로 내려왔다. 스완도 그들을 따라 경쾌하게 내려와 아직 서 있는 도리머스에게 다가가더니 거북이 등으로 만든 담뱃갑을 내밀며 흥겹게 중얼거렸다. "한 대 피우시오, 도리머스 씨. 우리 모두 너무 딱딱할 필요 없잖소?"

도리머스는 마지못해 담배를 하나 집었고, 스완이 앉으라고 가리키는 의자에 마지못해 앉았다. 스완의 날카로운 손짓에는 더 없이 경쾌하게 상냥함이 묻어나왔다.

"사령관, 나는 제섭이오. 도리머스가 내 이름이오."

"아, 알겠소. 그렇겠군. 정말 그렇군, 지극히 뉴잉글랜드적이로군. 도리머스라." 스완은 억세고 말끔한 두 손을 목 뒤로 감고는 나무 안락의자에 뒤로 기대고 있었다. "내가 하는 말 잘 들으시오. 당신도 알다시피 사람의 기억이라는 것이 별로 믿을 게 못 되지. 존칭은 생략하고 그냥 '도리머스'라고 부르겠소. 당신도 알다시피 원래 존칭은 이름에 붙일 수도 세례명이나 성에 붙일 수도 있기는 하지만. 어쨌든 존칭을 붙이지 않는 편이 친근하고 든든한 느낌이 들거요. 자, 도리머스, 나는 미니트맨에 있는 내 친구들에게 부탁했소. 이곳 지역 단위들이 가끔 그런 것처럼 그들이 그렇게 성가시지는 않을 것으로 믿고 있소. 하지만 그들에게 당신을 이곳으로 초대하라고 명령했소. 정말로 언론인으로서 당신의 조언을 얻기 위해서요. 당신이 보기에 이곳의 농민들은 대부분 징신을 차리고 고르포를 기정사실로 받아들일 준비가 되어 있는 것 같소?"

도리머스는 투덜거렸다. "하지만 내가 이해하기로는 나는 이곳으로 끌려왔소. 그리고 당신이 알고 싶다니 덧붙이자면 당신의 미니트맨 분대는 당신이 '성가시다'고 말하는 그 자체요! 내가 윈드립 대통령에 대해 쓴 사설 하나 때문에 말이오."

"오, 그랬었소, 도리머스? 알겠소? 내가 옳았다는 것을? 우리 기억이라는 게 그렇게 부질없단 말이오! 이제야 안건에 언급되어 있던 ─ 당신도 알고 있는 ─ 그런 종류의 사소한 사건이 생각나는 것 같구려. 한 대 더 피우겠소?"

"스완! 이런 쫓고 쫓기는 고양이-쥐 놀이는 싫소. 적어도 내가 쥐인 상태로는 말이오. 당신들이 내게 씌운 혐의가 뭐요?"

"혐의라고? 아, 저런! 그냥 별 것 아니오. 악의적 명예훼손, 외부세력에 비밀 정보 유포, 대반역죄, 살인적인 폭력 교사 등등 당신도 알다시피 늘 질리도록 듣는 문장이지. 그리고 도리머스 당신이 우리말만 잘 듣는다면 전부 아주 간단히 벗어날 수 있는 혐의들이지. 내가 얼마나 애처로울 정도로 당신과 친해지고 싶어 하는지, 이곳에서 겪은 당신의 경험으로부터 헤아릴 수 없이 큰 도움을 받고 싶어 하는지 이제 알겠지. 당신이 제대로 사리분별을 하기로 결정하기만 한다면 ─ 당신도 알다시피 당신이 살아온 존경스러운 세월들에 아주 적합하도록 ──────"

"이런, 나는 전혀 존경스럽지 않소, 그런 걸 좋아하지도 않고. 겨우 예순일 뿐이오. 정확히는 예순한 살이라고 해야겠소."

"숫자가 뭐 중요하겠소. 나는 마흔일곱인데 내 젊은 제자들이 이미 나를 존경스럽다고 부르리라 전혀 의심하지 않소. 하지만 내가 하려는 말은, 도리머스 ———"

(왜 스완이 그렇게 부를 때마다 도리머스는 분노로 얼굴이 일그러졌을까?)

"원로 협의회의 일원으로서 당신의 지위와 당신 가족에 대해 — 당신도 알다시피 그들에게 무슨 일이 일어난다면 너무 구역질나지 않겠소 — 책임을 고려했을 때 당신도 그렇게 경솔하게 굴 여유는 없을 거요! 우리가 원하는 것은 당신이 신문사 일을 해나가는데 우리와 손을 잡는 거요. 코르포스의 계획과 아직 공개되지 않은 각하의 계획들을 당신에게 설명할 기회가 생긴다면 나도 무척 흡족스러울 거요. 당신은 완전히 새로운 광명을 보게 될 거요!"

섀드가 투덜거렸다. "저 자가요? 제섭은 코앞에 들이대도 광명을 알아볼 수 없습니다!"

"대장, 잠시만 참으시오. … 그리고 도리머스, 또한 물론 우리는 이 근방에서 행정부에 은밀하게 반대하는 것을 알고 있는 모든 사람의 완벽한 명단을 넘김으로써 우리를 돕도록 요구할 작정이오."

"밀고하라고? 나더러 말이오?"

"바로 그거요!"

"만일 내가 피소되었다면 ——— 내 변호사 멍고 키테릭을 불러서 이 말도 안 되는 곰 곯리기 놀이가 아니라 정식으로 재판을 ———"

"별난 이름이로군. 멍고 키테릭이라니! 오, 맙소사! 왜 그리스 문법책을 손에 든 탐험가의 우스꽝스러운 사진이 자꾸 연상되지? 도리머스 당신은 사태 파악이 잘 안 되나 보군. 적법한 법적절차인 법원 출두 영장은 너무, 너무 안 좋다고! 의심할 여지 없이 마그나 카르타 시대에서 유래한 옛 신성한 의무들은 모두 유보되었다고. 아, 하지만 당신도 알다시피 일시적이지 — 위기상황 — 불행히도 군사법의 필요성 ———"

"젠장, 스완 ———"

"사령관님, 아시겠지만 저런 멍청이에게 군사 징계에 대해 알려주시다니 어리석은 짓입니다!"

"당신도 그것이 절대로 일시적이지 않다는 것은 잘 알고 있을 텐데! 그것은 영구적이지 않소 — 다시 말해서 코르포스가 존재하는 한은."

"그럴 수 있겠시!"

"스완 사령관, 당신이 '그럴 수도 있다'고 하면 베일리의 탐정소설 레기포춘 스토리에 나오는 '나의 아줌마'처럼 될 수도 있다는 말이겠군요, 안 그런가요?"

"아직도 탐정 소설 광이 있다니! 하지만 너무 뻥이 심해!"

"그야 에블린 워[58]가 그렇죠! 사령관 당신은 유명한 요트선수이자 승마선수이면서도 아주 뛰어난 문인 아닙니까."

"승마선수에 요트선수에 문인이라! 도리머스, 심지어 내 구역에서 깜냥도 안 되는 주제에 나를 욕보이려고 하나? 오, 도리머스 그럴 수야 없지! 그렇다면 당신의 최대 약점인 저 소중한 친구 로린다 파이크 부인으로 좀 아프게 해줄까? 아니, 아니! 법의 지상권에는 아주 어울리지 않지!"

갑자기 섀드가 또 끼어들었다. "그래, 제섭, 당신의 여자 친구와 아주 근사한 시간을 가졌지. 전에 당신과 그 여자 사이에 있었던 비밀도 이미 다 알고 있어."

도리머스가 벌떡 일어나는 바람에, 그의 의자가 뒤로 밀려 바닥에 넘어졌다. 도리머스는 탁자 너머 섀드의 멱살을 움켜쥐려고 했다. 애핑엄 스완은 그를 잡아 또 다른 의자에 도로 앉혔다. 도리머스는 분노로 딸꾹질이 나왔다. 섀드는 심지어 일어설 수고조차 없이 경멸적으로 이야기를 이어갔다.

"코르포스에 대한 염탐 정보를 빼내는데 협조하지 않는다면 너희 둘은 꽤 곤란을 겪을 것이다. 도리머스, 지난 2년 동안 린디와 어울려 노느라 재미있지 않았나! 아무도 모를 줄 알았나, 아니지! 하지만 당신이 몰랐던 것은 바로 린디 — 그 여자처럼 매부리코에 삐쩍 마른 나이든 여자가 어떻게 그렇게 활

---

58. Evelyn Waugh. 영국 소설가 겸 평론가. 제2차 세계대전에 종군하여 이후 작품에는 초기의 특징을 간직하면서도 완전히 사실적으로 기울어 종교적 질서의 실재를 주제로 삼게 되었다.

력이 넘칠 수 있는지 꿈에도 생각 못했겠지! — 그리고 그 여자가 당신을 감쪽같이 속이며 여관에 묵는 온갖 추잡한 놈과, 그리고 물론 어린 동업자 니퍼와도 놀아난 것은 모르겠지!"

스완의 우악스런 손은 — 매니큐어를 바른 원숭이 손처럼 컸다 — 도리머스가 의자에 그대로 앉아 있도록 꽉 잡고 있었다. 섀드는 킬킬거렸다. 손가락을 꼰 채 앉아 있던 에밀 스타웁메이어는 상냥한 척 웃고 있었다. 스완은 도리머스의 등을 토닥였다.

도리머스는 로린다에 대한 모욕보다는 무기력한 외로움이 느껴져서 주저앉았다. 너무 늦은 밤이었고 너무 조용했다. 밖에서 대기하고 있던 교도관들이 들어오는 것이 차라리 기쁘게 느껴질 정도였다. 세 재판관에게 실컷 유린당하고 난 뒤라 아무리 거칠게 폭력적이라 하더라도 그들의 시골뜨기 특유의 순진함이 오히려 위안이 될 것 같았다.

스완은 차분하게 말을 계속했다. "그렇지만 영리한 문학 탐정 나리, 아가사 크리스티와 도로시 세이어즈와 노먼 클라인을 논할 만큼 유쾌하긴 하지만 정말 본론으로 들어가야겠군. 앞의 주제들은 혹시나 각하께서 우리 둘을 같은 감옥에 넣는 날이 온다면 해볼 수도 있겠지! 친애하는 도리머스, 군이 당신의 법적 대리인 멍키 키터리지 씨를 굳이 번거롭게 할 필요가 없소. 나는 이 재판을 진행하라는 권한을 부여 받았소. 아주 충분히 말이오, 도리머스. 보스턴의 옛 이름 세인트 보톨프의 즐거운 분위기라 하더라도 재판은 재판이란 말이오! 그리고 증언에 관해서라면, 이미 필요한 것은 모두 갖고 있소. 훌륭한 로린다 부인이 무심코 내뱉은 자백, 각하를 비난하는 당신의 사설에 나온 실제 원문, 그리고 레듀 대장과 스타웁메이어의 수많은 보고서가 있지. 그 중 하나만 들이대도 당장 끌고 나가 총살해야 마땅하지! 증거 하나만으로도 충분히 그렇게 할 위력이 있다고! 그러나 누구나 실수하게 마련이지. 사람은 또 정말로 매우 자비로우니까. 그리고 우리는 자네를 그렇게 죽여 땅에 비료로 쓰기 보다는 훨씬 더 좋은 용도를 찾았다네. 알겠지만 당신은 땅에 비료가 되기에는 너무 깡말라서 별 효과도 없을 것 같군.

　해노버에서 하달된 리크 도지사의 명령에 의해 방금 『인포머』의 편집장이 되었지만 분명히 아직은 기술적 훈련이 부족한 스타윰메이어 박사를 돕고 가르치도록 당신을 가석방하겠다. 당신은 그를 도와야 할 것이다 ― 오 기쁘게도 그러리라고 확신한다! ― 그가 완전히 배울 때까지. 그러고 나면 당신을 어떻게 처리할지 알겠지! … 당신은 몸에 밴 탁월한 솜씨를 한껏 발휘하여 계속 사설을 쓰게 될 거요. 오, 내가 장담하건대 사람들이 늘 당신의 걸작을 논의하기 위해 보스턴 광장에 들를 거요. 몇 년 간 그래왔던 것처럼! 하지만 앞으로는 오로지 스타윰메이어 박사가 말하는 대로만 쓰게 될 거요. 무슨 말인지 알아들었소? 음. 오늘은 이미 시간이 많이 지났으니 당신이 쓴 그 혹평에 대해 비루한 사과문부터 쓰게 될 거요. 그야 물론 당신 측에서 봤을 때 비루하다는 거지! 당신도 알겠지, 당신 같은 노련한 언론인들은 이러한 일들을 아주 깔끔하게 마무리하거든. 그저 당신이 비뚤어진 거짓말쟁이였다고 그 비슷한 짓을 했다고 뭐 확실하면서도 농담조로 시인하기만 하라고. 알지! 그리고 다음 주 월요일 구정물처럼 구린 대부분의 다른 신문들과 마찬가지로 각하의 『최고를 뛰어넘는 결정적 순간』 연재를 시작하게 될 것이다. 그것을 즐기게 될 걸!"

　갑자기 문가에서 소란스러운 소리와 고함소리가 들렸다. 보이지 않는 수비대로부터 나오는 항의였다. 파울러 그린힐 박사가 안으로 밀고 들어와 팔을 양 옆구리에 깊은 채 탁자를 향해 성큼성큼 다가오며 소리쳤다. "당신네들 우스꽝스러운 재판관 셋이서 지금 뭐하고 있는 거요?"

　"이렇게 경솔한 친구는 누구신가? 다소 짜증스럽군." 스완은 섀드에게 물어보았다.

　"파울러 박사입니다. 제섭의 사위죠. 그리고 못돼먹은 연기자입니다. 그 이유는요, 며칠 전 우리 군에 있는 미니트맨 전대원을 위해 건강검진을 맡아달라고 요구했더니 뭐라고 대답했는지 아십니까? 이 붉은 머리의 건방진 작자가 이곳에서 — 사령관님과 저와 리크 군수와 스타웁메이어와 우리들 모두는 다른 장교들의 제복을 훔치지 못한다면 노동수용소에서 도랑을 파고 있을 부랑자 무리라고 모욕했답니다!"

"아, 그가 정말로 그랬소?" 스완이 가르랑거리는 목소리로 물었다.

파울러가 항변했다. "거짓말입니다. 당신을 언급한 적도 없습니다. 심지어 당신이 누구인지도 모르는데요."

"훌륭하신 양반, 내 이름은 애핑엄 스완 사령관, M.J.이요."

"흠, M.J.라. 그래도 잘 기억나지 않는데요. 들어본 적이 없어요!"

섀드가 끼어들었다. "그나저나 수비대는 대체 어떻게 통과한 거지, 파울러? (그 기다랗게 내려오는, 시시각각 변하는 붉은 머리를 '닥'보다 더 친숙한 이름으로 부를 엄두가 나지 않았다.)

"아, 당신의 미니 마우스들이 전부 나를 알고 있지. 당신의 가장 똑똑한 총잡이들 대다수는 입에 담을 수 없는 온갖 병들을 내가 다 치료해주었으니까. 나는 그저 문간에서 이곳에 직업상 볼일이 있어서 온 것이라고 말했을 뿐이오."

스완은 최대한 친절을 가장했다. "오, 그러면 우리가 당신에게 무슨 볼일을 만들어줘야 하나 — 지금 이 순간까지도 그런 일이 있는지 몰랐는데. 그래서 당신도 이 용감한 시골뜨기 아스클레피오스[59] 가운데 하나란 말이지?"

"그렇소, 나는 의사요! 그리고 당신이 전쟁에 참가한다면 — 간드러지게 말하는 걸 보니 의구심이 들기는 하지만 — 나 또한 재향군인회원이라는 것을 알면 흥미로울 거요 — 하버드를 휴학하고 1918년 입대했다가 다시 돌아와 학업을 마쳤소. 그리고 당신네들 얼치기 히틀러 세 사람에게 경고해두고 싶은데 ——— "

"아! 하지만 이보게 친구! 군-인-양반! 너무 너무 막가는군! 이러다가는

---

59. Aesculapius. 그리스 신화에 나오는 의술의 신.

당신을 책임지는 사람으로 다루어야 할 수도 있어 — 이렇게 무례하게 갑자기 나타난 것은 물론 지금 한 멍청한 짓에 대한 책임을 물어야 할 수도 있단 말일세!"

파울러는 분노로 이글거리며 두 주먹으로 책상을 짚었다. "나도 더 이상은 못 참겠소! 당신의 그 놀리는 얼굴에 한 대 ——— "

그러자 섀드가 주먹을 치켜들고 탁자를 돌아갔지만 스완이 제지시켰다. "아니, 마저 하게 내버려둬! 제 스스로 무덤을 파는 것이 좋은가 보군. 자네도 알다시피 스포츠에 대해 참 요상한 갖가지 생각을 가진 사람들도 있으니까. 어떤 젊은이는 정말로 낚시를 좋아하니까. 그 끈적끈적한 비늘과 비린내가 역겨운데도 말이야! 그건 그렇고, 의사 양반 더 늦기 전에 나 또한 모든 전쟁들을 끝내기 위한 전쟁에 소령으로 참전할 날이 있을 거라는 생각을 알려주고 싶긴 하지만 어디 계속 해보게. 아직은 뭐라 하는지 좀 더 들어보고 싶군."

"이제 낄낄거리는 농담은 좀 그만 두시겠소, M.J.? 당신네들이 제섭 씨를 납치해 간 것을 더 이상 참을 수 없다는 — 다들 같은 마음이오 — 그 말을 하러 온 것뿐이오. 온 뷰러 밸리에서 가장 진실하고도 도움이 되는 분을 말이요! 뒤에서 음모를 꾸미는 전형적인 납치범들이란 말이오! 아무리 옥스퍼드의 가짜 로즈 장학생 같은 말투로 단지 또 다른 겁쟁이가 되어 장난감 병정 제복을 걸치고 공개적인 적수를 살해하려는 의도를 감출 수 있다고 생각한다면 ——— "

스완은 유행하는 방식으로 가장 품위있게 손을 올렸다. "잠시만, 의사 양반. 그렇게 훌륭해지고 싶은가?" 그리고는 섀드를 향해 말했다. "이 동무의 이야기는 충분히 들을 만큼 들은 것 같은데, 안 그런가, 군수? 저 작자를 끌어내 총살시키게."

"알겠습니다! 지당하신 말씀입니다!" 섀드는 씩 웃더니 반쯤 열린 문에 서 있던 호송대를 향해 소리쳤다. "당장 6인 분대, 소총 장전 완료하고 대기

시키도록, 알겠나?"

복도에서 멀지 않은 곳에 보초들이 있었고, 그들의 소총은 이미 장전되어 있었다. 1분도 채 안 되어 애러스 딜리가 문에서 경례를 하자 섀드가 외쳤다. "들어 와!" 그리고 파울러를 가리키며 명령했다. "이 더러운 사기꾼을 잡아 밖으로 끌고 가라."

파울러가 몸부림치며 저항했지만 그들은 그를 붙잡았다. 애러스 딜리는 파울러의 오른쪽 손목을 총검으로 찔렀다. 수술을 위해 그토록 많이 씻었던 그의 손에서 피가 흘렀고 피와 마찬가지로 그의 붉은 머리칼도 이마 위에서 마구 뒤엉켰다.

섀드는 자동 권총을 뽑아들고 행복하게 내려다보며 그들과 함께 나갔다.

한편 파울러에게 다가가려고 몸부림치던 도리머스는 두 교도관에게 완강히 잡힌 채 그들의 억센 손에 입막음을 당했다. 에밀 스타웁메이어는 약간 겁먹은 것처럼 보였지만 애핑엄 스완은 즐겁고 흥겹다는 듯 팔꿈치를 탁자에 기댄 채 연필로 이빨을 톡톡 쳤다.

바깥에서는 일제 사격 소리와 함께 끔찍한 비명이 울려 퍼졌고 마지막 확인 사살이 이어지더니 그 후로는 고요해졌다.

20장

유대인들이 정말로 골칫거리인 점은 그들이 잔인하다는 사실이다. 역사 지식이 좀 있는 사람이라면 그들이 중세 시대 내내 비밀 지하묘지에서 가난한 채무자들을 어떻게 고문했는지 알 것이다. 반면에 북방 인종은 관대함과, 친구, 아이들, 개, 열등한 인종에게 인정을 베풀기로 유명하다.

『최고를 뛰어넘는 결정적 순간』 중에서, 버질리어스 윈드립

스완 재판관이 그린힐에게 내린 선고에 대해 듀이 헤이크의 지방 법정에서 열린 조사는 군수인 레듀의 증언에 영향을 받았다. 레듀는 처형 직후 그린힐의 자택에서 트로우브리지의 『민주주의를 위한 창』을 비롯하여, 마르크스와 트로츠키의 서적, 각하를 암살하도록 시민들을 부추기는 공산주의 소책자 등 매우 불온한 문서들을 은닉해 둔 것을 발견했다고 증언했다.

그린힐의 아내인 메리는 남편이 그런 것들을 읽은 적이 전혀 없다고, 설령 있었다 해도 정치에는 전혀 관심이 없었다고 주장했다. 하지만 당연히, 그녀의 진술은 레듀 군수, (학자이자 청렴결백한 사람으로 온 사방에 알려진) 스타읍메이어 부군수, 군사 재판관 애핑엄 스완의 진술을 꺾을 수 없었다. 오히려 일벌백계로 그린힐이 남긴 모든 부동산과 자산을 몰수함으로써 메리를

처벌할 필요가 있었다.

어쨌든 메리는 매우 필사적으로 싸우지 않았다. 어쩌면 그녀 자신이 자기에게 죄가 있다고 깨달았는지도 모른다. 단 이틀 만에 그녀는 포트 뷰러에서 제일 힘차고 총명하고 말을 똑 부러지게 하던 여인에서 초라하고 더러운 상복을 질질 끌고 다니는 말없는 수척한 여인으로 몰락했다. 메리는 아들과 함께 아버지 도리머스 제섭의 집으로 들어갔다.

제섭이 그녀와 그녀의 재산을 지키기 위해 싸웠어야 했다고 말하는 사람들도 있었다. 그러나 법적으로 불가능한 일이었다. 그는 가석방 중으로 적절히 구성된 당국의 의지에 따라 언제라도 교도소형에 처해질 수 있었다.

그렇게 메리는 친정으로, 신부가 되어 떠나갔던 화려하게 치장된 처녀 시절 자기 방으로 돌아왔다. 그곳에 얽힌 추억을 견딜 수 없다며 결코 '완전히 단장될' 것 같지 않은 다락방을 썼다. 그곳에 낮이고 밤이고 하염없이 앉아 있기만 할 뿐 아무 소리도 내지 않았다. 그러나 일주일이 지나자 데이비드는 마당을 뛰어다니며 매우 즐겁게 놀고 있었다. … 그것도 다름 아닌 미니트맨 장교 놀이를 하면서.

온 집 안이 죽은 것 같았고, 데이비드와 어쩌면 부엌에서 부산하게 움직이는 캔디 부인을 제외하고는 집 안의 모든 사람들이 미지의 무엇인가를 영원히 기다리며 두렵고 초조한 모습이었다.

예전 제섭 가문의 식사 시간은 매우 즐겁기로 유명했다. 도리머스는 캔디 부인과 시시를 상대로는 가벼운 이야기를 했고 그린란드로 갈 생각이라는 폭탄선언과 윈드립 대통령이 코끼리를 타고 펜실베이니아 애비뉴를 달려갔다는 이야기 등으로 엠마를 몹시 당황하게 만들곤 했다. 그리고 캔디 부인은 모든 훌륭한 요리사처럼 물불 안 가리고 온갖 맛있는 음식으로 가족들을 식곤증에 시달리게 하다가 이미 배가 빵빵해진 도리머스에게 다진 고기 파이, 달달함의 극치에 눈이 튀어나올 정도로 아낌없이 쇼트닝을 투척한 사과 파이,

기름에 구운 옥수수 조각, 구운 닭고기를 곁들인 단 감자, 크림으로 만든 대합조개 수프 등을 조금 더 먹지 않겠냐고 몰래 권하곤 했다.

그러던 것이 끔찍한 일이 휩쓸고 간 뒤에는 분위기가 완전히 바뀌었다. 메리는 거의 말이 없는데다 일부러 '용감한' 척하지 않았고 물 잔처럼 핏기가 없었으므로 가족들은 초조하게 그녀만 바라보았다. 그들이 말하는 모든 것이 파울러의 죽음과 코르포스로 귀결되는 것 같았다. 누군가 "가을 날씨가 참 따뜻하네요."라고 말하면 식탁에 있던 사람들은 '그래서 눈이 흩날리기 전에 미니트맨 대원들이 어디든 아주 오랫동안 행진하고 다닐 수 있겠군.' 이런 식으로 생각하는 것이 느껴져 목이 메어 급하게 마실 것을 달라고 할 지경이었다. 메리는 늘 그렇게 석상처럼 앉아 옆에 모인 따뜻한 보통 사람들을 오싹하게 만들었다.

그래서 아홉 살짜리 데이비드가 자기 인생에서 처음으로 식탁 대화를 주도하게 되었을 때 데이비드 자신은 정말로 매우 좋아했지만 할아버지 입장에서는 마냥 그렇게 좋아할 수만은 없었다.

데이비드는 완전히 신난 원숭이처럼 풀리시, 새로운 놀이친구들(제분업자 메더리 코울의 아이들), 뷰러 강에는 악어가 거의 보이지 않는다는 기정 사실, 로텐스턴의 아들이 아버지와 함께 올버니로 드라이브했다는 좀 더 유동적인 사실 등에 대해 수다를 떨었다.

도리머스는 아이들을 귀여워했고 그들에 대해 좋게 말했다. 보통의 부모나 조부모와 달리 아이들이 인간이라는 사실과 다음 세대의 편집자가 될 가능성이 있다고 진지하게 생각했다. 그러나 어린아이들의 밝은 재잘거림을 쉬지 않고 즐겁게 들어줄 정도로 쾌활한 기분은 아니었다. 루이자 메이 올컷의 『작은 아씨들』의 배경처럼 남자는 별로 찾아볼 수 없었다. (아주 맹신하는 것은 아니었지만) 워싱턴 특파원의 정치 이야기가 데이비드의 콘플레이크나 누룩뱀 등에 대한 말보다는 훨씬 흥미가 있었으므로 도리머스는 손자를 변함없이 사랑하면서도 이제 그만 입을 다물었으면 싶었다. 그래서 때가 되면 재빨리 메리의 음울함과 "메리, 맛있는 밤 소스 좀 더 먹으렴."이라고 간청할 때마다 정말로 울음을 터뜨릴 것 같은 감정이 느껴질 정도로 엠마의 배려에 숨이 막힐 것 같아 가능한 한 그 자리를 피했다.

도리머스는 엠마가 근본적으로는 사위가 살해당한 것보다도 자신이 교도소에 갔다 온 것에 더 얼이 빠진 게 아닌가 하는 의구심이 들었다. 제섭 가문 사람들은 교도소와는 상관없는 사람들이었다. 교도소에 가는 사람들은 방화범처럼 나쁜 사람들이었고, '법에 어긋나는' 어둠의 쾌락을 추구한 혐의를 받는 사람들도 나쁜 사람이었다. 그리고 나쁜 사람들에 대해서는 그들을 용서하고 다정하게 대하려고 노력할 수는 있지만 함께 앉아 밥을 같이 먹지는 않는다. 그것은 모두 너무도 비정상적인 일이고, 특히 가정의 일상사에는 몹시 당황스러운 일이지 않을 수 없었다!

그래서 엠마가 도리머스를 사랑하며 걱정할수록 그는 어디 낚시를 가거나 실제로 날아갈 수 있는 만큼 멀리 가고 싶은 마음이 들었다.

그러나 로린다는 그에게 눈을 반짝이며 걱정하지 않는 말투로 이렇게 말했다. "나는 당신이 생각으로만 틈을 들이는 진보주의자이지 실제로 행동에 옮기리라고는 생각지 못했어요! 당신이 너무 자랑스러워요! 당신 덕분에 나도 다시 싸울 수 있는 용기가 생겼어요. 내 말 좀 들어보세요. 당신이 투옥되었다는 말을 듣는 순간 빵 칼로 니퍼를 제 부엌에서 쫓아내버렸다니까요! … 좋아요, 어쨌든 그렇게 해야겠다는 생각이 들었다니까요!"

한편 사무실은 집보다도 더 죽은 것처럼 느껴졌다. 그 중에서도 최악은 상황이 그렇게 나쁘지는 않았다는 점이다. 도리머스는 코르포 시절이 도래하기 이전에 옛 동료들이 그랬던 것처럼 자신도 모르는 사이에 코르포가 지배하는 국가를 섬길 수도 있다는 사실을 알고 있었다. 당시 동료들은 별 수치심 없이 사기에 가까운 구강 세정제나 맛없는 담배 등을 위한 광고 문안을 쓰거나 필경 유명 잡지들을 위해 젊은이들의 사랑에 대한 빤한 이야기들을 써냈다. 도리머스는 교도소에 끌려갔다 온 이후로 악몽에 시달리다 깨어나는 일이 자주 있었다. 꿈속에서 채찍을 든 모습으로 등장하는 스타웁메이어와 레듀는 『인포머』 사무실에서 자기를 밟고 서서 고함을 질러대며 코르포스를 찬양하는 기사를 내놓으라고 끊임없이 요구했다. 그렇게 그들에게 시달리며 죽임을 당하는 꿈이 계속 되풀이되었다. 사실상 섀드는 사무실 근처에는 얼씬도 하지 않고, 도리머스의 주인인 스타웁메이어는 더없이 친절하고 조심스러운 태도를 보이며 다소 역겨울 정도로 도리머스의 솜씨를 있는 대로 추켜세웠다. 스타웁메이어는 스완이 요구했던 '사과' 대신 도리머스가 "앞으로 이 신문은 현 정부에 대한 모든 비판을 중단할 것"이라고 진술한 것에 흡족해하는 것 같았다.

리크 도지사는 도리머스에게 "용감하게도 귀하의 뛰어난 재능을 국민을 섬기는 쪽으로 전향하기로 결단하고 좀 더 현실적인 새로운 국가를 건설하려고 노력하는 와중에 우리가 저지른 과오를 바로잡아 주어" 고맙다는 유쾌한 전보를 보내오기까지 했다. 허! 도리머스는 그 전보를 휴지통에 집어던지지 않고 조심스럽게 걸어가 쓰레기 사이에 깊숙이 밀어 넣었다.

영혼을 팔아야 하는 이 더러운 시절에 『인포머』에 남음으로써 도리머스는 스타웁메이어가 댄 윌거스를 자르는 것을 막을 수 있었다. 댄 윌거스는 새 주인은 경멸하면서 상황에 맞지 않게 도리머스에게 존경심을 드러냈다. 그리고 도리머스는 자칭 '에구머니 란'을 신설했다. 이것은 가능한 한 강도 높게 코르포주의를 비판한 다음 '에구머니 ─ 그건 당신 말이고!'라고 푸념하며 가능한 한 가장 약하게 반박 주장을 펼치는 약간 치사한 장치였다. 스타웁메이어나 섀드는 그 의도를 간파하지 못했지만, 도리머스는 영리한 애핑엄 스완이 그 '에구머니 란'만은 제발 보지 않기를 빌었다.

그렇게 한 주 한 주 시간이 흐르자 도리머스는 꾸역꾸역 견뎌내고 있었다 ─ 그 더러운 노역을 증오하지 않는 순간이 없었고, 그곳에 있을 수밖에 없는 것이 매순간 고역이면서, '도대체 너는 왜 이곳에 있는 거지?'라고 스스로를 힐난하지 않는 순간이 없었다.

그 도전에 대한 답은 그럴싸하고 진부해빠졌다. "삶을 다시 시작하기에는 너무 늙었잖아. 그리고 부양할 아내와 가족도 있고." 엠마와 시시와 이제는 메리와 데이비드까지 자신이 책임져야 했다.

요 몇 년 동안 도리머스는 전혀 정직하지 않은 책임자들의 말을 들어왔다. 멍청한 데다 별 알맹이도 없는 연설가들을 추켜올리고, 블리스터 소령을 쫓아내면서는 "감사합니다, 블리스터 소령님."이라고 카나리아처럼 시끄럽게 떠들어대는 라디오 아나운서들, 자기가 다루었던 원칙들이 다 썩어버렸다는 것을 믿지 않는 연설가, 여성 환자들에게 그들이 성에 굶주린 노출증 환자라고 감히 말하지 못하는 의사들, 황동을 금이라고 속여 파는 상인들 — 그 모든 사람들이 자기는 무엇을 바꾸기에는 너무 늙었고 '부양해야 할 아내와 가족'이 있다고 둘러대며 자기변명이나 늘어놓는 소리를 들었다.

세상이 가장 지루하고 따분하고 항상 약간 부정직해야만 하는 심각한 불치병에서 벗어날 가능성이 조금이라도 있다면 아내와 가족이 굶주려 죽거나 나가서 자기 스스로 벌어먹고 살게 하지 않을 이유가 뭐가 있단 말인가?

그래서 그는 화를 내면서도 — 따분하고 약간 부정직한 신문을 계속 찍어냈다 — 그렇지만 영원히 그렇지는 않았다. 안 그랬으면 도리머스 제섭의 역사는 너무 지루할 정도로 평범해서 기록할 가치가 전혀 없었을 것이다.

(동심원, 사각형, 나선형, 있을 것 같지 않은 물고기 모양으로 장식된) 원고지의 껄껄한 면에 캐나다로 도망치기 위해 이리저리 계산하고 머리를 굴려보니 『인포머』나 집을 파는 문제는 코르포의 감시를 받고 있어 불가능하므로 그 외의 다른 방법으로는 대략 2만 달러를 현금화할 수 있었다. 코르포스 때문에 매일매일 살아가기가 점점 더 힘들어지는 이 나라를 벗어나 돈을 밀반출할 수만 있다면 이 돈으로 연소득 1천 달러, 주급으로 환산하면 20달러의 수입을 얻기에는 충분하다.

좋아, 엠마와 시시와 메리와 함께 방 4개짜리 작은 집에서 살아갈 수 있고, 어쩌면 시시와 메리가 일자리를 구할 수도 있다.

하시반 도리머스 자신은 ─────

망명해서도 작품에 대한 요구가 있어 꾸준히 글을 쓴 토마스 만과 리온 포이히트방거와 로맹 롤랑 같은 작가들, 아인슈타인이나 살베미니 같은 교수들, 최근에 추방되거나 도피한 미국인 월트 트로우브리지, 마이크 골드, 윌리엄 앨런 화이트, 존 더스 패서스, 멘켄, 렉스포드 터그웰, 오스왈드 빌러드 같은 사람들에 대해 말하는 것은 아주 쉽다. 이처럼 유명 인사들은 아마도 그린란드나 독일을 제외하면 전 세계 어디를 간다고 해도 일거리를 못 찾거나 존경을 받지 못하는 일은 없을 것이다. 그러나 자기처럼 늙어빠진 평범한 신문쟁이 처지에 특히 마흔다섯도 까마득히 넘은 나이에 낯선 나라에서 뭘 할 수 있겠는가 ─ 그리고 특히 더 정직과 자유를 지키기 위해 오두막 초가에 살러간다는 생각은 꿈도 못 꿀 엠마(또는 캐롤라이나나 낸시나 그리젤다나 다른 이름일 수도 있다)라는 아내가 있는데 말이다.

수십 만 명의 장인, 교사, 변호사, 기타 등등 독재에 신음하는 수십 개 국의 다른 많은 사람들처럼 도리머스는 그렇게 마음속으로 부대꼈다. 그들은 폭정에 분개할 만큼 충분히 깨어있고, 냉정하게 그들에게 매수되지 않을 정도로 양심이 있으면서도 기꺼이 망명하거나 감옥에 가거나 단두대에 오를 만큼 과도한 용기는 없었다. 특히 '부양해야 할 아내와 가족'이 있을 경우에는 더더욱 그랬다.

언젠가 도리머스는 에밀 스타웁메이어에게 '솜씨가 일취월장하고 있어서' 자신이 나가거나 신문사 일에서 완전히 손을 떼어도 될 것 같다고 넌지시 말을 흘린 적이 있었다.

그러자 그때까지 우호적이었던 스타웁메이어는 태도가 돌변해 날카롭게 쏘아붙였다. "뭘 하시려고 그러나? 캐나다로 몰래 도망쳐 각하께 맞서는 선동가가 되려고? 어림없지! 바로 여기에 남아 나를 도와야해, 우리를 도와야지!" 그리고 바로 그날 오후에 섀드 레듀 군수가 밀치고 들어와 으르렁거렸다. "스타웁메이어 박사 말로는 일을 아주 잘 하고 있다더군, 제섭 씨. 하지만 계속 그렇게 하라고 경고해두고 싶군. 당신은 스완 재판관에 의해 가석방된 거고 … 나의 보호 감찰 대상이라는 사실을 잊지 말기를! 당신은 마음만 먹으면 잘 해낼 수 있잖아!"

"네가 마음만 먹으면!" 어렸을 적 도리머스가 아버지를 싫어한 순간은 바로 거들먹거리며 그 문장을 쓸 때였다.

신문 상으로는 매일매일이 평범할 정도로 평온해보였음에도 불구하고 도리머스는 자신이 도망치지 않는다면 예속 상태와 채찍과 재갈을 받아들이게 될 위험에 처하리라는 것을 알고 있었다. 그리고 다음과 같은 논조의 기사를 쓸 때마다 역겹기 짝이 없었다. "아이오와 시티의 대학 스타디움에서 윈드립 대통령을 환호한 5만 명의 관중은 정사에 대한 모든 미국인의 관심이 끊임없이 커지고 있음을 보여주는 인상적인 증거이다." 그리고 스타웁메이어는 그 기사를 다음과 같이 정정했다. "아이오와의 아름다운 아이오와 시티에 있는 멋진 대학 스타디움에 운집하여 각하의 감동스러운 연설을 듣고 격렬한 박수갈채를 보내며 충성심을 보인 헌신적인 7만 명의 거대하고 열광적인 관중은 코르포 정부의 열망에 따라 진실한 모든 미국인이 정치 연구에 점점 더 매진하고 있음을 보여주는 인상적이면서도 전형적인 증거라 하겠다."

아마도 도리머스가 가장 분개한 점은 스타웁메이어가 혼자만의 오롯한 성역이었던 자기의 개인 사무실에 책상 하나와 땀내 풍기는 호리호리한 부하직원을 밀어 넣어 함께 쓰게 한 처사였다. 지금까지는 도리머스를 우러르다시피 따르던 닥 이치트가 속으로는 늘 자기를 비웃고 있는 것 같았다.

폭정에 시달리다보면, 대부분의 친구들은 짐이 된다. 친구들 가운데 4분의 1은 '정신을 차려서' 여러분의 적으로 돌변하고, 4분의 1은 마주쳐도 멈쳐 서서 말을 걸기를 두려워하고, 4분의 1은 죽임을 당하고 여러분도 그들과 함께 죽는다. 하지만 마지막 남은 행복한 4분의 1은 여러분을 살아있게 만든다.

로린다와 함께 있을 때 느꼈던, 모든 지루함을 날려버리는 온갖 즐거운 오락거리와 공감이 가는 대화는 사라졌다. 그녀는 이제 치열해졌고 활력이 넘쳤다. 도리머스를 충분히 가까이 끌어들였지만 이내 코르포스를 해치울 음모에 가담할 동지로서만 생각하는 것 같았다. (그리고 그녀가 작정하고 있던 것은 정말로 실질적으로 해치우는 것이었다. 예전에 주장하던 비폭력주의는 눈곱만큼도 남아 있지 않았다.)

로린다는 훌륭하면서도 위험스러운 일을 하느라 바빴다. 동업자이던 니퍼는 그녀를 여관 부엌에만 붙잡아둘 수 없었다. 일을 상당히 체계화해 놓은 덕분에 밤낮으로 시간적 여유가 많이 생겼으므로 농가의 부녀자들을 위한 요리교실을 열었다. 이들은 전통 세대와 산업화 세대 사이에 낀 사람들이었으므로 군불을 때서 요리하는 시골의 훌륭한 요리법도 잘 몰랐고 통조림 제품과 전기 그릴을 다루는 방법도 알지 못했다. 그리고 대부분은 그 지역 소유의 인색한 소규모 전력회사들이 전기를 합리적인 요금에 공급하도록 압박하려면 어떻게 힘을 합쳐야 하는지도 알지 못했다.

"제발 이 일은 모른 체하세요. 하지만 나는 이 시골 여성들과 친해지고 있어요, 코르포스에 맞서 단결하기 시작할 날을 준비하고 있는 거죠. 내가 의지하고 있는 사람은 참정권을 달라고 하면서도 혁명을 하겠다는 사고는 용납할 수 없었던 유복한 여자들이 아니라 바로 그들이에요." 로린다는 갑자기 목소리를 낮추어 속삭였다. "우리는 이제 무엇인가 해야만 해요."

"그래 맞아, 로린다 앤서니." 도리머스는 한숨을 내쉬며 대답했다.

그리고 칼 파스칼도 집요했다.

도리머스가 교도소에서 풀려난 후 처음으로 폴리콥의 정비소에서 만나자 파스칼은 이렇게 말했다. "맙소사, 저들이 당신을 구속했다는 소식을 듣고 몹시 안타까웠습니다, 제섭 씨! 하지만 묻지 않을 수 없네요, 이제 우리 공산주의자가 될 준비가 되지 않았나요?"(파스칼은 말하는 동안 걱정스럽게 주위를 둘러보았다.)

"서투른 총잡이는 더 이상 없을 거라고 생각했는데."

"오, 우리야 퇴치되기로 되어 있죠. 하지만 더 이상 파업은 존재할 수 없는데도 가끔 알 수 없는 파업이 시작되고 있다는 사실을 감지하실 텐데요! 우리랑 함께 하시는 게 어떨까요? 당신이 있어야 할 곳이 바로 거기니까요, 동-무!"

"이보게, 칼. 기간시설뿐 아니라 모든 생산 수단까지 완전히 국유화해야 한다는 점이 자네들 공산주의와 사회주의의 차이라고 자네 입으로 누누이 말하지 않았나. 그리고 자네들은 격렬한 계급투쟁을 주장하는데 사회주의자들은 그렇지 않다고 하지. 그 무슨 당치않은 말인가! 진짜 차이점은 자네 공산주의자들은 러시아를 섬긴다는 점이지. 러시아가 자네들의 성지란 말일세. 자신의 모든 기도를 러시아에 바치고, 그 다음에는 가족을 위한 기도, 그 다음에는 각하에 대한 기도까지도 다 바치지만 내가 흥미를 느끼는 점은 사람들을 교화시키고 적에 맞서서 보호해야 할 주체는 러시아가 아니라 미국이 아니던가. 그게 그렇게 진부한 이야기인가? 글쎄, 자신이 러시아를 위해 존재한다는 것을 알아챈 러시아 동무에게는 진부하지 않을 텐데! 그리고 미국에는 점점 더 매일 우리의 선전활동이 필요하다네. 또 하나 있네. 나는 부르주아 지식인일세. 그 망할 어리석은 명칭으로 나를 부를 생각은 추호도 없지만 당신네 빨갱이들이 그 말을 만들어냈으니 받아들일 수밖에 없군. 그게 내 계급이고 내가 관심 있는 것은 그들일세. 프롤레타리아가 고귀한 족속들일 수도 있지만 나는 부르주아 지식인들과 프롤레타리아의 관심사가 똑같다고는 절대로 생각하지 않네. 프롤레타리아는 빵을 원하지. 우리가 원하는 것은 ― 흠, 좋아, 까짓것 말해버리겠네, 우리는 케이크를 원한다고! 그리고 자네들이 프롤레타리아가 케이크를 원할 만큼 야망을 품게 만든다면 ─ 미국에서 프롤레타리아가 케이크를 원하게 된다면, 그렇게 되자마자 바로 그 순간 부르주아 지식인으로 변질된단 말일세!"

"보세요, 3퍼센트의 사람들이 전체 부의 90퍼센트를 소유하고 있다는 생각을 하면 ───"

"그렇게 생각하지는 않네! 상당히 많은 지식인들이 97퍼센트의 빈털터리에 속하기 때문에 그런 일은 생기지 않을 걸세. 많은 배우, 선생, 간호사, 음악인들이 무대 일손이나 전기기사보다도 수입이 더 낮기 때문에 그들의 관심사가 프롤레타리아와 똑같다는 말은 성립할 수 없네. 자네가 말하는 계급을 결정하는 것은 얼마를 버느냐가 아니라 돈을 어떻게 쓰느냐 일세. 즉 자네가 더 큰 장례식을 선호할 것이냐 아니면 책을 더 선호할 것이냐의 문제라는 거지. 출신 성분이 프롤레타리아가 아니어서 미안하다고 사과하는데도 신물이 난다네!"

"솔직히 제섭 씨, 그건 터무니없는 난센스죠, 당신도 아실 텐데요!"

"그런가? 그거야 말로 마르크스와 모스크바의 그 말도 안 되는 허황된 선전활동 난센스가 아니라 미국의 개척시대 포장마차 식 난센스라고!"

"오, 그래도 우리 쪽으로 들어오실 거죠."

"듣게나, 칼 동무, 윈드립과 히틀러는 대니얼 웹스터의 후손들보다 훨씬 앞서 스탈린과 한 패가 되었다고. 자네도 알다시피 우리는 논쟁의 수단으로 살인을 좋아하지 않네. 바로 그 점이 진보주의자의 특징이지!"

한편 페레픽스 신부는 자신의 미래에 대해 간결하게 표현했다. "나는 왕이 지배하는 왕국으로부터 멀리 벗어나 내가 원래 속해 있던 캐나다로 돌아가겠네. 도리머스, 포기하는 것이 끔찍하게 싫지만 나는 토머스 베케트[60]가

───────────

60. Thomas Becket. 영국의 가톨릭 성직자. 잉글랜드의 대법관으로서 헨리2세에게 충성을 다했으나 캔터베리 대주교로 임명된 후에는 교회의 권위를 지키기 위해 왕에 맞섰다. 결국 반감을 품은 왕이 보낸 기사 4명에 의해 암살되었다. 그의 사후 무덤을 방문한 사람들이 치유되는 기적을 보여 성인으로 추앙되었다.

아니라 그저 평범한, 겁먹은, 통통한 성직자에 불과하다네!"

오랜 지인들 가운데서 가장 놀라운 존재는 바로 제분업자 메더리 코울이었다.

턱수염이 더부룩한 동부 농부의 1.5세대 후예인 코울은 귀족 같은 프랜시스 태스브로우와 크로울리보다 덜 고상한 데다 몇 살 아래였으므로 컨트리클럽에서 늘 주변부에 머무를 수밖에 없었는데 갑자기 로터리 클럽의 회장이 된 것이다. 그는 유대인이나 외국 출신이라거나 가난하다는 등의 구실 없이도 늘 도리머스에 대해 시내 중심가와 금융가의 주류에 편입할 정도는 아니라고 깔보고 있었다. 코울의 '박공양식 주택'이 플레즌트 힐 바로 아래에 있어서 두 사람은 이웃지간이었지만 서로 왕래하는 사이는 아니었다.

그러던 것이 이제, 데이비드를 집에 데려다주거나 데이비드와 놀던 자기 딸 안젤라를 데리러 오는 등 발걸음을 하게 되었는데, 으스스한 어느 가을날 저녁 식사 시간이 다 되어갈 무렵 그는 따뜻한 럼 펀치를 한 잔 하러 기꺼이 들어와 도리머스에게 인플레이션이 '그렇게 좋은 것'이라고 생각하는지 물었다.

어느 날 저녁에는 느닷없이 속마음을 털어놓기도 했다. "제섭, 이 마을에서 이 이야기를 할 사람이 아무도 없네요, 심지어 집사람에게도 못 털어놓죠. 저 미니마우스들이 마대는 어디서 구입해야 하는지 직원들에게는 얼마를 줄 수 있는지까지 일일이 명령하는 것에 점점 신물이 나네요. 이제껏 노동조합이 무척 마음에 들었던 척은 하지 않겠어요. 하지만 그 시절에는 적어도 노조원들이 가져가는 건 부정 이득의 일부였죠. 이제는 미니트맨들을 부양하는 형국이 되어버렸어요. 우리가 그들을 먹여 살리죠, 우리를 괴롭히라고 그들을 왕창 먹여 살리는 셈이라고요. 1936년과 비교해보면 그렇게 합리적인 것 같지 않아요. 아, 이런! 지금 제가 한 말 아무한테도 말하지는 마세요!"

그리고 코울은 당혹스러운 모습으로 머리를 흔들며 가버렸다. 윈드립 씨를 그토록 열렬히 지지하며 뽑았던 그가 말이다.

10월 말 어느 날, 온 도시와 마을과 벽촌의 은기지에서 갑자기 일제 소탕 작전을 벌여 코르포스는 미국에서 모든 범죄를 완전히 종식시켰다. 작전이 얼마나 대대적이었는지 런던의 『타임스』에 보도될 정도였다. 7만 명의 미니 트맨 정예 대원들이 정부 검찰국장들의 완전한 지휘 아래 시도 경찰관들과 연합하여 전국의 범죄자나 범죄 용의자들을 모두 잡아들였다. 그들은 군법 회의 절차에 따라 재판을 받았다. 10퍼센트는 즉시 총살되었고, 40퍼센트 는 구금형, 30퍼센트는 무죄 방면되었다. … 그리고 20퍼센트는 감독관으 로 미니트맨에 편입되었다.

적어도 60퍼센트는 무고한 사람들이라는 항변이 있었지만 이에 대해 윈 드립은 호기로운 성명으로 대처했다. "범죄를 근절하는 방법은 범죄를 막 는 것이다!"

다음날 메더리 코울은 도리머스에게 자랑했다. "코르포 정책의 어떤 점 들에 대해서는 비판적인 마음이 들 때도 있었지만 각하가 갱들과 무법자들 에게 하는 것 당신도 보셨죠? 훌륭하죠! 내가 누차 얘기했지만 이 나라에 필 요한 건 바로 윈드립 같은 강력한 지도자의 지배라고요. 범죄자들에게 절대 우유부단하면 안 되죠! 윈드립은 범죄를 근절하는 방법은 그저 나가서 그것 을 막는 것이라는 사실을 알았던 거죠!"

그러다 갑자기 신 미국 교육 정책이 발표되었는데, 새러슨이 아주 정확히 말했던 대로, 그것은 독일, 이탈리아, 폴란드, 심지어 터키의 신 교육보다 도 훨씬 더 새롭게 될 거라는 설명이었다.

정부 당국은 소규모 대학 수십 곳을 갑자기 폐쇄했는데, 그 가운데에는 윌 리엄스 대학, 보든 대학, 오벌린 대학, 앤티오크 대학, 칼턴 대학, 루이스 대 학, 커먼웰스 대학, 프린스턴 대학, 스워스모어 대학, 케니언 대학처럼 훨씬 독립적인 대학들이 포함되었다. 이들 대학은 모두 비슷한 점이 거의 없었지만 아직 완전히 기관화되어 있지 않다는 점이 같았다. 주립 대학들 가운데 폐쇄된 곳은 거의 없었고, 단지 각 지방에 하나씩 설치된 중앙 코르포 종합대학에 흡수되었을 뿐이다. 그러나 정부는 우선 시범적으로 두 곳만 먼저 시작했다. 첫 번째로 메트로폴리탄 도에서는 윈드립 대학이 록펠러 센터와 엠파이어스테이트 빌딩을 넘겨받아 학과 건물로 사용하고 센트럴파크 대부분은 교정으로 사용했다(일반인은 사용하지 못하도록 완전히 배제했는데, 나머지 구역은 미니트맨의 훈련장이었기 때문이다). 두 번째는 시카고와 인근의 맥고블린 대학이었는데, 시카고의 건물들과 노스웨스턴 대학 건물과 잭슨 공원을 캠퍼스로 사용했다. 시카고 대학의 허친스 총장은 그 모든 것을 불쾌하게 여겨 조교수로 남아있기를 거절했으므로 당국은 정중하게 쫓아내는 수밖에 없었다.

호사가들은 시카고 대학시설에 새러슨 대신 맥고블린의 이름을 붙인데 대해 새러슨과 윈드립의 관계가 냉각되기 시작한 것 아니냐고 수군댔지만 두 지도자는 〈여성 기독교인 금주 연맹〉 주최로 열린 캐논 주교 환영회에 나란히 참석하여 악수를 하는 모습을 사진으로 찍어 내보냄으로써 그런 헛소문을 잠재울 수 있었다.

두 시범 대학은 각기 코르포 시대 이전의 학교들을 비웃기라도 하듯 입학정원 5만 명으로 시작했다. 그도 그럴 것이 1935년에는 어느 학교도 재적학생 수 3만을 넘긴 경우가 없었다. 고등학교나 실업학교에서 2년 이상 수료했음을 확인해주는 증명서와 코르포 사령관의 추천서만 제시하면 누구나 들어갈 수 있다는 사실 덕분에 그렇게 많은 정원이 가능했을 것이다.

맥고블린 박사는 완전히 새로운 대학을 이렇게 설립함으로써 코르포 국가가 나치, 볼셰비키, 파시스트보다 문화적으로 훨씬 월등하다는 사실이 드러났다고 언급했다. 시민 재교화에 미숙했던 그들은 정치국이 정한 원칙과 사실에 입각해 물리학, 조리법, 지리를 가르치기를 완강히 거부한 소위 '지식인' 반동분자 선생들을 모두 해고하고, 나치는 감히 의학을 가르치려고 시도한 유대인들을 쫓아내는 건전한 조치 정도만 추가했던데 반해, 미국인들은 아예 처음부터 '지성만능주의'에 물들 위험이 전혀 없는 완전히 정통 신생 교육기관을 최조로 시삭하게 되었냐고 자랑했다.

모든 코르포 대학들은 허례허식의 전통이 모두 배제된 완전히 실용적이고 현대적인 동일 커리큘럼을 갖게 될 것이었다.

그리스어, 라틴어, 산스크리트어, 히브리어, 성서 연구, 고고학, 문헌학 등은 완전히 빠졌다. 수백 년 동안 문명의 핵심은 야만인에 맞서 앵글로색슨의 순수성을 지키는 것이었음을 보여주는 한 강좌를 제외하고는 1500년 이전의 모든 역사도 빠졌다. 철학, 철학사, 심리학, 경제학, 인류학은 유지되었지만 보통 교과서에 수록된 미신적 오류들을 피하기 위해 맥고블린 박사의 지휘 아래 유능한 젊은 학자들이 준비한 새로운 교과서로만 가르칠 것이었다.

학생들이 현대 언어들을 읽고 말하고 쓰기 위해 노력하도록 권장할 것이지만 소위 '문학'에 시간을 낭비하는 일은 지양될 것이다. 낡아빠진 소설과 감상적인 시 대신에 최근 발행된 신문이 활용될 것이다. 영어에 대해서는 정치 연설에 쓸 인용문을 공급하기 위해 문학 연구는 일부 허용되지만 광고, 정당 저널리즘, 상업 통신에 주력해야 하고, 셰익스피어와 밀턴을 제외한 1800년 이전의 작가들은 언급할 수 없었다.

소위 '순수 학문' 분야에서는 이미 너무 혼란스럽고 너무 많은 연구들이 이루어졌을 뿐, 코르포 이전의 대학들은 광산 공학, 호숫가 주택 건축, 근대 감독업무 및 생산 기법, 공연 체조, 고도의 회계업무, 운동선수 발 치료학, 체스 바둑 브리지 토너먼트 결성, 의지 개발, 대중집회를 위한 밴드 뮤직, 슈나우저 사육, 스테인레스 강철 제조법, 시멘트 도로 건설, 신세계 정신과 품성을 함양하는데 정말로 유용한 기타 주제들을 가르칠 강좌를 제대로 보여주지 못했다. 그리고 어떤 학교도, 심지어 웨스트포인트 사관학교조차도 스포츠를 학문의 부차적 학과가 아닌 주요 학과로 제대로 인식하지 못했다.

기존의 모든 친숙한 종목들은 열심히 가르치고, 거기에 더해 보병 훈련, 비행술, 폭파, 탱크와 장갑차와 기관총 사용법 등을 흥미진진하게 스피드로 겨루는 대회를 신설했다. 이 모든 스포츠 활동은 학점으로 인정하되, 전체 이수학점의 3분의 1을 넘어서 선택하지 못하도록 한다.

시대에 뒤떨어진 비능률을 보인 기존 대학과의 차별성은 바로 총명한 학생은 2년 안에 졸업할 수 있도록 코르포 대학들의 학제를 가속화시킨 점이었다.

이 올림픽 숭배자들의 사업 계획인 링글링–바넘 대학과 베일리 대학에 관해 읽으면서 도리머스는 1년 전 아이세어라고 불리던 작은 대학에서 그리스어를 가르치다가 지금은 메인에 있는 코르포 노동 수용소에서 이를 갈며 읽기와 산술을 뱉어내고 있는 빅터 러브랜드가 생각났다. 아, 아이세어 대학자체는 폐쇄되었고, 도 교육감인 오언 피즐리 전임 총장은 하버드, 래드클리프, 보스턴 대학, 브라운 대학을 대체하게 될 북동 지방의 대학이 설립되면 앨머릭 트라우트의 오른팔이 될 것이다. 그는 벌써 대학 구호를 만들고 있었고 그 '프로젝트'를 위해 미국의 더 저명한 시인들에게 의견을 묻는 167통의 편지를 발송했다.

21장

도리머스가 벽난로 앞에서 어깨 담요를 깔고 앉아 아침 내내 집에 머물러 있었던 이유는 산자락에 무시무시한 장막을 드리우며 차가 헛돌다가 구덩이에 처박힐 정도로 도로를 미끌거리게 만드는 11월의 진눈깨비 때문만은 아니었다. 사무실에 가야 할 특별히 중요한 일이 없는 것 같았다. 심지어 생생한 싸움의 가능성도 전혀 없었다. 하지만 불 앞에 앉아 있어도 만족스럽지 않기는 마찬가지였다. 보스턴이나 뉴욕에서 오는 신문에서조차도 진짜 뉴스는 찾아볼 수 없었다. 두 곳에서는 모두 조간신문들이 정부에 의해 합병되어 한 신문으로 바뀌었는데, 잔뜩 실린 연재만화와 할리우드 통신이 전하는 가십거리만 있을 뿐 정말로 뉴스라고 할 만한 것이 거의 없었다.

　도리머스는 욕설을 내뱉으며 뉴욕의 『데일리 코퍼레이트』를 휙 집어던지고, 소설을 집어 들어 읽으려고 애썼다. 소설의 내용은 잠자리에서 음란한 남편이 쓴 소설에 너무 심취한 한 부인에 대한 것인데, 주인공의 남편이 쓴 소설은 남성 소설가에 대해 쓰는 여류 소설가의 멋진 감수성을 제대로 이해하는 여류 소설가에 대해 쓴 소설에 너무 심취한 남편을 둔 여류 소설가에 대한 것이었다. 어쨌든 얼마 안 되어 신문에 이어 그 책마저도 휙 던져버렸다. 이렇게 미쳐 돌아가는 세상에서 지금 그 부인의 불행은 그다지 중요해 보이지 않았다.

부엌에서는 엠마가 캔디 부인과 치킨 파이를 어떻게 하면 잘 만들지 논의하고 있는 소리가 들려왔다. 그들은 두런두런 이야기를 주고받는 것이 아니었다. 사실상 대화한다기보다는 각자 자기의 생각을 떠드는 것 같았다. 도리머스는 치킨 파이를 잘 만드는 것도 중요하다는 점은 인정했지만 웅성거리는 목소리가 짜증스러웠다. 그런데 한 시간 전에 분명히 학교에 갔어야 할 시시가 갑자기 방으로 확 들어왔다. 시시는 지금 고등학교 2학년으로 내년에 졸업하면 그 지방의 끔찍한 신생 대학으로 가게 될 것이었다.

"어라! 집에서 뭐하는 거냐? 왜 학교에 안 갔어?"

"아, 그게요." 시시는 난로 앞 망받이 위에 쪼그리고 앉아 손으로 턱을 괸 채 위를 올려다보긴 했지만 도리머스와 눈을 마주치지는 않았다. "더 이상 학교에 가야할지 모르겠어요. 매일 아침마다 새로운 맹세를 반복해야 하거든요. '나는 코퍼레이트 국가와 각하와 모든 사령관들과 미스틱 휠과 공화국의 모든 군대를 위해 모든 생각과 행위로 섬길 것을 맹세합니다.' 어떠세요? 말이 된다고 생각하세요!"

"대학에 가는 건 어떠니?"

"허! 스타웁메이어 교수를 보고 웃으라고요, 하나도 안 웃겨요!"

"음, 그래 ─── 그래 ─── " 딱히 뭐라고 더 좋은 말이 떠오르지 않았다.

그때 초인종 소리가 나더니 눈이 잔뜩 묻은 발을 질질 끌며 들어오는 발소리가 들리며 줄리언 팰크가 쭈뼛쭈뼛 들어왔다.

"음, 나는 ─── " 말을 하다가 줄리언을 본 시시가 갑자기 말머리를 돌렸다. "어쩐 일이야? 왜 애머스트에 안 있고 온 거야?"

"아, 그게." 줄리언은 시시 옆에 쭈그리고 앉았다. 그리고 불식간에 그녀의 손을 잡았고, 시시 또한 의식하지 못하는 것 같았다. "애머스트도 끝났어. 코르포스가 오늘 학교 문을 닫았어. 나는 지난 토요일에 미리 알게 되어서 나와 버렸지(학교를 폐쇄하면서 학생들을 한데 모은 후 교수들을 격려하기만 해도 일부를 체포하겠다는 빈틈없는 계획을 세웠다고 해서)." 그리고 도리머스를 향해 물었다. "안녕하세요, 선생님. 『인포머』에서 할 만한 일이 있는지 좀 알아봐주셔야 할 것 같은데요, 인쇄기를 청소하는 기라도. 그렇게 해주실 수 있나요?"

"걱정하지 말게. 할 수만 있다면 뭐라도 알아봐주지. 하지만 나도 거기서는 포로 신세라네. 맙소사! 하긴 그런 썩은 자리라도 지키고 있는 걸 감지덕지하지 않을 수 없군!"

"아, 죄송해요. 물론 충분히 이해합니다. 앞으로 뭘 하면 좋을지 정확히 모르겠어요. 1933년, 1934년, 1935년만 해도 다들 앞날이 창창했었는데. 의사, 법률가, 노련한 엔지니어 등등이요. 이제 그런 걸로는 일자리를 얻을 수 없겠죠? 더 나빠졌으니. 시시, 애머스트에서 알아보고, 스프링필드에서도 알아보다가 이틀 전에 여기 시내로 왔어 ——— 너를 보기 전에 뭐라도 걸리길 바랬는데 ——— 글쎄, 여관에서 설거지 할 사람 필요하지 않느냐고 파이크 부인에게 물어보기까지 했는데 아직까지는 자리가 없다고 하네. '젊은 청년, 대학 2년생, 99.3 순수, 성공회 39개조 신조 통달, 운전 가능, 테니스 및 계약 교습 가능, 친화력 좋음, 희망 직종 — 도랑 파기.'"

"곧 구할 수 있을 거야! 장담해!" 시시가 주장했다. 그녀는 줄리언과 함께 있으면 도리머스가 생각하는 만큼 신식이거나 쌀쌀하지 않았다.

"고마워 시스. 하지만 솔직히 말하자면 ——— 징징대려는 것은 아니지만 저 끔찍한 미니트맨에 입대하거나 노동 수용소로 가야 할 것 같아. 집에 머물면서 할아버지한테 빌붙어 살 수는 없어. 할아버지는 나이든 가난한 목사이시니 여자한테 분 하나 사줄 형편도 못 되시거든."

"있잖아, 내 말 좀 들어봐!" 시시는 도리머스가 있어도 태연하게 줄리언을 끌어안고 가볍게 입을 맞추었다. "나한테 좋은 생각이 있어, 아주 참신한 거야. 너도 알다시피 '청년을 위한 신 직종' 같은 것 중에 하나야. 들어봐! 작년 여름에 리디 파이크 아줌마의 친구가 한 분 머물다 갔는데 버팔로에서 온 실내장식가라고 했어. 그 아줌마 말로는 엄청나게 많은 ――― ”

("시시!")

“ ― 누구나 과시하기 좋아하는 옛 영국풍 교외저택 거실에 요즘 수요가 많은 옛 방식 그대로 손으로 잘라낸 진짜 순목재 들보를 구하느라 엄청 시간이 걸렸는데. 그러니 생각해봐! 이곳 주위에는 무너지기 일보 직전인 손도끼로 자른 들보들이 있는 오래된 헛간이 엄청 많잖아. 농부들은 아마 들보들을 가져가주면 좋아할걸. 나는 혼자서도 해볼까 생각하고 있었는데 ― 너도 알다시피 건축가가 될 거니까 ― 그리고 존 폴리콥이 성능은 괜찮은데 좀 더러워 보이는 5톤짜리 중고 트럭을 4백 달러에 ― 인플레이션 전의 현금으로 ― 즉시 넘기겠다고 했어. 너랑 나랑 갖가지 멋진 들보를 공급해보자.”

“멋진데!”

“얘들아 ――― ” 도리머스가 끼어들었다.

시시가 벌떡 일어나며 말했다. “빨리! 린디 아줌마에게 가서 어떻게 생각하는지 물어보자. 그나마 아줌마가 유일하게 사업 감각이 있으니까.”

“날씨가 이런데 ― 도로 상황도 안 좋아서 별로 가고 싶은 마음이 없는데.” 도리머스가 말렸다.

“뭔 소리래요, 아빠! 줄리언하고 같이 가는 데요? 줄리언이 철자는 꼼꼼하지 못하고 백핸드도 너무 세게 치지만 운전은 저보다 훨씬 낫다고요! 줄리언하고 드라이브하면 얼마나 즐거운 데요! 어서 가요! 엄마! 저희 한두 시간 후에 돌아올게요.”

그 소리가 들릴 거리에 있었다면 엠마가 “뭐야, 벌써 학교에 가있을 거라고 생각했는데.”라고 말했을 테지만 세 사람은 아무 말도 듣지 못했다. 그들은 따뜻하게 껴입고 진눈깨비가 휘날리는 바깥으로 기어 나왔다.

로린다 파이크는 얼룩덜룩한 무늬의 옷을 입고 소매는 걷어 부친 채 여관 부엌에서 끓는 기름에 도넛을 넣고 있었다. (버즈 윈드립이 복구하려고 애쓰고 있는) 낭만주의 시대에서 튀어나온 것 같은 그림이었다. 당시는 11명의 아이들을 양육하고 소 수십 마리의 새끼를 받아내는 여성이 투표를 하기에는 너무 늙어빠졌다고 생각되던 시절이었다. 스토브에서 나온 열기로 얼굴이 발그레했지만 활기찬 눈길을 주더니 인사말은 "도넛 좀 줄까? 맛있어!"였다. 로린다는 조수도 있고 잘 엿듣는 캐나다인 식모와 고양이 두 마리도 있는 부엌에서 도리머스 일행을 데리고 나가 아름답게 꾸며진 식기실로 가서 앉았다. 식기실 안의 선반에는 이탈리아의 장식도자기 접시와 컵과 소스 접시가 가지런히 진열되어 있었다. 전부 버몬트에는 어울리지 않는 것들로서 로린다의 독특한 예술 취향을 보여주고 있었지만 깨끗하고 질서정연하게 잘 정돈되어 있는 모습은 그녀의 바지런함을 잘 드러냈다. 시시는 자기의 계획을 대략적으로 설명했다. 구체적인 통계 수치 뒤로는 그녀 자신과 줄리언이 카키색 옷을 걸치고 짐시 트럭의 좌석에 짐시처럼 앉아 은빛 나는 오래된 소나무 들보를 팔러 다니는 유쾌한 그림이 펼쳐졌다.

"안 돼. 가능성이 없어." 로린다는 유감스럽게 말했다. "값비싼 교외 저택 사업은, 애석하지만 한물갔단다. 자신들의 재산을 빼앗아 대중에게 분배당하는 상황을 모면하며 잘 꾸려나가고 있는 중산층과 전문직종 사람들이 놀랄 정도로 많지. 하지만 모든 건물은 정계에 몸담고 있는 소유주들이 꽉 쥐고 있지. 저 훌륭한 늙은 윈드립은 시종일관 미국인 기질을 그대로 가지고 있어서 비록 전통적인 자주성은 전부 다 던져버렸으면서도 우리의 오래된 뇌물수수 관행은 여전히 고수하고 계신단다. 저들은 너희들에게 단 한 푼의 이익도 남겨주려 하지 않을 거야."

"아마 그 말이 맞을 거다." 도리머스가 말했다.

"그래서 처음부터 내가 말했잖아요!" 로린다가 콧방귀를 뀌며 응수했다. "글쎄, 나는 너무 단순해서 여성 유권자들은 남자들이 라디오에서 나오는 그 고상한 말에 너무 쉽게 속아넘어갈 줄 알고 있었다는 생각이 드네요."

그들은 여관 밖 세단 차에 앉아 있었다. 줄리언과 시시는 앞좌석에, 도리머스는 미라 천에 감싸인 듯 불행하고도 위엄 있는 모습으로 뒷좌석에 앉아 있었다.

시시가 먼저 말을 꺼냈다. "그러면 그렇지. 독재자가 젊은 몽상가들을 위해 도입한 멋진 시대야. 너는 군악대에 맞춰 행진할 수도 있거나 그냥 집에서 빈둥거리거나 감옥에 갈 수 있지. 아름다운 청춘이여!"

"맞아. … 음, 뭐라도 일거리를 찾겠어. … 시시, 나랑 결혼해줄래 ─ 내가 직업을 구하는 대로?"

(믿을 수가 없군, 도리머스는 생각했다. 아무리 요즘 젊은 것들이라지만 어떻게 대놓고 나를 무시할 수 있지. … 짐승처럼 말이야.)

"그런데, 너만 좋다면 그 전에 해. 지금 내게는 결혼이 말도 안 되는 소리 같기는 하지만, 줄리언. 저들은 억지로 와서 우리의 옛 관습 중 불쾌한 모든 것이 말짱 가짜라는 것을, 교회와 국가와 모든 것이 코르포스에게 규정한 방식을 직시하게 하지 못하면서 여전히 우리가 자기네들을 멋있게 생각해주길 기대하고 있어! 하지만 너희 할아버지와 우리 아빠처럼 마음을 정하지 않은 사람들을 위해 나는 거물 각하 윈드립을 지지하는 연설가들이 너무 독실해서 사랑할 수 있는 하느님의 허가증마저 팔 수 있다고 믿는 척이라도 해야 할 것 같아!"

("오, 시─시!)

"(오, 거기 계신 걸 깜빡했네요, 아빠!) 하지만, 어쨌든 아이는 가질 생각이 없어. 오, 물론 아이들은 좋아해! 올망졸망한 아이들 열둘을 갖고 싶어. 하지만 사람들이 너무 물러 터져 세상에 부자들과 독재자들이 들끓게 만들었으니 그런 미친 세상에서 제정신인 어느 여자가 아이를 키우리라고 기대할 수가 있겠어! 어휴, 지금 같아서는 아이를 정말로 사랑하면 할수록 차라리 태어나지 말기를 더 원해야 하니!"

줄리언은 1백 년 전의 구혼자가 그랬듯 순진하고 연인 같은 태도로 자랑했다. "그래. 하지만 그럼에도 불구하고 우리는 아기를 갖게 될 거야."

"아! 내 생각도 그래!" 인기녀가 대답했다.

줄리인을 위해 일자리를 구해준 사람은 전혀 뜻밖의 인물이었다.

나이든 마커스 옴스테드 박사는 자신의 파트너였던 파울러 그린힐이 하던 일을 본인이 맡기로 작정하고 있었다. 그런데 겨울 길에 운전을 하고 다니기에는 몸이 받쳐주지 않아서 대신 운전할 사람이 필요했지만 친구를 죽인 살인자들을 몹시도 증오했으므로 미니트맨 소속이거나 노동 수용소에 드나듦으로써 그들의 권위를 반쯤은 인정한 젊은이는 뽑을 생각이 눈곱만큼도 없었다. 그래서 줄리언이 그를 위해 대신 운전을 해주기로 뽑혔고, 곧 마취제를 놓거나 다친 다리에 붕대를 감는 등의 자질구레한 일을 도와주었다. 불과 일주일 전만 해도 비행사, 음악비평가, 에어컨 기사, 유카탄에서 발굴 작업을 하는 고고학자 등이 '되고 싶다고 결심했던' 줄리언은 단호히 의학에 투신하게 되어 도리머스에게는 죽은 의사 사위를 대신하게 되었다. 그리고 도리머스는 줄리언과 시시가 반쯤 불 밝힌 거실에서 서로 자랑하고 티격태격하고 왔다 갔다 하는 소리를 들었다. — 그들 덕분에, 그리고 데이비드와 로린다와 벅 타이터스 덕분에 도리머스는 스타웁메이어를 목 졸라 죽이지 않고도 『인포머』 사무실에 출근할 수 있을 만큼 결의를 다지게 되었다.

22장

12월 10일은 버질리어스 윈드립의 생일이었다. 그러나 거짓말이 때로는 활자화되어 본인의 의도와 달리 잘못 기억된다는 사실을 미처 깨닫기 전인 정치 초년병 시절, 그는 자신의 생일이 훨씬 위대한 지도자로 통하는 그 누군가처럼 12월 25일이고 본명은 버질리어스 노엘 봐이나흐트 윈드립이라고 눈물까지 글썽거리며 떠들고 다녔다.

윈드립은 역사적인 '법규 명령'으로 1937년 생일을 축하했다. 이 성명을 통해 코퍼레이트 정부가 안정성과 호의를 입증했음에도 코르포의 성공을 비열하게 질투하여 좋은 것은 무엇이든 전부 파괴하고 싶어 하는 어리석고 사악한 '불순분자들'이 여전히 있다고 밝혔다. 그동안 자애로운 태도를 보이던 정부도 더 이상은 좌시할 수 없으므로 앞으로는 누구를 막론하고 말이나 행동으로 국가에 해가 되거나 평판을 손상시키려고 하는 자는 사형이나 징역에 처할 것이라고 전국에 알렸다. 그리고 교도소는 이미 다 찼으므로 중상을 일삼는 범죄자들과 자애로운 국가가 '예방 차원에서 사전에 체포'함으로써 보호해야 할 사람들을 수용할 강제수용소가 전국적으로 즉시 문을 열게 될 것이었다.

도리머스는 강제수용소가 희생양들을 추가로 수용하기 위한 공급원일 뿐 아니라 쾌활한 젊은 미니트맨 대원들이 구식 직업 경찰관과 교도관들의 아무런 간섭도 받지 않은 채 점점 더 제멋대로 할 수 있는 곳으로 변질되고 있다고 짐작했다. 이들 가운데 대다수는 자신들이 수용하고 있는 죄수들을 고문해야 할 적이 아니라 안전히 가두어 놓아야 할 가축으로 생각했다.

11일에 포트 뷰러에서 북쪽으로 15킬로미터 떨어진 트리아논에서 군악대 음악, 종이꽃, 리크 도지사와 섀드 레듀 군수의 연설로 열화와 같은 환호를 받으며 강제수용소 한 곳이 문을 열었는데, 그곳은 전에 소녀들을 위한 근대적 대안 학교였다.(코르포 입장에서 보면 전혀 건전한 인물이 아닌 소녀들과 교사들은 원래 있던 자리로 보내버렸다.)

그리고 바로 그날부터 도리머스는 전국의 언론인 친구들로부터 코르포의 공포정치와 코르포에 맞선 최초의 유혈 저항에 대한 은밀한 소식을 듣기 시작했다.

아칸소에서는 잘 운영되고 위생적이며 매주 공짜 악단연주회까지 즐기게 해준다는 노동수용소에 있어도 전혀 행복하지 않았는지 늘 불만을 품고 있던 전직 소작농 96명이 합세하여 수용소장 사무실을 급습하여 소장과 보좌관 다섯 명을 죽이는 사건이 발생했다. 리틀 락에서 파견된 미니트맨 연대는 그들을 전부 잡아들여 황량한 겨울 들판에 세워 놓았다. 그리고 도망치라고 말한 후 달아나는 사람들의 등 뒤에 대고 기관총을 난사했다. 그들은 모두 추풍낙엽처럼 하나둘씩 쓰러졌다고 한다.

샌프란시스코에서는 부두하역부들이 완전 불법 파업을 시작하려고 시도했고, 공산주의자들로 알려진 지도자들은 정부를 비판하는 연설을 하는 등 심각한 반역을 도모했으므로 미니트맨 사령관은 그들 가운데 세 사람을 등나무 짐짝에 묶은 뒤 기름을 들이붓고 불을 붙였다. 그리고 그와 같은 모든 반항자들에게 경고하는 본보기로 불타는 그들의 손가락과 귀를 총으로 쏴서 잘라내 버렸다. 효과적인 미니트맨 훈련에서 좋은 점수를 받은 매우 뛰어난 사수이기도 했던 사령관이 그렇게 진압하던 와중에 한 사람이 빠져나갔다. 그는 나중에 (1936년 초 연방 대법원에 의해 석방된) 탐 무니를 추적하러 나섰지만, 이미 생명의 위협을 느낀 그 악명 높은 반 코르포 선동가는 범선을 타고 타히티로 도망쳐버렸다.

　포터킷에서는 이른바 그러한 노동지도자들의 못된 선동적 생각과는 거리가 먼 한 남자가 문제를 일으켰다. 그는 사실 상류층 치과의사이자 은행의 이사였는데 황당하게도 제복을 걸친 미니트맨 여섯 명의 경례에 분개했다 ― 그 미니트맨 대원들은 모두 휴가 중이었고 단지 젊음의 활력이 넘쳤던 것뿐 다른 의도는 없었다 ― 그들이 카페에서 아내에게 경례를 하자 당황한 그는 그들 가운데 세 명을 쏘아 즉사시켰다. 어쨌든 그 경우는 공적인 사건이 전혀 아니라 한 치과의사의 어리석은 우발적 살인 범죄여서 폭도들의 징계에 대해 자세히 알릴 것이 없었으므로, 미니트맨 지역 사령관은 그 의사에게 강철 채찍으로 69대의 태형을 가한 후 어리석은 살인행위에 대해 반성하도록 수심 60센티미터의 물이 차 있기는 하지만 아이러니하게도 물은 전혀 마실 수는 없는 독방에 수감했다는 사실이 언론에 발표되는 것은 허용했다. 그런데 불행하게도 그 죄수는 종교적 위안을 구할 기회를 얻기도 전에 사망하고 말았다.

　스크랜턴에서는 노동자 계층의 교회를 사목하던 가톨릭 사제가 납치되어 두들겨 맞는 일이 발생했다.

　중부 캔자스에서는 조지 스미스라는 한 남자가 아무런 이유 없이 엽총과 사냥총과 터무니없이 적은 자동 권총 몇 자루로 무장한 농민 200명을 규합하여 그들을 이끌고 미니트맨 병영을 불태웠다. 미니트맨 부대의 탱크들이 출동했고 사이비 폭도였던 농부들을 이번에는 본보기로 삼지 않고 겨자 가스로 진압한 후 수류탄으로 다 날려버렸다. 미니트맨 측에서 보면 이는 아주 명석한 조치였다. 슬퍼하는 가족들이 수습해 묻을 시신이 남아 있지 않아 반역분자들이 선전에 활용할 수조차 없게 만들었기 때문이다.

　그러나 뉴욕 시에서는 양상이 정반대였다. 저항세력으로부터 불시기습을 받지 않았음에도 미니트맨들은 예전 맨해튼과 브롱크스 지구에서 공산주의자로 의심받던 사람들과 공산주의자들과 어울렸다고 보고된 사람들을 전부 잡아들여 그들 가운데 다수를 롱아일랜드의 19개 강제수용소에 수용했다. … 그들 대부분은 자기는 전혀 공산주의자가 아니라고 울부짖었다.

미국에서는 남북전쟁과 제1차 세계대전 기간을 제외하면 처음으로 사람들이 말하는 것에 두려움을 느끼기 시작했다. 거리에서, 기차에서, 극장에서, 사람들은 무심코 서쪽에 가뭄이 심하다고 말을 하려다가도 그 가뭄이 윈드립 각하 탓이라고 혹시라도 생각하는 누군가가 듣고 있을까봐 주위를 두리번거렸다! 그들은 웨이터를 보고도 특히 놀랐다. 웨이터들이 몰래 엿듣고 있다가 어떤 식으로든 그 내용을 미니트맨에게 보고한다고 의심했기 때문이다. 정치 이야기를 하고 싶어 입이 근질거리는 사람들은 윈드립을 '로빈슨 대령'이나 '브라운 박사'로, 새러슨은 '존스 재판관'이나 '내 사촌 캐스퍼'로 바꾸어 말하곤 했다. 그래서 겉으로는 별 의미 없어 보이는 말에 '뭔 소리야' 하고 야유를 퍼부을 험담으로 들리기도 했다. "내 사촌이 예전과 달리 박사와 브리지 게임을 그다지 열심히 하지 않는 것 같아. 내가 장담하건대, 언젠가는 그들이 놀이를 그만둘 걸."

매순간 모든 사람이 온 사방에 퍼지는 실체를 알 수 없는 공포에 떨었다. 그들은 마치 전염병이 창궐하는 지역에 살고 있는 사람들처럼 안절부절못했다. 예기치 못한 소리가 들려도, 잘 모르는 발걸음 소리에도, 봉투에 낯선 글씨체만 보아도 깜짝 놀랐다. 그리고 몇 달 동안 충분히 숙면을 취할 수 있을 만큼 편안한 기분을 느낄 수 없었다. 그리고 공포가 가까이 다가올수록 자존감은 점점 사라졌다.

매일 ― 지금은 날씨 보도처럼 일상화되었다 ― 갑자기 '예방 차원에서 체포' 당해 끌려간 사람들에 대한 소문이 돌았고, 그렇게 끌려간 사람들 중 유명인들이 점점 늘어갔다. 국회에 대한 한 차례의 공격을 제외하고는 처음에 미니트맨은 오직 스스로를 지킬 수 없는 이름 없는 사람만 체포했었다. 그러던 것이 이제는 듣는 귀를 의심할 정도로 거물들을 ― 이 지도자들은 보통

법보다도 위에 있는 무적의 인물들로 보였기 때문이다 ― 잡아가기 시작했다. 재판관, 군 장교, 전 주지사, 코르포스에 협조적이지 않았던 은행가, 대사를 지냈던 유대인 변호사 등 쟁쟁한 인물들이 모두 악취와 진흙 가득한 감방으로 끌려갔다는 소문이 돌았다.

언론인 도리머스와 그의 가족들에게는 전혀 반갑지 않은 점이 있었는데, 그것은 바로 이렇게 투옥된 유명인사들 가운데 다수가 언론인이라는 사실이었다. 레이몬드 몰리, 프랭크 시몬즈, 프랭크 켄트, 헤이우드 브라운, 마크 설리반, 얼 브라우더, 프랭클린 애덤스, 조지 셀즈, 프래지어 헌트, 개릿 개럿트, 그랜빌 힉스, 에드윈 제임스, 로버트 모스 러빗, 이들은 새러슨과 맥고블린의 똘마니가 되는 것을 혐오했다는 공통점을 제외하면 전혀 성향이 다른 사람들이었다.

그러나 허스트에 우호적인 작가들은 거의 구속된 사람이 없었다.

한편 로웰과 프라비던스와 올버니에서는 코르포스에 대해 열광적으로 찬양하지 않은 것 외에는 특별히 잘못한 일이 없는 무명의 편집자들이 '의문스럽다'는 이유로 잡혀가 몇 주가 지나고 몇 달이 지나도 석방되지 않는 사건이 발생하자 도리머스는 불행의 손길이 자신에게도 점점 가까이 다가오고 있다고 느꼈다.

분서갱유의 시대가 점점 가까워오고 있었다.

◆ ◆ ◆

전국적으로 코퍼레이트 국가의 팍스 로마나를 위협할 만한 책들은 더 학술적인 미니트맨 대원들에 의해 기쁘게 불살라졌다. 이런 형태의 국가 수호는 ― 너무도 근대적인 방식이라 1300년대가 되어서야 알려지기 시작했다 ― 교육선전부 장관인 맥고블린이 시작하긴 했지만 각 지방에서는 자기 지역의 먹물 반역자들을 골라내는 재미는 미니트맨의 십자군 전사들 재량에 맡겼다. 북동 지방에서는 듀이 헤이크 지방장관이 애핑엄 스완 재판관과 오언 피즐리 박사를 검열관으로 임명했고 그들이 정한 금서 목록은 전국적으로 열렬한 찬사를 받았다.

스완은 진짜 위험한 사람들은 대로우, 스티븐스, 노먼 토머스 같은 명백한 무정부주의자와 불평가들이 아니라는 사실을 알고 있었기 때문이다. 그들은 방울뱀처럼 독을 내뿜는 것이 소리로 발각된다. 진짜 적은 죽음에 의해 신격화되어 어느 틈엔가 훌륭한 학교 도서관에 들어와 똬리를 틀고 있는 사람들이었다. 몹시도 완강하여 코르포 국가가 출현하기도 훨씬 전에 코르포 국가 같은 독재국가에 반대한 사람들이었다. 그리고 스완은 (옆에서 앵무새처럼 복창하는 피즐리와 함께) 헨리 데이비드 소로, 랠프 월도 에머슨, 존 그린리프 휘티어, 월트 휘트먼, 마크 트웨인, 윌리엄 하웰스의 책들과 우드로 윌슨의 『새로운 자유』의 소지 및 판매를 전면 금지시켰다. 우드로 윌슨의 경우 나중에는 상당히 조작적인 정치인이 되었지만, 초기에는 매우 이상에 사로잡혀 있었기 때문에 금서목록에 포함된 것이었다.

스완이 현존 작가든 죽은 작가든 허버트 조지 웰스, 마르크스, 버나드 쇼, 토마스 만과 하인리히 만 형제, 톨스토이 같은 무신론자 외국 작가들과, 귀족 전통에 맞서 거리낌 없는 선전활동을 펼친 우드하우스 등도 매도한 것은 말할 필요도 없었다. (누가 알겠는가? 어쩌면 코퍼레이트 제국에서 언젠가는 자기도 애핑엄 스완 바트 경이 될지.)

그리고 한 항목에서 스완은 눈부신 재능을 보여주었다. 냉소적인 책 『월 로저스 어록』이 위험하다는 점을 알아보는 선견지명을 갖고 있었던 것이다.

도리머스는 시러큐스, 스키넥터디, 하트퍼드에서의 분서갱유에 대해 전해 들었지만, 도대체 유령 이야기처럼 믿어지지가 않았다.

제섭 가족이 저녁 식사를 하고 있던 중 막 일곱 시가 지나서 어느 정도는 예감하고 있던 발자국 소리가 현관에서 들려오자 모두 겁에 질렸다. 캔디 부인 — 심지어 냉정한 캔디 부인조차 놀라서 흥분한 가슴을 진정하고서야 문을 열어주러 나갔다. 식탁에 앉아 있던 데이비드마저도 수저를 든 자세로 꼼짝못하고 있었다.

섀드의 목소리가 들려왔다. "각하의 이름으로 명령을 이행하러 왔소!" 거실에 거친 발소리가 울리더니 섀드가 모자를 쓴 채 손에는 권총을 들고 거들먹거리며 식당으로 들어왔다. 그렇지만 이를 드러내고 웃으며 심술궂은 눈초리로 친절을 가장한 채 큰 소리로 외쳤다. "안녕들 하시오! 불온서적을 찾으러 왔소. 도지사님 명령이오. 순순히 협조하시오, 제섭!" 섀드는 한때 자신이 수도 없이 장작을 날랐던 벽난로를 바라보며 낄낄거렸다.

"다른 방에 앉아서 기다 — "

"내가 고작 '다른 방에 앉아' 있고 싶을 것 같소! 우리는 오늘밤 책을 다 불사를 거라고! 어서 앞장서라고, 제섭!" 섀드는 분노한 엠마를 쳐다보았고, 시시도 바라보았다. 그리고 아주 고의로 눈을 찡긋하며 낄낄댔다. "안녕하시오, 제섭 부인. 안녕, 시스. 안녕, 꼬마야?"

그러나 메리 그린힐 쪽으로는 눈길을 주지 않았고, 그녀도 그를 외면했다.

거실로 나와 보니 쭈뼛거리는 미니트맨 수행원 네 사람이 있었고, 그들보다 더 쭈뼛거리던 에밀 스타웁메이어가 변명하듯 낑낑 댔다. "그저 명령일 뿐이오 — 알다시피 — 명령일 뿐이오."

도리머스는 다행히 아무 말도 안 한 채 그들을 서재로 안내했다.

사실은 일주일 전에 온전한 코르포가 보면 급진적이라고 생각할 만한 모든 간행물들을 다른 곳으로 옮겨놓았다. 마르크스의 『자본론』, 베블런의 저작, 모든 러시아 소설들, 심지어 섬너의 『습속론』, 프로이트의 『문명 속의 불만』, 스완이 금지시킨 소로와 다른 백발 저항가들의 작품, 진보적 주간지 『네이션』과 『뉴 리퍼블릭』 지난 호들, 몰래 입수해왔던 월트 트로우브리지의 『민주주의를 위한 창』 등을 모두 골라내서 위층에 있는 오래된 말총 소파

안에 숨겨두었다.

"아무것도 없다고 했잖습니까." 수색을 마친 스타웁메이어가 말했다. "그만 가쇼."

그러나 섀드는 수긍하지 않았다. "허! 이 집은 내가 잘 안다고. 전에 이곳에서 일했으니까. 저기 보이는 방풍문을 세우고 있을 때 당신은 바로 여기 이 방에서 고함을 질러댔지. 당신은 그 시절이 기억나지 않겠지, 스타웁메이어 박사. 내가 잔디를 깎아 주었을 때도 당신은 아주 건방졌었지!" 스타웁메이어는 얼굴이 확 붉어졌다. "그랬었죠. 처지가 바뀐 것을 알고 있습니다. 아래층 거실에 멍청한 책들이 많이 있었죠."

정말로 그런 주택에서는 거실이 거실 말고도 가족실, 응접실, 특별실 등 여러 이름으로 불렸고 편집자들을 낭만적이라고 생각한 독신녀는 심지어 화실이라고도 부르기도 했는데, 어쨌든 도리머스의 거실에는 2-300권의 책들이 있었는데 대개는 '보통의 전집들'이었다. 섀드는 빛바랜 브뤼셀 카펫에 속절없이 부츠를 문지르며 그들을 침울하게 노려보았다. 그는 걱정이 되었다. 뭔가 선동적인 것을 찾아내야만 했다.

그는 갑자기 도리머스가 가장 아끼는 애장품으로서 특별 삽화가 곁들여진 34권짜리 디킨스 전집을 가리켰다. 그것은 아버지가 유일하게 비정상적으로 사치를 부려 구입했던 작품으로 아버지의 유품이기도 했다. 섀드는 스타웁메이어에게 물어보았다. "저 디킨스라는 작자 — 사회 환경에 늘 불평을 늘어놓던 자 아닌가 — 학교와 경찰과 모든 것들에 대해서?"

스타웁메이어는 그에 대해 항의했다. "네, 그렇긴 하지만 섀드 — 레듀 군수님, 그건 백 년도 전의 일인 ————"

"무슨 차이가 있다고. 죽은 스컹크 냄새가 산 놈보다 더 고약한데."

그러자 도리머스가 소리쳤다. "그렇소, 하지만 백 년 동안은 아니잖소! 게다가 ————"

그러나 섀드의 손짓에 복종하여 미니트맨 대원들은 이미 서가에서 디킨스의 책들을 확 잡아당겨 바닥에 떨어뜨렸고, 책의 표지는 갈라졌다. 도리머스는 미니트맨 대원의 팔을 움켜잡았고 문가에서 시시는 비명을 질렀다. 새드는 위협적으로 도리머스에게 다가와 거대한 붉은 주먹을 도리머스의 코에 들이대며 으르렁거렸다. "나중이 아니라 … 지금 백주대낮에 끌려 나가고 싶소?"

도리머스와 시시는 소파에 나란히 앉아 책들이 던져져 무더기로 쌓여가는 것을 지켜보았다. 도리머스는 시시의 손을 꼭 잡고 중얼거렸다. "쉿 ─ 쉿!" 오, 시시는 예쁜 소녀이고 어렸다. 하지만 젊고 예쁜 한 여교사가 불시의 공격을 받고 발가벗겨진 채 시내 남쪽 눈밭에 버려진 것이 불과 이틀 전 일이었다.

도리머스는 분서갱유의 현장에서 벗어날 수 없었다. 그것은 마치 죽은 친구의 얼굴을 마지막으로 보는 것과도 같았다.

불쏘시개, 대팻밥, 가문비 장작 등이 그린(Green) 산자락의 눈이 얇게 깔려있는 곳에 잔뜩 쌓였다. (내일이면 백 년 된 풀밭에 불에 그슬린 근사한 자국이 생겨날 것이다.) 장작단 주위에서는 미니트맨 대원들, 남학생들, 엘름 스트리트의 허접한 실업학교에서 온 학생들, 이름을 알 수 없는 젊은 농부들이, 드러내놓고 좋아하는 새드가 지키는 책무더기에서 꺼낸 책들을 손에 쥐고 춤을 추다가 불길 속으로 던져 넣었다. 도리머스는 자기 집에서 압수한 디킨스의 『마틴 추즐위트』가 허공을 가르며 날아가 낡은 서랍장의 불타는 덮개 위로 떨어지는 것을 보았다. 책은 새러 갬프 부인의 얼굴 삽화가 그려진 부분이 펼쳐진 채로 떨어졌는데 불이 붙어 금세 타버리고 말았다. 어렸을 적 도리머스는 그 그림을 보고 항상 웃음을 터뜨리곤 했었다.

도리머스는 늙은 팰크 신부가 두 손을 꼭 쥐고 있는 것을 보았다. 도리머스가 어깨에 손을 얹자 팰크는 슬퍼했다. "저들이 내 책 토머스 브라운의 『호장론(壺葬論)』과 토마스 아 켐피스의 『그리스도를 본받아』를 가져갔다네.

왜 그랬는지 모르겠어, 이유를 알 수가 없다고! 그리고 저기서 그것들을 불 태우고 있어!"

누구의 것인지, 왜 압수되었는지 도리머스는 알 수 없었지만 『이상한 나라의 앨리스』, 우마르 하이얌[61]의 작품, 셸리의 작품, 체스터턴의 『목요일이었던 남자』, 헤밍웨이의 『무기여 잘 있거라』 등이 모두 불타고 있었다, 독재자의 더 위대한 영광과 그의 백성들의 더 큰 계몽을 위해.

맹렬하게 타오르던 불길이 거의 사그라질 무렵 칼 파스칼이 헤치고 나와 섀드 레듀를 향해 소리쳤다. "너희들 비열한 놈들이 ─ 누구를 태워다주느라 밖에 나갔다 왔는데, 내가 없는 사이 내 방에 함부로 쳐들어와서 내 책들을 가져갔다고 들었다!"

"맞아, 그랬다, 동무!"

"그리고 그것들을 태우고 있는 거냐 ─ 내 책을 ───"

"아니, 동무! 불태우고 있는 게 아니지. 그랬다가는 큰일 나게, 동무." 섀드는 깔깔대고 웃음을 터뜨렸다. "네 책들은 경찰서에 모셔져 있지. 네가 오기만을 기다리고 있었다. 너의 그 알량한 공산주의 책들을 전부 찾아내서 아주 통쾌했다. 여기! 저 자를 끌고 가라!"

그래서 칼 파스칼은 포트 뷰러에서 트리아논의 강제수용소로 끌려간 첫 수감자가 되었다. 아니, 정확히 말하자면 두 번째다. 사실, 주목을 받지 못해서 거의 모든 사람에게서 잊히긴 했지만 첫 수감자는 평범한 인물로서 정치에 대해서는 아예 입에 올려본 적도 없는 전기기사였다. 그의 이름은 브레이든이었다. 섀드와 스타웁메이어를 열렬히 추종하던 한 미니트맨이 브레이든의 일자리를 탐냈다. 그래서 브레이든은 아무 이유도 없이 강제수용소로 가게 된 것이다. 섀드의 심문에 자신은 윈드립 각하를 음해하려는 어떤 음모에 대해서도 아는 바가 없다고 항변했다가 매질을 당했다. 결국 브레이

---

61. Omar Khayyam. 페르시아의 시인이자 수학자이자 천문학자.

든은 1월이 되기도 전에 어두운 감방에서 홀로 죽어갔다.

12월에 두 주를 할애해서 미국의 '상황'을 철저히 들여다본 영국의 한 여행자는 런던의 신문사에 글을 보냈고 나중에는 BBC 라디오에 나와 이야기를 전했다. "미국을 철저히 살펴보니 사람들 사이에서 코르포 행정부에 대한 불만이 있기는커녕 그 어느 때보다 더없이 행복하고 결연히 용감한 신세계를 만들어나가고 있다는 것을 알 수 있었다. 유대인들이 탄압받고 있다는 주장에 대해 매우 저명한 한 유대인 은행가에게 물어보니 이렇게 확인해주었다. '그렇게 말도 안 되는 소문을 들을 때마다 우리는 너무나 웃긴답니다.'"

23장

도리머스는 불안했다. 섀드가 아닌 에밀 스타웁메이어와 해노버에서 온 낯선 중대장이 미니트맨 대원들을 앞세우고 그의 서재에 있는 개인 편지들을 조사하러 왔다. 그들은 최대한 예의를 갖추었지만 놀랄 정도로 철저하게 뒤졌다. 그러고 나서야 『인포머』 사무실에 있는 그의 책상이 어질러진 것을 보고는 누군가가 그곳에 있던 그의 서류들을 뒤져보았다는 것을 알게 되었다. 에밀은 사무실에서 그를 피했다. 도리머스는 섀드의 사무실로 불려가 퉁명스럽게 취조를 받았다. 월트 트로우브리지의 조직원들과 연락을 주고받는다는 고발이 들어왔는데 어찌된 영문이냐고 물었다.

그래서 도리머스는 불안했다. 자기도 곧 강제수용소로 갈 날이 멀지 않았음을 확신했다. 길거리에서는 낯선 사람들이 모두 자기를 미행하는 것 같아 뒤를 흘끔흘끔 돌아보았다. 윈드립과 무솔리니와, 베이거나 덴데 특효약으로 담배의 효능을 열렬히 옹호하는 과일상 토니 글리아니는 '신문사 일에서 벗어나게' 될 때를 대비해 세워둔 계획이 있는지 꼬치꼬치 캐물었다. 언젠가는 한 떠돌이가 캔디 부인에게 이것저것 물어보며 집을 버리고 도망치기라도 할 듯 쟁여놓은 식료품이 떨어지지는 않았는지 식료품 저장실 선반을 흘깃거리기도 했다. … 그러나 어쩌면 그 떠돌이는 그저 떠돌이에 불과했는지도 모른다.

오후 중반 무렵, 도리머스는 사무실에서 학자-농부인 벅 타이터스에게서 전화를 받았다.

"오늘 저녁 아홉 시쯤 집에 오나? 잘 됐군! 이따 보세. 중요한 일일세! 아 참, 자네 가족 전부와 린다 파이크와 줄리언도 함께 모일 수 있는지 알아볼 수 있나? 생각하는 게 있어서. 중요한 일이야!"

지금으로서 중요한 생각이라면 투옥과 관련 있을 것이 빤하므로 도리머스와 집안 식구들은 안절부절못하고 기다렸다. 로린다는 엠마만 보면 늘 그렇듯이 가볍게 재잘거리며 들어왔다. 그런 로린다의 모습에도 편안함은 없었다. 줄리언이 수줍게 들어왔고 그에게도 편안한 모습은 찾아볼 수 없다. 캔디 부인은 부탁하지도 않았는데 럼주를 탄 차를 내왔다. 그녀의 모습에서는 약간 편안함이 느껴졌지만 어쨌든 벅이 올 때까지 모두들 침울한 기분에 사로잡혀 불안하게 기다렸다. 벅은 폭설을 뚫고 10분 늦게 들어서며 문을 닫았다.

"전화를 받느라 좀 늦었네. 자네가 아직 사무실에서 듣지 못한 새로운 소식이 있네, 도마우스. 위험한 불길이 점점 가까워오고 있네. 러틀랜드에 있는 『헤럴드』의 편집자가 오늘 오후 체포되었다네. 아직 어떤 혐의를 뒤집어씌우지는 않았다는데 — 발표되지 않았다는 말일세 — 나랑 거래하는 러틀랜드의 중매인에게 들은 소식이라네. 다음번에는 자네 차례일세, 도리머스. 내 생각으로는 스타웁메이어가 자네의 결정적 증거를 찾아낼 때까지는 그냥 지켜보고 있는 것 같아. 아니면 레듀가 자네를 계속 기다리게 해서 피를 말리려는 근사한 속셈을 가지고 있는지도 모르지. 그건 그렇고, 자네는 여기서 빠져나가야 해. 그것도 내일 당장! 캐나다로! 아예 정착하러! 자동차로 움직여야 해. 이제 더 이상 비행기로는 갈 수 없게 되었네 — 캐나다 정부에서 중단시켰네. 자네와 엠마와 메리와 데이브와 시스와 모두 — 어쩌면 풀리시와 캔디 부인과 카나리아 새까지!"

"불가능해! 투자한 것들을 회수하려면 몇 주나 걸릴 걸세. 긁어모으면 2

만 달러는 될 것 같지만 몇 주 걸릴 거야."

"나를 믿는다면 사인해서 전부 내게 넘기게 ― 그게 자네한테도 좋을 걸세! 자네가 나서서 현금화하는 것보다는 내가 하는 편이 훨씬 나을 거야 ― 코르포스와는 내가 더 사이가 좋으니까 ― 그들에게 말을 팔아온 데다 내가 풍채로 한몫 하니까 지들과 합류할 것으로 생각하고 있거든! 우선 정착자금으로 여기 내 주머니에 캐나다 달러로 1,500달러 마련해왔네."

"우리는 결코 국경을 통과할 수 없을 걸세. 미니트맨 대원들이 나처럼 미심쩍은 자들을 찾으려고 촘촘히 경계하고 있잖아."

"내게 캐나다 운전면허증과 차에 달 캐나다 번호판이 있네. 의심을 사지 않도록 내 차를 몰고 갈 걸세. 나는 진짜 농부처럼 보일 수 있으니까. 그래서 내가 자네들을 전부 태워다 줄 적임자라고 할 수 있지. 저기 맥주 상자 속 병 아래에 번호판을 숨겨 놓았네! 그러니 모두 준비해서 날씨가 너무 맑지만 않다면 내일 밤 출발하는 거야 ― 눈이 오길 바라야지."

"하지만, 벅! 말도 안돼! 나는 도망치지 않겠네. 잘못한 것이 하나도 없는데. 도망칠 만한 짓은 전혀 하지 않았다고!"

"자네 목숨이, 이봐, 자네 목숨이 달렸다고!"

"나는 그들 따위 두렵지 않아."

"그래, 어련하겠어!"

"오, 그래. 자네가 그런 식으로 본다면 아마도 내 목숨이 위험하겠지! 하지만 나와 내 선조들이 일궈온 조국에서 미치광이들과 총잡이들 손에 내쫓기지는 않을 거라고!"

엠마는 뭔가 납득이 될 만할 것을 생각하려고 애쓰는지 아무 말도 못했다. 메리는 눈물만 흘리지 않았지 울고 있는 것 같았다. 시시는 아예 엉엉 울었다. 줄리언과 로린다는 상대 말을 끊어가며 뭐라고 이야기를 주고받았다. 그런데 그 상황을 주도한 사람은 뜻밖에도 문간에 나타난 캔디 부인이었다. "이제 보니 남자답지 못하네요! 완전 똥고집이잖아요! 식구들 전부를 생각해보라고요. 한 사람 한 사람 다요. 허세가 너무 심하잖아요. 당신이 끌려가서 총살당한다면 남은 식구들이 어떤 기분일지 잠시만 멈춰서 생각해보면 알 텐데요! 당신이 선로를 건설한 보선반에 있다는 이유로 기관실에 있는 사람보다도 더 옳다고 우기면서 기관차 앞에 그냥 서 있다가 치어서 죽기라도 하면 우리 모두가 당신을 영웅으로 생각해주기를 기대하는 건가요! 글쎄요, 어쩌면 그걸 영웅이 되는 거라고 말할 사람이 있을지 모르지만——— "

"당신들이 모두 합세해서 내게 달려들어 정신을 빼놓고 국가에 대한 의무를 저버리게 만들려고 하니 당황스럽군, 내 생각은——— "

"도리머스, 당신은 예순이 넘었어요. 어쩌면 우리 중에는 이곳에 있을 때보다 캐나다에서 우리의 의무를 더 잘 이행할 수도 있잖아요 — 월트 트로우브리지처럼요." 로린다가 간청하듯 말했다. 엠마는 별 감정 없이 친구 로린다를 쳐다보았다.

"이 문제는 민주주의에 안전한 세상을 만들기 위해 수백만 명을 죽음으로 내모는 것과 파시즘에 잡혀 사는 것을 두고 논쟁하는 것과 마찬가지일세!" 벅이 비웃듯 말했다.

"아빠! 제발 같이 가요. 아빠 없이는 살 수 없어요. 그리고 이제 이곳이 점점 무서워져요." 시시 역시 겁먹은 듯이 보였다. 천하무적의 시시가 말이다. "오늘 오후에 섀드가 길거리에서 나를 멈춰 세우더니 자기와 함께 놀러가지 않겠냐고 했어요. 맙소사, 제 턱을 슬쩍 만지기까지 했다니까요! 하지만 솔직히 말하면, 내가 분명 그럴 거라고 확신하기라도 하듯 능글능글 웃는 모습이란 — 너무 무서웠어요!"

"내 당장 권총을 구해서——— "

"아, 그 자식을 당장 죽여버——— "

"두고 봐, 내 두 손으로 그놈을——— "

도리머스, 줄리언, 벅, 세 사람은 모두 동시에 소리를 지르며 서로 보았고, 그 소리에 놀란 풀리시가 짖어대자 머쓱한 표정을 지었다. 문설주에 동태처럼 기대어 있던 캔디 부인이 놀리듯 한 소리 했다. "기관차에 들이받힐 사람이 더 늘었구먼!"

도리머스는 웃었다. 그의 인생에서 유일하게 딱 한 번 슬기를 발휘하여 마지못해 동의했다. "좋아, 갑시다. 하지만 나도 의지가 강한 사람이라는 점을 생각해보면 설득당하려면 밤을 꼬박 새워야 할걸. 어쨌든 내일 밤에 출발하기로 하지."

도리머스는 자기 계획에 대해서는 아무 말 안 했다. 가족이 안전하게 캐나다에 도착하여 은행에 돈을 넣고 시시가 좋아할 만한 일자리를 구하게 되면 자신은 그들로부터 도망쳐 투쟁하러 원래 자리로 돌아올 계획이었다. 최소한 섀드만은 자기 손으로 죽이고 나서 죽임을 당하든지 할 것이었다.

크리스마스까지는 일주일밖에 남지 않았다. 제섭 가정에서는 늘 수많은 형형색색의 리본으로 장식도 하고 유쾌한 분위기로 성탄절 시기를 맞이했다. 갑작스럽게 도망칠 준비를 하게 된 그날은 성탄의 기묘한 즐거움이 넘쳐흘렀다. 의심을 피하기 위해 도리머스는 대부분의 시간을 사무실에서 보냈는데, 자를 들고 있는 스타웁메이어가, 학교에 근무할 당시 수업시간에 소곤대는 아이들이나 잘못을 저지르는 학생들에게 위협적인 분노를 숨기고 노려보듯 백 번도 더 자기를 지켜보고 있는 것 같았다. 하지만 점심시간 두 시간 동안에는 그 모습을 보지 않아도 되었고, 오후에는 일찍 집으로 향하니 캐나다와 자유에 대한 생각과 낚시 여행을 가는 것 같은 복장으로 무엇을 고를지 흥분되어서 우울한 기분이 간만에 싹 가셨다. 블라인드를 모두 쳐놓고 위층에서 짐을 싸다보니 그라스[62] 너머 오래된 여관의 석조바닥이 깔린 호사로운 침실 어둠 속에서 벌어지는 필립스 오펜하임의 이야기에 나오는 스파이 같은 기분이 들었다. 아래층에서는 캔디 부인이 평상시처럼 보이게 분

---

62. Grasse. 프랑스의 휴양 도시로 향수산업의 중심지.

주한 척했다. 그녀와 카나리아 새는 남아서 도리머스 가족이 도망치고 난 후 미니트맨이 제섭 가족이 탈출한 것 같다고 알려오면 전연 몰랐다는 듯이 깜짝 놀라는 척하기로 했다.

도리머스는 그날 오후 늦게 여러 개의 은행에서 사과과수원을 사들일 생각이라며 500달러씩 인출해두었다. 그는 국내에 잘 길들여진 동물이어서 소란스럽게 돌아다니지는 않았지만 이집트행 비행기에 몸을 실었던 당시에 가져갔던 것을 떠올리지 않을 수 없었다. 수중에 보유할 수 있었던 현금 전부, 담배, 손수건 여섯 장, 여벌 양말 두 켤레, 빗 하나, 칫솔 하나, 단연코 가장 좋아하는 책은 아니었지만 기차 여행 시 읽어보리라고 수년 동안 별러온 슈펭글러의 『서구의 몰락』 제1권이었다. 사실 그가 외투 주머니에 쑤셔 넣지 못할 것은 없었던 반면에, 시시는 틀림없이 최신 속옷 전부와 커다란 액자에 담긴 줄리언의 사진을, 엠마는 한 살에서 스무 살까지 세 아이들의 모습이 담긴 코닥 사진첩을, 데이비드는 새 비행기 장난감을, 메리는 많은 짐짝보다도 지고 가기에 훨씬 무거운 어둡고 고요한 증오를 가지고 가고 싶어 했다.

줄리언과 로린다가 도와주러 왔다. 줄리언은 시시와 함께 구석으로 사라졌다.

도리머스와 로린다는 둘 만 있을 시간이 한순간밖에 없었다 … 고풍스러운 손님용 화장실에서.

"린다, 아, 맙소사!"

"우린 성공할 거예요! 캐나다에 도착하면 한숨 돌릴 수 있을 거예요. 그러고 나면 트로우브리지와 합류해요!"

"그래, 하지만 당신을 떠나려니 ——— 어떻게 해서든지, 기적이라도 일어나서 당신과 한 달만이라도 함께 보낼 수 있다면, 몬테레이나 로스앤젤레스의 베니스 해변이나 옐로스톤 같은 데서 말이야. 삶이 아무 의미나 계획도 없이 제멋대로 흘러가는 것 같아서 너무 끔찍해."

"의미가 없긴요, 분명히 있어요! 우리를 완전히 완패시킬 수 있는 독재자는 없다고요! 기운 내요!"

"잘 있어, 나의 린다!"

심지어 지금 이 시간조차도 도리머스는 자신이 위험 속으로 되돌아오려고 계획하고 있다는 것을 고백하여 그녀를 놀라게 하고 싶지 않았다.

낡은 온수기에서 새어나오는 가스 냄새가 희미하게 퍼지는 욕실의 어두운 밤색 낡은 욕조 옆에서 두 사람은 잠시나마 꼭 끌어안고 있었다 ― 산꼭대기에 어린 황혼의 안개처럼 김이 서린 그곳에서 그렇게 서로를 안고 있었다.

어둠, 살을 에는 바람, 심술궂게 하염없이 내리는 눈을 뚫고 활기가 넘치는 유쾌한 모습으로 벅 타이터스가 자기의 내쉬 자동차를 몰고 나타났다. 해진 곳을 여기저기 기운 물개모피 모자를 쓰고 맹견 가죽 코트를 걸쳐서 가능한 한 농부처럼 보이도록 꾸몄다. 도리머스는 다시 한 번 타이터스가 폭설로 앞이 안 보이는 평원을 가로질러 인디언 수 족을 뒤쫓은 찰스 킹 기병대장 같다는 생각이 들었다.

그들은 놀랍게도 차에 다 꾸역꾸역 들어갔다. 벅 옆의 조수석에는 메리가, 뒷좌석에는 엠마와 시시 사이에 도리머스가 앉았고 바닥에는 데이비드와 풀리시와 장난감 비행기가 무릎 덮개를 뒤집어쓴 채 한데 뒤엉켜 있었다. 트렁크 가로대와 앞 범퍼에는 방수천으로 덮은 여행 가방이 잔뜩 쌓였다.

"아, 나도 가면 좋을 텐데!" 줄리언이 한탄했다. "봐, 시시! 거창한 스파이 이야기 같은 생각이긴 한데! 하지만 진심으로 하는 말이니까 잘 들어. 가거든 우리 할아버지에게 기념엽서를 보내줘, 교회 같은 것들이 담긴 것으로, 그냥 '제인'이라는 사인만 해서 보내. 그리고 네가 교회를 빗대서 하는 말은 다 너에 대해서 하는 말로 알고 있을게. 그리고 ―― 오, 제기랄! 널 원해, 시시!"

캔디 부인은 이미 짐들이 찰 대로 꽉 차서 더 이상 쑤셔 넣기도 힘든 차 안에, 아마도 도리머스의 무릎과 데이비드의 머리쯤 되는 곳에 짐 꾸러미를 집어넣으며 재빨리 말했다. "음, 이리저리 돌아서 한참 가야할 지 모르니까 ——— 코코넛을 층층이 얹은 케이크예요." 그리고 갑자기 퉁명스럽게 말투를 바꾸었다. "혹시 생각 없으면 저 모퉁이를 돌자마자 도랑에 던져 버리고요!" 그녀는 훌쩍이며 도망치듯 부엌으로 사라졌고, 로린다는 불 밝힌 문간에 서서 말없이 손을 흔들었다.

어두운 뒷길을 택한 자동차는 포트 뷰러를 다 빠져나가 북쪽으로 향하기도 전에 이미 눈길에 미끄러져 이리저리 흔들거렸다.

시시는 기분 좋게 콧노래를 불렀다. "좋다, 캐나다에서 크리스마스를 맞게 되었네! 놀 것 천지에 감람나무도 많겠지!"

"어, 캐나다에도 산타클로스가 계실까요?" 무릎덮개와 풀리시의 부숭부숭한 귀에 살짝 파묻힌 데이비드의 목소리가 들려왔다, 어린애다운 질문이었다.

"아가, 물론 있단다!" 엠마가 데이비드를, 그리고 어른들까지 안심시켜 주었다. "에고 귀여운 것!"

시시가 도리머스에게 속삭였다. "당연히 귀여워야죠. 그렇게 말하라고 오늘 오후에 제가 10분이나 가르친 걸요! 제 손을 잡으세요. 그나저나 벅 아저씨가 운전을 잘 하셔야 할 텐데!"

• • •

벅 타이터스는 특히 오늘 밤처럼 궂은 날씨에 포트 뷰러에서 국경까지 가는 모든 뒷길을 잘 알고 있었다. 트리아논을 지나자 누군가를 지나칠 경우 반드시 뒤를 돌아보아야 할 것 같은, 바퀴 자국이 깊이 난 길로 들어섰다. 차는 지그재그로 뻗은 길을 따라 덜컹거리고 헐떡거리며 인적 없는 산으로 점점 올라갔고 캐나다를 향해 방향을 틀었다. 앞 유리창에 달라붙은 젖은 눈이 얼어 시야를 가렸으므로 빅은 창문을 내리고 머리를 내민 채 운전을 해야 했고 창으로 들어온 매서운 바람이 차 안에 있는 그들의 뻣뻣한 목을 휘감았다.

도리머스는 대부분 시간 동안 빅의 굽은 등과 긴장한 목과 얼어붙은 앞 유리창을 제외하면 아무것도 보이지 않았다. 이따금씩 저 아래 멀리 보이는 불빛은 그들이 지금 돌출한 절벽 길을 따라 기어가고 있다는 사실을 드러냈으므로 자칫하다가 옆으로 미끄러지면 천길만길 낭떠러지로 하염없이 굴러 떨어질 것이었다. 한 번은 정말로 미끄러졌고, 영원처럼 느껴지는 그 4초 동안 모두 숨을 헐떡이고 있는 사이 빅이 도로 옆 기슭으로 차를 홱 틀어 올렸다가 다시 내려 결국에는 똑바로 중심을 잡고 아무 일 없었다는 듯 속도를 내자 도리머스는 무릎에서 힘이 빠졌다.

도리머스는 오랫동안 두려움에 온몸이 뻣뻣하게 굳어 있었지만 점차 너무 추운데다 차가 비틀거리자 토할 것 같은 메스꺼움이 서서히 올라오는 것 외에는 아무것도 느낄 수 없는 고통으로 빠져들었다. 아마도 깜박 잠이 들었다가는 깨어나기를 반복했다. 최소한 미끄러운 경사 길을 오르려고 차가 잔뜩 힘을 주고 털털거리며 올라가는 동안에는 힘겹게 차를 밀어 올리는 것 같은 감각에 잠이 깼다. 혹시라도 엔진이 나가기라도 한다면, 브레이크가 말을 듣지 않아 뒤로 그대로 미끄러져 내려 비틀거리다 길에서 튕겨나갈 것이었다. 시간이 갈수록 온갖 상상이 눈덩이처럼 불어나 그를 괴롭혔다.

그러다 안 되겠다 싶어 잠들지 말고 밝고 도움이 되는 생각을 하려고 애썼다. 눈송이가 얼어붙은 앞 유리창이 눈 위를 비추는 전조등 불빛에 반사되어 마치 다이아몬드 판처럼 반짝인다는 것을 알아챘다. 그 사실을 알아채긴 했지만 설령 판으로 되어 있다 해도 다이아몬드에 대해서 계속 생각할 수는 없었다.

그는 대화를 시도해봤다.

먼저 시시에게 말을 걸었다. "기운 내렴. 아침은 새벽에 ──── 국경 너머에서 먹겠구나!"

"아침식사요!" 시시는 씁쓸하게 대답했다.

그리고 그들은 다이아몬드 판과 벽의 윤곽만이 세상에서 유일하게 살아 있는 것 같은 그 움직이는 관에 실려 삐걱거리며 나아갔다.

몇 시간인지 헤아릴 수 없는 시간이 지난 후 차가 갑자기 멈추더니 굴러 떨어지다 다시 멈추었다. 차는 질주했다. 차 소리는 참을 수 없는 으르렁거림으로 변해갔다. 그런데도 차는 움직이는 것 같지 않았다. 갑자기 차가 멈췄다. 벅은 욕설을 퍼부으며 거북이처럼 차 안에서 목을 뽑았고 시동이 털털거리다 겨우 걸렸다. 차는 다시 굉음을 내며 움직였지만 다시 멈춰 섰다. 뻣뻣한 나뭇가지가 덜그럭거리는 소리가 들려왔고 풀리시가 잠결에 낑낑거리는 소리도 들렸다. 차는 폭풍의 위협에 시달리는 황야의 오두막이나 마찬가지였다. 그들이 기다리고 있었으므로 침묵도 기다림 같았다.

"무슨 문제야?" 도리머스가 물었다.

"끼었어. 빠지지가 않아. 부서진 지하수로에서 나온 물에 엉겨 붙은 눈덩이에 부딪친 것 같아. 맙소사! 나가서 살펴봐야겠어."

문을 열고 미끈거리는 발판에서 차 밖으로 내려서자 사정없이 몰아치는 바람에 무척이나 추웠다. 몸이 너무 딱딱하게 굳어 서있기 힘들 정도였다.

그 상황에서 사람들이 그렇듯, 뭐라도 도와야 할 것 같아서 도리머스는 손전등으로 바퀴 아래 눈덩이를 살폈고, 시시도 손전등을 비추었다. 그리고 결국 참다못한 벅이 손전등을 빼앗아 두 번이나 살폈다.

"가서 좀 ──── ""빗자루가 도움이 될 텐데." 시시와 벅이 동시에 말을 내뱉었고 그 사이 도리머스는 얼어붙은 귀를 문지르고 있었다.

세 사람은 이리저리 빗자루로 쓸 만한 조각들을 모아 바퀴 앞에 놓았고 그 사이 메리는 안에서 점잖게 물었다. "제가 뭐 도와드려요?" 그리고 아무도 그녀에게 답하지 않은 것 같았다.

헤드라이트 불빛에 길가에 있던 버려진 판잣집이 드러났다. 유리창문은 다 깨졌고 문도 떨어져나가고 없는 회색 소나무 오두막이었다. 한숨을 쉬며 차 밖으로 나와 마상마술에서 옆으로 걷는 말처럼 울퉁불퉁한 눈길을 조심조심 헤치며 걷던 엠마가 공손히 말했다. "저기 작은 집이 있네요. 들어가서 알코올버너에 뜨거운 커피를 만들 수 있을 것 같아요. 보온병에 담기에는 넉넉지 않으니까요. 뜨거운 커피 한 잔 줘요, 도마우스?"

엠마는 도리머스를 향해 물은 건데, 지금 이 순간만큼은 전혀 평상시 아내 같지 않았고 캔디 부인만큼 현명했다.

나뭇가지를 쌓아올려 낸 통로를 박차고 올라 차가 눈덩이 너머로 간신히 올라서자 그들은 아늑한 오두막에서 캔디 부인이 싸준 호사스러운 코코넛 케이크를 곁들여 커피를 마셨다. 도리머스는 생각했다. '근사한 곳인데. 이곳이 마음에 들어. 퉁퉁거리거나 미끄러질 일이 없잖아. 떠나고 싶지 않다.'

그러나 떠나지 않을 수 없었다. 안정된 오두막집을 점점 뒤로 한 채 그들은 다시 덜컹거리고 처박히며 메스껍고 떨리는 추위를 피할 수 없었다. 데이비드는 간혹 칭얼거리다가 다시 잠이 들었다. 풀리시는 미심쩍다는 듯 깨서 컹컹거리다 토끼 사냥에 나서는 꿈속으로 다시 빠져들었다. 그리고 도리머스도 잠이 들었다. 머리는 기다란 굴림대 위에 놓인 돛대꼭대기처럼 이리저리 머리를 흔들며 엠마에게 어깨를 기대고 시시의 손을 꼭 잡은 채 영혼은 말할 수 없는 행복에 빠져들었다.

깨어보니 새벽 무렵이었고 눈발도 많이 잦아들었다. 차는 시골길 근처 작은 마을인 듯한 곳에 멈춰 서 있었고, 벅이 손전등 불빛에 지도를 살펴보고 있었다.

"아직 멀었나?" 도리머스가 속삭였다.

"몇 킬로미터만 가면 국경이야."

"누가 검문했었나?"

"아닐세. 오, 잘 될 거야. 이보게, 괜찮아."

이스트 버크셔를 빠져나오자 벅은 국경까지 가는 간선도로를 타지 않고 사람들이 거의 이용하지 않아서 바퀴 자국이 쌍둥이 뱀처럼 나있는 오래된 숲속 길을 택했다. 도리머스가 아무 말 하지는 않았지만 다른 사람도 그처럼 긴장감과 어둠 속에서 적의 소리가 들리지 않을까 걱정스러운 기분이 들었다. 데이비드는 푸른색 자동차가 그려진 무릎 덮개를 두르고는 앉아 있었다. 풀리시는 움찔했다가 콧김을 내뿜더니 화가 난 듯 보였지만, 그 순간의 분위기를 감지하고는 위로하듯이 도리머스의 무릎에 앞발을 올려놓고는 베네치아의 국회의원이나 기업가처럼 침착하게 악수를 청하듯 자꾸 흔들어 달라고 했다.

그들은 나무로 빽빽하게 둘러싸인 어두운 골짜기로 들어섰다. 갑자기 반대편에서 나타난 탐조등이 정면으로 비추었으므로 눈이 너무 부셔 벅이 거의 길에서 벗어날 뻔했다.

"깜짝 놀랐네." 벅이 부드럽게 한 마디 했지만 다른 사람들은 아무 말도 못했다.

벅은 차를 천천히 몰아 불빛 쪽으로 다가갔는데, 불빛은 작은 오두막 대피소 정면의 포좌에서 나오고 있었다. 길에 나와 있던 미니트맨 대원 두 사람이 차에서 나오는 불빛을 환히 받고 서 있었다. 그들은 젊고 순박해보였지만 성능 좋은 자동연발총을 갖고 있었다.

"어디 가시는 길입니까?" 좀 더 나이가 있고 착하게 생긴 대원이 물었다.

"몬트리올입니다, 그곳에 살거든요." 벅은 캐나다 면허증을 보여주었다. … 자동차에 전기 불빛이라. 그런데도 도리머스는 국경 경비대가 1864년 당시 농장 일꾼으로 변장한 조 존스턴 장군의 스파이들이 숨어 있는 농장 마차 옆에서 등불 빛에 통행인을 자세히 살피던 파수꾼처럼 보였다.

"괜찮은 것 같군요. 별 문제 없어 보입니다. 하지만 도망자들 때문에 골머리를 앓고 있습니다. 중대장님이 오실 때까지 기다려야 할 것 같네요. 오래 걸리면 정오쯤 될 겁니다.”

“아, 맙소사. 하지만 경위님, 그럴 수는 없답니다! 몬트리올에 계신 어머니가 위독하시답니다.”

“흥, 그런 말은 전에도 들었소! 뭐 어쩌면 이번에는 사실일 수도 있겠지. 하지만 어쨌든 중대장님을 기다려야 할 것 같소. 원한다면 초소로 들어와 불을 쬐어도 좋소.”

“하지만 우리는 가야 하는데 ──── ”

“이미 말하지 않았소!” 대원들은 총을 만지작거리고 있었다.

“좋습니다. 하지만 드릴 말씀이 있어요. 이스트 버크셔로 돌아가서 아침을 좀 먹고 씻은 다음 이곳으로 다시 돌아오겠습니다. 정오라고 하셨죠?”

“좋소! 그리고 한 마디 하겠는데, 일등급 고속도로를 놔두고 이 후미진 길로 왔다는 게 좀 우스워 보이지 않소. 잘 가시오. 운전조심 하고. … 그리고 다시는 이런 짓 하지 마시오! 다음번에는 중대장님이 이 자리에 계실지도 모르니 ─ 그리고 그분은 당신이나 나처럼 순박한 농부가 아니란 말이오!”

도망치듯 그곳을 빠져나온 도리머스 일행은 달리는 내내 그 경비대원들이 자신들을 계속 비웃고 있는 것 같은 생각에 불편함을 느꼈다.

그들은 세 군데의 국경 초소를 넘어보려고 시도했지만 매번 거부당하고 돌아서야 했다.

“어쩌지?” 벅이 물었다.

“그래. 내 생각도 그래. 집으로 돌아가지. 이제 내가 운전대를 잡지.” 도리머스는 피곤한 음성으로 대답했다.

퇴각으로 인한 굴욕감은 경비병들이 그저 비웃는 것 외에 딱히 수고롭게 아무 짓도 하지 않았다는 점 때문에 더 크게 느껴졌다. 그들은 도저히 벗어날 수 없는 촘촘한 덫에 걸린 기분이었다. 꼬랑지를 내리고 섀드 레듀의 조롱과 “세상에, 이런” 하고 놀랄 캔디 부인에게로 돌아가는 동안 도리머스에게 가장 뚜렷하게 든 감정은 적어도 경비병 한 녀석 못 쏜 것이 후회가 되면서 화가 났다는 점이다.

"이제야 존 브라운 같은 사람들이 왜 정신 나간 살인자가 되었는지 알 것 같군!"

24장

　도리머스는 에밀 스타웁메이어와 그를 통해서 섀드 레듀까지 자신이 탈출하려고 했던 것을 알고 있는지 제대로 판단할 수 없었다. 스타웁메이어가 뭔가 더 알고 있는 것 같기도 했는데, 아니면 그냥 도리머스의 상상이었을까? 에밀은 어느 쪽으로도 생각할 수 있게 의미심장한 말을 던졌다. "북쪽 지방에 도로 사정이 별로 좋지 않았다고 — 상당히 안 좋았다고 하던데!" 그들이 알든 모르든, 섀드 레듀 같은 무지렁이 막일꾼에게 캐나다로 가려고 했다는 사실을 들킬까봐 전전긍긍해야 하는 상황이 고역이었고, 반면에 '교직' 자격증을 갖춘 스퀴어스[63]처럼 자를 휘초리로 휘두르는 스타웁메이어 같은 선생 출신들은 이제 개구쟁이 대신 어른들을 수갑 채워 끌고 갈 수 있게 되었고 『인포머』의 편집자도 될 수 있다. 아, 도리머스의 『인포머』를 말이다. 감히 스타웁메이어 같은 자가! 그 인간 칠판 같은 작자가 말이다!

　도리머스는 매일 윈드립을 언급하는 무엇인가를 쓰려니 더 미칠 것 같고 환장할 노릇이었다. 경쾌한 타자기 소리가 울려 퍼지던 그의 개인 사무실이 지금까지는 배우에게 바르는 화장품 냄새처럼 향기롭게 느껴지는 잉크 냄새 가득한 요란한 인쇄실로 전락한 것이 더욱 가증스럽고 숨이 막힐 지경이었

---

63. 디킨스의 작품에 등장하는 악당 같은 교장

다. 로린다의 신념조차도, 시시의 조롱조차도, 벽의 이야기조차도 도리머스에게 희망을 일깨우지는 못했다.

그래서 아들 필립이 우스터에서 전화를 걸어 왔을 때는 더할 나위 없이 기뻤다. "일요일에 집에 계세요? 메릴라가 뉴욕에 놀러가서 이곳에는 저 혼자 있게 될 것 같아요. 그래서 차를 몰고 집에 별일 없는지 뵈러 가려고 생각 중이에요."

"오려무나! 잘됐다! 그리고 보니 본 지도 한참 되었구나. 엄마한테 말해서 당장 콩 요리 준비해 놓으라고 해야겠다!"

도리머스는 기뻤다. 그런데 얼마 지나지 않아 그의 빌어먹을 양면 감정 때문에 기쁨이 줄어들기 시작했다. 왜냐하면 필립이 어렸을 적부터 엠마의 콩 요리와 흑빵을 정말로 좋아한다고 생각하는 것이 단지 공상에 불과한 건 아닌지 하는 의구심이 들었기 때문이다. 그리고 필립 같이 최신 유행을 쫓는 미국인들은 왜 늘 하루 이틀 전쯤 편지를 쓰는 수고로움을 무릅쓰기보다는 장거리 전화를 사용하는지 정말로 궁금했다. 그것은 도리머스 같이 구식 마을에 사는 편집인이 생각하기에는 5센트의 값어치에 해당하는 시간을 아끼기 위해 한 통화에 75센트나 쓴다는 사실이 도무지 효율적인 것 같지 않았다.

"오, 이런! 어쨌든 아들 얼굴을 볼 수 있어서 좋을 것 같은데! 장담하건대 우스터에서 우리 아들보다 똑똑한 젊은 변호사는 없을 걸. 우리 집안에서 진짜로 성공한 유일한 사람인걸!"

토요일 오후 늦게 필립이 혼자 불쑥 거실로 들어서자 도리머스는 약간 놀랐다. 그는 자기의 젊은 변호사 아들이 서른넷의 나이에도 머리가 점점 벗겨지고 있다는 것을 잊고 있었다. 그래서 도리머스에게는 필립이 약간 무게가 있고 말하는 것이 상원의원 티가 나며 좀 너무 정중해보였다.

"아이고, 아빠 집에 돌아오니 얼마나 좋은지 모르시죠. 엄마랑 누이들은 위층에 있나요? 아, 그건 불쌍한 매형이 그렇게 죽다니 너무 충격이네요. 정말 충격이에요. 너무 놀라서 아무 말도 안 나오더라고요. 분명히 어딘가 착오가 있었을 거예요, 왜냐하면 스완 재판관은 빈틈없기로 명성이 자자하거든요."

"착오 같은 건 없었다. 스완은 악마 같은 놈이다. 말 그대로!" 도리머스는 처음에 사랑이 넘쳐서 반갑게 손을 잡았을 때보다는 부성애가 좀 줄어든 음성으로 대답했다.

"정말이요? 그 문제에 대해 상의해봐야겠네요. 좀 더 엄정하게 조사할 수 있는지 알아볼게요. 스완이요? 정말로요! 전말이 어떻게 된 건지 확실히 파봐야겠어요. 하지만 우선 위층에 가서 엄마랑 메리랑 시스한테 인사 좀 하고 올게요."

그런데 필립이 애핑엄 스완이나 그 사건에 대한 '좀 더 엄정한 조사'를 언급한 것은 그것이 마지막이었다. 오후 내내 그는 더없이 피붙이의 정을 나누는데 치중했고 시시가 "그래 물러터진 양반들의 생각은 뭐래, 오빠?"라고 핀잔을 줄 때도 자동차 판매원처럼 빙그레 웃기만 했다.

도리머스는 자정이 다 되어서야 필립과 단 둘이만 있을 기회가 생겼다.

그들은 도리머스의 성스러운 공간인 이층 서재에 자리를 잡고 앉았다. 필립은 최고급 담배에 불을 붙이는 남자의 역할을 연기하는 영화배우처럼 멋지게 도리머스의 담배를 하나 꺼내어 불을 붙인 후 부드럽게 내뿜었다.

"좋네요, 아버지. 정말 훌륭한 담배네요! 틀림없이 최고급이네요!"

"그렇지?"

"어, 그게요 — 그냥 맛이나 봐 ——— "

"왜 그러냐, 필립? 뭔가 할 말이 있구나. 말해보렴! 메릴라와 다투기라도 한 거야, 그런 거니?"

"아녜요! 절대로 그건 아니고요! 오, 그렇다고 메리가 하는 일이 다 마음에 드는 건 아니지만 — 약간 좀 사치스럽거든요 — 하지만 마음씨는 정말 착하거든요. 아버지, 말이 난 김에 말씀드리자면 우스터 상류사회에서 모든 사람들에게 특히 멋진 디너파티에서 메릴라만큼 호감을 주는 젊은 여성은 없어요."

"그렇다면 뭐가 문제니? 말해보렴, 필. 심각한 일이냐?"

"네-에. 그런 것 같아 걱정스러워요. 아빠, 있잖아요. … 오, 앉아서 편하게 이야기해요! ― 아버지께서, 음, 어떤 당국자들한테 약간 평판이 안 좋은 것 같다는 소식을 듣고 무척 당황스러웠어요."

"코르포스 말이냐?"

"당연하죠! 누가 더 있겠어요?"

"그들을 당국자로 인정하지는 않아서 그렇지."

"오, 아버지, 제발, 오늘 밤에는 그런 농담은 하지 마세요! 진심이란 말이에요. 사실은 아버지가 '살짝' 그들 눈 밖에 난 정도가 아니라고 들었어요."

"그 말을 해준 사람이 누군데?"

"오, 그냥 편지로요 ― 예전 학교 친구들이요. 아버지는 지금 코르포를 정말로 지지하지는 않으시죠, 그렇죠?"

"너는 어떻게 생각하는데?"

"글쎄요, 저도 예전엔 ――― 개인적으로 윈드립에게 투표하지는 않았지만 제가 잘못 봤다는 생각이 들기 시작해요. 이제는 그가 단순히 개인적 매력이 클 뿐 아니라 정말 건설적인 힘을 갖추고 있다는 것을 알 수 있어요 ― 정말 확실히 믿음이 가는 정치가의 능력을 갖추고 있어요. 그것은 다 리 새러슨이 한 것이라고 말하는 사람도 있지만 그야 일 분만 생각해보면 알 수 있는 것 아닌가요. 버즈가 새러슨과 한 팀이 되기 전에 예전 자기 주에서 한 모든 일들을 보시라고요! 그리고 또 윈드립이 세련되지 못하다고 흉보는 사람들도 있기는 하죠. 그거야 뭐 링컨도 그랬고 잭슨도 그러지 않았나요. 지금 제가 윈드립에 대해 생각하는 것은 ―――"

"네가 윈드립에 대해 생각해야 할 단 하나의 것은 바로 그의 졸개 악한들이 너의 훌륭한 매형을 살해했다는 사실이다! 그리고 그 못지않게 훌륭한 다른 사람들도 수없이 죽였다. 너는 그런 살인행위들을 용서할 수 있냐?"

"아니요! 당연히 안 돼죠! 어떻게 그런 걸 물으실 수 있어요, 아빠! 다른 누구보다도 세가 폭력을 얼마나 혐오하는데요. 그래도, 계란을 깨뜨리지 않고는 오믈렛을 만들 수 없잖아요 ———"

"이런, 맙소사!"

"왜요, 아버지!"

"나한테 '아버지'라고 부르지도 마라! '오믈렛을 만들 수 없잖아요'라는 그 말을 한 번만 더 들었다가는 내 손으로 무슨 짓을 할지 모르겠다! 그 말은 파시스트든 나치든 공산주의자든 미국의 노동 투쟁이든 전부 독재 아래 행해지는 모든 극악무도한 짓을 정당화하는데 이용될 뿐이지. 오믈렛이라고! 계란이라고! 아, 맙소사, 얘야, 인간의 정신과 피는 폭군들이 깨어버릴 계란껍질이 아니란다!"

"오, 죄송해요, 아버지. 표현이 좀 진부했던 것 같아요! 제 말은 그저 — 저는 그저 이 상황을 현실적으로 비유해서 나타내보려던 것뿐인데!"

"'현실적으로'라고! 그거야 말로 살인을 용납하는 또 다른 번지르르한 표현일 뿐이지!"

"하지만 솔직히 말해서, 아버지도 아시잖아요 — 끔찍한 일은 일어나게 마련이잖아요, 인간의 본성이 완전하지 못하다보니까요. 하지만 목적이 나라의 기상을 새롭게 하는 것이라면 수단을 용서할 수도 ———"

"나는 절대 그런 짓은 할 수 없다! 나는 절대로 사악하게 속이는 잔인한 수단은 용서할 수 없다, 그리고 그런 수단을 핑곗거리로 사용하는 미치광이들은 더욱 용서할 수 없다! 만일 내가 로맹 롤랑을 모방한다면, 한 세대 동안 사악한 수단을 — 사악한 방법, 사악한 도덕 기준을 — 용인하는 국가는 너무 심하게 훼손되어 결코 좋은 결말을 보지 못할 것이다. 나는 그저 궁금할 뿐이다만, 매일 '부르주아의 도덕성'을 다루면서 예의와 친절함과 진실함을 비웃으며 자기변명을 늘어놓는 모든 볼셰비키의 말을 네가 지금 얼마나 완벽하게 인용하고 있는지 알기나 하냐? 나는 네가 그렇게 마르크스식 유물론에 젖어 있는 줄은 전혀 몰랐다!"

"제가요! 마르크스주의자라뇨! 맙소사!" 도리머스는 아들이 고상한 척하는 그 자부심에서 벗어나도록 흔들어놓은 점이 만족스러웠다. "그 무슨 말씀이세요. 제가 코르포스에 대해 가장 훌륭하다고 생각하는 것 중 하나가 바로, 제가 아는 한 결단코 ─ 워싱턴의 믿을 만한 소식통에게 들은 정보인데요 ─ 그들이 모스크바의 빨갱이 앞잡이들 ─ 점잖은 노동계 지도자인 척 가장했던 공산주의자들 말입니다 ─ 그들의 아주 무시무시한 침공으로부터 우리를 구했다는 점인데요!"

"가당치도 않다!" (저 멍청이는 지 애비가 신문사에 있어서 '워싱턴의 믿을 만한 소식통에게 들은 정보' 따위는 전혀 신뢰하지 않는다는 사실을 까먹은 건가?)

"정말이라니까요! 그리고 현실적으로 ─ 죄송해요, 아버지, 그 말이 마음에 안 드신다면, 하지만 음 ─ 뭐랄까 ───"

"실제로, 사실상!"

"좋아요, 바로 그거요!"

(도리머스는 몇 년 전 필립에게 그런 성질이 있었음을 기억해냈다. 결국, 그가 좀 더 현명했더라면 그런 놈들의 비위나 맞추는 길들여진 즐거움을 느끼지 않도록 자제할 수 있었으려나?)

"아버지 제가 말하려는 요점은 윈드립이나 결국엔 코르포스가 장악하고 있다는 사실이죠. 그리고 우리의 향후 행위들은 막연히 바라는 유토피아가 아니라 현재 우리가 정말로 갖고 있는 것에 근거를 두어야죠. 저들이 실제로 이룩한 것들을 생각해 보세요! 예를 들면, 고속도로에서 광고판을 싹 없앤 거 하며, 실업을 종식시킨 거 하며, 모든 범죄를 완전히 소탕한 매우 뛰어난 위업을 생각해보시라고요!"

"아이고 머리야!"

"네? 뭐라고 하셨어요, 아빠?"

"아무것도 아니다! 아니야! 계속 해보렴."

"하지만 이제야 제가 깨닫기 시작한 사실은 코르포가 단지 물질적인 면에서 뿐만 아니라 징신적인 면에서도 성과를 이룩했다는 점이죠."

"뭐라고?"

"정말로요! 그들은 온 나라를 완전히 되살렸어요. 전에 우리는 정신이 상당히 해이해졌었죠, 그저 냉장고와 텔레비전과 에어컨 등 물질을 소유하는 것과 안락함에 대해서만 생각하느라고요. 우리 개척자 선조들의 특징이었던 강건함을 잃어버렸죠. 왜 안 그런가요, 군사 훈련과 규율과 의지력과, 오로지 군사 훈련을 통해 얻을 수 있는 훌륭한 동료의식을 거부하고 있는 젊은이들이 얼마나 많은가요 — 오, 용서하세요! 아빠가 반전주의자라는 사실을 깜박했네요."

도리머스는 그 말에 불쾌하게 중얼거렸다. "더 이상은 아니다!"

"물론 우리가 동의할 수 없는 것들이 많겠지요, 아빠. 하지만 결국 언론인으로서 아버지는 젊은이의 목소리에 귀를 기울이셔야 해요."

"네가? 젊은이라고? 너는 젊은이가 아니다. 정신적으로 보자면 너는 2천 살은 될 거다. 너의 그 훌륭한 새로운 제국주의 이론으로는 기원전 100년에 해당할걸!"

"아니요, 아빠가 제 말씀을 들으셔야 해요! 왜 제가 단지 아버지를 만나려고 우스터에서 여기까지 온 줄 아시나요?"

"그걸 누가 알겠어!"

"제 생각을 확실히 밝히고 싶어요. 윈드립이 집권하기 전에 미국에서 우리는 그냥 납작 엎드려 있었지요, 반면에 유럽은 모든 속박을 집어던지고 있었죠 — 군주제와 실제로는 직업정치인들과 이기적인 '지성인들'에 의한 통치를 의미하는 이 낡아빠진 의회-민주주의-자유 체제를 말이죠. 우리도 다시 유럽을 따라잡아야 해요 — 확장해야죠 — 그게 생명의 법칙이니까요. 국가도 사람처럼 앞으로 나아가지 않으면 뒤로 퇴보하기 마련이죠.

항상이요!"

"나도 안다, 필. 나도 1914년 이전에는 지금 그 말과 똑같은 취지의 논조를 신문에 쓰곤 했었으니까!"

"그러셨어요? 음, 어쨌든 — 계속 확장해야 해요! 자, 그러려면 우리가 해야 할 일은 바로 멕시코 전부를, 어쩌면 중앙아메리카도, 그리고 중국의 상당히 큰 부분을 차지하는 거죠. 왜 아니겠어요, 단지 그들을 위해서 그렇게 하는 건데요, 그들은 잘못된 방식으로 통치되고 있으니까요! 어쩌면 제가 틀렸을 수도 있지만 ——— "

"말도 안 된다!"

" — 윈드립과 새러슨과 듀이 헤이크와 맥고블린, 저들은 다 거물이에요 — 그들 덕분에 저도 멈춰 서서 생각하게 되었다니까요! 그리고 제 할 일을 위해 이곳에 이렇게 온 거구요 ——— "

"네 생각은 내가 『인포머』를 코르포 신학에 따라 운영해야 한다는 거지!"

"당연히 — 당연히 그래야죠! 제가 드리려던 말씀도 그런 거였어요. (이 모든 것에 대해 왜 좀 더 합리적이지 않은지 알 수가 없네요 – 그렇게 머리가 잘 돌아가는 양반이!) 결국, 이기적인 개인주의의 시대는 갔어요. 이제는 단체 행동을 해야 해요. 전부를 위한 하나, 하나를 위한 전부의 ——— "

"필립, 도대체 진짜로 하고 싶은 말이 뭔지 말해주겠니? 거두절미하고 본론을 말하란 말이다!"

"좋아요, 그렇게 요구하시니 — 아버지 말씀대로 '거두절미하고 본론을 말하자'면 — 이렇게 우스터에서 일부러 힘들게 온 것을 아시면서도 그다지 정중하신 표현 같지는 않지만! 믿을 만한 정보에 따르면 아버지께서 아주 큰 심각한 어려움에 처하실 거라는 말을 들었어요, 반대하는 것을 그만두지 않으신다면 — 아니면 적어도 두드러지게 지지하는 모습을 보이지 않는다면 — 정부에 대해서요."

"좋다. 그게 뭐냐? 내가 겪을 심각한 어려움이란 것이!"

"그게 요점인 것 같으세요! 아니에요! 아버지 일생에서 단 한 번이라도 아버지가 그렇게 자부하는 아버지만의 그 이기적인 '사상' 말고 엄마와 누이들을 생각해 보신 적이 있으신지 궁금하네요! 지금과 같은 위기 상황에서 예스러운 '진보주의자' 행세를 하는 것이 이제는 하나도 재미있지 않다고요."

도리머스의 목소리는 폭죽소리처럼 쩌렁쩌렁 울렸다. "거두절미하고 본론을 말하라고 하지 않았냐! 너는 어쩔 건데? 코르포 놈들이 너한테 뭐라고 하는데?"

"저는 부 군사 재판관이라는 아주 높은 직책을 제의 받았어요, 하지만 부친으로서 아버지의 태도는———"

"필립, 내 생각에는, 애비로서 너한테 욕을 한 바가지 해주고 싶다, 네가 유력자가 되어서라기보다는 배신자이기 때문이지! 잘 가거라."

25장

　명절은 생각하는 것만으로도 행복을 얻을 수 있다는 이단으로 사람들을
꼬드기기 위해 악마가 만들어낸 것이다. 데이비드가 할아버지 식구들과 처
음으로 크리스마스를 보낼 그 흥겨운 날을 위해 준비한 그 모든 것이 아마도
그들과 보내는 데이비드의 마지막 크리스마스가 되리라는 것을 그들은 너무
잘 알고 있었다. 메리는 울음을 속으로 삼켰지만 크리스마스 전날 섀드 레듀
가 칼 파스칼이 도리머스에게 공산주의에 대해 말한 적이 있었는지 물어보
려고 무례하게 들어왔을 때 입구에 있던 섀드에게 다가가 할퀴려는 고양이
처럼 손을 치켜든 채 노려보며 무서울 정도로 침착하게 말했다. "이 살인자!
너와 스완을 꼭 죽이고 말테다!"

　이번 한 번만은 섀드도 놀란 듯 보였다.

　되도록 명절에 흥겨운 척이라도 하기 위해 매우 떠들썩하게 크리스마스
치장을 했지만 소나무 트리 위에 매달아 놓은 성스러운 황금빛 별들과 정성
을 다해 아기 예수의 고요한 구유를 꾸미는 것도 사실 늦은 밤 도시에서 자포
자기의 심정으로 술을 들이키는 마음과 별반 다르지 않았다. 도리머스는 안
온한 가정의 행복을 이렇게 가장하려고 애쓰는 모습이 카페의 얼룩진 테이
블에 팔꿈치를 괴고 앉아 될 대로 되라는 심정으로 취해가는 것과 흡사하다
는 생각이 들었다. 이제는 코르포스를 증오하는 이유에 또 하나가 추가되었

다 — 크리스마스에 대한 안온한 정서마저 빼앗아가 버렸다.

정오의 만찬에 루이스 로텐스턴을 초대했다. 그가 아직 쓸쓸한 독신이기도 했고, 게다가 유대인이라서 시금은 불안하고 냉대 받고 미친 독재 치하에서 위협받고 있기 때문이기도 했다. (유대인이 배척 받는 정도는 항상 그들이 살고 있는 체제의 잔악함과 어리석음을 보여주는 과학적 척도라는 사실과 그래서 여전히 로텐스턴 같은 상업적 성향이 강하고 돈을 좋아하고 유머는 별로 없는 유대인 중산층이 야만주의를 보여주는 민감한 계량기라는 사실이야말로 유대인에 대한 가장 큰 찬사라고 할 수 있겠다.) 식사를 끝내자 데이비드가 가장 좋아하는 벽 타이터스가 장난감 울워스 트랙터와 소방차와 진짜 활과 화살을 비틀거릴 정도로 한 아름 안고 나타났다. 그리고 그는 비록 '화려한 조명발'은 없지만 캔디 부인에게 춤을 추자고 소란스럽게 청했다. 바로 그때 문간에서 시끄럽게 두드리는 소리가 들려왔다.

애러스 딜리가 네 사람을 앞세우고 들어왔다.

"로텐스턴을 찾고 있소. 오, 거기 있었군, 루이? 옷을 걸치고 따라 나오시오 — 명령이오."

"대체 무슨 생각이지? 그에게 무슨 볼일이 있는데? 혐의가 뭐요?" 당황한 캔디 부인의 허리에 팔을 두른 채로 서 있던 벽이 물었다.

"무슨 혐의가 있는지는 나도 모르겠소. 심문할 것이 있다고 본부에서 명령이 내려왔으니까. 리크 도지사가 읍내에 와 계시오. 그냥 몇 사람에게 몇 가지 물어볼 것이 있다고 하오. 로텐스턴 어서 가자구!"

도리머스의 가족들은 원래 계획했던 대로 스키를 타러 로린다의 여관으로 가지 않았다. 다음날 그들은 로텐스턴이 성미가 깐깐하고 오래된 보수당원인 철물상 레이몬드 프라이드웰과 함께 트리아논의 강제수용소로 끌려갔다는 소식을 들었다.

두 사람의 투옥은 믿을 수 없었다. 로텐스턴은 이제까지 아주 온순했기 때문이다. 그리고 프라이드웰은 그렇게까지 온순하지 않았다고 해도, 예전에 레듀가 일꾼이었을 때 마음에 들지 않는다고 걸핏하면 시끄럽게 계속 주장했고 이제는 주지사로 더 마음에 안 든다고 말하기는 했지만, 신심이 깊은 인물이었다. 그건 마치 부유한 침례교회를 감옥으로 끌고 가는 것이나 마찬가지였다.

나중에, 섀드 레듀의 친구가 로텐스틴의 가게를 넘겨받았다. 그게 정말 이곳에서 일어날 수 있는 일이군, 도리머스는 그렇게 생각했다. 자기에게도 일어날 수 있는 일이었다. 얼마나 빨리 닥칠까? 체포당하기 전에 그는 『인포머』를 사직함으로써 양심이라도 편하게 해야 했다.

한때 아이세어 대학의 고전학자였다가 목재벌채 일꾼들에게 산수를 제대로 못 가르친다고 노동수용소에서도 쫓겨난 빅터 러브랜드 교수는 페어 헤븐 근처에 있는 삼촌의 점판암 채석장에서 사무원 일을 구하러 가는 길에 아내와 아이들을 데리고 시내에 들어와 있었다. 그는 도리머스를 방문했고, 히스테릭해 보일 정도로 즐거운 기분이었다. 그는 클래런스 리틀도 방문했다 — 클래런스는 이야기를 나누러 잠시 들른 것으로 생각했을 것이었다. 소심하면서도 열심히 일하는 보석상이었던 클래런스는 버몬트 농장에서 태어났고 어머니를 쭉 부양하다가 그의 나이 서른 되던 해에 돌아가시고 나자 특히 그리스어를 공부하기 위해 대학에 무척 가고 싶어 했다. 30대 중반으로 동갑이긴 했지만 그는 러브랜드가 키츠와 리델을 합쳐 놓은 것 같다고 생각했다. 그에게 가장 위대했던 순간은 러브랜드가 호메로스의 작품을 읽는 것을 듣고 있을 때였다.

러브랜드는 카운터에 기대어 있었다. "라틴어 문법은 좀 진전이 있어, 클래런스?"

"어, 교수님, 이제 그걸 공부해서 뭣하나 싶어요. 나는 좀 약해빠진 계집애 같지만, 어쨌든 요즘에는 그저 내가 할 수 있는 일이란 그냥 순응하는 게 전부인 것 같아요."

"나도 그렇네! 그리고 나를 '교수'라고 부르진 말게. 이제는 점판암 채석장을 지키는 시간제 일꾼에 불과한 걸! 아, 사는 게 엿 같군!"

그들은 병복을 설친 볼품없는 한 사내가 막 들어온 깃을 의식하지 못했다. 그냥 손님이려니 생각했다. 그러나 갑자기 그 사내가 못마땅한 듯 딱딱거렸다. "그래서 나긋나긋한 너희 둘은 지금 돌아가는 상황이 마음에 안 든다 이거지! 너희들이 코르포스를 좋아하는 것 같지는 않은데! 각도도 좋게 생각하지 않을 테고!" 그는 엄지손가락으로 러브랜드의 옆구리를 무척 아프게 찔러 넣었으므로 러브랜드는 참지 못하고 고함을 질렀다. "전혀 아닙니다!"

"허, 아니라고? 잘 됐다, 너희 두 놈들은 나랑 함께 법정으로 가야겠다!"

"도대체 당신은 누군데 그럽니까?"

"방금 임관된 미니트맨 소위다, 어쩔래!"

그는 자동소총을 가지고 있었다.

러브랜드는 간신히 입을 다물고 있었으므로 심하게 두들겨 맞지는 않았다. 그러나 리틀은 너무 흥분해서 덤볐으므로 부엌 식탁에 강제로 눕혀져 강철 채찍으로 40대나 맞는 바람에 등짝에 선명한 상처가 남았다. 클래런스가 노란 실크 속옷을 입고 있는 것을 보았으므로 공장과 농장 출신의 미니트맨 대원들은 웃음을 터뜨렸다. 특히 뚱뚱하고 안경을 쓰고 목소리 톤이 높은 내슈아 출신의 중대장과 우정이 아주 끈끈하다는 소문이 도는 야비한 젊은 경위가 제일 크게 비웃었다.

리틀은 러브랜드가 탄 트럭에 부축을 받으며 함께 실려 트리아논 강제수용소로 보내졌다. 한쪽 눈은 제대로 뜨지 못할 정도였고 눈 주위가 시퍼렇게 멍이 들어 심하게 부풀어 오른 모습을 보고 미니트맨 트럭 운전수는 스페인 오믈렛 같다고 놀려댔다.

트럭은 탁 트여 있었지만 실려 있던 사람들은 도망칠 수 없었다. 끌려가는 세 사람 모두 손에 족쇄가 채워져 있었기 때문이다. 그들은 트럭 바닥에 누워 있었다. 그 위로 하염없이 눈이 내리고 있었다.

나머지 한 죄수는 러브랜드와 리틀과는 전혀 달랐다. 그는 벤 트리퍼라는 인물로 메더리 코울의 제분소 노동자였다. 그는 개코원숭이 못지않게 그리스어에는 전혀 관심이 없었지만 여섯이나 되는 자식들을 아꼈다. 그는 코울이 주급 (코르포 이전의 화폐로) 9달러에서 7.5달러로 임금을 삭감하자 코울을 때리려 했고 그럼으로써 코르포 체제를 모독했다는 이유로 체포되었다.

한편 러브랜드의 아내와 아이들은 로린다가 데려가 십시일반 돈을 걷어서 미주리의 산악 지대 농장에 있는 친정으로 돌려보낼 때까지 잠시 거두기로 했다. 그렇지만 뜻하지 않게 일이 풀렸다. 한 간이식당을 소유한 그리스인이 러브랜드 부인을 잘 봐서 설거지 일자리를 주었다. 짙은 콧수염을 기른 그 주인이 다른 마음을 품고 있었는지는 모르지만.

에밀 스타웁메이어가 결재한 한 성명서를 통해 군 정부는 테러 산의 경작하기에 적합하지 않은 높은 고지에도 농지를 조성할 계획이라고 발표했다. 그 시범사업으로 저소득층 여섯 가구를 도리머스 제섭의 사촌인 크고 반듯하고 조용하고 늙은 농부 헨리 비더의 크고 반듯하고 조용하고 낡은 농가로 이주시켰다. 이 가난한 가정들은 아이들이 많아도 무척 많았으므로 자녀들이 장성하여 출가한 이후로 부부만 홀로 평온하게 살던 비더의 집 각 방마다 바닥에서 네댓 사람이 뒤엉켜 자야 할 정도였다. 헨리는 그 점이 못마땅했고, 앞뒤 재지도 않고 미니트맨이 몰아넣은 그 가족에게 그대로 말했다. 설상가상 그 가족들도 더 못마땅해했다. 그 가운데 한 사람이 말했다. "좋지는 않았어도 우리에게도 집이 있었습니다. 그런데 왜 이렇게 헨리 씨 집에 강제로 쑤셔 넣어졌는지 그 이유를 모르겠네요." 또 다른 사람도 맞장구를 쳤다. "다른 사람들이 나를 귀찮게 하기를 바라지 않고, 나도 남을 귀찮게 하고 싶지 않은데요. 헨리가 바보같이 노란색으로 헛간을 칠한 게 조금도 마음에 들진 않지만 그야 그의 일이라고 생각하는데."

그래서 헨리와 이주민 중 두 사람은 트리아논의 강제수용소로 보내졌고,

나머지 사람들은 헨리의 집에 그대로 남아 막대한 식량이나 축내며 아무것
도 하지 않은 채 명령만 기다렸다.

"헨리와 칼과 러브랜드가 있는 곳으로 보내지기 전에 주변 정리를 해야겠
군." 도리머스는 1월말에 쭉 다짐했다.

그리고 드디어 레듀 군수를 만나러 갔다.

"이제 그만 『인포머』를 사직하고 싶소. 스타웁메이어는 내가 가르칠 수
있는 것은 이미 모두 섭렵했소."

"스타웁메이어가? 흥! 스타웁메이어 부군수를 말하는 건가?"

"이제 그만하시지! 지금 열병식을 하는 것도 아니고, 병사들을 놀리는 것
도 아니니. 좀 앉아도 되겠소?"

"내가 허락하든 아니든 전혀 신경쓰지 않는 걸로 보이는데! 하지만 지금
이 자리에서 바로 진심으로 밝혀두는데, 제섭, 당신이 그만둘 일은 절대 없
을 거요. 물론 당신을 트리아논으로 보내 태형 90대에 처한 후 100만 년 형
을 선고할 이유는 차고도 넘치지만 ― 나로서는 자신이 늘 대단히 정직한 편
집자라고 고수해온 당신이 각하의 신발과 ― 내 신발에 입을 맞추는 것을 보
는 편이 훨씬 기분 좋거든!"

"나는 그보다 더한 것도 하겠네! 확실하네! 그리고 내가 이제껏 그렇게 해
왔으니 자네의 조롱을 받아도 싸다는 것도 인정하네!"

"흥, 하나도 멋있지 않다고! 하지만 어쨌든 내가 하라고 하는 그대로 하게
될 걸, 그리고 좋아하게 될 걸! 제섭, 당신은 내가 일꾼이었을 때 멋진 시간
을 보냈다고 생각하는 것 같은데! 당신과 당신 마누라와 딸년들이 소풍을 가
는 것을 지켜보면서 그 동안에 나는 ― 오, 나야 그저 얼굴에 흙이나 묻히는,
당신의 흙을 묻히는 더러운 일꾼이었으니까! 그러니 당연히 집에 남아 지하
실 청소나 하는 것이 당연하다고 생각했겠지!"

"그래, 자네를 데리고 가고 싶지 않았겠지, 섀드! 잘 있게나!"

섀드는 도리머스의 등 뒤에 대고 웃음을 터뜨렸다. 그 비웃음 속에서 트리아논 강제수용소의 철문 소리가 들리는 것 같았다.

도리머스가 주도적으로 행동하게 자극한 사람은 다름 아닌 시시였다.

도리머스는 섀드의 상관이자 한때 쾌활하고 붉은 얼굴의 정치인이었던 존 설리번 리크 도지사를 만나러 해노버로 향했다. 30분밖에 안 기다렸는데 접견이 허용되었다. 도리머스는 무척이나 창백하고 머뭇거리며 겁에 질린 모습으로 변한 리크를 보고는 깜짝 놀랐다. 하지만 도지사는 권위를 갖추려고 애썼다.

"그래, 제섭, 무슨 볼일이오?"

"솔직히 말씀드려도 될까요?"

"뭔데? 뭔데? 그야 물론! 솔직함은 항상 나의 좌우명이라오!"

"그러십니까. 도지사님, 저는 포트 뷰러에서 더 이상 『인포머』에 아무런 쓸모가 없다는 것을 알았습니다. 아시다시피 저는 후임자로 에밀 스타웁메이어를 교육시켜 왔습니다. 그런데, 그가 아주 유능하여 이제 모든 것을 파악했으므로 저는 그만두고 싶습니다. 제가 있어봤자 그에게 방해만 될 뿐이죠."

"그렇더라도 좀 더 있으면서 그를 돕기 위해 할 수 있는 일을 알아보면 어떤가? 그래도 가끔 이런저런 일들이 터질 텐데."

"그렇게 오랜 세월 동안 제가 지시를 내려온 곳에서 지시를 받으려니 신경에 거슬려서 그렇습니다. 제 마음 이해하시겠죠?"

"그럼, 이해하다마다! 충분히! 알겠네, 생각해보도록 하지. 혹시 내가 집에서 발간하고 있는 작은 신문을 위해 글 좀 써줄 수 있겠나? 나도 일종의 신문을 소유하고 있네."

"그럼요, 물론이죠! 기꺼이 그러죠!"

("이것이 리크가 코르포의 폭정이 한순간 혁명으로 날아가 버리리라고 생각하여

시류에 편승하기 시작했다는 것을 의미할까? 아니면 단순히 내몰리지 않게 위해서 싸우고 있는 것일까?")

"일있네, 자네 기분이 어떤지 알겠네, 제섭 형제."

"감사합니다! 그렇다면 새드 레듀 군수에게 제게 아무 불이익을 주지 말고 내보내라는 통지서를 주실 수 있나요? 너무 심한 요청일까요?"

"아니, 전혀 그렇지 않네. 잠시만 기다리게, 옛 친구. 지금 당장 써줄 테니까."

도리머스는 37년간 자리를 지켜왔던 『인포머』를 떠나는 이임식은 가능한 한 조용하게 치렀다. 스타웁메이어는 거만한 표정이었고 닥 이치트는 조롱하는 모습이었지만, 댄 윌거스가 이끄는 식자실 사람들은 아쉬운 석별의 정을 나누었다. 그렇게 해서 그의 일생 어느 때보다도 강하고 열성적인 예순두 살의 도리머스에게는 아침을 먹고 손자에게 코끼리에 대한 이야기를 들려주는 것보다 더 중요한 일은 없는 것 같았다.

그러나 그 일은 일주일도 지속되지 않았다. 엠마와 시시와 심지어 벅과 로린다의 의심을 피하기 위해 그는 줄리언을 따로 불러서 속마음을 털어놓았다.

"내 말 잘 들거라. 이제 나도 뭔가 작은 거라도 저항을 시작할 때인 것 같다. (절대로 이 모든 것은 너만 알고 있어야 한다 — 시시에게도 절대로 발설하면 안 된다!) 너도 알겠지만 공산주의자들은 너무 신격화하는 것 같아서 내 취향은 아니다. 하지만 그들이야말로 초기 기독교 순교자들 이래로 그 누구보다도 용기와 헌신이 강하고 영리한 전략을 갖고 있는 것 같구나. 또한 아슬아슬하다는 점과 카타콤베처럼 지하에 숨어 활동을 한다는 점에서 닮았지. 나는 그들과 접촉해서 뭔가 접점이 될 만한 부분에서 그들을 위해 더러운 일이라도 할 만한 것이 있는지 알아보고 싶구나. 예를 들면, 성자 레닌께서 썼다는 소책자들을 배포하는 일 같은 것 말이다. 하지만, 당연히 이론적으로는 모든 공산주의자들이 수감되어 있잖니. 네가 트리아논에 있는 칼 파스칼에게 접근해서 내가 누구를 만나면 좋을지 알아봐줄 수 있겠니?"

"할 수 있을 것 같아요. 옴스테드 박사님이 가끔 그곳에 호출 받아서 가시거든요. 그런데 선생님이 그들을 싫어하니까 그들도 선생님을 싫어해요. 하지만 그곳 수용소의 의사가 심한 술주정뱅이라서 교도관들이 죄수들을 두드려 패느라 손목이 상했거나 할 때는 하는 수없이 제대로 된 의사를 필요로 하지요. 제가 해보도록 할게요, 선생님."

그로부터 이틀 후에 줄리언이 돌아왔다.

"맙소사, 트리아논은 정말 하수구나 다름없어요! 전에는 차 안에서 옴스테드 박사님을 기다리기만 했지 감히 안으로 들어가 볼 엄두도 못 냈거든요. 건물은 — 예전에 여학교였으니까 건물은 멋있고 매우 근사해요. 그런데 이제는 학교 설비들을 모두 뜯어내고 벽판 칸막이를 세워 감방으로 쓰고 있더라고요. 그래서 온 천지가 석탄산과 배변 악취로 진동을 하는데다, 공기는 — 있지도 않지만 — 아마 상자에 갇혀 있는 것 같은 그런 기분이 드실 거예요 — 그런 감방에서 어떻게 사람이 단 한 시간이라도 살 수 있는지 모르겠어요 — 그런데도 3평 남짓한 공간에서 2미터 높이밖에 안 되는 천장에 25와트짜리 그것도 천장에 달린 전구 불빛에 의지해 — 그 불빛으로는 아무것도 읽을 수가 없죠 — 여섯 명이나 기거하다니. 그러나 하루에 두 시간씩 운동하러 나온다더군요 — 마당을 그냥 계속 돌아요 — 모두 고개를 푹 숙인 채 매우 부끄러운 표정으로요, 마치 그저 패배했다는 자괴감에 사로잡힌 듯이요 — 심지어 칼도 약간 그런 기색이더라고요, 예전에 그가 얼마나 자부심이 강하고 냉소적이었는지 기억하시죠. 어쨌든, 그를 만나보았더니 이 사람을 접촉해보라고 말해주더군요. 여기, 적어왔어요. 그리고 제발 외우는 대로 바로 태워버리세요!"

"그가 — 그들이 그를 ————?"

"아, 예, 많이 두들겨 팬 것 맞아요. 파스칼이 자기 입으로는 말하지 않았지만 관자놀이에서 턱 있는 데까지 볼에 쫙 상처가 있었어요. 그리고 헨리 비더 씨도 얼핏 봤어요. 그분이 어땠는지 기억하시죠 — 참나무처럼 우람했었잖아요? 그런데 지금은 계속 씰룩거리시더라고요, 그리고 갑자기 소리만 들려도 놀라서 펄쩍 뛰며 안절부절못하더라고요. 저를 알아보지도 못해요. 아무도 알아볼 것 같지 않아요."

도리머스는 자기 계획을 위장할 의도에서 식구들에게는 은퇴해서 시작하기에 적당한 사과나무 과수원을 아직 알아보고 있다고 일부러 큰 소리로 알리고는 잠옷과 칫솔과 슈펭글러의 『서구의 몰락』 제1권을 서류가방에 챙겨 남쪽으로 떠났다.

칼 파스칼이 알려준 주소는 코네티컷의 하트퍼드에 있는 한 찻집 위에 가게 겸 사무실을 갖고 있는, 제의복과 성직자들의 의복을 취급하는 매우 점잖은 판매상의 주소였다. 그는 한 시간 동안 쳄발로와 스피넷[64]과 팔레스트리나[65]의 음악에 대해 이야기를 나눈 후 도리머스를 뉴햄프셔에서 댐을 건설하느라 바쁜 한 엔지니어에게 보냈다. 그 엔지니어는 다시 린에 있는 한 골목길 옆 양복점의 재단사에게 보냈고, 재단사는 마지막으로 북부 코네티컷으로 도리머스를 보냈다. 그곳이 바로 미국에 남아있는 공산당 잔존세력의 동부 지부였다.

작은 서류 가방을 든 채 도리머스는 자동차로는 도저히 통과할 수 없는 미끄러운 언덕을 걸어 올라가 황량한 오래된 라일락 덤불과 들장미 관목에 가려 보이지 않는 야트막한 뉴잉글랜드 풍 농가 오두막의 빛바랜 초록색 문을 두드렸다. 머리가 부스스한 농가 아낙네가 문을 열더니 적대감을 드러냈다.

"에일리 씨나 베일리 씨나 케일리 씨에게 드릴 말씀이 있는 데요."

---

64. 하프시코드 비슷한 옛날의 건반악기

65. Palestrina. 16세기 이탈리아 후기 르네상스 교회음악의 거장으로 수많은 미사곡과 모테트를 작곡했고 다성악 교회음악의 지표를 세웠다.

"아무도 없습니다. 나중에 다시 오셔야겠어요."

"그렇다면 기다리겠습니다. 요즘 다른 분은 뭘 하십니까?"

"좋습니다, 들어오세요."

"감사합니다. 이 편지를 전해주십시오."

(재단사는 도리머스에게 경고해주었다. "접선암호랑 모든 것이 다 우스워 보이겠지만, 만에 하나 중앙위원회 간부가 잡히기라도 하는 날에는 ——— " 그는 열변을 토하며 가위로 목을 가르는 시늉을 했다.)

도리머스는 이제 작은 거실의 지붕 측면처럼 가파른 계단 층계에 앉아 있었다. 거실은 커리어 앤 이브사의 잔가지 나무 패턴이 그려진 벽지로 장식되어 있었고 사라사 천으로 만든 쿠션이 있는 검은색 칠이 된 나무 흔들의자가 하나 있었다. 읽을거리라고는 감리교 찬송가집 한 권과 탁상사전 한 권이 전부였다. 도리머스는 감리교 찬송가집은 외워서 다 알고 있었고, 어쨌든 사전을 읽는 것은 늘 좋아했다 — 사설을 쓸 때는 자주 살펴보곤 했었다. 곧 그는 앉아서 기분 좋게 정독하기 시작했다.

페닐 : 명사, 화학용어. 벤젠에서 수소 1원자를 제거하고 유도된 1가의 치환기 C6 H5. 페닐 수산화물은 C6 H5 OH.
페레크라테스 풍 : 명사. 장단단장격의 불완전 3보격 또는 불완전 4운각 시체. 장장격, 장단단장격, 불완전 음절로 구성되어 있다.

"와! 전에는 하나도 몰랐던 것이네! 이제는 알았을까?" 혼자서 만족스럽게 생각에 잠겨 있는데, 갑자기 매우 좁은 문가에서 누군가 노려보고 있는 것이 느껴졌다. 거친 백발에 한쪽 눈에는 안대를 대고 있는 거구의 사내였다. 도리머스는 사진으로 본 적이 있어서 그가 누구인지 알아보았다. 그는 바로 빌 애터버리로서 광부, 부두하역부로 일하면서, 세계산업노동자동맹의 베테랑 리더이자 미국노동총연맹의 파업을 주도하기도 했고 샌 쿠엔틴 주립교도소에서 5년을 보냈고 모스크바에서 영광스럽게 5년을 체류했으며 현재는 불법적인 공산당 대표라고 일컬어지고 있었다.

"내가 바로 에일리요. 무슨 일이십니까?" 빌이 물었다.

그는 도리머스를 곰팡내 나는 뒷방으로 데리고 갔다. 방에는 온갖 자국과 먼지덩어리 아래로는 아마도 마호가니 재질로 되어 있을 탁자 앞에 깊은 주름이 새겨진 두툼한 얼굴과 곱실거리는 황갈색 머리의 땅딸막한 사내와 파크 애비뉴를 연상시킬 정도로 우아하고 호리호리한 청년이 앉아 있었다.

"안녕하시오?" 러시아계 유대인의 억양으로 베일리 씨가 물었다. 그에 대해서는 베일리가 본명이 아니라는 점을 제외하고는 아는 바가 하나도 없었다.

"안녕하십니까?" 케일리 씨인 것 같은 인물이 날카롭게 물었다. 도리머스의 추측이 맞다면 그의 이름은 엘프리였고, 백만장자인 민간 은행가의 아들로서, 탐험가, 주교의 아내, 백작부인을 남매로 두었고, 그 자신은 캘리포니아 대학에서 경제학을 가르치던 전직 교수였다.

도리머스는 강경한 눈매에 체제 전복을 모의하는 이 눈치 빠른 혁명가들에게 자기 자신을 소개하려고 애썼다.

"그들이 가장 받아들일 것 같지 않은 경우인 당신이 공산당원이 되어 어느 명령이든지 아무 말 없이 받아들이겠다는 겁니까?" 엘프리가 아주 예의 바르게 물었다.

"당신 말은, 사람을 죽이고 물건을 훔칠 용의가 있냐는 건가요?"

"당신은 '빨갱이들'에 대한 탐정소설을 너무 탐독했나보군요! 아닙니다. 당신이 해야 할 일은 기관총을 쓰는 즐거움보다 훨씬 더 어려울 수 있습니다. 사람들에게 명령을 내리던 존경받는 신문 편집장이었던 예전의 당신을 완전히 잊어버리고 부랑자처럼 변장하고 눈길을 헤집고 다니며 선동하는 소책자들을 나눠줄 용의가 있습니까 — 설령 당신 개인적으로는 그 소책자들이 대의에 전혀 도움이 안 된다고 생각하더라도 말입니다."

"그게, 나는 ― 나도 잘 모르겠소. 거의 훈련을 받지 않은 신문기자 출신으로 내가 보기엔 ――― "

"이런! 우리의 유일한 문제는 '훈련된 신문기자'를 배척하는 거요. 우리가 필요로 하는 사람은 밀가루 반죽 냄새를 좋아하고 잠은 싫어하며 삐라를 능숙하게 잘 붙이는 사람이요. 그리고 ― 하지만 당신은 약간 나이가 있으니 ― 뻔히 붙잡혀 두들겨 맞고 유치장에 갇힐 줄 알면서도 밖으로 나가 파업을 시작하는 정신 나간 열성가처럼 하긴 힘이 들겠죠."

"아니요, 내 생각엔 ――― 내 말 좀 들어보시오. 월트 트로우브리지가 사회주의자들과 급진 좌익인 전 상원의원들과 농민당과 기타 여러 사람들과 힘을 합칠 것으로 확신합니다 ――― "

그 소리에 갑자기 빌 애터버리가 너털웃음을 터뜨렸다. 예상치 못한 갑작스러운 박장대소였다. "네, 그들이 뭉칠 거라고 나도 확신하죠 ― 트로우브리지처럼 더럽고 비열하고 머리가 반쯤 빈 개혁주의 사회주의적 파시스트들은 자본가들의 일을 하고 있고 소련에 맞서 전쟁을 벌일 준비를 하고 있죠, 지금 자기들이 하고 있는 짓과 그러한 부정직에 대해 응분의 대가를 치르리라는 것을 충분히 알 정도의 지각도 없이 말입니다!"

"나는 트로우브리지를 존경하오!" 도리머스도 지지 않고 받아쳤다.

"어련하시겠습니까!"

엘프리는 일어서서 거의 정중하게 도리머스의 의견을 일축했다. "제섭 씨, 이 두 무뢰한과 달리 나 역시 건전한 부르주아 가정에서 자랐고, 이들은 아닐지 몰라도 나는 당신이 하려는 것을 고맙게 생각합니다. 우리가 당신을 거부하는 것보다 당신이 우리를 거부하는 것이 훨씬 완강하다고 생각하니까요!"

"맞소, 엘프리 동무. 당신과 이 사람은 당신네 휴 존슨의 말처럼 부르주아 환경에서는 좀이 쑤셨던 거요!" 러시아인인 베일리 씨가 킬킬거렸다.

"하지만 나는 당신네들이 트로츠키 동무가 민중에게 북쪽으로 가라고 말했던 것이 잘못이었는지 아니었는지를 두고 아직도 논쟁을 벌이고 있는데 월트 브로우브리지가 버즈 윈드립을 놀아낼 수 있을지 의문이구려! 잘들 계시오!" 도리머스는 그렇게 외치고 돌아섰다.

이틀 후 그 이야기를 줄리언에게 해주자 줄리언은 어리둥절했다. "그래서 아저씨가 이겼다는 건가요, 그들이 이겼다는 건가요?" 도리머스가 단언했다. "누구도 이긴 사람은 없다고 생각한다 — 사람들을 좀이 쑤시게 만든 것이 승자지! 어쨌든, 나는 이제야 사람은 빵만으로 살지 않고 하느님의 입에서 나오는 모든 말씀으로 산다는 사실을 알게 되었다. … 공산주의자들은 열렬한데 속이 좁고, 양키들은 너그러운데 천박하지. 그러니 독재자가 우리를 갈라놓고 모두 자기를 위해 일하게 유지할 수 있는 것이 전혀 놀랍지 않지!"

영화와 자동차와 반들거리는 잡지들 덕분에 미국의 큰 마을들의 투박함이 사라질 것이라고 희망적으로 생각되던 1930년대에조차도, 유럽이나 플로리다나 캘리포니아에 갈 여유가 없었던 은퇴한 사업가들이 선택한 포트 뷰러 같은 지역 사회에서 도리머스 같은 사람들은 일요일 오후에 가족들에게서 멀찌감치 떨어져 있는 늙은 개처럼 막막했다. 그들은 집에서 나와, 가게로, 호텔 로비로, 기차역으로 빈둥거리며 돌아다녔고, 이발소에서는 매주 세 번씩 하는 면도를 위해 15분이나 기다려야 하는데도 짜증이 나기는커녕 오히려 즐거워했다. 그곳에는 유럽대륙과 달리 카페도 전혀 없었고, 컨트리클럽을 제외하면 변변한 클럽조차 없었다. 그나마도 그곳은 늦은 오후나 저녁 시간에 젊은이들이 주로 애용하는 장소였다.

제아무리 훌륭한 편집자였던 도리머스 제섭조차도 은퇴한 은행가 크로울리만큼이나 지루하기 짝이 없었다.

골프를 좀 해보는 척이라도 하려고 했지만 멀쩡히 잘 걷다가 멈춰 서서 작은 공이나 치는 것이 무슨 쓸모가 있는지 알 수 없었고, 요즘에 더 안 좋은 점은 그 사이사이에 미니트맨 대원들의 제복이 우글거린다는 사실이었다. 그리고 그는 메더리 코울처럼 웨섹스 호텔 로비에 몇 시간이고 죽치고 있어도 환영받는다고 느낄 수 있을 만큼 충분한 돈도 없었다.

그래서 결국은 3층에 있는 자신의 다락방 서재에 머물며 눈이 견딜 수 있을 때까지 오래도록 독서나 했다. 그러나 남자가 하루 종일 집에 죽치고 있는 것을 귀찮아하는 엠마와 캔디 부인의 짜증이 성가시게 느껴졌다. 그랬다! 뭔가 집을 위해 할 수 있는 일과 정부에서 『인포머』를 인수하면서 얼마간 남겨준 지분으로 로키산맥이나 새로운 곳 어디라도 가서 — 단지 가서 — 무엇이라도 해야 할 것 같았다.

그러나 엠마는 새로운 곳으로 갈 마음이 전혀 없다는 것을 깨달았다. 그리고 일을 끝내고 집에 돌아오면 늘 위안이 되어준 넘치는 포근함을 보이던 엠마도 그가 늘 집에 있게 되자 지겨워했고 그런 엠마를 자기도 지겨워한다는 것을 깨달았다. 유일한 차이가 있다면 엠마는 실제로 못된 마음을 품거나 이혼을 위한 확실한 전제의 기미를 보이지 않고도 누구나 충실한 배우자를 지겨워할 수 있다는 점을 시인할 수 없는 것 같았다.

"나가서 벅이나 로린다라도 만나고 바람 좀 쐬지 그래요?" 엠마는 그렇게 제안하기도 했다.

"내가 린다를 만나고 다녀도 당신 질투나지 않아?" 도리머스는 일부러 가볍게 떠보듯 말했다 — 사실은 엠마 마음이 어떤지 정말 진심으로 알고 싶었기 때문이었다.

엠마는 웃음을 터뜨렸다. "당신이요? 당신 나이에? 누가 들으면 누구나 당신과 애인하고 싶어서 안달하는 줄 알겠네요!"

흥, 로린다는 그렇게 생각한다고, 도리머스는 화가 나서 당장 '나가 그녀를 만나러' 갔고, 아내와 로린다 사이에서 갈팡질팡하던 마음이 조금은 가벼워졌다.

딱 한 번 그는 『인포머』 사무실을 다시 찾았다.

스타웁메이어는 보이지 않았고, 실질적인 편집장은 교활한 시골뜨기 딕 이치트가 맡고 있는 것이 분명해보였다. 그는 심지어 도리머스가 들어왔는 데도 자리에서 일어나지도 않았고 시골독자 투고란의 새로운 구성에 대해 의견을 주었는데도 들으려 하지 않았다.

그의 태도는 섀드 레듀의 변절보다도 더욱 견디기 힘들었다. 섀드는 그래도 도리머스가 어리석다든가 진짜 '도시민'처럼 거의 못됐다든가 하는 말을 상스럽게라도 늘 확실히 했었던 반면, 딕 이치트는 전에는 도리머스의 솜씨가 더할 나위 없이 잘 들어맞고 겉으로는 매끄럽게 표현되고 기초가 탄탄하다고 추켜세웠기 때문이었다.

매일매일 그는 하염없이 기다렸다. 혁명을 기다리는 그 많은 사람들은 기다리는 것 말고는 할 일이 아무것도 없었다. 이방인들이 압제받는 사람들에게서 자족감 외에 다른 것은 찾아보기 힘들었던 이유이기도 하다. 기다림 그리고 같은 부류인 죽음은 너무도 자족스러워보인다.

2월말 며칠 동안 도리머스는 보험 판매원을 주목하게 되었다. 그는 자신이 디믹 씨라고, 올버니의 디믹 씨라고 했다. 그는 먼지가 묻고 구겨진 회색 옷을 걸친 음울하고 지루한 사내로 왕방울처럼 튀어나온 눈은 아무 의미 없는 열정으로 상대를 응시했다. 시내 어디를 가나 그의 모습은 흔히 눈에 띄었다. 약국 네 곳에, 모든 구두닦이 점에 나타나 늘 같은 말을 되풀이했다. "저는 디믹이라고 합니다 — 올버니의 디믹 씨요 — 뉴욕에 있는 올버니 말입니다. 새로 나온 좋은 생명 보험이 있어서 소개해드리고 싶은데요. 정말 좋답니다!" 그러나 그 자신조차 그다지 좋게 생각하는 것 같지는 않았다.

그는 성가신 존재였다.

별로 환영받지 못하면서 늘 여기저기 기웃거리면서도 간혹 있을지 몰라도 거의 실적을 올리는 것 같지는 않았다.

이틀 동안 도리머스는 올버니의 디믹이 하루에 놀랄 정도로 자주 자기와 마주쳤다는 사실을 의식하지 못했다. 도리머스는 웨섹스에서 나오면서 디믹을 보았는데, 그는 가로등에 기대어 다른 쪽을 보고 있는 척했지만, 3분 후에는 버몬트 풀 앤 토바코 본사로 들어가는 도리머스를 두 블록 떨어져서 미행하여 톰 에이컨과 물고기 부화장에 대해 나누는 대화를 엿들었다.

도리머스는 갑자기 냉정해졌다. 그는 그날 저녁 집 쪽으로 향하다 디믹이 침울함은 온데간데없이 뷰러–몬트필리어 사이를 운행하는 버스 운전기사와 격하게 옥신각신하고 있는 것을 보았다. 도리머스는 그를 쳐다보았다. 그러자 눈물이 글썽거리는 눈으로 마주보며 디믹이 침울하게 말을 걸었다. "안녕하세요, 도리머스 씨. 언제 시간 되실 때 보험에 대해서 말씀드리고 싶은데요." 그러더니 그는 발을 끌며 사라졌다.

나중에 도리머스는 리볼버 권총을 꺼내어 "아, 이 놈의 쥐들!"이라고 한탄하며 닦은 후 치우고 있는데 초인종 소리가 들렸다. 아래층으로 내려가 보니 디믹이 현관의 참나무 의자 팔걸이에 앉아 모자를 문지르고 있었다.

"드릴 말씀이 있습니다, 바쁘시지 않다면요." 디믹이 애처롭게 말했다.

"좋소. 들어오시오. 앉으시오."

"우리가 하는 말을 엿들을 사람이 있나요?"

"없소! 무슨 일인데 그러오?"

디믹의 우울함과 나른함은 싹 가시고 없었다. 그의 음성은 날카로웠다.

"당신의 지역 코르포스가 나에 대해서 눈치 챈 것 같으니 서둘러야겠네요. 저는 월트 트로우브리지의 명령을 받고 왔습니다. 당신도 아마 짐작하셨겠죠 — 이번 주 내내 당신을 지켜보면서 당신에 대해 묻고 다녔으니까요. 당신은 트로우브리지의 조직원이 되어 저희의 여기 지부를 맡아주세요. 코르포스에 대한 은밀한 전쟁이 시작되었습니다. 우리가 명명한 뉴 언더그라운드(New Underground), 줄여서 NU는 남북전쟁 전 캐나다로 노예들을 탈출시켰던 지하조직 언더그라운드 레일로드와 같습니다. 활동 분야는 네 가지로 나뉘어져 있죠. 선전내용 인쇄, 배포, 코르포의 무도한 행위에 대한 정보 수집 및 교환, 요주의 인물을 캐나다나 멕시코로 도피시키는 것입니다. 물론 당신은 저에 대해 하나도 모르시겠죠. 제가 코르포 첩자라고 의심할 수노 있을 겁니다. 하지만 이 증명서들을 보시고 당신의 친구인 벌링턴 페이퍼 컴퍼니의 샘슨에게 전화해보시죠. 제발 조심하십시오! 전화가 도청되고 있을지 모르니까요. 보험에 관심이 있다는 전제 하에 저에 대해 친구 분께 물어보십시오. 그도 우리 일원이니까요. 당신도 이제 우리 일원이 될 거구요! 자, 전화해보시죠!"

도리머스는 샘슨에게 전화했다. "안녕, 에드, 그런데 호리호리해 보이고 눈이 왕방울처럼 튀어나온 디믹이라는 작자를 아는가? 보험에 대한 그의 조언을 받아들여도 될까?"

"그럼. 월브리지를 위해 일한다네. 물론이지. 그가 하자는 대로 해도 괜찮다네."

"그럼 그렇게 하겠네!"

26장

『인포머』의 식자실은 저녁 11시면 문을 닫는데, 이유는 신문을 65킬로미터 떨어져 있는 마을까지 배포해야 했고 나중에 별도 도시판을 발행하지 않기 때문이었다. 식자실 감독인 댄 윌거스는 다른 사람들이 모두 퇴근한 후에도 남아서 3월 9일에 대규모 퍼레이드가 열릴 것이며 부수적으로 윈드립 대통령이 세계에 도전장을 내밀고 있음을 알리는 미니트맨 포스터의 활자를 짜고 있었다.

댄은 하던 일을 멈추고 주위를 날카롭게 살피더니 창고로 들어갔다. 먼지투성이 전구에서 나오는 희미한 빛에 흐릿한 그곳은 스코틀랜드 카운티 박람회를 선전하는 오래된 흑적 2도 포스터와 벽에 붙여진 보기흉한 5행 희극시 교정지들로 가득 찬 죽은 뉴스들의 무덤 같았다. 예전에는 소책자 사식에 사용되었지만 점차 자동 주조식자기로 대체되어 안 쓰게 된 8포인트 활자가 담긴 활자판에서 댄은 몇 개의 구획마다 활자를 조금씩 꺼내어 인쇄지 폐지에 싼 다음 재킷 주머니에 넣었다. 활자가 빠진 활자판은 반이 비워 보였으므로 그것을 채워 넣기 위해 댄은 설령 파업 중이라 하더라도 점잖은 인쇄업자를 깜짝 놀라게 할 만큼 대담한 짓을 했다. 같은 8포인트 활자가 아니라 구형의 10포인트 활자로 채워 넣은 것이다.

작은 활자들을 조심조심 훔쳐내고 있는 거구의 털북숭이 대니얼은 암탉 흉내를 내고 있는 코끼리처럼 우스꽝스러워 보였다.

그는 3층의 불을 끄고는 아래층으로 쿵쿵 내려갔다. 편집실을 흘긋 보니 닥 이치트말고는 아무도 없었다. 이지트는 눈에 설친 차광판을 통해 둥그런 불빛이 안색이 좋지 않은 얼굴 위에 녹색 그늘을 드리우고 있는 작은 등불만 켜놓고 있었다. 그는 이름만 편집장인 에밀스타웁메이어가 쓴 기사를 교정하고 있었는데, 커다란 검은 연필로 쫙쫙 그으며 낄낄거렸다. 그러다 인기척이 나자 놀란 표정으로 고개를 들었다.

"안녕하세요, 닥."

"아, 댄. 늦었네?"

"예. 이제야 일이 끝났어요. 먼저 가볼게요."

"잠깐, 댄, 요즘에 제섭을 본 적이 있나?"

"언제 봤는지 잘 모르겠네요, 닥. 아 맞다, 며칠 전 렉솔 잡화점에서 마주쳤어요."

"정권에 대해 아직도 안 좋게 생각하던가?"

"글쎄요, 아무 말 없었어요. 답답한 양반이죠! 제복을 걸친 용감한 청년들이 다 마음에 안 든다할지라도 이제 각하 세상이라는 건 알아야 할 텐데, 에구 참!"

"그러게 말이야! 그리고 훌륭한 정권이잖아. 나 같은 사람도 이제 신문업계에서 승진할 수 있게 된데다 대학물 좀 먹었다고 엄청 많이 배웠다고 생각하는 속물들에게 간섭받지 않아도 되었으니!"

"맞아요. 제섭과 옛날의 꼰대들은 정말 재수 없어요! 먼저 갑니다!"

댄과 이치트는 진지하게 미니트맨 식으로 손을 쭉 뻗어 인사했다. 댄은 길가로 내려가 집으로 향했다. 그러다 블록 중간쯤에 있는 빌리의 주점 앞에 이르자 더러운 낡은 포드 자동차의 바퀴 축에 발을 올려놓고 신발 끈을 묶었다. 끈을 묶는 동안 — 사실은 푼 다음에 다시 묶은 것이긴 하지만 — 거리를 위 아래로 살핀 후 주머니 속에 들어있던 활자 꾸러미를 차의 앞좌석에 있던 찌그러진 수액 양동이에 던져 넣고는 유유히 걸어갔다.

얼마 후 테러 산에서 살고 있는 프랑스계 캐나다인 농부 피트 뷔퉁이 주점에서 나왔다. 언제적 노래인지도 알 수 없는 케케묵은 소절을 흥얼거리는 모습으로 보아 취한 것이 분명했다. 내뱉는 말투에서는 독일인의 억양이 묻어나기도 했다. 그는 비틀비틀거리며 몸을 던지다시피 차에 타더니 모퉁이를 돌 때까지 갈지자로 정신없이 차를 몰았다. 그러나 모퉁이를 지나자마자 언제 그랬냐는 듯 갑자기 말짱한 모습으로 바뀌었다. 그리고 포드는 덜거덕거리는 소리를 내며 맹렬한 속도로 시내를 벗어났다.

피트는 매우 훌륭한 공작원은 아니었다. 어느 정도는 속이 빤히 들여다보이는 사람이었기 때문이다. 그러나 그 무렵 피트는 딱 일주일 동안만 스파이 노릇을 했다.

그 주에 댄 윌거스는 피트의 포드 자동차 수액 양동이에 무거운 짐 꾸러미를 네 번이나 떨어뜨렸다.

피트는 벅 타이터스의 집이 가까워 오면 속도를 줄인 후 양동이를 도랑에 버리고는 집으로 돌아갔다.

새벽 무렵이면, 벅 타이터스는 큰 사냥개 세 마리를 데리고 산책을 나왔다가 피트가 버린 양동이를 집어 올려 그 안에 든 짐 꾸러미를 자기 주머니로 옮겼다.

그리고 다음날 오후, 벅의 집 지하실에서는 댄 윌거스가 '코르포스는 얼마나 많은 사람들을 살해했나?'라는 제목의 소책자를 8포인트 활자로 짜고 있었다. 소책자에는 '스파르탄'이라는 사인이 들어가 있었는데, 스파르탄은 도리머스 제섭의 여러 필명 가운데 하나였다.

댄이 딱 한 번 벅의 집에 가는 길에 잘 모르는 미니트맨 대원의 불심검문을 당했지만, 담배를 마는 종이 외에는 의심을 살 만한 종이나 인쇄물이 전혀 발각되지 않은 점에 그들은 모두 — 뉴 언더그라운드 지부 소속이었다 — 오히려 다행스럽게 생각했다.

코르포스는 인쇄 기계와 인쇄지 판매를 허가제로 바꾸고 판매자에게는 구매자들의 명단을 보관해놓게 하는 규정을 만들어서 밀매에 의하지 않고는 체제에 반대하는 인쇄물을 발행하기 위한 공급처를 얻는 것 자체를 불가능하게 만들어놓았다. 댄 윌거스는 활자를 훔쳐냈다. 댄과 도리머스와 줄리언과 벅은 『인포머』 지하실에서 오래된 수작업 인쇄기를 통째로 훔쳐냈다. 그리고 종이는, 예전의 화려한 직업을 되찾을 수 있어 아주 좋아한 노련한 밀수꾼 존 폴리콥을 통해 캐나다에서 몰래 들여왔다.

사실 댄 윌거스가 윈드립이나 레듀 군수에 대한 막연한 분개심에서 사무실에서의 업무와는 전혀 상관없는 이 일에 동참할지는 회의적이었다. 그는 부분적으로는 도리머스에 대한 호의 때문에, 부분적으로는 닥 이치트에 대한 분개심에서 선동적인 일에 따라나서기는 했다. 정부측 연맹이 모든 인쇄업자 노동조합을 와해시킨 일을 이치트가 드러내놓고 좋아했기 때문이다. 아니면 개인적으로 이치트가 몇 번 — 많아야 일주일에 한두 번 정도 — 셔츠 앞자락에 담뱃진이 묻은 댄을 조롱했기 때문이었을 수도 있다.

댄은 도리머스에게 투덜거렸다. "좋아요, 대장. 대장 하는 일에 가담할 생각은 있어요. 그리고 한 마디 덧붙이자면 우리가 이 혁명을 성공시키는 날 부역자들을 잡아가는 차량에 이치트를 실어 내가 몰고 갈 수 있게 해줘요. 제 말은, 찰스 디킨스의 『두 도시 이야기』 기억하시죠? 좋은 책이잖아요. 말해보세요, 윈드립의 우스꽝스러운 삶을 알리는 것은 어때요? 당신은 진실을 전해야만 하잖아요!"

한편 캠핑에 초대받은 소년처럼 기뻐하며 벅 타이터스는 외따로 떨어진 자기 집을 기꺼이 제공했고, 특히 커다란 지하실을 뉴 언더그라운드의 본부로 내놓았다. 그렇게 벅과 댄과 도리머스는 벅의 벽난로 가에서 뜨거운 럼 펀치의 도움을 받아가며 가장 독한 음모를 꾸몄다.

뉴 언더그라운드의 포트 뷰러 지부는 도리머스가 창설하고 나서 2주가 지난 3월 중순 경 도리머스 자신, 그의 딸들, 벅, 댄, 로린다, 줄리언 팰크, 옴스테드 박사, 존 폴리콥, 페레픽스 신부(그리고 신부는 논쟁을 벌이던 벅보다도 훨씬 더 불가지론자인 댄, 무신론자 폴리콥과 설전을 주고받았다), 지금 트리아논의 강제수용소에 갇혀 있는 농부 헨리 비더의 부인, 재산을 몽땅 빼앗긴 유대인 해리 킨더맨, 가장 반유대적이고 반사회주의적 변호사인 명고 키테릭, 피트 뷔통, 대니얼 배콕, 농부들, 그 외 수십 명으로 결성되었다. 팰크 신부, 엠마 제섭, 캔디 부인은 의식하지 못하는 사이에 사실상 뉴 언더그라운드의 준조직원이 되었다. 그러나 그들이 누구였든, 어떤 신앙을 가졌든, 어떠한 사회적 위치에 있든 도리머스는 교회에서 보지 못했던 종교적 열정을 그들 모두에게서 보았다. 제단이나 형형색색의 색유리가 도리머스에게는 특별히 거룩한 물건으로 보이지 않았는데, 이제 그 이유를 알 것 같았다. 손상된 활자와 삐거덕거리는 수작업 인쇄기와 같은 거룩한 폐물을 흡족한 듯이 바라보고 있노라니 이제야 비로소 이해가 되었다.

한 번은 올버니의 디믹에게서 다시, 한 번은 섀드 레듀의 신형 링컨 차의 보험 계약을 뜻하지 않게 따내 신이 난 또다른 보험 대리인으로부터, 한 번은 카펫을 팔러 다니는 미국인 행상으로부터, 한 번은 제지용 펄프를 위해 벌목할 소나무를 찾고 있던 벌링턴의 샘슨 씨로부터 소식을 받았지만 누가 되었든지 도리머스는 뉴 언더그라운드 조직원들로부터 매주 정보를 듣고 있었다. 그는 신문사를 운영할 때와는 비교도 안 되게 바빴고 보스턴에서 청춘의 포부를 키워가며 느꼈던 행복감을 다시 맛보았다.

콧노래가 절로 나올 정도로 흥겹게 작은 인쇄소를 가동했다. 종이 한 장한 장에 불어넣는 자신의 기술에 스스로 탄복하며 발판에 온 힘을 실어 작업했다. 로린다는 댄 윌거스로부터 활자를 앉히는 법을 배웠고 ei와 ie 같은 글자에 대해서는 심혈을 기울여 정확을 기했다. 엠마와 시시와 메리는 인쇄되어 나온 낱장을 접은 다음 수작업으로 꿰매어 소책자로 만드는 일을 담당했는데, 그들 모두는 톱밥과 석회와 썩어가는 사과 냄새를 맡아가며 오래된 벽돌 벽에 천장이 높은 지하실에서 작업했다.

도리머스의 필명인 스파르탄과 금요일에만 예외적으로 쓰는 로린다의 필명인 앤서니 수진의 이름으로 쓰는 소책자와는 별도로 그들의 주요 불법 간행물은 『버몬트 파수꾼(Vermont Vigilance)』이라는 4쪽 자리 주간지였는데, 보통은 도리머스가 마음껏 원기를 발산할 경우에는 대체로 2쪽짜리로 일주일에 세 번 정도 나오기도 했다. 그것은 다른 뉴 언더그라운드 지부들로부터 몰래 입수한 소식들, 월트 트로우브리지의 『민주주의를 위한 창』에 실린 내용들, 캐나다, 영국, 스웨덴, 프랑스의 신문 등에서 입수한 내용들을 실었다. 외국 신문에 실린 내용들은 미국 주재 특파원들이 정부의 대언론부서의 수장인 교육선전부 장관 맥고블린이 상당한 시간을 들여 부인하여 불식시키려는 뉴스들을 장거리 전화로 유출한 것들이다. 한 영국 특파원은 남부 일리노이 대학의 총장이 살해당한 소식을 보냈다. 일흔두 살의 그 총장은 국외로 '탈출을 시도하다가' 등에 총을 맞고 쓰러졌는데, 특파원은 그 소식을 장거리 전화로 멕시코시티로 전했고, 그곳에서 다시 런던으로 전달된 것이었다.

도리머스는 자신이나 다른 어떤 소시민도 지금 미국에서 벌어지고 있는 일의 1퍼센트도 전해듣지 못하고 있다는 사실을 알았다. 윈드립과 코르포스 일당은 히틀러와 무슬리니처럼 언론의 모든 기사를 통제하고, 위험이 될 만한 소지가 있는 모든 결사는 처음부터 싹을 자르고, 기관총, 대포, 장갑차, 비행기를 정부가 장악하는 삼중의 조치를 취함으로써 현대 국가가 복잡한 현대의 시민들을 중세 시절보다도 훨씬 더 잘 지배할 수 있다는 사실을 알고 있었다. 중세 시대에 국가에 저항한 농민들은 오로지 쇠스랑과 호의로 무장하고 있었지만 국가는 오히려 그보다 별로 무장을 갖추지 못한 상태였으니 지금이 더 억압적으로 지배하기가 수월했다.

믿기 힘든 끔찍한 소식들을 접하게 되면서 도리머스는 자신의 삶, 시시의 삶, 로린다의 삶, 벽의 삶이 오히려 하찮게 여겨질 정도였다.

노스다코타에서는 농민들을 규합하려던 농부 두 사람이 체포되었는데, 2월의 눈보라가 휘몰아치는 날씨에 미니트맨 자동차로 뒤쫓으며 달리게 한 후 숨이 차 쓰러지면 타이어 공기주입 펌프로 두들겨 패서 억지로 일으켜 세운 후 또다시 달리게 했다고 한다. 그렇게 달리다 쓰러지기를 반복한 두 사람은 결국 머리에 총알 세례를 받았고 쓰러진 두 사람의 피로 하얀 눈밭이 선홍색으로 물들었다고 한다.

예전의 뻔뻔하던 시절보다 훨씬 더 과민해진 것 같은 윈드립 대통령은 자신의 집무실 옆 대기실에서 노닥거리고 있던 개인 경호원들을 보고는 화가 치밀어 책상에 있던 자동소총을 집어 들어 그들을 향해 마구 쏘아대기 시작했다. 그런데 그의 사격 솜씨는 신통치 않았다. 결국 그 경호원들은 피의자로 몰려 동료 경비병들의 손에 처단되고 말았다.

한편 캔자스시티의 역 광장에서는 한 수녀가 사복 차림의 청년 무리에 의해 옷이 찢기고 맨손으로 구타를 당하는 사건이 발생했다. 한참 지난 후 도착한 경찰에 의해 제지를 당하긴 했지만 체포된 사람들은 하나도 없었다.

유타에서는 비모르몬교도인 한 군수가 모르몬교 원로를 완전히 노출된 바위에 묶어 놓는 일이 일어났다. 그곳은 고도가 높았으므로 원로는 당장 추위에 몸을 떨기 시작했고 눈에 들어오는 빛을 피할 수 없어 고통스러워했다 — 바위 위에 묶기 전에 그의 눈꺼풀을 용의주도하게 잘라 내버렸기 때문이다. 관제 언론은 도지사가 해당 군수를 심하게 문책한 후 직위에서 해임했다는 사실을 매우 좋게 평가했다. 그러나 그가 플로리다의 다른 군에 다시 임명되었다는 사실은 언급하지 않았다.

다시 재편된 철강 카르텔의 수장들은 상당수가 윈드립 집권 이전 시절 철강회사들의 임원이었는데, 이들은 피츠버그에서 수상축제를 벌여 교육선전부 장관 맥고블린과 전쟁부 장관 루손을 극진히 접대했다. 한 대형호텔의 만찬장을 장미꽃 향기가 감도는 물탱크로 개조한 후 금박을 두른 로마식 장식배에 향응을 제공받는 인사들을 태워 물 위를 떠돌게 했다. 시중을 들던 웨이트리스들은 알몸의 소녀들이었는데, 그들은 배 사이로 즐겁게 헤엄쳐 다니며 음식이 담긴 쟁반과 포도주 양동이를 서빙했다.

한편 국무장관 리 새러슨은 워싱턴의 한 멋진 남성 클럽 지하에서 밝혀지지 않은 혐의로 경찰관에게 체포를 당했는데, 그 경관은 새러슨을 알아보자마자 곧바로 사과하며 풀어주었다. 그런데 그날 밤 경관은 신원을 알 수 없는 강도의 습격을 받고 침대에서 총을 맞은 채로 발견되었다.

수학과 세계 평화와 바이올린에 열심히 매진했다는 죄명으로 독일에서 쫓겨나 미국으로 왔던 앨버트 아인슈타인 박사는 이제는 마찬가지 죄명에 의해 미국에서 쫓겨났다.

남편이 평화를 옹호하는 연설을 했다는 이유로 강제수용소로 끌려간 레너드 님밋 부인은 불온 인쇄물을 적발하기 위한 미니트맨 불시 단속반원에게 문을 열어주기를 거부했다가 문가에서 총을 맞고 즉사했다.

로드아일랜드에서는 작은 유대교 회당의 지하실에 일산화탄소가 든 유리병을 투척한 후 문을 잠가버린 일이 발생했다. 창문도 이미 못을 박아 폐쇄해버렸으므로, 열아홉 명의 신도들은 무색무취의 가스 냄새를 알아차리지 못하다 알았을 때는 이미 너무 늦은 뒤였다. 그들은 모두 수염이 곤두선 채 바닥에 고꾸라졌다. 희생자들은 모두 예순이 넘은 노인들이었다.

톰 크렐은 ― 하지만 그의 경우는 정말 끔찍한 경우라고 하지 않을 수 없는데, 그 이유는 그가 뉴 언더그라운드의 심부름꾼이라는 사실을 입증할 만한 비밀문서들과 『민주주의를 위한 창』을 소지하고 있다가 붙잡혔기 때문이다 ― 또한 그가 뉴햄프셔의 마을 기차역에 근무하는 훌륭하고 온순하고 지극히 사무적인 수화물담당자로 모든 사람들의 존경을 받기 때문에 특이한 경우이기도 하다 ― 수심이 1.5미터 정도 되고 온 면이 미끄러운 시멘트벽으로 된 우물에 던져진 채 그냥 죽어갔다.

전직 대법관인 몬태나의 호블린은 한밤중에 자다가 침대에서 끌려나와 트로우브리지와 내통했다는 혐의로 쉬지 않고 60시간 연속 취조를 받았다.

그를 문초했던 주 조사관은 몇 년 전 호블린 법관이 폭행 강도 혐의로 실형을 선고했던 사내였다고 한다.

어느 날 도리머스는 4개 문예회 또는 극예회들이 — 핀란드인, 중국인, 아이오와인 공동체와 미네소타의 메사바 산맥에서 일하는 광부들의 연합 단체 소속 가운데 하나 — 해체되었다는 소식을 들었다. 당국은 그들의 사무실을 때려 부수고, 클럽 집회실과 오래된 피아노도 완전히 짓뭉갰는데 혐의는 불법 무기 소지죄였다. 사연인즉, 매회 연극에서 회원들이 구식 권총을 사용했다는 것이 그 이유였다. 그리고 그 주에만도 세 사람이 체포되었다 — 앨라배마, 오클라호마, 뉴저지에서 — 체제 전복을 노리는 아가사 크리스티의 『애크로이드 살인 사건』(그리고 충분히 그럴 만했던 것이 오클라호마 군수의 형수 이름이 애크로이드였기 때문이다), 클리퍼드 오데츠의 『레프티를 기다리며』, 빅토리아 링컨의 『2월의 언덕』 같은 책들을 소지했다는 혐의였다.

◆ ◆ ◆

"그러나 이와 같은 일들은 버즈 윈드립이 집권하기 전에도 이미 많이 있었습니다, 도리머스." 존 폴리콥은 그렇게 주장했다. (벅 타이터스가 기꺼이 불법을 자청한 그 지하실에서 만나기 전까지 폴리콥은 도리머스를 '제섭 씨'로만 불렀다.) "당신이 그것들에 대해 전혀 생각하지 않았을 뿐이죠, 왜냐하면 그 뉴스들은 당신의 신문 어디에서나 흔히 찾아볼 수 있는 평범한 뉴스였기 때문이죠. 물납소작인들과 스카츠보로 소년 사건[66], 쿠바의 독재와 농업 노조를 상대로 한 캘리포니아 도매업자들의 음모, 켄터키에서 가짜 보안관대리들이 파업 중인 광부들에게 어떤 식으로 총을 발사했는지 등과 같은 일들은 비일비재한다는 거죠. 그리고 제 말을 들어보세요, 도리머스. 그러한 범죄에 반

---

66. 흑인 소년 아홉이 말도 안 되는 누명을 쓰고 백인 소녀 둘을 강간한 혐의로 기소되어 사형을 선고받은 사건. 많은 사람들이 힘을 보탠 덕에 소년들은 사형을 면하고 차례로 풀려났다.

발했던 사람들이 지금은 바로 윈드립과 사이가 좋은 거물들이 되었답니다. 그래서 만일 월트 트로우브리지가 그렇게 민중 봉기를 일으켜 버즈를 쫓아 낸다고 해도 똑같은 욕심꾼들이 월트와 더불어 끔찍하게 애국적이고 민주적이고 의회주의적인 척하다가 나중에는 전과 마찬가지로 전리품을 꿰차게 되지 않을까 두렵습니다."

"그래서 칼 파스칼이 트리아논 강제수용소로 끌려가기 전에 자네를 공산주의로 개종시켰군." 도리머스는 그렇게 놀렸다.

존 폴리콥은 어림없다는 듯 펄쩍 뛰었거나 적어도 그런 척하며 극구 부인했다. "공산주의라뇨! 그들로 통일전선을 만들겠다는 생각은 꿈도 꾸지 마세요! 그 파스칼이라는 작자는 ─ 그는 선전활동가에 불과해요, 제가 드리려는 말씀은 ─ 제 말은 ───"

도리머스에게 가장 힘든 일은 바로 독일 신문의 기사들을 번역하는 것이었는데, 독일발 기사들은 사실 코르포스에게 아주 우호적이었다. 아직 3월의 한기가 느껴지는 벅의 집 깊은 지하실에서 도리머스는 식탁에 몸을 기울인 채 땀을 흘려가며 독영 사전과 씨름하고 있었다. 툴툴거리다 연필로 이빨을 톡톡 치기도 하고 머리를 긁적이는 모습이 영락없이 가짜 수염을 단 소년 학생처럼 보이던 도리머스는 로린다에게 한탄하듯 물었다. "당신 같으면 도대체 'Er erhält noch immer eine zweideutige Stellung den Juden gegenüber'를 제대로 옮길 수 있겠어?" "글쎄요, 저야 뭐 유일하게 아는 독일어라고는 벅이 가르쳐준 '신의 은총이 있기를' ─ 'Verfluchter Schweinehund'가 전부인 걸요."

『인종 감시인(Völkischer Beobachter)』의 기사 속 단어들을 하나씩 번역한 뒤 이해하기 쉽게 영어로 옮겼더니 영감을 불어넣는 윈드립 각하에게 바치는 낯 뜨거운 찬사였다.

미국의 찬란한 서막이 올랐다. 그리고 윈드립 대통령을 가장 진심으로 축하하는 사람은 바로 우리 독일인이다. 이러한 추세는 민족국가 설립이라는 목표로 향하고 있다. 불행하게도 윈드립 대통령은 진보주의적 전통을 타파할 준비는 아직 되어 있지 못하다. 그는 유대인들에 대해 여전히 이중적 사고방식의 태도를 보이고 있다. 그 철학에서 도출될 완전한 결과는 대세를 따를 수밖에 없으므로 이러한 태도는 필연적으로 바뀌리라고 생각된다. 떠도는 유대인들은 자의식이 강한 자주적 민족에게는 늘 적이 될 것이므로 미국 역시 유대인 문제를 만만히 봤다가는 페스트에 당하는 것처럼 큰 코 다칠 수 있다는 사실을 알게 될 것이다.

도리머스는 공산주의자들이 목숨을 걸고 비밀리에 아직 펴내던 『뉴 매시스(New Masses)』에서 광부들과 공장 노동자들이 굶어죽기 직전이며 감독 조수를 비판했다는 이유로 투옥되었다는 기사를 많이 얻었다. … 그러나 『뉴 매시스』에 실린 기사들은 1935년 이후로 일어난 어떤 일에도 흔들리지 않는 굳건한 자부심을 보여주는 마르크스에 대한 최신 뉴스와 뉴 언더그라운드의 모든 조직원들을 싸잡아 비방하는 내용이 대부분이었다. 거기에는 구타당하고, 감옥에 가고, 살해된 조직원들을 '파시즘을 위한 반동 끄나풀'로 욕하기도 하고, 모든 기사는 미니트맨 제복을 걸치고 윈드립의 발에 입 맞추고 있는 월트 트로우브리지를 보여주는, 윌리엄 그로퍼 풍의 시사만화로 멋지게 장식되어 있었다.

각종 특종기사들은 거의 미친 짓에 가까운 여섯 가지 경로를 통해 도리머스에게 전달되었다. 찢어지기 쉬운 아주 얇은 화장지에 소식을 적어서 가져오는 경우도 있고, 미들버리 앤 로우 통신판매점의 점원으로 일하는 조직원이 카탈로그 지면에 끼어 헨리 비더 부인과 대니얼 배브콕에게 우편으로 보내오기도 하고, 얼 타이슨 약국에서 점원으로 일하는 조직원이 치약과 담배 상자 사이에 숨겨 실어오기도 하고, 험상궂게 생긴 운전수가 벅의 집 근처에 던져 놓으면 가구 운반 트럭을 모는 순진하게 생긴 운전수가 다시 수거해오는 방식을 취했다. 예전에 신문사에 근무하던 시절에는 입수하던 기사들이 추측성 기사가 너무 많아 확실한 것이 하나도 없었다. 한 묶음으로 들어오는 AP 통신 원고들 중에는 중국에서 수백만 명이 굶어죽었다는 둥, 중부 유럽에서는 수많은 정치인들이 암살당했다는 둥, 인정 많은 재벌기업인 앤드류 멜론이 수많은 교회를 새로 지었다는 둥 모든 것이 늘 판에 박힌 뻔한 기사들이 주를 이루었다. 그랬던 것이 이제는 18세기 북부 캐나다의 선교사들이, 영국의 브리스틀에서 허드슨 만까지 전해져오려면 온 봄이 다 지나야 받아볼 수 있는 뉴스를 기다리며, 프랑스는 전쟁포고를 했는지, 왕비께서는 무사히 출산하셨는지 궁금해하던 심정으로 목이 빠지게 기다렸다.

도리머스는 별안간 자신이 워털루 전투, 유대인의 디아스포라, 전신 발명, 세균 발견, 십자군 등의 소식을 듣고 있는 것 같다고 느껴지며, 뉴스를 듣기까지 열흘이 걸린다면 역사가들이 그 뉴스의 사건을 평가하려면 10년은 걸릴 것이라는 사실을 깨달았다. 역사가들은 자기를 매우 부러워하고 자기가 역사의 한 중심에 살고 있었다고 생각하지 않을까? 아니면 국가적 영웅 놀이에 취해 1930년대의 선동적 애국심을 과시하는 철없는 젊은이들을 보고 그저 비웃지 않을까? 아마도 지금의 시대를 판단하게 될 후대의 역사가들은 공산주의자나, 파시스트나, 호전적 미국인이나, 영국 국수주의자가 아니라 지금 전쟁을 옹호하는 미치광이들로부터 나약한 회의주의자들이라고 제일 비난받는 진보주의자들이지 않을까.

이 모든 비밀스러운 모반의 와중에 도리머스는 강제수용소로 끌려갈 수도 있게 될 모든 의혹의 눈초리를 피하기 위해 3주 전부터는 아무런 위험도 끼칠 수 없는 하릴없는 노인네처럼 보이려고 무던히 애를 썼다. 매일 뉴 언더그라운드 지하실에서 밤새 작업을 했으므로 졸려서 몽롱한 모습으로 웨섹스 호텔 로비에서 오후 내내 하품을 해가며 낚시에 대한 이야기로 소일했다 — 뭔가 위협이 되기에는 너무 의욕을 상실한 사람의 모습을 풍겼다.

가끔은 저녁에 벽의 지하실에서 특별히 할 일이 없을 경우도 있었으므로 그런 때면 집의 서재에서 빈둥거리며 부끄럽게도 상아탑을 다시 갈망하는 고요하고 교양 있는 본래의 모습으로 돌아가기도 했다. 그리고 테니슨의 「아라비안 나이트」를 자주 읽었는데, 그 이유는 시가 대단해서가 아니라 어렸을 때 아름다움이라는 감정을 불러일으킴으로써 자신을 매우 놀라게 만든 최초의 시였기 때문이었다.

> 기쁨의 왕국, 수많은 산,
> 그늘이 여기저기 드리운 잔디,
> 도시는 온통 고요함으로 가득 차 있네,
> 짙은 감람나무 덤불은 바람에 일렁이고,
> 삼나무, 능수버들,
> 향기로운 가시나무의 두툼한 덩굴,
> 키 큰 동방의 관목들과,
> 시간의 흔적이 새겨진 오벨리스크,
> 훌륭한 하룬 알라스치드의
> 황금시절을 기리네.

잠시 동안 도리머스는 로미오와 저건[67]과 거닐기도 하고, 때로는 월터 스콧의 소설 속 주인공 아이반호와 도로시 세이어스의 추리소설 주인공 피터 윔지 경과 함께 거닐 수도 있었다. 산마르코 광장을 보기도 하고, 존재하지도 않는 바그다드의 고대 탑들을 보기도 했다. 오스트리아의 돈 주앙과 함께 전쟁에 나가기도 하고 제임스 엘로이의 시처럼 비자 없이 사마르칸트로 가는 황금의 여정에 오르기도 했다.

---

67. 미국 소설가 제임스 캐벨(James Cabell)의 동명소설 속 주인공. 아내를 악마에게서 되찾은 중년의 전당포 주인이다.

"하지만 저항의 선언문을 식자하고 있는 댄 윌거스와 야밤에 오토바이를 타고 유인물을 배포하고 있는 벅 타이터스는 지금 당장은 피어나는 서사시 속에 살고 있는… 도원경저럼 낭만적일 수 있지만 아직 ⏋것을 글로 써내고 있는 뉴스 편집실에서는 호메로스 같은 위대한 작가가 나오지는 않지!"

휘트 비비는 나이 많고 과묵한 생선 장수였고, 주인과 달리 전혀 조용하지 않고 온갖 성가신 소리를 내기는 했지만 그의 말도 그만큼 나이 들어 보였다. 작은 객차 차량처럼 생긴 그의 익숙한 짐마차는 20년 동안 고등어와 대구와 호수에서 잡은 송어와 굴 통조림을 뷰러 밸리에 있는 모든 농장에 배달해주었다. 휘트 비비가 반란 행위를 한다고 의심하는 것은 말이 그런 짓을 한다고 의심하는 것만큼이나 터무니없어 보였다. 나이든 어른들은 남북전쟁 당시 대위였던 아버지를 — 나중에는 술에 취해 농장을 말아먹었다 — 자랑스러워했지만 요즘 젊은이들은 남북전쟁이 있었다는 사실조차 까먹고 있으니 말이다.

쌓였던 눈이 사람들의 발길에 닿아 점차 희미해지고 있는 3월 말의 햇살을 환히 받으며 휘트는 마차를 이끌고 트루먼 웹의 농가를 향해 올라갔다. 주문 10건을 길을 따라 올라가며 모두 배달했지만 웹의 집에서는 생선 말고도 생선 포장지인 신문에 돌돌 감싼 소책자 꾸러미를 넘겨주었다.

다음날 아침 무렵 이 소책자들은 20킬로미터 정도 떨어진 키즈멧 너머 농가들의 우편함에 모두 들어가 있었다.

다음날 밤늦게 줄리언 펠크는 옴스테드 박사를 트루먼 웹의 농가로 태워다주었다. 이유인즉, 웹에게 아픈 숙모가 있다는 것이었다. 2주일 전까지만 해도 의사가 자주 필요하지는 않았지만, 모든 시골에서 그럴 수밖에 없듯이 마을 공동 전화를 통해 이제는 의사가 3-4일에 한 번씩 봐야 한다는 사실이 온 동네에 다 퍼졌다.

"흠, 트루먼, 숙모님은 좀 어떠신가?" 옴스테드 박사가 쾌활하게 물었다.

앞쪽 좌석으로 몸을 구부린 웹은 조용히 대답했다. "안전합니다! 빨리 움직이시죠! 제가 주위를 잘 살폈습니다."

줄리언이 잽싸게 차에서 내려 접이식 좌석을 들어 올리니 놀랍게도 세련된 모닝코트와 줄무늬 바지를 입고 넓은 중절모를 팔에 낀 키 큰 사내가 접이의자에서 일어나더니 쪼그리고 있느라 쥐가 난 몸을 펴며 고통에 신음했다. 옴스테드 박사가 말했다.

"트루먼, 오늘밤에는 추적자들이 바싹 뒤쫓는 요주의 인물을 모시고 왔네! 잉그램 의원님, 웹 동무입니다."

"허! 제 생전에 '동무'라는 소리를 듣게 될 줄은 꿈에도 생각 못한걸요. 하지만 만나 뵙게 되어 대단히 반갑습니다, 의원님. 이틀 안으로 국경을 넘어 캐나다로 들어갈 수 있게 해드리죠. 국경을 따라 삼림을 뚫고 나갈 수 있는 경로를 몇 개 마련해 놓았거든요. 자, 지금은 맛있는 따끈한 콩 요리가 기다리고 있습니다."

잉그램 의원이 그날 밤 묵게 된 다락방은 나무 등걸 더미 뒤에 숨겨진 사다리를 통해서만 올라갈 수 있었다. 그곳은 한때 '언더그라운드 지부'였던 곳으로서 트루먼의 할아버지가 비밀조직원으로 활동하던 1850년대에 캐나다로 탈출하는 다양한 흑인 노예들 72명이 머물던 안식처였고 위태로운 잉그램의 피곤한 머리 위 벽에는 오래 전 누군가가 목탄으로 써놓은 글씨가 아직 뚜렷이 보였다. "당신은 적들의 면전에서 저희를 위한 식탁을 차려주었습니다."

저녁 여섯 시가 조금 넘은 후 태스브로우 앤 스칼렛 채석장에서 존 폴리콥이 자신의 견인차로 벅 타이터스가 타고 있는 차를 견인해서 끌고 가고 있었다. 두 사람은 가다가 때때로 미니트맨 순찰차가 보이면 멈춰 서서 존이 벅의 차의 모터를 들여다보는 척했고 순찰대원들은 벅이 있는 것은 거의 의식하지 못하고 그냥 지나쳤다. 한 번은 태스브로우의 채석장에서 가장 깊은 갱도 가장자리에 멈춰 섰다. 벅은 하품을 하며 주위를 거닐었고 그동안 존은 더욱 차를 고치는 척했다. "됐어!" 벅이 짤막하게 외쳤다. 두 사람은 존의 차 뒤에 있던 특대 연장통으로 달려들더니 『버몬트 파수꾼』 유인물을 각기 한 아름씩 꺼내어 채석장 가장 자리 위로 던져 올렸고 유인물은 삽시간에 바람에 흩날렸다.

다음날 아침 채석장 십장들이 많은 유인물을 주워 모아 없앴지만 적어도 100장 정도는 인부들의 주머니 속으로 들어가 포트 뷰러 노동자들 사이로 이 손 저 손 옮겨 다니는 여정을 시작했다.

시시는 피곤한 듯 이마를 쓰다듬으며 식당으로 들어섰다. "드릴 말씀이 있어요, 아빠. 캔디 아줌마의 도움을 받았어요. 이제 다른 조직원들한테 보낼 좋은 소식을 손에 넣게 될 거예요! 들어보세요! 저는 이제껏 섀드와 친하게 지내왔어요. 아니요! 화내지 마세요! 제가 필요에 따라 마음만 먹으면 그의 권총집에서 권총을 빼내는 방법도 안다고요. 섀드가 저한테 자랑을 늘어놓았는데, 그의 말로는 자기와 프랭크 태스브로우와 리크 도지사가 모두 함께 의기투합해서 공공건물에 들어갈 대리석을 팔 거라고 하던데요. 그리고 제게 귀띔해주길 ─ 아빠도 알다시피 그는 자기가 태스브로우 씨와 얼마나 친해지게 되었는지 자랑하고 싶어 입이 근질거리는 부류잖아요 ─ 태스브로우 씨가 책상에 있는 작은 빨간 수첩에 뇌물을 준 액수를 모두 적어 놓았다고 하더라고요 ─ 물론 늙은 프랭키야 자기처럼 충실한 코르포의 집을 누군가가 수색할 거라고는 전혀 예상하지 못할 테죠! 있잖아요, 아빠도 알다시피 캔디 아줌마의 사촌이 한동안 태스브로우 집안을 위해 일하고 있잖아요, 그러니 만약 ──────"

("시-시!")

"─ 오늘 오후에 아줌마 두 분이 그 빨간 수첩을 살짝 빼내 제가 안의 내용을 전부 사진으로 찍은 다음에 도로 제자리에 돌려놓기로 했어요! 우리 캔디 자매가 알려줄 암호는 바로 이거예요. '태스브로우 씨네 스토브가 제대로 작동이 안 돼요. 그런 스토브로는 맛있는 케이크를 구울 수가 없다고요!'"

27장

　죽은 남편 파울러의 원한을 갚고 싶었던 메리 그린힐은 저항운동이 훌륭하기는 하지만 약간은 터무니없는 승부라고 느껴지는 불신의 감정보다는 살의를 느끼는 증오로 움직이는 것 같은 유일한 가담자였다. 그러나 그녀는 증오와 원수를 죽이려는 결심 때문에 오히려 기운이 솟구쳤다. 이제껏 음울하게 지배당하던 슬픔에서 벗어나 활력이 생기고 눈은 반짝반짝 빛나고 목소리는 들뜬 기분에 떨리기까지 했다. 이제는 상복도 벗어던지고 반항하듯 밝은 색깔의 옷을 입고 나타났다 ― 요즘에는 한 푼이라도 절약하여 뉴 언더그라운드의 활동자금에 보태야 했지만 메리는 아주 호리호리해졌으므로 시시의 요란한 옛 드레스가 맞을 정도였다.

　그녀는 줄리언보다도, 심지어 벅보다도 더 대담했다 ― 벅을 가장 위험한 원정길로 이끌었다. 오후 중반에 벅과 메리는 결혼한 부부처럼 가정적으로 보이려고 데이비드와 약간은 망설이는 풀리시까지 대동하고 아무도 알아보는 사람들이 없는 ― 도시의 약아빠진 많은 개들은 당황한 시골뜨기 개 풀리시를 보고는 어디선가 만난 것 같다고 자꾸 아는 체를 했지만 ― 벌링턴 중심지를 한가하게 누비고 다녔다. 사람들의 이목으로부터 자유롭게 되면 때때로 "됐어!"라고 중얼거린 사람은 벅이었지만 미니트맨이나 경찰들로부터 불과 1, 2미터밖에 안 떨어진 거리에서 꾸깃꾸깃 접은 유인물을 침착하게 뿌리고 다닌 사람은 바로 메리였다.

존 설리반 리크의
작은 일요학교의 삶

2류 정치 사기꾼,
고문기술자 듀이 헤이크 대령의
재미있는 사진들.

메리는 꼬깃꼬깃 잘 접은 그 소책자들을 어깨에서 허리까지 이어지도록 특별히 만든 밍크코트 안주머니에 숨겨 가져갔다. 그 방법을 추천한 사람은 존 폴리콥이었는데, 예전에 그의 아내가 불법 위스키를 밀반입하는데 사용하여 재미를 본 방법이었다. 책자를 접는 데도 매우 심혈을 기울였다. 2미터 정도 떨어져서 보면 그냥 휴대용 휴지처럼 보였지만 각 인쇄물을 기술적으로 잘 접어 진한 붉은색 활자로 인쇄된 '헤이크 자신이 한 노인을 발로 차 죽였다.'라는 한 문장이 눈에 확 들어오게 했다. 메리가 길모퉁이 휴지통에, 철물점 앞에 진열된 장난감 마차 속에, 데이비드에게 초콜릿 바를 사주려고 들른 식료품점의 오렌지 사이에 교묘하게 찔러 넣은 유인물들은 그날 벌링턴에서 수백 명의 시선을 사로잡았다.

집에 돌아오는 차 안에서 데이비드는 벅 옆의 운전석에 앉히고 자신은 뒤에 앉아 있던 메리가 갑자기 외쳤다. "저걸 보면 사람들이 각성하겠지요! 아, 하지만 아버지는 도대체 언제나 스완에 대한 소책자를 끝내시려나 ― 아, 답답해!"

데이비드가 뒷좌석의 엄마를 엿보았다. 메리는 눈을 꼭 감고 두 손을 꽉 쥔 채 앉아 있었다.

데이비드가 벅에게 속삭였다. "엄마가 너무 흥분하지 않았으면 좋겠어요."

"데이브, 엄마는 아주 멋진 여성이란다."

"알아요, 하지만 — 저런 모습은 너무 무서워요!"

메리는 자기가 직접 계획을 세워 혼자서 실행하기도 했다. 타이슨의 약국에 있는 잡지 판매대에서 『리더스 다이제스트』 12부와 그보다 더 큰 잡지 12부를 훔쳐냈다가 몰래 도로 갖다 놓았다. 겉으로 보기에는 손을 댄 흔적이 전혀 없었지만 큰 잡지에는 각기 작은 전단지 '월트 트로우브리지와 합류할 준비를 하세요'가 끼워져 있었고, 『리더스 다이제스트』는 '코르포 언론이 거짓말'이라는 제목의 소책자를 숨기는 표지로 활용되었다.

벅과 나머지 일행이 잡혀갈 때를 대비해 하루 24시간 은밀한 저항 계획의 중심지로서 전화에 응답하고 도망자들을 받아들이며 의심스러운 탐색꾼들을 따돌리는 역할을 하기 위해 로린다는 뷰러 밸리 여관에 조금이나마 남아 있던 소유권을 다 집어던지고 벅의 집에 눌러 살며 그 집의 주부 역할을 꿰찼다. 그 일을 둘러싸고 사람들 사이에 소문이 돌았다. 그러나 숲속에서 시골젊은이랑 뒹구느니 결핵 검사를 받는 편을 분명 선호할 것 같은 이 잔소리꾼 사회주의자를 의심하는 사람이 있다손 치더라도 어쨌든 매일 입에 풀칠하기도 점점 힘겨워지는 마당에 마을 사람들은 그렇게 입방아를 찧어댈 시간이 거의 없었다. 그리고 도리머스는 매일 벅의 지하실에 나가 있었고 간혹 밤을 꼬박 새울 경우도 있었으므로 이 소심한 두 연인은 처음으로 열정을 나눌 공간을 갖게 되었다.

사람 좋은 엠마에 대한 두 사람의 지조는 — 엠마 본인은 자기 인생이 사람들의 부러움을 살 위치에 있다고 확신하며 너무 만족스러워 하니 동정을 하기가 뭣했다 — 그들의 사랑을 조심스럽고 주저하게 만드는 볼품없는 은밀한 밀회를 혐오할 정도로 크지는 않았다. 두 사람 중 누구도 심지어 매우 점잖은 사람들과 함께라도 사랑이 버터 바른 빵처럼 늘 한 사람에게만 충실해야 한다고 생각할 만큼 단순하지 않았고, 비밀스러운 것도 좋아하지 않았다.

벽의 집에 있는 로린다의 방은 크고 널찍하고 밝았다. 버드나무가 늘어진 물가에 놓인 가마에서 우아하게 뻗어 나온 작은 만다린 귤을 끝없이 보여주는 오래된 풍경화가 걸려 있었고, 네 개의 기둥이 달린 식민지 시대의 키 큰 장롱과, 미친 듯 색깔이 알록달록한 카펫까지 갖춘 그 방은 혁명의 시대에 살고 있는 지금 아주 빨리 이틀 만에 도리머스가 이제까지 알고 있는 최고로 사랑스러운 집이 되었다. 갓 결혼한 새 신랑처럼 열정적으로 그는 로린다의 방에 들어갔다가 나왔고 여성 전용인 그녀의 변기 상태가 크게 문제되지는 않는 것 같았다. 그리고 그 사실을 모두 알고 있었던 벅은 그저 웃기만 했다.

이제는 거리낌이 없게 되자 도리머스는 로린다가 육체적으로 더욱 매혹적으로 보였다. 케이프 코드에서 휴가를 보내던 동안 속 좁게 우월감에 사로잡힌 도리머스는 보기에 과하다 싶을 정도로 불면 날아갈 듯 말라빠진 여인들이 수영복으로 갈아입고 나면 어깨도 가냘프고 마치 등짝에다 사슬을 단단히 박아 넣은 것처럼 등뼈가 확 튀어나온 모습을 주의 깊게 보았었다. 부지런히 움직이는 매끈한 다리와 탐스러운 입술을 가진 그들은 약간 악마처럼 느껴질 정도로 관능적이었지만 새침한 회색 슈트와 블라우스가 젊은 철부지들의 하늘거리는 여름 면보다도 청순해 보이던 로린다가 살결이 훨씬 보드랍고 어깨에서 가슴까지의 굴곡이 훨씬 풍만하다는 점을 생각할 때면 만족스러운 미소가 떠올랐다.

도리머스는 이제 로린다가 벅의 집에 항상 있었으므로 채권 발행에 대한 소책자를 매우 심각하게 들여다보다가 갑자기 부엌으로 달려가 그녀의 허리를 뻔뻔스럽게 끌어안을 수 있게 되어 기뻤다.

이론적으로는 독립적인 페미니스트였던 로린다는 어리광부리듯 모든 관심을 요구하게 되었다. 왜 읍내에서 들어오면서 캔디를 사다주지 않았는지? 자기를 위해서 줄리언을 불러줄 수 있는지? 약속한 책을 가져다주기로 해놓고 왜 잊어버렸는지 — 부탁한 사실을 자기만 기억하는 것이라면 도리머스가 정말 약속을 하기는 했나? 도리머스는 로린다의 심부름을 하느라 바쁘게 오가면서도 바보스럽게 느껴질 정도로 행복했다. 오래 전 엠마는 요구에 관한 한 상상력의 한계에 부딪쳤다. 도리머스는 사랑이란 받을 때보다 줄 때 더 행복하다는 사실을 새삼스럽게 깨닫고 있는 중이었다. 그래서 우정이 의심스러운 친구에게는 주기적으로 돈을 꾸어보라는 속담도 있지 않은가.

도리머스는 새벽에, 창밖의 느릅나무 가지가 바람에 흉측하게 몸부림치는 3월의 새벽에 네 개의 기둥이 선 넓은 침대에 로린다 옆에 누웠지만 벽난로에서는 마지막 석탄이 아직 타오르고 있었으므로 완전히 만족스러웠다. 그는 로린다를 응시했는데, 그녀의 잠든 얼굴에는 자그만 불행에도 우스꽝스러울 정도로 인상을 찡그리는 여학생처럼 보일 뿐 나이 들어보이지는 않는 찌푸린 표정이 있었고, 구식 레이스 자락이 달린 베개를 반항적으로 움켜쥐고 있었다. 그는 웃음을 터뜨렸다. 두 사람은 매우 위험한 일을 함께 해나갈 것이었다! 소책자들을 이렇게 소량으로 찍어내는 일은 혁명 활동의 시작에 불과했다. 그들은 워싱턴의 언론계에 침투하여 코르포 국가를 날려버릴 비밀 정보(어떤 정보를 얻어야 할지 그리고 무슨 방법으로 얻어야 할지에 대해서는 완전히 오리무중이었다)를 얻어낼 것이었다. 그리고 혁명이 끝나면 함께 버뮤다 섬이나 마르티니크 섬으로 갈 것이다 — 보랏빛 바다 옆의 보랏빛 봉우리에 서 있는 연인이라 — 모든 것이 보랏빛이고 웅장할 것이다. 아니면 (넓고 따뜻한 침대에서 절묘하게도 그에 맞춰 기지개를 펴고 하품을 하면서 비장한 한숨이 새어나왔다) 만일 성공하지 못한다면, 미니트맨 손에 체포되어 사형선고를 받게 된다면 두 사람은 총살 부대를 비웃으며 눈을 가리기도 거부한 채 함께 죽을 것이었다. 그러면 그들의 이름은 이단으로 몰려 화형당한 스페인의 세르베투스, 이탈리아의 사회주의 지도자 마테오티, 페러 교수, 헤이마켓 사건[68]의 희생자들처럼 두 사람의 이름도 영원히 사람들 입에 회자되며 작은 깃발

---

68. 1886년 남북전쟁 후 미국 시카고에서 일어난 노사간 분쟁 사건. 8시간 노동제를 요구하는 시위가 절정에 이르자 경찰과 시위대 쌍방에 많은 사상자가 발생했다.

을 흔드는 어린아이들의 환호를 받을 것이었다 ————

"달링, 담배 하나만 줘!"

로린다는 구슬 같은 눈에 회의적인 빛을 띠고 그를 바라보았다.

"당신은 담배를 너무 많이 피면 안 돼요!"

"당신은 사람을 너무 쥐고 흔들려고 하면 안 된다고! 아, 귀여운 사람!"
로린다는 일어나 앉아서 그의 눈과 이마에 입을 맞추더니 침대에서 나와 자기 담배를 찾았다.

"도리머스! 당신과 이렇게 함께 지내게 돼서 너무 황홀해요. 하지만
———"오래된 마호가니 화장대 앞의 — 은이나 레이스나 수정은 전혀 없었고 오로지 평범한 나무 머리빗과 사치품과는 거리가 먼 작은 약병들이 전부였다 — 등나무를 씌운 스툴에 책상다리를 하고 앉은 그녀의 모습은 약간 소심해 보였다. "하지만 있잖아요, 이 대의 — 아 그 망할 놈의 '대의' — 대의로부터 벗어날 수 있을까요? — 어쨌든, 이 뉴 언더그라운드 일이 제게는 너무도 중요하고 당신도 똑같을 거라고 생각해요. 하지만 매우 끔찍한 감상주의자들인 우리가 이렇게 살림을 차린 이후로 당신은 글로 그 멋진 독설을 퍼붓는 일이 그다지 흥겨운 것 같지도 않고 저는 소책자들을 배포하는데 점점 더 몸을 사리게 되네요. 그래서 당신을 위해 제 목숨을 보호해야겠다는 어리석은 생각을 하게 되었어요. 저는 혁명을 위해 목숨을 바칠 생각을 하고 있어야 하는데 말이에요. 당신도 그렇게 생각하지 않나요? 그렇지 않아요? 그렇지 않냐구요?"

침대 밖으로 다리를 내려놓던 도리머스는 건강에 좋지도 않은 담배에 불을 붙이며 짜증스럽게 말했다. "오, 물론 그렇게 생각하지! 하지만 — 소책자들! 당신의 태도는 단순히 종교적 교육을 그대로 답습하고 있군. 당신은 따분한 인류를 — 아마도 윈드립에게 놀림을 당하고 빵과 서커스를 얻는 것을 즐기고 있는 — 향해 의무감을 갖고 있다고 — 아 그 놈의 빵만 없으면!"

"물론 그것은 종교와 혁명에 대한 충성심이죠! 왜 안 되나요? 그것은 몇

안 되는 진실한 종교적 감정 중에 하나인데요. 이성적일 뿐 감성이 없는 스탈린은 여전히 일종의 목사 같은 부류인 걸요. 대부분의 설교자들이 빨갱이를 싫어하고 그들을 욕하는 연설을 하는 것이 놀라운 일도 아니죠! 그들은 빨갱이의 종교적 힘을 시기하는 거예요. 하지만 ― 오, 도리머스, 오늘 아침 모닝커피를 앞에 두고 세상을 다 이해할 수는 없다고요! 어제 이곳에 디믹 씨가 왔을 때 저더러 비처 폴스 ― 당신도 아시죠, 캐나다 국경 근처에 있다는 ― 그리로 가서 그곳의 뉴 언더그라운드 지부를 맡으라고 명령했어요 ― 겉으로는 이번 여름 동안 찻집을 여는 것으로 위장해서요. 그러니 받아들여요, 나는 당신을, 벅과 시시를 떠나가야만 해요. 받아들여요!"

"린다!"

로린다는 도리머스를 보지 않으려고 했다. 그녀는 오래, 너무 오래 담배를 짓이겨 끄고 있었다.

"린다!"

"왜요?"

"이 일 당신이 디믹에게 제안한 거지! 그는 당신이 먼저 제안하기 전에는 절대 명령을 내리지 않잖아!"

"그게 ――― "

"린다! 린다! 당신은 나한테서 그렇게 벗어나고 싶은 거요? 당신은 ― 내 목숨처럼 소중한데!"

로린다는 느릿느릿 침대로 돌아가 도리머스 옆에 천천히 앉았다. "그래요. 당신으로부터, 그리고 나 자신으로부터 벗어나고 싶어요. 세상은 쇠사슬에 매였고, 나는 그 사슬을 끊어버리는데 일조할 때까지는 자유롭게 사랑할 수 없어요."

"그 사슬은 결코 풀리지 않을 거요!"

"그러면 영원히 자유롭게 사랑할 수 없겠죠! 오, 내가 열여덟 살이었을 때 우리가 달콤하게 일 년 동안만이라도 함께 달아날 수만 있었다면! 그랬다면 온전한 두 인생을 살았을 텐데. 흠, 아무도 시계바늘을 되돌릴 수 있을 정도로 운이 좋은 것 같지는 않으니 — 게다가 거의 25년이나 뒤로 돌린다는 건 더 말이 안 되죠. 지금은 당신이 피할 수 없다는 사실이 두려워요. 그리고 나 역시 그래왔고요 — 4월이 시작된 지난 두 주 동안 — 당신 말고는 아무 것도 생각할 수 없었다고요. 이제 그만 이별의 입맞춤이나 해줘요. 저는 떠나요. 오늘."

28장

비밀공작에서 으레 그렇듯이 시시가 섀드 레듀로부터 알아낸 세부 정보는 뉴 언더그라운드에 아주 중요한 것은 하나도 없었지만, 그림퍼즐의 필요한 조각들처럼 도리머스와 벅과 메리와 노련한 고해성사 유도자 페레픽스 신부가 모은 다른 정보들과 합하면 사람들이 애국적인 목자로 열렬히 인정한 코르포 무법자 무리들의 약간 단순한 음모들은 알 수 있었다.

언뜻 보기에 따뜻해 보이는 4월의 한낮에 시시는 문간에서 줄리언과 노닥거렸다.

"아, 시시. 지금부터 몇 달만이라도 너를 데리고 캠핑이라도 가고 싶다. 우리 단 둘이서만. 배도 타고 작은 텐트에서 자고. 오, 시스, 오늘밤 레듀와 스타웁메이어와 함께 꼭 저녁 먹어야 해? 너무 싫다. 맙소사, 너무 끔찍해! 너한테 경고하는데, 섀드는 내 손으로 죽이고 말 거야. 진심이야!"

"응, 그래야만 해. 오늘 밤에는 에밀이 어떤 더러운 여자를 데리고 오든지 섀드가 그 늙은 에밀을 쫓아내고 나면 나한테 충분히 미치게 만들어서 다음번에는 누구를 노리고 있는지에 대해서 뭔가 털어놓게 할 작정이야. 나는 섀드 따위는 두렵지 않아, 보석처럼 소중한 나의 줄리언."

줄리언은 웃지 않았다. 그는 쾌활한 대학생에게 그다지 어울리지 않는 태도로 무겁게 말했다. "너는 섀드 군수를 잘 다룰 수 있다고 우쭐대고 있는데 그가 고릴라처럼 건장한데다 원시인처럼 단순하다는 것을 알고나 있는 거야? 요사이 며칠 중에 어느 날밤이라도 — 맙소사! 생각해보라고! 오늘밤일 수도 있잖아! — 그 자가 흥분해서 너를 잡아끌고 — 끙!"

시시도 줄리언 못지않게 심각했다. "줄리언, 나한테 무슨 일이 일어날 수 있다고 생각하는 거야? 제일 끔찍한 일이 일어난다면 강간당하는 것이 겠지."

"맙소사 ——— "

"새로운 문명이 시작된 해, 다시 말해서 1914년 이후로 그런 종류의 일이 발목이 부러지는 것보다 더 심각하다고 믿는 사람이 있다고 정말로 생각하고 있는 거야? '죽음보다도 더 끔찍한 운명'이라고! 구레나룻을 기른 어떤 심술 궂은 부제가 그 따위 말을 만들어낸 거야? 그리고 터진 입이라고 어떻게 그 런 말을 내뱉을 수가 있는 거지? 나는 그보다 훨씬 더 끔찍한 운명들이 많다 고 생각해 — 예를 들면, 몇 년 동안 승강기를 운영한다고 쳐봐. 아니 — 기 다려! 나는 사실 경박하지는 않아. 약간의 호기심을 넘어서 강간당하고 싶은 생각은 전혀 없다고 — 적어도 섀드한테는 아니야. 흥분해서 땀을 흘리면 체 취가 얼마나 고약한데. (오, 맙소사, 그 자는 정말 역겨운 돼지 같아! 내가 너보다 도 50배는 더 그 자를 증오해. 웩!) 하지만 죄 없는 사람을 그 자의 피 묻은 곤봉 으로부터 한 명이라도 구할 수 있다면 그런 일이 일어나더라도 기꺼이 감수 할 거야. 나는 이제 더 이상 플레즌트 힐의 놀기 좋아하는 철부지 소녀가 아 니야. 나는 테러 산의 무서운 여인이라고!"

그 모든 일이 시시에게는 비현실적으로 느껴졌다. 도시의 악한이 우리의 아름다운 헬레네[69]를 샴페인 한 병으로 유혹하려는 옛 통속극의 익살스러운 버전이랄까. 허리띠를 두른 트위드 재킷에 (미네소타 산) 요란한 무늬의 스코

---

69. 그리스 신화에 등장하는 절세의 미녀로 스파르타의 왕자였지만 트로이 왕자 파리스의 유혹에 넘 어가 함께 도망치는 바람에 트로이 전쟁의 원인이 되었다.

틀랜드 풍 스웨터와 흰 린넨 반바지를 걸치고 있긴 해도 섀드는 세련된 도시인 특유의 넋을 잃게 하는 매력은 없었다.

섀드가 스타 호텔에 마련한 새 스위트룸에 에밀 스타읍메이어가 한 이혼녀를 대동하고 나타났다. 그 여인은 금니가 드러나고 주름진 목에 벽돌색 파우더를 덕지덕지 발라 세월의 흔적을 가려보려 애쓴 티가 역력했다. 그녀는 몹시 불쾌했다. 제대로 교수형에 처하더라도 목사가 그 죽음을 별로 안타까워하지 않을 인물인 우락부락한 섀드보다도 참고 봐주려니 힘들었다.

인조인간 같은 그 이혼녀는 에밀에게 몸을 부딪치며 교태를 부렸고, 오히려 에밀 쪽에서 마지못해 어깨를 찌르면 키득거리며 외쳤다. "고만 해용!"

섀드의 스위트룸은 깨끗하고 쾌적했다. 그 점 말고는 특별히 언급할 만한 것이 없었다. '응접실'은 오크 의자와 가죽을 씌운 장의자와 하나도 흥미롭지 않은 후작들의 초상화 네 점으로 꽉 차 있었다. 다른 방에 있는 청동 프레임 침대에 새로 깔아놓은 깔끔한 린넨 시트가 시시의 마음을 불안하게 사로잡았다.

섀드는 이미 하루도 더 전에 딴 600ml 병에 든 무알콜 음료를 곁들인 칵테일과 합성보존제 맛이 나는 햄과 닭고기가 든 샌드위치, 색깔은 여섯 가지이지만 맛은 두 가지만 — 둘 다 딸기 맛 — 나는 아이스크림을 내왔다. 그리고는 가능한 한 나치 돌격대장 괴링 장군 같은 모습을 풍기며 에밀과 여자가 그곳에서 빨리 꺼져주기를, 그래서 시시가 자신의 남성적 매력을 알아봐주기를 약간 초조하게 기다렸다. 섀드가 에밀의 잘난 체하는 소소한 농담에 툴툴거리기만 하자 눈치 빠른 에밀이 갑자기 일어나더니 여자를 데리고 나갔다. 마지못해 끌려가던 여자는 작별의 인사 대신 낑낑거렸다. "대장님, 여자 친구랑 불장난 하시면 안 돼요!"

"예쁜이, 이리와 — 어서 와, 입 맞추게." 섀드는 가죽 장의자 한 쪽에 털썩 주저앉으며 환호성을 질렀다.

"해야 할지 말아야 할지 잘 모르겠어요." 시시는 섀드의 행동이 무척이나 역겨웠지만 가능한 한 요염한 태도를 취했다. 그녀는 뽐내듯 종종걸음으로 장의자로 다가가 우람한 섀드의 팔이 자신을 끌어당기지 못할 정도의 거리를 두고는 앉았다. 예전에 줄리언과는… 아무튼 줄리언과는 별로 많지 않았지만… 여러 사내애들과 있었던 경험을 떠올리며 냉소적으로 섀드를 바라보았다. 사내애들은 손으로 애무하는데 정석이 없는 척했지만 언제나 하는 순서는 똑같았다. 그리고 차분한 소녀가 생각하기에 그 모든 일에서 주요 재미는 남자애들이 자기의 손기술에 아주 흡족한 듯 자부심을 느끼고 있는 모습을 지켜보는 것이었다. 위에서부터 시작하느냐 아래서부터 시작하느냐 외에 다른 차이는 없었다.

그래. 시시는 그런 생각이 들었다. 섀드는 맬컴 태스브로우처럼 그다지 우아하게 상상력이 뛰어나지는 않았으므로 무심한 척 무릎에 손을 툭 올려놓는 것으로 시작했다.

시시는 오싹해졌다. 그의 두툼한 손이 마치 몸부림치는 끈적끈적한 장어처럼 느껴져 역겨웠다. 그녀는 우아하게 연출하겠다고 마음먹었던 마타 하리(여자 스파이)의 역할을 비웃기라도 하듯 소녀 감성에 움찔하여 살짝 비켜 앉았다.

"내가 좋아?" 섀드가 물었다.

"어 ─ 그게 ─ 그런 것 같아요."

"흠, 제기랄! 아직도 나를 너희 집 일꾼으로 생각하고 있는 거지! 지금은 엄연히 군수요 대대장인데도 말이야! 그리고 곧 사령관이 될 몸이라고!" 그 거룩한 호칭들을 발설하는 그의 마음은 경외감으로 가득했다. 그가 똑같은 말로 똑같은 불평을 해댄 게 벌써 스무 번째다. "그리고 내가 난로에 불을 붙이는 것 말고는 제대로 할 줄 아는 것이 없다고 아직도 생각하고 있나본데!"

"오, 섀드, 무슨 말을! 저는 늘 당신을 제일 오래된 소꿉친구처럼 생각하는데요! 어렸을 적 당신 뒤를 졸졸 따라다니며 잔디 깎기 기계를 제가 몰아볼 수 있게 해 달라고 졸랐던 것처럼 요! 맙소사! 늘 그 일을 늘 기억하고 있는 걸요!"

"그래? 정말이야?" 그는 시시를 농가의 멍청한 개처럼 동정했다.

"물론이에요! 그리고 솔직히 말하자면 당신이 우리를 위해 일한 것을 수치스럽게 여기는 것 같아서 지겨워요! 혹시 그거 아세요? 사실은 아빠도 어렸을 때 농장 일꾼으로 일하신 경험이 있는데요, 그리고 이웃사람들을 위해 장작도 패고 잔디도 깎아주고 그러셨대요. 이런저런 일거리로 돈을 벌 수 있어서 얼마나 좋아했는지 모른다고 하시던 걸요?" 시시는 완전히 즉흥적으로 지어낸 이 터무니없는 거짓말이 근사하다는 생각이 들었다. … 어쩌면 진짜일지도 모르잖아, 그건 알 수 없는 일이었다.

"그게 사실이야? 와! 정말로? 아하! 그래서 그 노인네가 갈퀴질도 그렇게 척척 잘 했었군! 꿈에도 몰랐었는데! 너도 알다시피, 사실 그가 그렇게 못된 늙은 얼간이는 아니지, 끔찍하게 고집이 센 거지."

"당신도 아빠를 좋아하죠, 섀드, 그렇죠! 아빠가 얼마나 다정한지 아무도 몰라요 — 제 말은, 이렇게 어려운 시기에는 아빠를 제대로 이해하지 못하는 문외한들로부터 지켜드려야 할 것 같아요. 그렇지 않아요, 섀드? 아빠를 지켜줘야 한다고요!"

"그럼, 할 수 있는 건 할 거야." 우리의 대대장께서 어찌나 거드름을 피우며 말했던지 시시는 따귀를 한 대 갈기고 싶은 것을 겨우 참았다.

"그야 물론. 제대로 처신하고, 저 빨갱이 무리들과 어울리지만 않는다면. … 그리고 네가 남자친구에게 잘하고 싶은 생각이 드는 한!" 그렇게 말하며 섀드는 마치 짐마차에서 가방을 꺼내듯 시시를 자기 쪽으로 와락 끌어당겼다.

"오! 섀드! 깜짝 놀랐잖아요! 오, 부드럽게 해요! 당신처럼 크고 강한 남자는 부드러워질 여유가 있잖아요. 계집애 같은 남자애들이나 거칠게 굴려고 하죠. 당신은 이미 너무 강한 걸요!"

"흠. 그래도 나는 얼마든지 더 강해질 수 있다고! 말이 난 김에 그 계집애 같은 사내애들 얘기 좀 해봐, 줄리언 같이 약해빠진 응석받이한테 뭘 볼 게 있다고? 사실 너도 그 자식이 마음에 들지 않지, 그렇지?"

"오, 어떤지 잘 아시면서." 시시는 너무 표시나지는 않게 하려고 애쓰면서 섀드의 어깨에서 고개를 살짝 뺐다. "우리는 꼬마 적부터 늘 소꿉친구인걸요."

"좀 전에 나한테도 그런 느낌이라고 했잖아!"

"예, 그렇긴 해요."

위험을 무릅쓰지 않고 온갖 유명하다는 유혹의 즐거움을 안겨주려고 애쓰며, 아마추어 비밀작전 요원인 시시는 약간 엉뚱한 목적을 갖고 있었다. 그녀는 뉴 언더그라운드에 소중한 정보를 섀드에게서 얻어낼 심산이었다. 상상으로 재빨리 연습해 보면서, 섀드의 우람한 어깨에 살짝 기댐으로써 그의 매력에 취한 척하면서 미니트맨이 다음에 체포할 사람이 누구인지 이름을 말해달라고 졸라서 알아낸 다음에는 어떻게든 이곳을 벗어나 곧장 줄리언을 찾아 달려가야지 — 아, 이런, 왜 오늘 밤 줄리언과 만날 약속을 하지 않았지? — 어쨌든 집에 있거나 옴스테드 박사님을 어디 모셔다 드리거나 둘 중 하나겠지 — 그러면 곧장 줄리언이 희생될 예정자의 집으로 극적으로 달려가 새벽이 되기 전에 캐나다로 떠날 수 있게 해주는 거야. … 그리고 섀드가 나를 의심하지 못하게 그 사람에게 이틀 전 날짜로 여행을 떠난다고 알리는 쪽지를 문에 붙여두라고 해야지. … 짧은 순간 안에 생각해낸 이 짜릿한 생각에 얼굴이 달아오른 시시는 코를 푸는 척하면서 똑바로 앉을 구실을 찾아냈다. 다시 살짝 옆으로 옮겨 앉으며 시시는 간단히 말했다. "하지만 물론 그건 단지 육체적 힘만이 아니죠, 섀드. 당신은 정치적 힘도 막강하잖아요. 와! 당신이 마음만 먹으면 포트 뷰러에 있는 사람은 거의 누구나 강제수용소로 보내버릴 수 있지 않나요."

"그럼, 수상한 녀석들은 언제라도 보내버릴 수 있지!"

"충분히 그럴 힘과 의지가 있겠죠! 다음에는 누구를 잡아들일 건데요, 섀드?"

"뭐라고'?"

"말해줘요! 너무 그렇게 꽁꽁 감추지 말고요!"

"지금 뭐하려는 거지, 예쁜이? 나한테서 뭘 알아내려고?"

"무슨 소리세요, 저는 그저 ──"

"틀림없어! 호락호락한 얼간이를 살살 꼬드겨 무엇이든 알아낼 심산 아니야 ── 어디 필사적으로 한 번 해보라고! 그래봐야 소용없어, 예쁜이."

"섀드, 나는 그저 ── 나는 단지 미니트맨 단속반이 누군가를 잡아가는 걸 한 번 보고 싶을 뿐이에요. 아주 짜릿할 것 같아요!"

"오, 그야 짜릿하고말고! 암, 그럼! 잡혀가는 놈이 혹시라도 저항하려는 기미가 보이면 라디오를 창 밖으로 던져버리지! 아니면 마누라가 아직 기운이 남아서 시끄럽게 짱알거리면 그 남편을 바닥에 넘어뜨리고 패주는 동안 그 모습을 꼼짝없이 지켜보게 하는 것으로 따끔한 맛을 보여주기도 하지 ── 조금 거칠다고 생각하겠지만 너도 알다시피 결국 이 정신없는 것들에게는 그게 제일 좋은 방법이야, 그래야 고분고분해지거든."

"하지만 ── 제가 불쾌하거나 여자답지 않다고 생각하지는 않겠지요, 그렇죠? ── 그래도 당신이 그런 사람을 끌어내는 걸 딱 한 번만 보았으면 좋겠어요. 그러지 말고, 말해줘요! 다음번에는 누굴 잡아갈 건데요?"

"요런, 요런 버르장머리하곤! 어른을 가지고 놀려들면 못써! 아니, 네가 여자답게 행동할 것은 바로 작은 사랑의 몸짓이지! 이리와, 재미 좀 보자고, 예쁜이! 너도 나한테 빠졌잖아!" 이제 섀드는 정말로 시시에게 손을 뻗어 그녀의 가슴을 움켜쥐었다. 불시의 기습에 완전히 놀란 시시는 더 이상 냉소적이고 세련된 태도를 가장할 수가 없었고, 저절로 비명이 터져 나왔다. "아, 안 돼요 ── 이러지 마세요!" 그리고 자기도 모르게 눈물이, 진짜 눈물이 흘러나왔다. 정숙함의 표출이기보다는 분해서 흘리는 눈물이었다. 섀드가 약간 풀어주자, 용기를 얻은 시시는 서럽게 흐느끼기 시작했다. "오, 섀드, 제가 당신을 사랑하기를 진심으로 원한다면 제게 시간을 주셔야 해요! 설마 당신이 언제든 가볍게 아무렇게나 막 해도 되는 닳아빠진 여자로 만들고 싶지는 않겠지요 — 당신이 높은 자리에 있다고 말이에요? 오, 안 돼요, 섀드. 그럴 수는 없어요!"

"그야, 그렇긴 하지." 섀드는 자기가 거물이라도 되는 듯 뻐기며 말했다.

시시는 두 손으로 눈을 가린 채 벌떡 일어섰다 — 그리고 문간 사이로 침실의 뚜껑 달린 책상 위에 예일 열쇠 두세 개가 달린 꾸러미가 보였다. 그 열쇠들은 바로 코르포의 온갖 계획들이 들어있는 비밀 벽장과 서랍을 열 수 있는 열쇠가 분명했다! 순식간에 시시의 상상력이 발동했다. 그 열쇠들을 종이에 대고 문질러서 모형을 뜨고 다방면에 기술이 뛰어난 존 폴리콥에게 넘겨줘서 그 모형으로 복사 열쇠를 만들게 하는 거야. 그러면 자기랑 줄리언이 어떻게 해서든 밤을 틈타 코르포 본부에 잠입해서 아슬아슬하게 살금살금 기어서 보초들을 통과한 후 섀드의 무시무시한 파일들을 모조리 빼내는 거야 —

시시는 더듬더듬 섀드에게 말을 걸었다. "가서 세수 좀 하고 와도 괜찮겠죠? 온통 눈물범벅이라 — 너무 바보 같죠! 혹시 욕실에 얼굴에 바르는 파우더 있으세요?"

"나를 뭘로 생각하는 거야? 촌놈이나 수도사라도 되는 줄 아는 거야? 나도 그런 것쯤은 갖고 있다고 — 약장에 봐 — 두 종류나 되지 — 그런 서비스는 어때? 여자들은 시도 때도 없이 가꿔줘야 한다니까!"

시시는 기분이 상했지만 대수롭지 않은 장난인 척 웃어넘기고는 침실 안으로 들어가 문을 닫은 뒤 잠가버렸다.

시시는 재빨리 열쇠를 펼쳐 놓았다. 그러고는 노란 메모 용지와 연필을 잡고 전에 작은 채소 가게에서 써먹으려고 동전을 문질러 베꼈듯이 열쇠 위에 올려놓고 연필로 문지르기 시작했다.

그런데 연필로 문지른 부분은 열쇠의 전체적인 윤곽뿐이었다. 정작 중요한 부분인 작은 새김 눈들은 분명히 드러나지가 않았다. 당황한 시시는 카본지에 다시 그려보고, 다음에는 화장실 휴지를 마른 채로, 또 물에 적셔서도 해보았다. 그래도 정확한 모형을 얻을 수 없었다. 결국에는 섀드의 침내 옆에 있는 중국식 막대에 꽂힌 호텔 양초에 열쇠를 꽉 눌렀다. 그런데 양초가 너무 단단했다. 그래서 이번에는 욕실 비누에 해보았다. 섀드는 벌써 손잡이를 열려고 하면서 소리쳤다. "대체 그 안에서 뭐하는 거야? 잠이라도 들었어?"

"금방 나가요!" 시시는 재빨리 열쇠를 제자리에 가져다 놓고 아까 노란 메모지와 카본지는 창 밖으로 버리고 양초와 비누도 제자리에 되돌려 놓은 뒤, 마른 수건으로 얼굴을 잽싸게 닦고 벽에 회반죽을 바르듯 정신없이 파우더를 덧바른 후 시침 뚝 떼고 응접실로 나왔다. 섀드는 잔뜩 기대하고 있는 표정이었다. 공포에 사로잡힌 시시는 섀드가 편하게 자리 잡고 앉아 다시 열정적으로 나오기 전에 지금이야말로 달아날 때라는 것을 알았다. 그녀는 잽싸게 모자와 코트를 집어 들더니 아쉽다는 듯 말했다. "다음에 봐요, 섀드 ─ 오늘은 그냥 보내주세요, 이만 갈게요!" 그리고는 그가 뭐라고 입을 열기도 전에 재빨리 빠져나왔다.

호텔 복도의 모퉁이를 도니 줄리언이 있었다.

그는 마치 권총이라도 들고 있는 듯이 코트 호주머니에 손을 찔러 넣고 보초처럼 보이려고 애쓰며 잔뜩 긴장한 모습으로 서 있었다.

시시는 그의 품에 몸을 던지며 신음했다.

"맙소사! 그 녀석이 무슨 짓을 했어? 들어가 죽여 버리고 말 테야!"

"오, 별 일 없었어. 그래서 그런 거 아니야. 내가 너무 형편없는 스파이라서 그래!"

그래도 한 가지 소득은 있었다.

줄리언도 하고 싶기는 했지만 무서워서 선뜻 나서지 못하던 일을 시시의 용기에 힘입어 결행하기로 한 것이다. 그것은 바로 미니트맨에 입대하여 제복을 입고, 그들 안에서 일하며 도리머스에게 정보를 물어다주는 일이었다.

"레오 퀸과 접촉할 수 있어 — 너도 알지? — 아버지가 기관차 운전수인 애 있잖아? — 고등학교 때 같이 농구하곤 했던 애 말이야 — 그가 나대신 옴스테드 박사님 차를 운전하게 하며 뉴 언더그라운드를 위한 심부름을 하게 할 수 있어. 배짱이 있는 데다 코르포스를 증오하거든. 하지만 있잖아, 시시 — 있잖아요, 제섭 씨 — 미니트맨의 신뢰를 얻으려면 시시 너와 모든 친구들과 완전히 사이가 틀어진 척 해야만 해. 그래서 말인데요. 시시와 제가 내일 저녁에 엘름 스트리트로 나가서 완전히 헤어지는 척 해야겠어요. 네 생각은 어때, 시스?"

"좋아!" 구제불능의 연기자인 시시는 반색을 표했다.

시시는 매일 밤 11시가 되면 제섭의 집 바로 위에 있는 플레즌트 힐의 자작나무 숲으로 가기로 약속을 정했다. 그곳은 어렸을 때 자주 찾아가 집처럼 누비고 놀던 곳이었다. 길이 구불구불했으므로 네다섯 군데에서 접선할 수도 있었다. 그곳에서 줄리언은 미니트맨의 계획에 관한 보고서를 시시에게 넘겨주기로 했다.

그러나 그 관목 숲에서 처음으로 접선한 날 시시는 초초하게 손전등을 줄리언의 얼굴을 향해 비추었다가 미니트맨의 경위 제복을 입고 있는 모습에 깜짝 놀라 비명을 질렀다. 영화와 역사책에서 볼 때는 청춘과 희망의 상징이었던 그 푸른색 상의와 비스듬한 병사모가 이제는 오로지 죽음만을 의미했다. … 시시는 1864년에도 그것이 대부분의 여성들에게 달빛과 목련 외에 다른 의미가 없었는지 알 수 없었다. 그녀는 줄리언에게 뛰어들어 마치 그를 그 제복으로부터, 그리고 이제 막 싹트기 시작한 그들의 기약할 수 없는 위험한 사랑을 지키려는 듯이 꼭 끌어안았다.

29장

전국에서 벌어지는 모든 선전활동이 뉴 언더그라운드에 전부 전달되는 것은 아니었다. 그렇다고 대부분 전달되는 것도 아니었다. 국내든 추방된 해외에서든 뉴 언더그라운드의 소책자를 펴내는 사람들 가운데에는 미국의 가장 유능한 직업 언론인 수백 명이 포진해 있었음에도 코르포주의를 선전하는 언론인들을 결코 약화시키지 않는 사실들을 사람들이 너무 철저히 존중하다 보니 활동이 쉽지는 않았다. 그리고 코르포스에는 유명 인사들이 포진해 있었다. 대학 총장, 예전에 구강 세정제와 카페인 없는 커피를 선호한다고 중얼거리던 유명한 라디오 아나운서, 유명한 전직 종군기자, 전직 주지사, 미국노동총연맹 전직 부대표, 전기 제품 제조업자들의 웅장한 기업 홍보 자문역이라기보다는 예술가에 가까운 사람들이 모여 있었다.

모든 곳에서 신문은 코르포스가 아닌 사람들의 견해를 발표하는 곳이 있을 정도로 그렇게 진보적이지 않았다. 그들은 영국, 프랑스, 스칸디나비아 3국 등 유구한 민주 국가들의 소식은 거의 전하지 않았다. 아니, 이탈리아가 에티오피아에 훌륭한 도로와 정기 기차를 인도하는데 성공한 것, 거지와 명예로운 사람의 자유, 로마 문명의 다른 영적 자선 등과 관련된 것을 제외하면 외국 소식은 정말로 거의 실리지가 않았다. 그러나 반면에 신문에는 그다지 많은 만평이 실리지 않았다 ― 가장 인기 있는 것은 크레이프 주름으로 장식된 높은 모자가 달린 검은 상복을 입고 언제나 미니트맨 대원들에게 우스꽝스럽게 얻어맞는 어리석은 뉴 언더그라운드 조직원에 대한 매우 웃긴 만평이었다. 심지어 옐로저널의 대표주자 허스트가 쿠바를 해방시키려고 애쓰던 시절조차도 커다란 붉은 머리기사가 많았던 적이 없다. 살인을 극적으로 표현한 그림도 많지 않았다 — 살인자들은 언제나 악명 높은 반 코르포스 인사들이었다. 24시간의 존재 가치를 지닌 신문 인쇄물이 그렇게 쏟아지는 가운데 역사상 그 어느 때보다도 미국인의 봉급은 전반적으로 높아졌고, 상품 가격은 낮아졌으며, 전쟁 예산은 줄어들었지만 군대와 장비는 더욱 확충되었다고 기사로, 각종 수치로 증명되었다. 또한 코르포스 반대자들은 모두 공산주의자라는 정당한 가설을 뒷받침해주는 증거들이 수도 없이 널렸다.

거의 매일 돌아가며 라디오에 출연한 윈드립, 새러슨, 맥고블린 박사, 전쟁부 장관 루손, 부통령 펄리 비크로프트는 자신들의 주인인 위대한 일반 대중을 향해 그들이 미국의 결속을 보여줌으로써 — 위대한 옛 깃발 아래 평화를 축복하는 동지들과 다가올 전쟁을 기쁘게 맞이하는 동지들이 한데 어깨동무를 하고 행진하며 새로운 세상을 만들고 있다고 치켜세웠다.

이전부터 화제가 된 영화들은 정부의 보조를 받으며(각하가 등장하기 이전 시절에는 주급 1,500달러를 받던 영화배우들이 이제는 5,000달러를 받는다는 사실만큼 맥고블린 박사와 다른 나치 지도자들이 예술에 얼마나 지대한 관심을 기울였는지 보여주는 증거가 있을까?), 시속 130킬로미터로 장갑차를 주행하고, 1,000대로 구성된 비행편대를 조종하며, 고양이 새끼를 데리고 있는 어린 소녀에게는 한없이 다정한 미니트맨의 모습을 보여주었다.

도리머스 제섭을 포함하여 모든 사람이 1935년에는 이렇게 말했다. "만약 이곳에서 파시스트 독재가 들어선다면, 미국인은 유머와 선구자적 자주성이 너무도 분명하므로 유럽의 그것과는 매우 다를 것이다."

윈드립이 집권하고 거의 1년 동안은 이 말이 사실인 것 같았다. 사진에 찍힌 윈드립 각하는 셔츠 차림에 중산모자는 머리 뒤로 넘겨쓴 채 신문기자, 운전수, 억센 철강노동자들과 어울려 포커를 치는 모습이었다. 맥고블린 박사는 친히 엘크스 자선보호회 브라스 밴드를 이끌고 애틀랜틱시티의 미인대회 참가 미인들과의 경쟁에 뛰어들었다. 미니트맨 대원들이 정치범들에게 구속하여 미안하다고 사과하고, 정치범들이 교도관들과 상냥하게 농담을 주고받는다는 소식이 널리 퍼졌다, … 적어도 처음에는 그랬다.

그러던 것이 취임 후 1년이 지나자 모두 사라져 버렸고, 깜짝 놀란 과학자들은 미국의 청명한 대기에서 행해지는 채찍과 수갑은 프로이센의 독기 서린 대기에서만큼이나 똑같이 아프다는 사실을 깨닫게 되었다.

도리머스는 말총으로 만든 소파에 감춰두었던 책들을, 즉 용감한 공산주의자 칼 빌링거, 용감한 반공주의자 체르나빈, 용감한 중립주의자 로런트의 작품들을 읽으며 말하자면 독재, 모든 독재의 생리 같은 것을 보기 시작했다. 전반적으로 팽배한 불안감, 두려움에 사로잡혀져버리는 신뢰, 똑같은 체포 방식을 볼 수 있었다 — 한밤중 느닷없이 문을 두드리는 소리가 들린 후 경찰특공대가 출동하여 구타하고 수색하고 겁에 질린 부녀자들에게 불쾌한 악담을 퍼붓고, 공무원의 사주를 받은 젊은 병사들의 고문, 그에 수반되는 구타와 죄수가 기절할 때까지 맞으면서 회수를 세게 하는 정식 태형, 병균이 득실거리는 침상과 상한 음식, 자신이 곧 사형될 것으로 생각하는 죄수의 주위를 맴돌며 장난치듯이 총을 쏘아대는 교도관들, 무슨 일이 일어날지 알게 되기를 독방에 갇혀 하염없이 기다리다 결국에는 미쳐서 자살하고 마는 사람들————

독일에서 그런 일이 버젓이 벌어졌고, 마찬가지로 소련에서, 이탈리아와 헝가리와 폴란드에서, 스페인과 쿠바와 일본과 중국에서도 똑같은 일이 일어나고 있었다. 프랑스 혁명의 자유와 박애라는 축복을 받은 나라의 치하에서 벌어지는 일도 크게 다르지 않았다. 모든 독재자들은 잔인한 예식에 관한 동일 매뉴얼이라도 읽은 듯 판에 박힌 똑같은 고문 과정을 뒤따랐다. 그리고 이제 마크 트웨인의 해학적이고 친근하고 낙천적인 세계에서도 도리머스는 중부 유럽에서 누렸던 것 못지않게 즐거운 시간을 보내고 있는 살인광들을 보게 되었다.

미국 또한 유럽만큼 교묘하게 재정 확충에 나섰다. 윈드립은 모든 사람들을 더 부유하게 만들겠다고 약속해놓고는, 실제로는 수백 명의 은행가와 실업가와 병사들을 제외한 모든 사람들이 더욱 가난해지게 만들었다. 재무제표를 만들어내기 위해 뛰어난 수학자를 쓸 필요도 없었다. 그냥 평범한 홍보 담당자만으로도 충분히 해낼 수 있었다. 실제로는 군비 확충이 700퍼센트나 증가했지만 군비 지출이 100퍼센트만 증가한 걸로 보여주기 위해서는 미니트맨의 총검술 훈련을 교육부 지출 항목에 올리는 식으로 미니트맨을 위한 모든 지출을 비군사항목으로 전용하기만 하면 되었다. 평균 임금이 상승했다는 것을 보여주려고 '노동 부문'과 '필요한 최저 임금' 수치만 가지고 장난칠 뿐, 얼마나 많은 근로자들이 '최저 임금'에 해당하는지와 노동 수용소에 수감되어 있는 수백만 명을 위한 식사와 주거와 책에 얼마의 임금이 부과되는지에 대한 언급은 쏙 빼놓는 방식을 취했다.

그것은 모두 현란한 읽을거리를 만들어냈다. 이제까지 그보다 더 우아하고 낭만적으로 꾸며낸 이야기는 없었다.

심지어 충실한 코르포스조차 무장 병력과 군대와 미니트맨이 모두 왜 그렇게 증가하고 있는 건지 의문을 품기 시작했다. 온 국민이 반기를 들고 일어날 것에 겁먹은 윈드립이 자신을 방어할 준비를 하고 있는 건가? 북아메리카와 남아메리카를 모두 공격하여 스스로 황제가 되려고 구상한 건가? 아니면 둘 다? 어느 경우가 되었든, 병력이 너무 증가했으므로 제아무리 세금을 거두는데 횡포한 힘을 휘두른다 해도 코르포 정부는 충분한 재정을 마련하기에는 역부족이었다. 그들은 이제 밀, 옥수수, 목재, 구리, 기름, 기계류의 '덤핑'을 실시하며 수출을 강제하기 시작했다. 벌금과 온갖 위협으로 제품 생산을 증가시켰고, 낮은 가격에 수출하기 위해 농부들이 그나마 갖고 있던 것들을 완전히 박탈했다. 그러나 국내 물가가 하락하지 않고 상승했으므로 수출이 늘면 늘수록 미국의 산업 노동자들은 먹을 것이 점점 줄어들었다. 그리고 정말로 열성적인 군수들은 (1918년 중서부의 수많은 군들에서 성행했던 애국적 방식을 본떠) 종자로 쓸 곡식마저 수딜해버려, 한때 자급자족하고도 잉여 농산물이 넘치던 광활한 농지에 이제는 아무것도 키울 것이 없어 빵을 만들 밀조차도 구할 수 없게 되었다. 그리고 농민들이 그렇게 굶주리는 동안 군수들은 할부로 매입하도록 강요한 코르포 채권 대금을 계속 납부하라고 닦달해댔다.

그렇지만, 결국 굶어죽을 지경이었으므로 그런 일에 신경 쓸 겨를이 없었다.

이제 포트 뷰러에서도 일주일에 한두 번은 빵 배급을 받으려는 사람들의 행렬이 나타났다.

매일 자기가 살고 있는 동네에서 직접 목격하면서도 도리머스가 제일 이해하기 힘들었던 독재정권의 양상은 사람들 사이에서 흥이 점점 사라지고 있다는 점이었다.

잉글랜드와 스코틀랜드와 마찬가지로, 미국은 국가 측면에서만 보면 흥겨운 나라라고 할 수는 없었다. 그보다는 오히려 쾌활한 이야기와 슬픈 마음을 갖고 있던 미국의 수호성인 링컨의 이미지에 갇혀 걱정과 불안이 토대를 이루는 가운데 어딘지 모르게 무겁고 시끄럽게 웃기는 측면이 있었다. 하지만 국가는 그렇더라도 적어도 사람과 사람 사이에는 진심으로 흥이 있었다. 흥겨운 재즈 선율에 맞춰 춤을 추기도 하고, 젊은이들은 속어를 섞어가며 휘파람을 불어대고 혼잡한 교통 상황에서는 신경질적으로 경적을 울려대기도 했다.

그런데 이제는 그러한 부질없는 흥이 매일 점차 사라지고 있었다.

코르포스들은 대중의 오락만큼 착취하기 편한 것이 없다는 사실을 알았다. 빵에 곰팡이가 피더니 서커스도 문을 닫았다. 자동차, 영화, 극장, 춤, 아이스크림소다 등에 새로 세금이 붙거나 기존 세금이 증가했다. 식당에서 축음기나 라디오를 켜는 데에도 세금이 부과되었다. 자기 역시 독신인 리 새 러슨은 독신남과 독신녀에게 부가세를 과세하고 거꾸로 가구 구성원이 5명을 넘는 모든 기혼자에게도 과세하는 방안을 구상했다.

심지어 가장 무모한 젊은이들조차 공공 오락시설에 드나드는 일이 점점 줄어들었는데, 그 이유는 요즘 시절에는 제복을 걸친 채 그런 장소에 있는 모습으로 사람들 눈에 띄고 싶지 않아서였다. 이제는 공공장소에서 스파이가 자기를 감시하는 것은 아닌지 의심하지 않은 채 앉아 있기란 불가능해졌다. 그래서 세상 모든 사람들이 집에만 머물렀다 — 그리고 누군가 지나가는 발소리만 들려도, 전화벨이 울리기만 해도, 창가에 담쟁이 잔가지가 살짝 스치기만 해도 불안하게 움찔했다.

도리머스가 읍내에서 가장 허물없이 말을 건네는 인물이었음에도 불구하고, 뉴 언더그라운드에 확실히 가입한 20여명 남짓한 사람들은 비가 올 것 같으냐는 단순한 대화를 뛰어넘어 좀 더 깊이 연루시키는 대화를 건넬 엄두를 내어 포섭한 사람들이었다. 그가 인간적으로 『인포머』 사무실까지 걸어가려면 10분이 더 걸렸는데, 누구의 부인이 아픈지 물어봐주고, 사람들과 정치, 감자 작황, 자연신론에 대한 견해나 낚시에서 월척을 낚았는지 등에 대한 소소한 대화를 주고받느라 자주 멈춰 섰기 때문이었다.

도리머스는 로마, 베를린에서 정권에 맞서 싸우는 저항자들에 대해 읽을 때면 그들이 부러웠다. 그들은 누군지 정체를 알 수 없어서 더 위험한 수천 명 정부 요원들의 감시를 받고 있었다. 하지만 동시에 그들은 서로 격려해주고, 흥미로운 개인사와 일에 관련된 이야기를 나누고, 혁명 못지않게 배은망덕한 정부(情婦)를 위해 자기 목숨을 위태롭게 할 정도로 자신들이 멍청하지는 않다는 확신을 주고받는 수천 명의 동지들이 있었다.

대도시의 그러한 비밀 은거지들 — 아마도 그 가운데 일부는 소설 속에서나 볼 수 있는 장밋빛 환상으로 가득 차 있을 것이었다. 그러나 현실 세상 어디에나 존재하는 포트 뷰러는 너무나 고립되어 있는 곳이라서 서로 너무 따분할 정도로 잘 알고 있는 반체제 저항자들은 그저 설명할 수 없는 신념에 의해 앞으로 나아가고 있을 뿐이었다.

이제 로린다도 가고 없었으므로, 도리머스는 다른 사람들처럼 보이려고 애쓰며 그저 벅과 댄 윌거스와 훌륭한 여인이 된 시시와 회합하러 외딴 곳에 몰래 드나드는 것조차도 심드렁해졌다!

벅과 도리머스 자신과 나머지 사람들도 — 그들은 모두 아마추어에 불과했다. 에일리 씨와 베일리 씨와 케일리 씨 같은 베테랑 선동가들의 지도가 필요했다.

그들의 허약하기 짝이 없는 소책자들과 덕지덕지 인쇄된 신문은 어마어마하게 쏟아져 나오는 코르포스의 선전물에 맞서기에는 너무 시시해보였다. 시시하다기보다는 끔찍해보였다. 파시스트는 공산주의자를 박해하고, 공산주의자는 사회민주주의자들을 박해하고, 사회민주주의자들은 사회민주주의를 지지하는 모든 사람을 박해하는 세상에서 순교를 무릅쓴다는 것은 미친 짓 같았다. 유대인처럼 보이는 '아리안 인'이 아리안 인처럼 보이는 유대인을 박해하고 유대인은 채무자들을 박해하는 이 미친 세상에서, 모든 정치인과 성직자들이 입으로는 평화를 떠들어대면서도 평화를 얻기 위한 유일한 길은 전쟁을 준비하는 것이라고 대놓고 주장하는 이 미친 세상에서 말이다.

정의를 그토록 증오하는 세상에서 과연 정의를 추구해야 할 합당한 이유를 생각해낼 수 있을까? 먹고 읽고 사랑하고 잠잘 수 있는 것을 제외한 모든 것이 언제까지나 무장 경찰에게 방해받아야 할 이유는 무엇이란 말인가?

도리머스는 특별히 합당한 이유를 찾을 수 없었다. 그는 그냥 나아갈 뿐이었다.

뉴 언더그라운드의 포트 뷰러 지부가 활동을 시작한지 석 달 정도 지난 6

월에 전성기를 구가하고 있는 채석장 주인 프랜시스 태스브로우가 이웃인 도리머스를 찾아왔다.

"잘 지냈나, 프랭크?"

"잘 지냈네, 레무스. 잉어 낚시는 잘 되가나?"

"좋네. 아직 하고 있지. 날씨가 잘 받쳐주니까. 담배 할 텐가?"

"고맙네. 불 좀 주겠나? 고맙네. 어제 시시를 봤네. 좋아 보이더군."

"그래, 좋다네. 어제 맬컴이 차를 몰고 지나가는 것을 봤네. 뉴욕에 있는 국립대학에 다니는 건 마음에 들어 하는가?"

"오, 좋아 ― 좋다네. 육상 종목이 좋다고 하더군. 내년에는 테니스 코치로 프리모 카네라[70]급의 거물 인사를 영입할 거라는군 ― 저 유명한 카네라 말일세 ― 권투가 아니라 테니스이긴 하지만 ― 하지만 어쨌든 맬컴 말로는 육상 종목이 잘 되어 있다네. 저기, 레무스, 자네한테 할 말이 좀 있다네. 나는, 어 ― 사실은 ― 내가 하는 말은 자네만 알고 다른 사람한테는 말하지 않았으면 좋겠네. 자네가 신문기자이긴 해도 ― 아니, 전에 그랬다는 말이지만 누구보다도 비밀을 잘 지킬 수 있다는 것은 알고 있네. 사실은 (그리고 이건 내부적으로 공식 확정된 걸세) 정부 내에서 대대적인 승진이 있을 것 같네 ― 이것은 기밀 사항일세, 그리고 지방장관 헤이크 대령으로부터 직접 들은 말일세. 루손이 전쟁부 장관에서 물러나고 ― 괜찮은 사람이긴 하지만 윈드립 각하가 기대한 만큼 자기 위치에서 코르포스를 위한 언론의 관심을 끌어내지는 못했거든. 헤이크가 그 뒤를 이어 전쟁부 장관을 맡게 되고 리 새러슨으로부터 미니트맨 총사령관 지위도 넘겨받게 될 걸세 ― 내 생각에 새러슨은 할 일이 너무 많은 것 같아. 자, 그러면 존 설리반 리크가 지방장관으로 내정되어 있으니 버몬트-뉴햄프셔의 도지사 자리가 공석으로 남게 되지. 그리고 내가 코르포스를 위해 많이 대변해 왔고 듀이 헤이크도 그 사실을 매

---

70. 이탈리아의 유명한 권투선수.

우 잘 알고 있으니 — 공공건물을 세우는 것에 대해 자문을 해줄 수 있었거든 — 나도 그 후임자로 심각하게 고려되고 있는 사람들 중 하나라네. 물론 이 근방에는 도지사에 필적할 만한 자질을 깃춘 군수가 하나도 없잖나 — 스타웁메이어 박사도 그렇고 — 섀드 레듀는 더더욱 아니지 않나. 그래서 말인데, 만일 자네가 노선을 분명히 해서 나와 한 편이 될 수 있다면 자네 영향력이 도움이 ——— "

"맙소사, 프랭크, 만일 자네가 그 자리를 원한다면 자네에게 일어날 수 있는 가장 끔찍한 일은 바로 내가 자네에게 호의를 보이게 만드는 걸세! 코르포스가 나를 싫어하지 않나. 오, 물론 내가 고분고분하며, 숨어서 암약하는 저 더러운 반 코르포스 분자는 아니라는 사실을 그들도 알고 있기는 해도 내가 신문에서 그들이 흡족해할 정도로 크게 선전해준 일은 없었지 않나."

"그래서 말인데, 레무스! 내게 정말로 멋진 생각이 있다네. 설령 코르포스가 자네를 좋아하지는 않더라도 존중하기는 하지, 그리고 자네가 우리 주에서 얼마나 오랫동안 중요한 존재였는지 잘 알고 있다네. 이제 자네가 나서서 우리와 함께 한다면 모두들 굉장히 기뻐할 걸세. 자네가 그렇게 함으로써 사람들이 자네를 코르포주의로 전향하게 만드는 데 내가 영향력을 미쳤다는 것을 사람들이 알게 된다고 가정해보게. 그렇게 하면 내게 큰 도움이 될 걸세. 그리고 레무스, 우리처럼 오랜 친구니까 하는 말인데, 도지사 직을 맡으면 사회적으로 유리한 것과는 별개로 채석장 사업에서도 유리한 점이 많을 걸세. 그리고 내가 그 지위에 오르게 되면, 스타웁메이어와 그 더러운 비열한 녀석 닥 이치트에게서 『인포머』를 빼앗아 자네가 원하는 대로 — 물론 각하와 국가를 비난하지 않을 분별력을 보인다면, 독립적으로 운영할 수 있도록 되돌려주겠다고 약속할 수도 있네. 또는 자네만 괜찮다면, 군사 재판관(굳이 법률가일 필요는 없다네) 자리나 피즐리 총장이 맡고 있는 도 교육감 자리를 자네에게 만들어줄 수도 있을 것 같네 — 그 자리를 맡으면 아주 재미있을 걸세! — 모든 선생들이 교육감의 발에 입을 맞추는 꼬락서니를 보면 아주 즐거울 것 같지 않나! 자, 함께 하세나! 어렸을 적에 우리가 함께 어울리며 얼마나 즐거웠는지 생각해보게나. 이제 좀 정신 차리고 대세를 거스를 수 없음을 제대로 보고 우리와 함께 하며 나를 위해 홍보에 주력해주게. 어떻게 생각하나 — 그렇게 할 거지, 안 그런가?"

도리머스는 혁명적 선동가에게 가장 최악의 시련은 목숨을 무릅쓰는 것이 아니라 미래의 도지사인 태스브로우 같은 사람에게 예의바르게 대해야 한다는 사실이라고 생각했다.

소리 내어 대답을 하는 동안 도리머스는 자기의 목소리가 점잖다고 생각했다. "그런 일을 하기에는 나는 너무 늙은 것 같네, 프랭크." 그러나 태스브로우는 기분이 상한 것이 분명했다. 자리에서 벌떡 일어서더니 투덜거리며 휙 나가버렸다. "흥, 정 그렇다면야!"

"그에게 오믈렛을 만들려면 계란을 깨야 한다거나 현실적이 되는 것에 대해 말할 기회를 주지 못했군." 도리머스는 그 점이 후회스러웠다.

다음날 맬컴 태스브로우는 거리에서 시시와 마주치자 모른 체 무시해버렸다. 제섭 집안사람들은 당시에는 매우 우습다고만 생각했다. 그런데 맬컴이 어린 데이비드를 태스브로우 사과 과수원에서 쫓아내자 상황이 그렇게 우습게만 볼 것이 아니라는 생각이 들었다. 그 과수원은 어렸을 때 어느 때든 키트 카슨[71], 로빈 후드, 린드버그 대령[72] 같은 인물과 만나 함께 사냥할 수 있는 상상 속 거대한 서부 개척시대의 숲으로 활용하던 곳이기도 했다.

오로지 프랭크의 입을 통해서만 들었으므로 도리머스는 『버몬트 파수꾼』에서 듀이 헤이크 대령이 전쟁부 장관이 될 것 같다고 넌지시 밝히고, 헤이크의 실제 병역 기록을 싣는 정도로 그쳤다. 헤이크의 병력은 1918년 프랑스에서 처음으로 중위로 참전하여 15분 동안 집중 포화를 받았던 것이 고

---

71. 미 서부 개척시대의 전설적인 사냥꾼.

72. Charles Augustus Lindbergh. 뉴욕에서 파리까지 최초로 대서양 단독 횡단 비행에 성공한 조종사.

작이었으며 실질적으로 거둔 한 번의 승리는 오리건에서 파업이 발생했을 당시 주 방위군을 지휘하여 파업참가자 11명에게, 그것도 5명은 등 뒤에 대고 발포한 것이 전부였다.

그리고 나서 도리머스는 태스브로우에 대해서는 기분 좋게 그리고 완전히 잊고 지냈다.

30장

그러나 얼간이 태스브로우에게 공손하게 대해야 하는 것보다 더 괴로운 일은 6월말 경 버몬트의 배팅턴에서 한 신문기자가 『버몬트 파수꾼』과 도리머스와 로린다가 썼던 모든 소책자들을 펴낸 혐의로 갑작스레 체포되었는데도 입을 다물고 있어야 한다는 점이었다. 누명을 쓴 그 기자는 강제수용소로 보내졌다. 자기가 범인이라고 자백하고 심지어는 희생자를 찾아가겠다는 도리머스를 벅과 댄과 시시가 나서서 간신히 말렸다. 도리머스는 속 시원히 털어놓을 로린다도 더 이상 없는 상황이었으니 모든 사실을 엠마에게 설명하려고 애썼다. 그러나 의외로 엠마는 정부에서 다른 누군가를 대신 잡아갔으니 오히려 다행스러운 일 아니냐는 반응을 보였다!

엠마는 뉴 언더그라운드의 활동이 남편인 도리머스를 은퇴 후에도 계속 바쁘게 만드는 부적절한 소일거리라는 논리를 만들어냈다. 그는 소심하게 코르포스를 비난하고 있었다. 엠마는 합법적인 당국을 비난하는 것이 정말로 좋은 일인지는 확신하지 못했지만 그래도 작은 남자치고 도리머스는 언제나 놀랄 정도로 용감하다고 생각했다 — 자기가 소녀 시절에 키우던 용감한 작은 스카치 테리어랑 똑같았다(이 말은 시시에게 자주 털어놓았다) — 작은 스카치 테리어 종인 그 강아지의 이름은 맥내비트 씨였는데, 세상에! 아주 쪼그만 녀석이 하는 짓은 보통 사자 같았다!

사실 엠마는 로린다가 가버리고 나니 오히려 기뻤다. 하지만 그녀를 좋아했고 한 번도 살아본 적이 없는 완전히 낯선 도시에서 찻집은 잘하고 있는지 걱정이 되기는 했다. 그러나 로린다가 여성의 권리에 대한 터무니없는 생각과 근로자도 고용주와 다름없이 정당한 대우를 받아야 한다든가 하는 생각으로 사람들에게 과시하고 놀라게 만드는 도리머스의 성향에 악영향을 끼쳤다고(엠마는 이 사실을 시시뿐 아니라 메리와 벅에게도 털어놓았다) 생각하지 않을 수 없었다. (그녀는 벅과 시시가 왜 그렇게 큰 소리로 웃었는지 살짝 이해가 가지 않았다. 그렇게 웃긴 말을 하려던 것은 아니었는데!)

여러 해 동안 엠마는 도리머스가 벅의 집에서 돌아오는, 엠마식 표현으로 '아무 때나' 들쭉날쭉한 귀가로 잠을 방해하는 도리머스의 불규칙한 일과에 적응되어 왔지만, 그가 제발 '식사만은 제때에 맞추기'를 바랐다. 그리고 왜 요즘에는 존 폴리콥, 댄 윌거스, 대니얼 배브콕, 피트 뷔통 — 세상에! 피트는 심지어 읽고 쓸 줄도 모른다는 말도 있던데 도리머스는 그렇게 학력이 높은 데도! — 같은 평범한 사람이랑 어울리는지 그 이유를 물어보는 것은 포기했다. 왜 그는 프랭크 태스브로우와 스타웁메이어 교수와 크로울리와 그의 새 친구 존 설리번 리크 같은 훌륭한 사람들은 제대로 못 알아보는 거지?

왜 정치와는 거리를 두지 못하는 거지? 엠마는 정치는 신사에게 어울리는 일이 아니라고 늘 말했다!

이제 겨우 열 살인 데이비드와 마찬가지로 (그리고 한 살이든 백 살이든 모두 똑같은 정신 연령을 갖고 있는 2-3천만 명의 다른 미국인과 마찬가지로), 엠마는 미니트맨의 행진은 남북전쟁을 다룬 영화처럼 정말 매우 근사한 볼거리이며 진짜로 교육적이라고 생각했다. 그리고 물론 도리머스가 윈드립 대통령을 좋아하지 않는다면 자기 또한 그에 반대하지만, 그래도 윈드립 씨는 깨끗한 언어와 교회 출석과 낮은 세금과 미국의 깃발에 대해 훌륭하게 말하지 않나?

태스브로우의 예상대로 달걀을 먼저 깨어 오믈렛을 만드는 현실주의자들이 승진했다. 북동 지방장관이던 듀이 헤이크 대령이 전쟁부 장관과 미니트맨 총사령관 자리에 오른 반면, 전임 장관인 루손 대령은 캔자스로 은퇴하여 부동산업에 진출했다. 모든 사업가들은 루손 대령이 실질적인 일과 가족에 대한 의무를 위해 워싱턴 정가의 위엄 있는 자리를 기꺼이 포기한 것이라고 좋게 말해주었다. 그의 가족들은 언론을 통해 그를 자주 그리워한 것으로 묘사되었다. 그런데 뉴 언더그라운드 지부들에서는 헤이크가 전쟁부 장관보다도 더 높은 자리에 오르려고 욕심을 부렸고, 후광에 취한 리 새러슨의 영향력이 커지는 것을 윈드립이 우려하고 있다는 소문이 돌았다.

결국 프랜시스 태스브로우는 해노버에 도청이 있는 도지사로 승진했다. 그러나 도지사였던 설리번 리크는 지방장관으로 승진하는데 실패했다. 코르포스가 매우 탐내는 자리를 맡고 있는 전통적인 정치인 친구들이 너무 많아서 걸림돌이 되었다는 말이 돌았다. 그래서 새 지방장관으로 임명된 인물은 메리가 섀드 레듀보다도 더 증오하는 단 한 사람, 바로 군사재판관 애핑엄 스완이었다.

뉴 언더그라운드 각 지부는 선전 유인물을 배포하다가 걸리지 않도록 전체적으로 대비 태세를 강화하라는 경계령이 몬트리올 본부로부터 떨어졌다. 활동하던 조직원들은 매우 놀라서 자취를 감추고 있었다.

벅은 비웃었지만 도리머스는 불안했다. 불쾌한 눈매에 몸집이 큰 낯선 사내가 외판원 행세를 하며 웨섹스 호텔 로비에서 두 번이나 말을 걸어왔다. 그는 자신이 반 코르포주의자임을 드러내놓고 밝히며 도리머스로부터 윈드립 각하와 미니트맨에 대해 뭔가 좋지 않은 말을 끌어내고 싶어 안달했다.

도리머스는 벅의 집에 드나드는 데에도 조심하기 시작했다. 일부러 차를 여섯 갈래의 다른 숲길에 주차해두고 걸어서 비밀 지하실로 잠입했다.

1938년 6월 28일 저녁, 벅의 집으로 내려가는 키즈메트 고속도로를 주행하던 도리머스는 붉은색 헤드라이트를 켠 어떤 차가 따라오고 있다는 느낌이 들어서 백미러로 걱정스럽게 보았더니 뒤에 바싹 붙어 미행하고 있었다. 그래서 샛길로 빠져 올라갔다가 다른 길로 갈아탔다. 그랬더니 미행하던 차도 계속 따라왔다. 화가 난 도리머스가 도로 왼쪽에 있던 진입로에 멈춰 선 후 차 밖으로 나왔더니 쫓아오던 차가 때마침 스쳐지나갔는네 차를 몰고 있던 사람이 꼭 섀드 레듀 같이 생겼다. 도리머스는 그곳에 숨어있지 않고 빙 돌아서 벅의 집으로 잽싸게 향했다.

지하실에서는 벅이 인쇄물을 만족스러운 듯 정성스럽게 타자로 치고 있었고, 페레픽스 신부는 셔츠 차림에 조끼는 단추를 풀고, 떼었다 붙였다 하는 검은색 로만 칼라는 뒤집힌 칼라 아래에서 대롱거리는 채 수수한 소나무 식탁에 앉아 뉴잉글랜드의 가톨릭 신자들에게 전하는 경고를 쓰고 있었다. 독일의 나치와 달리 코르포스는 고위성직자에게 아첨할 만큼 간교하지만 제 분소의 프랑스 캐나다계 가톨릭 근로자들의 임금을 삭감하고 그들의 지도자들을 개신교 반항자들의 경우와 마찬가지로 가차 없이 투옥시켰다.

페레픽스 신부는 도리머스를 보자 미소를 지으며 팔을 내밀어 파이프에 불을 붙이고는 껄껄거렸다. "도리머스, 거물 성직자로서 이 작은 걸작을 — 내가 가장 아끼는 작가의 작품을 — 주교의 출판허가도 받지 않고 이렇게 펴내는 것이 사소한 죄인 것 같나 죽을죄인 것 같나?"

"스티븐! 벅! 이제 곧 저들이 우리를 덮칠 것 같네! 어쩌면 벌써 인쇄기와 활자를 정리해 이곳에서 치웠어야 했는지 몰라!" 그는 자신이 미행당한 사실을 말해주었다. 그리고 미니트맨 본부에 있는 줄리언에게로 전화를 했다. 그리고 (주위에 프랑스-캐나다계 경위들이 너무 많았으므로 혹시라도 줄리언이 불어를 쓰면 알아들을 우려가 있었으므로) 최근에 번역 때문에 새로 배우고 있던 독일어로 멋지게 통화했다. "당신의 친구들이 어제 여기서 만든 사상을 가지고 있어도 된다고 생각하십니까?"

그리고 대학교육을 받은 줄리언도 그에 대답할 수 있을 정도로 국제적 교양을 갖추고 있었다. "네, 오늘 아침에는 시간이 됩니다. 곧 뵙겠습니다!"

그런데 어떻게 옮길 수 있을까? 어디로?

그로부터 한 시간 후 댄 월거스가 몹시 당황한 모습으로 도착했다.

"보세요! 저들이 우리를 감시하고 있어요!" 도리머스와 벅과 페레픽스 신부는 검은 해적 같은 월거스 주위로 모였다. "방금 전 들어오면서 집 근처 여기 마당의 덤불에서 무슨 소리가 나는 것 같아서 저도 모르게 불빛을 비춰봤더니 맙소사! 애러스 딜리 아니겠습니까? 그것도 사복 차림으로요 — 애러스가 자기 하느님을 얼마나 사랑하는지 아실 테죠 — 죄송해요, 신부님 — 그가 군복을 얼마나 사랑하는지 다들 아시죠. 그런데 변장을 했더라고요! 틀림없이요! 작업복을 걸치고 있었어요. 빨랫줄에 걸린 얼간이처럼 보였어요! 어쨌든 목을 길게 빼고 집을 들여다보고 있었어요. 이 커튼이 쳐져 있어서 그나마 다행이긴 하지만 그가 뭘 봤는지 모르겠네요, 그리고 ——— "

거구의 세 남자는 명령을 내려달라는 뜻으로 도리머스를 쳐다보았다.

"물건들을 전부 다 치워야 해! 가능한 한 빨리! 여기 있는 것들을 다 꺼내어 트루먼 웹의 다락에 숨겨 놓으세. 스티븐, 자네는 존 폴리콥과 멍고 키테릭과 피트 뷔통에게 전화해보게 — 그들에게 빨리 이곳으로 오라고 하게 — 존에게는 오는 길에 줄리언에게 들러 가능한 한 빨리 이리로 오라고 전해 달라고 하게. 댄, 자네는 인쇄기를 분해하게. 벅 자네는 모든 인쇄물을 다 묶게." 그렇게 말하면서 도리머스는 신문에 쓸 활자조각들을 싸고 있었다. 다음날 아침 날이 밝기도 전인 새벽 3시에 폴리콥은 주위의 관심을 끌기 위해 애처롭게 울부짖는 겁먹은 송아지 두 마리가 먼저 실린 벅의 낡은 트럭에 뉴언더그라운드의 인쇄 설비를 통째로 싣고 트루먼 웹의 농가로 향했다.

다음날 줄리언은 대담하게도 벅의 집에서 열리는 포커 게임 회합에 자신의 상관들인 섀드 레듀와 에밀 스타웁메이어를 초대했다. 그들은 잽싸게 왔고, 이미 벅, 도리머스, 멍고 키테릭 외에도 어느 정도 속이려는 의도에서 계획된 것임을 전혀 모르는 마지막 참가자 닥 이치트까지 와 있었다.

그들은 벅의 응접실에서 게임을 했다. 그러나 저녁 시간이 되자 벅은 위스키 대신 맥주를 원하는 사람들은 지하실 얼음 양동이에 보면 있을 것이고 손을 닦고 싶은 사람은 위층에 욕실이 두 개 있으니 그곳을 사용하라고 알려주었다.

섀드는 잽싸게 맥주를 찾으러 갔다. 닥 이치트는 그보다도 더 빨리 손을 닦으러 사라졌다. 두 사람 모두 예상했던 것보다도 훨씬 더 오래 있다가 돌아왔다.

드디어 파티가 끝나고 벅과 도리머스만 남게 되자 두 사람은 기뻐서 소리를 질렀다. "훌륭하신 섀드 나리께서 지하실에서 벽장문을 열고 소책자를 찾으려고 오랫동안 꼼꼼히 뒤지는 소리를 들었을 때 아무렇지도 않은 표정을 짓느라 죽을 뻔 했네. 자, 제섭 대장, 저들이 이곳을 반역자들의 소굴로 의심하는 것은 그만뒀겠지! 하지만 섀드는 바보가 아니야!"

이 일이 일어난 때는 6월 30일 오전 3시 경이었다.

도리머스는 집에 머무르며 30일 오후와 저녁 내내 서재에서 반정부 선동문을 쓰고 있었고, 혹시라도 급습을 당하게 되면 성냥불로 태워버릴 수 있게 작성된 서류들은 신문 사이에 숨겨 프랭클린 벽난로에 넣어두었다. 칼 빌링거의 반 나치 저항소설인 『조국(Fatherland)』에 나온 것을 보고 터득한 요령이었다.

지금 새로 쓰고 있는 작품은 애핑엄 스완 도지사가 명령한 살인에 관한 것이었다.

7월 1일과 2일에 주택가를 어슬렁거리며 돌아다니고 있을 때에 도리머스는 전에 웨섹스 호텔 로비에서 이야기를 나누었던 그 영업사원과 딱 마주쳤는데 그는 이번에는 한 잔 하자고 제안했다. 도리머스는 제안을 거절하고 빠져나왔는데 살구색의 화려한 폴로셔츠를 걸치고 회색 가방을 든 한 낯선 청년에게 미행당하는 것 같았다. 그는 지난 6월에 미니트맨 제복을 입고 퍼레이드에 참가했던 청년이었음을 알아보았다. 7월 3일 약간 두려움에 사로잡힌 도리머스는 한 시간이나 걸려 이리저리 빙글빙글 돌아 트루먼 웹의 집으로 차를 몰고 가서 허가할 때까지 더 이상 인쇄를 진행하지 말라고 주의를 주었다.

도리머스가 집으로 돌아오자 시시는 섀드가 다음날인 4일 오후에 미니트맨 소풍에 함께 가자고 고집을 피웠지만, 정보고 나발이고 자기는 거절했다고 가볍게 알려주었다. 시시는 준비된 놀이친구들에 둘러싸여 있는 섀드가 두려웠다.

3일 밤 도리머스는 자는 동안 계속 가위에 눌리기만 했다. 아무런 근거는 없었지만 왠지 새벽이 되기 전에 잡혀갈 것만 같았다. 그날 밤은 잔뜩 흐리고 어딘지 모르게 흥분되고 불안했다. 귀뚜라미들은 충동에 사로잡힌 듯 공포의 선율로 피리를 불어대고 있는 듯이 울었다. 그는 귀뚜라미 소리에 가슴이 두근거리는 채로 누워 있었다. 도망치고 싶었다 ─ 하지만 도대체 어디로, 어떻게 도망치며, 위험에 처한 가족들을 내버려둔 채 어떻게 떠날 수 있단 말인가? 요 근래 몇 년 만에 처음으로 침착한 엠마 옆에서 그녀의 작은 언덕 같은 몸에 기대어 옆에서 자고 싶은 마음이 들었다. 도리머스는 자신을 비웃었다. 엠마가 미니트맨에 맞서 자신을 어떻게 보호할 수 있단 말인가? 그저 비명이나 지르겠지! 그러고 나면? 하지만 성스러운 고독을 침해하지 않도록 침실 문을 늘 닫고 자는 그는 침대에서 나와 문을 열어보았다. 엠마의 편안한 숨소리, 꿈속에서 그보다 더 맹렬하게 움직이는 메리와 이따금 젊은이 특유의 낑낑대는 시시의 소리를 들으면 위안이 될 것 같았다.

도리머스는 이른 아침부터 쏘아 올리는 폭죽 소리에 새벽이 되기도 전에 잠에서 깨어났다. 발자국 소리가 들리는 것 같았다. 잔뜩 긴장한 채 누워 있었다. 그러다 7시 30분이나 되어서야 다시 잠에서 깨어났고 아무 일도 일어나지 않았다는 사실에 약간은 화가 났다.

. . .

　미니트맨 대원들은 반짝반짝 빛나는 헬멧과 인근의 탈 수 있는 말이란 말은 모조리 끌고 왔다 — 그 가운데 일부는 최고로 뛰어난 농사용 말로 알려져 있었다 — 이 모든 것이 7월 4일 오전 새로운 자유를 기념하는 거대한 축하식을 위해서였다. 그 말쑥한 퍼레이드에 미국 재향군인회 지부는 하나도 없었다. 그 조직은 완전히 와해되었고, 많은 리더들이 총살당했다. 살아남은 사람들은 약삭빠르게 미니트맨 내에서 자리를 잡았다.

　큰 광장에 들어선 병력과 그 뒤로 빽빽이 운집한 일반 시민들과 바깥쪽에 다소 점잖게 빠져 있던 제섭 가족은 혈색 좋은 전 주지사 아이샴 허바드의 연설을 들었다. 그는 이솝 시대 이후로 어느 닭보다도 더 격하게 '꼬끼오' 소리를 낼 수 있는 거만하기 짝이 없는 사내였다. 그는 윈드립 각하야말로 예외적으로 한창 전성기를 구가하던 때의 워싱턴, 제퍼슨, 윌리엄 매킨리, 나폴레옹과 흡사하다고 주장했다.

　나팔 소리가 울려 퍼지고, 미니트맨 부대가 특별히 방향을 정하지 않고 위풍당당하게 행진을 시작하자 도리머스는 웃고 나니 한결 기분이 나아진 것을 느끼며 집으로 돌아갔다. 점심 식사를 하고 난 후 비가 오기 시작했으므로 엠마와 메리와 시시에게 — 캔디 부인은 심판을 보게 하고 — 카드 게임을 제안했다.

　그러나 산에서 울리는 천둥소리에 도리머스는 불안해졌다. 그는 입을 다물 때마다 창가 쪽으로 천천히 다가갔다. 비가 그쳤다. 짙은 구름 사이로 머뭇거리며 잠시 해가 모습을 드러내자 젖은 풀이 비현실적으로 보였다. 너덜너덜한 치맛단처럼 아랫부분이 갈라진 구름들이 골짜기를 타고 내려와 웅대한 페이스풀 산을 가렸다. 대참사가 벌어진 것처럼 해가 자취를 감추자 세상은 지독한 어둠에 잠겼고, 덩달아 실내까지 어두워졌다. 엠마가 말했다.

　"이런, 너무 어둡잖아, 그렇지 않니! 시시, 불 좀 켜렴."

요란한 소리를 내며 비가 다시 내리기 시작했다. 밖을 내다보고 있던 도리머스에게는 이제까지 알고 있던 모든 세상이 씻겨 내려가는 것처럼 보였다.

폭우 속을 뚫고 커다란 바퀴가 물보라를 튀기며 다가오는 큰 차의 불빛이 보였다. 도리머스는 속으로 생각했다. '도대체 저 차는 뭐지? 엔진이 16기통은 되겠는걸.' 그런데 그 차가 갑자기 집 앞 진입로 쪽으로 홱 꺾더니 거의 문설주를 넘어뜨릴 것처럼 문간에 끼익 하고 멈춰 섰다. 차에서는 제복 위에 검은 방수복을 걸친 미니트맨 다섯 명이 뛰어내렸다. 그 가운데 아는 사람이 하나도 없다는 생각을 미처 끝내기도 전에 그들은 어느새 실내에 들어서 있었다. 그들을 지휘하던 소위는 (도리머스는 그가 누구인지 전혀 알아볼 수 없었다) 도리머스에게 성큼성큼 다가와 태연히 쳐다보더니 갑자기 얼굴을 한껏 후려쳤다.

전에 체포되었을 당시 총검으로 얻어맞았던 것을 빼면, 가끔 찾아오는 치통이나 두통을 제외하면, 또는 손톱을 찧었을 때 욱신거리는 고통을 빼면, 도리머스 제섭은 지난 30년 동안 진짜 고통이 무엇인지 제대로 알지 못했다. 눈과 코와 뭉개진 입에 느껴지는 이 고통은 소름이 끼치는 동시에 믿어지지가 않았다. 그는 고통으로 헐떡거리며 몸을 구부린 채 서 있었고, 소위는 다시 그의 얼굴에 주먹을 날리며 말했다. "너는 체포되었다."

메리는 직접 소위에게 달려들며 중국 재떨이를 휘둘렀다. 미니트맨 병사 두 명이 그녀를 잡아끌어 소파 위에 내던졌고, 한 사람은 다시 그녀를 꼼짝못하게 내리눌렀다. 다른 두 병사들은 몸을 움직이려던 시시를 꼼짝못하게 얼어붙은 엠마 위로 쓰러뜨렸다.

도리머스는 취해서 인사불성이 된 것처럼 갑자기 토하며 쓰러졌다.

쓰러진 도리머스의 귀에 미니트맨 다섯 사람이 서가에서 책을 잡아채어 바닥에 휙 집어던지고 그 바람에 표지들이 뜯겨 나가고, 권총 자루로 화병과 전등갓과 작은 예비용 탁자들을 박살내는 소리가 들렸다. 그 가운데 한 명은 벽난로 위의 하얀 벽에 자동권총으로 총을 발사하여 거칠게 M M 글자를 새겨놓았다.

소위는 "조심해, 짐,"이라고만 말한 뒤 히스테리를 부리는 시시에게 강제로 입을 맞추었다.

도리머스는 어떻게든 일어서려고 애를 썼다. 그러나 한 대원이 그의 팔꿈치를 걷어찼다. 그는 그것이 마치 죽음처럼 느껴져 바닥에서 몸부림을 쳤다. 그들이 쿵쿵거리며 위층으로 올라가는 소리가 들렸다. 그러자 문득 서재의 프랭클린 난로에 애핑엄 스완 지방장관이 저지른 살인에 대한 원고를 숨겨둔 것이 생각났다.

2층 침실에서 가구를 때려 부수는 소리는 마치 나무꾼 12명이 미친 듯이 찍어대는 소리처럼 들렸다.

죽을 것 같은 고통 속에서도 도리머스는 어떻게든 몸을 일으켜보려고 했다 — 저들이 발견하기 전에 난로에 숨겨둔 서류들에 불을 붙이기 위해서였다. 아내와 딸들을 보려고 했다. 소파에 묶여 있는 메리는(어느새 그랬지?) 겨우 알아볼 수 있었다. 그러나 시야가 너무 흐렸고, 그의 마음에도 멍이 들어서 아무것도 선명히 보이지 않았다. 비틀거리면서 때로는 네 발로 엉금엉금 기다시피 해서 침실에 있던 병사들을 지나쳐 3층 서재로 향하는 계단을 올라갔다.

서재에 들어가니 가장 아끼는 책들과 지난 20여 년 동안 차곡차곡 모아 놓은 편지 파일들을 창밖으로 집어던지고, 프랭클린 난로에 숨겨 놓은 원고들을 찾아내 의기양양한 모습으로 바라보며 낄낄거리는 소위와 마주쳤다. "네가 그동안 써놓은 멋진 작품이 여기 있었군. 내 생각에는, 스완 지방장관님께서 무척이나 보고 싶어 하실 것 같은데, 제섭!"

"제발 부탁이오 — 만나게 — 레듀 군수를 — 태스브로우 도지사를 보게 해주시오 — 내 친구들이오," 도리머스는 더듬더듬 말했다.

"그들에 대해서는 아는 바가 전혀 없어. 나는 이 볼거리만 관심이 있다고." 소위는 다시 낄낄거리며 도리머스를 찰싹 때렸다. 섀드와 프랜시스에게 호소하다니 얼마나 비겁했는지 깨닫자 이번에는 오히려 통증 못지않은 수치심에 휩싸였다. 그래서 그들이 두 계단이나 아래로 집어던져도 ― 아래층 계단으로 밀어 던져 아픈 어깨가 깔린 채 바닥으로 떨어졌지만 도리머스는 다시는 입을 열지 않았고, 고통에 낑낑거리지도 않았고, 심지어 아내와 딸들을 위해 빌어봤자 소용없을 테니 쓸데없는 호소로 병사들을 즐겁게 해주고 싶지도 않았다. 도리머스는 큰 차가 기다리고 있는 밖으로 끌려 나갔다.

바퀴 뒤에서 기다리고 있던 미니트맨 운전병은 이미 시동을 켜둔 상태였다. 차는 매 순간 금방이라도 미끄러질 듯이 윙하며 달려갔다. 차가 요동치면 멀미를 하던 도리머스는 아무것도 의식하지 못했다. 어쨌든 뭘 할 수 있겠는가? 뒷좌석에서 두 병사 사이에 무기력하게 앉아 있었을 뿐이다. 그리고 운전병의 속도에 아무런 영향력도 행사할 수 없는 무기력함에서 독재자의 권력 앞에 선 자신의 적나라한 무력함이 일부 엿보이는 것 같았다. ⋯ 존엄이 지켜지고 사회적으로 안전한 상태에서는 법과 판사와 경찰보다, 그리고 온갖 위험과 고통에 시달리는 보통 노동자들보다 자신이 약간 우월하다고 이제까지 늘 당연하게 여겨왔기 때문이리라. 군청 구치소 입구에 다다르자 도리머스는 덩치가 큰 노새처럼 차에서 끌어내려졌다. 그는 새드 앞으로 끌려간다면 절대로 잊지 않고 그 악당을 꾸짖겠노라고 결심했다. 하지만 그는 그곳에 수감되지 않았다. 입구에 서 있던 아무 글씨도 씌어져 있지 않은 커다란 검은색 트럭을 향해 발길질을 당하며 밀려갔다 ― 말 그대로 발길질을 당했고, 그 사이 심지어 당황스러운 고통에 휩싸여서도 속으로는 이런 생각이 들었다. '발길질을 당하는 육체적 고통과 노예로 전락하게 된 정신적 굴욕감 중 어떤 것이 더 나쁠까? 맙소사! 무슨 궤변을 늘어놓고 있는 거야! 제일 아픈 건 등짝의 통증이잖아!'

도리머스는 접사다리를 타고 트럭의 뒤로 올라갔다.

불이 없어 어두컴컴한 트럭 안쪽에서 신음소리가 들려왔다. "세상에!, 자네로군, 도마우스!" 그것은 바로 벅 타이터스의 목소리였고, 그와 함께 있던 죄수들은 바로 트루먼 웹과 댄 윌거스였다. 댄은 수갑이 채워져 있었는데, 너무 심하게 반항을 했기 때문이었다.

트럭이 덜컹덜컹 흔들리고 그때마다 서로 부딪치는 것이 느껴졌으므로 그들은 너무 아파서 말조차 나누기가 쉽지 않았다. 딱 한 번 도리머스가 진심으로 말했다. "자네들까지 이 고초를 겪게 끌어들여 정말 너무 면목이 없네!" 그리고 드러눕자 벅이 신음하며 물었다. "저 놈들이 ――― 애들은 안 다치게 했나?"

세 시간 동안은 달린 것 같았다. 트럭이 험한 길에서 튀어오를 때마다 등이 움찔하고 온 얼굴이 욱신욱신 쑤시는 와중에 도리머스는 고통으로 정신이 혼미해져 졸다가 공포에 사로잡혀 깨어나 자기도 모르게 비명을 질렀고 그러다 또다시 졸다가 깨기를 반복했다.

트럭이 드디어 멈춰 섰다. 하얀 벽돌 건물들 사이에 두툼하게 비치는 빛을 받으며 문이 열렸다. 그곳이 한때 다트머스 대학교 교정이었고, 지금은 코르포 도지사의 청사라는 것을 어렴풋이 알 수 있었다.

그 도지사는 바로 자신의 오랜 지인 프랜시스 태스브로우였다! 그렇다면 석방될 것이다! 그들 네 사람 모두 석방될 것이었다!

그러나 도리머스는 태스브로우를 보지 못했다. 기계적으로 욕설을 퍼붓는 것 말고는 아무 말도 없이 미니트맨 병사들은 그를 건물 현관으로 데리고 들어가 예전에는 조용한 교실의 일부였던 어느 독방으로 밀어 넣고 마지막으로 머리를 한 대 후려쳤다. 도리머스는 밀짚 베개가 있는 나무 침상에 쓰러져 그 즉시 곯아떨어졌다. 그는 너무 멍해서 ― 어디를 가든지 항상 기록하듯이 꼼꼼히 바라보던 그였는데 ― 기관차 엔진에서 나오는 유황 연기로 꽉 채워져 있었던 것 같다는 사실을 제외하고는 그 독방이 어땠는지 그 당시나 나중에라도 제대로 떠올릴 수가 없었다.

제정신이 들자 얼굴이 딱딱하게 얼어붙은 것 같았다. 코트는 다 찢어지고 아까 토한 토사물에서는 악취가 났다. 마치 자신이 뭔가 부끄러운 짓을 한 것처럼 타락한 느낌이었다.

문이 난폭하게 열리더니 때가 낀 그릇에 담긴 연한 커피와 마가린을 살짝 바른 빵 부스러기가 들어왔다. 역겨워서 먹는 것을 포기한 채 입에도 안 대고 있다가 마침 화장실을 가고 싶던 차에 교도관 두 명이 복도로 끌고 나갔다. 사실은 공포에 감각이 너무 마비되어 소변이 마려운 것도 잊어버리고 있었다. 교도관 가운데 한 놈이 도리머스의 잘 다듬은 수염을 움켜쥐고 확 잡아당기며 실컷 비웃었다. "숫염소의 수염이 뽑히는지 아닌지 늘 확인해보고 싶었어!" 그렇게 괴롭힘을 당하고 있는 동안 또다른 녀석이 혼내듯 명령하는 소리가 귀 뒤에서 째지듯 들렸다. "이리와, 염소! 젖 좀 짜줄까? 이 더러운 땅딸보 자식아! 네 신세가 어찌 될 것 같으냐? 꼭 유대인 재봉사 같이 생겼구먼, 이 작은 ——— "

그러자 다른 한 녀석이 비웃었다. "뭐라고? 아니야! 그는 한 쪽 귀는 막다시피한 촌뜨기 신문 편집자라고 — 분명히 총살될 걸 — 반역을 저질렀으니 — 하지만 그렇게 형편없는 편집자가 되었으니 그 전에 먼저 흠씬 두들겨 패줬으면 좋겠어!"

"뭐라고? 편집장이라고! 있잖아! 잘 들어봐! 나한테 멋진 생각이 있어. 이봐! 펠라스!" 옷은 반쯤 벗은 다른 미니트맨 병사들 네다섯 명이 홀과 연결되어 있는 방에서 밖을 내다보았다. "여기 이 작자는 글쟁이라는군! 나는 이 작자가 글을 어떻게 쓰는지 우리 앞에서 보이라고 할 거야! 잘 봐!"

그 교도관은 화장실 문패가 걸려 있는 문 쪽으로 난 복도로 뛰어 내려가 지저분한 종이를 가지고 돌아와 도리머스 앞에 던져 놓고는 시끄럽게 외쳤다. "자, 대장 나리. 어떻게 글을 쓰는지 보여주라고! 어서, 글을 써보란 말이다 — 네 그 잘 난 코로 말이야!" 그는 완력이 대단했다. 그 더러운 종이에 도리머스의 코를 찍어 눌러 잡고 있는 동안 그의 동료들은 낄낄거렸다. 그러나 그들은 한 장교에 의해 제지당했고, 장교는 부드럽기는 하지만 그만 두도록 명령했다. "이봐, 너희들, 못된 장난은 그만 두고 이 자를 — 유치장으로 데리고 가라. 오늘 아침에 재판이 열릴 거니까."

도리머스는 다른 죄수 여섯 명이 대기하고 있는 어느 더러운 방으로 끌려갔다. 그 가운데에는 빅 타이터스도 있다. 빅은 한 쪽 눈 위에 더러운 붕대를 붙이고 있었는데, 어찌나 엉성하게 감아놓았는지 뼈가 보일 정도로 앞이마에 베인 상처가 고스란히 드러났다. 벅은 쾌활하게 간신히 눈을 찡긋했다. 도리머스는 어떻게든 자제해보려고 했지만 흐느끼지 않을 수 없었다.

그는 흉측하게 생긴 한 교도관의 요구에 따라 두 팔을 옆구리에 바싹 붙인 차렷 자세로 서서 한 시간 동안 기다렸다. 도리머스의 두 손이 느슨하게 옆구리에서 떨어지자 교도관은 개 채찍을 집어 들어 두 번이나 휘둘렀다.

도리머스 바로 앞서서 벅이 법정으로 끌려 들어갔다. 문이 잠겼다. 마치 죽을 듯한 상처라도 입었는지 벅이 끔찍하게 비명을 지르는 소리가 들려왔다. 비명은 숨 막힐 것 같은 헐떡임으로 변했다. 법정 밖으로 끌려나온 벅의 얼굴은 더럽고 지금은 피가 스며 나오고 있는 붕대만큼이나 창백했다. 법정 문에 서 있던 사내가 엄지로 도리머스를 꾹 찌르며 으르렁거렸다. "다음, 네 차례야!"

이제 태스브로우를 마주하게 될 것이다!

그러나 그가 들어간 작은 방에는 — 큰 방일 것으로 기대하고 있었는데 너무 작아서 어리둥절했다 — 그곳에는 어제 그를 체포했던 소위만이 탁자 앞에 앉아 서류들을 넘기고 있었고, 반면에 양쪽에는 아무런 표정도 드러내지 않은 미니트맨 병사가 권총집에 손을 올려놓은 채 뻣뻣하게 서 있었다.

소위는 도리머스를 기다리게 하더니 기선을 제압하듯 갑자기 호통을 쳤다. "이름!"

"알고 있을 텐데!"

도리머스 옆에 있던 두 교도관이 각기 도리머스를 내리쳤다.

"이름?"

"도리머스 제섭."

"공산주의자지!"

"아니요!"

"채찍질 20대 — 그리고 기름."

믿어지지도 않고 이해할 수도 없는 상태로 도리머스는 방을 가로질러 건너편 지하실로 끌려갔다. 그곳에는 응고한 피 냄새가 코를 찌르고 피가 말라붙어 칙칙해진 기다란 나무 탁자가 놓여 있었다. 교도관들은 도리머스를 잡고 그의 머리를 뒤로 홱 젖히더니 강제로 턱을 벌리고 피마자유를 들이부었다. 그리고 허리띠 위로 상의를 벗겨 끈적거리는 바닥에 집어던졌다. 기다란 탁자에 얼굴이 바닥을 향하게 엎어놓고는 강철 낚싯대로 등을 후려치기 시작했다. 한 대 칠 때마다 등짝의 살 속을 파고들었으므로 그들은 도리머스가 너무 빨리 의식을 잃지 않도록 실컷 즐기며 천천히 매질을 가했다. 그러나 교도관들이 예상했던 것과는 크게 빗나가 피마자유의 효과가 나타나 의식을 잃고 말았다. 정말로 그는 원래 있던 독방 바닥의 황마 거적 위에 축 늘어져 있는 자신을 발견할 때까지는 아무것도 몰랐다.

그날 밤 그들은 심문하려고 그를 두 번이나 깨웠다. "너는 공산주의자 맞지, 안 그래? 이제 그만 시인하는 게 좋을 걸! 시인할 때까지 진땀이 나도록 두들겨 팰 것이다!"

비록 그의 일생에서 그 어느 때보다 아팠지만 동시에 그만큼 분노도 대단했다. 너무 화가 나서 설령 그의 비참한 목숨을 구하는 일이라 해도 아무것도 시인하지 않았다. 그는 간단하게 내뱉었다. "아니요." 그러나 세 번째로 맞으면서는 '아니'라는 부인이 참된 대답인지 잔인하게도 의구심이 들었다. 교도소 의사가 강철 낚싯대로는 때리지 말도록 금지시켰으므로 매번 심문을 받은 뒤에는 주먹으로 두들겨 맞았다.

교도소 의사는 반바지를 입고 있는 말쑥한 차림의 젊은 의사였다. 그는 피비린내가 진동을 하는 지하실에서 교도관들을 향해 하품을 했다. "채찍질은 그만두는 게 좋을 거요, 안 그러면 이 사람은 — 또 정신을 잃을 거요."

도리머스는 탁자에서 머리를 들고는 헐떡거리며 말했다. "당신은 스스로 의사라고 부르면서 이 살인자들과 어울리고 있소?"

"오, 입 닥쳐, 이 작은 — 너 같은 더러운 반역자들은 죽도록 두들겨 맞아도 싸 — 그리고 너도 그렇게 될 테지만, 어쨌든 재판을 받을 때까지는 살려두어야 한다고 생각하거든!" 의사는 도리머스의 귀가 떨어져나가는 것처럼 느껴질 정도로 비틀어버림으로써 자신의 정밀한 기질을 보여주며 낄낄거렸다. "이보게들, 다시 시작해보라고." 그리고는 보란 듯이 흥얼거리며 느긋하게 사라졌다.

도리머스는 사흘 동안 꼬박 심문을 받고 채찍질을 당했고 — 늦은 밤에 자신들을 너무 늦게까지 일하게 만든다며 장교들의 비인간적 냉담함에 불평을 털어놓던 교도관들에게 한 번 더 맞았다. 그들은 버클이 부착된 옛날의 마구 가죽 끈을 사용하여 때리는 것을 즐겼다.

심문하던 소위가 벅 타이터스가 그들의 불법 선전활동을 이미 실토했다고 주장하며 그의 자백이 거의 사실이라고 믿을 수밖에 없을 정도로 세부내용을 자세히 열거하자 도리머스는 거의 기가 꺾였다. 그는 아무 말도 들리지 않았고 속으로 외쳤다. '아니야! 벅은 죽으면 죽었지 절대로 자백하지 않았을 거야. 전부 다 애러스 딜리가 염탐한 것이겠지.'

소위는 다정하게 속삭였다. "자 이제 사리분간을 제대로 해서 네 친구 타이터스를 본받아 그와 너와 윌거스와 웹 말고 누가 공모했는지 털어놓는다면 풀어주도록 하겠다. 물론 우리는 알고 있지 — 오, 전체 음모를 다 알고 있단 말이다! — 하지만 우리는 네가 결국에는 정신을 차리고 전향했는지 알아내고 싶은 것뿐이다, 알겠나 작은 친구. 자 이제 나머지 놈들은 누구지? 이름만 대라. 그러면 풀어주겠다. 안 그러면 피마자유와 채찍 맛을 다시 보고 싶은가?"

도리머스는 아무 대답도 하지 않았다.

"채찍질 10번." 소위가 외쳤다.

도리머스는 매일 오후가 되면 30분씩 걷도록 밖으로 쫓겨나왔다 — 심장이 죽도록 쿵쾅거리는 것이 멈추도록 충분히 안정을 취하려 애쓰며 딱딱한 침상 위에 누워 있는 것을 더 좋아했기 때문인 것 같다. 50여 명 정도 되는 죄수들이 아무 생각 없이 그냥 걷고 또 걸었을 뿐이다. 도리머스는 벅 타이터스를 지나쳤다. 그에게 인사를 건넸다가는 당장 교도관들로부터 주먹이 날아들 것이 뻔했다. 두 사람은 눈꺼풀을 재빨리 깜박거려 눈인사를 건넸고, 흔들림 없는 벅의 충실한 두 눈을 보자 그가 털어놓지 않았다는 사실을 알 수 있었다.

그리고 운동장에서는 댄 윌거스를 보았지만, 댄은 제대로 걷지 못했다. 고문실에서 끌려나온 그는 코가 주저앉고 귀도 납작 눌린 모습이 프로 권투 선수에게 흠씬 두들겨 맞은 것처럼 보였다. 그리고 마비된 부분도 있는 것 같았다. 도리머스는 그의 감방 복도에 있는 교도관으로부터 댄에 대한 정보를 캐내려고 했다. 그 교도관은 — 화이트 산맥 계곡에서 동네 멋쟁이로, 또 어머니에게 매우 잘하기로 소문난 볼이 맑고 잘생긴 청년이었다 — 웃음을 터뜨리며 말했다. "오, 당신 친구 윌거스? 그 얼간이는 들고양이들 틈에서 자기 몸집이 통할 수 있다고 생각하지. 언제나 교도관들하고 붙으려고 한다고 들었거든. 그러니 그들이 단단히 벼르고 있을 수밖에, 두고 봐!"

도리머스는 생각했다, 그날 밤 — 확신할 수는 없지만 한밤중에 댄의 울부짖는 소리가 들린 것 같았다. 다음날 아침 도리머스는 심약한 사람들의 자살 뉴스를 식자해야 할 때면 몹시 진저리치던 댄 본인이 감방에서 스스로 목을 맸다는 소식을 들었다.

그러다, 전혀 예상치 못하게 도리머스는 재판을 받기 위해 어느 방으로 끌려가게 되었는데, 이번 방은 예전 영어 교실을 법정으로 개조한 상당히 큰 방이었다.

그러나 재판관 석에 앉아 있던 사람은 프랜시스 태스브로우 도지사도 아니었고, 다른 어떤 군사 재판관도 아닌 국민의 보호자라는 위대한 새 지방장관 애핑엄 스완이었다.

도리머스가 재판석 앞으로 끌려와 서는 동안 스완은 그에 관한 기소내용을 들여다보고 있었다. 그는 말했다 ─ 그리고 이 냉엄하고 피곤해 보이는 남자에게서 파리의 날개를 뜯어내는 소년처럼 전에 도리머스와 언쟁을 즐기던 쾌활한 로즈 장학생[73]의 모습은 더 이상 찾아볼 수 없었다.

"제섭, 반역 활동에 대한 유죄를 시인하는가?"

"왜 내가 ──── " 도리머스는 변호의 관점에서 무엇을 찾기에는 무력해 보였다.

"태스브로우 도지사!" 스완이 외쳤다.

그래서 이제 드디어 도리머스는 소꿉친구를 볼 수 있게 되었다.

태스브로우는 도리머스의 시선을 피하기 위해 특별히 눈에 띌 만한 짓은 하지 않았다. 오히려 도리머스를 정면으로 응시하며 아주 사근사근하게 내뱉었다.

"각하, 제 평생 알고 지내온 이 제섭을 폭로해야 하다니 무척 힘이 듭니다만, 그는 늘 건방진 인간이었습니다 ─ 위대한 정치 지도자로 자신을 과시하려고 하여 포트 뷰러의 웃음거리가 되었죠! ─ 그리고 각하께서 선출되셨을 때 어떠한 정치적 지위도 얻지 못한 것에 분개했고 어디를 가든지 사람들에게 불만을 부추기고 다녔습니다 ─ 그런 짓을 하고 다니는 것을 제가 직접 들었습니다."

"그거면 충분하오. 고맙소. 레듀 군수… 레듀 대장, 제섭 이 자가 우리 측 사람에 대한 폭력적인 음모를 꾸미는데 가담하자고 당신을 포섭하려고 했다

---

73. 영국 옥스퍼드 대학의 세실 존 로즈 장학금 수혜자.

는 것이 사실인가 아닌가?"

그러나 섀드는 웅얼거리는 동안 도리머스를 보지 않았다. "사실입니다."

스완은 딱딱거렸다. "제군들, 죄수의 자필 원고에 포함된 증거 외에 이 정도면 충분한 증언이라고 생각한다. 이봐, 자네 나이와 말도 안 되는 저질 체력만 아니라면 코르포 국가를 위협한 자네 같은 공산주의자에게 늘 선고하듯이 태형 100대를 선고해야 마땅할 것이다. 그러나 사정이 이러하니 그것은 유보하고 법정의 의지에 따라 강제수용소에 수감할 것이지만 최소형인 17년 형에 처한다." 도리머스는 재빨리 계산해보았다. 그는 지금 예순두 살이었다. 17년 후면 일흔아홉 살이 될 테니 살아서는 풀려나지 못할 것이다.

"그리고 지방장관으로서 내게 부여된 긴급 판결 발동권으로 총살형을 선고하지만 판결을 유예한다 — 그렇지만 혹시라도 도주를 시도하다가 잡히는 순간에는 즉시 실시한다! 그리고 나에 대해 쓴 이 매혹적인 기사에서 본인이 얼마나 현명했는지 곰곰이 생각하며 아주아주 오랫동안 감옥에서 썩기를 바란다! 그리고 어느 때라도 을씨년스러운 추운 날 아침 비가 쏟아지는 밖으로 끌어내어 총살당할 수도 있다는 사실을 잊지 말기를." 그리고 교도관들에게 부드럽게 명령하는 것으로 재판을 끝냈다. "그리고 태형 20대!"

2분 뒤 교도관들은 강제로 피마자유를 먹였고, 도리머스는 태형틀에 더러운 나무를 물어뜯을 기세로 누워 있었다. 그리고 교도관이 그의 맨 등짝에 십자로 쫙쫙 그어진 상처를 가로질러 내리치기 전에 허공을 가르며 강철 낚싯대를 한껏 들어 올리는 획 소리를 들을 수 있었다.

31장

　교도소 전용 트럭이 트리아논의 강제수용소에 도착할 무렵 오후의 마지막 햇살은 피라미드처럼 우뚝 솟은 페이스풀 산의 울창한 자작나무와 단풍나무와 포플러 나무를 어루만지고 있었다. 그러나 회색 어둠도 재빨리 산을 타고 올라갔으므로 온 골짜기가 차가운 어둠에 휩싸였다. 아픈 도리머스는 맥이 풀려서 좌석에 다시 축 늘어져 있었다.

　트리아논 강제수용소로 개조된 여학교의 깔끔한 조지 왕조 양식의 건물은 포트 뷰러에서 북쪽으로 15킬로미터 정도 떨어져 있었고, 갑자기 신분상승이 된 건방진 코르포스와 그들의 여자 친척들을 위한 호사스러운 거주지로 모든 건물을 유보해둔 다트머스 대학보다도 훨씬 안 좋게 사용되고 있었다. 원래 있었던 트리아논 학교는 마치 홍수에 의해 유실된 것처럼 보였다. 대리석 현관은 모두 뜯겨지고 없었다. (그 중에 하나는 지금 교육감 중 한 사람의 부인인 코울릭 부인의 집을 우아하게 장식하고 있다. 이 코울릭 부인이라는 여자는 화를 잘 내고 신심이 깊은 척하며 온 몸에 보석을 두른 뚱뚱한 여인으로서 윈드립 각하의 적들은 모두 공산주의자들이므로 즉각 사살되어야 한다고 떠들고 다녔다.) 창문은 모두 박살이 나 있었다. 벽돌담에 분필로 쓰인 '각하 만세'와 각기 네 글자로 이루어진 다른 말들은 지우긴 했지만 완전히 없어지진 않고 흔적이 남아 있었다. 잔디와 접시꽃 화단은 잡초로 우거져 있었다.

건물은 사각 광장의 삼면에 들어서 있었고, 나머지 한 면과 건물 사이의 공간은 꼰 가시철사가 달린 소나무 울타리로 막혀 있었다.

교육감이기도 한 코울릭 대장(그는 병참대대장과 교도소장 자리에 오르는 영예를 달성한 여느 사람과도 전혀 비슷하지 않았다)의 집무실을 제외한 방들은 전부 꾀죄죄했다. 그의 집무실은 그저 썰렁했고 다른 방들과 달리 암모니아 냄새가 아니라 위스키 냄새가 배어 있었다.

코울릭은 그렇게 성미가 못되지는 않았다. 수용소의 교도관들과 모든 미니트맨 대원들이, 탈출을 시도할 경우가 아니면 죄수들을 가혹하게 다루지 않기를 바랐다. 그러나 그는 우유부단한 편이었다. 너무 우유부단해서 미니트맨 대원들의 감정을 거스르지는 못했고 어쩌면 죄수를 길들이는 방식에 간섭함으로써 정신적으로 억제하려고 한 것일 수도 있다. 그래서 교도관들은 시끄러운 재소자들을 채찍질할 때에는 그들이 죄를 자백하지 않기 때문이라고 합리화했다. 그리고 괜찮은 코울릭 덕분에 도리머스는 한동안 목숨을 부지할 수 있었다. 코울릭 교도소장은 도리머스를 병자들로 꽉 찬 병원에 한 달 동안 입원시켜, 매일 쇠고깃국에 들어있는 진짜 쇠고기를 맛볼 수 있게 해주었다. 교도소 의사는 1880년대 말 의학 수업을 받은 쇠락한 술주정뱅이 노인으로서 너무 많은 낙태 수술을 시행했다는 이유로 문제 많은 민간인 생활에 종지부를 찍은 자였다. 그렇기는 해도 맨 정신일 때는 그 역시 심성은 온후했으므로 결국에는 포트 뷰러에서 마커스 옴스테드 박사를 불러와 도리머스를 진료할 수 있게 허락했다. 이제 4주 만에야 도리머스는 어떤 소식이 되었든 감옥 바깥 세상에 대한 소식을 듣게 되었다.

정상적인 삶이라면 친구들과 가족에게 무슨 일이 났는지 아는데 한 시간만 기다려도 고통일 텐데 도리머스는 지난 한 달 동안 도대체 그들이 살았는지 죽었는지조차 알 수 없었다.

채찍질에 심한 상처를 입은 환자들을 살피고 상처부위보다는 그 옆에 엇

나가게 소독약을 발라줄 때가 많아도 교도소 의사는 어쨌든 늘 병동에 상주하고 있었으므로 위험하기는 했지만 옴스테드 박사는 ― 코르포스가 반역이라고 부르는 행위에 대해 도리머스 본인만큼 유쇠였다 ― 용기를 내어 짧게 도리머스에게 말을 걸었다. 옴스테드는 한 달 넘게 씻지도 못한 채 더러운 담요를 덮고 누워있는 도리머스의 병상 가장자리에 걸터앉아 재빠르게 지껄였다.

"시간이 별로 없으니 듣기만 하게! 아무 말 말고! 제섭 부인과 자네 두 딸은 괜찮다네 ― 겁은 먹었지만 체포될 기미는 없네. 로린다 파이크도 잘 있다고 들었네. 자네 손자인 데이비드도 좋아 보이네 ― 다른 모든 젊은이들처럼 자라서 코르포가 되지 않을까 우려되긴 하지만. 벅 타이터스도 살아 있네 ― 우드스탁 근처에 있는 다른 강제수용소에 있네. 우리의 뉴 언더그라운드 포트 뷰러 지부는 할 수 있는 일은 진행하고 있네 ― 인쇄물 발간은 없지만 정보를 퍼뜨리고 있지 ― 줄리언 팰크로부터 많은 정보를 얻고 있다네 ― 이 무슨 조화인지. 줄리언은 지금 미니트맨 분대장으로 승진했다네! 메리와 시시와 페레픽스 신부는 보스턴에서 온 소책자들을 계속 배포하고 있다네. 그리고 퀸 보이(내 운전수)와 나를 도와 도망자들을 캐나다로 보내고 있다네. … 그래, 우리는 계속 수행하고 있다네. … 폐렴으로 죽어가는 환자를 위한 산소텐트 같은 역할을 하고 있지! … 유령처럼 누워 있는 자네를 보니 마음이 너무 아프군, 도리머스. 그러나 자네는 잘 극복할 걸세. 자네는 몸집은 작아도 정신력 하나만큼은 끝내주니까! 술통에 빠져 사는 저 의사가 이쪽을 보고 있어 그만 가야겠네. 잘 있게!"

도리머스는 옴스테드 박사의 진료를 받는 것이 다시 허용되지 않았지만, 옴스테드 박사를 만난 것에 어느 정도 영향을 받은 것 같았다. 몸이 온전히 회복되지는 않았지만 비틀거리면서라도 걸을 수 있을 정도가 되어 병동에서 내보내지자 페이스풀 산에 올라가 숲에서 일하기보다는 감방과 복도를 청소하고, 세면대와 변기를 닦는 일을 하게 되기를 강력히 원했다. 산에서는 노인들이 통나무의 무게를 이기지 못하고 깔릴 경우 코울릭 수용소장의 눈을 피해 가학을 즐기는 스토이트 소위 휘하의 교도관들에게 망치로 맞아 죽는다는 말이 돌았기 때문이다. 그리고 교화를 목적으로 발가벗겨져 어둠 속에 있어야 하거나, '악질의 경우' 나흘 동안 아니면 심지어 여드레 동안 계속 잠을 안 재움으로써 교정을 시키는 '개집'에서 달갑지 않게 빈둥거리는 것보다는 그 일을 하는 편이 더 나았다. 도리머스는 변기 청소를 정말 성실하게 했다. 그 일이 매우 좋았던 것은 아니지만 그리스 간이식당의 전문적인 접시닦이 못지않게 기술적으로 반짝반짝 청소할 수 있다는데 자부심을 가졌고, 수감되어 있는 동지들이 깨끗한 바닥을 밟을 수 있게 해줌으로써 그들의 비참한 상태를 조금이나마 덜어줄 수 있다는데 만족감을 느꼈다.

스스로에게 다짐했듯이 수감된 재소자들은 모두 그의 동지였기 때문이다. 도리머스는 사람들을 고용하거나 해고할 수 있었고 이론적으로는 '자기 사업체를 소유하고' 있었기 때문에 자신이 자본가라고 생각하고 있었는데, 일단 코르포주의로 대변되는 대기업으로부터 제거 대상으로 비쳐진 순간 하루아침에 뜨내기 잡역부처럼 꼼짝할 수 없는 신세로 전락해버렸다. 그런데도 그는 여전히 은행가와 공익사업체 소유주에 의한 독재 못지않게 프롤레타리아에 의한 독재를 믿지 않는다고 스스로에게 완강히 말하고 있다. 그리고 경제적으로는 그곳에 수감되어 있는 가장 비천한 무리만큼 불안하고, 그들보다 특별히 더 낫다고 느끼지도 않을 뿐더러 좀 더 열심히 일해도 될 만큼 특권을 누리지도 못하면서 의사나 연설가는 체면이라고는 없는 부도덕한 인간들이라고 여전히 고집하고 있었다. 도리머스는 자신이 닥 이치트보다도 훨씬 더 훌륭하고 명예로운 기자이며, 자신의 독자들인 가게 주인과 농부와 공장 노동자보다는 정치를 바라보는 식견이 훨씬 더 뛰어나다고 느꼈다.

그럼에도 부르주아로서의 자만심은 사라져 농부와 근로자와 트럭 운전수와 평범한 떠돌이 노동자들이 자기를 '제섭 씨'가 아니라 '도리머스'라고 불러줄 때, 또 그렇게 두들겨 맞아도 기개가 꺾이지 않고, 비좁은 감방에서 다른 사람들과 함께 북적거려도 불편해하지 않아서 그가 자기들처럼 거의 씩씩하다고 생각할 정도로 성품이 온화하다는 평가를 받을 때면 약간 뿌듯하기까지 했다.

칼 파스칼은 도리머스를 놀리듯 말했다. "내가 말했잖아요, 도리머스! 당신은 공산주의자가 될 거라고요!"

"그래, 언젠가는 그렇게 될 수도 있겠지, 칼 ─ 당신네 공산주의자들이 거짓 예언자들과 불평분자들과 술고래들과, 모스크바 지하도를 위한 모든 선전 담당자들을 모두 쫓아낸 후라면 말이지."

"흠, 좋아요, 그럼 맥스 이스트맨과 합류하는 건 어때요? 그는 멕시코로 달아나서 그곳에서 17명의 당원으로 구성된 온전하고 순수한 거대 트로츠키 공산당을 만들었다고 하니까요!"

"17명이라고? 너무 많네. 내가 원하는 것은 단지 한 당원이 언덕 꼭대기에서 홀로 지휘하는 대중의 활동일세. 칼, 나는 굉장한 낙관주의자라네. 나는 아직까지 미국이 언젠가는 키트 카슨의 기준에 걸맞은 단계까지 발전하리라고 희망을 품고 있다네!"

청소하고 걸레질을 하다 보니 도리머스는 다른 죄수들과도 잡담을 할 수 있는 기회가 드물게 찾아왔다. 그는 지금 함께 잡혀 있는 동료 죄수들 중에 아는 사람이 얼마나 많은지 생각하고는 낄낄거렸다. 칼 파스칼, 사촌인 헨리 비더, '진짜 미국인'이 됐다는 오랜 자존심에 씻을 수 없는 상처를 입어 지금은 송장처럼 보이는 루이스 로텐스틴, 폐결핵으로 죽어가고 있는 보석상 주인 클래런스 리틀, 메더리 코울의 제분소에서 가장 유쾌한 일꾼이었던 벤 트리퍼, 폐쇄된 아이세어 대학의 전 교수 빅터 러브랜드, 여전히 아첨을 경멸하고 더러운 가운데서도 아주 단정하고 눈매가 여전히 매서워 교도관들조차 때릴 때 불편하게 느끼는 옛 보수당원 레이먼드 프라이드웰이 있었다. …

한편 공산주의자 파스칼과 지주계급의 공화주의자 프라이드웰과 정치에는 눈곱만큼도 관심이 없고 투옥의 첫 충격에서 회복되어 있었던 헨리 비더, 이 세 사람이 서로 친해졌는데, 그 이유는 감옥에서 다른 누구보다도 완전한 용기를 뽐냈기 때문이다.

도리머스는 가로 3.6미터, 세로 3미터, 높이 2.4미터 크기의 감방에 다섯 사람과 함께 수용되어 있었는데, 이 정도 크기면 교양학교 여학생이 젊은 여성 혼자 쓰기에도 턱없이 비좁다고 느꼈을 것이다. 바로 이 정도 크기의 공간에서 여섯 사람이 각기 침상 세 개가 이어진 2층 침대에서 잤다. 이곳에서 먹고, 씻고, 카드도 하고, 책도 읽고, 코울릭 수용소장이 일요일 아침마다 훈화하는 대로 검은 영혼이 회심하여 충실한 코르포스로 바뀌기 위한 명상을 느긋하게 즐기기도 했다.

도리머스는 말할 것도 없고, 그들 가운데 누구도 크게 불평하지 않았다. 담배 냄새와 체취가 코를 찌르는 가운데에도 잠자고, 언제나 먹어도 늘 허기만 안겨주는 스튜를 먹고, 우리에 갇힌 원숭이보다도 존엄이나 자유가 없는 상태에 모두 익숙해졌다. 인간은 암을 견뎌야 하는 무리한 상황에도 적응하기 때문이다. 그들 모두 평화를 사랑하는 사람들이었음에도 이제 남은 것이라고는 온화하든 사악하든 가리지 않고 모든 코르포를 기꺼이 목매달고 싶을 만큼 압제자에 대한 살의 가득한 분노밖에 남지 않았다. 도리머스는 노예폐지를 주장한 존 브라운이 왜 무장봉기에 나섰는지 훨씬 더 이해하게 되었다.

도리머스의 감방 동료로는 칼 파스칼, 헨리 비더와 잘 모르는 세 남자였다. 한 사람은 보스턴 출신의 건축가였고, 한 사람은 농장 인부, 나머지 한 사람은 전에 식당을 했다고 하는 마약 중독자였다. 그들은 재미있는 이야기를 나누었다. 특히 마약 중독자가 말이 많았는데, 그는 유일한 진짜 범죄라고는 빈곤밖에 없는 세상에서 차분하게 범죄를 두둔하는 것이었다.

실제로 얻어맞는 태형의 고통을 제외하면 도리머스에게 가장 끔찍한 고문은 바로 기다림이었다.

기다림. 그것은 빵이나 물처럼 개별적이고 실질적으로 뚜렷하고 실체적인 것이 되었다. 이 안에서 얼마나 너 살게 될까? 얼마나 더 살 수 있을끼? 밤이나 낮이나, 자나 깨나 그것이 걱정되었고 침상 옆에서 어둡고 불쾌한 유령인 기다림이라는 인물을 기다리고 있음을 알았다.

그것은 마치 더러운 기차역에서 몇 시간이 아니라 몇 달 동안 연착되고 있는 기차를 기다리는 것 같았다.

스완은 도리머스를 끌어내어 총살하는 것을 즐기게 될까? 이제는 그다지 신경 쓰이지 않았다. 이제는 상상해보려고 해도 어떻지 그림이 잘 그려지지 않았다. 로린다와 입맞춤하거나 벅과 숲길을 산책하거나 데이비드와 풀리시와 놀던 장면이 더 잘 기억났고, 육즙이 가득한 쇠고기 구이와, 마지막이자 최고로 누렸던 호강인 뜨거운 목욕에 대한 터무니없는 회상이 더 감각적으로 느껴졌다. 특히 지금은 목욕이라고 해봐야 2주마다 한 번 하는 샤워를 제외하면, 더러운 셔츠를 걸친 채 여섯 사람이 몽땅 찬물 통에 담그는 식으로 씻고 있으니 말이다.

기다림 외에, 그들 주위를 맴도는 또 다른 유령은 바로 탈출에 대한 생각이었다. (코르포스의 잔악함과 멍청함에 대한 것 이상으로) 밤마다 감방에서 그들이 낮게 주고받는 말은 바로 탈출에 대한 것이었다. 언제 탈출할까. 어떻게 탈출할까. 숲으로 일하러 밖으로 나갔을 때 덤불 사이로 몰래 기어서 빠져나갈까? 어떤 요술이라도 부려서 감방 창문의 빗살을 잘라낸 다음 경비대의 눈에 띄지 않고 무사히 빠져나갈까? 교도소 트럭 바닥에 매달려 타고 나갈까? (유치한 공상이었다!) 그들은 정치인이 유권자의 표를 갈망하듯이 빈번히 그리고 병적으로 탈출을 갈망했다. 그러나 조심스럽게 논의해야 했다, 감옥에는 어딜 가나 밀고자가 널려 있기 때문이다.

도리머스는 특히 이것을 믿기가 힘들었다. 인간이 동료를 배신한다는 것을 그는 이해할 수 없었고, 수용소로 오고 나서 두 달이 지난 후 건초 마차를 타고 탈출하려는 헨리 비더의 계획을 클래런스 리틀이 보초에게 밀고하기 전까지는 믿지 않았다. 헨리는 그에 따른 처벌을 받았고 리틀은 풀려났다. 그래서 리틀이 결핵을 앓고 있었고 자주 맞다보니 영혼에서도 출혈이 있었던 거라고 주장하려고 줄기차게 애쓰긴 했지만 그 누구 못지않게 그 문제로 상심이 컸다.

각 죄수는 2주일에 한 번, 한 명씩만 면회가 허용되었으므로 도리머스는 차례로 엠마, 메리, 시시, 데이비드를 보았다. 그러나 항상 미니트맨 대원이 지척에 서서 모든 것을 듣고 있었으므로 도리머스는 허둥지둥 쏟아내는 말 말고는 아무 소식도 들을 수 없었다. "우리는 모두 다 잘 지내요 — 벅도 잘 있다고 들었어요 — 로린다도 새로운 찻집을 잘 꾸리고 있다고 들었어요 — 필립도 편지에 잘 있다고 하네요." 그리고 그 잘난 아들, 코르포 재판관이 된 지금 그 어느 때보다도 더 뽐내는 아들 필립은 딱 한 번 찾아왔고 아버지의 정신 나간 급진주의에 매우 상처를 받았다 — 도리머스가 차라리 자기 개 풀리시가 면회 오는 게 나을 뻔했다고 신랄하게 쏘아붙이자 더 큰 상처를 받았다.

그리고 물론 편지도 주고받을 수 있었다. 그래봐야 친구들의 살아있는 음성을 듣는 것이 매우 기쁜 사람에게는 쓸모가 없기도 했지만 더 안 좋은 점은 모두 검열을 받는다는 사실이었다.

결국에는, 이 안타까운 면회와 공허한 편지 때문에 기다림은 더욱 암울해졌다. 그가 밤마다 꿈꾸는 비전이 잘못된 것일 수도 있다고 암시하는 것 같아서였다. 어쩌면 바깥세상은 그가 기억하는 것처럼 그렇게 상냥하고 열렬하고 대담한 곳이 아니라 감방만큼 음울한 곳이 되어 있을지도 몰랐다.

도리머스는 칼 파스칼에 대해서 아는 것이 별로 없었지만 논쟁을 좋아하는 이 마르크스주의자는 어느새 가장 친한 친구요 유일하게 즐거운 위안거리였다. 칼은 새는 밸브 문제, 불쾌한 방목장, 산수 가르치기, 모든 소설들은 레닌의 저작의 가르침을 따르지 못하고 있다는 것을 입증할 수 있었고, 실제로 입증했다.

새로 우정을 싹 틔우며 노리머스는 칼이 느닷없이 끌려 나가 대개 공산주의자에게 가해지는 처벌인 총살형에 처해지지 않을까 내심 걱정이 되었다. 그런데 그것이 기우에 불과했음을 알게 되었다. 칼은 전에도 감옥에 간 적이 있었다. 그리고 도리머스가 뉴 언더그라운드 활동을 하던 시절 절실하게 필요로 했던 노련한 선동가이기도 했다. 그는 모든 교도관 한 사람 한 사람의 금전 및 성적 문란에 관한 많은 소문들을 귀신 같이 탐지해내 교도관들은 설령 그가 총살당하는 동안에도 총살 집행자들에게 그 사실을 까발릴까봐 두려워했다. 그래서 코울릭 수용소장보다도 칼에게 좋은 평판을 얻으려고 열심이었고, 마치 학생들이 선생님에게 아첨하듯이 잎담배와 캐나다 신문 같은 작은 선물들을 조심스럽게 가져다주었다.

애러스 딜리가 포트 뷰러의 야간 순찰 업무에서 트리아논의 경비 업무로 전근되었을 때 — 은행가 크로울리에게 몇 백 달러를 우려낼 수 있었던 어떤 정보를 새드 레듀에게 넘겨준 대가였다 — 그 은밀하고 능력있는 염탐꾼은 칼을 보자마자 얌전하고 친절한 모습으로 바뀌었다. 그는 이미 칼이 어떤 인물인지 알고 있었던 것이다!

한때 개사냥을 즐기고 지금은 코르포주의라는 행복한 도피처에서 인간을 매질하는 것을 즐기고 있는 전직 출납원 스토이트 수비대 소위가 있었음에도 불구하고 트리아논은 해노버의 도 교도소만큼 잔인하지는 않았다.

공기에서는 벌써 가을의 평온함이 느껴지는 눈부신 9월의 어느 날 아침 도리머스는 총살부대가 최근에 탈출을 시도했던 사촌 헨리 비더를 끌고 나오는 것을 보았다. 헨리는 인간 화강암 같은 존재였다. 그는 군인처럼 걸었고, 감방에서는 예전에 테러 산의 하얀 집 부엌에서 난로에 데운 대야 물로 했던 것처럼 매일 아침 면도를 하는 것에 자부심을 가지고 있었다. 그러던 그가 이제는 구부정하게 죽음을 향해 발을 질질 끌며 걸어가고 있었다. 로마의 원로원 의원 같던 그의 얼굴은 마지막 선잠을 자라고 던져 놓았던 쇠똥더미에서 묻혀온 쇠똥으로 더럽혀져 있었다.

사각 건물의 문을 지나 나오자 스토이트 소위는 부대원들에게 명령을 내려 헨리를 멈추게 한 뒤 비웃으며 조용히 사타구니를 찼다.

병사들이 그를 일으켜 세웠다. 3분 뒤 도리머스는 몇 발의 총성이 울리는 소리를 들었다. 그로부터 3분 뒤에는 공허한 두 눈을 감지도 못한 흙빛의 뒤틀린 시신이 낡은 문짝에 실려 들어오는 것을 보았다. 그 모습을 보고 도리머스는 대성통곡했다. 병사들이 들 것을 기울이자 시신이 땅바닥으로 굴러 떨어졌다.

그러나 그 망할 놈의 창문으로 지켜보아야 했던 끔찍한 일이 하나 더 있었다. 교도관들이 몰고 들어오는 새 죄수들 틈에 찢긴 제복 차림의 줄리언 팰크와 진흙투성이 제의를 걸친 너무도 연약하고 너무도 당황스럽고 공포에 질린 백발의 팰크 신부가 있었던 것이다.

도리머스는 두 사람이 발길질을 당하며 이전에는 무용 강습 용도로 쓰였고 섬세한 피아노 선율이 흘렀을 테지만 지금은 고문실과 독방 용도로 쓰이는 건물로 끌려가는 것을 지켜보았다.

끊이지 않는 고통과도 같은 기다림의 연속인 2주가 지나고 나서야 도리머스는 운동 시간을 이용해 한순간이나마 줄리언에게 말을 걸 수 있는 기회가 생겼다. 줄리언은 중얼거리듯 내뱉었다. "미니트맨의 부정행위에 대한 비밀 정보에 관해 쓰고 있다가 잡혔습니다. 시시에게 전하려던 것이었지요. 아, 하지만 다행스럽게도 누구에게 보내는지는 적지 않았답니다!" 그 말과 함께 줄리언은 지나쳐갔다. 하지만 도리머스는 그의 눈빛에서 체념하고 있다는 것과 말쑥하고 작고 성직자처럼 보이던 얼굴이 시퍼렇게 멍들어 있는 것을 확인할 시간은 있었다.

행정부(또는 도리머스의 추측이거나)는 포트 뷰러 지역에서 체포된 최초의 미니트맨 스파이 줄리언을 당장 간단히 총살해버리기에는 아깝다고 결정했다. 사람들에게 본보기로 보여줘야 했다. 도리머스는 교도관들이 발길질을 하며 사각 뜰을 가로질러 줄리언을 태형실로 몰고 가는 것을 사주 보았고 그 후에는 줄리언의 비명소리가 들리는 것 같은 환청에 시달렸다. 저들은 줄리언을 감방에 넣지도 않은 채 그냥 복도의 빗장이 열린 후미진 곳에 던져 놓았다. 얻어맞은 개처럼 끙끙 신음하며 바닥에 널브러져 있는 그의 맨 등짝에 선명하게 새겨진 채찍 자국을 재소자들이 오며가며 볼 수 있게 하기 위해서였다.

그리고 도리머스는 줄리언의 할아버지인 팰크 신부가 뜰을 몰래 가로질러 쓰레기통에서 찐득찐득한 빵 덩어리를 꺼내 필사적으로 우겨넣는 모습을 지켜보았다.

이제 줄리언마저 포트 뷰러에서 사라져 버렸으니, 도리머스는 9월 내내 시시가 섀드 레듀에게 강간당하지나 않을까 걱정되었다. … 그동안 섀드는 고용인의 위치에서 항거할 수 없는 주인의 위치로 오르기를 고소한 듯 기대하며 눈독을 들이고 있을 것이다.

팰크 가문의 두 남자와 죽은 헨리 비더에 대한 괴로움과 감옥의 온갖 거친 동료들에도 불구하고 도리머스는 9월말 무렵이 되자 그동안 맞았던 상처에서 거의 회복되었다. 그는 앞으로 10년은 너끈히 살 것 같은 생각에 기분이 좋아지기 시작했다. 그러다 그렇게 많은 고통을 앞에 두고 혼자만 기뻐한 것에 약간 수치스러웠지만 다시 젊어진 기분이 들려는 찰나, 스토이트 소위가 곧장 모습을 드러냈다(한밤중 두세 시경이 틀림없었다). 그는 도리머스의 발을 잡아당겨 침상에서 홱 끌어내더니 입에 금이 갈 정도로 또다시 끔찍하게 두들겨 패기 시작했다. 그 즉시 바닥에 고꾸라진 도리머스는 온몸이 덜덜 떨리는 공포와 온갖 비인간적인 수모에 몸서리를 쳤다.

그는 코울릭 수용소장의 집무실로 끌려갔다.

코울릭은 공손한 태도로 말했다.

"제섭 씨, 당신이 줄리언 펠크 분대장의 반역행위에 연루되었다는 정보를 입수했소. 음, 좋소, 솔직히 말해서 그는 이미 모든 것을 실토했소. 그런데 당신이 우리를 도와주기만 한다면 아무런 위험도, 무엇이 되었든 앞으로 처벌받을 위험은 전혀 없소. 하지만 우리는 정말로 젊은 펠크 씨에게 경고를 해야 하는데, 만일 당신이 국기에 대한 그의 놀라운 불충에 대해 아는 것을 전부 말해준다면 당신에게는 문제 삼지 않겠소. 당신 혼자서만 쓸 수 있는 멋진 침실을 내주는 건 어떻겠소?"

15분이 지난 후에도 도리머스는 줄리언이 어떤 '전복 활동'을 했는지 자기는 아는 바가 전혀 없다고 계속 맹세하고 있었다.

코울릭 교도소장은 다소 시험하듯이 말했다. "좋소, 우리의 호의에 응답하기를 거부했으니 당신을 스토이트 소위에게 넘겨줄 수밖에 없겠군. … 소위, 살살 다루게."

"알겠습니다."

교소도장이 피곤한 듯 방에서 걸어 나가자 뜻밖에도 스토이트가 정말 부드럽게 말을 걸어왔는데, 전혀 예상치 못한 일이라 도리머스는 깜짝 놀랐다. 방 안에는 스토이트가 보란 듯이 과시하고 싶어 할 교도관이 두 명이나 있었기 때문이다.

"제섭, 당신은 총명한 사람 아닌가. 펠크를 보호하려고 애써봤자 아무 소용없다. 어쨌든 그에 대해서는 처형하기에 충분한 혐의를 갖고 있기 때문이지. 그러니 당신이 그의 반역에 대해 좀 더 상세한 내용을 우리에게 알려준다고 해도 그에게 추가로 피해가 가지는 않을 것이다. 그리고 당신한테도 좋은 전환점이 될 것이다."

도리머스는 아무 말도 하지 않았다.

"털어놓을 텐가?"

도리머스는 부정의 의미로 머리를 가로저었다.

"좋아, 그렇다면 하는 수 없지 … 틸렛!"

"제섭을 밀고한 그 자를 데려 오라!"

도리머스는 교도관이 줄리언을 데려올 것으로 예상했지만 방으로 비틀비틀 들어온 사람은 바로 줄리언의 할아버지였다. 수용소 뜰에서 도리머스는 젖은 걸레로 얼룩을 비벼냄으로써 성직자 외투의 위엄을 지키려고 애쓰는 그의 모습을 자주 보았지만 감방에는 옷을 걸 만한 고리가 없었고, 사제복은─ 팰크는 가난한 사목자였고, 사실 사제복은 기껏 해봐야 그렇게 비싸지도 않았다 ─ 이제 기괴하게 구겨져 있었다. 잠이 쏟아지는지 팰크 신부는 눈을 깜박거리고 있었고 은발은 새집을 지은 것처럼 부스스했다.

스토이트(30대 무렵)는 두 노인네를 향해 쾌활하게 말했다. "좋소, 자, 이제 두 사람은 장난은 그만두고 곰팡이 난 늙은 뇌에 제 정신을 좀 넣어보라고, 그래야 우리도 모두 좀 편히 잘거 아녀. 자, 이제 둘 다 상대가 반역자라고 자백했으니 솔직히 털어놓는 것이 어때?"

"뭐라고?" 도리머스가 놀라서 물었다.

"틀림없다니까! 여기 이 팰크 노인네가 당신이 자기 손자의 쪽지를 『버몬트 파수꾼』에 갖다 줬다고 말했다니까. 자, 그러니 누가 저 넝마를 발간했는지 털어놓는다면 ──── "

"나는 아무것도 자백한 게 없소. 자백할 것이 없단 말이오." 팰크 신부가 항변했다.

스토이트가 고함을 쳤다. "입 닥치지 못해? 이 늙은 위선자야!" 스토이트는 팰크 신부를 두들겨 바닥에 쓰러뜨렸고, 손과 무릎으로 정신없이 바동거리자 두툼한 군홧발로 옆구리를 찼다. 다른 두 교도관은 흥분한 도리머스를 뒤에서 꽉 잡고 있었다. 스토이트는 팰크 신부를 비웃었다. "좋아, 이 늙은 작자야, 기왕에 무릎 꿇었으니 어디 기도하는 소리나 들어볼까!"

"하고말고!"

몹시 고통스러워하며 팰크 신부는 바닥에서 흙 묻은 머리를 들어 올리더니 어깨를 꼿꼿이 하고 덜덜 떨리는 두 손을 맞잡고 사람이 인간적일 때에 한 번 들은 적이 있는 목소리로 아주 부드럽게 외쳤다. "하늘에 계신 아버지, 저희를 너무 오랫동안 용서해 오셨습니다! 저들을 용서하지 마시고 저주를 내려 주십시오, 저들은 자기가 무슨 짓을 하는지 다 알고 있습니다." 그 말과 함께 펠크 신부는 앞으로 고꾸라졌고, 도리머스는 그 목소리를 다시는 들을 수 없으리라는 것을 알고 있었다.

파리에서 『문학가가 전하는 말』에서 유명하고 온건한 문학교수인 기욤 세미는 늘 하던 대로 동조하는 글을 썼다.

나는 정치에 대해 섣불리 아는 척할 생각이 없다. 그리고 1938년 올해 여름 네 번째 미국 여행에서 코르포주의의 영향에 대해 대체로 피상적일 뿐 심도 있는 분석이라고는 할 수 없지만 우리 서구 세계의 매우 거대하고 젊은 사촌 격인 저 나라가 그렇게 약동하는 건강과 훌륭한 정신을 갖춘 것을 이전에는 결코 본 적이 없다. 임금통계표 같은 재미없는 현상은 경제학 동료 교수들에게 넘기고, 나는 오로지 내가 본 것만을 말하겠다. 무수한 퍼레이드, 코르포 청년 운동의 청춘 남녀와 미니트맨의 거대한 체육경기 연맹들은 그토록 혈기왕성하고 만족스러운 얼굴들과 그들의 영웅 윈드립 각하에 대한 올곧은 열망을 어찌나 열렬히 드러내는지 나도 모르게 외치지 않을 수 없었다. "여기 청춘의 강에 완전히 잠긴 건전한 나라가 있구나."

이제까지 유례가 없을 정도로 공공건물 재건축과 서민을 위한 공공아파트 건설로 전국 어디를 가나 떠들썩했다. 워싱턴 정가에서 나의 옛 동료 맥고블린 장관은 익히 잘 알려진 그의 강력하면서도 세련된 태도로 다음과 같이 외칠 정도로 훌륭했다. "적들은 우리의 노동 수용소가 사실상 예속 상태나 다름없다고 주장합니다. 나의 옛 친구여, 와서 보시게! 당신 눈으로 직접 보게 될 거요." 맥고블린 장관은 놀라울 정도로 빠른 미국 자동차에 나를 태우고 워싱턴 근처에 있는 어떤 노동 수용소로 안내했고, 근로자들을 모이게 한 후 솔직히 물었다. "여러분들은 사기가 낮습니까?" 그들은 마치 베르텡 요새의 성벽을 지키는 우리의 용감한 병사와도 같은 기개로 한 목소리로 외쳤다. "아니요!"

그곳에 충분히 머무르는 동안 나는 맥고블린 장관이 친절히게도 주선해준 통역가를 통해서 내가 하고 싶은 질문들을 마음껏 물어보며 다닐 수 있었는데, 그렇게 다가간 모든 근로자들은 이제까지 이 노동 수용소에서처럼 그렇게 잘 먹고 잘 대우받으며 자기가 선택한 일에 거의 시적인 관심을 발견하도록 도움을 받은 적이 없었다고 장담했다 — 노동 수용소는 모든 이들의 복지를 위한 체계적인 협동조합이라고 했다.

코르포주의에 반대하는 사람들이 강제수용소에서 제대로 먹지도 못하고 가혹 행위를 당하고 있다는 소문이 (특히, 안타깝게도 사랑하는 우리 조국 프랑스에서) 부끄럽게도 유포되고 있는데 과연 소문의 진실이 무엇인지 맥고블린 장관에게 약간 무모하다 싶게 단도직입적으로 물었다. 장관은 내게 그 용어가 교도소의 의미를 내포하고 있다면, '강제수용소' 같은 것은 아예 존재하지 않는다고 설명해주었다. 실질적으로는, 맥 빠진 신조로 변질된 '진보주의'의 그럴싸한 예언자들에게 불행히도 속아 넘어간 어른들이 당국이 경제를 통제하는 새로운 시대를 이해할 수 있게 재교육 받는 학교가 있을 뿐이었다. 그러한 캠프에서는 실제로 교도관이 전혀 없고 오직 끈기 있는 교사들과 한때 코르포주의를 완전히 오해하여 반대했다가 이제는 각하의 가장 열성적인 신봉자로서 나날이 발전하고 있는 사람들만이 있다고 장담했다.

우리의 진보적 지도자들의 비겁함과 전통주의와, 파시즘이나 공산주의 어느 한쪽을 확실히 지지하기를 두려워하는 나약하고 시대에 뒤진 사람들 때문에 프랑스와 대영제국이 의회주의와 소위 민주주의라는 수렁에서 여전히 뒹굴며 부채와 산업의 마비라는 수렁으로 매일 점점 더 빠져들고 있는 것을 보니 안타까움을 금할 수 없다. 이는 모두 독일인, 미국인, 이탈리아인, 터키인, 그 외에 정말로 용기 있는 사람들처럼 낡아빠진 방식을 과감히 던져 버리고 매우 강력한 전체주의 국가를 건전하고 뛰어나게 다스리도록 결단력 있는 사람들의 손에 맡길 용기가 없거나 너무 권력욕에 굶주린 사람들의 탓이다!

10월에는 도망자들이 탈출하도록 도왔다는 혐의를 받고 체포된 존 폴리콥이 트리아논 강제수용소에 도착했다. 폴리콥과 그의 친구 칼 파스칼이 만나자마자 처음 나눈 이야기는 안부를 묻는 말이 아니라 마치 30분 전에 끊어진 대화를 계속 이어서 주고받듯이 던지는 조롱이었다.

"어이, 오랜 볼셰비키, 그러게 내가 말했잖아! 자네들 공산당원들이 나와 노먼 토머스와 합세하여 프랭크 루스벨트를 지지했더라면 우리가 지금 이곳에 있지는 않았을 텐데!"

"뭐라고, 이 배신자들! 파시즘을 시작한 건 바로 토머스와 루스벨트라고! 당신한테 물어볼 말이 있어! 그러니 존, 입 닥치고 들으라고. 뉴딜이야말로 순수한 파시즘이 아니고 뭐겠어? 그들이 노동자에게 어떻게 했지? 이봐! 아니, 기다려, 내 말 먼저 들으라니까 ————"

도리머스는 다시 집에 있는 느낌이 들었고 위로가 되었다 — 동시에 아마도 풀리시가 존 폴리콥, 칼 파스칼, 허버트 후버, 버즈 윈드립, 리 새러슨, 그리고 도리머스 자신까지 전부 합쳐 놓은 것보다도 건설적인 의미에서 경제에 관련된 지혜가 더 뛰어나지 않을까 하는 생각이 들기도 했다. 그렇지 않다면 적어도 풀리시는 영어를 말할 수 없는 척함으로써 자신의 지혜가 부족하다는 사실을 숨길 만한 분별력은 갖고 있었다.

자신의 호텔 스위트룸에 돌아와 있던 섀드 레듀는 뭔가 무례한 취급을 받고 있다는 생각이 들었다. 자기야말로 그 지방에 있는 다른 어느 군수보다도 더 책임감 있게 많은 반역자들을 강제수용소에 보내왔는데 아직까지 승진이 안 되고 있었다.

늦은 시간이었다. 스완 지방장관 취임과 필립 제섭 재판관, 오언 피즐리 교육국장, 버몬트에서 더 많은 세금을 감당할 수 있는지 조사하고 있던 키퍼

슬리 준장으로 구성된 위원회 발족을 축하하여 프랜시스 태스브로우가 주최한 만찬에서 막 돌아온 참이었다.

새드는 불만스러웠다. 어떻게든 잘난 체하려 드는 저 망할 놈의 속물들! 저녁식사 자리에서 뉴욕의 그 흥청거리는 쇼 — 리 새러슨과 헥터 맥고블린이 쓴 코르포 최초의 시사풍자극 『스탈린 소환(Callin' Stalin)』 이야기를 하다니, 어떻게 이 얼간이들은 '코르포 예술'과 '유대인의 함축에서 자유로운 드라마'와 '순수한 계열의 앵글로 색슨 조각'과 심지어, 맙소사 '코르포의 물리학'에 대해 고통스러운 척하다니! 그저 잘난 척이나 하려는 거지! 그리고 그들은 포트 뷰러의 우쭐대는 설교가 팰크라는 작자에 대한 재미있는 이야기를 해주어도 새드에게 아무런 관심을 기울이지 않았다. 일요일 오전이면 미니트맨 대원들이 자기의 복음 가게에 오는 대신 훈련을 하러가자 시기심에 불타 손자를 시켜 미니트맨에 대한 거짓말을 날조해내려고 한 그 팰크 신부를 통쾌하게도 그의 교회 안에서 체포했는데도 말이다. 그렇게 흥미로운 이야기를 해주었는데도, 심지어 자기는 각하의 『최고를 뛰어넘는 결정적 순간』을 인용할 수 있을 정도로 꼼꼼히 완독했음에도, 테이블 매너에 세련되려고 노력하여 잔에 든 것을 마실 때는 새끼손가락을 내미는 데 주의를 기울였는데도 자기한테는 눈곱만큼도 관심을 주지 않았다.

새드는 외로웠다.

그가 예전에 당구장과 이발소에서 가장 잘 알던 친구들은 이제 자기를 무서워하는 것 같았고 태스브로우 같은 더러운 속물들은 여전히 무시한다.

그는 외로워서 시시 제섭이 있었으면 했다.

그녀의 아버지인 도리머스가 트리아논 강제수용소로 보내진 이후로, 새드는 자신이 군수이고 그녀는 단지 범죄자의 몰락한 딸인데도 불구하고 그녀를 함부로 자기 처소에 들이기가 뭣했다.

그래서 새드는 시시에게 더 애가 탔다. 왜 아니겠는가, 다른 방식으로 그녀를 가질 수 없다면 거의 결혼하려고까지 마음먹고 있었는데! 그러나 그런 말을 여러 번 암시했는데도 그때마다 시시는 그냥 웃기만 했다, 아 더러운 작은 속물 같으니라고!

섀드는 예전에 일꾼이었을 때에는 부유하고 유명해지면 굉장히 신날 거라고 생각했었다. 그러나 지금 기분은 그때랑 하나도 다르지 않았다! 제기랄!

32장

예일대 문학사, 시카고대 박사 출신인 라이오넬 애덤스 박사는 전직 언론인으로서, 아프리카 미국 영사를 역임했고 버질리어스 윈드립이 당선되었을 당시에는 하워드 대학의 인류학 교수였다. 모든 동료들과 마찬가지로 그 역시 훌륭하고 가난한 백인에게 교수직을 빼앗겼는데, 그의 후임으로 온 백인은 인류학 분야에서 받은 유일한 교육이라고는 사진가로서 유카탄 반도 탐험에 참가한 것이 고작이었다. 흑인들이 예속 상태로 돌아가는 새로운 굴종을 참으라고 조언하는 부커 워싱턴 흑인학교와 공산주의자들과 합류하여 흑백을 막론하고 모든 사람들의 경제적 자유를 위해 투쟁할 것을 요구하는 급진주의자들 사이에서 애덤스 교수는 예전의 입장인 온건한 점진적 사회주의 노선을 고수했다.

그는 전국을 돌아다니며 흑인들에게 '현실을 제대로 인식하고' 미래에 자신들이 할 수 있는 것을 만들어나가야 한다고 연설했다. 즉 유토피아적 환상에만 빠져 있을 것이 아니라 현재 자신들이 처한 피할 수 없는 상황을 인정하자는 것이었다.

버몬트의 벌링턴 근처에 작은 흑인 정착촌이 하나 있었는데, 주로 남북 전쟁이 일어나기 전 트루먼 웹의 할아버지 같은 열성 조력자들이 운영하던 조직 '언더그라운드 레일로드'의 도움으로 캐나다로 탈출했지만 이미 강하게 뿌리를 내린 조국에 대한 사랑 때문에 전쟁이 끝난 후 미국으로 돌아온 흑인 노예들의 후손으로서 농산물을 내다 파는 농부, 정원사, 가사노동자들이 모여 사는 곳이었다. (코르포 시대 이전에 자유로운 상황에서) 젊은 흑인 간호사, 의사, 상인, 공무원들은 정착촌을 떠나 대도시로 가버렸다.

이 정착촌 사람들을 대상으로 애덤스 교수는 젊은 흑인 저항자들에게 단순히 사회적 지위보다는 정신적인 면에서 발전하려고 애쓰라고 요구하는 취지의 연설을 했다.

벌링턴 정착촌에서는 애덤스 교수에 대해 개인적으로 아는 바가 없었으므로 오스카 레듀 대장, 즉 '섀드'는 그의 강연을 검열하라는 명령을 받았다. 그는 강연장 뒤쪽에 있는 의자에 자리를 잡고 앉았다. 미니트맨 사령관들의 연설과 초급학교 선생님의 도덕 훈화를 제외하면 그것이 그의 생애에서 처음으로 들어보는 강연이었으므로 별로 대수롭게 생각하지 않았다. 이 점잖 빼는 흑인이 섀드가 제일 좋아하는 작가인 옥태버스 로이 코헨의 작품 속 등장인물처럼 속사포로 말하지 않고 건방지게도 자기처럼 훌륭하게 또박또박 말하려고 하자 화가 났다. 게다가 입이 큰 그 흑인이 청동 조각상처럼 당당해 보이는 것에 더 분개했고 마지막에는 턱시도까지 갖춰 입은 모습을 보려니 울화가 치밀었다!

그래서 애덤스가 자기를 비롯해 흑인들 중에도 훌륭한 시인과 교사와 심지어 의사와 엔지니어도 있다고 주장했을 때 그것은 명백히 사람들에게 정부에 대한 반란을 선동하려는 시도가 분명했으므로 섀드는 부대원들에게 신호를 하여, 강연 중인 애덤스를 그 자리에서 바로 체포했다. "이 더럽고 무식하고 고약한 흑인 새끼야! 너를 위해서 그 큰 주둥아리를 영원히 다물게 해주마!"

애덤스 박사는 트리아논 강제수용소로 보내졌다. 스토이트 소위는 들어온 지 얼마 안 되는 저 떨거지들(거의 공산주의자들)인 제섭과 파스칼의 방에 흑인을 처넣으면 그들에게 굉장한 조롱거리가 될 것으로 생각했다. 그러나 예상과 달리 그들은 정말로 애덤스를 좋아하는 것처럼 보였다. 마치 그가 백인 지식층인양 허물없이 이야기를 나누는 것 아닌가! 그래서 스토이트는 애덤스를 그 방에서 빼내어 독방에 가두어버렸다. 그곳에서라면 은혜를 원수로 갚은 자신의 죄에 대해 곰곰이 생각해 볼 수 있을 것이었다.

트리아논 강제수용소에서 벌어진 가장 충격적인 사건은 1938년 11월에 일어났다. 가장 최근에 들어온 죄수가 바로 섀드 레듀였던 것이다.

섀드 레듀라면 재소자의 거의 절반에 가까운 사람들을 그곳에 보낸 원흉 아니었던가.

죄수들은 섀드가 프랜시스 태스브로우의 고발로 체포되었다고 수군거렸다. 공식적인 사유는 상인들로부터 뇌물을 받았다는 혐의였다. 비공식적 사유는 받은 뇌물을 태스브로우에게 충분히 상납하지 않았다는 것이었다. 그러나 그런 애매한 이유는 제쳐두고 사람들은 이제 그렇게 사정권 안에 들어온 섀드를 어떻게 죽이는가 하는 문제에 더 골몰했다.

• • •

줄리언 팰크 같은 빨갱이만을 제외하고, 해이해진 기강을 바로잡기 위해 들어온 모든 미니트맨 죄수들은 강제수용소에서 특별대우를 받았다. 그들은 일반인, 즉 범죄인, 다시 말해서 정치범들로부터 보복을 당하지 않도록 보호를 받았다. 그리고 그들 가운데 대부분이 일단 교화의 과정을 거치고 나면 불평분자들을 어떻게 혹독하게 다루어야 하는지에 대해 더 많은 것을 배워 원래의 미니트맨 계급으로 복귀했다. 섀드는 꽤 괜찮은 문간방 같은 널찍한 독실에 수용되었고, 저녁마다 장교 식당에서 두 시간을 보내도록 허용되었다. 운동시간이 다른 재소자들과 달랐기 때문에 섀드에 대한 접근은 원천적으로 봉쇄되었다.

한편 도리머스는 섀드 제거 계획을 세우고 있는 사람들에게 그러지 말라고 간청했다. 그러자 칼 파스칼이 반문했다.

"맙소사, 도리머스, 그렇게 진짜 현실에서 전투를 겪어놓고도, 여전히 부르주아 반전주의자의 입장은 변함이 없군요 — 레듀 같은 돼지고기 덩어리에게 존엄함이 있다고 아직도 믿는 겁니까?"

"음, 그래. 그렇네 — 약간은. 나는 섀드가 열두 자식을 데리고 테러 산에서 근근이 살던 집안 출신이라는 것을 알고 있네. 기회가 별로 많지 않았겠지. 하지만 그보다도 더 중요한 점은, 개인적 암살은 압제에 맞서 싸우는 효율적인 방법이라고 생각하지 않기 때문이라네. 독재자들의 피는 대량학살의 씨앗이 되고 ——— "

"지금이야말로 작은 숙청이라도 실행에 옮겨야 할 시간에 나한테서 무슨 암시라도 받아 심오한 원칙을 읊어대고 있는 겁니까? 이 한 명의 독재자가 수많은 피를 흘리게 할 텐데!"

파스칼이 몹시 흥분하면 허풍쟁이에 불과하다고 생각한 도리머스는 이제까지의 모든 호의가 싹 가신 눈길로 그를 쳐다보았다. 칼은 도리머스가 오기 전부터 함께 지냈던 다른 감방 동료들에게 물었다. "이 병균 같은 놈, 레듀를 처치할까?"

존 폴리콥, 트루먼 웹, 외과의사, 목수는 아무런 감정 없이 각자 고개를 천천히 끄덕였다.

운동 시간에 죄수들이 구내 뜰로 줄지어 나가다 웅성거리는 소리와 함께 갑자기 질서가 무너졌다. 한 죄수가 발이 걸린 바람에 비명을 지르며 다른 사람 위로 넘어졌고 사과를 하느라 시끄러웠던 것인데 — 넘어진 그곳이 바로 섀드 레듀의 빗장으로 잠긴 감방 입구였다. 그 사고 때문에 사람들이 섀드의 감방 앞으로 몰려들었다. 무리 끝자락에 있던 도리머스는 넓적한 얼굴이 공포로 하얗게 질린 채 밖을 내다보고 있던 섀드를 보았다.

어쨌든 누군가가 휘발유에 적신 커다란 쓰레기 뭉치에 불을 붙여 섀드의 감방 안으로 던져 넣었다. 옆 감방과 분리하던 얇은 벽판에 삽시간에 불이 옮아 붙었다. 이내 온 방이 용광로처럼 활활 타올랐다. 섀드는 팔꿈치와 어깨로 불길을 내리치며 비명을 질러댔다. 도리머스는 예전에 북극 지방에 갔었을 때 늑대에게 잡아 뜯기던 말의 비명소리가 기억났다.

나중에 끌어내고 보니 섀드는 죽어 있었다. 얼굴은 다 타서 아예 형체를 알아볼 수 없었다.

코울릭 수용소장은 직위해제 되어 원래 있었던 한직으로 쫓겨났다. 그리고 후임으로는 섀드의 친구이자 지금은 대대장이 된 호전적인 스네이크 티즈라가 왔다. 그가 부임하여 실행한 첫 조치는 200명이나 되는 모든 재소자들을 뜰로 불러내놓고 다음과 같이 발표한 것이었다. "너희들 살인자 한 사람 한 사람에게 신의 공포를 뼛속 깊이 심어줄 때까지는 너희들을 어떻게 먹이고 재울지에 대해서는 한 마디도 하지 않겠다!"

그는 섀드의 감방에 불타는 쓰레기 뭉치를 던진 범인이 누구인지 밀고하는 자는 완전히 사면해주겠다고 제안했다. 그 뒤를 이어 누구든 그렇게 밀고하는 자는 살아서 나가지 못할 거라는 은밀한 제안이 죄수들 사이에서 열렬하게 터져 나왔다. 그래서 도리머스의 예상대로 모든 재소자들은 섀드의 죽음 값보다도 더 혹독하게 닦달을 당했다. 도리머스에게는 시시를 생각하면, 해노버에서 자기를 모함한 섀드의 증언을 생각하면, 그의 죽음은 충분히 그럴 만한 가치가 있었다. 톡톡히 제값을 치른 것이고 아주 통쾌했다.

애핑엄 스완 지방장관이 주재하는(그는 온갖 궂은 일로 매우 바빴다. 참가하기 위해 비행기를 이용할 정도였다) 특별 심문 위원회가 소집되었다. 수용소내의 재소자 가운데 스무 명에 한 명씩 10명의 재소자가 추첨으로 뽑혀 즉석에서 총살당했다. 그들 가운데에는 빅터 러브랜드 교수도 있었다. 너덜너덜하게 해진 옷과 온갖 상처에도 불구하고 매끈한 황갈색 머리칼을 가운데 가르

바로 넘기고 안경을 걸친 러브랜드는 총살병을 바라보는 마지막 순간까지도 흐트러짐 없는 학자의 모습을 지켰다.

줄리언 펠크 같은 용의자들은 더욱 자주 두들겨 맞았고, 제대로 서 있지도, 앉지도, 누울 수도 없는 독방에 오래도록 갇혀 있었다.

그리고 나서 12월이 되자 2주 동안은 모든 면회와 편지가 금지되었고, 새로 도착한 죄수들은 기존 죄수들과 섞지 않고 따로 가두었다. 한 감방에 수감된 죄수들은 기숙사의 소년들처럼 한밤중이 될 때까지도 자지 않고 이 조치가 스네이크 티즈라의 더 심한 복수인지, 너무 충격적이어서 죄수들이 알면 안 되는 무슨 일이 바깥 세계에서 벌어지고 있는 징표가 아닌지 수군거렸다.

33장

줄리언과 그의 할아버지와 존 폴리콥이 체포되어 도리머스가 갇혀 있는 수용소로 끌려가고, 멍고 키테릭과 해리 킨더맨처럼 훨씬 소심한 저항가들은 겁을 먹고 뉴 언더그라운드 활동을 접고 나자 메리 그린힐이 시시, 페레픽스 신부, 옴스테드 박사와 그의 운전수, 그 외에 남은 다른 조직원 여섯 사람과 함께 포트 뷰러 지부를 넘겨받아 관리해야 했다. 그리고 지부를 관리해나가던 메리는 분노로 가득 찬 열의만 있었지 감각은 많지 않았다. 그녀가 할 수 있었던 일이라고는 도망자들의 탈출을 돕고 줄리언이 없는 상태에서 자신이 알아낼 수 있었던 사소한 반 코르포스 뉴스거리들을 퍼뜨리는 것이 전부였다.

남편이 처형된 이후로 꾸준히 마음속에서 자라 왔던 악마는 이제 커다란 종양이 되어 메리는 아무것도 하지 않는 상태에 참을 수 없을 정도로 화가 났다. 암살에 대해서 매우 진지하게 말을 꺼냈다 — 사실 도리머스의 딸 메리 그린힐이 암살을 입에 올리기 훨씬 전부터 고층건물에 살고 있던 황금을 두른 폭군들은 어두운 산골짜기 마을에 사는 젊은 미망인들의 위협에 떨었다.

메리는 (알 수는 없지만 추정컨대) 남편에게 실질적으로 발포한 장본인인 섀드 레듀를 제일 먼저 죽이길 원했다. 그러나 이렇게 작은 도시에서는 이제껏 당한 것보다도 훨씬 더 가족들에게 해가 갈 것이다. 섀드가 체포되어 수용소에서 살해당하기 전에 메리는 시시가 가서 그와 함께 살면 굉장한 첩보활동이 될 것이라고 진지하게 제안했다. 한때는 자신도 경솔하게 그런 생각을 한 적이 있긴 했지만 줄리언이 잡혀가고 난 후에는 너무도 여위고 말 수가 줄어든 시시는 메리가 미친 것이 확실하다는 생각이 들어 밤이면 공포에 사로잡혔다. … 시시는 메리가 수정처럼 단단하고 전도양양한 스포츠 선수 시절에, 개를 학대한 한 농부를 승마용 회초리로 마구 때렸던 것이 기억났다.

메리는 옴스테드 박사와 페레픽스 신부의 신중함에 신물이 났다. 두 사람은 자유라고 불리는 모호한 상태를 더 좋아할 뿐 폭행당하는 것은 끔찍이도 싫어했다. 그녀는 두 사람에게 호통을 쳤다. 그러고도 사내라고 할 수 있어요? 왜 나가서 뭐라도 하지 않나요?

집에서는 어머니 때문에 화가 났다. 엠마는 도리머스가 수용소에 갇혀 있는 것보다도 그가 잡혀갈 당시 아끼던 작은 탁자가 박살난 것을 더 애석해하는 것 같았다.

코르포 신문에서 새로운 지방장관 애핑엄 스완의 위대함을 떠들어대고 뉴 언더그라운드의 보고서 기록에서 그가 죄 없는 죄수들을 즉결 심판한 내용을 보고 메리는 광풍과 같은 마음으로 이 인물을 죽여야겠다고 결심했다. (트리아논 집단수용소로 들어가기 전인) 섀드보다도 파울러가 그렇게 된 데 더 큰 책임을 물어야 할 사람은 바로 스완이었다. 메리는 어떻게 하면 좋을지 아주 냉정하게 생각해보았다. 그것이 바로 코르포스가 미국의 국가적 자부심을 되살리겠다는 프로그램으로 가정밖에 모르던 얌전한 여인들 사이에 불어넣고 있던 종류의 생각이었다.

엄마를 따라온 아기들을 제외하고는 강제수용소에서 동시에 두 명 이상은 면회가 금지되었다. 그래서 10월 초 메리는 도리머스와, 또다른 캠프에 있는 벅 타이터스를 면회 갔을 때 두 사람에게 각기 거의 똑같은 말로 겨우 중얼거리는 것이 고작이었다. "잘 들으세요! 제가 가고 나면 데이비드를 잘 지켜주세요 — 하지만, 아, 녀석이 얼마나 쑥쑥 크는지요! — 정문에 있는 모습이 보이실 거예요. 혹시라도 제게 무슨 일이 생기면, 혹시라도 병에 걸리기니 무슨 일이 있으면 이곳에서 니오거든 데이비드를 돌봐주세요 — 그럴 거죠, 그렇게 해주실 거죠?"

그들이 걱정할까봐 메리는 아무렇지도 않은 척 하려고 했다. 그렇지만 잘 통하지는 않았다.

메리는 남편 파울러가 죽고 난 후 아버지가 자신을 위해 들어주었던 소액의 펀드에서 두 달 정도 쓰기에 충분한 돈을 인출한 후, 나머지 금액은 어머니나 시시가 인출할 수 있게 권한을 위임해두었다. 그리고는 데이비드와 엠마와 시시에게 별일 아닌 듯 작별인사를 하고 유쾌하고 수다스럽게 기차에 올라 북동 지방의 수도인 올버니로 갔다. 변화가 필요하니 올버니 부근의 결혼한 시누이집에 가서 잠시 머물다 오겠다는 핑계를 댔다.

실제로는 시누이가 용인할 수 있을 정도로만 머물렀다. 그러나 시누이 집에 도착하고 나서 이틀 후에는 코르포 여성 비행단의 신생 올버니 훈련장으로 가서 조종술과 폭파술 과정에 등록했다.

불가피한 전쟁이 닥치게 되면, 캐나다, 멕시코, 러시아, 쿠바, 일본, 또는 '국경을 위협하고 있는' 스테이튼 아일랜드 가운데 어느 곳과 전쟁을 벌일지 정부가 결정하고 방어선을 바깥으로 확장시켜 나갈 때면 코르포스 최고의 여성 조종사들은 정식 보조군으로 임관되게 될 것이다. 진보주의자들이 여성에게 부여한 옛 '권리들'은 (여성들을 위한다는 미명하에) 빼앗아갈 수도 있지만 여성들이 전투에서 죽을 권리는 아예 처음부터 없었다.

훈련을 받는 동안, 메리는 가족들이 안심할 수 있게 편지를 썼다 — 그 가운데 대부분은 데이비드에게, 뭐라고 하든 할머니 말씀을 잘 들으라고 타이르는 엽서를 보냈다.

메리는 미니트맨 장교들로 가득 찬 활기 찬 기숙사에서 살았는데, 장교들은 스완 지방장관이 비행기를 타고 잦은 시찰 순방을 다니는 것에 대해 아는 바는 많았지만 별로 발설하지는 않았다. 그곳에서 그녀는 아주 많은 곤욕스러운 제안으로 칭찬을 받기도 했다.

열다섯 살 때부터 운전대를 잡은 메리는 대도시 보스턴의 혼잡한 교통 속에서도 운전을 해봤고, 퀘벡 평원을 횡단하기도 하고, 폭풍이 몰아치는 험난한 산길에서도 차를 몰아봤다. 한밤중에 손수 정비도 해보았다. 그리고 시야가 정확했고 외부활동으로 단련된 대담함도 있었으며 누군가를 죽이려고 계획을 세우는 동안에는 사람들의 주목을 피하려는 꾸준한 단호함도 있었다. 하늘은 사랑을 하기에 더없이 좋은 공간이라고 생각하면서도 메리가 자신을 왜 비웃는지 그 이유를 절대로 이해할 수 없었던 미니트맨 조종사로부터 10시간의 비행 훈련을 받은 후 메리는 처음으로 단독 비행에 나섰고 놀라울 정도의 착륙 솜씨를 보여주었다. 비행 강사는 메리가 겁이 없다고(다른 무엇보다도 적절하지 않았다), 완벽한 조종 기술을 터득하기 위해 남은 한 가지는 바로 약간의 두려움이라고 말했다.

비행술을 익히는 동안 메리는 코르포스가 더욱 적극적으로 전파하던 일상 훈련의 한 가지인 폭파 수업에서는 가르침에 잘 따르는 착실한 학생이었다.

그녀는 특히 밀스 수류탄에 관심이 있었는데, 레버를 지탱하고 있던 안전핀을 뽑고 손가락으로 수류탄의 레버가 떨어지지 않도록 꽉 쥐고 있다가 던지면 되었다. 레버가 느슨하게 풀리고 5초가 지나면 수류탄이 폭발하여 많은 사람을 죽일 수 있었다. 수류탄이 비행기에서 투척된 적은 한 번도 없었지만, 메리는 시도해볼 가치가 있다고 생각했다. 미니트맨 장교들이 해준 이야기가 있었다. 공장에서 쫓겨난 한 철강 노동자 무리가 시위를 시작했을 때 치안대를 지휘하던 스완 본인이 직접 수류탄을 투척했다고 한다. 그로 인해 여성 두 명과 아기가 사망했다.

메리는 눈구름이 짙게 깔린 고요한 11월의 어느 날 아침 여섯 번째 단독 비행에 나섰다. 그녀는 지상 정비원들과 그다지 많은 말을 나누지는 않았지만 이날 아침에는 '진짜 천사처럼' 지상을 떠나 날아올라 미지의 구름 광야를 배회하고 다닐 수 있다고 생각하니 흥분된다고 말했다. 그녀는 비행기의 버팀목을 쓰다듬었다. 메리가 탈 비행기는 날개가 기체 상부에 있고 조종간이 열려 있는 레너드 단엽 비행기로서 추격과 재빠른 폭탄 투하를 위한 용도로 만들어진 매우 빠른 최신식 군용기였다. … 빽빽이 밀집되어 있는 군대 수백 명을 순식간에 살상할 수도 있는 기계였다.

익히 들었던 대로, 애핑엄 스완 지방장관은 아마도 뉴잉글랜드 지방으로 비행할 경우에는 커다란 선실이 있는 공식 전용기를 탔다. 그는 키가 컸다. 가벼운 비행 헬멧에 수수한 푸른색 능직 옷을 걸친 그는 위엄이 있고 군인다운 모습에 폴로를 연상시키는 고위 인사였다. 열두 명이나 되는 아첨꾼들은 ― 비서진, 경호원, 운전수, 군수들, 교육국장들, 노동국장들 ― 모자를 벗어 손에 들고, 만면 가득 미소를 짓고, 오늘날의 자신들이 있게 해준데 대한 감사로 굽실거리는 정신 자세로 늘 그의 곁을 지켰다. 스완은 그들에게 상당히 호통을 치기도 하며 부산하게 돌아다녔다. 그가 비행기 선실의 계단을 올라가는 동안 (메리는 열차 사고로 죽은 기관사 '케이시 존스'를 떠올리며 미소 지었다) 육중한 오토바이를 탄 전령이 굉음을 내며 마지막 전보들을 가지고 나타났다. 놀랍게도 노란 봉투가 50여개는 되는 것 같았다. 스완은 굽실거리며 뒤에서 따라오고 있던 비서에게 봉투 더미를 넘겼다. 지방장관과 비서와 총으로 불룩하게 무장한 두 경호원이 탑승하자 후부 선실의 문이 닫혔다.

스완은 전용 비행기에 당통 마라의 소유였다가 그 다음에는 히틀러가 소유했던 책상을 가지고 있다는 말이 있었다.

막 조종간으로 들어간 메리에게 한 정비공이 굉음을 내며 출발하는 스완의 비행기를 존경스러운 듯이 가리키며 외쳤다. "와, 정말 대단한 인물이야! ― 스완 대장이요! 듣기로는 오늘 오전에 각하를 접견하러 워싱턴으로 날아가는 거라고 하던데 ― 와, 생각해봐요, 각하랑 마주한다니!"

"누군가가 스완 씨와 각하를 쏜다면 그거야말로 끝내줄 것 같지 않나요?

온 역사를 바꿀 텐데." 메리가 고함을 질렀다

"말도 안 돼요! 저기 경호원들이 안 보여요? 저들은 연대가 통째로 몰려와도 못 건드릴 걸요 — 월트 트로우브리지와 다른 공산주의자들이 전부 다 덤벼도 못 당할 걸요!"

"그럴 것 같네요. 하늘에서 하느님이 직접 쏘는 것 말고는 스완 씨에게 접근할 방법이 없겠어요."

"하! 하! 맞아요! 하지만 며칠 전 어느 작자가 그러더라고요, 하느님이 잠자러 가신 것 같다고요."

"어쩌면 이제 하느님을 깨워야 할 때인지도 모르죠!" 메리는 그렇게 말하며 손을 들어올렸다.

메리가 모는 비행기는 최고 속도가 시속 460여 킬로미터 정도였고, 스완의 금빛 비행기는 370여 킬로미터밖에 안 나왔다. 이내 하늘로 솟아오른 메리는 스완의 뒤에 약간 처져 있었다. 선실을 갖춘 스완의 비행기는 날개를 펼치고 날아가는 모습을 지상에서 올려다보았을 때에는 매머드급 유람선 퀸 메리처럼 거대해 보였지만 지금은 누덕누덕 깔은 마루 조각처럼 보이는 저 아래 지상 위에 떠서 비틀비틀 날아가는 하얀 비둘기처럼 작게 보였다.

메리는 전날 오후 학교에서 몰래 훔쳐낸 수류탄 세 발을 비행 재킷 주머니에서 꺼냈다. 좀 더 무거운 폭탄은 들고 나올 수가 없었다. 앞에 가고 있는 스완의 비행기를 보고 있으니 처음으로 떨렸다. 그녀는 엔진처럼 기계적으로 비행기에 단순히 붙어있는 부품이라기보다는 따뜻한 피가 흐르는 존재가 되었다.

"숙녀답게 가려면 떨리는 것부터 극복해야지." 메리는 한숨을 내쉬더니 스완의 비행기를 향해 돌진했다.

당연히 그녀의 접근은 환영받지 못했다. 불행히도 그날 오전에는 죽음이나 메리 그린힐이 애핑엄 스완과 정식 약속을 잡지 못했다. 화를 잘 내는 비서들과 전화나 사전조율도 없었고, 그의 최후의 날에 대해 위대한 창조주가 말끔하게 적어놓지도 않았다. 스완이 업무를 보러 돌아다니는 수십 개의 사무실에서든, 대리석 저택에서든, 심의회장과 사열대에서든 그의 가장 탁월한 상섬은 절통 경계였다. 그는 메리 그린힐 같은 보통 사람이 범접할 수 있는 인물이 아니었다 — 황제와 평민이 오로지 장난감 같은 날개와 신의 은총에 의지해 똑같이 떠 있는 공간인 창공을 제외하면 말이다.

메리는 세 번이나 스완의 비행기 위쪽으로 올라가 수류탄을 떨어뜨렸지만 번번이 빗나갔다. 그의 비행기는 착륙하기 위해 즉시 하강을 시작했고 경호원들은 그녀의 비행기를 향해 총을 난사했다.

"오, 좋아!" 메리는 밝게 빛나는 금속 날개를 향해 달려들었다.

마지막 10초 동안 비행기 날개가 어렸을 적 캔디 부인의 전임 가정부가 — 그녀의 이름이 뭐였더라? — 마미 뭐 그랬던 것 같다 — 사용했던 아연 빨래판과 아주 흡사해 보인다는 생각이 들었다. 그리고 데이비드와 마지막 몇 달을 더 보냈더라면 하고 바랐다. 그리고 자기가 스완의 비행기를 향해 내려간다기보다 그 비행기가 자기를 향해 돌진하는 것처럼 느껴졌다.

충돌은 대단했다. 메리가 낙하산을 당겨 막 빠져나오려던 순간이었다 — 그러나 이미 늦었다. 그녀가 마지막 순간 본 것은 바로 자신의 얼굴로 날아오는 미친 듯이 돌아가는 박살난 날개와 거대한 엔진이었다.

34장

체포되기 이전의 줄리언에 대해서 언급하고 넘어가자면, 미니트맨의 부정부패와 잔악함과 뉴 언더그라운드 조직원들의 체포 계획에 대해 계속 보고했지만 몬트리올에 있는 본부에서는 별로 특기할 만한 것을 찾지는 못했다. 그럼에도 줄리언은 캐나다로 탈출하려 한다고 의심받고 있던 네다섯 사람에게 경고해줄 수 있었다. 그는 죄수들에게 가해지는 태형에서도 도움을 주어야 했다. 그가 불안해하는 척했으므로 다른 병사들은 그를 비웃었다. 그리고 그가 날리는 주먹은 몹시 가벼웠다.

줄리언은 해노버에 있는 미니트맨 도청의 대장으로 승진해야겠다고 마음먹고, 그것을 위해 한가한 시간을 이용해 타이핑과 속기를 배웠다. 그에게는 나름대로 그럴싸한 계획이 있었다. 집안의 오랜 지기인 프랜시스 태스브로우 도지사에게 접근해서 자기의 고귀한 자질로 신성한 정부에 저지른 아버지의 불충을 벌충하고 싶다고 밝히고 그의 비서가 되는 것이었다. 그래서 태스브로우의 비밀 파일들을 엿볼 수만 있다면! 몬트리올 본부의 구미가 당길 만한 것이 있을 것이다!

시시와 줄리언은 은밀한 접선에서 신나서 그 문제를 논의했다. 꼬박 30분 동안 시시는 수용소에 있는 아버지와 벅 아저씨에 대해서 완전히 잊어버릴 수 있었고, 미칠 것 같은 메리의 점점 심해지는 불안 증세도 좀 잊을 수 있었다.

그런데 9월 말이 되자 전혀 예상치 못하게 줄리언이 갑자기 구속되었다.

시시는 그린 지방에서의 미니트맨에 대한 평가를 보고 있었다. "영웅주의와 자유를 위한 투쟁의 오랜 상징이 윈드립과 그의 일당에 의해 치욕스럽게도 모든 잔악과 포악과 거짓의 상징으로 전락했다"고 (자주) 표현한 월트 트로우브리지의 말처럼 미니트맨의 푸른색 제복을 이론적으로는 혐오했지만, 10여 명의 소규모 분대를 지휘하는 분대장이라는 점을 제외하고 보면, 제복을 걸친 단정하고 눈부신 줄리언에 대한 자부심이 줄어들지는 않았다.

줄리언의 분대가 편히 쉬며 서 있는데, 커다란 차가 갑자기 나타나더니 섀드 레듀 군수가 뛰어내려 줄리언에게 성큼성큼 다가오며 소리쳤다. "이 녀석 — 이 자는 반역자다!" 그리고 줄리언의 칼라에서 미니트맨의 배지를 잡아뜯고 그의 얼굴에 주먹을 날리더니 그를 자신의 개인 사병에게 넘겼다. 그 사이 줄리언의 분대원들은 반항하지 못하도록 제지당했다.

트리아논에 수용된 줄리언의 면회는 허용되지 않았다. 줄리언이 아직 처형되지 않았다는 사실 외에는 시시가 알 수 있는 것이 전혀 없었다.

메리가 죽고 영웅으로 추대되어 군인 장이 치러진 후 매사추세츠 순회 재판정에서 온 필립은 충격에 비틀거렸다. 그는 고개를 절레절레 흔들며 입술을 삐죽 내밀었다.

그는 엠마와 시시에게 말했다. "맹세하건대 — 그러나 그는 실제로 맹세를 할 만큼 그렇게 큰 일을 하지는 않았다 — 맹세하건대, 가끔은 아버지와 메리가 약간 광기가 있는 것 아닌가 생각하지 않을 수 없어요. 말로 하기는 끔찍하지만 분명히 그런 점이 있다고 봐요. 하지만 우리는 요즘처럼 어수선한 시절에는 사실을 직시해야 해요. 그래서 솔직히 어떤 때는 우리 가문 조상 중에 미친 분이 있었을 거라는 생각이 들어요. 하느님께 감사하게도 저는 그러한 기질을 피한 것 같아요! — 제게 다른 미덕이 없더라도 최소한 지극히 제정신이니까요! 그 점 때문에 아버지는 제가 평범하다고 생각하시지만요! 그리고 물론 어머니도 그것과는 완전히 거리가 머시죠. 네 자신을 지켜봐야 할 사람은 너다, 세실리아." (시시는 약간 펄쩍 뛰었다. 필립에게 미쳤다는 말을 듣는 것도 환장할 노릇인데 거기다 '세실리아'라고 부르다니 어이가 없었다. 결국 자기의 이름은 세실리아가 맞다는 점은 부인할 수 없었다.) "세실리아, 나도 이런 말 하고 싶진 않지만, 그동안 네가 위험하게도 경솔하고 이기적인 경향이 있다는 생각이 자주 들었다. 그리고 어머니, 아시다시피 저는 매우 바쁜 사람이잖아요. 그저 한가하게 논쟁을 벌이고 논의하는데 많은 시간을 낼 수가 없어요. 그래서 드리는 말씀인데 제가 보기에 최고의 방안이고 메릴라에게도 현명한 방안이라고 거의 설득할 수 있을 것 같아요. 이제 메리도 죽고 없으니 이 큰 집을 좀 정리하거나 더 좋은 방법으로는 세놓으시면 어떨까 싶어요. 불쌍한 아버지께서 — 어 — 아버지가 돌아오실 때까지만요. 저희 집이 여기처럼 크진 않지만 훨씬 현대적이고 가스난로에 최신식 배관도 갖췄고, 무엇보다도 저희 로즈 레인에서는 처음으로 텔레비전도 들여놓았거든요. 기분 나쁘게 하려는 말씀은 아니고요, 아시다시피 사람들이 저에 대해 뭐라고 말하든, 저는 무엇보다도 옛 전통을 지켜야 한다고 생각하고 작고한 스완만큼 가난하다고 생각하지만 이 오래된 집은 음산하고 좀 구식인 것 같아요. 물론 개축하자고 아버지를 설득할 순 없지만 — 어쨌든 어머니와 데이비드가 우스터로 와서 저희랑 사시면 좋겠어요, 당장이요. 시시, 너도 오겠다면 우리야 대환영이지만 좀 더 활기찬 일을 하고 싶다면 코르포 여성 지원단 같은데 가입하는 것도 ————— "

시시는 몹시 화가 났다, 오빠는 모든 사람들한테 너무 친절한 척하지! 하지만 뭐라고 욕할 수는 없었다. 데이비드가 필립 삼촌이 가져온 미니트맨 제복을 입고 이리저리 돌아다니면서 대부분의 소년과 마찬가지로 '원드립 만세!'라고 외치며 노는 모습을 보자 자기도 꼭 따라가야 할 것 같았다.

어찌하면 좋을지 몰라 시시는 비처 폴스에 있는 로린다 파이크에게 전화를 걸어보았고, 필립에게 로린다의 찻집 일을 거들어주러 가겠다고 말할 수 있었다. 엠마와 데이비드는 우스터로 떠났다 — 마지막으로 작별하는 순간 역에서 엠마는 눈물을 실금 내비쳤시만, 네이비드는 힐머니에게 우스디기 보스턴, 런던, 할리우드, 황야의 서부 목장을 다 합쳐놓은 것처럼 좋다고 한 필립 삼촌의 말을 기억하라고 애원했다. 시시는 집을 세놓기 위해 뒤에 남았다. 빵집을 열 계획이었고 지난 몇 주 동안의 봉급이 정산되었는지 여부에 대해 어차피 해결할 능력이 없는 시시에게는 전혀 알리지 않던 캔디 부인은 시시와 도리머스 두 사람만 좋아하던 외국 접시들을 모두 정리하여 시시에게 도움을 주었다. 두 사람은 침울한 기분으로 부엌에서 함께 식사를 했다.

그래서 이제는 섀드가 마수를 뻗칠 수 있는 시간이 되었다.

그는 11월 느닷없이 시시를 찾아왔다. 그가 아버지와 줄리언과 벽과 강제수용소에 보낸 많은 사람들에게 한 짓 때문에 그를 그렇게 미워하고 두려워한 것은 아니었다.

섀드는 들어서자마자 툴툴거렸다. "흥, 너의 그 남자친구 줄리언 말이야. 곱상하기만 하지 제대로 도망치지도 못한 그 놈이 우리한테 이중첩자 노릇을 한 모든 비밀 정보를 입수했지! 그 자식이 다시는 너를 성가시게 못할 걸!"

"그가 그렇게 못되지는 않았는데. 그에 대해서는 잊어버려요. … 피아노로 뭐 좀 쳐드릴까요?"

"좋아, 쳐 봐. 고급 음악은 늘 마음에 드니까." 고상한 군수께서는 전에 벽난로를 청소하던 바로 그 거실에서 소파에 몸을 누이고 발꿈치는 의자에 걸친 채 대답했다. 반 코르포스 단체인 프롤레타리아 독재와 관련하여 시시의 기를 꺾어놓는 것이 본래 의도였다면 섀드는 필립 제섭 재판관보다도 훨씬 성공적이었다. 윌리엄 길버트 경이 섀드를 봤더라면 그가 매우 대단히 프롤레타리아적이라고 말했을 것이다.

시시가 연주를 시작한지 5분도 되지 않아 섀드는 자신이 지금 고상하다는 사실을 까먹고 버럭 소리를 질렀다. "많이 배운 것들이 하는 짓거리 당장 때려치우고 이리와 앉아봐!"

시시는 피아노 의자에 계속 앉아 있었다. 만일 섀드가 폭력적으로 나오면 도대체 뭘 어찌 해야 한단 말인가? 절체절명의 순간에 짠 하고 나타나 자기를 구해줄 줄리언도 없다. 그러다 부엌에 있는 캔디 부인이 생각났고 조금 안심이 되었다.

"도대체 뭘 보고 실실거리는 거야?"

"아 ― 아 그냥 당신이 해준 이야기 좀 생각하고 있었어요. 당신이 체포했을 당시 팰크 씨가 울었다면서요!"

"그래, 가관이었지. 다 늙은 신부님께서 정말로 염소처럼 울었다니까!"

(저 자식을 죽여 버릴 수 있을까? 죽이는 게 현명한 일일까? 메리 언니는 스완을 죽이려고 했던 걸까? 섀드를 죽인다면 저들이 줄리언과 아버지에게 더 끔찍하게 굴까? 그건 그렇고, 교수형 당하면 많이 아플까?)

섀드는 하품을 하고 있었다. "이봐, 시스. 우리 둘이 2주 동안 뉴욕으로 놀러 갔다 오면 어떨까? 상류 생활을 맛보자고. 최고급 호텔의 최고급 객실에 묵고 쇼도 구경시켜 줄게 ― 요즘에는 『스탈린 소환』이 최고 인기라던데 ― 진정한 코르포 예술이지 ― 그리고 진짜 샴페인을 사줄게! 그러고 나서 우리 둘 다 서로 충분히 좋아한다는 것을 확인하면, 너만 괜찮다면 결혼하고 싶은데!"

"하지만, 섀드! 우리는 당신 월급으로는 살 수 없어요. 제 말은 ― 제 말은 그러니까 당연히 코르포스가 당신한테 월급을 더 줘야 한다는 뜻이에요 ― 그러니까 지금보다 훨씬 올려줘야 한다고요."

"잘 들어봐, 예쁜이! 나는 쥐꼬리만한 군수 월급이나 받으며 남은 인생을 그저 그렇게 보내지는 않을 거라고! 내 말을 믿어, 나는 곧 머잖아 백만장자가 될 테니까!"

그러고 나서 섀드는 시시에게 털어놓았다. 그렇게 오랫동안 알아내보려고 애를 썼지만 소용이 없었던 치명적인 비밀을 술술 말해주었다. 그건 아마도 그가 맨 정신이었기 때문일 것이다. 통념과 정반대로 섀드는 술에 취하면, 술잔이 늘어갈수록 더 순박하고 신중해졌다.

그에게는 계획이 있었나. 그 계획은 많은 돈을 빌리고 하는 그의 다른 어떤 계획보다도 대담하고 무모해보였다. 그 계획의 핵심은 손 하나 까딱 않고 가능한 한 많은 사람들을 불행하게 만든다는 것이었다. 그것은 아직 그가 일꾼이었을 당시 개를 사육함으로써 부자가 되겠다던 계획과 흡사했다. 당시 계획인즉, 우선은 개를 훔친 다음에 그 다음에는 개집을 통째로 훔치겠다는 것이었다.

코르포스 관례가 그랬듯이, 군수로서 그는 그저 상인들과 전문직 종사자들에게 미니트맨에 맞서 지켜주는 보호 명목으로 뇌물을 받는데 그치지 않았다. 실제로는 미니트맨 납품 주문을 늘려주겠다고 약속하며 그들과 협력 관계를 맺는 단계로까지 나아갔다. 그리고 이 상인들과 직접 작성하여 서명한 비밀 계약서도 갖고 있으며 사무실 금고에 꽁꽁 숨겨놓았다고 자랑하는 것이었다.

시시는 그날 저녁 쉽지는 않지만 간신히 섀드를 돌려보낼 수 있었다. 사나흘만 있으면 그녀를 정복할 수 있을 것이라고 마음대로 상상하게 내버려두었다. 섀드가 가고 나자 시시는 캔디 부인의 존재에 안도감이 느껴져 펑펑 울었다. 캔디 부인은 우선 손에 들고 있던 식칼을 먼저 치웠다. 시시는 그녀가 그날 저녁 내내 그것을 들고 대기하고 있었다는 것을 알아챘다.

다음날 오전 시시는 해노버로 차를 몰고 가서 섀드가 금고 안에 갖고 있다는 흥미로운 서류들에 대해 프랜시스 태스브로우에게 뻔뻔스럽게 밀고했다. 그 후로 다시는 섀드를 볼 일이 없었다.

그가 죽었다는 소식을 듣고는 시시의 마음도 매우 안 좋았다. 누가 죽었다는 소식에는 늘 마음이 안 좋았다. 어중간하게 정직하고 친절하고 안정적으로 살아가기 위해 누군가를 죽여야 한다면 그것은 영웅주의가 아니라 야만적 잔인성에 불과하다. 하지만 같은 상황이 닥친다면 자신이 똑같은 선택을 하리라는 것을 알고 있었다.

제섭 가문의 집은 입에 거품을 물고 열변을 토하던 정치인, 전 주지사 아이샴 허바드가 요란스럽게 임차하였는데, 그는 부동산과 형사법에 조금씩 손댐으로써 생계를 다시 꾸리려고 하니 신물이 나서 섀드 레듀의 후임자로 임명되자 기쁘게 수락한 것이다.

시시는 비처 폴스로 서둘러 가서 로린다 파이크와 합류했다.

페레픽스 신부가 뉴 언더그라운드 지부를 맡기는 했지만 그저 명맥만 유지하고 있는 정도였다. 버즈 윈드립이 취임했을 때부터 자신은 모든 일에 신물이 나서 즉시 캐나다로 돌아가겠다고 입버릇처럼 말했다. 실제로 그는 책상에 캐나다 시간표를 갖고 있기도 했다.

그런데 그게 벌써 2년이나 지났다.

시시는 어머니가 된다는 것과 몸이 불어나는 것을 견뎌야 하는 상황에 곧잘 화가 났고 흐느껴 울다가 가벼운 모습으로 잠자리에 들었다. 캔디 부인이 큰 도움이 되었다. 그리고 필립은 그럭저럭 참고 들어줄 수 있는 아버지 같은 충고를 해주었다. 동정에 의한 모욕에 너무 예민해 있었으므로 그나마 로린다가 어른으로 인정해주어서 다행이었다. 사실 로린다는 친구가 아니라 적수라도 되는 듯 상당히 존중하는 태도로 시시를 인정해주었다.

훌쩍거리며 도착하는 피난민들로 늘 북적이는 경우를 제외하고는 겨울이라 손님이 텅 빈 오래된 건물에 차린 찻집에서 저녁 식사 후 뜨개질을 하던 로린다는 죽은 메리를 처음으로 입에 올렸다.

"네 언니는 스완을 죽이려고 계획했던 거 같아, 안 그래?"

"모르겠어요. 코르포스는 그렇게 생각하지 않는 것 같아요. 언니에게 성대한 군 장례식을 치러준 걸 보면요."

"그야, 물론 그들은 암살 이야기가 새나가는 것과 어쩌면 그런 일이 자꾸 반복되는 것을 싫어해서 그렇겠지. 나도 네 아버지 의견에 동의한단다.

많은 경우에 암살은 정말 불행한 거야 ─ 전술상의 실수라고 할 수 있지. 안 돼. 안 좋은 거지. 오, 그런데 시시, 아버지를 강제수용소에서 빼내올 작정이란다."

"뭐라고요?"

로린다는 결혼한 엠마와 달리 불평이 전혀 없었다. 그녀는 마치 계란을 주문하는 것처럼 지극히 사무적이었다.

"그래. 나는 온갖 시도를 다해 봤단다. 태스브로우와 저 교육자인 척하는 피즐리도 만나러 갔었지. 그런데 아무 소용 없었어. 그들은 도리머스를 계속 가둬두고 싶어 하지. 하지만, 저 쥐 같은 애러스 딜리는 지금 교도관으로 트리아논에 있단다. 아버지가 탈출하는 것을 돕도록 그를 매수하고 있는 중이야. 늦어도 크리스마스에는 캐나다로 잠입시켜 이곳으로 모셔올 거야."

"아!"

그로부터 며칠 후 겉으로는 가구 배달을 처리하는 것으로 위장된 뉴 언더그라운드의 암호화된 전보를 읽더니 로린다가 비명을 질렀다. "시시! 무슨 일이 일어났는지 아니! 워싱턴에서! 리 새러슨이 버즈 윈드립을 퇴위시키고 독재 권력을 잡았다는구나!"

"아, 저런!"

35장

2년 동안 독재를 하며 버질리어스 윈드립은 매일 점점 더 권력을 탐했다. 자신의 주된 포부는 모든 시민들을 경제적으로나 정신적으로나 건강하게 만드는 것이며 자신이 무자비하다면 그것은 오로지 잘못된 낡은 체제를 위하는 반동분자들과 멍청이들에게만 그럴 뿐이라며 스스로에게 끊임없이 되뇌었다. 그러나 대통령 자리에 오른 지 18개월이 지나자 멕시코, 캐나다, 남미(명백한 운명에 의해 자기 소유가 분명한데)가 자신의 짧은 외교 각서에 퉁명스럽게 답하고 자신의 불가피한 제국의 일부가 되는 것에 전혀 협조를 보이지 않자 화가 났다.

그리고 날이 갈수록 주위의 모든 사람들로부터 더욱 시끄럽고 확실한 아첨을 원했다. 아무도 자기를 격려해주지 않는다면 어떻게 가슴을 울리는 감동적인 일을 계속 수행할 수 있겠는가? 그렇게 반문했다. 새러슨에서부터 부서 간 전령에 이르기까지 윈드립의 자존심에 아부하지 않는 사람은 모두 음모를 꾸미고 있다고 의심했다. 그는 계속해서 경호원을 늘렸고, 계속해서 모든 경호원을 불신하여 해고했고, 한 번은 두 사람에게 총질을 하기도 했다. 그래서 오랜 측근인 리 새러슨과 편한 말상대인 헥터 맥고블린 정도를 제외하고는 이 세상 천지에 벗이라고는 없었다. 신발과 멋진 새 코트와 함께 전제정치의 모든 의무들을 훌훌 벗어던지고 싶은 시간에는 외로움을 느졌다. 더 이상 밖으로 돌아다니지도 않았다. 술집에서 우스운 모습을 보이거나 여흥을 즐기러 다니지 말라고 내각에서 말리고 나섰다. 위신이 서지도 않을 뿐더러 낯선 사람들과 너무 가까이 어울리는 것은 위험하기 때문이었다.

그래서 윈드립은 늦은 밤이면 경호원과 포커를 치곤했는데, 그럴 때면 너무 많이 취해서 욕을 하기도 하고, 자기가 잃기라도 하면 금방이라도 튀어나올 것 같은 눈으로 노려보기도 했다. 되도록 그가 이기게 해주려는 경호원들의 온갖 선의에도 불구하고 그가 지는 일이 자주 일어날 수밖에 없었다. 그 이유는 그가 경호원들의 월급을 심하게 착취하고 숟가락까지 빼앗았기 때문이다. 그는 예전의 모습과 달리 점차 활기를 잃고 말수가 줄어들었는데 본인은 정작 그 사실을 모르고 있었다.

사람들을 두려워하고 혐오하는 만큼 백성에 대한 사랑은 커져만 갔고 그는 뭔가 역사적인 일을 하기로 계획을 세웠다. 반드시! 이제 재원이 마련되는 대로 빨리 모든 가구에게 연간 5천 달러를 지급할 작정이었다.

그리고 한밤중의 파티에서 소파에서 쾌락에 주려 있을 때만큼이나 책상 앞에서도 참을성 있게 리 새러슨은 언제나 꼼꼼한 목록을 만들며 관리들이 코르포주의의 진짜 주인은 바로 자기라고 생각하도록 현혹하고 있었다. 새러슨은 그들에게 한 약속을 지킨 반면에 윈드립은 항상 까먹었다. 그의 사무실 문은 야망의 문이 되었다. 워싱턴 정가의 기자들은 이러저러한 차관과 장군을 '새러슨계 사람'으로 은밀히 분류했다. 그의 파벌은 정부 안의 정부가 아니었다. 그것은 확성기가 없는 정부 그 자체였다. 그는 코르포스 대표(미국 노동총연맹 전임 부대표)가 매일 저녁 몰래 자기를 찾아와 노동자들의 정치 동향과 특히 각하로서의 윈드립에 대한 불만 — 다시 말하면 부정이득을 나누는 자기 몫에 불만스러워하는 프롤레타리아 지도자들에 대해 보고하도록 했다. 그리고 코르포 정권 치하에서는 백만장자들이 매사를 합리적으로 바라보라고 노동중재 법정의 재판관들을 설득하는 것이 대체로 가능했으므로 파업이 불법 판정을 받으면 환호하는 대기업 고용주의 정세에 대한 비밀 보고를 재무부 장관(웹스터 스키틀은 새러슨의 부관이 아니라 친구였다)으로부터 받고 있었다. 고용주는 국가의 관리로 간주되었으므로 그들은 이제 영원히 견고한 권력을 누리게 될 것이었다.

새러슨은 이렇게 강화된 산업계의 거물들이 '골칫덩어리', 특히 유대 급진주의자들을 — 협조적이지 않은 유대 급진주의자를 조용히 제거하기 위한 방편으로 미니트맨에 의한 체포라는 조용한 방법을 활용하고 있음을 알고 있었다.(산업계의 거물들 가운데에는 의외로 유대인도 있었다. 그들은 자기 주머니를 얄팍하게 하면서까지 민족에 대한 충절을 앞세우지는 않았다.)

새러슨은 완벽한 인간성을 터무니없이 갈망하기보다는 안전과 넉넉한 봉급에 만족할 만큼 사리분별이 있는 모든 흑인들의 충성을 여러 가지 방법으로 이끌어냈다. 사진 기자 앞에서 유명한 흑인 근본주의자 성직자인 알렉산더 니브스 목사와 악수하는 모습을 연출하는가 하면, 가장 큰 대가족상, 최단시간 바닥 청소상, 휴가 없이 최장 기간 근무상 등 흑인들을 대상으로 한 새러슨 상을 신설하고 대대적으로 홍보했다.

"그렇게 격려를 받으면 우리들의 훌륭한 친구인 흑인들이 빨갱이가 될 위험이 없다." 새러슨은 신문에 그렇게 발표했다.

새러슨으로서는 독일에서 모든 군악대가 나치 독일 국가와 더불어 코르포의 애국가인 '버즈와 버즈'를 연주하고 있다는 사실에 매우 흐뭇했다. 정확히 말하자면 자기가 작곡하지는 않았지만 외국에서는 자기 곡으로 알려져 있다는 의미이기 때문이다.

지극히 합리적인 은행원은 1억 달러에 달하는 은행 채권이 어디에 있는지와 자기 점심값이 어디에 있는지를 똑같이 신경쓰듯이 버즈 윈드립은 1억 3천만 명에 달하는 미국 시민들의 번영과 — 즉, 자신에 대한 복종 — 사소한 문제라고 할 만한 리 새러슨 한 사람의 기분이 어떤지에 대해 똑같이 염려했다. 새러슨의 칭찬을 받는 것이야말로 진짜 명예였다. (그의 아내는 윈드립을 일주일에 한 번 보기도 힘들었는데, 어쨌든 그런 시골 아낙의 생각은 중요하지 않았다.)

윈드립은 사악한 헥터 맥고블린이 무서웠다. 전쟁부 장관 루손과 부통령 펄리 비크로프트는 매우 좋긴 하지만 따분했다. 그들은 국가라는 막중한 책무를 떠맡기 위해 기꺼이 떠나온 소도시의 어린 시절 같은 분위기가 있었다. 의지할 사람이라고는 예측불허의 리 새러슨이었다. 예전에는 어울려 낚시도 하고 술도 마시고, 심지어 살인까지도 함께 했고, 스스로를 더욱 확실하고 분명하게 드러냈던 새러슨이었지만 지금은 무슨 생각을 하고 있는지 도통 알 수가 없었다. 새러슨의 웃음은 생각을 드러내는 것이 아니라 가렸다.

버즈가 사근사근하지만 재치가 없는 전쟁부 장관 루손 대령을 해임하고 (버즈가 언급한 해임 사유는 루손이 '자기 역할을 다하지 못하고 있다'였다) 북동 지방장관이던 듀이 헤이크를 임명하고, 새러슨이 다른 12여 개의 공직과 더불어 오랫동안 맡아오던 미니트맨 최고사령관 자리까지 헤이크에게 내준 것은 새러슨이 예전 모습으로 되돌아오길 바라며 따끔한 맛을 보여주기 위해서였다. 그렇게 하면 새러슨이 화를 냈다가 뉘우친 후 다시 우정을 회복할 것으로 기대했다. 하지만 새러슨은 딱 한 마디만 했을 뿐이다. "좋습니다. 원하신다면." 그것도 아주 차갑게.

어떻게 하면 새러슨을 고분고분하게 만들어 다시 함께 놀 수 있단 말인가? 이따금씩 세계의 황제를 꿈꾸고 있던 남자는 구슬프게 고민했다.

윈드립은 새러슨에게 1천 달러나 되는 텔레비전을 선물했다. 그러나 새러슨은 한층 더 냉랭하게 고맙다는 말을 했을 뿐 그 후로 여전히 불안정한 방송을 그 멋진 텔레비전으로 얼마나 잘 보고 있는지 일언반구도 없었다.

듀이 헤이크가 정규군과 미니트맨 양쪽을 실질적으로 장악하자(그는 엄중한 질서 속에 이루어지는 야간 행군광이었는데, 본인 스스로 모범을 보였기 때문에 대오를 이루는 병사들도 불평을 할 수 없었다), 버즈는 헤이크를 자신의 새로운 측근으로 삼을 수 있지 않을까 고민하기 시작했다. … 그는 리 새러슨을 감옥에 보내는 것은 정말 싫었지만, 그렇게 많은 것을 해주고 아꼈 건만 아주 경솔하게도 자기의 비위를 건드렸다!

버즈는 혼란스러웠다. 게다가 펄리 비크로프트 부통령이 들어와 이 모든 유혈 사태에 신물이 난다며 고향의 농장으로 돌아가겠다고 짤막하게 밝히자 더 혼란스러웠다. 그리고 그가 맡았던 고귀한 부통령 소임에 대해서는 어떻게 할 지 안 봐도 뻔했다.

이러한 거대한 국가적 불화가 아버지의 약국에서 벌어지던 시시한 싸움과 뭐가 다르단 말인가? 버즈는 초조해졌다. 그렇다고 비크로프트를 총살시킬 수는 없는 노릇이었다. 굉장한 비난을 불러일으킬 수도 있다. 그러나 어쨌든 그것은 버릇없는 일이고, 황제를 괴롭히는 모독적인 행위였으므로 화가 난 윈드립은 강제수용소에 있던 전직 상원의원과 노동자 12명을 끌어내어 자신에 대해 부적절한 이야기를 했다는 죄로 총살시켰다.

새러슨 국무장관은 윈드립이 실질적으로 거처하고 있던 호텔 스위트룸에서 밤 문안 인사를 하고 있었다.

어느 신문에서도 감히 언급하지 못했지만, 버즈는 위엄 있는 백악관이 귀찮기도 했고, 줄기차게 온갖 독창적인 방법으로 백악관에 잠입하여 그를 살해하려고 시도한 꽤 많은 빨갱이들과 괴짜들과 반 코르포스 인사들이 두려웠다. 그래서 보여주기 위한 조치로 아내만 백악관에 남겨둔 채 자신은 대규모 리셉션이 있을 때를 제외하고는 집무실 별관 외에 다른 곳은 출입을 삼갔다.

그는 이 호텔 스위트룸이 마음에 들었다. 버즈는 부르고뉴 포도주, 송어 요리, 로코코 풍의 의자보다는 스트레이트 버번위스키, 대구 요리, 깊은 가죽 의자가 더 편한 실용적인 사람이었다. 별로 알려지지 않은 소규모 호텔의 10층 전체를 통째로 쓰고 있는 이 스위트룸은 방이 12개였지만 버즈가 실질적으로 사용하고 있는 것은 평범한 침실, 사무실과 호텔 로비를 합쳐놓은 것처럼 거대한 거실, 커다란 술 장식장, 37벌의 옷이 담긴 옷장, 욕조가 있는 욕실, 그의 유일한 화장 사치품인 솔향 입욕제가 담긴 병이 전부였다. 버즈는 앨퍼커 센터의 사람이라면 런던 양복 기술의 승리라고 생각할 만큼 말 담요처럼 현란한 양복 차림으로 귀가하지만, 편안한 상태가 되면 뒤꿈치가 닳은 빨간색 실내화를 신고 빨간 멜빵과 연푸른색 소매 고정 밴드를 드러내는 것을 좋아했다. 이러한 장식이 어울린다고 느끼려면 호텔 분위기가 더 좋았다. 백악관을 보기 전 오랫동안 윈드립은 호텔의 분위기가 조상의 옥수수 창고와 보통사람들처럼 편안하게 느껴졌다.

그의 방을 복도와 엘리베이터로부터 완전히 차단하고 있는 다른 방 10개는 밤이나 낮이나 경호원들로 가득 차 있었다. 그래서 내실에 있는 버즈에게 접근하는 것은 경찰서를 찾아가 모든 부서를 통과하여 살인범이 수감되어 있는 유치장까지 가는 것과 마찬가지였다.

윈드립 대통령은 방으로 찾아온 새러슨에게 말했다. "헤이크는 전쟁부 일을 잘 하고 있는 것처럼 보이던데. 물론 알겠지만 자네가 총사령관 자리를 다시 맡고 싶다면 ——— "

"괜찮습니다."

"헤이크를 돕도록 루손 대령을 복귀시키는 건 어떨까? 그는 어리석을 정도로 디테일에는 강하니까."

늘 느긋하던 리 새러슨이 적잖이 당황한 것 같았다.

"저, 그게 — 어, 알고 계신 줄로 생각했습니다. 루손은 추방지에서 열흘 전에 숙청되었는데요."

"맙소사! 루손을 죽였다고? 그런데 왜 보고하지 않은 거지?"

"말이 나지 않게 하는 편이 좋겠다고 생각했습니다, 각하. 그는 정말로 인기가 많은 사람이었죠. 하지만 위험한 인물이었습니다. 항상 에이브러햄 링컨에 대해 떠들고 다녔으니까요!"

"그래서 무슨 일이 벌어지고 있는지 내가 전혀 몰랐던 거로군. 세상에, 내가 알기도 전에 신문 기사에 먼저 났단 말인가!"

"사소한 일 가지고 번거롭게 해드리고 싶지 않았습니다. 그 점은 아시잖아요! 물론, 제가 내각을 제대로 꾸리지 않았다고 느끼신다면 ― "

"아, 그렇다고 흥분하지는 말게, 리! 내 말은 그저 ― 내가 국가의 훨씬 중대한 문제에 정신을 집중할 수 있게 자네가 나를 얼마나 열심히 지켜주려고 애쓰는지 물론 잘 알고 있지. 하지만 루손은 ― 내가 좀 좋아하지 않았나. 포커를 칠 때면 늘 재미있게 잘 맞춰주었거든." 섀드가 지금보다 크기만 작은 호텔 스위트룸에서 언젠가 느꼈던 것과 똑같은 외로움을 현재 버즈 윈드립도 느끼고 있었다. 그것을 잊기 위해 그는 매우 밝게 큰소리로 물었다. "리, 앞으로 어떤 일이 일어날 거라고 생각하나?"

"그야, 각하와 제가 이미 언급했다고 생각하는 데요."

"저런, 하지만 앞으로 어떤 일이 닥칠지 한 번 생각해보라고, 리! 어떤가, 북아메리카 왕국을 잘 만들어낼 수 있겠지!" 버즈는 절반은 진심이었다 ― 아니면 절반의 절반이라도. "조지아 공작이 되는 건 어떤가? 아니면 대공이 되는 건? 또는 이 귀족 업계에서 고귀한 지배자를 무슨 호칭으로 부르든 자네가 그 자리를 맡는 것은 어떨까? 그런 다음에는 북·남 아메리카 제국을 건설하는 것은 어떤가? 그러면 자네를 내 아래의 왕으로 만들어줄 수 있네, 말하자면 멕시코 부왕 같은 거지. 어떤가, 마음에 드는가?"

"매우 재미있군요." 리는 매우 기계적으로 대답했다 ― 버즈가 이처럼 말도 안 되는 소리를 되풀이할 때마다 리는 항상 같은 대답을 기계적으로 했다.

"하지만 자네는 나에게 계속 충성하며 내가 그동안 자네를 위해 해준 것을 잊지 말게, 리, 그 점을 잊지 말라고."

"당연히 하나도 잊지 않았습니다! … 그런데, 펄리 비크로프트 역시 없애거나 적어도 투옥시켜야 할 것 같습니다. 그는 법적으로는 여전히 미국의 부통령인데, 혹시라도 더러운 반역자가 협잡을 써서 각하를 살해하거나 폐위시키기라도 한다면 편협한 자유주의자들에 의해 그가 대통령으로 추대될 수도 있습니다!"

"아니, 아니, 안 돼! 그가 나에 대해 뭐라고 하든 그는 내 친구야… 이 개자식아!" 버즈가 울부짖다시피 외쳤다.

"알겠습니다. 각하가 주인이시니 할 수 없죠. 편히 쉬십시오." 리는 그렇게 말하고는 이 요새와도 같은 윈드립의 방을 떠나 조지타운에 있는 금색과 흑색 인테리어에 살구색 실크로 치장된 자신의 처소로 돌아갔다. 새러슨은 잘 생긴 젊은 미니트맨 장교 몇 사람과 함께 살고 있었는데, 그들은 난폭한 군인이긴 했지만 그래도 음악과 시를 즐길 줄 알았다. 그들과 있을 때면 새러슨은 조금 전 버즈 윈드립에게 보여주었던 것과 같은 냉정함은 찾아볼 수 없었다. 이 젊은 친구들에게 불같이 화를 내어 채찍질을 하거나 미친 듯이 사과하며 그들의 상처를 어루만져 주었다. 한 때 새러슨의 친구인 것 같았던 신문기자들은 그가 저널리즘을 포기하고 환락으로 갈아탔다고 수군댔다.

1938년 말, 내각회의에서 국무장관 새러슨은 정부 각료들에게 충격적인 소식을 전했다. 비크로프트 부통령이 — 총살시켜야 한다고 말했던 그 장본인이 아니던가? — 캐나다로 도망쳐 코르포주의를 부인하고 월트 트로우브리지와 함께 음모를 꾸미고 있다는 것이었다. 중서부와 북서부, 특히 미네소타와 사우스다코타와 노스다코타에서는 폭동이 거의 끓어오를 조짐이 보였다. 그곳에서는 예전에 정치적 영향력이 있었던 선동가들이 자신들의 주가 코르포 연맹에서 탈퇴하여 자신들만의 공동(정말로 거의 사회주의적인) 연방을 구성할 것을 요구하고 있었다.

윈드립 대통령이 조롱을 뱉어냈다. "배신자들! 무책임한 허풍만 늘어가지고! 이거 뭐야! 자네가 진행되는 모든 사항을 물 샐 틈 없이 철저히 감시하고 있다고 생각했는데, 리! 지난주에 내가 몸소 그쪽 지방에 대고 라디오 특별연설 했던 것을 까먹었나! 얼마나 대단한 반응을 보였는데 말인가. 중서부 사람들은 나한테 절대적으로 충성적이야. 그들은 이제까지 내가 하려고 애써 온 것들을 다 알고 있단 말이야!"

그에 대해서는 일언반구도 없이, 새러슨은 항상 외부 공격이 임박한 것 같은 유용한 애국주의에 의거해 국가의 모든 역량을 결집하기 위해 정부는 멕시코 국경에서 벌어지는 잘 계획된 일련의 비통한 '사건들'에 모욕과 위협을 느끼는 상황을 당장 조장하여 애국심이 한창 고조되고 분위기가 잘 무르익었다 싶으면 멕시코에 선전포고할 것을 주장했다.

재무부 장관 스키틀과 법무부 장관 포크우드는 고개를 저어 반대했지만, 전쟁부 장관 헤이크와 교육선전부 장관 맥고블린은 새러슨의 의견에 거만하게 찬성했다. 언젠가 학구적인 맥고블린은 정부가 전쟁에 뛰어드는 것은 물론, 국내의 불만을 해소할 수단으로서 분쟁을 내려준 신의 뜻에 감사하며 고도의 계획된 선전활동의 현시대에는 자신들처럼 정말로 현대적인 정부는 어떤 이름의 전쟁을 팔아야 할지 잘 생각해내고 그것을 의식하며 먹히는 작전을 수립해야 한다고 지적했다. 그런데 지금 그는 모든 구상을 홍보의 귀재인 새러슨 형제에게 기꺼이 맡길 심산이었다.

"아니, 아니, 안 돼!" 갑자기 윈드립이 소리쳤다. "우리는 아직 전쟁 준비가 안 되어 있어! 물론, 언젠가는 멕시코를 차지하겠지. 그곳을 정복하여 귀속시키는 것이 우리의 운명이니까. 그러나 나는 자네의 망할 계획이 자네가 말한 것과는 정반대의 역효과를 낼까봐 우려스럽네. 너무 많은 무책임한 자들의 손에 무기를 쥐어주었다가 혹시라도 그들이 그 무기를 사용해 자네를 배신하고 혁명을 시작하여 우리를 전부 몰아낼 수도 있다고! 안 돼, 안 돼! 나는 무기와 훈련과 함께 전체 미니트맨 사업이 실수는 아닐까 자주 우려스러웠다고. 리, 그건 자네 생각이었지, 내 생각이 아니었다고!"

새러슨은 차분하게 대꾸했다. "친애하는 버즈 각하, 언젠가는 제게 '자신의 고향을 수호하는 위대한 시민 십자군 병사'를 — 라디오에서 그렇게 부르기를 좋아하셨지요 — 조직했다고 고마워할 때는 언제고, 이제 와서 거의 옷을 찢으며 그들이 너무 무섭다고 하시다니요. 이건지 저건지 확실히 마음을 정하시죠!"

새러슨은 인사도 없이 그대로 방을 나가버렸다.

윈드립은 투덜댔다. "나한테 이렇게 무례한 태도를 보이다니, 좌시하지 않겠어! 저 배신자가 감히, 누가 저를 만들어주었는데! 조만간 이 부근에서 새로운 일자리를 찾기라도 하겠다는 건가! 홍 일자리가 모든 나무에서 저절로 자라는 걸로 생각하나 본데! 은행 총재나 다른 뭐라도 되려는 거야 — 내 말은 지가 뭐 대영제국의 황제라도 되려는 거냐고!"

호텔 방 침실에서 잠들었던 윈드립 대통령은 밤늦게 바깥방에서 들리는 경호원의 목소리에 잠에서 깨어났다. "맞아, 들어가시게 해 — 국무장관이셔." 윈드립은 신경질적으로 머리맡의 전등을 켰다. … 요새는 잠을 청하기 위해 뭔가 읽어야 해서 전등이 필요했다.

그 희미한 불빛에 리 새러슨과 듀이 헤이크와 헥터 맥고블린이 자신의 침대 옆으로 다가오는 것이 보였다. 리의 날카로운 얼굴은 밀가루처럼 하얗게 보였다. 쑥 들어간 눈은 꼭 몽유병자의 눈 같았다. 그의 깡마른 오른손에는 기다란 수렵 칼이 들려 있었는데, 일부러 손을 올리자 어둠에 묻혀 보이지 않았다. 윈드립은 재빨리 생각했다. 워싱턴 어디에서 도대체 단도를 살 수 있는 거지. 이 모든 상황이 말도 안 되게 우습군 — 마치 영화나 어렸을 적 읽은 오래된 역사책에 나오는 것 같아. 그러다 갑자기 전광석화 같은 생각이 머리를 스쳤다. 맙소사, 나를 죽이려는 거군!

윈드립은 필사적으로 외쳤다. "리! 나한테 이럴 수는 없네!"

리는 구린내를 감지한 사람처럼 툴툴거렸다.

그러자 놀랍게도 대통령이 되었던 버질리어스 윈드립이 정말로 깨어났다. "리! 자네 어머니가 편찮으셨을 때 내가 가지고 있던 돈을 몽땅 털어서 쥐어주며 어머니를 찾아뵈라고 내 차까지 빌려주고 나는 다음날 회의에 히

치하이크를 하면서 갔던 시절 기억하겠지? 리!"

"제기랄, 그랬었죠."

"그런 일이 있었소?" 별로 달갑지 않다는 듯 듀이 헤이크가 대꾸했다.

"구축함 같은 것에 실어서 프랑스나 영국으로 몰래 보내버리는 게 어떻겠소. … 비열한 겁쟁이가 죽기 두려운가 보군요. … 물론, 언제든 미국으로 돌아오려고 하면 죽여 버리면 되니까. 이 자를 끌어내 해군 참모총장에게 배를 마련하여 태우라고 연락하시죠, 어떻습니까?"

"알겠습니다, 사령관." 헤이크는 썩 내키지 않는 듯 대답했다.

그것은 식은 죽 먹기였다. 전쟁부 장관인 헤이크에게 복종하는 군대가 워싱턴 전역을 단단히 장악하고 있었기 때문이다.

그로부터 열흘 후 르아브르에 강제로 내려진 버즈 윈드립은 안도의 한숨을 쉬며 파리로 갔다. 예전에 한 번 21일간 관광여행 당시 와봤던 이후로 유럽은 처음이었다. 그는 체스터필드 담배, 팬케이크, 연재만화인 문 멀린스, 끊임없이 감상적으로 '그래요'라고 묻는 프랑스어 말고 '뭘 그렇게 우적거리고 있어?'라고 말하는 진짜 사람 냄새 나는 소리가 너무 그리웠다.

윈드립은 파리에 머물렀고, 그리스의 전 왕, 케렌스키, 러시아 대공들, 지미 워커, 남미와 쿠바의 전 대통령들과 마찬가지로 그저 그런 비운의 주인공이 되긴 했어도 훌륭한 샴페인이 마련되어 있고 이따금 그의 말에 귀 기울여 들어주며 '각하'라고 불러줄 사람을 찾을 가능성이 있다면 상류사회의 모임 초대를 기쁘게 받아들였다.

버즈는 자기를 쫓아낸 새러슨 일당을 속여 넘긴 것이 너무 고소하여 낄낄거렸다. 지난 2년 간 전제 정치를 펼치는 동안 해외의 비밀 안전 계좌로 빼돌린 돈이 무려 4백만 달러나 되었던 것이다. 그래서 버즈 윈드립은 외알안경을 쓴 전직 외교관 신사들의 기억 속에 불완전하게 존재하는 추억의 일부가 되었다. 윈드립 전직 대통령의 일생에서 남아있는 것은 모두 '전직'이라는 꼬리표가 달렸다. 심지어 미국 학생 네다섯 명이 그를 쏘려고 했다는 사실조차도 잊혀졌다.

예전에 버즈에게 중고와 아첨을 아끼지 않았던 맥그블린과 포크우드 상원의원과 앨머릭 트라우트 박사 등 대부분의 버즈 추종자들은 새로운 대통령 리 새러슨에게 더 감미로운 아첨과 더 열렬한 충성을 바쳤다.

새러슨은 윈드립이 이제껏 사람들의 돈을 횡령해왔고 더러운 국가인 멕시코와 전쟁을 피하기 위한 음모를 획책했다는 사실이 발각되었다는 성명을 발표했다. 그래서 그 누구보다도 친구라고 믿었던 사람에게 속아왔으므로 비통한 마음을 금할 길 없지만 추방된 반역자 비크로프트 부통령을 대신하여 대통령직을 맡아달라는 내각의 강력한 요구를 마지못해 수락하노라고 밝혔다.

대통령이 되자마자 새러슨은 자신이 데리고 있던 젊은 장교 친구들을 내각과 군대의 최고 요직에 임명하기 시작했다. 불그레한 뺨에 촉촉한 눈을 지닌 25살짜리 청년을 워싱턴과 매릴랜드가 포함되는 연방 도지사에 임명함으로써 사람들에게 충격을 안겨주는데 재미를 느끼는 것처럼 보였다. 자기라고 지상 최고의 존재요, 반신인 로마 황제처럼 굴지 못할 것이 어디 있나? (한때 사회주의자였던) 자신이 이제는 완전히 무기력하게 쪼그라든 더러운 폭도들을 무시하지 못할 것이 뭐가 있나?

"미국인은 목이 하나밖에 없지 않은가!" 그는 웃는 소년들에 둘러싸여 그렇게 로마 황제 흉내를 냈다.

쿨리지, 해리슨, 러더퍼드 비처드 헤이스 대통령이 거처하던 엄숙한 백악관에서 새러슨은 나긋하게 얽힌 팔다리들과 화관과 로마식 큰 술잔을 진짜처럼 흉내 낸 가짜 술잔에 든 포도주로 주지육림(점잖은 옛 명칭으로는 '파티') 향연을 벌였다.

도리머스 제섭처럼 갇혀 있는 사람들은 믿기가 어려웠지만 미니트맨 부대에서, 공무원 사회에서, 군대에서, 단순히 민간 부문에서 새러슨의 경박한 정권을 참담하게 생각하는 수만 명의 코르포스가 있었다.

그들은 코르포스 이상주의자라고 할 수 있었는데, 폭력과 협잡을 일삼는 코르포스 외에 이들의 숫자도 상당했다. 이들은 1935년과 1936년에 완전히 마음에 들어서가 아니라 위험에 처한 조국을 구할 가장 적임자라고 생각하여 윈드립과 그의 코르포주의를 지지하는 쪽으로 돌아선 사람들이었다. 그들은 당시 미국이 모스크바에 지배당할 위험과 젊은이 문제에 처해 있다고 우려했다. (그들의 주장에 따르면) 패기 없는 미국 젊은이들은 일하기를 싫어하고 무엇인가 철저히 배우기를 거부하며 라디오에서 흘러나오는 댄스 음악에 맞춰 큰 소리로 흥얼거리기나 하고, 자동차에 집착하며 섹스와 연재만화의 기술과 유머에 열광하는 등 자부심도 없고 게으르기만 했다. 미국이라는 나라를 좀 더 단호한 사람들에게 약탈당하게 만들기 쉬운 일종의 노예근성에 사로잡혀 있었다.

이매뉴얼 쿤 장군은 그러한 코르포 이상주의자 가운데 한 사람이었다.

그러한 사람들은 코르포 정권에서 자행되는 살인을 모른 체할 수는 없었지만 처음에는 이렇게 합리화했다. "이것은 혁명이야, 결국에는 모든 역사에서도 피를 흘리지 않은 혁명은 없지 않았나?"

그들은 폭풍을 몰고 오는 구름처럼 화려함을 과시하는 검붉은 깃발이 날리는 웅장한 열병식처럼 코르포주의의 보여주기식 허식에 흥분했다. 그들은 새로운 코르포 도로, 병원, 텔레비전 방송국, 비행 노선 등을 자랑스러워했다. 코르포 영웅주의가 만들어내는 각종 신화, 깨끗한 스파르타식 힘, 모든 이를 돌봐주는 아버지, 윈드립 대통령의 반(半) 신성에 대한 자부심으로 한껏 고양된 코르포 젊은이들의 행렬에 감동을 받았다. 그들은 윈드립이 1935년의 유일한 영웅이었던 값싼 직업 운동선수 무리를 대신해 앤드류 잭슨 대통령과 남북전쟁의 영웅들 페러것과 젭 스튜어트의 미덕들을 되살려냈다고 믿었고, 스스로 믿도록 세뇌했다.

이러한 이상주의자들은 관리들의 만행과 부정이라는 실수를 가능한 한 빨리 바로잡으려고 했다. 그들은 구식 대학의 구태의연한 속물근성 없이 진실하고 심오하며, 젊음의 생동감이 느껴지며 '유용하다'는 점에서 더욱 아름다운 코르포 학문과 코르포 예술이 융성하는 것을 보았다. 그들은 코르포주의야말로 외세의 지배와 군중 독재의 폭력과 무례한 언동이 일소된 공산주의요, 군주를 위해 선택된 국민의 영웅을 갖춘 군주제요, 탐욕스럽고 이기적인 지도자가 없는 파시즘이요, 질서와 규율 잡힌 자유요, 낭비와 지역분열이 없는 전통적인 미국이라고 확신했다.

다른 모든 종교적 열성주의자들과 마찬가지로, 그들은 맹목적이 될 수밖에 없었고, (신문에서 더 이상 확실히 언급되는 것이 없었으므로), 이윽고 법정이나 강제수용소에서 손에 피를 묻히는 잔악 행위가 더 이상은 없다고, 발언이나 사상의 제약도 없다고 확신했다. 그들은 자신들이 검열을 받기 때문이라서가 아니라 '음란행위처럼 매우 끔찍하게 못된 일이기 때문에' 코르포 정권을 비난하지 않는 것이라고 생각했다.

그리고 이러한 이상주의자들은 새러슨이 윈드립에 맞서 쿠테타를 일으켰다는 소식을 듣고는 마치 자신이 당한 일처럼 어찌할 줄 몰랐다.

잔인한 전쟁부 장관 헤이크는 국가에, 특히 군대에 미치는 영향을 두고 새러슨 대통령을 비난했다. 새러슨은 헤이크를 비웃었지만 일단 헤이크가 예술적 능력을 발휘하여 시를 하나 쓰면 어떻겠냐고 아첨하자 기분이 좋아졌다. 그것은 나중에 수백만 명에 의해 불리어지게 될 시였다. 사실, 그 곡은 미국과 멕시코 사이에 벌어질 전쟁 동안 익명의 시인 병사들로부터 자연스럽게 튀어나오게 될 최고 인기곡이 되게 된다. 효율적인 헤이크는 새러슨 못지않게 현대 광고의 힘을 굳게 믿고 있었으므로 언제 어디서나 누구의 입에서든 흘러나오게 함으로써 이 애국적 민족 시가를 그 세대 사람들이 자연스레 부르도록 부추겼다.

새러슨은 헤이크만큼이나 멕시코(또는 에티오피아나 시암이나 그린란드, 그 외에 촉망받는 젊은 화가가 생소한 초목 한가운데에 있는 새러슨을 영웅적 모습으로 그릴 기회만 제공한다면 어느 나라라도 상관없었다)와의 전쟁에 열을 올렸다. 불평분자들이 나라 밖에서 불만거리를 찾게 만들 뿐 아니라 자신은 깊은 인상을 남길 기회가 되기 때문이다. 새러슨은 명목상으로는 멕시코와 아직 우호 관계를 유지하고 있는 시점에 질펀한 군가를 작곡함으로써 헤이크의 요구에 응답했다. 그 곡은 1차 대전 당시 한창 인기를 끌었던 「아르망티에르의 아가씨」의 곡조에 가사를 붙인 것이었다. 가사에 들어 있는 스페인어가 약간 의심쩍기는 하지만 어쨌든 이 곡은 수백만 명의 사람들이 불어로 'Parlez-vous(말해 줄래요?)'에 해당하는 'Habla usted?'를 'Habla oo?'로 표현한 것임을 이해하게 된다. 새러슨이 줄담배를 피워가며 보라색 타자기로 쳐낸 그 곡의 가사를 옮겨보면 다음과 같다.

> 과달루페의 아가씨
> > 그대는 누구지?
> 아가씨, 속치마는 벗어던지고,
> > 침대로 와!
> 과달루페의 아가씨
> > 난처한 상황을 연출하는 우리를 당신 아버지가 본다면 어쩔 건가,
> 귀여운 예쁜이, 말해 봐?
>
> 몬테레이의 아가씨,
> > 양키 알아?
> 아가씨, 뭐라고 했지?
> > 스웨덴 사람인가요, 어머나 탱크네!
> 하지만 몬테레이의 아가씨,

언제 나랑 잘 지 말 안 해줄 건가,

귀여운 예쁜이, 말해 봐?

마사틀란의 아가씨,

　우리 언젠가 만나지 않았나,

황갈색 얼굴 가득 웃음을 머금을 걸,

　절대 잊을 수 없을 걸!

며칠 동안 외쳐댈 테니까, "오, 당신 끝내줘요!"

　그러고 나면 멕시코인과는 결혼하지 못할 걸.

귀여운 예쁜이, 말해 봐?

때때로 새러슨 대통령이 경박해 보였을 수 있지만, 충분히 연습을 통해 이 곡을 자연스럽게 낭랑하게 노래하도록 미니트맨 합창단을 지휘하며 전쟁 준비를 체계적으로 해나가는 동안에는 전혀 그렇지 않았다.

이제 국무장관이 된 친구 헥터 맥고블린은 새러슨에게 이 웅장한 합창곡이야말로 그의 가장 위대한 창작품 중 하나라고 추켜세웠다. 맥고블린은 새러슨의 다소 기이한 한밤중의 여흥에 직접 참여하지는 않았지만 관심은 가지고 있었고, 헤이크를 비롯해 온통 얌전한 사람들 틈에서 새러슨이야말로 유일하게 창의력이 넘치는 원조 천재라고 자주 칭찬했다. 그러면서 덧붙였다.

"저 헤이크를 잘 지켜보셔야 할 겁니다, 리. 그는 야심가인데다, 고릴라 같이 흉포하죠. 그리고 경건한 청교도여서 내가 제일 두려워하는 삼종세트라고요. 군사들이 그를 좋아하고 있어요."

"뭔 소리를! 그에게는 사람을 끌어당기는 매력이 없어! 그는 그저 꼼꼼한 군대 경리일뿐이야." 새러슨은 그렇게 일축했다.

그날 밤에도 새러슨은 파티를 열었는데, 이번에는 지인들에게 다소 충격적이었던 점이 뭔가 색다르게 꾸미려고 진짜 소녀들을 데려와 유별난 춤을 추게 했다. 다음날 아침 헤이크는 술이 덜 깬 새러슨을 비난했다가 엄청나게 깨졌다. 그날 밤, 새러슨이 대통령직을 강탈한 지 꼭 한 달 만에 이번에는 헤이크가 나섰다.

이번에는 지난번처럼 단도를 들었다가 거두는 극적인 상황은 연출되지 않았다. 전통적으로 보자면 파시스트로서는 헤이크가 제일 신참에 속하긴 하지만 모든 술꾼과 마찬가지로 밤에 가장 활발히 활동을 하는 것 같았다. 헤이크는 정예 돌격대를 이끌고 백악관으로 진격했고, 보랏빛 잠옷을 걸친 채 친구들에 둘러싸여 있는 새러슨을 발견하자 그 자리에서 사살했다. 그리고 그의 동료들도 대부분 죽인 후 자신을 새로운 대통령으로 발표했다.

그러자 헥터 맥고블린은 비행기를 타고 쿠바로 도망쳐 그곳에서 다른 곳으로 옮겨 다녔다. 그가 마지막으로 나타난 곳은 아이티의 산악 지방 고지대로서 햇볕에 그을린 수염을 기른 채 속셔츠와 더러운 하얀색 능직 바지, 짚신을 걸친 모습을 하고 있었다. 병원 일을 하고 옛 부두교에 대해 공부하며 아름다운 원주민 소녀와 함께 방 한 칸짜리 오두막에서 살아가는 모습이 매우 건강하고 행복해보였다.

◆　◆　◆

듀이 헤이크가 대통령이 되자 미국은 윈드립의 민주적이며 자유로운 훌륭한 옛 시절이 그리워지며 정말로 약간 힘들어지기 시작했다.

윈드립과 새러슨은 세금을 제대로 납부할 수만 있다면 길거리에서 춤을 추며 떠들썩하게 소동을 벌여도 상관하지 않았다. 그런데 헤이크는 그러한 것들을 원천적으로 싫어했다. 아마도 무신론자가 아니었다면 그는 엄격한 정통 기독교인이 되었을 것이다. 그는 국민에게 연간 5천 달러는 받지 못할 것이라고 처음으로 밝히며, 대신 '단순한 서류상의 숫자놀음이 아니라 규율과 체계적인 전체국가라는 이익을 자부심, 애국심, 힘이라는 막대한 몫으로 거두게 되었다'고 강조했다. 군대에서 행군과 갈증을 견뎌내지 못하는 장교들은 모두 쫓아냈다. 그리고 공무원들 가운데서는 너무 쉽게 너무 드러나게 돈을 모은 단체장들이 ― 프랜시스 태스브로우 같은 사람을 포함하여 ― 모두 쫓겨났다.

그는 온 나라를 잘 경영되는 대규모 농장처럼 다루었다. 그곳에서 일하는 노예들은 먹는 것이 전보다 나아지고, 감독관들에게 뜯기는 것은 줄어들고, 일하고 자는 시간 외에는 전혀 틈이 없도록 바쁘게 움직여 웃음이나 노래(멕시코에 대한 전쟁 노래는 예외)나 불평을 하거나 생각할 겨를이 없게 만들었다. 헤이크가 통치하는 동안에는 미니트맨 초소와 강제수용소에서 매질이 줄어들었는데, 그 이유는 그의 명령을 받은 장교들이 제아무리 최고의 농장이라 할지라도 노예로 살고 싶지 않다는 사람은 남녀노소를 막론하고 때리면서 즐기는데 시간을 허비하느니 차라리 그 자리에서 총살시켜버렸기 때문이었다.

헤이크는 윈드립과 새러슨이 결코 생각지 못한 방법으로 성직자들을 ― 개신교, 가톨릭, 유대인, 진보적인 불가지론자들까지 ― 활용했다. 팰크 신부와 스티븐 페레픽스 신부 같은 사람과, 독일의 파울하버 추기경과 니묄러 목사처럼 자신에게 맡겨진 신도들을 노예화하고 고문하는데 분노하는 것도 그리스도인의 의무라고 생각하는 사목자들이 있었던 반면에, 특히 일요일 아침마다 신문에 연설 내용이 실리는 대도시의 목회자들 가운데에는 코르포주의 덕분에 애국심을 마음껏 시끄럽게 떠들어댈 수 있는 기회가 생겼다고 생각하는 사목자들도 많았다. 이들은 사실 군목 같은 부류의 사목자들로서, 전투 중인 용맹한 청년들을 정화하고 위로하는데 자신들이 친히 나서서 도울 수 있는 전쟁이 없다면 일부러라도 그런 전쟁을 일으키도록 기꺼이 도우려고 했다.

의사와 변호사들처럼 사람의 마음속 비밀을 훔쳐낼 수 있었으므로 좀 더 실용적이라고 할 만한 이 목회자들은 헤이크가 멕시코(캐나다? 일본? 러시아? 이들과도 나중에는 싸우게 될 것이다)와 전쟁을 획책하고 있던 1939년 2월 이후의 어려운 몇 달 동안 말할 수 없이 귀중한 정부의 밀정이 되었다. 설령 노예처럼 부리던 사람들로 꾸려진 군대를 데리고 싸운다 해도 그들이 자유민이며 자유에 대한 신념을 위해 싸우는 투사라고 설득할 필요가 있었다. 안 그랬다가는 그 망할 것들이 적진으로 넘어가 그들과 한 패가 될 수도 있었다!

그래서 훌륭하신 헤이크 왕께서 그렇게 철권을 휘두르자, 전국에서 누구라도 불평을 입에 올렸다가는 쥐도 새도 모르게 사라져 두 번 다시 떠드는 것을 볼 수 없었다.

그리고 새러슨의 파렴치한 청년들이 판을 치다가 이제는 공정과 곤봉의 새로운 치세를 맞이한 백악관에서는 안경을 걸치고 매우 상냥한 미소를 띤 헤이크 영부인이 기독교 여성 절제회, YWCA, 빨갱이 급진주의에 반대하는 부인 연맹 소속 회원들과 그들을 동반한 남편들에게 예전에 오리건의 에글란틴에 있던 헤이크 저택에서 열곤 했던 만찬을 워싱턴 정가에 맞게 더욱 확대하고 다채롭게 발전시킨 만찬을 베풀었다.

36장

트리아논 강제수용소에서의 면회 금지령이 풀렸다. 캔디 부인은 코코넛을 층층이 깐 케이크를 들고 도리머스를 면회 왔다. 캔디 부인을 통해 도리머스는 메리의 죽음과 엠마와 시시가 각기 떠난 것과 윈드립과 새러슨의 종말에 대해 전해 들었다. 그 어느 것도 실감이 나지 않았다. 메리를 다시는 볼 수 없다는 사실을 제외하면 어느 것도 진짜가 아닌 것 같았고 감방에서 늘어만 가는 이와 쥐의 숫자만큼 전혀 중요하지도 않았다.

면회가 금지된 동안, 그들은 칼이 가문비나무 가지에 담뱃갑의 은박지로 만든 트리를 놓고 그다지 유쾌하지는 않았어도 어쨌든 웃으며 크리스마스를 보냈다. 그들은 어둠 속에서 조용히 '고요한 밤'을 불렀고 도리머스는 미국, 유럽, 일본, 인도 등지의 정치범 감옥에 갇혀 있는 모든 동료정치범들을 생각했다.

그러나 칼은 명백히 오로지 세례를 받은 공산주의자인 자기 동료들만 구원되었으면 좋겠다고 생각했다. 그런데 이렇게 모두 한 감방에 강제로 수용되어 있다 보니 칼의 냉소와 지독한 공산주의 신봉이 갈수록 심해지자 도리머스로서도 몹시 견디기 힘들어졌다. 이는 대체로 메리와 댄 윌거스와 헨리 비더의 죽음 못지않게 가혹한 독재의 원칙이나 코르포스에게 비난이 가야 할 비극이었다. 아무리 박해를 받아도 칼의 용기와 교도관들을 난처하게 만드는 독창성은 조금도 줄어들지 않았지만, 날이 갈수록 그는 유머, 인내심, 관용, 친화력, 감방에 모여 사는 사람들도 살 만하다고 느끼게 만들어주는 모든 것들을 점차 잃어갔다. 그가 항상 신주단지 모시듯 아끼는, 때로는 재미있던 공산주의가 도리머스에게는 종교재판소나 근본주의 개신교 신자들의 오래된 완고함처럼 혐오스러운 종교적 편협에 가까웠다. 그것은 지난 마지막 3대 동안 제섭 가문이 점차 벗어나게 된 태도로서 마녀사냥처럼 인간의 영혼을 구한다는 미명하에 살인을 일삼는 태도나 마찬가지였다.

점점 커져가는 칼의 열의에서 벗어나기란 불가능했다. 그는 밤이면 한 시간 동안이나 끊임없이 지껄여서 결국에는 나머지 다섯 명으로부터 투덜대는 소리를 들어야 했다. "아, 제발 좀 그만해! 잠 좀 자자고! 나를 코르포로 만들 작정이야!"

때로는 자기의 생각을 주입하는데 성공하기도 했다. 감방 동료들이 수용소의 교도관들을 오랫동안 욕하면 칼은 그들을 이렇게 꾸짖었다. "코르포스, 특히 미니트맨 대원들은 모두 악마라고 말하는 식으로 모든 것을 설명하려들면 너무 순진한 걸세. 물론 악마같이 못된 자들이 많지. 그러나 그들 가운데 아무리 최악인 자라도, 심지어 미니트맨 총살부대원들 중에도 자유, 질서, 안전, 규율, 힘에 대해 큰 소리로 떠들어대는 그들의 지도자들에 의해 잘못된 길로 빠진 정직하지만 어리석은 코르포스처럼 우리 이단자들을 처벌하는 일이 그다지 내키지 않는 사람들도 있다네. 자유, 질서, 안전, 규율, 힘 같은 이런 멋진 말들은 모두 윈드립이 집권하기 전부터도 투기꾼들이 자신들의 이익을 보호하기 위해 써먹기 시작한 거라고! 특히 그들이 '자유'라는 단어를 어떻게 활용했는지 보라고! 감히 말하건대, 공화주의자들이 그 말을 쓴 후로는 정직한 사람들은 오늘날 '자유'라는 말만 들어도 신물이 난다네! 그런데 또 하나 알아두어야 할 것은 이곳 트리아논 수용소의 미니트맨 교도관들 상당수가 우리만큼 불행하다는 점이지. 그들 가운데 많은 사람들이 프랭크 루스벨트 대통령의 황금기로 거슬러 가도 번듯한 일자리를 얻을 수 없었던 불쌍한 사람들에 불과하지. 도랑을 팔 수밖에 없었던 회계사들, 자동차를 팔 수 없게 되자 하는 수 없이 제1차 세계대전에 참전했다가 돌아와 보니 일거리가 없어져 윈드립을 따르게 된 자동차 대리점 영업사원들이 있겠지. 그들이 왜 윈드립을 따랐겠나. 그 멍청이들은 윈드립이 안전에 대해서 말하면 정말 안전을 의미하는 걸로 생각했기 때문이지. 그들도 이제 그 상황을 깨닫게 되겠지!"

그리고 코르포스가 독선에 빠질 위험성에 대해 다시 한 시간을 일장연설한 후 파스칼은 주제를 바꾸어 공산주의자들의 영예로운 독선에 대해 구구절절 늘어놓았다. 특히 거룩한 도성 모스크바에서 행복하게 살고 있는 공산주의의 거룩한 본보기에 대해 입이 마르도록 칭찬했는데, 도리머스는 모스크바의 도로는 가치가 하락할 수 있는 루블화로 포장되었다고 판단했다.

거룩한 도성 모스크바라! 도리머스는 각 종교가 위세를 떨치던 시절에 예루살렘, 메카, 로마, 캔터베리, 바라나 시에 바쳤던 맹목적 숭배와 다르지 않게 칼이 무비판적이고 약간 광적일 정도의 숭배하는 마음으로 모스크바를 바라보고 있다고 생각했다. 좋아, 좋다고. 자신들의 성스러운 원천을 숭배하라지 뭐 — 그래봐야 정신적으로 미성숙하다는 것을 드러내기만 할 뿐이니까. 그렇다면 그들은 왜 도리머스가 포트 뷰러나 뉴욕이나 오클라호마시티를 성스럽게 생각하는 것을 반대한단 말인가.

칼은 도리머스가 러시아의 철강석이 그들이 가진 전부가 아닌지 궁금해하자 입에 거품을 물고 반박했다. 무슨 망발을! 러시아는, 거룩한 러시아이므로 그 거룩함의 일부로 충분한 철을 보유하고 있고, 그 사실을 알기 위해서는 필요한 것은 광물학자의 보고서가 아니라 행복한 신념의 눈만 있으면 되었다.

그는 칼이 거룩한 러시아를 숭배하거나 말거나 별로 신경 쓰지 않았다. 그러나 칼은 공산주의자 언론인들이 제일 좋아하고 아마도 그들만 유일하게 쓸 말인 '순진하다'는 표현을 이용하며 도리머스가 거룩한 미국을 숭배하는 온건한 생각을 드러낼 때마다 비웃듯이 참견했다. 칼은 모스크바 발 뉴스에 실린 러시아의 해변에서 거의 벌거벗다시피 한 소녀들 사진에 대해서는 볼셰비키 치하에서 거둔 노동자들의 승리와 기쁨이 잘 드러나 있다고 자주 두둔했지만 롱아일랜드의 해수욕장에서 비슷하게 노출한 소녀들의 사진을 보고는 자본주의 치하에서 노동자들의 타락이 입증되었다고 생각하는 이중성을 보였다.

신문기자로서 도리머스는 훨씬 더 비양심적으로 사실을 왜곡하고 숨긴 기자들은 바로 공산주의자들이었다고 기억했다.

그는 오늘날의 세계 갈등은 파시즘 대 공산주의가 아니라 공산주의와 파시즘이 똑같이 떠드는 편협함과 관용의 대결이 아닐까하는 생각이 들었다. 그러나 또한 미국에서는 가장 끔찍한 파시스트가 '파시즘'이라는 용어를 버리고 헌법에 입각하여 전통적이며 자생적인 미국적 자유라는 방식 아래에 자본주의에의 예속을 외치는 자들이라는 사실에 의해 그러한 갈등이 모호해졌다는 것도 알아보았다. 왜냐하면 그런 자들은 사람들의 임금을 도둑질할 뿐 아니라 명예마저도 도둑질하는 자들이기 때문이다. 자신들의 목적을 달성하기 위해서라면 그들은 성서는 물론 제퍼슨의 말까지도 인용할 수 있었다.

칼 파스칼이 공산당의 주요 간부들 대다수와 마찬가지로 열성당원으로 변하고 있음에 도리머스는 한탄하지 않을 수 없었다. 한때 그 자신이 순진하게도 공산주의에서 강조하는 인민의 힘을 빌려 냉소적인 독재로부터 벗어날 수 있으리라는 희망을 품은 적이 있었기 때문이다. 그러나 그는 이제 양쪽의 바쁜 원숭이들을 위해 기꺼이 나서는 고양이가 되기를 거부했다는 이유로 더 시끄러운 자칭 예언자들로부터 빈축을 사는 '자유주의자'로 홀로 남게 되었다는 것을 깨달았다. 그러나 어떠한 종류의 독재가 세상을 지배하더라도 최악의 상황에서 적어도 자유주의자들과 관용주의자들은 결국에는 문명의 기술을 지키게 될 것이다.

도리머스는 속으로 생각했다. '역사에 대해 점점 더 생각하면 할수록 세상에서 가치가 있는 모든 것들은 결국 질문하는 비평적인 자유로운 정신에 의해 달성되었으므로 어떠한 사회 체제보다도 이러한 정신의 보존이 훨씬 중요하다고 확신할 수밖에 없다. 그러나 허례허식에 사로잡힌 자들과 야만주의에 사로잡힌 자들은 지식인들의 입을 다물게 만들어 그들이 영원히 침묵할 수 있게 할 수 있다.'

그래, 이것이 명예를 좀먹는 자들이, 해적과도 같은 산업가들이, 그들을 제대로 계승한 코르포스들이 곤봉으로 이루어낸 최악의 해악이었다. 용감하고, 관대하고, 열정적이고, 어느 정도 학식을 갖추고 있던 칼 파스칼 같은 사람들을 위험한 과격분자로 바꾸어 놓은 것이다. 그리고 그것도 얼마나 교묘하게 잘 해놓았는가! 도리머스는 칼과 지내는 것이 불편했다. 자신이 다음번에 교도소에 오게 된다면 그때의 교도관은 칼 본인이 되는 것은 아닐까 하는 생각까지 들었다. 볼셰비키들이 일단 권력을 잡자 황제에 맞서 공동 전선을 펼치며 '인민의 자유를 위해서라면 시베리아 벌판에서의 혹독한 고문도 기꺼이 견디어내며' 볼셰비키가 권력을 잡을 수 있도록 혁명을 일으킨 스피리디노바, 브레시코프스카야, 이스마일로비치 같은 위대한 여성들을 아무 거리낌 없이 투옥하고 박해한 사실을 똑똑히 기억하고 있기 때문이다. 그들은 권력을 잡자마자 인민의 자유를 억압했을 뿐 아니라 자유는 어리석은 부르주아의 미신에 지나지 않는다고 주입하고 나섰다.

그래서 도리머스는 오랜 동료인 칼로부터 불과 75센티미터 위에서 자고 있을 뿐인데도 마치 감옥 안의 또다른 감옥에 갇혀 있는 느낌이 들었다. 헨리 비더와 클래런스 리틀과 빅터 러브랜드와 펠크 신부는 이미 사라졌고, 독방에 갇혀 있는 줄리언과는 한 달에 한 번도 말을 할 수가 없었다.

도리머스는 거의 미칠 것처럼 간절히 탈출을 갈망했다. 자나 깨나 그 생각밖에 없었다. 그래서 화장실 바닥을 닦고 있는데 분대장인 애러스 딜리가 다가와 말을 전했을 때는 심장이 멎는 줄 알았다. "이봐, 내 말 잘 들어, 제섭 씨! 파이크 부인이 지금 준비하고 있으니까 상황이 되는 대로 곧 당신이 탈출하도록 도와주겠어!"

경내 밖에서 보초를 서고 있는 경비병들을 어떻게 넘어서느냐가 관건이었다. 청소를 담당하고 있었으므로 도리머스는 꽤 자유롭게 감방을 드나들 수 있었고 애러스가 경내에서 건물 사이로 이르는 골목 가운데 한쪽 끝에 있는 칸막이와 철조망을 느슨하게 풀어놓을 수는 있었다. 그러나 일단 바깥으로 나가면 보초 눈에 띄었다가는 바로 사살되기 쉬웠다.

애러스는 일주일 동안 잘 지켜보다가 야간 경비병 가운데 한 사람이 취하도록 술을 마시는 버릇이 있었는데도 말썽을 일으키는 죄수들에게 매질을 잘한다는 이유로 문제삼지 않으며 그것이 유감스럽기보다는 오히려 현명한 처사로 간주된다는 사실을 알아냈다. 그리고 그 주에 애러스는 로린다에게서 탈출자금으로 받은 돈으로 그 보초에게 술을 실컷 대접했고, 어찌나 의무에 충실했는지 본인조차 두 차례나 인사불성이 되어 잠자리로 옮겨질 정도였다. 교도소장 스네이크 티즈라는 무슨 일인지 살폈다. 그러나 그 역시 처음 한두 잔을 들이킨 후에는 부하들과 민주적으로 어울리며 함께「옛 물레」라는 노래까지 흥얼거리며 즐겼다.

애러스는 도리머스에게 털어놓았다. "다른 사람 손에 들어갈까 봐 파이크 부인이 당신에게 쪽지를 보내지는 않고 대신 나한테 전해달라고 했소. 당신이 탈출할거라는 말을 아무에게도 하지 말라고 했소. 안 그러면 발각될 거요."

그래서 어느 날 저녁 애러스가 복도에서 갑자기 고개를 내밀며 일부러 들으라는 듯이 거친 소리로 말했다. "이봐, 제섭, 깡통을 하나 안 치웠잖아, 이 더러운 자식!" 도리머스는 지난 6개월 동안 그의 집이자 서재이자 임시 거처였던 감방을 부드럽게 둘러보며 동료들을 차례로 훑었다. 파스칼은 신발도 없이 끝이 뻥 뚫린 양말만 걸친 발을 천천히 흔들며 침상에서 책을 읽고 있었고, 트루먼 웹은 바지의 엉덩이 부분을 깁고 있었다. 그들을 한 사람씩 찬찬히 바라본 후 천장의 작은 전구 주위에 얇게 켜켜이 퍼지는 담배 연기에 주목하며 조용히 복도로 걸어 나왔다.

1월 말의 밤은 안개가 잔뜩 끼어 있었다.

애러스는 도리머스에게 낡은 미니트맨 코트를 건네주며 속삭였다. "오른쪽으로 세 번째 통로요. 교회 맞은편 모퉁이에 가구 운반 트럭이 있을 거요." 그리고는 가버렸다.

도리머스는 작은 통로 끝에 느슨하게 풀어진 철조망 아래로 힘차게 기어서 통과해 밖으로 나온 후 거리를 따라 자연스럽게 걸어갔다. 저 멀리 유일하게 한 경비병이 눈에 들어왔으므로 걸음걸이가 주춤해졌다. 한 블록 떨어진 곳에 가구 운반 트럭이 차체를 잭으로 들어 올려놓고, 운전수와 조수가 거대한 바퀴 하나를 힘겹게 갈아 끼울 준비를 하고 있었다. 모퉁이의 가로등 불빛에 비친 운전수의 얼굴을 보고는 그가 한때 뉴 언더그라운드를 위한 소책자들을 실어 나르던 강인한 얼굴의 원양항해사임을 알아보았다.

도리머스를 본 운전수가 급하게 내뱉었다. "어서 타라고요!" 도리머스는 트럭 안에 실려 있던 책상과 안락의자 사이에 몸을 웅크렸다.

운전수가 차를 들어 올리고 있던 잭을 빼내자 트럭의 기울어진 몸체가 떨어지는 것이 느껴짐과 동시에 앞쪽 운전석에서 운전수의 목소리가 들려왔다. "좋아요! 이제 출발합니다. 제 뒤쪽으로 기어와 제가 하는 말 잘 들으세요, 제섭 씨. … 제 말 들립니까? … 미니트맨 대원들은 당신 같은 신사들과 착실한 사람들은 굳이 번거롭게 도망치지 못하게 막지 않습니다. 당신 같은 분들은 일단 사무실이나 집이나 자동차를 벗어나면 너무 겁이 많아서 아무 짓도 못하리라고 생각하고 있거든요. 그러나 제 생각에 당신은 좀 다른 것 같네요. 게다가 그들은 설령 당신이 탈출하더라도 어디에 숨어 있지 않고 가끔 일터를 벗어난 보통 사람들처럼 술집에 갈 테니까 쉽게 찾아낼 수 있다고 생각하고 있죠. 하지만 걱정하지 마십시오. 저희가 빠져나가게 해드릴 테니까요. 제 말은 혁명가만큼 친구도 … 적도 많은 사람은 없다 이 말씀입니다!"

그러자 최근에 사망한 애핑엄 스완의 선고에 의해 자신은 탈출하려다 걸리면 바로 사형에 처해지게 된다는 사실이 기억났다. 하지만 칼 파스칼처럼 "아, 제기랄!" 하고 투덜거리고는 질주하는 트럭 안의 호화로운 가구에 몸을 뉘었다.

그는 이제 자유의 몸이었다! 휙휙 지나치는 마을의 불빛들이 눈에 들어왔다!

한 번은 헛간의 건초 더미 아래 숨어 있었다. 그 다음에는 산 높이 가문비 나무 숲에 숨어 지냈다. 그리고 어느 장의사의 장의실 안에 있는 관 뚜껑 위에서 밤을 나기도 했다. 남들 눈에 안 띄게 몰래 걷기도 하고, 순회 약장수의 차 뒤편에 타고 가다가, 모피 모자를 눌러쓰고 깃을 잔뜩 세운 모피 코트를 걸치고 미니트맨 중대장으로 복무하는 뉴 언더그라운드 조직원의 오토바이에 달린 사이드카로 옮겨 탔다. 모나드녹 산과 애버릴 호수 사이의 구불구불한 시골길에 자리한 확실히 비어있는 어느 농가 앞에 멈춰선 운전수의 지시에 도리머스는 사이드카에서 내렸다. 지붕은 가라앉고 더러운 유리창에는 눈이 수북이 쌓여 있는, 페인트칠이 다 벗겨진 쓰러져가는 낡은 농가였다.

뭔가 잘못된 것이 아닌가 싶었다.

오토바이가 부르릉거리며 사라지자 도리머스는 문을 두드렸다. 이윽고 문이 열리자 로린다 파이크와 시시가 함께 울며 문을 열었다. "아, 맙소사!"

그는 간신히 속삭였다. "잘 있었소!"

간이침대 하나, 의자 두 개, 탁자 하나를 제외하면 아무것도 없는데다 벽지도 떨어져 나간 썰렁한 농가 거실에서 훌쩍이며 두 여인이 모피 코트를 벗겨내자 모습을 드러낸 사람은 창백하고 꾀죄죄한 얼굴에 결핵이라도 앓은 듯 비쩍 야위었고, 멋지게 다듬었던 턱수염과 콧수염은 건초 가닥처럼 텁수룩해졌고, 너무 길게 자란 머리칼은 등 뒤에서 촌스럽게 들쭉날쭉했으며 옷은 여기저기 터진 더러운 몰골에 영락없이 늙고 병든 낙심한 노숙자 행색이었다. 도리머스는 등받이 의자에 주저앉아 두 여인을 물끄러미 바라보았다. 앞에 있는 두 사람은 진짜겠지 — 이게 꿈은 아니겠지 — 마치 천국에서 두 대천사를 바라보고 있는 것 같은 느낌이었지만 암울한 지난 몇 달 동안 이런 꿈속에서 깨어나면서 얼마나 자주 허망해했더란 말인가! 도리머스는 더 이상 참지 못하고 흐느끼기 시작했고 두 사람은 되도록 말은 삼가고 부드럽게 손을 쓰다듬으며 달래주었다.

"따뜻한 물로 목욕시켜 줄게요! 그리고 등도 밀어줄게요! 그런 다음에 뜨거운 치킨 수프와 아이스크림을 먹고 나면 기분이 좀 풀릴 거예요!"

그것은 마치 누군가가 이런 성경 구절을 들려주는 것 같았다. 주님께서 옥좌에서 너를 기다리고 계시니 네가 축복하는 자는 모두 복을 받을 것이며, 너의 적들은 모두 무릎을 꿇게 되리라!

성녀와도 같은 두 여인은 말했던 대로 정말로 농가의 부엌에 주석으로 된 기다란 통을 가져다놓고 주전자와 설거지통에 담아 난로에 데운 물을 채워 넣고 그런 것이 존재했는지조차 까맣게 잊고 있던 목욕 솔과 스펀지와 기다란 목욕 타월을 준비해놓았다. 그리고 어떻게든 시시가 포트 뷰러의 집에서 가져온 신발과 셔츠 여러 벌과 왕을 알현해도 손색이 없을 것 같은 단정한 양복 세 벌을 꺼내 놓았다.

지난 여섯 달 동안 목욕이라고는 해본 적도 없고, 석 달 동안은 내의도 갈아입지 못하고 두 달 동안은 (차고 습한 겨울에도) 양말 한 켤레 없이 맨발로 버텼다!

로린다와 시시의 존재가 천국에 있다는 징후로 느껴졌다면 욕조 안에 천천히 한 발짝씩 미끄러져 들어가는 황홀한 순간은 천국 그 자체라는 확실한 증거처럼 느껴져 영광스럽게 욕조 안에 온 몸을 푹 담갔다.

아래 속옷만 걸친 모습으로 있는데 두 사람이 들어오자 도리머스는 자기가 마치 두 살짜리 아기라도 된 것 같이 느껴져 조신하게 있어야 할 것 같은 생각이 들었다. 두 사람은 그런 도리머스의 모습을 보고 웃음을 터뜨렸지만, 이내 웃음은 날카로운 흐느낌으로 변했다. 등짝에 격자무늬처럼 선명하게 새겨진 채찍 자국을 보고 몸서리를 쳤기 때문이다. 그러나 이번에도 '아, 맙소사!'라고 짧막한 한 마디만 했을 뿐 로린다는 아무것도 묻지 않았다.

시시는 전에 로린다가 어머니처럼 굴지 않아서 마음에 들었지만 도리머스는 오히려 그렇게 보살핌을 받아서 기뻤다. 스네이크 티즈라와 트리아논 강제수용소에서는 특히 그런 보살핌이라고는 눈을 씻고도 찾아볼 수 없었다. 로린다는 등에 난 상처에 연고와 파우더를 발라주었다. 머리도 잘라주었는데 그런 대로 봐줄 만했다. 그리고 감방에서 굶주리며 수도 없이 꿈꿨던 든든한 속세의 음식을 요리해 주었다. 양파를 곁들인 햄버그스테이크, 옥수수 푸딩, 소시지를 곁들인 메밀 케이크, 걸쭉한 소스와 부드러운 소스를 곁들인 사과 만두, 버섯 크림수프까지 그야말로 진수성찬이었다!

도리머스를 비처 폴스에 있는 안락한 찻집으로 데려가는 것은 안전하지 않았다. 이미 미니트맨이 그를 찾으러 기웃거리고 있었다. 그러나 시시와 로린다는 뉴 언더그라운드에 인계할 때까지 도망자들을 위해 더러운 그 농가에 간이침대 몇 개와 꿀, 마멀레이드, 바르르뒤크가 담긴 근사한(도리머스가 그렇게 생각했다) 병과 통조림을 잔뜩 비축해두었다. 이제 캐나다로 들어가기 위해 마지막으로 국경을 통과하는 일은 전에 벅 타이터스가 제섭 가족들을 데리고 넘어가려고 했을 때보다 훨씬 쉬워졌다. 예전에 밀조한 주류를 반입하던 시절처럼 좀 더 체계화되어 있었다. 새로 개척한 산길을 통해, 초소 경비대에는 뇌물을 주고, 위조한 여권까지 갖추었다. 일단 이곳에서 도리머스는 안전했다. 그래도 좀 더 안전에 만전을 기하기 위해 로린다와 시시는 도리머스를 쳐다보는 동안 턱을 문지르며, 마치 그가 자기들 말을 못 알아듣는 아기라도 되는 듯이 논의를 거듭하며 그를 청년으로 변장시키기로 최종 결론을 내렸다.

"머리와 콧수염을 검게 염색하고, 턱수염은 밀어버리는 것이 좋겠어. 그리고 높은데 올라가 멋지게 플로리다에서 선탠한 것처럼 그을릴 시간을 가져야겠어." 로린다는 그렇게 생각했다.

"예, 그렇게 하면 더 그럴싸해 보일 것 같아요." 시시도 맞장구를 쳤다.

그러나 도리머스는 난색을 표했다. "말도 안 돼, 수염을 밀어버릴 수는 없어! 그렇게 다 밀어버리면 허전해서 어떻게 적응하라고?"

"무슨 말씀이셔요, 아빠가 아직도 신문사 사주이며 포트 뷰러의 사회적 명사라고 착각하고 계시는 거예요!" 시시는 놀라서 대꾸하며 가차 없이 작업을 서둘렀다.

"어쨌든 이 망할 놈의 전쟁과 혁명의 유일하게 진정한 근거는 여성들이 기회를 얻는다는 점이군 — 아야! 조심해! — 이 어설픈 귀여운 두 어머니께서 모든 남자를 두 손에 넣고 휘두를 기회를 얻었단 말씀이야. 흥, 머리 염색이라니!" 도리머스는 비통하게 말했다.

그러나 막상 면도를 하고 나자 뻔뻔스럽게도 도리머스는 젊어진 얼굴이 자랑스러웠고, 자신의 턱이 생각보다는 꽤 강인해 보인다는 생각이 들었다. 찻집을 계속 열어두어야 했으므로 시시는 비처 폴스로 돌려보냈고, 도리머스는 로린다와 함께 사흘 동안 스테이크와 맥주를 실컷 먹으며 카드도 즐기고 한 달이 일 년처럼 끔찍했던 지난 6개월 동안 서로에 대해 생각했던 이야기를 한도 끝도 없이 주고받았다. 도리머스는 비스듬한 농가 침실, 누더기 카펫, 흔들의자 두 개, 황량한 겨울에 오들오들 떨기보다는 불장난을 벌이는 청춘처럼 침상에서 오래된 빨간 이불 아래에서 꼭 끌어안은 로린다를 잊지 못할 것이었다.

얼마 후, 가문비나무 가지에 듬성듬성 눈이 쌓여 있는 숲속 공터에서 캐나다까지 불과 몇 걸음 앞두고 도리머스는 두 여인의 눈을 물끄러미 바라보며 짧은 작별인사를 건네고 돌아섰다. 미국에서의 유배라는 새로운 감옥 안으로 터덜터덜 걸어 들어가는 그는 벌써부터 향수의 고통에 사로잡혀 자꾸

만 뒤를 돌아보았다.

37장

　도리머스의 턱수염은 다시 자랐다 — 그와 수염은 몇 년 동안 떼려야 뗄수 없는 친구 같았으므로 최근에는 없어서 좀 허전했다. 전깃불 아래에서 보면 가짜처럼 보랏빛으로 보이던 머리와 콧수염도 원래의 훌륭한 백발을 되찾았다. 이제는 양고기나 비누를 봐도 그렇게 열광하지는 않았다. 그렇지만 공공장소에 있어도 누구의 눈치도 살피지 않고 마음껏 감정을 드러내며 자유롭게 말할 수 있는 것에 대한 기쁨과 약간의 놀라움에는 아직 완전히 적응이 되지 않았다.

　도리머스는 몬트리올에서 알게 된 가까운 두 친구와, (월트 트로우브리지가 대표를 맡고 있는) 뉴 언더그라운드의 선전 및 간행 부서에서 일하는 두 동료 실무자와 주로 어울렸다. 가까워진 두 친구는 부통령을 지냈던 펄리 비크로프트와 '케일리 씨'로 불렸던 멋진 젊은이 조 엘프리였다. 전에 도리머스가 파스칼의 소개로 찾아가서 만나기도 했던 그는 미국 공산당의 주요 요원이었다가 텍사스에서 반 코르포 반란을 조직했을 때 사회주의자들, 민주주의자들, 심지어 교회 성가대원들까지 규합하여 '연합전선'을 구축했다는 이유로 거의 실체도 불분명한 본부에서 축출당했다.

　이 카페에서도 맥주를 앞에 두고 비크로프트와 엘프리는 평상시와 다름없었다. 엘프리는 미국의 불행을 타개할 유일한 '해결책'은 엄격하고 필요하다면 폭력을 행사할 수도 있지만 (전과 달라진 점은) 모스크바의 지배를 받지 않는 노동자들의 좀 더 활발한 대표자들에 의한 독재라고 주장했다. 비크로 프트는 '우리에게 필요한 것은' 정확히는 정당 정치로의 회귀로서, 투표, 의회에 의한 입법, 윌리엄 맥킨리[74]의 만족스러운 시절을 독려해야 한다며 뜬 구름 잡는 식의 주장을 폈다.

그러나 도리머스에 관해 말하자면, 의자에 깊숙이 몸을 묻은 채 웨이터가 미니트맨인지 확실히 확인되지 않은 상황에서 두 사람이 그렇게 오랫동안 이야기하는 것이 제정신인지 별로 신경 쓰지 않게 되었다. 그리고 트로우브리지와 다른 지도자들은 무슨 일이 있어도 이익에 의한, 이익을 위한, 이익의 정부에 만족하는 상태로 되돌아갈 일은 없을 것이라는 사실을 알고는 흡족했다. 바로 어제 월트 트로우브리지의 비서가 들려준 말에 의하면, 석유왕 윌슨 새일이 나름 진심을 가지고 찾아와 대의를 위해 자신의 재산과 행정 경험으로 돕겠다고 제안했지만 트로우브리지가 일언지하에 거절했다고 한다.

"아니요. 미안하오, 윌. 하지만 당신을 이용할 수는 없소. 무슨 일이 있어도, 설령 캐나다로 쳐들어와 우리를 품어준 모든 캐나다 사람들과 함께 우리를 학살한다고 할지라도 당신과 당신 같은 부류의 영리한 해적들은 끝났소. 무슨 일이 있어도, 새로 들어설 정부가 어떤 체제로 결정되든, 즉, '협력 연방'이나, '국가 사회주의'나 '공산주의'나 '부활시킨 전통적 민주주의'나 그 무엇이 되든지 참신한 느낌이 있어야 한단 말이오. 그렇게 구성된 정부는 월, 당신 같은 소수의 똑똑하고 단호한 몇몇 사람이 좌지우지하는 놀이판이 아니라 보편적 협력관계가 구축될 것이오. 그러한 정권에서는 대체로 국가가 모든 자원들을 국유화하여 모든 구성원들에게 고루 효과가 돌아가게 해야 할 것이고, 최악의 범죄는 살인이나 납치가 아니라 국가를 사유화하여 이용해먹는 것이 될 것이오. 이런 국가에서는 부정한 약을 판매하는 사람이

---

74. William B. McKinley. 미국의 정치인. 공화당 출신으로 연방 하원의원 및 상원의원, 주지사를 거쳐 제25대 대통령이 되었다.

나 의회에서 거짓을 일삼는 사람이 자기 여자친구를 가로챈 사람에게 도끼를 휘두른 작자보다도 대체로 더 심한 처벌을 받게 될 것이오. … 알겠소? 당신 같은 거물 사업가는 어떻게 될 것 같소? 그야 하느님만 아실 거요! 공룡에게 무슨 일이 벌어졌소?"

그래서 도리머스는 그의 휘하에서 일하는 것이 무척 만족스러웠다.

그래도 사회적으로는 트리아논 강제수용소의 감방에 있을 때 못지않게 외로웠다. 로린다, 벅, 엠마, 시시, 스티브 페레픽스 신부와 함께 지내던 소소한 기쁨을 거의 미칠 정도로 갈망했다.

식구나 지인들 가운데 캐나다에 있는 도리머스와 합류할 수 있는 사람은 엠마가 유일했는데 그나마 그녀는 그럴 마음이 없었다. 엠마가 보낸 편지로 미루어 보건대 그녀는 우스터와는 딴 판인 황량한 몬트리올에 대한 두려움이 있었다. 그녀는 필립과 자신은 도리머스가 코르포스로부터 사면 받을 수 있기를 바라고 있다고 썼다! 그래서 도리머스는 코르포스 정권을 피해 도망쳐 온 동료 피난민들하고만 어울리는 수밖에 없었고, 인생이 참 비슷하다는 것을 실감했다. 특히 정치적 망명자들의 삶은 저 옛날 이집트에서 처음으로 반란을 일으켜 아시리아로 쫓겨간 이래로 별로 달라진 것이 없었다.

캐나다에 도착했을 때 모든 사람들이 자신의 투옥과 고문과 탈출 이야기에 전율을 느낀다고 생각하게 된 데에는 도리머스가 특별히 야비하게 자기중심적인 사람이어서 그런 것은 아니었다. 오히려 자기보다 앞서 이미 불행을 겪은 씩씩한 사람들 수만 명이 그곳에 왔으므로 캐나다인들이 제아무리 상냥하고 너그러운 사람들이라 해도 새로운 이야기를 들을 때마다 매번 공감해주는 것에 싫증이 날 법도 했다. 대의를 위한 열사들로 받아준 사람들은 그 정도면 충분했으므로 사실 다수를 차지하고 있던 무일푼의 유배자들에 대해서 캐나다인들은 알지도 못하는 도망자들을 위해 자기 가족의 것을 나누어야 한다는데 싫증이 난 것이 확실했으며 미국의 유명한 작가, 정치가, 과학자들이 모기처럼 흔해지자 그들의 존재에 계속 기쁨을 느낄 수도 없었다.

설령 허버트 후버와 퍼싱 장군이 미국의 비참한 상황에 대해 강연을 한다 하더라도 둘 다 합쳐 40여 명의 사람을 끌어들일 수 있을지도 미지수였다. 전직 주지사와 판사들은 접시닭이 일거리라도 얻을 수 있으면 다행이었고, 전직 편집장들은 순무를 수확하는 일을 거들고 있었다. 그리고 멕시코와 런던과 프랑스 역시 미국 망명자들을 점점 지겨워하고 있었다.

그래서 뉴 언더그라운드 본부에서 받는 주급 20달러의 봉급으로 근근이 살아가고 있던 도리머스는 마치 유럽의 파리에 자주 모여들던 백러시아인들, 빨갱이 스페인인들, 청 불가리아인들을 비롯한 다양한 반란자 무리처럼 불행한 정치 망명자들의 살롱 비슷한 곳에서 같은 처지의 도망자들 외에는 아무도 만나지 않았다. 공간의 크기로만 보아서는 집단수용소와 매우 흡사한 4평 남짓한 응접실은 스무 명 정도로 늘 차 있어 북새통을 이루었고, 그곳에 사는 주민들과 저녁 8시부터 자정까지 부족한 저녁을 벌충하는 커피와 도넛과 빈약한 샌드위치 냄새까지 더해져 정신이 없는 가운데 코르포스에 대한 이야기가 끝없이 이어졌다. 그들은 예전부터 히틀러, 스탈린, 무솔리니에 비견되는 헤이크 대통령에 대한 '진짜 실화' 이야기들을 들려주었다. 그 가운데에는 물에 빠진 사람을 구하고 보니 헤이크여서 깜짝 놀라 자기가 구해주었다는 사실을 비밀로 해 달라고 신신당부했다는 사람의 이야기도 있었다.

카페에서는 고국에서 온 신문들을 집어 들었다. 도망치다가 한쪽 눈을 잃은 사람들은 눈물이 흘러내리는 나머지 한쪽 눈으로 미주리 애비뉴 브리지 클럽 상을 누가 차지했는지 들여다보기도 했다.

그들은 용감했고, 낭만적이었으며, 비극적이었고, 고귀했지만, 도리머스는 약간 싫증이 나기 시작했다. 그리고 평범한 사람들은 다른 사람의 비극을 곧 잊어버리기 쉬우며, 처음에는 함께 울어주다가도 언젠가는 짜증을 내며 돌아서게 된다는 거부할 수 없는 잔인한 진실에 신물이 났다.

교파를 초월해 급하게 지은 미국 공동 교회에서 한때는 지체 높은 신분이었지만 지금은 극빈자 신세로 전락한 한 주교가 소나무 강론단에서 시편 137편을 읽자 도리머스는 가슴이 뭉클했다.

"바빌론 강기슭 거기에 앉아 시온을 생각하며 우네. 거기 버드나무에 우리 비파를 걸었네. 우리를 포로로 잡아간 자들이 노래를 부르라, 우리의 압제자들이 흥을 돋우라 하는구나. '자, 시온의 노래를 한 가락 우리에게 불러 보아라.' 우리 어찌 주님의 노래를 남의 나라 땅에서 부를 수 있으랴? 예루살렘아, 내가 만일 너를 잊는다면 내 오른손이 말라 버리리라."

미국인들은 이곳 캐나다에 통곡의 벽을 가지고 있었고, 매일 웅대한 헛된 희망을 외쳤다. "내년이면 예루살렘에 돌아가리라!"

도리머스는 모든 것을, 자식과 아내와 재산과 자존감마저 잃어버린 도망자들이 끝없이 지나치게 통곡하는데 짜증이 날 때도 있었고, 그들이 자기만 혼자 그렇게 끔찍한 일을 당했다고 생각하는데 짜증이 나기도 했다. 또 어떤 때는 여가시간을 몽땅 써가며 1달러라도 모금하며 이 불쌍한 영혼들을 위해 약간은 질리기도 한 호의가 느껴질 때도 있었다. 그리고 게티스버그 전투에서 남군을 격파한 미드 사령관, 엠마의 잃어버린 정원에 풍성하게 피어 있던 푸른 페튜니아 꽃들, 4월 아침에 기차에서 바라보면 싱그럽게 빛나는 선로, 록펠러 센터 등 미국의 모든 면을 복잡한 시선으로 바라보면 낙원이 어떤 것인지 조금 알 것 같기도 했다. 그러나 기분이 어떠하든지 상관없이, 외국의 어느 강기슭에 앉아 자신의 비파를 걸어둔 채 이름난 가난뱅이가 된다는 것이 어떤 의미인지 음미하고 싶은 마음은 전혀 없었다.

언젠가는 미국으로 돌아갈 것이고 그러면 또다시 잡힐 수도 있다. 그동안에는 하루 온종일 뉴 언더그라운드 사무실에서 글 폭탄을 솜씨 있게 투척하며, 전직 교수, 전직 요리사 등 다양한 사람들로 이루어진 100명의 우편물 발신자들을 효율적으로 지휘했다.

도리머스는 상관인 펄리 비크로프트에게 미국에서 — 자신의 신분이 알려져 있지 않은 서부에서 조직원으로 암약하는 등 좀 더 활동적이고 위험한 일을 맡겨 달라고 요청했다. 그러나 조직 본부는 낯선 이에게 쓸데없는 말을 늘어놓거나 잡혀서 죽을 때까지 매질을 당해도 끝까지 입을 열지 않을 것이라고 신뢰할 수 없는 미숙한 요원들 때문에 상당한 타격을 입은 터였다. 1929년 이후로는 상황이 변했다. 뉴 언더그라운드는 인간이 도달할 수 있는 최고의 영예는 수백만 달러를 소유하는 것이 아니라 아무런 보답이나 찬사를 받지 못하더라도 목숨을 걸고 진실을 지킬 수 있게 하는 것이라고 생각했다.

도리머스는 조직의 간부들이 자신을 충분히 젊다거나 강하다고 생각지 않을 뿐더러 면밀하게 살피는 중이라는 사실을 알고 있었다. 영광스럽게도 트로우브리지와 두 차례 면담을 할 기회가 있었는데 딱히 정해진 주제는 없었다. 무슨 내용이었는지 정확히 기억나진 않아도 그와의 면담이 명예로운 일이었던 것은 분명하다. 트로우브리지는 모든 지하조직 거물들 중에서 가장 소박한 호인이었기 때문이다. 이제 멕시코에 대한 전쟁과 코르포 정권에 맞서는 저항운동이 나란히 전개될 것이므로 기분이 들뜬 도리머스는 가난한 사람들, 과도하게 노동력을 착취당하는 사람들이 코르포 관리들을 평상시보다 더 괴롭혀 불안에 떨게 만드는데 일조할 수 있기를 들뜬 마음으로 고대했다.

1939년 7월, 도리머스가 몬트리올에 체류한지 5개월이 약간 넘었고, 강제수용소 수감을 판결 받은 지 1년이 지났을 때 뉴 언더그라운드 본부에 당도하는 미국의 신문들은 멕시코에 대한 적의로 도배되어 있었다.

멕시코 인들이 떼를 지어 미국 영토로 넘어와 약탈을 일삼는다는 내용이었다. 매우 흥미롭게도 그때마다 미국 군대는 항상 행군 훈련을 하느라 사막에 나가있었는지 아니면 혹시 조개껍질을 줍고 있었는지 사건의 현장에 없었다. 멕시코 인들은 텍사스에 있는 마을 하나를 통째로 불태웠다. 다행스럽게도 모든 여자와 아이들은 그날 오후에 주일학교 소풍을 나가 있어서 화를 면했다. 한 멕시코 애국자(전에는 에티오피아 애국자, 중국인 애국자, 아이티 애국자로도 활동했다)가 미니트맨 준장의 막사로 찾아와 사랑하는 조국을 밀고하는 것이 마음 아프긴 하지만 자신의 멕시코 상관들이 비행기를 몰고 러레이도, 샌안토니오, 비즈비, 그리고 어쩌면 타코마, 뱅거, 메인까지 폭격하려고 모의 중인 사실을 양심상 폭로하지 않을 수 없다고 털어놓았다.

이 사실에 코르포 신문사들은 무척이나 흥분했고, 뉴욕과 시카고의 신문들은 그 양심적 배신자가 준장의 막사에 모습을 드러낸 지 30분도 안 되어 그의 사진으로 온통 도배되었다. … 그가 나타난 순간에 어떻게 46명이나 되는 신문기자들이 막사 주위에 진을 치고 있었는지 우연치고는 너무도 기묘했다.

미국은 뉴욕 파크 애비뉴의 모든 가정을 비롯하여 자국의 가정들을 지키기 위해 67,000명의 무서운 군대와 39대의 군용기를 갖춘 채 사악한 멕시코에 맞서 분연히 일어났다. 시더래피즈의 여인들은 침대 밑에 숨었고, 뉴욕 주 카타라우구스 카운티의 나이든 신사들은 느릅나무 가지에 돈을 숨겼으며, 사우스다코타 주의 에스텔린에서 북동쪽으로 10여 킬로미터 떨어진 곳에서 닭을 키우는 농부의 아내로서 요리도 잘하고 관찰력이 뛰어나다고 잘 알려져 있던 한 여인이 1939년 7월 27일 오전 3시 17분에 92명의 멕시코 병사들 일행이 자기 집 오두막을 지나치기 시작하는 것을 뚜렷이 목격했다고 증언했다.

한 번도 전쟁에 진 적이 없고 부당한 전쟁은 한 번도 일으킨 적이 없는 미국은 이러한 위협에 대처하기 위해 시카고의 『데일리 이브닝 코르포레이트』가 표현했듯이 한 사람처럼 일사불란하게 들고 일어났다. 날씨가 좀 선선해지는 대로, 아니면 냉장고와 에어컨을 준비할 수 있다면 조금 더 일찍이라도 멕시코를 침공하기로 계획이 정해졌다. 한 달 만에 침공을 위해 5백만 명이 징집되어 훈련을 시작했다.

그래서 — 어쩌면 너무 경솔하게도 — 조 케일리와 도리머스는 멕시코에 대한 선전포고에 대해 논의했다. 모든 침략 전쟁이 어리석다는 것을 깨닫는다면 모든 전쟁은 늘 어리석다고 생각한다고, 전쟁 당사자 양측 다 대의명분에 대해 대담하게도 거짓말을 하고 있다고, 전쟁이란 다 큰 어른들이 멋진 제복을 걸치고 원시적인 음악에 맞춰 행진하며 유치한 놀이에 몰두하는 구경거리에 지나지 않는다고 분명히 말할 수 있어야 한다. 도리머스와 케일리의 말에 따르면, 전쟁에서 어리석지 않은 유일한 점은 바로 흉포함을 드러내며 수백만 명의 선량한 사람들을 죽인다는 사실이다. 제아무리 멋지고 감동적인 젊은 중위의 것이라 하더라도 샘 브라운 벨트[75] 하나를 위해 1만 명의 아기들을 굶주리게 하는 짓이야말로 너무 큰 대가였다.

그럼에도 도리머스와 케일리는 모든 전쟁이 어리석고 가증스럽다는 자신들의 주장을 재빨리 철회했다. 전체 코르포 정권에 맞서는 대중적 저항에 부딪쳐 멕시코를 집어삼키려는 미국의 전망이 갑작스레 좌절될 수도 있었으므로 두 사람 다 독재에 저항하는 민중의 전쟁은 제외시켰다.

대체로 저항세력은 솔트 세인트 마리, 디트로이트, 신시내티, 위치토, 샌프란시스코, 시애틀에 인접해 있었는데, 이 지방 대부분 지역은 여전히 헤이크 대통령에게 충성을 바치고 있었지만 그 외곽과 다른 많은 지역들은 반란에 가담했다. 그곳은 미국에서 언제나 가장 '급진적인' 지역이었다. 급진적이라는 말은 좀 애매한 표현이고, 정확하게 표현하자면 '노략질에 가장 비판적'이라는 의미일 것이다. 그곳은 인민당원들, 초당파 농민동맹, 가문 자체로 정당을 구성할 정도로 막대한 라폴레트[76] 가문이 태동한 땅이었다.

어떤 일이 일어나든지 상관없이, 저항은 미국에 대한 신뢰와 희망이 아직

---

75. 오른쪽 어깨에서 좁다란 가죽 띠가 내려져 있는 폭이 넓은 가죽제의 허리띠. 원래 영국의 사관, 준사관의 대검용 벨트였지만 오늘날에는 각국의 경관, 위병, 장교 등에 이용되고 있다. 발명자인 영국의 장군 사무엘 브라운 경의 이름에서 유래되었다.

76. Robert Marion La Follette(1855-1925). 미국의 정치 지도자, 상원의원(1906-25)

죽지 않았음을 입증한 것이므로 도리머스는 더없이 기뻤다.

사실 이 저항 세력 가운데 다수는 버즈 윈드립이 당선되기 전 그가 발표한 정강 15개 원칙을 믿었던 사람들이다. 윈드립이 은행가들과 산업자본가들이 훔쳐간 권력을 국민들에게 돌려주고 싶다고 말했을 때 어느 정도는 진심일 것이라고 곧이곧대로 믿은 것이다. 그런데 점차 달이 지날수록 그들은 이번에도 자신들이 속았다는 것을 알고는 분개했다. 하지만 밭에서, 제재소에서, 낙농장에서, 자동차 공장에서 일하느라 바쁘던 차에 사막으로 행진해 우방인 멕시코를 집어삼킬 수 있게 도우라는 황당한 요구를 받게 되자 사람들은 몽매에서 깨어나 현실을 직시하게 되었다. 그들이 아무 의식 없이 잠들어 있는 사이 높은 이상과 입에 발린 말과 많은 자동소총으로 무장한 소집단 범죄자들 무리에게 납치되어 있었던 것이나 다름없었다는 사실을 깨닫게 된 것이다.

저항이 어찌나 격렬했던지 캘리포니아의 가톨릭 대주교와 급진적인 미네소타 전임 주지사가 한 무리에서 싸우기도 했다.

1776년 독립전쟁에 불을 댕긴 주역으로서 훈련도 부족하고 군복도 없이 생각도 제각각이었던 매사추세츠 주민들처럼 처음에는 저항이 다소 우스꽝스러운 봉기에 가까웠다. 헤이크 대통령은 그들을 '일하기 싫어서 농땡이나 부리려는 어리석은 어중이떠중이 반란군'이라고 공개적으로 비웃었다. 그리고 처음에는 그들도 까마귀 떼처럼 시끄럽게 비판을 하거나, 미니트맨과 경찰들의 부속건물에 벽돌을 던지거나, 군대 열차를 망가뜨리거나, 코르포 신문사를 소유한 민간인들의 재산을 파괴하는 것 외에 다른 일은 할 수 없었다.

그러던 차에 8월이 되자 믿을 수 없는 일이 일어났다. 정규군의 육군참모총장인 이매뉴얼 쿤 장군이 워싱턴에서 미네소타 주의 주도인 세인트폴로 날아와 포트 스넬링을 지휘하며 온 국민이 참여하는 자유로운 새 대통령 선거가 있기 전까지 월트 트로우브리지를 미국의 임시대통령으로 선포해버린 것이다.

트로우브리지는 자신이 종신 대통령 후보가 되지 않겠다는 조건으로 그 제안을 수락했다.

물론 정규군 전체가 쿤 장군의 혁명군에 가담하지는 않았다. (자유주의자들 사이에서는 두 가지 굳건한 신화가 있다. 한 가지는 가톨릭교회가 개신교보다 덜 엄격하고 늘 더욱 심미적이라는 것이고, 다른 하나는 직업 군인들은 국회의원과 노처녀보다도 전쟁을 더 싫어한다는 점이다.) 그러나 탐욕스럽고 게걸스러운 코르포 단체장들의 착취에 질려서 쿤 장군의 군대를 뒤따라 휘하로 몰려드는 정규군은 충분했으므로 장군의 군대와 급하게 훈련시킨 미네소타의 농부들은 맨카토 전투에서 승리를 거두었고, 레벤워스의 병력은 캔자스시티를 장악한 후 세인트루이스와 오마하로 진격할 계획이었다. 반면에 뉴욕에서는 가버너스 아일랜드와 포트 워즈워스가 겉으로는 비군사적으로 중립적으로 방관하는 자세를 취했고, 대체로 유대인 유격대가 지하철, 발전소, 철도 터미널 등을 장악하고 있었다.

그러나 저항은 거기서 멈추었다. '광범위한 무상 국민 교육'을 열렬히 자랑하던 미국에서 이제는 교육이라고 할 만한 것이 별로 없었다. 광범위하든, 국민적이든, 무료든, 또는 그 무엇이 되었든 대부분의 사람들은 본인이 뭘 원하는지도 몰랐다. 기껏 해봐야 몇 가지 아는 정도가 고작이었다.

교실은 많이 있었다. 학식을 갖춘 선생님, 열성적인 학생, 가르침을 보험 판매사나 장의사 또는 식당 웨이터보다 더 많은 명예와 급료를 받을 가치가 있는 직업으로 생각하는 학교 이사회가 부족할 뿐이었다. 대부분의 미국인들은 하느님께서 유대인 대신 미국인을 선민으로 선택하셨고 이번에는 그 과업을 훨씬 더 잘 완수했다고 학교에서 배웠다. 그 이유는 우리 미국인들이 가장 부유하고 친절하고 현명한 나라였기 때문이다. 경제 대공황쯤이야 지나가는 두통에 불과했고 노동조합들은 임금인상, 근무시간 단축 외에 다른 것에 신경을 써서는 안 되고, 정치세력과 결탁함으로써 더러운 계급투쟁을 획책해서는 안 된다. 비록 외국인들이 자신들에 대한 가짜 신화를 만들려고 애를 써도 정치가 매우 간소화되어서 어느 마을의 변호사나 거대도시의 보안관 사무실의 직원도 그러한 정치를 충분히 적절하게 훈련받을 수 있었다. 그리고 만일 존 폭펠러나 헨리 포드가 사람들에게 그렇게 정치 교육을 시켜야 하겠다고 마음먹었더라면 그들은 미국 최고의 정치인, 작곡가, 물리학자, 시인이 되었을 것이다.

심지어 2년 반 동안의 전제 정치로도 대부분의 유권자들에게 겸손을 가르치지도 못했고, 너무 자주 구속되면 불쾌하다는 사실 외에 그 어느 것에 대해서도 충분히 가르치지 못했다.

그래서 처음으로 저항이 활발히 분출된 후에는 반란의 속도가 줄어들었다. 코르포스도 그렇고 그들의 많은 반대자들도 그렇고 자주적 운영에 대해 선명하고 확실한 이론을 만들어 내거나 자유를 누릴 자질을 갖추기 위해 무척 애쓰겠다고 확고히 결심할 만큼 충분히 알지 못했다. … 심지어 윈드립이 집권한 후에도, 재치 있는 말솜씨를 자랑하던 벤저민 프랭클린의 유복한 후손들조차 패트릭 헨리의 '나에게 자유가 아니면 죽음을 달라'는 말이 고등학교의 응원 구호나 담배 광고 문구 이상의 의미가 담겨 있다는 사실을 아직 배우지 못했다.

트로우브리지와 쿤 장군의 추종자들은 — 스스로를 '미 협력 연방'이라고 부르기 시작했다 — 한 번 장악한 영토는 하나도 빼앗기지 않고 확보하면서 코르포 대원들을 전부 축출했고, 가끔은 한두 개의 군을 더 추가하기도 했다. 그러나 대개는 그들의 지배와 마찬가지로 코르포스의 지배 역시 아일랜드에서의 정치 상황처럼 불안정했다.

그래서 8월에 끝났어야 할 월트 트로우브리지의 과업은 10월 전에야 겨우 시작된 것 같았다. 도리머스 제섭은 트로우브리지 대표의 사무실로 불려 들어가 다음과 같은 말을 들었다.

"이제 미국의 뉴 언더그라운드에 배짱은 물론 분별력을 갖춘 조직원이 필요한 시점이라고 생각하네. 미네소타에서의 전향 활동 업무에 대해 반즈 장군에게 보고하게. 행운을 비네, 제섭 동지! 그다지 재미있지도 굳건하지도 않은 규율과 곤봉에 여전히 의지하고 있는 연설가들을 설득해보게나!"

그 때 도리머스에게 떠오른 생각은 하나밖에 없었다. "트로우브리지는 정말 훌륭한 인물이야. 함께 일할 수 있어서 기쁘군." 이제 도리머스는 분위기를 낭만적으로 만들어주는 재미있는 접선 암호조차 없이 스파이이자 전문적 투사가 되는 새로운 과업의 장도에 올랐다.

38장

짐은 모두 꾸렸다. 짐이라고 해봐야 세면용품, 여벌 옷 한 벌, 슈펭글러의 『서구의 몰락』, 제1권이 전부였으므로 매우 단출했다. 도리머스는 위니펙 행 기차가 출발할 시간이 될 때까지 호텔 로비에서 기다리고 있었다. 그는 이 수수한 숙소에서 흔히 볼 수 있는 여성들보다 훨씬 더 멋을 부린 한 숙녀의 등장에 관심이 갔다. 그 여성의 생김새를 찬찬히 묘사하자면, 사틴 면과 레반트 가죽 옷을 걸치고 속눈썹에는 마스카라를 칠하고, 파마머리에 하늘하늘한 덧옷을 걸치고 있었다. 그녀는 로비를 가로질러 천천히 걸어오더니 인조대리석 기둥에 기대어 기다란 궐련 물부리를 휘두르며 도리머스를 빤히 쳐다보았다. 딱히 분명한 이유도 없이 도리머스를 보고 즐거워하는 것 같았다.

혹시 코르포 스파이 아닐까?

그녀가 자기 쪽으로 어슬렁거리며 다가오기에 자세히 보니, 맙소사 로린다 파이크였다.

아직 놀라서 입이 다물어지지 않고 있는데 로린다는 그런 도리머스가 우습다는 듯 키득거렸다. "오, 뭘 그리 놀라요. 이 역할을 소화하기 위해 재주를 좀 부린 것이 그 정도로 진짜 같지는 않은데! 국경의 코르포 수비대를 속이기 위한 가장 쉬운 변장일 뿐인데. 당신이 보기에도 정말 변장 같다면 말이에요!"

도리머스는 너무 반가운 나머지 점잖은 호텔 분위기에 어울리지 않게 로린다에게 맹렬한 입맞춤을 퍼부었다.

로린다는 도리머스가 붙잡히면 매질을 당하다 죽을 수도 있는 매우 위험한 임무를 하게 되리라는 사실을 뉴 언더그라운드 조직원들로부터 전해 들었다. 그녀는 단지 작별 인사나 하고 최신 소식이나 전해줄 겸해서 찾아온 것이었다.

벅은 아직 강제수용소에 있었다. 겁이 더 많아졌고 도리머스보다도 더 엄중한 경계를 받고 있어서 린다로서도 꺼내올 수가 없었다. 줄리언, 칼, 존 폴리콥은 아직 살아 있었고, 여전히 갇혀 있었다. 페레픽스 신부는 뉴 언더그라운드의 포트 뷰러 지부를 운영하고 있지만 멕시코가 가톨릭 사제들을 대하는 것이 마음에 들지 않아서 멕시코와의 전쟁에 찬성하고 싶어 했으므로 약간 혼란스러운 상태라고 했다. 어느 날인가 도리머스와 로린다는 라틴 아메리카에서의 가톨릭 지배에 대해 밤새 피터지게 싸운 적이 있었다. 진보주의자들이 늘 그렇듯이, 로린다는 도덕적 혐오와 커다란 애정이 동시에 담긴 태도로 페레픽스 신부에 대해 언급했다. 엠마는 며느리가 요리에 대한 자신의 조언을 그다지 달가워하지 않는다고 약간 투덜대기는 하지만 데이비드와 우스터에서 그럭저럭 잘 지내는 것 같다고 했다. 시시는 노련한 선동가가 되어가고 있었고, 자신이 건축가로 타고 났음을 여전히 잊지 않고 언젠가 줄리언과 꾸미게 될 집들을 이렇게 저렇게 구상하고 있다고 했다. 줄리언과 일 년 내내 지속될 밀월여행에 대해서는 전적으로 자본주의적 개념을 갖고 있으면서도 모든 자본주의에 대한 온갖 공격을 행복하게 고안하고 있었다.

그런데 이 모든 소식들 중에서 별로 놀랍지 않은 것은 프랜시스 태스브로우에 관한 소식이었다. 너무 많은 부당이득 때문에 코르포 교도소에 수감되었던 태스브로우는 깊이 뉘우친 후 풀려나와 다시 도지사로 복귀했다. 그런데 한 가지 반가운 소식은 현재 그의 가정부가 바로 캔디 부인이라는 사실이었다. 태스브로우의 은밀한 계획 대부분에 대한 캔디 부인의 매일 보고는 매우 깔끔하고도 문법에 철저히 맞게 문서로 작성되어 뉴 언더그라운드 버몬트 본부로 보내지고 있었다.

이제 로린다는 서부 행 기차 연결통로에 서 있는 도리머스를 올려다보며 울음을 터뜨렸다. "다시 아주 건강해 보이네요! 행복하시죠? 아, 제발 행복해야 해요!"

지금껏 도리머스는 이 씩씩한 급진적 여인이 우는 것을 본 적이 없었다. …로린다는 도리머스로부터 몸을 돌려 기차역의 플랫폼으로 재빨리 달려 내려갔다. 이제껏 늘 당당했던 날렵한 기품은 이미 사라지고 없었다. 도리머스는 통로에서 몸을 내밀고 로린다가 대합실 문에서 멈춰 서는 것을 지켜보았다. 로린다는 기다랗게 늘어서 있는 기차의 창문을 향해 흔들려는 듯이 힘없이 손을 쳐들었다가는 비틀거리며 문 사이로 걸어 나갔다. 그제야 도리머스는 로린다에게 자신의 연락처조차 알려주지 않았다는 것을 깨달았다. 도리머스를 사랑하는 사람은 이제 한동안은 그와 고정적으로 연락이 닿지 않을 것이었다.

꼿꼿한 작은 체구에 짧은 회색 턱수염을 기르고 버몬트 억양을 구사하는 윌리엄 바턴 돕스는 수확기계를 알아보러 다니는 중 묵고 있던 호텔 방 침대에서 일어났다. 그 호텔은 미네소타의 한 지구에 있었는데, 미네소타는 바바리아계 미국인과 동부출신 조상의 후예 농부들이 다수를 차지했고 '급진주의적' 스칸디나비아계 사람들은 극소수였으므로 여전히 헤이크 대통령에 대한 충성도가 높은 곳이었다.

돕스는 쾌활하게 손을 비비며 아침식사를 하러 아래로 내려갔다. 그는 자몽과 오트밀 죽을 먹었는데, 죽에는 설탕이 들어 있지 않았다. 설탕에 대해서는 수입이 금지되어 있었다. 그는 아래를 내려다보며 자신의 모습을 살펴보더니 한숨을 쉬었다. "매일 이렇게 밖으로만 나다니며 너무 굶주리다보니 갈수록 콩깍지처럼 야위어가네. 좀 더 먹어줘야겠어." 그리고는 달걀부침,

베이컨, 토스트, 도토리로 만든 커피, 당근으로 만든 마멀레이드 등을 먹어 치웠다. 쿤의 군대가 길목을 장악하고 있어 커피 원두와 오렌지 공급이 차단되어 있었다.

그 사이 그는 미네아폴리스판 『데일리 코퍼레이트』를 읽었는데 멕시코에서 대대적으로 승리를 거두었다고 떠들고 있었다. 그러고 보니 같은 신문에서 지난 2주 동안 그렇게 대대적 승리를 거두었다고 떠들어댄 것이 세 차례나 되었다. 또한 앨라배마의 안달루시아에서는 '수치스러운 반역'이 완전히 진압되었다고도 했다. 독일의 괴링 장군이 헤이크 대통령의 귀빈 자격으로 올 것이라는 기사도 실려 있었다. 그리고 '믿을 만한 소식통에 의하면', 임시 대통령 행세를 하던 트로우브리지가 암살당했거나, 납치되었거나, 사임을 종용받고 있다고 전했다.

"오늘 아침에는 제대로 된 뉴스거리가 하나도 없군." 윌리엄 바턴 돕스는 시간만 낭비한 것 같아 유감스러웠다.

호텔 밖으로 나오자, 미니트맨 부대가 열을 지어 지나가고 있었다. 그들은 멕시코 전쟁에 나가기 위해 최근에 징집된 농가의 소년들이었다. 그들은 겁먹은 데다 발걸음이 묵직하고, 토끼 무리처럼 애처로워 보였다. 그들은 참신하면서도 오래된 남북전쟁 당시의 군가 「조니가 집에 돌아올 때(When Johnny Comes Marching Home Again)」를 모방해 만든 노래를 큰 소리로 불러보려고 애썼다.

조니가 멕시코에서 집으로 돌아올 때,
　만세, 만세,
그의 귀는 사막의 모래로 가득 차리,
　만세, 만세,
그러나 그는 아주 사랑스러운 멕시코 아가씨에 대해 말하리라.
　그리고 우리에게 총과 아가씨를 가져다주리,

우리는 모두 신나게 취하리,

　　조니가 집에 돌아오면!

그들의 목소리는 떨렸다. 인도를 따라 늘어선 군중을 흘깃거리거나 뿌루퉁한 표정으로 지친 발을 내려다보았다. 그리고 전 같으면 '헤이크! 헤이크!'라고 환호했을 군중은 조롱을 퍼부었다. "야, 이 거지들아 멕시코엔 가보지도 못할걸!" 그리고 거리가 떨어져 있어 좀 더 안심하던 2층에서는 더 과격한 말이 나왔다. "만세, 트로우브리지 만세!"

"가엾은 것들!" 윌리엄 바턴 돕스는 겁에 질린 장난감 병정 같은 … 그러나 죽음을 피할 수 없다는 점에서는 전혀 장난감과 다른 병사들을 안타까운 시선으로 지켜보았다.

그렇긴 해도 군중 틈에서 자기 휘하의 뉴 언더그라운드 조직원 60여 명과 자신의 설득으로 미니트맨에 대한 두려움을 극복하고 조롱을 퍼부을 정도로 변한 사람들이 많다는 사실을 확인할 수 있었다.

포드 컨버터블 오픈카에 타서 출발시키지는 않은 채 자기만의 포드 차를 가짐으로써 '시시에게 어떻게 그 사실을 믿게' 할지 곰곰이 생각한 후 도리머스는 마을을 벗어나 나무 밑동들만 횅한 평원으로 차를 몰았다. 초원에서 우아하게 울어대는 종달새의 아름다운 소리가 철조망을 벗어나는 그를 환영했다. 포트 뷰러 뒤로 펼쳐진 웅장한 산이 몹시 그립긴 했지만 끝없이 갈 수 있을 것처럼 뻗어 있는 광활한 초원과 광대한 하늘, 가장자리에 늘어선 버드나무와 미루나무 사이로 흥에 겨워 보이는 작은 호수들과 하늘 저 높이 날아가는 이른 청둥오리 떼에 기운이 솟아났다.

초원을 가로지르는 길을 따라 질주하는 동안 활기가 넘쳐 휘파람이 절로 나왔다.

얼마 후 도리머스는 음산한 노란색 농가에 도착했다. 원래는 대문이 있어야 했지만 앞 담에 유일하게 페인트칠이 안 된 낮은 턱 외에 아무것도 없는 것으로 보아 거기가 대문 자리라는 것만 알 수 있었다. 새끼 돼지들이 뛰어다니는 앞마당에서 트랙터에 기름을 치고 있던 한 농부에게 도리머스가 큰 소리로 외쳤다. "윌리엄 바턴 돕스라고 합니다. 디 모인 컴바인 및 첨단 농기구 회사에서 나왔습니다."

농부는 당장 달려 나와 숨을 헐떡이며 악수를 청했다. "아이쿠, 이거 영광입니다, 미스터 제———"

"돕스입니다!"

"아, 그렇지요. 죄송합니다."

농가 위층의 한 침실에는 일곱 사람이 의자, 탁자, 침대 모서리에 걸터앉거나, 그냥 맨바닥에 웅크리고 앉은 채 기다리고 있었다. 몇 사람은 농부인 것이 분명했고, 수수한 상인들도 있었다. 도리머스가 활기차게 들어서자 방 안에 있던 사람들은 모두 일어나 인사를 했다.

"안녕하세요, 여러분. 작은 소식을 가져왔습니다. 쿤 장군께서 사우스다코타의 양크턴과 수폴스에서 코르포스들을 몰아냈습니다. 여러분들도 뭐 보고하실 내용이 있습니까?"

조직원이 농장주들을 전향시킬 때 주로 겪는 어려움은 그들이 농장의 일꾼들에게 적절한 임금을 지불하기를 두려워하는데 있었는데, 도리머스는 한 사람의 가난은 곧 전체의 가난이라는 주장(자동차 사고 사망에 대한 생명보험 대리점의 규정처럼 강렬하게 공식화되어 있지는 않다)을 설득의 근거로 활용했다. 그것은 그다지 새로운 주장도, 아주 논리정연하지도 않았지만 많은 인간 노새들에게는 유용한 당근이 되었다.

트로우브리지는 볼셰비키이고 러시아인들만큼 나쁘다고 주장하는 핀란드계 미국인들 정착민들 사이에서 암약하는 조직원으로서 도리머스는 트로우브리지를 '얼치기 사회주의 파시스트'라고 욕하는 모스크바의 정부기관지 『이즈베스티야』 부분을 복사한 인쇄물을 갖고 있었다. 아직도 막연히 친 나치 성향을 보이는 바바리아 출신 농부들에게는 다른 방법을 써서 도리머스는 (비록 정확한 통계나 정부 보고서 인용은 없지만) 헤이크가 계속 권좌를 유지한다면 조부모 어느 한쪽이 독일에서 태어난 모든 독일계 미국인들은 독일군으로 직행하는 귀향선에 오르게 될 것이라는 사실을 입증해주는, 프라하에서 간행된 독일 이민자 신문을 들이댔다.

"즐거운 찬송가와 감사기도로 마칠까요, 돕스 씨?" 가장 어리고 가장 날렵한, 그리고 가장 성과를 올리고 있는 조직원이 요청했다.

"물론이지요! 어쩌면 여러분이 생각하는 것처럼 아주 생뚱맞지는 않을 테니까요. 하지만 동지 여러분 대다수의 꼼꼼하지 못한 윤리관과 경제관을 고려해보건대 제가 그저께 들은 헤이크와 구명조끼에 대한 새로운 이야기로 마무리하는 것이 좋을 것 같습니다. … 여러분 모두에게 감사드립니다! 안녕히 계십시오!"

다음 회합 장소로 차를 모는 동안, 도리머스는 초조했다. "헤이크와 히틀러에 대한 프라하 이야기는 사실이 아닌 것 같아. 그 이야기는 그만 써먹어야겠어. 오, 나는 알고 있어, 알고 있다고 돕스 씨. 네 말대로 나치에 대고는 사실이라고 우긴다 해도 거짓일 거야. 어쨌든 나는 내 생각대로 이제 그만 써먹겠어. … 로린다와 나는 엄격한 생각에서 벗어날 수 있다고 생각했는데! … 너무 확실한 것보다는 겹겹이 가려져 있는 게 낫잖아. 아, 테러 산과 포트 뷰러와 로린다와 벅만 이곳으로 옮겨올 수 있다면 여기야말로 낙원일 텐데. … 오, 주여, 저는 그러고 싶지 않지만 이제 미니트맨 오사키스 지부에 대한 공격을 감행하라고 명령을 해야만 할 것 같습니다. 그들은 모든 준비를 마쳤으니까요. … 한데 어제 그 엽총 공격은 나를 겨냥한 것이었을까? … 로린다의 머리를 뉴욕 스타일로 그렇게 고정시킨 것은 정말 전혀 마음에 안 들어!"

그는 그날 밤 기슭에 밝은 자작나무가 둘러선 모래 바닥 호숫가의 한 오두막에서 묵었다. 트로우브리지를 존경하는 집주인과 아내는 한사코 우겨서 조각 누빔 이불과 손으로 채색한 주전자와 그릇이 놓인 자신들의 침실을 내주었다.

도리머스는 트리아논 강제수용소의 감방에 되돌아가 있는 꿈을 꾸었다. 지금도 여전히 일주일에 한두 번은 비슷한 꿈을 꾼다. 그 악취와 답답하고 웅크린 침상이 눈에 선하고 언제 끌려가 매질을 당할지 모르는 두려움에 다시 떨었다.

신비한 나팔 소리가 들린다. 한 병사가 문을 열더니 모든 죄수들을 나오게 한다. 그곳 수용소 경내에서, 이매뉴얼 쿤 장군(도리머스의 꿈속에서는 남북전쟁의 영웅 셔먼 장군과 흡사하게 생겼다)이 그곳에 모인 죄수들을 향해 외친다.

"여러분, 연방 저항군이 승리했습니다! 헤이크는 체포되었습니다! 여러분은 이제 자유의 몸입니다!"

그래서 수용소에 갇혀 있던 죄수들은 구부정한 모습으로, 상처투성이에, 절뚝거리며, 눈알이 빠진 채 침을 흘리며 걸어서 모두 밖으로 나온다. 이곳에 들어오기 전에는 그렇게 당당하고 용감한 사람들이었건만. 도리머스, 댄 윌거스, 벅, 줄리언, 펠크 신부, 헨리 비더, 칼 파스칼, 존 폴리콥, 트루먼 웹. 이들도 두 줄로 열병한 병사들 사이를 통과하여 경내의 정문을 서서히 빠져나온다. 병사들은 받들어 총 자세를 한 채로 꼿꼿하게 서 있지만 오래된 수용소 생활과 고문의 후유증으로 참담한 몰골의 죄수들이 기다시피 지나는 모습을 보며 눈물을 흘리지 않을 수 없다.

그리고 병사들 너머로는 여인들과 아이들의 모습도 보인다. 그들은 도리머스를 기다리고 있다. 로린다와 엠마와 시시와 메리가 팔을 활짝 벌리고 서 있고, 그들 뒤로는 아빠의 손을 꼭 잡고 있는 데이비드와 페레픽스 신부의 모습도 보인다. 그리고 자랑스럽게 꼬리를 치켜든 풀리시도 함께 있고, 꿈처럼 흐릿한 군중 틈에서 캔디 부인이 나타나 코코넛 케이크를 내민다.

그러다 갑자기 나타난 섀드 레듀에 혼비백산한 사람들이 모두 도망친다

집주인이 도리머스의 어깨를 흔들며 속삭였다. "방금 막 전화를 받았습니다. 코르포 추적대가 뒤쫓고 있답니다."

그래서 도리머스는 초원의 종달새의 인사를 받으며 다시 차를 몰고 온종일 달렸다. 고요한 사람들이 자유의 소식을 애타게 기다리고 있을 북쪽 삼림의 비밀 오두막을 향해.

그리고 여전히 도리머스는 붉게 타오르는 아침 해를 보며 계속 나아갈 것이다. 도리머스 제섭은 결코 죽지 않을 것이기에.

작품 해설

　해리 싱클레어 루이스는 1885년 2월 7일 미국의 미네소타 주 소크 센터에서 출생했다. 어려서부터 책을 읽기 시작했고 일기 쓰기를 즐겼다. 위로 형과 누나가 있었으나 7살 되던 해 어머니를 잃었고, 아버지 에드윈은 바로 다음 해에 재혼했다. 친구들을 사귀지 못하고 고독한 소년 시절을 보낸 루이스는 13살에 미국-스페인 전쟁에 북치는 소년병으로 참전하려고 도망쳤으나 성공하지 못했다.

　1903년 예일 대에 입학했으나 업튼 싱클레어(Upton Sinclair)를 중심으로 시작된 실험적 사회주의 공동생활체인 헬리컨 홈 콜로니(Helicon Home Colony)에 참가하고, 파나마로 여행을 떠나는 둥 다른 일에 몰두하느라 1908년이 되어서야 학위를 받을 수 있었다. 학창 시절에는 대학 문예지의 편집장을 맡아서 활동했다. 졸업 후에는 편집 조수, 운하공사장·건축공사장·신문사 등 여러 직업을 전전했지만, 신문사와 출판사에서 일한 덕분에 여러 잡지사에서 사들일 만한 가볍고 대중적인 이야기들을 써내는 능력을 키울 수 있었다. 1914년에 최초로 발표한 장편소설 『우리 사원 렌(Our Mr. Wrenn)』은 사실주의 수법·유머·풍자 등을 개성 있게 잘 표현한 것으로 인정받았다.

　그 후 워싱턴으로 옮긴 루이스는 창작에 전념했다. 1920년 10월 23일에 발표한 『메인 스트리트』는 유례없는 성공을 거두며 예상을 깨고 6개월 동안 18만부가 팔렸고, 몇 년 안 되어 2백만 부의 판매고를 올렸다. 첫 작품의 성공에 힘입어, 『배빗(Babbit)』, 『애로스미스(Arrowsmith)』, 『엘머 갠트리(Elmer Gantry)』, 『도즈워스(Dodsworth)』 등의 작품을 계속 발표했다. 이 가운데 『엘머 갠트리』와 『도즈워스』는 할리우드에서 영화화되기도 했다.

1930년 루이스는 강력하고 생생한 묘사술과 위트 넘치고 유머러스한 새로운 유형의 캐릭터를 창조하는 능력을 인정받아 미국인으로서는 최초로 노벨 문학상을 수상했다. 그의 작품들은 양차 대전 사이의 미국의 자본주의와 물질주의에 대해 통찰력 있게 비판하고 있다. 또한 일하는 강인한 근대 여성상을 그려냈다.

루이스의 결혼생활은 그다지 순탄치 않았다. 1914년 잡지 『보그』의 편집장인 그레이스 리빙스턴 헤거(Grace Livingston Hegger)와 결혼했으나 1925년 이혼하고 3년 뒤인 1928년 정치신문 칼럼니스트 도로시 톰슨(Dorothy Thompson)과 결혼했지만 1942년에 결국 이혼하고 만다.

1940년대에는 유명 작가인 루이스 브라운(Lewis Browne)과 미국 전역을 돌아다니며 강연활동을 벌이기도 하고 작품 활동에 몰두했지만 알코올 중독이 악화되어 1951년 로마에서 갑자기 사망했다.

루이스는 대공황이 최악으로 치닫던 1935년에 이 소설을 발표했다. 전 세계적으로 산업국가에서는 경제적 불황으로 극단적 정치 운동이 피어올랐다. 미국도 마찬가지로 가난과 실업에 대해 황당한 해결책들이 난무하는 등 정치적 분위기가 심상치 않았다. 제시된 여러 해결책 가운데 상당수는 야망에 찬 선동가들이 주장한 것이었는데 주요 산업의 국유화, 독립노조들의 폐지, 경제 결정의 중앙집권화, 소득 재분배 등이었다.

예를 들면 소설 속 프랑 주교의 모델이 된 인물도 있었다. 1930년대에 매주 3천만 명의 청취자에게 라디오 방송을 했던 찰스 코울린(Charles Coughlin) 신부는 반유대주의와 부의 몰수에 근거한 '사회정의'를 부르짖었다. 또한 프랭클린 루즈벨트 대통령의 뉴딜에 대한 가장 잘 알려진 대안은 루이지애나의 전 주지사이자 상원의원인 휴이 롱에게서 나왔다. 그는 버질리어스 윈드립처럼 세금을 통해 개인의 재산과 상속 유산을 제한하고, 대출을 촉진하기 위해 통화량을 두 배로 늘리고 각 가정마다 연간 소득을 4천 달러로 보장할 것을 주장했다.

루이스는 미국에서 독재와 파시즘이 자라나지 않을까 우려했다. 그도 그럴 것이 1922년 미국에서는 최초로 뉴욕에 독일의 나치당 지부가 설립되었고 1933년에는 윌리엄 더들리 펠리(William Dudley Pelley)가 반유대조직을 창설했다. 1933년 2월에는 프랭클린 루스벨트 대통령 당선자의 암살 미수 사건이 있었고 1934년 11월에는 뉴딜정책을 반대하는 기업 총수들의 후원을 받는 군사 쿠데타가 모의되기도 했다.

루이스가 이러한 주제에 관심을 갖게 된 데는 재혼한 부인인 도로시 톰슨의 역할이 컸는데, 정치 칼럼니스트였던 그녀는 1931년 히틀러를 인터뷰했고, 1934년 미국 언론인으로서는 최초로 나치 치하의 독일에서 추방당하기도 했다. 루이스가 톰슨과 결혼하지 않았더라면 이 작품은 쓰이지 않았을 것이다. 톰슨은 이 책에 영감을 불어넣었고, 유럽 체류 당시 겪은 나치 파쇼 독재에 관한 이야기를 들려주었다. 덕분에 작품 속 상황이나 인물은 히틀러 정권과 주변 인물들로부터 모티브를 얻은 부분이 많다.

1933년 히틀러와 국가사회주의당(나치)이 민주적 수단을 통해 권력을 잡자마자 민주주의를 폐기한 것처럼 윈드립도 당선되자마자 군사법을 제정한다. 또한 통치를 용이하게 하기 위해 국가의 행정구역을 재편하고 언론과 대학을 장악한 후 의회와 사법부의 견제를 무력화시킨다. 그리고 히틀러의 『나의 투쟁』처럼 윈드립의 『최고를 뛰어넘는 결정적 순간』은 지지자들에 의해 성서처럼 신봉된다. 나치 돌격대는 미니트맨, 레지스탕스는 뉴 언더그라운드의 모델이 된다. 헥터 맥고블린 박사는 요세프 괴벨스(Joseph Goebbels)를, 듀이 헤이크는 베르너 폰 블롬베르크(Werner von Blomberg)를, 리 새러슨은 헤르만 괴링(Herman Göring)과 에른스트 룀(Ernst Röhm)을 연상시킨다. 히틀러가 국가사회주의당을 제외한 모든 정당을 없애버렸듯이 코르포스를 제외한 모든 당이 해체되고, 1933년 5월 독일에서 실시된 분서갱유가 섀드 레듀에 의해 똑같이 재연되기도 한다.

체제 저항에 소극적이던 주인공 제섭은 사위가 부당하게 총살된 뒤 더 이상은 자족스러운 상태에 머물러 있을 수 없게 되고 그 모든 독재를 초래한 책임은 불의에 저항하지 않고 침묵했던 자신과 같은 소시민이었음을 깨닫는다.

이 작품은 발표 당시 평단과 독자로부터 좋은 반응을 얻었다. 발표와 동시에 베스트셀러가 되어 32만부가 팔렸다. 소설이 아직 출간되기도 전에 루이스는 영화 판권을 MGM에 팔았고, 각색, 캐스팅, 세트장 건설까지 진행되었지만 분명치 않은 이유로 영화화 작업이 중단되었다. 그러나 1937년 이 소설은 연극으로 각색되어 무대에 오른다. 10월 27일 18개 도시에서 21개의 제작사에 의해 동시에 상연되는 등 공전의 히트를 기록한다. 저자 루이스는 1938년 아예 주인공 도리머스 역으로 데뷔한 후 몇 년 동안은 연극에 집중하느라 작품 활동을 중단하기도 했다. 이 작품은 최근인 2011년에도 초연 75주년을 기념하여 미국 전역 20개 극장에서 상연되었다.

– 서미석

작가 연보

1885년	미네소타 주 소크 센터에서 2남 1녀 중 막내로 출생.
1891년	어머니 엠마 루이스Emma Kermott Lewis 사망. 아버지 에드윈 루이스Edwin Lewis는 다음 해에 이사벨 워너Isabel Warner와 재혼.
1903년	예일 대 입학.
1906년	실험적 사회주의 공동체인 '헬리컨 홈 콜로니(Helicon Home Colony)'에 가입. 1년 후 아버지의 압력으로 탈퇴.
1907년	예일 대 졸업.
1912년	『하이킹과 비행기(Hike and the Aeroplane)』 톰 그레이엄Tom Graham이라는 가명으로 출간.
1914년	처녀작 『우리 사원 렌(Our Mr. Wrenn)』 출간. 잡지 『보그(Vogue magazine)』의 편집장 그레이스 리빙스턴 헤거Grace Livingston Hegger와 결혼.
1916년	사실주의 소설을 쓰기 시작.
1917년	그레이스와의 사이에서 아들 웰스 루이스Wells Lewis 출생.
1920년	『메인 스트리트(Main Street)』 출간.
1922년	『배빗(Babbitt)』 출간.
1925년	『애로스미스(Arrowsmith)』 출간. 그레이스와 이혼.
1926년	『애로스미스』로 퓰리처상 수상자로 선정 됐으나 수상 거부.
1927년	『엘머 갠트리(Elmer Gantry)』 출간.
1928년	정치신문 칼럼니스트 도로시 톰슨Dorothy Thompson과 결혼.
1929년	『도즈워스(Dodsworth)』 출간.
1930년	미국 최초로 노벨 문학상 수상.

도로시와의 사이에서 아들 마이클 루이스Michael Lewis 출생.

1931년 『애로스미스』 동명의 영화로 제작(존 포드John Ford 감독, 시드니 하워드Sidney Howard 각본, 로널드 콜먼Ronald Colman 주연)됨. 아카데미상 4개 부분에 후보로 지명

1933년 『앤 비커즈(Ann Vickers)』 출간.

1934년 『예술작품(Work of Art)』 출간.

1935년 『있을 수 없는 일이야(It Can't Happen Here)』 출간.

1936년 『도즈워스』 동명의 영화로 제작(윌리엄 와일러William Wyler 감독, 시드니 하워드Sidney Howard 각본, 월터 휴스턴Walter Huston 주연)됨. 2005년 『타임지(Time magazine)』 에 의해 '위대한 영화 100편(100 Best Movies)'에 선정됨.

1937년 『있을 수 없는 일이야』 동명의 연극으로 상연(싱클레어 루이스, 존 모피트John C. Moffit 각본)됨.

1940년 대 유명 작가 루이스 브라운Lewis Browne과 미국 전역을 돌며 강연함.

1940년 『베델의 결혼(Bethel Merriday)』 출간.

1942년 도로시와 이혼.

1943년 영화 제작을 위해 헐리웃으로 가서 도어 쉐어리Dore Schary와 함께 시나리오 제작. 『서쪽의 폭풍(Storm in the West)』이 완성 됐으나 영화 제작이 무산됨.

1944년 아들 웰스 루이스 미육군에서 군 복무 중 제2차 세계대전에서 전사.

1945년 『캐스 팀벌렌(Cass Timberlane)』 출간.

1947년 『피의 선언(Kingsblood Royal)』 출간.

1951년 알코올 중독으로 로마에서 급작스레 사망.

1952년 사후 『메인스트리트에서 스톡홀름까지(From Main Street to Stockholm : Letters of Sinclair Lewis, 1919-1930)(서간집)』(알프레드 하코트Alfred Harcourt, 올리버 해리슨Oliver Harrison 편집) 출간.

1960년 『엘머 갠트리』 동명의 영화로 제작(리처드 브룩스Richard Brooks 주연 및 각본, 버트 랭커스터Burt Lancaster 주연)됨.

1963년 사후 『서쪽의 폭풍』 출간.

1983년 『있을 수 없는 일이야』 케네스 존슨Kenneth Johnson에 의해 각색되어 TV 미니시리즈 브이(V)로 제작, 방영됨.

옮긴이의 말

이 책을 번역하다보니 역사 관련 명언들이 자꾸 떠오른다. "인류의 가장 큰 비극은 지나간 역사에서 아무런 교훈도 얻지 못한다는데 있다."(아널드 토인비), "과거를 잊어버리는 자는 그것을 또다시 반복하게 된다."(조지 산타야나) 또 역사의 수레바퀴는 항상 앞으로 굴러가는 것은 아니라는 생각마저 든다.

작년에 트럼프가 등장하여 대통령에 당선된 이후로 미국에서 새롭게 조명 받으며 갑자기 베스트셀러 반열에 오른 두 고전 작품이 있다. 바로 조지 오웰의 『1984년』과 싱클레어 루이스의 이 작품이다. 80여 년 전에 쓰인 이 소설이 이렇게 다시 주목받게 된 이유는 지금의 상황을 예견이라도 한 듯 아주 흡사한 내용이 펼쳐지기 때문이다. 현재 아무리 민주주의 시대라고 해도 중산층이 몰락하고 사회적 약자에 대한 안전망이 부실하고 극단적인 양극화가 진행된 나라에서는 언제든지 버즈 윈드립처럼 사탕발림으로 대중을 현혹하는 독재자가 출현할 수 있다. 그들은 권력을 잡으면 그것을 사유화할 것이 뻔하면서 자신들의 의도를 숨긴 채 온갖 감언이설로 대중을 속이려든다. 그래서 깨어있는 시민의식이 없다면 그 말에 현혹되어 잘못된 선택을 하기 쉽다. 주인공 도리머스 제섭 역시 이 점에 대해 뼈아프게 고백하고 있다. "이 독재의 폭정은 주로 거대기업이나 자신의 더러운 일을 하는 선동가의 탓이라고 할 수 없다. 그것은 바로 도리머스 제섭의 잘못이다! 충분히 격렬하게 항의하지 않은 채 선동가들이 준동하도록 내버려둔, 양심이 있고 존경 받지만 의식은 깨어있지 못한 모든 도리머스 제섭들의 잘못인 것이다!"

번역을 하는 동안 우리나라의 정치상황 역시 탄핵 정국과 조기 선거를 치르느라 어수선한 상황이어서 작품 내용에 깊이 공감이 되며 주인공 도리머스 제섭에게 감정 이입이 될 경우가 많았다. 작가가 제섭의 입을 빌려 던진 여러 질문들이 적잖이 마음을 울리기도 했다. 우리가 지금 너무나 당연한 듯이 누리고 있는 자유와 소중한 일상은 그것을 지키기 위해 피 흘린 수많은 사람들이 치른 희생의 대가라는 사실을 우리는 망각하고 살 때가 많다. 불의에 침묵하고 힘없는 약자들이 당하는 부당한 상황에 공감하며 그들과 연대하지 않는다면 자신 또한 그 불의와 부당함의 희생자가 되었을 때 누구도 나서주지 않을 것이다. 우리는 현실에서 이미 수도 없이 그런 상황을 겪고 있지 않은가. 깨어있는 시민들의 연대의 힘이 공고해질 때 국가 권력도 국민 위에 함부로 군림하거나 독단적 권력 행사를 하지 못하게 될 것이다.

이 작품에는 1930년대 당시 미국의 사회상을 꿰뚫는 저자 특유의 예리한 통찰과 풍자가 잘 담겨 있다. 냉소적인 풍자는 재미를 불러일으키며 통쾌함을 선사한다. 그리고 다양한 인간성을 가진 등장인물들에 대한 심리묘사가 매우 뛰어나다. 대화나 독백을 통해 인물의 내면 상태가 잘 드러난다. 또한 시대 분위기와 공간에 대한 묘사가 탁월하여 읽는 사람이 내용에 쉽게 몰입되게 만든다.

허구 인물과 별 구분 없이 등장하는 많은 실존 인물, 약어로 표기된 수많은 단체들, 시대상황과 맥락을 알고 있어야 의미 파악이 가능한 풍자 때문에 번역하는 것이 쉽지는 않았지만 개성 넘치는 캐릭터들과 흥미진진한 이야기 전개로 모처럼 소설을 읽는 재미에 흠뻑 빠질 수 있었다. 소설은 허구이지만 그것이 언제든 현실에서 일어날 개연성이 클 때 때로는 섬뜩한 재미를 안겨준다. 지금 우리의 현실에서도 작품 속 상황이나 인물을 어렵지 않게 찾아볼 수 있지 않은가. 독자들도 그런 관점에서 읽는다면 소설 읽기의 재미가 배가되리라 생각한다.

– 서미석

역자 **서미석**

서울대학교 스페인어학과를 졸업하고, 20년 이상 전문번역가로 활동한 베테랑 번역가다. 『그리스 로마 신화』(에디스 해밀턴), 핀란드의 신화적 영웅들 『칼레발라』(엘리아스 뢴로트), 『아서 왕과 원탁의 기사들』(토머스 불핀치), 『러시아 민화집』(알렉산드르 아파나셰프), 『아이반호』(월터 스콧), 『북유럽 신화』, 『로빈 후드의 모험』, 『호모쿠아에렌스』, 『십자군 전쟁-그것은 신의 뜻이었다』, 『성전기사단과 아사신단』, 『패션의 문화와 사회사』 등 인문학 분야의 다양한 책들을 번역하였고, 특히 문학 작품의 번역에서 뛰어난 문장력을 인정받았다.

현대지성 클래식 **16**

있을 수 없는 일이야

1판1쇄 발행 2018년 1월 2일

발행인 박명곤
사업총괄 박지성
편집 전두표, 신안나
디자인 송미현, 디자인집(02-521-1474)
마케팅 김민지
재무 김영은
펴낸곳 현대지성
출판등록 제406-2014-000124호
전화 070-7538-9864 **팩스** 031-944-9820
주소 경기도 파주시 회동길 37-20 CH그룹사옥 4층
홈페이지 www.chbooks.co.kr **이메일** ch@chbooks.co.kr
페이스북 @hdjsbooks **인스타그램** @hdjsbooks

ⓒ 현대지성 2018

❈ CH그룹 브랜드 소개 ❈

CH북스 (크리스천다이제스트) "크리스천의 영적 성숙을 돕는 책" | 기독교 도서
현대지성 "지성과 감성을 채워주는 교양서" | 인문교양 도서

CH그룹은 여러분의 정성이 담긴 원고를 기다리고 있습니다.
원고 투고는 ch@chbooks.co.kr 으로 내용 소개, 연락처와 함께 보내주세요.

| 현대지성 클래식은 계속 출간됩니다.(현대지성 문학서재, 인문서재 시리즈를 현대지성 클래식으로 통합하였습니다